George R.R. Martin

Le cronache del Ghiaccio e del Fuoco

I GUERRIERI DEL GHIACCIO

Traduzione di Sergio Altieri e G.L. Staffilano

MONDADORI

Questo libro è un'opera di fantasia. Personaggi e luoghi citati sono invenzioni dell'autore e hanno lo scopo di conferire veridicità alla narrazione. Qualsiasi analogia con fatti, luoghi e persone, vive o scomparse, è assolutamente casuale.

www.librimondadori.it

ISBN 978-88-04-58158-1

Titolo dell'opera originale
A Dance with Dragons
Book Five of A Song of Ice and Fire
I edizione ottobre 2011

I GUERRIERI DEL GHIACCIO

A tutti i miei fan,

per Lodey, Trebla, Stego, Pod,
Caress, Yags, X-Ray e Mr. X,
Kate, Chataya, Mormont, Mich,
Jamie, Vanessa, Ro,
per Stubby, Louise, Agravaine,
Wert, Malt, Jo,
Mouse, Telisiane, Blackfyre,
Bronn Stone, Coyote's Daughter,
e tutto quel gruppo di pazzi di Brotherhood Without Banners,

per i miei maghi del Web,
Elio e Linda, guide di Westeros,
Winter e Fabio di WIC,
e Gibbs di Dragonstone che hanno fatto partire tutto,

per gli uomini e le donne di Asshai, in Spagna,
che hanno cantato di un orso e di una fanciulla,
e ai favolosi fan italiani,
che mi hanno generosamente rifornito di vino,
ai mei lettori finlandesi, tedeschi,
brasiliani, portoghesi, francesi e olandesi,
e a quei paesi lontani che aspettano ancora questo giro di danza,

a tutti gli amici e fan che ancora devo conoscere,

grazie per la vostra pazienza

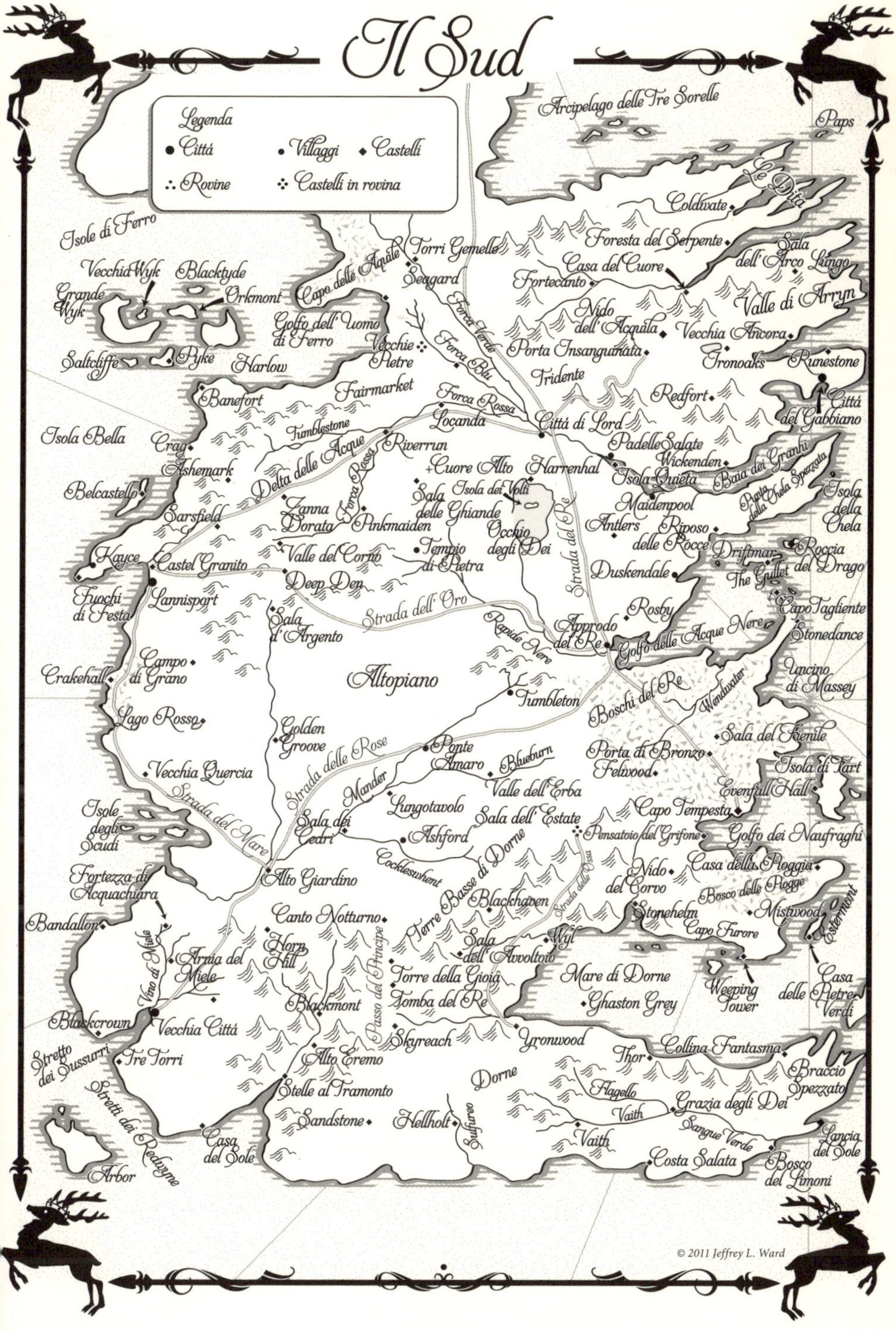

Il Sud
Legenda
Cittá
Villaggi
Castelli
Rovine
Castelli in rovina
Arcipelago delle Tre Sorelle
Paps
Le Dita
Coldwater
Foresta del Serpente
Sala dell'Arco Lungo
Casa del Cuore
Fortecanto
Valle di Arryn
Nido dell'Acquila
Vecchia Ancora
Porta Insanguinata
Ironoaks
Runestone
Tridente
Redfort
Città del Gabbiano
Isole di Ferro
Torri Gemelle
Capo delle Aquile
Seagard
Vecchia Wyk
Blacktyde
Grande Wyk
Orkmont
Golfo dell'Uomo di Ferro
Forca Verde
Vecchie Pietre
Forca Blu
Saltcliffe
Pyke
Harlow
Fairmarket
Banefort
Forca Rossa
Locanda
Città di Lord
Tumblestone
Padelle Salate
Isola Bella
Crag
Delta delle Acque
Riverrun
Wickenden
Ashemark
Cuore Alto
Harrenhal
Isola Quieta
Baia dei Granchi
Belcastello
Forca Rossa
Sala delle Ghiande
Isola dei Volti
Punta della Chela Spezzata
Isola della Chela
Zanna Dorata
Pinkmaiden
Maidenpool
Sarsfield
Antlers
Riposo delle Rocce
Occhio degli Dei
Strada del Re
Kayce
Castel Granito
Valle del Corno
Tempio di Pietra
Driftmar
Roccia del Drago
The Gullet
Duskendale
Deep Den
Lannisport
Fuochi di Festa
Sala d'Argento
Strada dell'Oro
Rosby
Capo Tagliente
Rapide Nere
Approdo del Re
Golfo delle Acque Nere
Stonedance
Campo di Grano
Crakehall
Altopiano
Uncino di Massey
Tumbleton
Boschi del Re
Wendwater
Lago Rosso
Golden Groove
Sala del Fienile
Strada delle Rose
Ponte Amaro
Porta di Bronzo
Felwood
Blueburn
Isola di Tart
Vecchia Quercia
Mander
Valle dell'Erba
Evenfall Hall
Strada del Mare
Lungotavolo
Capo Tempesta
Isole degli Scudi
Sala dei Cedri
Sala dell'Estate
Pensatoio del Grifone
Golfo dei Naufraghi
Ashford
Terre Basse di Dorne
Cockleswhent
Nido del Corvo
Casa della Pioggia
Strada delle Ossa
Bosco delle Piogge
Fortezza di Acquachiara
Alto Giardino
Blackhaven
Stonehelm
Mistwood
Bandallon
Canto Notturno
Capo Furore
Estermont
Sala dell'Avvoltoio
Wyl
Horn Hill
Passo del Principe
Arnia del Miele
Vino di Miele
Mare di Dorne
Torre della Gioia
Weeping Tower
Casa delle Pietre Verdi
Tomba del Re
Ghaston Grey
Blackmont
Blackcrown
Vecchia Città
Skyreach
Yronwood
Collina Fantasma
Stretto dei Sussurri
Tre Torri
Thor
Alto Eremo
Braccio Spezzato
Dorne
Stretti dei Redwyne
Stelle al Tramonto
Flagello
Vaith
Grazia degli Dei
Sandstone
Hellholt
Sangue Verde
Lancia del Sole
Vaith
Costa Salata
Casa del Sole
Arbor
Bosco dei Limoni
© 2011 Jeffrey L. Ward

OMNIBUS

Delle *Cronache del Ghiaccio e del Fuoco*
sono già stati pubblicati i volumi:

Il Trono di Spade
Il Grande Inverno
Il Regno dei Lupi
La Regina dei Draghi
Tempesta di Spade
I Fiumi della Guerra
Il Portale delle Tenebre
Il Dominio della Regina
L'Ombra della Profezia

Dello stesso autore:
Le torri di cenere
I re di sabbia

UN CAVILLO SULLA CRONOLOGIA

È passato del tempo tra questo libro e il precedente, ne sono consapevole. Ecco perché non sarebbe male riordinare le idee.

Il libro che avete tra le mani è il decimo volume de "Le Cronache del Ghiaccio e del Fuoco". L'ultimo era *L'Ombra della Profezia*. Ma questo non segue il precedente, almeno non in senso stretto, in quanto si sviluppa in parallelo.

Entrambi riprendono la storia immediatamente dopo la conclusione del *Portale delle Tenebre*. Mentre *L'Ombra della Profezia* era focalizzato su eventi attorno ad Approdo del Re, sulle Isole di Ferro e nel sud, a Dorne, *I Guerrieri del Ghiaccio* ci porta nel nord, al Castello Nero e alla Barriera (e anche oltre la Barriera), al di là del Mare Stretto, alla città libera di Pentos e al Golfo degli Schiavisti, riprendendo le vicende di Tyrion Lannister, Jon Snow, Daenerys Targaryen e di tutti gli altri personaggi che non avevate incontrato nel volume precedente. Invece che in progressione sequenziale, i due libri si svolgono in parallelo... suddivisi geograficamente, piuttosto che cronologicamente.

Ma solo fino a un certo punto.

I Guerrieri del Ghiaccio e i prossimi due volumi coprono un periodo di tempo più lungo. Rivivrete i punti di vista di alcuni dei personaggi apparsi nei romanzi precedenti. E questo significa esattamente ciò che pensate: la narrazione è progredita oltre l'arco di tempo dell'ultimo romanzo pubblicato, e i due flussi sono tornati a ricongiungersi.

Spero di rabbrividire insieme a voi nei prossimi volumi...

George R.R. Martin
aprile 2011

Oltre la Barriera
Terra dell' Eterno Inverno
(senza mappe)
Legenda
Torri
Castelli
Castelli in rovina
Thenn
Fiumelatte
Fiumelatte
Passo Skirling
Artigli del Gelo
Fiume dei Cervi
Pugno dei Primi Uomini
Foresta della Caccia
Castello di Craster
Whitetree
La Barriera
Aspra Dimora
Promontorio di Storrold
Mare dei Brividi
Skane
Skagos
Corona della Regina
Strada del Re
Dono di Brandon
Baia di Ghiaccio
Baia delle Foche
Il Nuovo Dono
Whitetree
La Barriera
Ponte del Forte Occidentale
La Gola
Torre delle Ombre
Bastione Sentinella
Guardia Grigia
Porta di Pietra
Collina Innevata
Sagne di Ghiaccio
Forte della Notte
Lago Profondo
Porta della Regina
Castello Nero
Scudo di Quercia
Forte del Bosco Lacustre
Radura degli Zibellini
Porta della Brina
Lungo Tumulo
Le Torce
Guardia Verde
Forte Orientale
Corona della Regina

Le Città Libere
Legenda
Città
Villaggi
Rovine
Braavos
Le Dita
Lorath
Baia di Lorath
Mare dei Brividi
L'Asvia
Mare Stretto
Terra dei Castelli di Braavos
Baia dei Granchi
Andalos
Colline di Norvos
Norvos
Rhoyne Superiore
Piccola Rhoyne
Noyne
Foresta di Qohor
Colline di Velluto
Pentos
Ghoyan Drohe
Rhoyne
Qohor
Terre Piatte
Ny Sar
Ar Noy
Isola Tarth
Golfo dei Naufragi
Lago delle Daghe
Campi Dorati
Anse Dolenti
(Chroyane)
Mare di Myrth
Myr
Tyrosh
Roccia di Sangue
Terre Contese
Mare di Dorne
Forche Grigie
Selhorys
Valysar
Dorne
Volon Therys
Sar Mell
Volaena
Costa degli Aranci
Volantis
Lys
© 2011 Jeffrey L. Ward

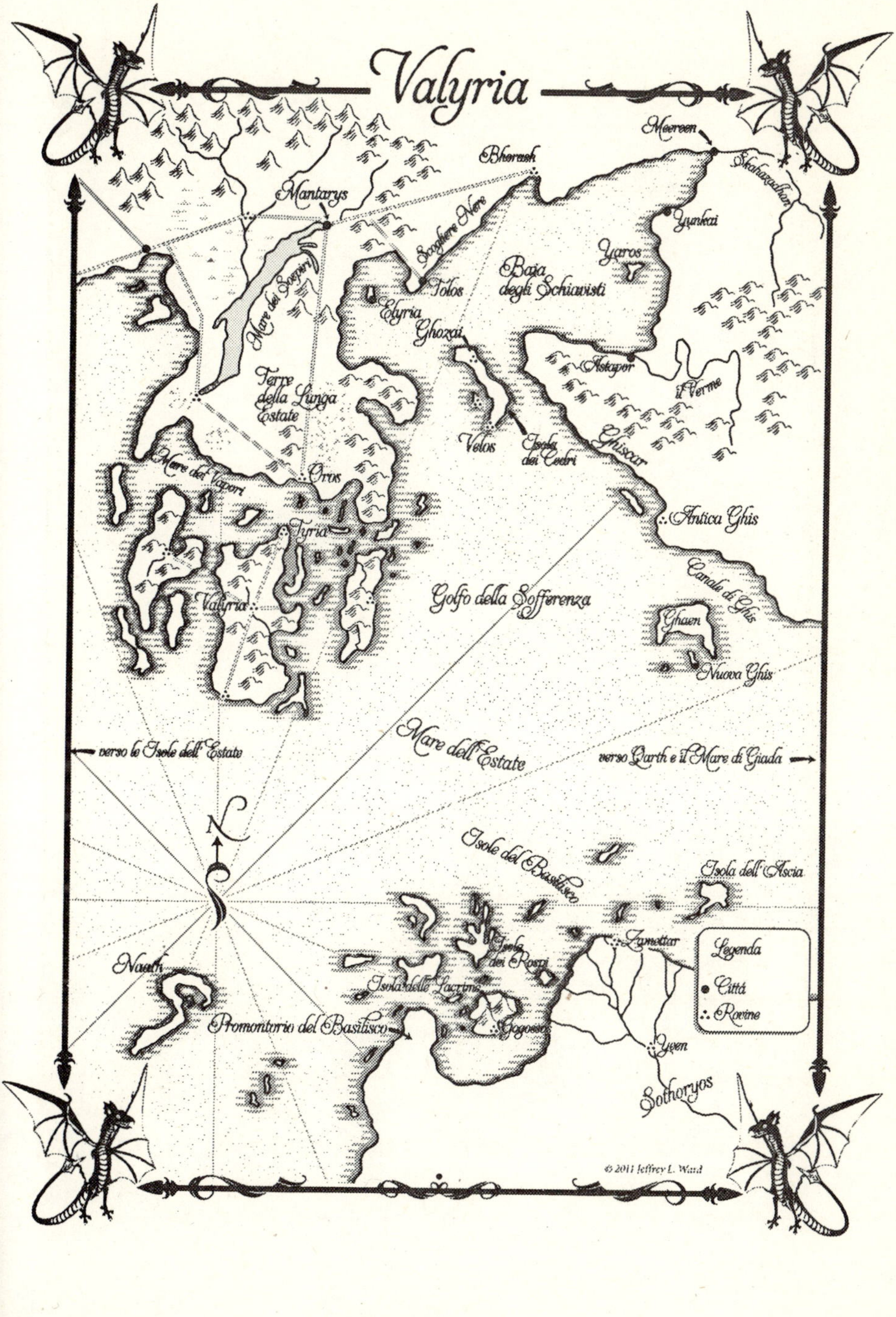
Valyria
Meereen
Bhorash
Mantarys
Yunkai
Skahazadhan
Scogliere Nere
Yaros
Mare dei Sospiri
Tolos
Baia degli Schiavisti
Elyria
Ghozai
Astapor
Terre della Lunga Estate
il Verme
Velos
Isola dei Cedri
Ghiscar
Mare dei Vapori
Oros
Antica Ghis
Tyria
Canale di Ghis
Golfo della Sofferenza
Valyria
Ghaen
Nuova Ghis
Mare dell'Estate
← verso le Isole dell'Estate
verso Qarth e il Mare di Giada →
N
S
Isole del Basilisco
Isola dell'Ascia
Zamettar
Legenda
Città
Rovine
Isola dei Rospi
Naath
Isola delle Lacrime
Promontorio del Basilisco
Gogossos
Yeen
Sothoryos
© 2011 Jeffrey L. Ward

PROLOGO

La notte era satura dell'odore di uomo.

Il lupo delle tenebre si fermò sotto un albero e annusò, il suo pelo grigio e marrone era un mosaico di ombre. Tra i pini, dominante su tracce più deboli di volpe e coniglio, foca e cervo, perfino di lupo, un sospiro di vento trascinò fino a lui l'odore-uomo. Anche gli altri erano odori-uomo, il lupo delle tenebre lo sapeva. Il lezzo di vecchie pelli, morte e irrancidite, finiva quasi per scomparire sotto gli odori più forti: fumo, sangue e decomposizione. Solamente l'uomo strappava le pelli alle altre bestie, indossando poi il loro cuoio, i loro peli.

I lupi delle tenebre non sono semplici lupi: i lupi delle tenebre non hanno paura degli uomini. Odio e fame si attorcigliavano nelle sue viscere. Il lupo delle tenebre emise un basso ringhio, chiamando il fratello con un occhio solo, chiamando anche la sorella, più piccola e subdola. Appena il lupo delle tenebre corse tra gli alberi, i compagni di branco scivolarono rapidi dietro di lui. Anche loro avevano percepito l'odore-uomo. In piena corsa, il lupo delle tenebre vedeva anche attraverso i loro occhi, discernendo se stesso lanciato in avanti. Dalle lunghe mandibole grigie, il respiro del branco si condensava caldo e livido. Il ghiaccio si era solidificato tra le zampe, duro come pietra, ma ora la caccia era iniziata, e davanti a loro c'era la preda. "Carne" pensò il lupo delle tenebre, "cibo."

Un uomo da solo era qualcosa di debole. Grande e grosso, certo, dotato di occhi acuti e attenti, ma scarso di udito e sordo agli odori. Cervi e alci, perfino i conigli, erano più rapidi nella fuga, orsi e cinghiali più temibili nella lotta. Ma gli uomini, quando erano raccolti in branchi, diventavano pericolosi. Nell'avvicinarsi alla preda, il lupo delle tenebre udì il lamento di un cucciolo, la crosta della neve caduta la notte prima spezzarsi sotto le goffe zampe-uomo, il raschiare delle pelli indurite e dei lunghi artigli grigi che gli uomini portano con sé.

«Spade» sussurrò una voce dentro il lupo delle tenebre, «lance.»

Dagli alberi erano cresciute zanne di ghiaccio, sogghignanti dagli spogli rami marroni. Un-occhio si aprì la strada nel sottobosco, sollevando turbini di neve. I compagni di branco lo seguirono. Su per una collina, giù per il pendio sul versante opposto, fino a dove il bosco si apriva davanti a loro.

Gli uomini erano là. Uno era femmina: il fagotto avvolto di pellicce che stringeva tra le braccia era il suo cucciolo. «Lascia lei per ultima» sussurrò la voce da dentro. «I maschi: sono loro il pericolo.» Ora tutti ruggivano: lupi contro uomini, uomini contro lupi. Solo che il lupo delle tenebre poteva percepire il lezzo del loro terrore. Uno degli uomini reggeva un dente di legno della sua stessa altezza. Lo lanciò, ma la sua mano tremava e il dente di legno volò troppo in alto.

Il branco di lupi si avventò su di loro.

Il fratello del lupo delle tenebre con un occhio solo scaraventò l'uomo che aveva lanciato il dente di legno su un tumulo di neve. L'uomo cercò di lottare. Un-occhio gli squarciò la gola. La sorella più piccola passò dietro l'altro maschio e lo attaccò alle spalle. A quel punto, la femmina e il cucciolo erano suoi.

Anche la femmina aveva un dente, più corto, fatto d'osso. Lo lasciò cadere nell'istante in cui le fauci del lupo delle tenebre si serrarono attorno alla sua gamba. Nel crollare, la femmina raccolse entrambe le braccia a protezione del suo cucciolo rumoroso. Sotto le pellicce, la femmina non era altro che pelle e ossa, ma le sue mammelle erano piene di latte. La carne più tenera era quella del cucciolo. Il lupo delle tenebre risparmiò le parti migliori per il fratello. Tutto attorno alle carcasse la neve diventò prima rosa e poi rossa, mentre il branco si riempiva la pancia.

Molte leghe più lontano, in una semplice capanna di fango e paglia, con un foro nel tetto di canne per espellere il fumo e il pavimento di dura terra battuta, Varamyr Seipelli rabbrividiva, tossiva e si leccava le labbra. Aveva gli occhi rossi, le labbra fessurate, la gola secca e riarsa. Eppure il gusto del sangue e del grasso gli riempiva la bocca, anche se il suo ventre gonfio dalla fame urlava per ottenere nutrimento. "Carne di bambino" pensò Varamyr ricordando Bump. "Carne umana" Era davvero caduto così in basso da essere affamato di carne umana? Poteva quasi udire Haggon ringhiargli contro. «Gli uomini possono mangiare la carne delle bestie, e le bestie possono mangiare la carne degli uomini. Ma l'uomo che mangia la carne dell'uomo è un abominio.»

"Abominio" era sempre stata la parola preferita di Haggon. "Abominio, abominio, abominio." Mangiare carne umana era un abominio, accoppiarsi lupo con lupo era un abominio, e impossessarsi del corpo di un altro uomo era il peggiore di tutti gli abomini. "Haggon era un debole, spaventato del suo stesso potere. È morto da solo e piangendo, quando ho sradicato la sua seconda vita da dentro di lui." Varamyr gli aveva divorato il cuore. "Mi ha insegnato tantissime cose: l'ultima cosa che ho imparato da lui è stato il gusto della carne umana."

Questo, però, era stato quando Varamyr era lupo. Non aveva mai mangiato la carne di uomo con denti da uomo. Comunque, non avrebbe odiato il suo branco per quel banchetto. I lupi delle tenebre erano al limite della sopravvivenza, così come lo era lui, scheletrici, infreddoliti e affamati. E le prede... "Due uomini e una donna, con un infante tra le braccia, in fuga dalla sconfitta e dalla morte. Sarebbero comunque morti presto, di freddo o di fame. Così è stato meglio, più rapido. Un atto di pietà."

«Un atto di pietà» disse Varamyr ad alta voce.

Aveva la gola raschiata, ma udire il suono di una voce umana fu una buona cosa, anche se si trattava della sua. L'aria nella capanna puzzava di muffa, di umidità; la terra era fredda e dura. Quanto al focolare, produceva più fumo che calore. Tossendo, tremando, con la ferita al fianco che pulsava, Varamyr si spostò fin quasi a ridosso delle fiamme. Del sangue era colato a infradiciargli le brache fino al ginocchio, disseccandosi in una dura crosta marrone.

Thistle lo aveva avvertito che sarebbe potuto accadere. «Ti ho ricucito meglio che potevo» gli aveva detto, «ma tu devi riposare e lasciare che si rimargini, se no la carne si apre di nuovo.»

Thistle era stata l'ultima delle sue compagne, una moglie di lancia dura come una vecchia radice, piena di verruche, con la pelle spaccata dal vento e scavata dalle rughe. Le altre lo avevano abbandonato strada facendo. L'una dopo l'altra erano rimaste indietro, o si erano spinte in avanti, per tornare ai loro vecchi villaggi, verso il Fiumelatte, verso Aspra Dimora, o verso una morte solitaria nella foresta. Varamyr non aveva risposte, né gli importava di averne. "Avrei dovuto prendere uno di loro quando ne avevo la possibilità: uno dei gemelli, o quell'uomo grosso con la cicatrice sulla faccia, oppure il ragazzo dai capelli rossi." Invece Varamyr aveva avuto paura. Uno degli altri avrebbe potuto rendersi conto di quello che stava accadendo. E a quel punto, tutti si sarebbero rivoltati contro di lui e lo avrebbero ucciso. Inoltre, le parole di Haggon gli pesavano addosso come una maledizione, così quell'opportunità era svanita.

Dopo la battaglia perduta, i loro avevano arrancato nella foresta, a migliaia. Affamati, spaventati, in fuga dal massacro che era calato su di loro dalla Barriera e da oltre la Barriera. Alcuni avevano parlato di fare ritorno alle case che avevano abbandonato, altri di lanciare un secondo assalto al portale. Ma la maggior parte del popolo libero si era disperso, senza aver idea di dove andare, di cosa fare. Erano scappati davanti ai corvi dai mantelli neri e ai cavalieri coperti di grigio acciaio. E adesso, c'erano nemici ancora più implacabili sulle loro tracce. Ogni giorno che passava, altri cadaveri restavano sul tracciato: alcuni morivano di stenti, altri di malattia, altri ancora venivano macellati da quegli stessi uomini che, quando tutti avevano marciato verso sud al seguito di Mance Rayder, il re oltre la Barriera, erano stati i loro compagni d'arme.

"Mance è caduto" avevano detto gli uni agli altri i superstiti, con voce incrinata dalla disperazione. "Mance è stato preso, Mance è morto."

«Harma è morta e Mance è prigioniero, gli altri sono scappati, ci hanno abbandonato» aveva dichiarato Thistle mentre gli ricuciva la ferita. «Tormund, il Piagnone, Seipelli, e tutti quegli altri bravi guerrieri, dove sono?»

"Non mi riconosce" aveva capito a quel punto Varamyr. "E perché dovrebbe?" Senza le sue belve, non era più un grande uomo. "Condividevo il pane con Mance Rayder: ero Varamyr

Seipelli." Aveva chiamato se stesso così fin dall'età di dieci anni. "Un nome degno di un lord, un nome da ballate eroiche, un nome possente, un nome che incute paura." Invece anche lui era scappato davanti ai corvi neri come un coniglio terrorizzato. Il terribile lord Varamyr era diventato un codardo, ma non poteva tollerare che la moglie di lancia lo venisse a sapere, così le aveva detto di chiamarsi Haggon. In seguito, tra tutti quelli che poteva scegliere, si era domandato per quale ragione fosse stato proprio quel nome a sfuggirgli dalle labbra. "Ho divorato il suo cuore, ho bevuto il suo sangue, ma lui non cessa di tormentarmi."

Un giorno, mentre continuavano a fuggire, arrivò un uomo al galoppo in sella a un magro cavallo bianco. Urlò che tutti loro dovevano deviare verso il Fiumelatte, che il Piagnone stava radunando guerrieri, che avrebbero attraversato il Ponte dei Teschi e preso la Torre delle Ombre. Molti lo seguirono, molti altri si rifiutarono. Più tardi, un tetro guerriero in pelliccia e armatura d'ambra passò da un accampamento all'altro: dovevano dirigersi a nord, trovare rifugio nella vallata dei thenn. Per quale motivo quel guerriero pensasse che lassù sarebbero stati più al sicuro, dal momento che perfino i thenn erano fuggiti da quel luogo, Varamyr non lo scoprì mai. Eppure i bruti seguirono quel tetro guerriero a centinaia. Altrettanti se ne andarono nella foresta, dietro a una strega che dichiarava di aver avuto una visione: una flotta di navi che arrivava per portare il popolo libero verso sud. «Dobbiamo cercare il mare» ululava Madre Talpa, e chi volle seguirla si diresse a est.

Anche Varamyr sarebbe andato con loro, se solo fosse stato più in forze. Ma il mare era grigio, freddo e lontano, e lui sapeva che non sarebbe rimasto in vita abbastanza per vederlo. Per nove volte era stato morto o morente: adesso sarebbe arrivata la sua ultima morte, quella vera. "Una cappa di pelo di scoiattolo" ricordò. "Mi ha accoltellato per una cappa di pelo di scoiattolo."

La sua proprietaria era morta, la nuca ridotta a una poltiglia rossastra punteggiata di schegge ossee, ma la cappa era calda e spessa. Nevicava, e Varamyr, nel pieno della battaglia alla Barriera, aveva perso la sua cappa. Le pelli nelle quali dormiva, i sottoabiti di lana, gli stivali di pelle di pecora e i guanti imbottiti di pelo, la scorta di idromele e di cibo sotto sale, le ciocche di capelli che prendeva alle donne con le quali dormiva, perfino i bracciali d'oro che Mance gli aveva dato: tutto perduto e lasciato indietro. "Sono bruciato e sono morto e sono scappato, mezzo impazzito dal dolore e dal terrore." Il ricordo continuava a riempirlo di vergogna. Ma non era stato il solo. Anche altri erano scappati, centinaia, migliaia. "La battaglia era perduta. Erano arrivati i cavalieri, invincibili nel loro acciaio, sterminando tutti quelli che erano rimasti a combattere. Era o fuggire o morire."

Ma correre più veloci della morte non era facile. Così, quando nella foresta Varamyr aveva visto il cadavere della donna, si era inginocchiato per prenderle la cappa. Poi quel ragazzino... Varamyr non l'aveva nemmeno visto arrivare, fino a quando non era schizzato fuori dal suo nascondiglio, piantandogli un lungo pugnale d'osso nel fianco e strappandogli la cappa dalle mani.

«Sua madre» gli aveva detto più tardi Thistle, dopo che il ragazzino era scappato di corsa. «Era la cappa di sua madre, e quando lui ti ha visto prenderla...»

«Era morta» rispose Varamyr, con una smorfia di dolore mentre l'ago d'osso entrava e usciva dalle sue carni. «Qualcuno le aveva spaccato la testa. Uno dei corvi neri.»

«No, sono stati i piedi di corno. Li ho visti io.» L'ago di Thistle finì di chiudere lo squarcio nel fianco di Varamyr. «Selvaggi, e ormai chi è rimasto a fermarli?»

"Nessuno. Se Mance è morto, il popolo libero è finito." I thenn, i giganti, i piedi di corno, i cavernicoli dai denti limati, gli uomini della costa occidentale con i loro carri da battaglia fatti di ossa... anche tutti loro erano finiti. Perfino i corvi, i Guardiani della notte. Forse quei bastardi dai mantelli neri non lo sapevano ancora, ma anche loro sarebbero periti. Il nemico stava arrivando.

La voce aspra di Haggon gli rimbalzò nella testa. «Morirai una dozzina di morti, ragazzo, e ogni morte farà male... ma quando verrà la tua vera morte, vivrai di nuovo. La seconda vita, dicono, è più semplice e dolce.»

Varamyr Seipelli avrebbe ben presto scoperto se era vero. Poteva già sentire il sapore della sua vera morte nel fumo che ristagnava acre nell'aria, nel calore che percepiva quando infilava una mano sotto gli stracci per tastarsi la ferita. E dentro di lui c'era anche un gelo, nel profondo delle ossa. Questa volta, a ucciderlo sarebbe stato il freddo.

La sua ultima morte era stata nel fuoco. "Sono bruciato." All'inizio, in preda alla confusione, aveva pensato che un arciere dalla sommità della Barriera lo avesse colpito con una freccia incendiaria... Invece il fuoco era divampato dentro di lui, divorandolo. E la sofferenza...

Prima di quella morte, Varamyr era già morto altre nove volte. Una volta per un colpo di lancia, un'altra volta con le zanne di un'orsa affondate nella gola, un'altra volta ancora in un lago di sangue mentre reggeva un cucciolo nato morto. La prima morte era arrivata quando aveva soltanto sei anni, e l'ascia di suo padre gli sfondò il cranio. Eppure, nemmeno quello gli aveva procurato tanta sofferenza quanto il fuoco nelle viscere, le fiamme che scricchiolavano lungo le sue ali, divorandolo. Quando aveva cercato di fuggire in volo, il suo terrore aveva gettato altra aria sulle fiamme, facendole diventare ancora più roventi. Un momento volava al di sopra della Barriera, e i suoi occhi d'aquila individuavano i movimenti degli uomini in basso; il momento dopo le fiamme avevano tramutato il suo cuore in cenere annerita, scaraventando di nuovo il suo spirito dentro la pelle di un uomo, e per qualche attimo, Varamyr Seipelli era impazzito: il solo ricordo era sufficiente a farlo tremare.

Si accorse in quell'istante che il fuoco si era spento. Rimaneva solamente un ammasso grigio e nero di legna carbonizzata, e poche braci pulsanti qua e là. "Fa ancora fumo, basta aggiungere altra legna." Digrignando i denti per le fitte al fianco, Varamyr si trascinò fino alla pila di rami spezzati che Thistle aveva raccolto prima di andare di nuovo a caccia. Ne gettò alcuni sulla cenere.

«Attecchisci» gorgogliò. «Brucia.»

Soffiò sulla cenere, levando una preghiera silenziosa agli dèi senza nome delle foreste, delle colline e dei campi.

Gli dèi non risposero. Dopo poco, anche il fumo cessò. La piccola capanna stava già diventando più fredda. Varamyr non aveva né pietra focaia, né esche, né legnetti asciutti.

«Thistle!» La sua voce era roca, distorta dalla sofferenza. «Thistle!»

La donna aveva il mento appuntito e il naso schiacciato, e una verruca sulla guancia dalla quale spuntavano quattro peli scuri. Una brutta faccia, dai lineamenti duri, eppure in quel momento Varamyr Seipelli sarebbe stato pronto a dare nemmeno lui sapeva cosa pur di veder apparire anche solo un frammento di quella faccia sulla soglia della capanna. "Avrei dovuto prenderla prima che se ne andasse." Da quanto tempo era via? Due giorni? Tre? Varamyr non lo sapeva.

Nella capanna era buio e Varamyr aveva continuato a sonnecchiare, per cui non sapeva più se fuori fosse giorno o notte.

«Te aspettami» gli aveva detto Thistle. «Torno con il cibo.»

E così, come uno stupido, Varamyr Seipelli aveva aspettato, sognando Haggon e Bump, e tutte le cose infami che aveva fatto nel corso della sua lunga vita. Ma il tempo era passato, giorni e notti, senza che Thistle facesse ritorno. "Non tornerà più." Varamyr si domandò se non si fosse immolato da solo. Thistle era in grado di leggergli nel pensiero, oppure era stato lui a mormorare qualcosa nel delirio della febbre?

"Abominio" la voce di Haggon riaffiorò nella sua mente. Era come se Haggon fosse là con lui, in quella capanna.

«È solo una brutta moglie di lancia» gli rispose Varamyr. «Io sono un grande uomo, sono Varamyr, il lupo delle tenebre, il metamorfo, non è giusto che lei viva e io debba morire.»

Nessuna risposta. Là dentro non c'era nessuno. Thistle se n'era andata, lo aveva abbandonato. Tutti lo avevano abbandonato.

Perfino sua madre lo aveva abbandonato. "Per Bump ha pianto, ma per me... per me non ha mai pianto." La mattina in cui suo padre lo tirò giù dal letto per consegnarlo a Haggon, lei non l'aveva nemmeno guardato. Mentre veniva trascinato nella foresta, Varamyr urlava e scalciava, finché suo padre non lo aveva schiaffeggiato, imponendogli di fare silenzio. «Devi stare con i tuoi simili»; suo padre non disse altro, quando lo gettò ai piedi di Haggon.

"Non si sbagliava" pensò Varamyr, scosso dai tremiti. "Haggon mi ha insegnato tantissime cose. Mi ha insegnato ad andare a caccia e a pesca, a squartare una preda e a pulire un pesce, a orientarmi nella foresta. E mi ha insegnato a essere un lupo delle tenebre e i segreti del metamorfo, anche se il mio dono era più forte del suo."

Anni più tardi, Varamyr aveva cercato di rintracciare i propri genitori, per dirgli che quel loro figlio distorto era diventato il grande Varamyr Seipelli. Ma ormai erano entrambi morti e bruciati. "Sparsi negli alberi e nei torrenti, nelle rocce e nella terra. Diventati polvere e cenere." Così aveva detto la strega del bosco a sua madre, il giorno in cui Bump era morto. Solo che il loro figlio distorto non aveva alcuna intenzione di diventare anche lui un'asperità del terreno. Da ragazzo, Varamyr aveva sognato cantori delle sue gesta e graziose fanciulle pronte a baciarlo. "E una volta diventato uomo, sarò il re oltre la Barriera" aveva promesso a se stesso. Alla fine non era diventato il re oltre la Barriera, però c'era arrivato vicino. Varamyr Seipelli era un nome che incuteva timore. In battaglia cavalcava un'orsa delle nevi alta tredici piedi, seguito da tre lupi delle tenebre e da una pantera-ombra, e sedeva alla destra di Mance Rayder. "È stato Mance a portarmi qui. Non avrei dovuto ascoltarlo: sarei dovuto scivolare dentro la mia orsa e farlo a pezzi."

Prima di Mance, Varamyr Seipelli era stato una specie di lord. Viveva da solo, in una casa di muschio, fango e tronchi appartenuta a Haggon, circondato dalle sue belve. Una dozzina di villaggi a nord della Barriera gli versavano la decima sotto forma di pane, sale e sidro, offrendogli il raccolto dei loro frutteti e dei loro orti. La carne se la procurava da solo. Ogni volta che aveva desiderio di una donna, inviava la sua pantera-ombra a stanarla, e tutte le ragazze su cui posava lo sguardo lo seguivano docilmente fino al letto. Alcune piangendo, *aye*. Varamyr dava loro il proprio seme, prendeva una ciocca di capelli come ricordo e le rimandava là da dove erano venute. Di tanto in tanto, l'eroe di qualche villaggio si presentava con la lancia in pugno, deciso a sventrare la mezza belva per salvare una sorella, un'amante, una figlia. Quelli, Varamyr li uccideva, ma alle donne non faceva alcun male. "Scriccioli, piccoli esseri gracili, come Lump. E nessuna di loro aveva il dono."

Fu la paura a costringerlo ad alzarsi, barcollando. Varamyr si teneva il fianco per tamponare la ferita che continuava a sanguinare. Arrancò fino all'ingresso della capanna. Scostò d'impeto la pelle erosa che la chiudeva, e si ritrovò davanti un muro bianco. "Neve." Nessuna meraviglia che dentro fosse diventato così scuro e fumoso. La neve aveva sepolto la capanna.

Varamyr spinse quel muro: la neve, ancora soffice e bagnata, cedette. All'esterno, la notte era bianca come la morte. Pallide nubi sottili danzavano attorno a una luna argentea, mentre migliaia di stelle osservavano come altrettanti occhi glaciali.

Sepolte sotto la neve trascinata dal vento, Varamyr distinse altre capanne, e al di là di esse, la pallida ombra di un albero-diga attanagliato dal ghiaccio. A sud e a ovest, le colline erano un'immensa distesa bianca: tutto era immobile, tranne il turbinare della neve.

«Thistle» invocò debolmente Varamyr, domandandosi di quanto potesse essersi allontanata. «Thistle. Donna. Dove sei?»

Molto lontano, un lupo lanciò un ululato.

Varamyr sentì un tremito percorrergli le membra. Sapeva riconoscere quell'ululato così come, un tempo, Lump sapeva riconoscere la voce della propria madre. "Un-occhio." Dei tre lupi delle tenebre, era il più vecchio, quello più grosso, il più feroce. Stalker era più snello, più rapido, più giovane. Sly era più astuta. Ma tutti e due avevano timore di Un-occhio. Il vecchio lupo non conosceva la paura, era implacabile, letale.

Varamyr aveva perso il controllo dei suoi compagni animali dall'agonia dell'aquila. La pantera-ombra era fuggita nella foresta, mentre l'orsa delle nevi aveva snudato i suoi artigli avventandosi su chiunque era attorno a lei, e aveva maciullato quattro uomini prima di cadere a sua volta impalata da una lancia. Se Varamyr fosse stato nel suo raggio d'azione, avrebbe sventrato anche lui. L'orsa lo odiava: diventava furibonda ogni volta che lui scivolava nella sua pelle o le montava in groppa.

I suoi tre lupi delle tenebre, invece...

"I miei fratelli. Il mio branco." Quante notti gelide aveva trascorso dormendo insieme, con i loro corpi pelosi attorno al suo per conservare il calore. "Quando morirò, banchetteranno con le mie carni e lasceranno solamente le ossa ad accogliere il disgelo." Un pensiero stranamente confortante. Spesso i lupi, andando a caccia, gli avevano procurato del cibo, per cui era giusto che alla fine lui li nutrisse. Tanto valeva cominciare la sua seconda vita strappando brandelli di carne ancora calda del suo stesso cadavere.

I cani erano le bestie più semplici con cui instaurare un legame; vivevano talmente vicino agli uomini da essere a loro volta quasi umani. Scivolare nella pelle di un cane era come infilare il piede in un vecchio stivale, il cui cuoio è ammorbidito dall'uso. Come uno stivale era concepito per accogliere un piede, così un cane era conformato per accettare un collare, anche invisibile all'occhio umano. Con i lupi era più difficile. Un uomo poteva diventare amico di un lupo, poteva anche spezzare un lupo, ma nessuno sarebbe mai riuscito a domare un lupo.

«Lupi e donne si sposano per la vita» diceva spesso Haggon. «Una volta fatta la scelta, quello è già un matrimonio. Da quel giorno in poi, il lupo diventa parte di te e tu di lui. Ed entrambi subirete una mutazione.»

C'erano poi altre bestie da cui era meglio stare lontani, aveva dichiarato il vecchio cacciatore. I felini era vanitosi e crudeli, sempre pronti a rivoltarsi contro di te. Alci e cervi erano delle prede: indossando troppo a lungo le loro pelli, anche l'uomo più coraggioso diventava un codardo. Orsi, cinghiali, tassi, donnole... Haggon non voleva averci nulla a che fare. «Certe pelli, ragazzo, è meglio non mettersele addosso: quello che diventeresti non ti piacerebbe.» Ma gli animali più pericolosi, secondo Haggon, erano gli uccelli. «Gli uomini non sono fatti per lasciare la terra. Se passi troppo tempo tra le nuvole, non vuoi più ridiscendere. So di metamorfi che hanno tentato con falchi, gufi, corvi. Perfino quando si ritrovano nella loro stessa pelle, se ne stanno seduti tutti cupi, con lo sguardo rivolto verso quel maledetto azzurro.»

Eppure, non tutti i metamorfi la pensavano a quel modo. Una volta, quando Varamyr aveva dieci anni, Haggon l'aveva portato a un grande raduno. I più numerosi erano i lupi delle tenebre, i fratelli-lupi, ma il giovane Varamyr aveva trovato più strani e affascinanti altri: Borroq assomigliava talmente al suo cinghiale che gli mancavano solo le zanne, Orell aveva la sua aquila, Briar la sua pantera-ombra (e appena l'aveva vista, anche Varamyr aveva voluto la sua), Grisella la donna-capra...

Ma nessuno di loro era forte come Varamyr Seipelli, neppure Haggon, alto e tetro, con quelle sue mani dure come la pietra. Haggon era morto piangendo dopo che Varamyr gli aveva portato via Pellegrigia, scacciandolo e prendendo possesso della bestia. "No, vecchio, nessuna seconda vita per te." Varamyr Trepelli, si faceva chiamare a quei tempi. Pellegrigia diventò la sua quarta pelle, ma il vecchio lupo era debole e quasi sdentato, e ben presto aveva seguito Haggon nella morte.

Varamyr poteva impossessarsi di qualsiasi bestia, piegandola alla sua volontà. Cane, lupo, orso o tasso...

"Thistle" pensò di nuovo.

Haggon avrebbe definito il suo gesto un abominio, il più nero di tutti i peccati. Ma ora Haggon era morto, divorato, bruciato. Lo stesso Mance lo avrebbe maledetto, ma anche Mance era morto o prigioniero. "Nessuno lo saprà mai. Diventerò Thistle la moglie di lancia, e Varamyr Seipelli sarà morto." Il suo dono sarebbe morto insieme al corpo, si aspettava Varamyr. Avrebbe perso i suoi lupi, vivendo il resto dei propri giorni come una donna scarna, piena di verruche... ma avrebbe continuato a vivere. "E se lei dovesse tornare, sono ancora abbastanza in forze da prenderla."

Varamyr si sentì sopraffare da un'ondata di vertigini. Si ritrovò in ginocchio, le mani affondate in un cumulo di neve. Ne prese una manciata e se la cacciò in bocca, passandola sulla barba e strofinandola sulle labbra fessurate, risucchiandone l'umidità. L'acqua era talmente gelida che quasi non riusciva a mandarla giù, e così si rese conto di quanto alta fosse la sua febbre.

La neve disciolta gli fece venire ancora più fame. Era cibo, non acqua, quello che Varamyr Seipelli bramava. La neve aveva smesso di cadere, ma si stava alzando il vento, riempiendo l'aria di cristalli, graffiandogli la faccia mentre arrancava in mezzo alla neve, con la ferita al fianco che si riapriva e poi tornava a richiudersi. Il suo respiro si condensava in bianche nubi frastagliate. Quando raggiunse l'albero-diga riuscì a trovare un ramo caduto lungo quanto bastava per essere usato come stampella. Appoggiando il suo peso su di esso, Varamyr avanzò barcollante verso la capanna più vicina. Forse, nel fuggire, gli abitanti del villaggio avevano dimenticato qualcosa... un sacco di mele, un po' di carne salata, del cibo che potesse tenerlo in vita finché Thistle non fosse tornata.

Aveva quasi raggiunto la capanna, quando il ramo si spezzò e le gambe gli cedettero.

Varamyr Seipelli non sapeva quanto tempo era rimasto a terra, mentre il suo sangue arrossava la neve. "La neve mi seppellirà." Sarebbe stata una morte serena. "Dicono che si senta caldo quando sta per arrivare la fine: caldo e sonnolenza." Sarebbe stato bello sentire di nuovo caldo, ma lo rattristava pensare che non avrebbe mai visto le terre verdi, quelle terre calde oltre la Barriera di cui Mance era solito cantare.

«Il mondo oltre la Barriera non è fatto per quelli come noi» diceva sempre Haggon. «Il popolo libero teme i metamorfi, però ci rispettano. A sud della Barriera, i sudditi ci danno la caccia, finendo per ucciderci come maiali.»

"Mi avevi avvertito" pensò Varamyr "ma sei stato tu a mostrarmi il Forte Orientale." All'epoca lui non poteva avere più di dieci anni. Haggon aveva scambiato una dozzina di collane d'ambra e una slitta con sopra un mucchio di pelli ancora da conciare contro sei otri di vino, un blocco di sale e una cuccuma fatta di rame. Il Forte Orientale, situato all'estremità est della Barriera, era un posto migliore del Castello Nero per i commerci; era lì che approdavano le navi cariche di merci dalle terre favolose al di là del mare. I corvi neri conoscevano Haggon come cacciatore e amico dei Guardiani della notte, apprezzavano le notizie che lui portava riguardo alla vita a nord della loro Barriera. Ad alcuni dei mantelli neri Haggon era noto anche come metamorfo, ma di questo nessuno parlava mai. Sul mare, il ragazzo Varamyr aveva iniziato a sognare il caldo Sud.

Ora l'uomo Varamyr sentiva i fiocchi di neve sciogliersi sulla fronte. "Non è così terribile come bruciare. Vorrei poter dormire senza più risvegliarmi, vorrei iniziare la mia seconda vita." I suoi lupi adesso erano vicini. Poteva percepirli. Si sarebbe lasciato dietro quella carne debole, fondendosi con loro, cacciando la notte, ululando alla luna. Il lupo delle tenebre sarebbe diventato un lupo vero, "ma quale dei tre?".

"Non Sly." Haggon avrebbe definito anche questo un abominio, ma Varamyr era spesso scivolato nella sua pelle mentre veniva montata da Un-occhio, e non intendeva trascorrere la sua nuova vita nel corpo di una cagna, a meno di non avere altra scelta. Stalker, il maschio più giovane, gli sarebbe andato meglio... ma Un-occhio era più grosso, più feroce, ed era Un-occhio a prendere Sly quando andava in calore.

«Dicono che uno dimentica» gli aveva detto Haggon, poche settimane prima di morire. «Quando la carne di un uomo muore, il suo spirito continua a vivere all'interno della bestia. Ma ogni giorno che passa, la memoria sbiadisce, e la bestia diventa sempre meno lupo delle tenebre, e sempre più lupo e basta. Fino a quando dell'uomo non c'è più traccia, e rimane soltanto la bestia.»

Varamyr era consapevole della verità di quelle parole. Quando aveva preso possesso dell'aquila appartenuta a Orell, aveva potuto percepire l'altro metamorfo lottare ferocemente contro la sua invasione. Orell era stato abbattuto da Jon Snow, corvo disertore, e l'odio per l'uomo che l'aveva ucciso era talmente forte che perfino Varamyr si era ritrovato a odiare quel ragazzo-belva. Lui aveva capito che cosa era Jon Snow appena aveva visto il grande meta-lupo albino silenzioso camminare al suo fianco. Un metamorfo sa sempre riconoscere un altro metamorfo. "Mance avrebbe dovuto permettermi di prendere il meta-lupo. Quella sì sarebbe stata una seconda vita degna di un re." Ci sarebbe riuscito, Varamyr non aveva dubbi. Il dono in Jon Snow era potente, ma il ragazzo non aveva ricevuto gli insegnamenti, continuava a lottare contro quella sua natura quando invece avrebbe dovuto gloriarsene.

Varamyr vedeva gli occhi rossi dell'albero-diga fissarlo dal tronco livido. "Gli dèi mi stanno scrutando." Un nuovo tremito percorse il suo corpo. Varamyr aveva commesso atti malvagi, terribili. Aveva rubato, ucciso, stuprato. Si era ingozzato di carne umana, leccando il sangue di uomini in agonia che ancora zampillava, rosso e caldo, dalle loro gole squarciate. Aveva teso agguati agli avversari nella foresta, piombando loro addosso nel sonno, strappando loro le viscere fuori dal ventre, disseminandole sul terreno fangoso. Eppure, quanto era delizioso il gusto delle loro carni...

«Quello non ero io, era la belva» disse in un roco sussurro. «Era il dono che voi mi avete concesso.»

Gli dèi non diedero alcuna risposta.

Il suo respiro ristagnava nell'aria, pallido e opaco. Sentiva il ghiaccio cristallizzarsi nella sua barba. Varamyr Seipelli chiuse gli occhi.

Sognò un sogno antico: una capanna sulla riva del mare, tre cani che uggiolano, le lacrime di una donna.

"Bump. Sta piangendo per Bump, ma non ha mai pianto per me." Lump era nato un mese prima del tempo, ed era quasi sempre malato e nessuno pensava che sarebbe sopravvissuto. Sua madre attese che superasse il quarto anno di età prima di dargli un vero e proprio nome, ma a quel punto era troppo tardi: tutto il villaggio aveva iniziato a chiamarlo Lump, bozzo, il nome che sua sorella Meha gli aveva dato quando era ancora dentro al grembo della madre. Meha aveva scelto il nome anche al fratellino minore, che però era nato nel tempo giusto: Bump, colpo. Grosso, rubicondo e robusto, era sempre pronto a succhiare avidamente dalle tette della madre. A Bump sarebbe stato dato il medesimo nome del padre. "Ma Bump è morto. È morto quando aveva due anni e io sei, tre giorni prima del suo compleanno."

«Il tuo piccolino adesso è con gli dèi» aveva detto la strega del bosco alla madre in lacrime. «Non soffrirà più, non avrà più fame, non piangerà più. Gli dèi lo hanno portato giù nella terra, dentro gli alberi. Gli dèi sono attorno a noi, nelle rocce e nei torrenti, negli uccelli e nelle bestie. Il tuo Bump è andato a stare con loro. Lui è diventato il mondo, e tutto quello che il mondo contiene.»

Le parole della vecchia erano penetrate in Lump come la lama di un coltello. "Bump vede. Bump mi sta osservando. Bump sa." Lump non poteva nascondersi da lui, non poteva scivolare dietro le sottane della madre, né correre via con i cani per evitare il furore del padre. "I cani." Codatonda, Annusa, Ringhio. "Erano bravi cani. Erano miei amici."

Quando il padre trovò i cani che annusavano attorno al corpo di Bump, non aveva modo di sapere chi di loro era stato. Così li uccise tutti e tre a colpi d'ascia. Le mani gli tremavano al punto che gli ci vollero due colpi per ridurre al silenzio Annusa, e addirittura quattro per abbattere Ringhio. L'odore del sangue appestava l'aria, e i guaiti dei cani agonizzanti erano stati terribili. Eppure, quando il suo padrone lo chiamò, Codatonda andò comunque. Era il cane più vecchio, per cui l'addestramento fu più forte del terrore. E quando Lump scivolò dentro la sua pelle, era già troppo tardi.

"No, padre, ti prego" cercò di dire, ma i cani non conoscono il linguaggio degli uomini, e tutto quello che uscì fu un lamento patetico. L'ascia si abbatté in mezzo al cranio dell'animale, e dall'interno della capanna sulla riva del mare, il ragazzo si lasciò sfuggire un urlo. "Ecco come hanno fatto a capire." Due giorni dopo, il padre lo trascinò nel bosco. Portò con sé anche l'ascia, e Lump pensò che avesse intenzione di ucciderlo come aveva fatto con i cani. Invece, lo aveva consegnato a Haggon.

Varamyr si svegliò di colpo, violentemente, con tremori in tutto il corpo.

«Alzati» urlava una voce. «Alzati che dobbiamo andare. Sono a centinaia.»

La neve lo aveva coperto con un rigido lenzuolo bianco. "Fa così freddo." Quando cercò di muoversi, si accorse che le sue mani erano congelate nel terreno. Le liberò a forza, lasciando brandelli di pelle attaccati al ghiaccio.

«Alzati» urlò di nuovo la voce. «Stanno arrivando.»

Thistle era tornata; lo aveva afferrato per le spalle e lo stava scuotendo, urlandogli in faccia. Varamyr sentì l'odore del suo respiro, il suo calore sulle guance rese insensibili dal gelo. "Adesso" pensò "fallo adesso... o morirai."

Chiamò a raccolta tutte le forze che gli restavano, schizzò fuori dalla propria pelle e fluì dentro di lei.

Thistle inarcò la schiena e urlò.

Abominio.

Era stata lei, a urlare, oppure lui, o forse Haggon? Varamyr non l'avrebbe mai saputo. La sua vecchia carne ricadde nel cumulo di neve mentre lo spasmo delle dita di Thistle si allentava. La moglie di lancia si contorse con violenza, gridando. La pantera-ombra di Varamyr combatteva sempre ferocemente quando lui cambiava pelle, e l'orsa bianca sembrava impazzire, artigliando gli alberi, le pietre e il vuoto. Ma quella volta fu peggiore di tutte le altre.

«Fuori! Vattene fuori!» Era la sua bocca a urlare.

Il corpo di Thistle barcollò, cadde, si rialzò. Le sue mani annaspavano. Le gambe schizzarono da una parte, poi dall'altra. Una danza grottesca mentre i loro due spiriti lottavano per un unico corpo. Thistle aspirò una boccata d'aria gelida e per una frazione di secondo Varamyr assaporò la neve e il ghiaccio, la forza del corpo giovane di lei, prima che i denti di Thistle si serrassero di schianto e la bocca di Varamyr fosse piena di sangue. Thistle gli mise le mani in faccia, lui cercò abbassarle, ma quelle rifiutarono di obbedire. Poi Thistle puntò agli occhi.

Abominio!

Questo Varamyr ricordò, sprofondando nel sangue, nella sofferenza e nella follia. Cercò di urlare, ma Thistle tirò fuori la lingua.

Il mondo bianco vorticò e andò in pezzi. Per un momento, fu come se Varamyr si trovasse all'interno dell'albero-diga, a osservare attraverso i rossi occhi incavati nel legno. A osservare un uomo morente che si contorceva debolmente al suolo, e una donna demente, cieca e coperta di sangue, che danzava sotto la luna, versando lacrime rosse, strappandosi le vesti. Perduti, erano entrambi perduti adesso. Varamyr si stava innalzando, dissolvendo, il suo spirito era diventato parte di un vento gelido. Era nella neve ed era nelle nuvole, era un passero, uno scoiattolo, una quercia. Un gufo reale volò silenziosamente tra i suoi rami, cacciando una lepre; Varamyr era dentro il gufo, dentro la lepre, dentro gli alberi. Nelle profondità della terra congelata, grossi vermi ciechi strisciavano nelle tenebre, e lui era anche dentro di loro.

"Io sono la foresta, e tutto quello che la foresta contiene" pensò Varamyr esultante.

Centinaia di corvi si levarono in aria, gracchiando nel percepire il suo passaggio. Una grande alce nitrì, spaventando i piccoli aggrappati al suo dorso. Un meta-lupo che dormiva levò il muso in un ringhio nel vuoto. Prima che i loro cuori battessero ancora, Varamyr era già passato oltre, alla ricerca della propria genia: Un-occhio, Sly, Stalker, tutto il branco. I suoi lupi lo avrebbero salvato, disse a se stesso.

Fu il suo ultimo pensiero come uomo.

La morte vera arrivò all'improvviso. Fu un urto di gelo, quasi lo avessero gettato nelle acque di un lago congelato. Poi si ritrovò a correre nella neve illuminata dalla luna, con i suoi compagni di branco dietro di lui. Metà del mondo era nel buio. "Un-occhio", Varamyr capì. Ululò, e Sly e Stalker gli fecero eco.

Quando raggiunsero il crinale, i lupi si fermarono.

"Thistle" ricordò Varamyr; una parte di lui soffrì per quanto aveva perduto, un'altra parte di lui per quello che aveva compiuto. Laggiù, il mondo era diventato di ghiaccio. Viticci congelati strisciavano lentamente su per gli alberi-diga, andando ad attorcigliarsi gli uni negli altri. I villaggi vuoti non erano più vuoti. Ombre dagli occhi azzurri si muovevano tra i tumuli di neve. Alcune di quelle ombre indossavano abiti marroni, altre abiti neri, altre ancora erano nude, le loro carni bianche come la neve. Il vento sospirava sulle colline, saturo dei loro miasmi:

carne morta, sangue essiccato, pelle che puzzava di muffa, urina e putrefazione. Sly ringhiò, snudando le zanne, con il pelo ritto.

"Non uomini. Non prede. Niente di tutto questo."

Quelle cose là sotto si muovevano, ma non erano vive. L'una dopo l'altra, levarono le teste verso i tre lupi sulla collina. L'ultima fu quella cosa che un tempo era stata Thistle. Indossava lana, pellicce e cuoio. Sopra quegli indumenti portava un pastrano fatto di brina che scricchiolava a ogni movimento, scintillando al chiarore della luna. Pallidi ghiaccioli rosati pendevano dai polpastrelli delle sue dita: dieci lunghi pugnali di sangue congelato. E nelle voragini che aveva al posto degli occhi, pulsava una livida luminescenza azzurra, conferendo ai suoi lineamenti aspri una bellezza che in vita non avevano mai conosciuto.

"Lei mi vede."

TYRION

Tyrion Lannister varcò il Mare Stretto ubriacandosi di continuo.

La nave era piccola, la sua cabina davvero minuscola, ma il capitano gli aveva comunque proibito di salire in coperta. Il rollio del ponte che avvertiva sotto i suoi piedi gli faceva torcere le viscere, e il cibo vomitato aveva un gusto ancora più schifoso di quello ingerito.

Ma che bisogno aveva in fondo di manzo salato, formaggio duro e pane brulicante vermi quando poteva nutrirsi esclusivamente di vino? Un vino rosso e aspro, molto forte. A volte vomitava anche quello, ma la scorta era inesauribile.

«Di vino è pieno il mondo» mugugnò Tyrion nell'oscurità della cabina.

Al lord suo padre, gli ubriaconi non erano mai serviti a niente, ma che importanza aveva più? Suo padre era morto. Lo aveva ucciso lui. "Un dardo di balestra nel ventre, mio signore, un unico dardo tutto per te. Se solo avessi avuto maggiore destrezza, te lo avrei piantato in quel tuo cazzo con il quale mi hai generato, schifoso bastardo."

Sottocoperta non esisteva notte e non esisteva giorno. Tyrion teneva il conto del tempo regolandosi sul va e vieni del mozzo che gli portava il cibo che lui non mangiava. Il ragazzo portava sempre anche secchio e spazzola, pronto a pulire.

«È vino dorniano?» Tyrion gli chiese a uno dei suoi passaggi, stappando l'ennesimo otre. «Mi fa venire in mente una certa serpe che conobbi. Un personaggio ameno... fino a quando non gli è crollata addosso una montagna.»

Il mozzo non rispose. Era brutto, per quanto decisamente più attraente di un certo nano con solo mezzo naso e una cicatrice che andava dall'occhio al mento.

«Ti ho forse offeso?» chiese Tyrion al ragazzo mentre strofinava le assi. «Ti è stato ordinato di non parlarmi? O magari un nano si è chiavato tua madre?»

Nessuna risposta. «Dimmi almeno verso dove stiamo facendo rotta.» Jaime aveva menzionato le città libere, ma non aveva mai detto quale. «Braavos? Tyrosh? Myr?»

Tyrion avrebbe di gran lunga preferito andare a Dorne. "Myrcella ha più anni di Tommen: secondo la legge dorniana, il Trono di Spade appartiene a lei. L'aiuterò a far valere i suoi diritti, come mi suggerì il principe Oberyn."

Ma anche Oberyn era morto, la sua testa ridotta a una poltiglia purpurea dal pugno corazzato di ser Gregor Clegane, la Montagna che cavalca. E senza più la Vipera Rossa a esercitare pressioni su di lui, il principe Doran Martell, signore di Dorne, avrebbe mai preso in considerazione un simile rischioso intrigo? "Potrebbe invece sbattermi ai ceppi e consegnarmi alla mia dolce sorellina Cersei." Un luogo più sicuro sarebbe forse stata la Barriera. Il lord comandante Jeor Mormont, il Vecchio Orso, un tempo gli aveva detto che un uomo come lui sarebbe stato un valido apporto ai Guardiani della notte. "Però anche Mormont potrebbe essere morto, magari l'attuale lord comandante è Janos Slynt." E quel figlio d'un beccaio non avrebbe di certo dimenticato chi lo aveva mandato su quella muraglia di ghiaccio. "E io? Voglio davvero passare il resto dei miei giorni a mangiare carne salata e porridge con un branco di ladri e assassini?" Peraltro il resto dei suoi giorni non sarebbe comunque durato a lungo. Di questo se ne sarebbe occupato Janos Slynt.

Il mozzo immerse la spazzola nell'acqua e continuò a strofinare.

«Ci sei mai stato nelle case di piacere di Lys?» riprese Tyrion. «Non è che sai dove vanno le puttane?» Tyrion non riusciva a ricordare come si diceva "baldracca" in valyriano, e in ogni caso era troppo tardi. Il mozzo gettò la brusca nel secchio e se ne andò.

"Il vino mi ha intorpidito il cervello." Tyrion aveva imparato a leggere l'alto valyriano seduto sulle ginocchia del suo maestro, nella grande rocca dei Lannister a Castel Granito. In realtà, quello che si parlava ora nelle nove città libere... be', non era più nemmeno un dialetto, ma nove dialetti destinati a diventare altrettanti linguaggi. Tyrion aveva un'infarinatura di braavosiano e masticava qualche parola di myriano. A Tyrosh sarebbe stato in grado di maledire gli dèi, di dare a qualcuno dell'imbroglione e, grazie a un mercenario chiamato la Roccia conosciuto qualche tempo prima, di ordinare una birra di malto. "Per lo meno a Dorne parlano la lingua comune dei Sette Regni." Come il cibo dorniano e la legge dorniana, anche la lingua dorniana era piena delle spezie dell'antico regno della Rhoyne, ma era comunque comprensibile. "Sì, Dorne è il posto che fa per me." Si trascinò sulla cuccetta, aggrappandosi a quel pensiero come una bambina alla propria bambola di pezza.

Per Tyrion Lannister il sonno non arrivava mai facilmente. A bordo di quella nave non arrivava pressoché mai. Di quando in quando, però, ingurgitava abbastanza vino da perdere conoscenza per un po'. Per lo meno non sognava. Aveva sognato anche troppo nella sua piccola vita. "E quali assurdità, poi: amore, giustizia, amicizia, gloria. Anche di essere alto." Ma tutto ciò era al di là della sua portata, Tyrion ormai lo sapeva. Quello che ancora non sapeva è dove vanno le puttane.

«Ovunque vadano le puttane» aveva detto il lord suo padre. "Le sue ultime parole, e quali grandiose parole sono state."

La balestra che ringhia, lord Tywin Lannister che si siede ancora sulla latrina e Tyrion Lannister che si ritrova ad avanzare nelle tenebre con al proprio fianco Varys l'eunuco, il famigerato Ragno tessitore, supremo capo delle spie della Fortezza Rossa. Poi doveva essere sceso lungo il condotto segreto, duecentotrenta scalini di ferro infissi nella pietra, fino alle braci arancioni che pulsavano nella bocca di un drago di metallo. Non ricordava niente. Solo il rumore della balestra e il tanfo della merda che sgorga dalle viscere di suo padre. "Perfino da morto ha trovato il modo di cacarmi addosso."

Varys gli aveva fatto da guida in un labirinto di tunnel. Non avevano proferito parola fino a quando non erano emersi nei pressi del fiume delle Acque Nere, dove Tyrion aveva vinto una grande battaglia e perso il naso. Solo a quel punto il nano si era rivolto all'eunuco.

«Ho ucciso mio padre» disse nello stesso tono con cui qualcuno annuncerebbe di essersi fatto male all'alluce.

Il signore dei sussurri e delle spie era vestito come un confratello questuante: tunica di grezza tela marrone divorata dalle tarme, cappuccio sollevato a tenere in ombra le guance lisce e grasse e la calva testa rotonda.

«Non avresti dovuto salire quella scala» aveva risposto Varys con aria di rimprovero.

«Ovunque vadano le puttane.» Tyrion aveva avvertito il padre di non pronunciare quella parola. "Ma se non avessi lanciato quel dardo, avrebbe capito che le mie erano solo vuote minacce. Mi avrebbe strappato la balestra dalle mani, nello stesso modo in cui un tempo mi aveva strappato Tysha dalle braccia." Lo uccise mentre stava per alzarsi dalla latrina.

«Ho ucciso anche Shae» confidò a Varys.

«Hai sempre saputo che persona era lei.»

«Certo. Ma non sapevo che persona era lui.»

"Avrei dovuto uccidere anche l'eunuco." Altro sangue sulle sue mani, che importanza avrebbe avuto ormai? Tyrion ancora non comprendeva che cosa aveva fermato la sua lama. Non la gratitudine. Varys lo aveva salvato dalla spada del boia, ma solo perché c'era Jaime. "Jaime... No, meglio non pensare a lui."

Invece Tyrion trovò un otre pieno di vino e vi si attaccò come al seno di una donna. L'aspro vino rosso gli colò lungo il mento e arrivò a infradiciargli la tunica, la stessa che indossava nella cella alla Fortezza Rossa. Sotto di lui, la tolda continuava a rollare, e quando Tyrion cercò di alzarsi, si sollevò di lato, scaraventandolo contro la paratia. "Una tempesta" si rese conto "o forse sono più ubriaco di quanto credo di essere." Vomitò il vino e restò per un po' sdraiato, chiedendosi se la nave sarebbe affondata. "È questa la tua vendetta, padre? Il Padre lassù ti ha reso suo portavoce?"

«Ecco la ricompensa per l'assassino di consanguinei» disse mentre il vento ululava all'esterno.

Non sembrava giusto mandare in fondo al mare il mozzo, il capitano e tutto il resto dell'equipaggio per un atto perpetrato da lui. Ma quando mai gli dèi erano giusti? Fu proprio in quel momento che l'oscurità lo inghiottì.

Quando finalmente si dissiparono le tenebre, la sua testa pareva sul punto di scoppiare e la nave disegnava cerchi vorticosi.

Il capitano insisteva che erano arrivati a destinazione. Tyrion gli intimò di tacere, e scalciò debolmente mentre un gigantesco marinaio calvo lo sollevava di peso, se lo caricava sotto un braccio e lo portava sul ponte, dove ad attenderlo c'era un barile vuoto. Era un piccolo barile tozzo, troppo stretto perfino per un nano. Nel dibattersi, Tyrion si pisciò addosso, ma non servì. Venne infilato nel barile a testa in giù, con le ginocchia all'altezza delle orecchie. Il naso mozzato gli prudeva ferocemente, ma Tyrion aveva le braccia così compresse da non riuscire a grattarselo. "Un palanchino su misura per quelli come me" pensò mentre i marinai inchiodavano il coperchio del barile. Udì delle voci gridare mentre veniva sollevato. A ogni sussulto, Tyrion batteva il cranio contro il fondo del barile. Il mondo turbinò e turbinò mentre il barile rotolava verso il basso, poi si fermò con uno schianto che per poco non gli strappò un grido. Subito dopo, un secondo barile venne a schiantarsi contro il suo. Tyrion si morsicò la lingua.

Quello che seguì fu il viaggio più lungo della sua vita, anche se non durò più di mezz'ora. Venne alzato e abbassato, rotolato e impilato, appeso, raddrizzato e fatto rotolare di nuovo. Attraverso le assi di legno, udì degli uomini che gridavano e a un certo punto un cavallo nitrì, molto vicino a lui. Le sue gambe deformi cominciarono a irrigidirsi e in breve i crampi furono talmente forti da fargli dimenticare i continui colpi sulla testa.

Tutto finì così come era iniziato, con un altro rotolare che lo lasciò stordito e ancora più scosso. Fuori, strane voci parlavano un idioma a lui sconosciuto. Qualcuno iniziò a battere sulla parte superiore del barile e d'un tratto il coperchio si aprì. Entrarono luce e aria fresca. Tyrion annaspò avidamente, cercando di raddrizzarsi. Tutto quello che riuscì a fare fu rovesciare il barile di lato, finendo per rotolare sul pavimento di terra battuta.

Sopra di lui torreggiava un grottesco grassone, con barba gialla biforcuta, mazza di legno e scalpello di ferro in pugno. Indossava una tunica da camera abbastanza larga da poter essere usata come padiglione da torneo; il nodo già allentato della cintura si era sciolto, rivelando un enorme ventre biancastro e due pesanti mammelle, flosce come sacche di sugna e coperte da una ruvida peluria giallastra. A Tyrion fece venire in mente il cadavere di una vacca di mare che si era arenato nelle caverne sotto Castel Granito.

«Un nano ubriaco» disse l'uomo flaccido nella lingua comune dei Sette Regni guardando in basso e sorrise.

«Una vacca di mare putrefatta» rispose Tyrion con la bocca piena di sangue, che sputò ai piedi del grassone.

Si trovavano nella penombra di un lungo scantinato, con soffitto a volta e pareti di pietra arabescate dal salnitro. Erano circondati da botti di vino, più che sufficienti per permettere a un nano assetato di sistemarsi tranquillamente per la notte. "O per la vita."

«Sei un insolente, qualità che apprezzo in un nano.» Mentre il grassone rideva, la sua carne ondeggiò talmente tanto che Tyrion temette che qualche blocco potesse staccarsi e schiacciarlo. «Hai fame, mio piccolo amico? Sei stanco?»

«Ho sete.» Tyrion cercò di rimettersi in piedi. «E mi sento lercio.»

Le narici dell'uomo grasso si contrassero. «Per prima cosa un bagno, difatti. Poi del cibo e un bel letto morbido. I miei servitori provvederanno a te.» Il suo ospite depose mazza e scalpello. «La mia dimora è la tua. Ogni amico del mio amico dall'altra parte dell'acqua è anche amico di Illyrio Mopatis.»

"E ogni amico di Varys il Ragno tessitore è una persona di cui mi fido come di una tarantola nelle mutande."

In ogni caso, riguardo al bagno il grassone mantenne la promessa. Appena Tyrion si abbandonò all'abbraccio dell'acqua calda e chiuse gli occhi, sprofondò nel sonno.

Si risvegliò nudo, su un materasso di piume d'oca talmente soffice da dargli l'impressione di fluttuare sopra una nuvola. Aveva la lingua spaccata e la gola secca. In compenso, il suo uccello era rigido come una verga di ferro. Rotolò giù dal letto, trovò un pitale e cominciò a riempirlo, con un gemito di piacere.

La stanza era immersa nella penombra, ma dei raggi di sole si facevano strada tra le lamine inclinate delle imposte. Tyrion scrollò le ultime gocce e fece qualche passo sugli elaborati tappeti di Myr che ricoprivano il pavimento, anch'essi soffici come erba di primavera. Si arrampicò goffamente fino al sedile sul davanzale della finestra e spalancò le imposte per vedere dove Varys e gli dèi lo avevano destinato.

Sotto la finestra, sei alberi di ciliegio, con i loro rami snelli e marroni, si ergevano come sentinelle attorno a una piscina di marmo. Nell'acqua c'era un ragazzino nudo in posizione da combattimento, con una lama da mercenario braavosiano in pugno. Piccolo e ben fatto, non dimostrava più di sedici anni; i capelli biondi lisci scendevano a sfiorargli le spalle. Una figura talmente realistica, che Tyrion impiegò alcuni momenti per rendersi conto che si trattava di una statua di marmo colorata, anche se la lama scintillava come vero acciaio.

Sul lato opposto della vasca si ergeva un muro di mattoni alto dodici piedi, con rostri di ferro lungo tutto il perimetro. Oltre il muro si estendeva la città. Un mare di tetti di piastrelle ammassati attorno a una baia. Tyrion scorse delle torri squadrate di mattoni, un grande tempio rosso, una villa imponente in cima a una collina. In lontananza, la luce del sole creava riflessi accecanti sopra le acque profonde del mare. Barche da pesca incrociavano nella baia, con le vele gonfie di vento. Lungo la costa, si allineavano le alberature di scafi ben più grandi. "Una di quelle navi farà certamente rotta per Dorne." Solo che Tyrion non aveva conio per pagare la traversata; quanto a maneggiare un remo, nemmeno a pensarci. "Forse mi potrei arruolare come mozzo, e guadagnarmi la paga lasciando che l'equipaggio mi tormenti su e giù per il Mare Stretto."

Si domandò dove si trovasse. "Perfino l'aria da queste parti ha un odore diverso." Spezie ignote aromatizzavano il freddo vento autunnale e dalle strade oltre il muro salivano deboli richiami. A Tyrion pareva un linguaggio simile all'antico valyriano, ma riusciva a capire solo una parola su cinque. "Non è Braavos" concluse "e nemmeno Tyrosh." Inoltre, gli alberi spogli e l'aria fredda escludevano altre città libere come Lys, Myr e Volantis.

Tyrion udì la porta aprirsi dietro di lui e si voltò per affrontare il suo grasso ospite. «Siamo a Pentos, vero?»

«Esatto. E dove se no?»

Pentos. Be', per lo meno non era Approdo del Re. «Dove vanno le puttane?» gli chiese a bruciapelo.

«Qui le puttane vanno nei bordelli, proprio come nel continente occidentale. Ma tu, mio piccolo amico, non ne avrai necessità. Basta che tu scelga una delle mie servette. Nessuna di loro oserà respingerti.»

«Serve o schiave?» chiese Tyrion in tono tagliente.

Il grassone si accarezzò uno dei rostri della sua barba gialla cosparsa di unguento, gesto che Tyrion trovò decisamente osceno. «La schiavitù a Pentos è vietata dal trattato che, un secolo fa, ci venne imposto da Braavos. Tuttavia nessuna delle mie fanciulle ti respingerà.» Il magistro Illyrio Mopatis fece un pomposo inchino. «Ma ora, mio piccolo amico, ti prego di scusarmi. Ho l'onore di essere uno dei magistri di questa grande città, e siamo stati convocati dal principe.» Illyrio sorrise, rivelando una bocca irta di denti storti e ingialliti. «Perlustra pure la mia magione e i suoi giardini, se così ti aggrada, ma non inoltrarti per alcun motivo fuori delle mura. È meglio che nessuno venga a sapere che eri qui.»

«Ero qui? Sono forse andato da qualche altra parte?»

«Avremo tempo di parlarne più tardi. Stasera il mio piccolo amico e io mangeremo, berremo e faremo grandi piani, sì?»

«Sì, mio grasso amico» rispose Tyrion.

"Intende usarmi per i suoi scopi." Con i principi mercanti delle città libere, tutto si basava sul profitto. Tutto e tutti. "Soldati delle spezie e signori dei formaggi" così li definiva con disprezzo il lord suo padre. Se un giorno svegliandosi Illyrio Mopatis avesse visto maggior profitto in un nano morto piuttosto che non in un nano vivo, entro il tramonto Tyrion Lannister si sarebbe ritrovato a testa in giù in un altro barile. "E, prima che quel giorno arrivi, sarà meglio che io sia lontano di qui." Perché quel giorno sarebbe arrivato, non c'erano dubbi. La sua cara sorellina Cersei non si sarebbe dimenticata di lui, e lo stesso Jaime difficilmente avrebbe gradito quel dardo di balestra nelle viscere del lord loro padre.

Una leggera brezza increspava l'acqua attorno alla statua del giovane spadaccino nudo. A Tyrion quelle increspature fecero ricordare il modo in cui Tysha soleva scompigliargli i capelli nella falsa primavera del loro matrimonio, prima che lui stesso aiutasse i guerrieri di suo padre a stuprarla. Era a quei guerrieri che Tyrion aveva continuato a pensare durante la fuga, cercando di rammentare quanti erano stati. Avrebbe dovuto saperlo, invece l'aveva scordato. Una dozzina? Una squadra? Un centinaio? Erano tutti uomini adulti, alti e forti... per quanto, a un nano di tredici anni, tutti gli uomini apparissero alti. "Tysha sapeva quanti erano." Ognuno di loro l'aveva ricompensata con un cervo d'argento, per cui bastava contare le monete. "Uno d'argento da ognuno di loro e uno d'oro da me." Il lord suo padre aveva insistito che la pagasse anche lui. "Un Lannister ripaga sempre i propri debiti."

«Ovunque vadano le puttane» di nuovo gli tornavano alla memoria le ultime parole di lord Tywin. E di nuovo lo schiocco della fune della balestra.

Il magistro lo aveva esortato a esplorare la sua dimora. In un baule di legno di cedro istoriato di lapislazzuli e madreperla, c'erano degli abiti puliti. Erano abiti da bambino, si rese conto Tyrion cercando di infilarseli a forza. I tessuti erano piuttosto raffinati, anche se un po' muffiti. Il taglio era troppo lungo di gambe e corto di braccia; il collo talmente stretto da conferire alla sua faccia la sfumatura nerastra che aveva assunto quella di re Joffrey la notte fatale del banchetto. Anche le tarme avevano banchettato con quegli abiti. "Ma per lo meno questi non puzzano di vomito."

Tyrion iniziò la sua esplorazione partendo dalle cucine, dove due donne grasse e uno sguattero lo osservarono con sospettosa cautela ingozzarsi di formaggio, pane e fichi.

«E buona giornata a voi, belle signore» esordì con un inchino. «Sapete per caso dove vanno le puttane?»

Non risposero. Allora Tyrion ripeté formulando la domanda in alto valyriano, parlando di "cortigiane", invece che di "puttane". Questa volta la cuoca più giovane e più grassa replicò con un'alzata di spalle.

Tyrion si domandò che cosa avrebbero fatto se le avesse prese entrambe per mano, trascinandole su in camera da letto. "Nessuna di loro oserà respingerti" aveva garantito magistro Illyrio. Ma Tyrion, per qualche ragione, non riteneva fosse precisamente a quelle due che Illyrio si riferiva. La più giovane aveva abbastanza anni sulle spalle da poter essere sua madre, quanto all'altra era probabilmente la madre della prima. Tutte e due erano grasse praticamente quanto Illyrio, con tette più grandi della sua testa. "Potrei affondare nella loro carne fino a crepare."

C'erano modi di morire ben peggiori: tanto per dirne uno, come era morto il lord suo padre. "Prima che esalasse l'ultimo respiro, almeno un po' d'oro avrei dovuto farglielo cacare." Quanto ad approvazione e affetto, lord Tywin Lannister sarà stato anche tirchio, per contro era sempre stato di manica decisamente larga nel distribuire conio. "L'unica cosa più patetica di un nano senza naso, è un nano senza naso e senza conio."

Tyrion lasciò le donne grasse alle loro forme di pane e alle loro pentole, e andò alla ricerca della cantina che Illyrio aveva tanto decantato la sera precedente. Non fu difficile trovarla, e c'era abbastanza vino da mantenerlo in uno stato di ebbrezza per almeno un secolo. Soavi rossi dell'Altopiano e aspri rossi di Dorne, pallidi ambrati di Pentos, il verde nettare di Myr, tre barili zeppi del dorato di Arbor, perfino vini provenienti dal favoloso Oriente, da Qarth, Yi Ti e Asshai delle Ombre, l'enigmatica città della magia occulta. Alla fine, Tyrion scelse un barile marcato come riserva personale di lord Runcefort Redwyne, nonno dell'attuale lord di Arbor. Al palato aveva un gusto languido e corposo, di un viola talmente scuro da sembrare quasi nero nella penombra del sotterraneo. Tyrion si riempì una coppa più una caraffa per maggior sicurezza, e le portò entrambe su nei giardini, per bersele all'ombra dei ciliegi che aveva visto dall'alto.

Il caso volle che uscì dalla porta sbagliata. Non trovò la vasca che aveva notato dalla sua finestra, ma i giardini sul retro si rivelarono altrettanto piacevoli, e molto più vasti. Tyrion passeggiò per qualche tempo nel verde, sorseggiando.

Le mura della residenza di magistro Illyrio Mopatis non avevano nulla da invidiare a quelle di un vero castello, per quanto i rostri di ferro ornamentali lungo il perimetro in alto apparissero stranamente spogli senza le teste mozzate per adornarli. Tyrion cercò d'immaginare come sarebbe stata la testa di sua sorella su uno di quei rostri, con la pece nei capelli dorati e le mosche che le ronzavano dentro e fuori dalla bocca. "Sì, e Jaime dovrebbe avere il rostro accanto. Che nessuno venga mai a frapporsi tra mio fratello e mia sorella."

Con una fune e un grappino, Tyrion avrebbe anche potuto superare quel muro. Aveva le braccia forti, e non pesava molto. Certo, a meno di non impalarsi da solo su uno di quei rostri. "Domani mattina cerco una fune" decise.

Nel suo vagabondare, individuò tre accessi: l'ingresso principale con il posto di guardia, un accesso secondario presso i canili e una porta nascosta dietro a un groviglio di edera pallida. Quest'ultima era chiusa da una catena, le altre erano sorvegliate da uomini armati. Le guardie adipose, con guance lisce come il culo di un neonato, portavano tutte un elmo di bronzo che terminava con uno spuntone. A Tyrion bastò un'occhiata per capire che si trattava di eunuchi. Tyrion era al corrente della strana reputazione che aleggiava attorno a quei guerrieri. Nelle città degli schiavisti, gli Immacolati costituivano il nerbo delle forze armate. Non temevano nulla, non provavano dolore, e si diceva fossero leali ai loro padroni fino alla morte. "Saprei fare buon uso di un centinaio di loro. Peccato non averci pensato prima di diventare un mendicante."

Tyrion percorse un colonnato, superò un arco a sesto acuto e si trovò in un cortile interno piastrellato, dove una donna stava lavando i panni a una fontana. Sembrava avere la sua età, i capelli di un blando colore rosso, il viso disseminato di lentiggini.

«Gradiresti del vino?» le chiese.

La donna lo guardò con un'espressione incerta.

«Non ho una coppa per te, dovremo condividere questa.»

La lavandaia riprese a strizzare le tuniche, che poi appendeva ad asciugare.

Tyrion si sistemò su una panchina di pietra, con la caraffa accanto. «Dimmi, quanto ci si può fidare di magistro Illyrio?»

All'udire quel nome, la donna sollevò lo sguardo.

«Così tanto, eh?» Ridacchiando, Tyrion accavallò le gambette arcuate e bevve un sorso. «Odio giocare la parte che il mercante di formaggi ha in mente per me, d'altronde come faccio a dirgli di no? Le porte sono sorvegliate. Forse tu mi potresti aiutare a fuggire di nascosto sotto le tue sottane. Non sai quanto te ne sarei grato, potrei anche… sposarti. Ho già due mogli, perché non arrivare a tre? Un momento però, dove andremo a vivere?» Le rivolse il sorriso più accattivante per un uomo privo di naso. «Ho una nipote a Lancia del Sole, te l'ho già detto? E a Dorne, con Myrcella, potrei combinare qualcosa di buono. Potrei addirittura mandare mia nipote in guerra contro mio nipote, non sarebbe fantastico?»

La lavandaia appese una delle tuniche di Illyrio, grande come una vela da galea.

«Lo so, hai ragione: dovrei vergognarmi di avere pensieri così malvagi. Meglio invece che me ne vada alla Barriera. Dicono che quando qualcuno decide di arruolarsi nei Guardiani della notte, tutti i crimini che ha commesso vengono cancellati. Ma temo che non mi permetterebbero di tenerti con me, tesoro. Niente donne nella confraternita in nero, nessuna dolce mogliettina con le lentiggini a tenerti caldo il letto la notte: solo venti gelidi, salmone salato e un po' di birra. Credi che potrei sembrare più alto in nero, mia signora?» Tyrion si riempì di nuovo la coppa. «Allora, che dici? Nord o sud? Dovrei fare ammenda dei miei vecchi peccati, oppure commetterne di nuovi?»

La lavandaia gli lanciò un'ultima occhiata, prese la gerla e se ne andò.

"Sembra davvero che io sia incapace di tenermi una moglie al fianco" rifletté Tyrion. Chissà come, la caraffa era vuota. "Forse dovrei caracollare di nuovo giù nelle cantine." Ma il vino forte gli stava facendo girare la testa, e i gradini della cantina erano molto ripidi.

«Dove vanno le puttane?» chiese ai panni stesi, che schioccavano al vento. Forse avrebbe dovuto chiederlo alla lavandaia. "Non voglio implicare che anche tu sei una puttana, mia cara, ma forse sai dove vanno le puttane." O meglio ancora, avrebbe dovuto chiederlo a suo padre. "Ovunque vadano le puttane" aveva detto lord Tywin Lannister. "Lei mi amava. Era solo la figlia di un contadino, ma mi amava e mi ha sposato, aveva fiducia in me."

La caraffa vuota gli sfuggì di mano e rotolò nel cortile. Tyrion si diede una spinta per scendere dalla panca di pietra e andò a raccoglierla. Nel chinarsi, notò dei funghi che erano cresciuti tra le fessure della piastrellatura. Funghi bianco pallido, con il cappello maculato e le lamelle rosse sulla parte inferiore, scure come sangue. Il Folletto ne colse uno, lo annusò. "Squisito" pensò "e letale."

I funghi erano sette. Che i Sette Dèi stessero cercando di dirgli qualcosa? Tyrion li raccolse tutti, staccò un guanto dalla corda dei panni stesi, li avvolse bene e se li infilò in tasca. Lo sforzo gli diede le vertigini, per cui si trascinò fino alla panca di pietra, si sdraiò e chiuse gli occhi.

Quando si svegliò, era di nuovo in camera sua, sprofondato nel morbido materasso di piume d'oca. Una ragazza bionda lo scuoteva per le spalle.

«Mio signore» disse la ragazza. «Il tuo bagno è pronto. Magistro Illyrio ti aspetta al suo desco tra un'ora.»

Tyrion si raddrizzò con la schiena contro i cuscini, tenendosi la testa tra le mani. «Sto sognando, o parli davvero la lingua comune?»

«Sì, mio signore. Sono stata comprata per compiacere il re.» Aveva gli occhi azzurri, la carnagione chiara, ed era giovane e slanciata come un giunco.

«E di certo ci sarai riuscita. Ho bisogno di una coppa di vino.»

Gliela versò. «Magistro Illyrio ha detto che il mio compito è di lavarti la schiena e scaldarti il letto. Il mio nome...»

«... non è per me di alcun interesse. Tu sai dove vanno le puttane?»

La ragazza arrossì. «Le puttane vendono il loro corpo in cambio di conio.»

«O di gioielli, abiti, castelli. Ma dove vanno?»

La ragazza non riusciva ad afferrare la domanda. «È forse un indovinello, mio signore? Non sono brava con gli indovinelli. Vuoi per caso dirmelo tu?»

"No" pensò Tyrion Lannister. "Anch'io non amo gli indovinelli." «Non ti dirò nulla. E tu fammi il medesimo favore.»

"L'unica parte di te che m'interessa ce l'hai in mezzo alle gambe" stava per dire. Aveva le parole sulla punta della lingua ma per qualche ragione non oltrepassarono le sue labbra. "Lei non è Shae" ripeté a se stesso il Folletto "è soltanto una stupida che pensa che io voglia giocare agli indovinelli." A dire la verità, nemmeno la sua fica gli interessava molto. "Devo essere malato, oppure morto."

«Hai parlato di un bagno, giusto? Be', non vorrei mai far aspettare il grande mercante di formaggi.»

Mentre Tyrion si rilassava nella vasca, la ragazza gli lavò i piedi e la schiena, spazzolandogli anche i capelli. Dopo di che, gli massaggiò i polpacci con un unguento profumato per attenuare le dolenzie. Poi lo vestì con degli abiti da bambino: un paio di brache borgogna che odoravano di muffa e un farsetto di velluto azzurro, foderato di tessuto a filigrana dorata.

«Il mio signore mi desidererà, dopo aver cenato?» chiese la ragazza allacciandogli gli stivali.

«No, con le donne io ho finito.» "Puttane."

La ragazza incassò il rifiuto troppo di buon grado per i suoi gusti. «Se il mio signore preferisce un ragazzo, posso fargliene trovare uno ad attenderlo nel letto.»

"Il tuo signore preferirebbe sua moglie. Il tuo signore preferirebbe una ragazza di nome Tysha." «Solo se il ragazzo saprà dirmi dove vanno le puttane.»

La bocca della ragazza assunse una piega dura. "Mi disprezza" si rese conto Tyrion "ma non più di quanto io disprezzi me stesso." Aveva scopato una quantità di donne che provavano ripugnanza solo a guardarlo, ne era consapevole, ma alcune avevano per lo meno avuto la grazia di fingere un po' di affetto. "Un onesto disgusto potrebbe anzi essere positivo, come una sorsata di vino aspro dopo troppa dolcezza."

«Credo di aver cambiato idea» le disse. «Resta ad aspettarmi a letto. Nuda, se ti compiace: sarò infatti troppo ubriaco per metteremi a battagliare con i tuoi vestiti. Tieni la bocca chiusa e le gambe ben aperte, e vedrai che ci intenderemo a meraviglia.»

Le rivolse un sogghigno, sperando di instillare in lei un po' di timore, ma tutto quello che ottenne fu repulsione. "Nessuno ha paura di un nano." Nemmeno lord Tywin aveva avuto paura, anche se Tyrion aveva una balestra in mano.

«A proposito» chiese alla ragazza che gli avrebbe scaldato il letto. «Tu mugoli quando ti fottono?»

«Se questo compiace al mio signore.»

«Quello che compiacerebbe al tuo signore sarebbe strangolarti. È così che ho servito la mia ultima puttana. Pensi che il tuo padrone avrebbe da obiettare? Sono certo di no. Ne ha altre cento come te, ma nessun altro come me.»

Questa volta, quando Tyrion sogghignò di nuovo, ottenne la paura che voleva.

Magistro Illyrio Mopatis se ne stava adagiato su un morbido divano, a ingozzarsi di peperoncini piccanti e cipolle bianche che pescava da una larga coppa di legno. La sua fronte era imperlata di sudore e gli occhi porcini scintillavano al di sopra delle guance grasse. A ogni movimento delle mani, i suoi gioielli oscillavano:

onice e opale, occhio di tigre e tormalina, rubino, ametista, zaffiro, smeraldo, giaietto e giada, un diamante nero e una perla verde. "A rivendere quegli anelli ci potrei campare degli anni" valutò Tyrion, "solo che per prenderli mi servirebbe una mannaia."

«Entra, mio piccolo amico» disse Illyrio facendogli un cenno. «Accomodati.»

Il Folletto si arrampicò su una delle sedie. Era decisamente troppo grande per lui: un trono ammantato di cuscini creato per accogliere il massiccio deretano del magistro, con spesse gambe robuste per reggerne il peso. Tyrion Lannister viveva da tutta la vita in un mondo troppo grande per lui, ma nella magione di Illyrio Mopatis questa sproporzione rasentava il grottesco. "Sono un topo nella tana di un mammut" valutò Tyrion. "Ma per fortuna il mammut ha una buona cantina." Quel pensiero gli fece venire sete. Chiese che gli venisse portato del vino.

«Hai gradito la fanciulla che ti ho mandato?» chiese Illyrio.

«Se avessi voluto una fanciulla, l'avrei domandato.»

«Se ha fallito nel compiacerti...»

«Ha fatto tutto quello che doveva fare.»

«Così spero. È stata educata a Lys, dove l'amore è un'arte. Il re ha ampiamente goduto di lei.»

«Io i re li uccido, o non l'avevi sentito dire?» Tyrion sorrise in modo malvagio al di sopra della coppa. «Non so che farmene degli scarti di un re.»

«Sia come desideri. Ora, mangiamo.» Illyrio batté le mani, arrivarono di corsa i servitori.

Iniziarono con brodo di granchio e pesce angelo, accompagnato da una zuppa fredda di uova e limone. Seguirono quaglie al miele, filetto di agnello, fegatini d'anatra cotti nel vino, pastinache al burro e maialino da latte. A Tyrion, la vista di tutta quell'abbondanza fece venire la nausea, ma in nome della cortesia si costrinse a mandar giù una cucchiata di zuppa. Ne restò estasiato: le cuoche saranno anche state vecchie e grasse, ma sapevano il fatto loro. Non aveva mai mangiato così bene, nemmeno a corte.

Succhiando le ossa di una quaglia, chiese a Illyrio dell'incontro di quella mattina.

«C'è irrequietudine a Oriente» il grassone alzò le spalle. «Astapor è caduta, e anche Meereen. Le città degli schiavi del culto di Ghis erano antiche quando ancora il mondo era giovane.»

Venne servito il maialino da latte. Illyrio afferrò un pezzo di carne, lo intinse nella salsa di prugna e lo mangiò con le mani.

«Ma la Baia degli Schiavisti è lontana da Pentos.» Tyrion infilzò un fegatino d'anatra con la punta del coltello. "Nessun uomo è più dannato dell'assassino di consanguinei, ma questo inferno potrebbe finire per piacermi."

«Ciò risponde al vero» concordò Illyrio «ma il mondo è un'unica, grande ragnatela, ed è meglio non osare toccare neppure un filo: il tremito si propagherebbe a tutti gli altri. Dell'altro vino?» Illyrio si cacciò in bocca un peperoncino. «No, c'è qualcosa di ancora migliore.» Batté le mani.

A quel segnale, entrò un servitore reggendo un piatto coperto. Lo posò di fronte a Tyrion. Illyrio allungò un braccio dall'altra parte del tavolo per rimuovere il coperchio.

«Funghi» annunciò il magistro, mentre l'aroma si diffondeva sul desco. «Baciati dall'aglio e annegati nel burro. Pare che siano squisiti. Prendine uno, amico mio, anzi due.»

Tyrion aveva già un grosso fungo scuro a metà strada tra il piatto e la bocca quando qualcosa, nel tono di Illyrio, lo bloccò di colpo. «Dopo di te, mio signore.» Il Folletto spinse il piatto verso il suo ospite.

«Non sia mai.» Magistro Illyrio respinse il piatto in direzione di Tyrion. «Dopo di te.» Per un lungo momento, fu come se un ragazzo in vena di scherzi facesse capolino dalla carne rigonfia del mercante di formaggi. «Insisto, è una pietanza che la cuoca ha preparato apposta per te.»

«Ma davvero.» Tyrion ricordava bene la cuoca: mani imbiancate dalla farina, seni pesanti percorsi da un intrico di venature blu scuro. «Molto gentile da parte sua, ma... No.» Tyrion rimise il fungo nel lago di burro dal quale l'aveva pescato.

«Sei troppo sospettoso.» Illyrio sorrise da dietro la gialla barba biforcuta cosparsa ogni mattina di unguento perché sembrasse ricoperta d'oro. «Sei forse un codardo? Non è quello che ho sentito dire di te.»

«Nei Sette Regni avvelenare i propri commensali è considerata una grave violazione dell'ospitalità.»

«Anche da noi.» Illyrio Mopatis sollevò la coppa di vino. «D'altro canto, quando un ospite desidera porre fine alla propria vita, be', il suo anfitrione dovrebbe accontentarlo, non trovi?»

Bevve un sorso. «Magistro Ordello fu avvelenato da un fungo non più tardi di sei mesi fa. Le sofferenze non sono poi atroci, mi è stato riferito. Un po' di crampi addominali, un improvviso bruciore dietro gli occhi, null'altro. Meglio un fungo in pancia che una spada sul collo, non è così? Perché morire con in bocca il gusto del sangue, invece di aglio e burro.»

Il Folletto studiò il piatto che aveva davanti. Il profumo dell'aglio e del burro gli stava facendo venire l'acquolina. Una parte di lui voleva mangiare quei funghi, pur sapendo il rischio che correva. Non era coraggioso al punto da incassare del gelido acciaio nel ventre, ma mangiare dei funghi non sarebbe stato difficile. Quel pensiero lo spaventò più di quanto non volle ammettere con se stesso.

«Ti stai sbagliando sul mio conto» disse a Illyrio.

«Me lo stavo domandando anch'io. Se però preferisci affogare nel vino, non hai che da dirlo e sarà fatto, e rapidamente. Annegare una coppa dopo l'altra è uno spreco sia di tempo sia di vino.»

«Ti stai sbagliando sul mio conto» ripeté Tyrion a voce più alta. I funghi, scuri e invitanti, scintillavano al chiarore delle lanterne. «Io non desidero affatto morire, te lo garantisco. Io ho...» La sua voce si perse nell'incertezza. "Io ho... Che cosa? Una vita da vivere? Del lavoro da svolgere? Dei figli da crescere, terre da amministrare, una donna da amare?"

«Tu non hai niente» concluse per lui magistro Illyrio. «Ma noi possiamo cambiare le cose.» Pescò un fungo dal burro e masticò avidamente. «Delizioso.»

«Quindi i funghi non sono velenosi.» Tyrion era irritato.

«Certo che no. Che motivo avrei di ucciderti?» Magistro Illyrio mangiò un altro fungo. «Dobbiamo avere fiducia reciproca, tu e io. Su, mangia.» Batté di nuovo le mani. «Abbiamo del lavoro da fare, e il mio piccolo amico deve preservarsi in forze.»

I servitori portarono un airone ripieno di fichi, cotolette di vitello ammorbidite nel latte di mandorle, aringhe alla panna, cipolle candite, formaggi dall'odore puzzolente, vassoi di lumache, animelle e anche un cigno nero con tutto il piumaggio. Tyrion rifiutò il cigno, che gli ricordava troppo le cene di sua sorella. In compenso, prese airone, aringhe e qualche cipolla dolce. I servitori si prodigarono a riempirgli la coppa di vino tutte e tre le volte che lui la svuotò.

«Bevi tanto per essere così piccolo.»

«Assassinare consanguinei mette molta sete.»

Gli occhi del grassone brillarono come le gemme che gli ornavano le dita. «Nel continente occidentale alcuni sostengono che assassinare lord Lannister sia stato solamente un buon inizio.»

«Meglio che non lo dicano a portata d'orecchio di mia sorella, se non vogliono ritrovarsi senza lingua.» Il Folletto spezzò a metà una forma di pane. «Quanto a te, magistro, ti suggerisco di stare attento a quello che dici della mia famiglia. Sono un assassino di consanguinei, ma appartengo comunque alla stirpe del leone.»

La cosa parve divertire immensamente il signore dei formaggi. Si diede una pacca sulla coscia carnosa e disse: «Voi dell'Occidente siete tutti uguali. Ricamate una bestia su uno scampolo di seta, e all'improvviso vi sentite tutti leoni o draghi o aquile. Io, piccolo amico, posso portarti un leone vero. Il principe di Pentos va quanto mai orgoglioso dei propri cuccioli. Gradiresti condividere la gabbia con loro?»

In effetti, dovette ammettere Tyrion, i lord dei Sette Regni si paludavano fin troppo dei loro emblemi. «Molto bene» concesse. «Un Lannister non è un leone. Ma io rimango pur sempre il figlio di mio padre. Jaime e Cersei spetta a me ucciderli.»

«È bizzarro che tu menzioni la tua bionda sorella» bofonchiò Illyrio tra una lumaca e l'altra. «All'uomo che le porterà la tua testa, la regina ha offerto il titolo di lord, a dispetto di quanto possano essere umili le sue origini.»

Tyrion non ne rimase sorpreso. «Se intendi approfittarne, cerca anche di farle aprire le gambe. La parte migliore di me contro la parte migliore di lei: quello che definisco un onesto mercimonio.»

«Potendo scegliere, preferirei l'equivalente del mio peso in oro.» Il mercante di formaggi rise talmente forte che Tyrion temette di vederlo esplodere. «Tutto l'oro di Castel Granito, che dici?»

«L'oro te lo posso anche lasciare» ribatté il Folletto, grato di non dover finire annegato in una melma di anguille semidigerite e carni dolci. «Ma la Roccia rimane a me.»

«D'accordo.» Il magistro si portò una mano alla bocca ed emise un rutto. «Pensi che re Stannis te la concederà? Mi viene detto sia uomo che tiene in alta considerazione le leggi. Tuo fratello indossa il mantello bianco della Guardia reale, e questo, secondo le leggi del continente occidentale, fa di te l'erede diretto.»

«Stannis potrebbe anche concedermi Castel Granito» valutò Tyrion «ma rimangono ancora quelle due quisquilie, chiamate regicidio e parricidio, per le quali non esiterebbe e staccarmi la testa, e sono già abbastanza basso. Ma che cosa ti fa pensare che vorrei schierarmi dalla parte di lord Stannis?»

«Per quale altra ragione ti recheresti fino alla Barriera?»

«Stannis è lì?» Tyrion si strofinò il pezzo di naso che gli restava. «Per tutti i Sette Inferi, che cosa c'è andato a fare?»

«A rabbrividire, penso. Giù a Dorne fa più caldo. Forse avrebbe dovuto prendere quella rotta.»

Tyrion cominciò a sospettare che una certa lavandaia lentigginosa conoscesse la lingua comune meglio di quanto avesse lasciato intendere. «Guarda caso, mia nipote Myrcella si trova a Dorne, e io ho una mezza idea di fare di lei una regina.»

Illyrio sorrise, mentre i servitori riempivano per loro coppe di ciliegie nere con panna. «E che cosa ti avrà mai fatto, quell'innocente creatura, perché tu la voglia morta?»

«Un assassino di consanguinei non deve necessariamente uccidere tutti i propri parenti» replicò Tyrion, ferito dall'allusione. «Ho detto fare di lei una regina, non un cadavere.»

Il mercante di formaggi prese una cucchiaiata di ciliegie. «A Volantis, usano un conio che ha su un lato una corona e sull'altro un teschio. Eppure, è la stessa moneta. Renderla regina equivale a renderla cadavere. Dorne potrebbe schierarsi per Myrcella, ma Dorne da sola non basta. E se tu sei davvero astuto come sostiene il nostro amico, dovresti esserne consapevole.»

Tyrion studiò il grassone con rinnovato interesse. "Ha ragione su entrambe le cose. Myrcella regina significa Myrcella morta. E io ne sono certamente consapevole." «I gesti futili sono tutto quello che rimane di me. E a mia sorella questo gesto farebbe versare lacrime di sangue.»

Magistro Illyrio si tolse la panna dalle labbra usando il dorso della grassa mano. «La strada per Castel Granito non passa per Dorne, mio piccolo amico. Né tanto meno corre sotto la Barriera. Eppure questa strada esiste, te lo assicuro.»

"Io sono un traditore evaso, un regicida e un assassino di consanguinei." Tyrion cominciava a essere annoiato di parlare di strade. "Il mercante di formaggi pensa forse che sia tutto un gioco?"

«Ciò che un re riesce a erigere, un altro re lo può abbattere. A Pentos, amico mio, abbiamo un principe. Presiede a balli e feste e si sposta per la città in un palanchino d'avorio e oro. Davanti a lui, incedono tre araldi che reggono le bilance d'oro del commercio, la spada di ferro della guerra e il flagello d'argento della giustizia. Il primo giorno di ogni nuovo anno il principe deve deflorare la vergine dei campi e la vergine dei mari.» Illyrio si sporse in avanti, con i gomiti puntati sul tavolo. «Ma se un raccolto dovesse andare male o si dovesse perdere una guerra, al nostro amato principe, per compiacere gli dèi, non esiteremmo a tagliargli la gola. Per poi scegliere un nuovo principe tra le quaranta famiglie.»

«Grazie per avermi ricordato di non diventare mai principe di Pentos.»

«Ma sono davvero così diversi i tuoi Sette Regni? Non esiste pace nel continente occidentale, né giustizia né fede... e ben presto non esisterà più nemmeno cibo. Mentre gli uomini muoiono di fame e si macerano nella paura, cercano un salvatore.»

«Possono anche cercarlo, ma se tutto quello che trovano è Stannis...»

«Non Stannis. Non Myrcella.» Il sorriso giallo si fece più ampio. «Un salvatore diverso. Più forte di Tommen, più gentile di Stannis, più affermato della giovane Myrcella. Un salvatore che venga dall'altra parte del mare, per sanare le ferite del continente occidentale.»

«Belle parole.» A Tyrion non fecero alcun effetto. «Le parole sono vento. E chi sarebbe questo stramaledetto salvatore?»

«Un drago.» Il mercante di formaggi vide l'espressione sulla faccia del Folletto, e rise. «Un drago con tre teste.»

DAENERYS

Udì l'uomo morto salire le scale. A precederlo, il suono lento, misurato dei suoi passi, i cui echi rimbalzavano tra i pilastri viola della sala.

Daenerys Targaryen rimase ad attenderlo seduta sulla panca di ebano che aveva eletto come trono. I suoi occhi erano ancora addolciti dal sonno, i capelli biondo argento tutti scompigliati.

«Vostra grazia» esordì ser Barristan Selmy, lord comandante della Guardia della regina, «non c'è ragione che tu assista a questo.»

«Lui è morto per me.»

Daenerys si strinse al petto la grezza pelle di leone. Sotto di essa, una sottile tunica di lino bianco le scendeva fino a metà coscia. Sognava quando Missandei era venuta a svegliarla. Sognava una casa dal portale rosso. Non c'era stato tempo per vestirsi.

«Khaleesi» sussurrò Irri, «tu non devi toccare l'uomo morto. È sorte maligna toccare i morti.»

«A meno di non averli uccisi.» Jhiqui aveva l'ossatura più grossa di Irri, i fianchi ampi e i seni pesanti. «È risaputo.»

«È risaputo» ripeté Irri.

I dothraki, inarrestabili guerrieri delle pianure, erano saggi e sapienti riguardo ai cavalli, ma potevano essere degli sprovveduti in tante altre cose. "Loro sono ancora delle ragazze dothraki." Le due ancelle avevano la sua stessa età. Donne fatte a guardarle, con i capelli neri, la pelle ramata, gli occhi a mandorla, ma erano comunque delle fanciulle. Le erano state date quando aveva sposato il Khal Drogo. Ed era stato Drogo a donarle la pelle di leone che indossava, la testa e la pelliccia di uno *hrakkar*, il leone bianco del cosiddetto mare Dothraki. Era troppo grande per lei, impregnata di odore di muffa, ma la faceva sentire come se il suo sole-e-stelle fosse ancora al suo fianco.

Verme Grigio apparve per primo in cima alle scale, la torcia in pugno. Il suo elmo di bronzo aveva una cresta a tre rostri. Dietro di lui venivano quattro dei suoi Immacolati, portando sulle spalle il corpo dell'uomo morto. I loro elmi avevano un solo rostro, e le facce erano talmente inespressive da sembrare anch'esse forgiate nel bronzo. Depositarono il cadavere ai piedi di Daenerys. Ser Barristan rimosse il sudario chiazzato di sangue. Verme Grigio abbassò la torcia, affinché la regina dei draghi potesse vedere.

Il viso dell'uomo morto era liscio e glabro, le guance squarciate da un orecchio all'altro. Era stato un uomo alto, con gli occhi azzurri, di bell'aspetto: un bambino di Lys o di Volantis, catturato dai corsari arrivati dal mare e venduto come schiavo nella rossa Astapor. Gli occhi del morto erano aperti, ma erano le sue ferite che piangevano. Più ferite di quante Daenerys ne potesse contare.

«Vostra grazia» riprese ser Barristan, «sul lastricato del vicolo in cui è stato trovato era disegnata un'arpia...»

«... disegnata col sangue.» A quel punto, Daenerys sapeva tutto quello che c'era da sapere.

I figli dell'arpia perpetravano i loro massacri di notte, e su ogni nuova vittima lasciavano il loro marchio.

«Verme Grigio» Daenerys spostò lo sguardo, «come mai quest'uomo era fuori da solo? Non aveva un compagno?»

Dietro suo preciso ordine, quando gli Immacolati uscivano la notte a pattugliare le strade di Meereen erano sempre in coppia.

«Mia regina» replicò il suo capitano, «la notte scorsa il tuo servo Scudo Coraggioso non era in servizio. Lui era andato in un... in un certo luogo... a bere e a cercare compagnia.»

«In un certo luogo? Che cosa intendi?»

«In una casa di piacere, vostra grazia.»

"Un bordello." Metà dei suoi liberti veniva da Yunkai, dove i Saggi Padroni erano famosi per il loro addestramento degli schiavi da letto. "La Via dei sette sospiri." I bordelli erano spuntati come funghi in ogni angolo di Meereen. "Non conoscono altro. Devono pur sopravvivere." Il cibo diventava ogni giorno più caro, mentre il prezzo della carne continuava a diminuire. Daenerys sapeva che nei quartieri più poveri, schiacciati tra le piramidi a gradoni della nobiltà schiavista di Meereen, c'erano bordelli in grado di soddisfare qualsiasi gusto erotico, eppure...

«Che cosa si aspettava di trovare, un eunuco, in un bordello?»

«Anche coloro cui mancano le parti di un uomo conservano ancora il cuore di un uomo» rispose Verme Grigio. «A questo soldato è stato detto che Scudo Coraggioso a volte dava conio alle donne dei bordelli perché giacessero con lui e lo abbracciassero.»

"Il sangue del drago non piange." «Scudo Coraggioso» ripeté Daenerys, con gli occhi asciutti. «Era questo il suo nome?»

«Se compiace a vostra grazia.»

«È un bel nome.» I Buoni Padroni di Astapor non permettevano ai loro soldati schiavi nemmeno di avere un nome. Dopo che Daenerys li aveva liberati, alcuni erano tornati ai loro nomi d'origine, altri invece avevano scelto nomi nuovi. «Si sa quanti assalitori si sono avventati su Scudo Coraggioso?»

«Questo tuo servitore non lo sa. Molti.»

«Sei, o anche di più» aggiunse ser Barristan. «Osservando le ferite, lo hanno attaccato da tutti i lati. Quando è stato trovato, il fodero della sua spada era vuoto. È possibile che sia riuscito a ferire alcuni dei suoi aggressori.»

Dany levò una preghiera silenziosa, che in quel preciso momento uno dei figli dell'arpia stesse morendo, con le mani premute sul ventre e contorcendosi nella sofferenza. «Perché gli hanno aperto le guance a quel modo?»

«Graziosa regina» disse Verme Grigio, «gli assassini avevano cacciato a forza i genitali di un capro nella gola del tuo servitore Scudo Coraggioso. Questo tuo servitore li ha rimossi prima che fosse portato al tuo cospetto.»

"Non potendo fargli ingoiare i suoi genitali. Gli schiavisti di Astapor non gli hanno lasciato né la radice né lo stelo."

«I figli dell'arpia si stanno facendo più temerari» rilevò Dany. Fino a quel momento, avevano limitato i loro attacchi a liberti disarmati, aggredendoli per le strade o piombando nelle loro case con il favore delle tenebre per ucciderli nel sonno. «Questo è il primo dei miei soldati che uccidono.»

«Il primo» avvertì ser Barristan «ma non l'ultimo.»

"Sono ancora in guerra" si rese conto Dany, "solo che adesso devo combattere con le ombre." Aveva sperato in una pausa nelle stragi, per poter ricostruire e sanare.

Daenerys lasciò scivolare la pelle di leone dalle spalle, si inginocchiò accanto al cadavere. Ignorando il gemito angosciato di Jhiqui, calò le palpebre sugli occhi dell'uomo morto.

«Scudo Coraggioso non sarà dimenticato. Che venga lavato e vestito per la battaglia. Sappellitelo con l'elmo, lo scudo e le lance.»

«Sarà fatto come vostra grazia comanda.»

«Inviate degli uomini al Tempio delle Grazie, e chiedete se qualcuno si è presentato alle grazie azzurre con ferite di spada. Spargete la voce che ci sarà una generosa ricompensa in oro per chi riporterà la spada corta di Scudo Coraggioso. Indagate tra i macellai e i pastori, per scoprire chi ha di recente castrato dei capri.» Forse un pastore avrebbe confessato. «Da questo momento in poi, che nessuno dei miei uomini esca per le strade da solo dopo il calare delle tenebre.»

«Sarà fatto come vostra grazia comanda.»

Daenerys si ravviò i capelli all'indietro. «Trovatemi questi codardi, in modo che io possa insegnare ai figli dell'arpia che cosa significa risvegliare il drago.»

Verme Grigio si congedò da lei con un rigido saluto. I suoi Immacolati richiusero il sudario, si caricarono il cadavere sulle spalle e uscirono dalla sala.

Ser Barristan Selmy invece rimase. I suoi capelli erano completamente bianchi, aveva fitti reticoli di rughe ai lati dei pallidi occhi azzurri, eppure la schiena era ancora eretta, e il passare degli anni non lo aveva privato della maestria con le armi.

«Vostra grazia» disse, «temo che i tuoi eunuchi non siano i più adatti a svolgere i compiti che hai loro affidato.»

Daenerys tornò a sedersi sulla panca, e si sistemò la pelle di leone attorno alle spalle. «Gli Immacolati sono i miei guerrieri migliori.»

«Soldati, non guerrieri, se compiace a vostra grazia. Sono addestrati per il campo di battaglia, per stare spalla a spalla dietro gli scudi, con la lancia protesa davanti a sé. Sono addestrati a obbedire, impavidi e perfetti, senza un pensiero, senza un'esitazione, ma... non a violare segreti né a fare domande.»

«Mentre dei cavalieri mi sarebbero più utili?»

Selmy stava addestrando per lei dei cavalieri: insegnava ai figli degli schiavi a combattere con la lancia e la spada lunga secondo la tradizione dell'Occidente... Ma a che cosa potevano servire le lance contro quei codardi che uccidevano nell'ombra?

«Non missioni di questo tipo» ammise ser Barristan. «E vostra grazia, chiedo venia, non ha dei cavalieri, non ancora. Dovranno passare anni prima che quei ragazzi siano pronti.»

«Quindi, ser Barristan, chi se non gli Immacolati? I dothraki sarebbero ancora meno adatti.»

I dothraki combattevano a cavallo. E degli uomini a cavallo erano molto più efficaci su campi aperti e colline che non nelle strade strette e nei vicoli di una città. Oltre le mura dai mattoni multicolori di Meereen, il potere di Daenerys Targaryen era a dir poco fragile. Migliaia di schiavi continuavano a spezzarsi la schiena nelle vaste proprietà sulle colline, coltivando grano e olive, pascolando pecore e capre, scavando nelle miniere di sale e di rame. I magazzini di Meereen contenevano abbondanti scorte di cereali, olio, olive, frutta secca, carne salata, ma ora quelle scorte stavano diminuendo. Così Dany aveva inviato il suo scarno khalasar, sotto il comando dei tre cavalieri di sangue, a imporre il suo dominio sull'entroterra, mentre Ben Plumm il Marrone conduceva la compagnia mercenaria dei Secondi Figli a sud, per bloccare le incursioni provenienti da Yunkai.

La missione più cruciale era stata affidata a Daario Naharis: Daario dalla lingua sempre pronta allo scherno, con il suo dente d'oro massiccio e la barba a tridente, dal sorriso ribaldo dietro i baffi tinti di viola. Al di là delle colline a oriente si ergeva una cordigliera di montagne di arenaria, il Passo Khyzai e Lhazar. Se Daario fosse stato in grado di convincere i lhazariani e riaprire le vie del commercio terrestre, tutte le granaglie necessarie avrebbero ripreso ad arrivare via fiume, superando le colline... ma gli uomini agnello non avevano alcuna ragione per soccorrere Meereen.

«Una volta che i Corvi della Tempesta saranno tornati da Lhazar» rispose Daenerys a ser Barristan, «forse potremo mandare loro a pattugliare le strade. Ma fino a quel momento, posso contare soltanto sugli Immacolati.» Si alzò. «Ora, ser, ti chiedo di scusarmi. Ben presto, coloro i quali chiedono udienza saranno alle mie porte. Devo andare a indossare le mie orecchie flosce e giocare di nuovo a fare la regina. Convoca Reznak e il Testarasata: li vedrò dopo che mi sarò preparata.»

Selmy s'inchinò. «Come vostra grazia comanda.»

La Grande Piramide di Meereen dominava da ottocento piedi d'altezza la gigantesca piazza antistante; sulla sommità della cuspide, circondati da giardini pensili e vasche fragranti, si trovavano i quartieri privati della regina dei draghi. Quando Danaerys uscì sulla terrazza le prime luci di un'alba azzurrina si distendevano sulla città.

A ovest, la luce del sole scintillava sulle cupole dorate del Tempio delle Grazie, delineando lunghe ombre oltre le piramidi a gradoni dei potenti. "In alcune di quelle piramidi, in questo preciso istante, i figli dell'arpia stanno pianificando nuovi delitti. E io non posso fare niente per fermarli."

Viserion percepì la sua inquietudine. Il drago bianco giaceva acciambellato attorno a un albero di pere, con la testa appoggiata sulla coda. Sentendo passare Dany, aprì gli occhi, due abissi d'oro liquido. Anche le sue corna erano del colore dell'oro, e così le scaglie che correvano lungo tutto il dorso, dalla testa alla coda.

«Sei pigro» gli disse Daenerys, grattandolo sotto la gola.

Le scaglie erano roventi al tatto, come una corazza lasciata troppo a lungo al sole. "I draghi sono fuoco diventato carne." Così aveva letto in uno dei libri che ser Jorah Mormont le aveva dato come regalo di nozze.

«Dovresti essere a caccia con i tuoi fratelli. Non dirmi che tu e Drogon vi siete azzuffati di nuovo?»

Negli ultimi tempi, i suoi draghi erano diventati sempre più pericolosi. Rhaegal si era rivoltato contro Irri, e all'ultima visita di Reznal, il siniscalco, Viserion aveva incendiato il suo tokar. "Li ho lasciati troppo da soli, ma dove trovo il tempo per stare con loro?"

La coda di Viserion schizzò di lato, picchiando contro il tronco con tale veemenza che una delle pere si staccò, cadendo ai piedi di Dany. Il drago dispiegò le ali e in parte volando, in parte saltellando, raggiunse il parapetto. "Continua a crescere" notò Dany, mentre Viserion spiccava il volo verso il cielo. "Tutti e tre continuano a crescere. Ben presto saranno abbastanza forti da reggere il mio peso." Allora anche lei avrebbe volato come Aegon il Conquistatore, in alto, sempre più in alto, fino a quando Meereen le sarebbe apparsa così minuscola da poterla cancellare con il proprio pollice.

Seguì con lo sguardo Viserion salire in cerchi sempre più ampi, finché svanì oltre le acque fangose del fiume Skahazadhan. Solo allora Dany rientrò nella piramide, dove Irri e Jhiqui l'attendevano per spazzolarle i capelli aggrovigliati, e vestirla come si addice alla regina di Meereen, in un tokar di foggia ghiscariana.

Era un indumento essenziale: un lungo lenzuolo senza cuciture che andava stretto attorno ai fianchi, passato sotto un braccio e sopra una spalla, con le sue lunghe frange pendenti sovrapposte con cura a fare bella mostra di sé. Se lo si lasciava troppo lasco, finiva per scivolare, se lo si stringeva troppo, si attorcigliava come una sorta di fune. Perfino quando era indossato a regola d'arte era necessario tenerlo fermo premendo con la mano sinistra. Camminare con un tokar richiedeva piccoli passi misurati e un grande senso dell'equilibrio, per non inciampare nelle frange. Non era un indumento concepito per svolgere delle attività. Il tokar era l'indumento dei padroni, un segno di opulenza e di potere.

Quando conquistò Meereen, Dany avrebbe voluto bandire il tokar, ma i suoi consiglieri l'avevano dissuasa. "La Madre dei draghi deve indossare il tokar, o sarà odiata per sempre" così aveva sentenziato Galazza Galare, la Grazia Verde. "Nelle lane dell'Occidente o in un abito di pizzo di Myr, vostro splendore sarà sempre un'estranea tra noi, una grottesca forestiera, una barbara conquistatrice. La regina di Meereen deve essere una signora dell'Antica Ghis." Ben Plumm il Marrone, comandante della compagnia mercenaria dei Secondi Figli, aveva espresso il concetto in modo anche più conciso: "Un uomo che vuole fare il re dei conigli, è bene che si metta in testa un paio di orecchie flosce".

Le orecchie flosce che Daenerys scelse quel giorno erano di lino bianco sottile, con una frangia di tasselli dorati. Con l'aiuto di Jhiqui, riuscì al terzo tentativo ad avvolgersi correttamente il tokar attorno ai fianchi. Irri andò a prenderle la corona con il drago a tre teste, simbolo della sua nobile casata. Le spire erano d'oro, le tre teste in avorio, onice e giada. A fine giornata, il collo e le spalle di Dany sarebbero stati rigidi e dolenti per il peso. "Nessuna corona dev'essere un oggetto semplice da tenere sul capo" le aveva detto, tempo prima, uno dei suoi consiglieri reali. "Un certo Aegon, ma quale?" Cinque re diversi, tutti chiamati Aegon, avevano dominato i Sette Regni del continente occidentale. Ce ne sarebbe dovuto essere anche un sesto, ma i cani rabbiosi di Robert Baratheon, l'Usurpatore, avevano assassinato il figlio di suo fratello quando era ancora un infante indifeso. "Se fosse vissuto, forse sarei diventata la sua sposa. Aegon era più vicino a me di età rispetto a Viserys." Daenerys era stata concepita nel medesimo periodo in cui Aegon e sua sorella venivano ammazzati. Il loro padre, Rhaegar, fratello di Dany, perì ancora prima nella Battaglia del Tridente, caduto sotto la mazza da guerra brandita dall'Usurpatore. Suo fratello Viserys era morto urlando a Vaes Dothrak, la capitale dei dothraki, con una corona d'oro incandescente sulla testa. "E non appena dovessi abbassare la guardia, mi ucciderebbero. Le lame che hanno dilaniato Scudo Coraggioso erano destinate a me."

Daenerys non aveva certo dimenticato i giovani schiavi che i Grandi Padroni avevano fatto crocifiggere lungo la strada tra Meereen e Yunkai: centosessantatré bambini, uno per miglio, inchiodati ai pali che scandivano la distanza tra le due città, con un braccio teso nella sua direzione. Dopo la caduta di Meereen, Daenerys stessa aveva fatto crocifiggere parecchi Grandi Padroni. Sciami di mosche avevano banchettato sulla loro lenta morte e il lezzo della decomposizione ristagnava nella piazza. Eppure, c'erano giorni in cui Dany si domandava se non avesse dovuto spingersi ancora più in là. I meereenesi erano gente furba e ostinata, che si opponeva a ogni sua iniziativa. Avevano liberato i loro schiavi, questo sì... ma solamente per poi riprenderli come servitori, a compensi talmente miserabili che la maggior parte di loro riusciva a stento a comprarsi da mangiare. I liberti troppo vecchi o troppo giovani venivano abbandonati per la strada, insieme agli storpi e agli infermi. Ciononostante, i Grandi Padroni continuavano a riunirsi ai vertici delle loro sontuose piramidi a gradoni, lamentandosi della regina dei draghi che aveva riempito la loro nobile città di orde di luridi mendicanti, ladri e puttane.

"Per governare Meereen, devo conquistare i cuori e le menti dei meereenesi, a prescindere da quanto io li disprezzi."

«Sono pronta» disse a Irri.

Reznak e Skahaz la stavano aspettando in cima alla scalinata di marmo.

«Grande regina» esordì Reznak mo Reznak, «quest'oggi sei talmente radiosa che quasi ho timore a levare il mio sguardo su di te.»

Il siniscalco indossava un tokar di seta porpora con la frangia dorata. Era un uomo di bassa statura, sudaticcio, che olezzava sempre come se si fosse appena immerso nel profumo e si esprimeva in una forma imbastardita di alto valyriano, molto corrotta e scavata dal pesante accento ghiscariano.

«Sei cortese a dire così» rispose Dany nella stessa lingua.

«Mia regina» ringhiò a sua volta Skahaz mo Kandaq, dal cranio rasato.

I ghiscariani avevano capelli folti e duri, ed era antica usanza degli uomini delle città degli schiavi acconciarli a forme di corna, rostri, ali. Rasandosi il capo, Skahaz dimostrava di essersi lasciato la vecchia Meereen alle spalle, per accettare la nuova Meereen. Molti del suo lignaggio avevano seguito il suo esempio. Se lo avessero fatto per paura, moda o ambizione, Dany non lo poteva dire: venivano chiamati testerasate. Skahaz era il Testarasata per eccellenza... e per i figli dell'arpia e i loro accoliti era anche il più infame dei traditori.

«Siamo stati informati della fine dell'eunuco» aggiunse Skahaz.

«Si chiamava Scudo Coraggioso.»

«Molti altri moriranno, se gli assassini non vengono puniti.»

Skahaz aveva la testa rasata, ma la sua faccia era comunque ripugnante: folte sopracciglia, borse scure sotto i piccoli occhi, un grande naso disseminato di comedoni, la pelle unta che appariva ancora più giallastra del solito colorito ambrato ghiscariano. Era una faccia dura, brutale, rabbiosa. Dany poteva solamente sperare che dietro quelle fattezze ci fosse comunque una persona onesta.

«Come posso punirli, se non so chi sono?» gli chiese Dany. «Rispondimi, baldo Skahaz.»

«Non sono certo i nemici che ti mancano, vostra grazia. Le loro piramidi puoi vederle dalla tua terrazza. Zhak, Hazkar,

Ghazeen, Merreq, Loraq, tutte le antiche famiglie schiaviste. Pahl. Pahl più di tutte loro. Ora è una casata dominata da donne. Vecchie donne piene di acredine a cui piace il gusto del sangue. Le donne non dimenticano. Le donne non perdonano.»

"No, infatti" pensò Daenerys Targaryen "e i cani dell'Usurpatore lo impareranno, quando tornerò nel continente occidentale."

Era vero che tra lei e la casata Pahl era corso del sangue. Oznak zo Pahl era stato ucciso in singolar tenzone da Belwas il Forte. Suo padre, comandante della Guardia cittadina di Meereen, era caduto nella difesa delle porte della città quando l'immane ariete chiamato Cazzo di Joso le aveva polverizzato. Tre zii erano stati tra i centosessantatré crocifissi sulla piazza.

«Quanto oro abbiamo offerto per le informazioni sui figli dell'arpia?» chiese Dany.

«Cento onori, se compiace a vostro splendore.»

«Mille onori mi compiacerebbero di più. Alzate la ricompensa.»

«Vostra grazia non ha chiesto il mio consiglio» ribatté Skahaz Testarasata «ma io dico che il sangue va ripagato col sangue. Prendi un uomo da ciascuna delle famiglie che ti ho appena nominato e mettilo a morte. La prossima volta che uno dei tuoi viene ucciso, prendi due uomini da ciascuna famiglia e mettili a morte. Non ci sarà un terzo assassinio.»

Reznak si agitò, a disagio. «Nooo... Gentile regina, una simile brutalità attirerebbe su di noi l'ira degli dèi. Troveremo gli assassini, te lo prometto, e quando li avremo trovati, si riveleranno essere solo feccia plebea, vedrai.»

Il siniscalco era calvo come Skahaz, anche se nel suo caso la responsabilità ricadeva sugli dèi. «Dovesse comunque riapparire un solo capello» aveva assicurato a Dany quando lei aveva sollevato l'argomento «il mio barbiere ha già pronto il rasoio.» Certe volte però Dany si domandava se quel rasoio non andasse tenuto in serbo per aprire la gola di Reznak. Era un uomo utile, ma a Dany piaceva poco e si fidava ancora meno di lui.

Gli Eterni di Qarth le avevano profetizzato che sarebbe stata tradita tre volte. Mirri Maz Duur era stata la prima a tradirla. Ser Jorah Mormont era stato il secondo. Che Reznak fosse il terzo? Il Testarasata? Daario? "O forse qualcuno di cui non sospetterei mai... Ser Barristan, Verme Grigio, Missandei?"

«Skahaz» Dany si rivolse nuovamente al Testarasata. «Ti ringrazio per il consiglio. Reznak, vedi che cosa è possibile ottenere con una ricompensa di mille onori d'oro.»

Stringendo il suo tokar, Daenerys superò entrambi, e cominciò a discendere l'ampia scalinata di marmo. Un passo per volta: l'ultima cosa che voleva era inciampare nelle lunghe frange e ruzzolare a testa in giù fino al salone.

Fu Missandei ad annunciarla. La piccola scriba aveva una voce dolce e al tempo stesso sonora.

«Che tutti s'inginocchino al cospetto di Daenerys nata dalla tempesta, la Non-bruciata, regina di Meereen, regina degli andali e dei rhoynar e dei primi uomini, khaleesi del Grande mare d'erba, Distruttrice di catene e Madre dei draghi.»

La sala era gremita. Alcuni Immacolati montavano la guardia, con le schiene appoggiate ai pilastri, gli scudi e le lance in pugno, e i rostri sui loro elmi che si ergevano come una fila di pugnali. I meereenesi erano radunati vicino alle finestre a oriente. I liberti di Dany si trovavano il più distante possibile dai loro padroni di un tempo. "Fino a quando non saranno fianco a fianco, Meereen non conoscerà mai la pace."

Daenerys prese posto sulla sua panca. «In piedi.»

Tutta la sala si alzò. "Questo almeno lo fanno tutti insieme."

Reznak mo Reznak aveva la lista. L'usanza richiedeva che la regina cominciasse con l'inviato di Astapor, uno schiavo liberato che si faceva chiamare lord Ghael, anche se nessuno sapeva di che cosa fosse lord.

Lord Ghael aveva una chiostra di denti marci e anneriti e una faccia da donnola. Recava anche un dono. «Cleon il Grande ti manda queste babbucce quale pegno del suo amore per Daenerys nata dalla tempesta, Madre dei draghi.»

Irri infilò le babbucce ai piedi di Dany. Erano di cuoio istoriato, decorato con perle verdi d'acqua dolce. "Il re Macellaio pensa forse di poter conquistare la mia mano con un paio di pantofole civettuole?"

«Re Cleon è estremamente generoso. Puoi ringraziarlo da parte mia per il suo dono delizioso.» "Delizioso, certo, ma sono per una bimba." Daenerys aveva i piedi piccoli, ma quelle babbucce le erano strette in punta.

«Cleon il Grande sarà compiaciuto di sapere che le hai gradite» disse lord Ghael. «Sua magnificenza m'incarica di riferirti di essere pronto a difendere la Madre dei draghi da tutti i suoi nemici.»

"Se mi fa un'altra proposta di matrimonio da parte del re Macellaio gli tiro una ciabatta in testa." Ma, per una volta tanto, l'inviato di Astapor non accennò a nozze reali.

«È giunto il tempo che Astapor e Meereen pongano fine all'infame dominio dei Saggi Padroni di Yunkai, nemici giurati di tutti coloro che desiderano vivere da uomini liberi. Re Cleon m'incarica di dirti che lui e i suoi nuovi Immacolati saranno presto pronti a marciare.»

"I suoi nuovi Immacolati sono uno scherzo osceno." «Sarebbe cosa saggia, da parte di re Cleon, occuparsi dei propri giardini e lasciare che gli yunkai si occupino dei loro.»

Non che Daenerys provasse alcuna affezione per Yunkai. Stava anzi cominciando a pentirsi di avere rinunciato a prendere d'assalto l'infame città gialla, terza e ultima delle città schiaviste, dopo avere sconfitto il suo esercito in battaglia. Non appena Dany se n'era andata, i Saggi Padroni di Yunkai avevano ricominciato con lo schiavismo e adesso stavano erigendo terrapieni, assoldando mercenari e stringendo alleanze contro di lei.

Cleon, autoproclamatosi il Grande, non era certo meglio dei mercanti di carne di Yunkai. Il re Macellaio aveva a sua volta restaurato lo schiavismo ad Astapor, con un'unica differenza, che gli schiavi di un tempo adesso erano padroni e gli ex padroni erano schiavi.

«Sono solamente una fanciulla, non mi intendo di strategie militari» disse Dany a lord Ghael «ma è giunta voce che ad Astapor ci sia una grave carestia. Che re Cleon nutra la sua gente, prima di andare in battaglia.» Fece un gesto di commiato. Lord Ghael si ritirò.

«Vostra magnificenza» intervenne Reznak mo Reznak, «vorresti ora conferire con il nobile Hizdahr zo Loraq?»

"Ancora?" pensò Dany, ma annuì. Hizdahr si fece avanti. Era un uomo alto, molto magro, dalla liscia pelle ambrata. Fece il suo inchino di rito nello stesso punto in cui, pochi minuti prima, era stato deposto il corpo senza vita di Scudo Coraggioso. "Ho bisogno di quest'uomo" ricordò a se stessa la regina. Hizdahr era un mercante facoltoso, aveva molti amici a Meereen e anche al di là dei mari. Si era spinto fino a Volantis, Lys e Qarth, aveva parenti a Tolos e Elyria, si diceva addirittura che esercitasse una certa influenza anche a Nuova Ghis, dove gli yunkai stavano cercando di risvegliare inimicizia nei confronti di Daenerys e del suo dominio.

Inoltre era un uomo ricco. Molto, molto ricco...

"E, se acconsentissi alle sue richieste, diventerebbe anche più ricco." Quando Dany aveva ordinato la chiusura delle celeberrime fosse da combattimento di Meereen, il valore di quei terreni era crollato. Hizdahr zo Loraq non aveva esitato ad allungare i suoi artigli, e adesso era proprietario della maggior parte delle fosse.

Dalle tempie del nobiluomo si aprivano due ali di capelli crespi, rossi e neri. Sembrava che il suo cranio stesse per spiccare il volo. Il viso lungo veniva ancora ulteriormente allungato dalla barba chiusa con degli anelli d'oro. Il suo tokar viola era ornato da perle e ametiste.

«Vostro splendore conosce per quale ragione mi trovo qui.»

«Pare, nobile Hizdahr, che tu non abbia altra ragione se non quella di vessarmi. Quante volte ti ho già opposto un rifiuto?»

«Cinque volte, vostra magnificenza.»

«Questa è la sesta. Non farò riaprire le fosse da combattimento.»

«Se vostra maestà volesse ascoltare le mie argomentazioni...»

«L'ho già fatto per cinque volte. Porti forse delle argomentazioni nuove?»

«Vecchie argomentazioni» ammise Hizdahr «espresse però con parole nuove. Parole delicate e cortesi, più adatte a una regina.»

«È la tua motivazione che trovo spregevole, non certo le tue parole. Le ho udite così tante volte, da essere ormai in grado di perorare io stessa la tua causa.» Daenerys si sporse in avanti. «Le fosse da combattimento fanno parte di Meereen fin dal giorno in cui la città venne fondata. Gli scontri sono di natura profondamente religiosa, sacrifici di sangue agli dèi di Ghis. La mortale arte di Ghis non è cruda macelleria, bensì prova di coraggio, abilità e forza che gli dèi gradiscono moltissimo. I combattenti vittoriosi sono accuditi e acclamati, i caduti onorati e ricordati. Concedendo la riapertura delle fosse da combattimento, mostrerei al popolo di Meereen tutto il mio rispetto nei confronti delle loro usanze e dei loro costumi. Le fama delle fosse raggiunge anche le terre più remote. A Meereen portano commerci, riempiendo i forzieri della città di conio proveniente dai quattro angoli del mondo. Tutti gli uomini amano il gusto del sangue, un gusto che le fosse contribuiscono a soddisfare. Inoltre, esse rendono Meereen un luogo più tranquillo. Per i criminali condannati a morire nella sabbia, le fosse rappresentano il giudizio della battaglia, l'ultima possibilità data a un uomo per provare la propria innocenza.» Dany si raddrizzò, spingendo da parte i capelli con un secco movimento del capo. «Quindi, nobile Hizdahr zo Loraq, come me la sono cavata?»

«Vostro splendore ha perorato la mia causa molto meglio di quanto avrei sperato di poter fare io stesso. Dai prova, grande regina, di essere tanto eloquente quanto bella. Mi dichiaro convinto.»

Dany non trattenne una risata. «Be', io no.»

«Vostra magnificenza» le sussurrò Hizdahr zo Loraq all'orecchio, «è usanza della città richiedere un emolumento fiscale pari a un decimo di tutti i profitti delle fosse, detratte le spese. Conio che potrebbe essere utilizzato per nobili usi.»

«Certo, potrebbe... per quanto se dovessimo riaprire le fosse, quell'emolumento andrebbe incassato prima delle spese. Sono solamente una fanciulla, non mi intendo di queste cose, ma ho trascorso abbastanza tempo al fianco di Xaro Xhoan Daxos da apprendere quanto necessario. Hizdahr, se tu conducessi gli eserciti nello stesso modo in cui conduci i negoziati, potresti conquistare il mondo... Ma la mia risposta è ancora no. Per la sesta volta.»

«La regina ha parlato.» Hizdahr zo Loraq fece un altro inchino, profondo quanto il primo. Perle e ametiste schioccarono contro il pavimento di marmo. Hizdahr zo Loraq era un uomo di notevole prestanza fisica.

"Potrebbe anche essere un bell'uomo, se non fosse per quei capelli." Reznak e la Grazia Verde avevano fatto pressioni su Dany perché prendesse come marito uno dei nobili di Meereen, quale gesto di riconciliazione tra la città e il suo dominio. Hizdahr zo Loraq forse meritava uno sguardo più attento. "Meglio lui di Skahaz." Per lei, il Testarasata si era offerto di ripudiare la moglie: notizia che a Dany aveva messo freddo alla schiena. Hizdahr zo Loraq almeno sapeva sorridere.

«Vostra magnificenza» disse Reznak, scorrendo la lista, «il nobile Grazdan zo Galare gradirebbe conferire con te. Desideri ascoltarlo?»

«Con piacere.» Dany ammirò i barbagli dell'oro e la lucentezza delle perle verdi delle babbucce, dono di Cleon il Grande, facendo del proprio meglio per ignorare il dolore ai piedi.

Grazdan, l'avevano avvertita, era un cugino della Grazia Verde, il cui appoggio era per Dany inestimabile. La sacerdotessa era una voce di pace, accettazione e obbedienza all'autorità della legge. "Qualsiasi cosa desideri suo cugino, gli darò rispettoso ascolto."

Si scoprì essere oro.

Dany si era rifiutata di concedere ai Grandi Padroni indennizzi pari al valore dei loro schiavi, ma i meereenesi continuavano a escogitare modi per spremerle conio. Un tempo, il nobile Grazdan possedeva una schiava che sembrava fosse un'ottima tessitrice. I prodotti del suo telaio erano di grande valore, non solo a Meereen, ma anche a Nuova Ghis, Astapor e Qarth. Quando la donna era diventata anziana, Grazdan aveva comprato una mezza dozzina di ragazze ordinando alla vecchia di istruirle sui segreti della sua arte. Ora l'anziana donna era morta. Le giovani, una volta liberate, avevano aperto un negozio nei pressi del porto, dove vendevano i loro prodotti. Grazdan zo Galare chiedeva che gli venisse riconosciuta una percentuale dei profitti.

«È a me che devono le loro abilità di tessitrici» insisteva. «Sono stato io a sceglierle al mercato e a metterle dietro a un telaio.»

Dany ascoltava in silenzio, con il volto inespressivo. Quando Grazdan ebbe finito domandò: «Come si chiamava quella vecchia tessitrice?».

«La schiava?» Grazdan corrugò la fronte, spostando il peso da un piede all'altro. «Si chiamava... forse Elza. Oppure Ella. Sono passati sei anni dalla sua morte. Ho avuto talmente tanti schiavi, vostra grazia.»

«Diciamo Elza. Ecco quindi la nostra decisione. Dalle ragazze non avrai nulla: è stata Elza a insegnare loro l'arte della tessitura, non tu. Da te, per contro, le ragazze avranno un telaio nuovo, il migliore sul mercato. E questo per esserti dimenticato il nome di quella donna anziana.»

Dopo di che Reznak stava per convocare un altro tokar, ma Dany insisté perché venisse lasciato spazio a un liberto. Da quel momento in avanti, alternò padroni di un tempo e schiavi di un tempo. Una quantità di argomenti vennero presentati al suo giudizio. Dopo la caduta, Meereen era stata preda di feroci saccheggi. Le piramidi a gradoni dei potenti erano state risparmiate dal peggio delle razzie, ma le parti più umili della città erano sprofondate in un'orgia di ruberie e uccisioni a opera degli schiavi in rivolta e delle orde affamate che si erano riversate oltre le porte al seguito della marcia vittoriosa di Daenerys da Yunkai e Astapor. Alla fine, gli Immacolati erano riusciti a ristabilire l'ordine, ma il saccheggio si era lasciato un mare di problemi. E così la gente veniva a parlare con la regina.

Si presentò una donna ricca, i cui figli e marito erano caduti nella difesa delle mura della città. Durante i saccheggi, era scappata piena di paura, rifugiandosi dal fratello. Al suo ritorno a casa, trovò che era stata trasformata in un bordello. Le puttane indossavano i suoi abiti e i suoi gioielli. La donna rivoleva indietro la casa e i gioielli. «I vestiti se li possono anche tenere» concesse. Dany impose che i gioielli le fossero restituiti, ma decise che la casa era da considerarsi perduta nel momento in cui lei l'aveva abbandonata.

Si presentò uno schiavo liberato, accusando un certo nobile del clan Zhak. Il liberto aveva di recente preso in moglie una donna, anch'essa schiava liberata, che era stata oggetto sessuale del padrone prima della caduta della città. Il nobile l'aveva deflorata, usata per il proprio piacere e messa incinta. Il nuovo marito voleva che il padrone di un tempo venisse castrato per il crimine di stupro, e chiedeva anche una sacca d'oro per ripagarlo dei costi di crescere come proprio figlio il bastardo del nobile. Dany gli concesse l'oro, ma non la castrazione. «Quando il nobile giacque con lei, la tua moglie attuale era di sua proprietà, poteva farne ciò che voleva. Secondo la legge, non c'è stato stupro.» La decisione non piacque affatto al liberto, ma se Dany avesse dovuto castrare tutti gli uomini che avevano avuto schiave di sesso, avrebbe finito con l'essere regina di una città di eunuchi.

Si presentò un ragazzo, più giovane ancora di lei, magro e sfregiato, con un consunto tokar grigio dal quale pendeva una frangia argento. La sua voce si spezzò nel rievocare come, la notte in cui le porte della città erano state abbattute, due schiavi di suo padre si erano ribellati. Uno aveva sgozzato il padre, l'altro il fratello maggiore del ragazzo. Dopo di che, entrambi avevano stuprato la madre, e poi ucciso anche lei. Il ragazzo se l'era cavata con quella cicatrice sulla faccia, ma uno degli assassini viveva ancora nella casa del suo defunto padrone, mentre l'altro si era arruolato tra i soldati della regina, nella compagnia chiamata gli Uomini della Madre. Il ragazzo chiedeva che venissero entrambi impiccati.

"Sono regina, certo, di una città costruita sulla polvere e sulla morte." Daenerys dovette rifiutare la richiesta del ragazzo. Aveva da tempo emesso un'ordinanza di completo perdono per tutti i crimini perpetrati durante il saccheggio. Non avrebbe punito gli schiavi che si erano rivoltati contro i loro padroni.

Quando Dany emise il verdetto, il ragazzo si scagliò contro di lei, ma i suoi piedi inciamparono nelle frange del tokar e lui crollò di faccia sul marmo viola. Il colossale eunuco dalla pelle scura lo sollevò da terra con una mano e lo scosse come un mastino che ha un ratto tra le fauci.

«Basta così, Belwas» lo fermò Dany. «Lascialo andare.» Si rivolse al ragazzo: «Preserva con cura quel tokar: ti ha salvato la vita. Sei ancora un ragazzo, quindi dimenticherò ciò che è appena avvenuto. Ti consiglio di fare altrettanto.»

Ma nell'andarsene, il ragazzo si voltò indietro, e quando Dany incontrò il suo sguardo pensò: "Ora l'Arpia ha un nuovo figlio".

A metà giornata, Daenerys cominciò a risentire del peso della corona che portava sulla testa e della durezza della panca sotto il proprio corpo. Ma c'erano ancora molti ad attendere il suo verbo, per cui non fece pausa per pranzare. Mandò Jhiqui alle cucine perché le portasse un piatto con sfoglia di pane, olive, fichi e formaggio. Dany spiluccò mentre ascoltava le richieste, bevendo qualche sorso di vino allungato con acqua. I fichi erano ottimi, le olive deliziose. Il vino, invece, le lasciò in bocca un retrogusto acre e metallico. L'uva piccola, di colore giallo pallido, propria di quelle regioni produceva vendemmie di bassa qualità. "Di certo non commerceremo in vino." Inoltre, i Grandi Padroni avevano bruciato le vigne migliori insieme agli oliveti.

Nel pomeriggio, si presentò uno scultore. Proponeva di sostituire la testa di bronzo della grande Arpia sulla Piazza della Purificazione con una testa a immagine e somiglianza della regina. Dany respinse la proposta con tutta la cortesia che riuscì a esprimere.

Poi fu il turno di un pescatore. Nel fiume Skahazadhan era stato catturato un luccio di dimensioni mai viste, e il pescatore voleva farne dono alla regina. Dany ammirò la preda straordinaria, ricompensò il pescatore con una sacca d'argento e inviò il luccio nelle cucine.Un artigiano ramaiolo le aveva forgiato un'armatura di anelli bruniti, da indossare in battaglia. Daenerys l'accettò profondendosi in ringraziamenti: era una splendida opera d'arte e quel rame brunito avrebbe brillato magnificamente sotto i raggi del sole, anche se, una vera battaglia, Dany avrebbe preferito affrontarla coperta d'acciaio. Perfino una fanciulla che non si intendeva di strategie militari *questo* lo sapeva.

Le babbucce dono del re Macellaio erano diventate insopportabili. Dany le lanciò via, rimanendo seduta con un piede sotto di sé e l'altro che ondeggiava avanti e indietro. Non una posa propriamente regale, ma si era stancata di essere regale. La corona le aveva procurato un gran mal di testa, e il suo didietro aveva finito con l'intorpidirsi.

«Ser Barristan» chiamò Dany, «ora sono consapevole di ciò di cui un re ha bisogno più di qualsiasi altra cosa.»

«Il coraggio, vostra grazia?»

«Natiche di ferro» scherzò Dany. «Tutto quello che faccio è stare seduta.»

«Vostra grazia si accolla troppi doveri. Dovresti consentire ai tuoi consiglieri di occuparsi di una parte maggiore del tuo fardello.»

«Ho troppi consiglieri e pochi cuscini.» Dany si rivolse a Reznak. «Quanti postulanti ci sono ancora?»

«Ventitré, se compiace a vostra magnificenza. Con altrettante richieste.» Il siniscalco consultò alcune carte. «Un manzo e tre capre. Il resto saranno pecore o agnelli.»

«Ventitré» sospirò Dany. «Da quando abbiamo cominciato a risarcire i pastori, i miei draghi hanno sviluppato un prodigioso appetito per il montone. Queste richieste sono tutte comprovate?»

«Alcuni hanno portato delle ossa bruciate.»

«Anche gli uomini accendono fuochi e cucinano montoni. Le ossa bruciate non dimostrano granché. Ben il Marrone sostiene che sulle colline attorno alla città si aggirano dei lupi rossi, e anche sciacalli e cani selvatici. Dovremmo forse metterci a pagare argento sonante per ogni agnello disperso tra Yunkai e il fiume Skahazadhan?»

«No, vostra magnificenza.» Reznak fece un inchino. «Desideri che sia io ad allontanare questi malfattori, o vuoi che vengano fustigati?»

Daenerys cambiò posizione sulla panca. «Voglio che nessuno tema di venire al mio cospetto.» Alcune di quelle richieste di risarcimento erano false, non c'era dubbio, ma altre erano veritiere. I suoi draghi stavano diventando troppo grossi per accontentarsi di cani e gatti. "E più mangiano, più cresceranno." Ser Barristan l'aveva avvertita: «E quanto più cresceranno, tanto più mangeranno». Drogon, soprattutto, si spingeva sempre più lontano, e poteva divorare tranquillamente una pecora al giorno.

«Pagateli per il valore degli animali che hanno perduto» decise Dany, «ma da oggi in poi i postulanti devono prima presentarsi al Tempio delle Grazie, giurando solennemente di fronte agli dèi di Ghis.»

«Così sarà fatto.» Reznak si rivolse ai postulanti. «Sua magnificenza la regina acconsente a compensare ciascuno di voi per gli animali che avete perduto» annunciò loro in lingua ghiscariana. «Ripresentatevi quindi domani ai miei fattori, e sarete risarciti in conio o con un equivalente di quello che avete perduto, come preferite.»

Il pronunciamento cadde in un silenzio lugubre. "Dovrebbero essere contenti" pensò Dany. "Hanno ottenuto ciò per cui sono venuti. Non esiste proprio modo per compiacere questa gente?"

Mentre il gruppo lasciava la sala, rimase indietro un uomo. Tarchiato, dalla faccia scavata dal vento, vestito in modo miserevole. In testa aveva un cespuglio spinoso di capelli rossi e neri raccolti dietro le orecchie. Con una mano reggeva una sacca di tessuto altrettanto miserevole. Teneva il capo chino, fissando il pavimento di marmo, come se avesse scordato dove si trovasse in quel momento. "E questo adesso che cosa vuole?" si domandò Dany.

«Che tutti s'inginocchino al cospetto di Daenerys nata dalla tempesta, la Non-bruciata, regina di Meereen, regina degli andali e dei rhoynar e dei primi uomini, khaleesi del Grande mare d'erba, Distruttrice di catene e Madre dei draghi» scandì nuovamente Missandei con la sua voce dolce e al tempo stesso sonora.

Quando Dany si alzò, il suo tokar cominciò a scivolare di dosso. Riuscì ad afferrarlo in tempo e se lo sistemò come da protocollo. «Tu, con quella sacca» disse, «desideri parlare con noi? Puoi avvicinarti.»

L'uomo sollevò il capo. I suoi occhi erano arrossati, sanguigni, come ferite aperte.

Dany percepì ser Barristan avvicinarsi, bianca ombra protettrice al suo fianco. L'uomo si accostò con andatura barcollante, un passo dopo l'altro, stringendo la sua sacca. "Che sia ubriaco, oppure malato?" Aveva della terra sotto le unghie giallognole e fessurate.

«Di che cosa si tratta?» chiese Dany. «Hai qualche lutto da presentare alla nostra attenzione, una richiesta? Che cosa desideri da noi?»

«Io...» L'uomo si passò la lingua sulle labbra screpolate. «Io ho portato...»

«Delle ossa?» Lo anticipò Dany con impazienza. «Delle ossa bruciate?»

L'uomo rovesciò la sacca, spargendo il contenuto sul marmo.

Erano delle ossa, sì. Ossa spezzate, annerite. Quelle più lunghe erano spaccate, il midollo divorato.

«È stato quello nero» disse l'uomo nel ringhio ghiscariano, «quell'ombra alata. È calato dal cielo e... e...»

"No..." Dany non riuscì a trattenere un fremito. "No, no, oh, no..."

«Sei sordo o stolto?» intervenne Reznak mo Reznak. «Non hai forse udito il mio pronunciamento? Va' dai miei fattori domani mattina, e sarai ripagato per la tua pecora.»

«Reznak» ammonì quietamente ser Barristan, «chiudi la bocca e apri gli occhi. Queste non sono ossa di pecora.»

"No" Daenerys Targaryen pensò, "queste sono le ossa di un bambino."

JON

Il lupo albino correva nella foresta dominata dalle tenebre, sotto uno strapiombo livido che saliva fino al cielo. La luna correva con lui, scivolando tra i grovigli di rami spogli, spostandosi nel cielo pieno di stelle.

«Snow» mormorò la luna.

Il lupo albino non rispose. La neve scricchiolava sotto le sue zampe. Il vento sussurrava tra gli alberi.

In lontananza, poteva udire i suoi fratelli di branco che lo chiamavano, specie che chiama specie. Anche loro stavano cacciando. Una gelida pioggia flagellava il suo fratello nero intento a squarciare le carni di un capro enorme, lavando il sangue che gli colava dal fianco, dove il lungo corno della bestia aveva scavato un solco. In un altro luogo, la sua sorella minore alzò il muso e ululò alla luna, e centinaia di cugini grigi interruppero la caccia per unirsi al canto. Sulle colline dove si trovavano era più caldo e c'era abbondanza di cibo. Notte dopo notte, il branco guidato da sua sorella si ingozzava di carne di pecore, vacche, cavalli: le stesse prede degli uomini. A volte, perfino della carne degli stessi uomini.

«Snow» chiamò nuovamente la luna, quasi in tono di scherno. Il lupo albino continuò ad avanzare sul sentiero tracciato dall'uomo alla base dello strapiombo coperto di ghiaccio. Sentiva sulla lingua il sapore del sangue, nelle orecchie riecheggiava il canto dei suoi cugini, a centinaia. Un tempo erano in sei. Di cui cinque ancora ciechi dal parto, gementi nella neve a fianco del corpo della madre morta, intenti a succhiare latte ormai freddo dai capezzoli. Adesso, di loro ne restavano quattro... più uno che il lupo albino non riusciva più a percepire.

«Snow» insisteva la luna.

Il lupo albino corse lontano da lei, verso la caverna della notte nella quale il sole era andato a nascondersi, il suo respiro si congelava nell'aria. Nelle notti senza stelle, lo strapiombo era nero coma la roccia, un'oscurità che incombeva sul vasto mondo. Ma quando appariva la luna, la parete risplendeva pallida e glaciale come un torrente gelato. La pelliccia del lupo albino era spessa e ispida, ma quando il vento soffiava sul ghiaccio, nessuna pelliccia riusciva a tenere lontano il gelo. Sul versante opposto, il lupo albino lo percepiva, il vento doveva essere ancora più gelido. Era dove si trovava suo fratello, il lupo grigio che odorava d'estate.

«Snow.»

Una stalattite di ghiaccio si staccò da un ramo.

Il lupo albino si voltò, snudando le zanne.

«*Snow!*»

I peli si rizzarono sul suo dorso, mentre la foresta attorno si stava dissolvendo.

«*Snow, snow, snow!*»

Udì un battito d'ali.

Un corvo volò nell'oscurità.

Un tonfo, raschiare di artigli. Il corvo andò a posarsi sul torace di Jon Snow.

«*Snow!*» gli gracchiò in faccia.

«Ti ho sentito.»

La stanza era in penombra, il pagliericcio su cui giaceva era duro. Dalle imposte filtrava un lucore grigiastro, preludio di un'altra giornata gelida e tetra.

«È così che svegliavi lord Mormont?» Jon tirò fuori un braccio dalle coperte per allontanare il corvo. «Toglimi quelle penne dalla faccia.»

Era un uccello molto grosso, vecchio, temerario e scontroso, totalmente senza paura.

«*Snow*» gracchiò di nuovo, svolazzando fino alla testata del letto. «*Snow, snow.*»

Jon afferrò il cuscino e lo lanciò, ma il corvo lo schivò, spiccando il volo. Il cuscino andò a sbattere contro il muro ed esplose, disperdendo ciuffi d'imbottitura in tutte le direzioni proprio mentre Edd l'Addolorato infilava la testa nella porta.

«Chiedo venia» esordì, ignorando la nevicata di piume «posso portare al mio signore la colazione?»

«*Grano*» gracchiò il corvo. «*Grano, grano.*»

«Che ne dici di un corvo arrosto?» suggerì Jon Snow. «E mezza pinta di birra di malto.»

Avere un attendente che lo serviva continuava a sembrargli strano. Non molto tempo prima, lui stesso portava la colazione al lord comandante Mormont.

«Tre pannocchie di grano e un corvo arrosto» ripeté Edd l'Addolorato. «Molto bene, mio signore. È solo che oggi Hobb ha preparato uova bollite, salsicce scure e mele al forno ripiene di prugne. Le mele al forno sono ottime, tranne che per le prugne. A me le prugne proprio non piacciono. Be', c'era un periodo che Hobb le tagliava a fette con le castagne e le carote e le nascondeva dentro una gallina. Mai fidarsi di un cuoco, mio lord. Quelli ti fregano quando meno te lo aspetti.»

«D'accordo, più tardi, allora.» La colazione poteva aspettare, Stannis Baratheon no. «Ci sono stati problemi nelle prigioni, questa notte?»

«Non da quando hai messo delle guardie a fare la guardia alle guardie, mio lord.»

«Bene.»

C'era almeno un migliaio di bruti confinati oltre la Barriera, i prigionieri che Stannis Baratheon aveva preso quando i suoi cavalieri avevano sconfitto il troppo variegato esercito di Mance Rayder. Molti di quei prigionieri erano donne, e alcune guardie le facevano uscire di soppiatto per scaldare i loro letti. Che fossero uomini del re o della regina non faceva alcuna differenza; lo avevano fatto anche alcuni confratelli. Gli uomini sono sempre uomini, e quelle erano le uniche donne nel raggio di mille leghe.

«Altri due bruti sono venuti ad arrendersi» riprese Edd. «Una madre con una ragazzina attaccata alle sottane. Aveva anche un infante avvolto nelle pellicce, ma è morto.»

«*Morto*» ripeté il corvo: era una delle sue parole preferite. «*Morto, morto, morto.*»

Quasi ogni notte arrivavano degli sbandati del popolo libero, creature mezze morte di fame e mezze congelate che erano fuggite dalla disfatta sotto la Barriera, e poi alla Barriera erano tornate strisciando, dopo essersi rese conto che non esisteva un posto sicuro in cui rifugiarsi.

«La madre è stata interrogata?» chiese Jon.

Stannis Baratheon aveva sconfitto l'esercito dei bruti e preso prigioniero Mance Rayder, il loro re... Ma i bruti erano ancora là fuori, il Piagnone, Tormund Veleno dei Giganti e migliaia di altri.

«*Aye*, mio lord» rispose Edd «ma tutto quello che sa è che è scappata dalla battaglia e poi si è nascosta nei boschi. L'abbiamo rimpinzata di porridge, mandata in detenzione e abbiamo bruciato la carcassa dell'infante.»

Bruciare bambini morti ormai aveva cessato di essere un problema per Jon Snow. I bambini vivi, invece, erano un discorso ben diverso. "Due re per risvegliare il drago. Prima il padre e poi il figlio, quindi *due* re morti." Quelle parole erano state sussurrate da uno degli uomini della regina, mentre maestro Aemon si occupava delle sue ferite. Jon aveva cercato di ignorarle, considerandole un delirio della febbre. Aemon aveva obiettato. «Nel sangue di re c'è potere» aveva avvertito l'anziano maestro «e uomini molto migliori di Stannis hanno perpetrato efferatezze molto peggiori di questa.» "Il re può essere duro e spietato, *aye*, ma un lattante? Soltanto un mostro getterebbe una simile creatura nelle fiamme."

Jon pisciò al buio nel pitale, mentre il corvo del Vecchio Orso gracchiava le sue proteste. I sogni di lupo diventavano sempre più vividi, e Jon Snow se li ricordava anche da sveglio. "Spettro sa che Vento Grigio è morto." Anche Robb, il suo fratellastro, era morto, tradito da uomini che credeva essere amici, e il suo lupo era morto con lui. Anche Bran e Rickon, i due fratellastri minori di Jon, erano stati assassinati: decapitati per ordine di Theon Greyjoy, che un tempo era stato il protetto di lord Eddard, padre di tutti loro... eppure se i sogni non mentivano, i meta-lupi di Bran e di Rickon erano riusciti a fuggire. A Corona della Regina, uno di loro era emerso dalle tenebre, salvando la vita di Jon. "Deve essere stato Estate, aveva il pelo grigio, mentre Cagnaccio è nero." Si chiedeva spesso quali parti dei suoi fratelli continuassero a vivere nei loro meta-lupi.

Riempì il bacile con l'acqua della brocca accanto al letto. Si lavò la faccia e le mani. Indossò indumenti di lana nera puliti, allacciò la giubba di cuoio nero e infilò i robusti, usurati stivali neri. Gli astuti occhi neri del corvo di Mormont lo osservavano, poi l'uccello volò fino alla finestra.

«Cos'è, mi hai preso per il tuo schiavo?»

Quando Jon aprì la finestra, ripiegando le ante con i vetri spessi e gialli a forma di losanga, il gelo del mattino investì il suo volto. Fece un profondo respiro per liberare la mente dalle ragnatele della notte, mentre il corvo volava via. "Quell'uccello è davvero troppo furbo." Per tanti anni era stato con il Vecchio Orso, il che però non gli aveva impedito di banchettare con la faccia del lord comandante, quando era morto.

Fuori della sua camera da letto, una rampa di scale portava a una stanza più ampia al piano inferiore, arredata con un tavolo in legno di abete tutto rovinato e una dozzina di scranni in rovere e cuoio. Con Stannis che si era installato nella Torre del Re, e la Torre del Lord comandante ridotta a una crisalide annerita dal fuoco, Jon aveva dovuto sistemarsi nel modesto alloggio di Donal Noye dietro l'arsenale. Col tempo, gli sarebbero serviti quartieri più vasti, ma per il momento, mentre si abituava al comando, quegli spazi bastavano.

Il documento d'investitura che il re gli aveva dato da firmare era sul tavolo, sotto una coppa d'argento un tempo anch'essa appartenuta a Donal Noye. Il fabbro con un braccio solo si era lasciato dietro ben pochi effetti personali: la coppa, sei monete e una stella di bronzo, una spilla di niello con il fermaglio rotto, un farsetto di broccato muffito con l'emblema araldico di Capo Tempesta. "I suoi tesori erano i suoi utensili, e le spade e i pugnali che aveva fabbricato. La forgia, era quella la sua vita." Jon scostò la coppa d'argento e lesse per l'ennesima volta la pergamena. "Se io apponessi il mio sigillo su questo documento, verrei ricordato per l'eternità come il lord comandante che ha ceduto la Barriera" pensò. "Se invece dovessi rifiutare..."

Stannis Baratheon si stava rivelando un ospite quanto mai ingombrante e spietato. Si era spinto a cavallo lungo la Strada del Re fin quasi a Corona della Regina, aveva esplorato gli alloggi sotterranei abbandonati di Città della Talpa, aveva ispezionato i fortilizi in rovina di Porta della Regina e Scudo di Quercia. Ogni notte percorreva la sommità della Barriera, con lady Melisandre al suo fianco, e di giorno visitava le prigioni a nord della muraglia di ghiaccio, scegliendo personalmente gli uomini che poi la Donna Rossa avrebbe sottoposto a interrogatorio. "Lui non tollera di essere contraddetto." Jon Snow capì che quella non sarebbe stata una mattinata piacevole.

Dall'armeria arrivava un clangore di scudi e spade: l'ultimo gruppo di reclute si stava armando. Jon riconobbe la voce di Emmett il Ferrigno che li spronava a fare in fretta. Cotter Pyke non era stato affatto contento di doversi privare di lui, ma il giovane ranger aveva il dono di saper addestrare. "Ama combattere, e comunicherà anche a questi ragazzi la sua passione." Almeno così sperava.

La cappa di Jon era appesa a un piolo vicino alla porta, il cinturone con la spada a un altro. Indossò la cappa, affibbiò il cinturone e si diresse verso l'armeria. Notò che il tappeto sul quale dormiva Spettro era vuoto. Fuori delle porte c'erano due uomini di guardia, con i mantelli neri e i mezzi elmi di ferro, e le lance in pugno.

«Mio lord, vuoi una scorta?»

«Credo di riuscire a trovare da solo la Torre del Re.» Jon detestava avere delle guardie che lo seguissero ovunque andasse. Lo faceva sentire un'anatra con dietro una fila di anatroccoli.

I ragazzi di Emmett il Ferrigno ci stavano dando dentro nel cortile degli addestramenti: le spade senza taglio pestavano le une contro le altre, abbattendosi sugli scudi. Jon si fermò per qualche momento a guardare: Cavallo stava costringendo Hop-Robin ad arretrare verso il pozzo. Cavallo prometteva di diventare un bravo combattente, decise Jon. Si stava facendo sempre più forte, e aveva un ottimo intuito. Hop-Robin invece partiva già svantaggiato dal piede equino, ma soprattutto aveva paura di essere colpito. "Forse possiamo farne un buon attendente." Lo scontro si concluse in modo brutale, con Hop-Robin a terra.

«Bel combattimento» disse Jon rivolgendosi a Cavallo, «ma nell'attaccare hai abbassato troppo lo scudo. Devi correggere questo difetto, altrimenti rischi di finire ucciso.»

«Sì, mio lord. La prossima volta lo tengo più alto.» Cavallo rimise in piedi Hop-Robin, che abbozzò un goffo inchino.

Alcuni cavalieri di Stannis stavano duellando all'estremità opposta del cortile. "Uomini del re da una parte, uomini della regina dall'altra" non mancò di notare. "E sono comunque in pochi. Fa troppo freddo per la maggior parte di loro."

Mentre stava passando, echeggiò una voce tonante. «Ehi, *ragazzo*! Tu, laggiù!»

Da quando era stato nominato lord comandante, non era certo il peggiore appellativo che gli era stato riservato. Jon si limitò a ignorare il richiamo.

«Snow» insisté la voce. «Lord comandante.»

A quel punto, Jon si fermò. «Ser?»

Il cavaliere torreggiava su di lui di almeno sei pollici. «Un uomo che porta al fianco dell'acciaio di Valyria dovrebbe usarlo per qualcosa di meglio che non grattarsi il culo.»

Jon aveva già notato quell'individuo aggirarsi per il castello: cavaliere di chiara fama, a sentire lui. Durante la battaglia sotto la Barriera, ser Godry Farring aveva abbattuto un gigante in fuga, inseguendolo a cavallo e conficcandogli la lancia nella schiena, dopo di che era smontato per recidergli la testa pateticamente piccola. Gli uomini della regina lo avevano così soprannominato Godry lo "Sterminatore di giganti".

A Jon tornò in mente Ygritte, ripensò alle sue lacrime. "Io sono l'ultima dei giganti." «Cavaliere, uso Lungo artiglio solo quando devo.»

«Mi domando con quale perizia.» Ser Godry sfoderò la spada. «Dacci una dimostrazione. E io prometto, ragazzo: non ti farò male.»

"Gentile da parte tua." «Sarà per un'altra volta, cavaliere. In questo momento, temo di avere altri doveri da assolvere.»

«Tu temi e basta» sogghignò ser Godfry rivolgendosi ai suoi amici. «Lui teme e basta» ripeté per quelli più duri di orecchie o lenti di comprendonio.

«Se ora volete scusarmi...» Jon Snow voltò loro le spalle.

Nel pallido chiarore dell'alba il Castello Nero appariva un luogo tetro e desolato. "Il mio comando" rifletté cupamente Jon "è al tempo stesso una rovina e una fortezza." La Torre del Lord comandante era una crisalide svuotata, la sala comune una catasta di legname annerito. Quanto alla Torre di Hardin, sembrava dover crollare alla prima raffica di vento... ma erano anni che conservava quell'aspetto. Oltre tutto questo si ergeva la Barriera: immane, inaccessibile, glaciale, formicolante di costruttori intenti ad allestire nuove scale, in sostituzione di quelle distrutte. Uomini che lavoravano dall'alba al tramonto. Senza quelle scale, non c'era modo di raggiungere la sommità della muraglia di ghiaccio, se non per mezzo dell'argano, inutilizzabile se i bruti avessero sferrato un altro attacco.

In cima al pennone della Torre del Re, il grande stendardo di battaglia color oro della Casa Baratheon schioccava come una frusta. Su quel medesimo tetto non molto tempo prima, Jon Snow, con l'arco lungo in pugno, aveva abbattuto gli uomini del clan Thenn e del popolo libero, combattendo fianco a fianco con Satin e Dick Follard il Sordo. Due soldati della regina montavano la guardia sui gradini d'ingresso alla torre. Due soldati tremanti di freddo, con le mani infilate sotto le ascelle e le lance appoggiate contro la porta.

«Quei guanti di stoffa non vi basteranno» disse loro Jon. «Domani mattina andate da Bowen Marsh, il nostro attendente, che vi darà dei guanti foderati di pelliccia.»

«Lo faremo, mio lord, grazie» disse il soldato più anziano.

«Se le nostre fottute mani non si congeleranno prima» aggiunse il soldato più giovane, il cui respiro si condensava in una bruma biancastra. «E io che credevo nella marca dorniana facesse freddo... Che ne sapevo del freddo, io?»

"Niente" rimuginò Jon Snow "come me."

A metà della scala a chiocciola, Jon incontrò Samwell Tarly che stava scendendo.

«Hai visto il re?» gli chiese Jon.

«Maestro Aemon mi ha mandato a portare una lettera.»

«Capisco.» C'erano lord che si fidavano dei maestri e permettevano loro di leggere e riferire il contenuto delle proprie lettere. Stannis invece ci teneva a spezzare i sigilli di persona. «E Stannis come l'ha presa?»

«Non proprio felicemente, a giudicare dalla faccia che ha fatto.» La voce di Sam si abbassò in un sussurro. «Ma non ne dovrei parlare.»

«Allora lasciamo stare.» Jon si domandò quale lord alfiere del suo defunto padre si fosse rifiutato questa volta di rendere omaggio a re Stannis. "Non ci ha messo molto a spargere la notizia quando Karhold si è schierata con lui." «E tu, Sam, come te la stai cavando con l'arco lungo?»

«Ho trovato un buon libro sul tiro con l'arco.» Sam corrugò la fronte. «La pratica però è più dura della teoria. Mi sono venute le vesciche.»

«Continua a addestrarti. Se in una notte buia gli Estranei dovessero presentarsi alla Barriera, avremo bisogno anche del tuo arco.»

«Oh, spero proprio di no.»

C'erano altri soldati che montavano la guardia al solarium del re. «Non sono ammesse armi al cospetto di sua grazia, mio lord» avvertì il loro sergente. «Devo chiederti la spada. E anche i tuoi pugnali.»

Jon sapeva che era inutile protestare. Consegnò le sue lame.

Nel solarium faceva caldo. Lady Melisandre sedeva vicino al fuoco, il rubino scintillava sulla pallida carnagione della sua gola. Ygritte era stata baciata dal fuoco; la sacerdotessa rossa *era* il fuoco, i suoi capelli sembravano fatti di sangue e fiamma.

Stannis era in piedi accanto al tavolo rustico dove un tempo il Vecchio Orso era solito sedere a consumare i suoi pasti. Sopra il tavolo c'era distesa una grande mappa del Nord, dipinta su una pella vecchia e logora. Una candela di sego ne fissava un lembo, un guanto ferrato quello opposto.

Il re indossava delle brache di lana e un farsetto imbottito, eppure appariva rigido e a disagio come fosse gravato da cotta di maglia e corazza. La sua pelle pareva pallido cuoio, la barba era rasata talmente corta da sembrare pitturata. Una frangia alle tempie era tutto quello che restava dei suoi capelli neri. Teneva in mano una pergamena, con il sigillo di lacca verde spezzato.

Jon si genuflesse, un ginocchio a terra.

«Alzati.» Re Stannis aggrottò la fronte, facendo scricchiolare con rabbia la pergamena. «Dimmi, chi sarebbe questa... Lyanna Mormont?»

«Una delle figlie di lady Maege, sire. La più giovane. Le è stato dato il nome della sorella del lord mio padre.»

«Solo per ottenere i favori di quest'ultimo, non c'è dubbio. Conosco bene il gioco. E quanti anni ha, questa indegna bamboccia?»

Jon dovette pensarci un istante. «Circa dieci. Posso sapere in che modo lady Lyanna ha arrecato offesa a vostra grazia?»

Stannis lesse ad alta voce. «"L'Isola dell'Orso non riconosce altro re se non il re del Nord, il cui nome è Stark." Una ragazzina di dieci anni, dici, che ha l'arroganza di rimbrottare il suo re di diritto.» La barba cortissima aleggiava come un'ombra sulle sue guance scavate. «Vedi di tenere queste cose per te, lord Snow. Karhold si è schierato con me, è tutto quello che gli uomini devono sapere. Non consentirò ai tuoi confratelli in nero di scambiarsi fole su come una bambina di dieci anni ha osato sputarmi addosso.»

«Come tu comandi, sire.» Lady Maege Mormont aveva portato le sue forze a sud al seguito di Robb, Jon lo sapeva. Anche la figlia maggiore aveva fatto parte dell'esercito del Giovane lupo. Forse erano morte entrambe, ma lady Maege aveva altre figliole, alcune delle quali avevano a loro volta dei figli. Erano andati anche loro con Robb? Di certo lady Maege aveva lasciato indietro almeno una delle figlie con il rango di castellana. Jon però non comprendeva per quale motivo Lyanna avesse scritto a Stannis, però non poteva fare a meno di domandarsi se la risposta della ragazza sarebbe stata diversa se il sigillo, invece del cervo incoronato, avesse riportato il meta-lupo, e la firma fosse stata quella di Jon Stark, lord di Grande Inverno. "Ma ormai è troppo tardi per simili congetture. Hai già fatto la tua scelta."

«Sono stati inviati ben due stormi di corvi messaggeri» si lamentò il re. «Nonostante ciò le uniche risposte che ho ottenuto sono state silenzio e sfida. Ogni suddito leale è tenuto a fare atto di sottomissione al proprio re. Invece, gli alfieri di tuo padre mi hanno tutti voltato le spalle, tranne i Karstark. Che Arnolf Karstark sia l'unico uomo d'onore rimasto in tutto il Nord?»

Arnolf Karstark, zio del defunto lord Rickard Karstark, era stato nominato castellano di Karhold quando suo nipote e i figli erano andati a sud con Robb. Era stato il primo, a quanto pareva anche l'unico, a rispondere alla chiamata di re Stannis inviando un corvo con un messaggio nel quale dichiarava la propria alleanza. "I Karstark non avevano altra scelta" avrebbe potuto dire Jon. Rickard Karstark aveva tradito il meta-lupo e versato il sangue del leone. Per Karhold il cervo dei Baratheon era quindi l'unica speranza.

«In tempi confusi come questi» disse Jon, «perfino gli uomini d'onore sono costretti a chiedersi quale sia il loro dovere. Vostra grazia non è l'unico re del reame a chiedere atto di sottomissione.»

Intervenne allora lady Melisandre. «Dimmi un po', lord Snow... dov'erano gli altri re mentre le genti selvagge del profondo Nord si lanciavano all'assalto della tua Barriera?»

«A mille leghe di distanza, sordi alle nostre necessità» rispose Jon. «Non l'ho affatto dimenticato, milady, né in futuro lo dimenticherò. Ma gli alfieri di mio padre hanno mogli e figli da proteggere, e se dovessero fare la scelta sbagliata molti dei loro sudditi moriranno. Sua grazia chiede molto. Date loro tempo, e avrete le risposte che cercate.»

«Risposte come questa?» Stannis accartocciò nel pugno la lettera di Lyanna.

«Perfino gli uomini del Nord temono il furore di Tywin Lannister. Anche i Bolton si sono rivelati nemici brutali. Non è certo un caso che sui loro stendardi ci sia un uomo scuoiato. Il Nord ha cavalcato con Robb Stark, sanguinato con Robb Stark e, alla fine, è morto con Robb Stark. Questa gente ha patito lutti e morti, e ora, sire, tu vieni a offrire loro una nuova servitù. Come biasimare la loro riluttanza? Perdona la franchezza, vostra grazia, ma alcuni di loro vedono in te solo un altro pretendente al Trono di Spade: un pretendente destinato alla sconfitta.»

«Se sua grazia è destinato alla sconfitta, lo stesso vale per il vostro reame» aggiunse lady Melisandre. «Ricordatelo, lord Snow. Davanti a te hai l'unico vero re dell'Occidente.»

Il volto di Jon era inespressivo. «Come tu dici, milady.»

Stannis emise un grugnito. «Lord Snow, parli come se ogni parola fosse un dragone d'oro. Per cui mi domando: quanto oro hai nei tuoi forzieri?»

«Oro?» "Che siano questi i draghi che la Donna Rossa intende risvegliare? Draghi d'oro?" «Le gabelle che riscuotiamo, vostra grazia, sono pagate in natura. I Guardiani della notte sono ricchi di rape, ma poveri di oro.»

«È difficile che le rape possano soddisfare Salladhor Saan. Io ho bisogno di oro e argento.»

«Allora devi andare a Porto Bianco. Non è paragonabile a Vecchia Città o Approdo del Re, ma è comunque un porto dal commercio fiorente. Lord Manderly è il più ricco degli alfieri del mio defunto padre.»

«Il lord troppo grasso per stare in sella a un cavallo» grugnì Stannis. La lettera che gli aveva inviato in risposta da Porto

Bianco parlava soprattutto di vecchiaia e infermità. Stannis aveva dato ordine a Jon di non nominargli più lord Manderly.

«Forse il lord di Porto Bianco gradirebbe una moglie dei bruti» propose lady Melisandre. «Quell'uomo obeso è sposato, lord Snow?»

«La lady sua moglie è mancata molto tempo fa. Lord Manderly ha due figli in età adulta, e due nipoti dal figlio maggiore, anche lui troppo grasso di almeno trenta libbre per stare in sella a un cavallo. Val non vorrebbe saperne di lui.»

«Cerca almeno una volta, lord Snow, di darmi una risposta che mi compiaccia» rumoreggiò re Stannis.

«La mia speranza è che a compiacerti sia la verità, sire. I tuoi uomini chiamano Val principessa, ma per il popolo libero lei è solo la sorella della defunta moglie del loro re. Se tu dovessi costringerla a sposare un uomo che non le aggrada, molto probabilmente gli taglierà la gola la notte stessa delle nozze. E quand'anche accettasse un marito, non significa che i bruti la seguiranno, o seguiranno te. L'unico uomo che può legare i bruti alla tua causa, sire, è Mance Rayder.»

«Ne sono ben consapevole» rispose Stannis in tono mesto. «Ho passato ore e ore a colloquio con lui. Mance Rayder sa molte, forse troppe cose sul nostro vero nemico, ed è astuto, puoi starne certo. Quand'anche rinunciasse al trono, resta il fatto che ha infranto un giuramento. Concedi la vita a un disertore, e incoraggerai altri a disertare a loro volta. No. Le leggi devono essere dure come il ferro, non tenere come il burro. Mance Rayder è condannato da tutte le leggi dei Sette Regni.»

«Le leggi dei Sette Regni, vostra grazia, si fermano qui, alla Barriera. E Mance Rayder potrebbe tornarti molto utile.»

«Infatti lo brucerò, in modo che tutto il Nord possa vedere come tratto i voltagabbana e i traditori. Ridotto lui in cenere, il suo cucciolo diventerà il re oltre la Barriera.»

«Vostra grazia è in errore.» "Tu non sai niente, Jon Snow." Ygritte non cessava mai di ripeterglielo, ma adesso Jon Snow aveva imparato. «L'infante di cui parli non è più re di quanto Val non sia principessa. Nessuno diventa re oltre la Barriera per via ereditaria.»

«Meglio così» ribatté Stannis, «eviterò l'ingombro di un altro re nel continente occidentale. Hai firmato la mia bolla regale?»

«No, vostra grazia.» "Ci siamo." Jon sterrò le dita ustionate, poi le aprì di nuovo. «Tu chiedi troppo.»

«*Chiedere?* Io ti ho *chiesto* di essere lord di Grande Inverno e protettore del Nord. Io *esigo* quei castelli lungo la Barriera.»

«Ti abbiamo ceduto il Forte della Notte.»

«Ratti e rovine. Un dono amaro che non costa nulla al donatore. Il tuo confratello Yarwyck dice che ci vorranno almeno sei mesi perché il castello possa tornare a essere abitabile.»

«Le altre fortezze non sono in condizioni migliori.»

«Lo so, ma non ha importanza. Sono tutto quello che abbiamo. Ci sono diciannove fortilizi lungo la Barriera, e tu hai uomini solamente in tre di essi. Intendo avere di nuovo tutti quei fortilizi presidiati entro la fine dell'anno.»

«Nessun ostacolo da parte mia, sire. Ma si dice anche che intendi concedere quei castelli ai tuoi lord e cavalieri, i quali ne faranno le proprie sedi quali vassalli di vostra grazia.»

«Ci si aspetta che i re siano generosi nei confronti dei loro sudditi. Lord Eddard non ha dunque insegnato nulla al suo figlio bastardo? Molti dei miei cavalieri hanno abbandonato ricche terre e solidi manieri nel Sud. La loro lealtà dovrebbe forse restare senza ricompensa?»

«Se è desiderio di vostra grazia perdere tutti i lord alfieri del mio defunto padre, non c'è modo migliore che concedere le fortezze del Nord a nobili del Sud.»

«Come potrei perdere degli uomini che non ho? Se ben ricordi, avevo sperato di consegnare Grande Inverno a un uomo del Nord, un figlio di Eddard Stark. Ha rifiutato la mia offerta gettandomela in faccia.» Stannis Baratheon davanti a un rifiuto si comportava come un mastino con un osso in bocca: continuava a morderlo fino a ridurlo in briciole.

«Per diritto di discendenza» rispose Jon «Grande Inverno dovrebbe andare a mia sorella Sansa.»

«Intendi a lady Lannister? Sei davvero così ansioso di vedere il Folletto assiso sullo scranno che apparteneva a tuo padre? Ti prometto, lord Snow, che finché sarò in vita io questo non accadrà.»

Jon aveva imparato quando non era il caso di insistere. «Sire, alcuni dicono che intendi concedere terre e castelli a comandanti bruti come Rattleshirt e il maknar di Thenn.»

«Chi dice questo?»

Se ne vociferava ai quattro angoli del Castello Nero. «Se proprio vuoi saperlo, è stata Gilly a riferirmelo.»

«E chi è?»

«La nutrice del figlio di Mance Ryder» rispose lady Melisandre. «Vostra grazia le ha concesso libertà di movimento nel castello.»

«Non certo però di diffondere dicerie. Abbiamo bisogno delle sue tette, non della sua lingua. Da lei d'ora in poi avrò più latte e meno parole.»

«Il Castello Nero non ha bisogno di bocche inutili» concordò Jon. «Infatti intendo mandare Gilly a sud sul primo vascello che salperà dal Forte Orientale.»

Melisandre sfiorò il rubino che portava al collo. «Gilly sta allattando sia il figlio di Dalla sia il proprio. Sembra crudele da parte tua, mio lord, separare il nostro piccolo principe dal suo fratellino di latte.»

"Attento, ora, a come parli." «L'unica cosa che condividono è il latte materno. Il figlio di Gilly è più grande e robusto. Dà al principe calci e pizzicotti, lo allontana dal seno. Suo padre era Craster, un uomo avido e feroce, e temo che il piccolo abbia preso da lui.»

Il re sembrava disorientato. «Pensavo che la nutrice fosse la figlia di Craster.»

«Figlia *e* moglie, vostra grazia. Craster ha sposato tutte le sue figlie. Il bimbo di Gilly è il frutto della loro unione.»

«Il padre ha messo incinta la propria figlia?» Stannis sembrava sconvolto. «Sbarazziamoci di lei, allora. Non permetterò la presenza di simili abomini. Qui non siamo ad Approdo del Re.»

«Posso trovare un'altra nutrice» assicurò Jon. «Se nessuna sarà adatta tra le donne dei bruti, cercherò tra i clan delle montagne. Fino a quel momento, il piccolo dovrà accontentarsi del latte di capra, se a vostra grazia compiace.»

«Una ben misera dieta per un principe... ma sempre meglio del latte di una baldracca, *aye*.» Stannis tamburellò le dita sulla mappa. «Se ora vogliamo tornare a parlare di questi fortilizi...»

«Vostra grazia» disse Jon con glaciale cortesia, «ho alloggiato i tuoi uomini e li ho nutriti, ad alto prezzo per le nostre scorte invernali. Li ho anche vestiti, perché non congelassero.»

Stannis non si fece smuovere. «*Aye*, hai condiviso con noi

sale, maiale e porridge, e ci hai dato qualche straccio nero per tenerci caldi. Stracci che i bruti avrebbero depredato dai vostri cadaveri se *io* non fossi arrivato nel Nord.»

Jon non colse la provocazione. «Ho procurato il cibo per i vostri cavalli e, una volta che le scalinate saranno completate, ti darò anche i miei costruttori per i lavori di ripristino del Forte della Notte. Ti ho perfino accordato di permettere ai bruti di colonizzare le terre del Dono, che erano state concesse in perpetuo ai Guardiani della notte.»

«Quelle che mi hai accordato sono terre vuote e desolate, invece continui a negarmi i castelli che ti chiedo per ricompensare i miei lord e i miei alfieri.»

«È stata la confraternita in nero a costruire quei castelli...»

«E la confraternita in nero li ha poi abbandonati.»

«... per difendere la Barriera» concluse fermamente Jon Snow «non per trasformarli in sedi di lord del Sud. Le pietre di quei fortilizi sono intrise del sangue e delle ossa dei miei confratelli, morti da tempo. Non posso concederteli.»

«Non puoi o non vuoi?» I tendini del collo di re Stannis erano affilati come lame. «Io ti ho offerto un nome.»

«E io, vostra grazia, ho già un nome.»

«*Snow*, neve. Si è mai sentito nome più nefasto?» Stannis sfiorò l'elsa della propria spada. «Dimmi, Snow, chi ti credi di essere?»

«Il guardiano della Barriera, la spada nelle tenebre.»

«Non usare quelle parole altisonanti con me!» Stannis snudò la spada chiamata Portatrice di luce. «Ecco la tua spada nelle tenebre!» Un lampo di luce guizzò lungo la lama, ora rossa, ora gialla, ora arancione, in sfumature crude e violente, balenando sul volto del re. «Perfino un ragazzino ingenuo può capirlo. Sei forse cieco?»

«No, sire. Concordo che quei fortilizi devono essere presidiati...»

«Il ragazzo al comando concorda. Che bellezza!»

«... da uomini dei Guardiani della notte.»

«Uomini che tu non hai.»

«Allora dammeli tu, sire. Da parte mia, provvederò agli ufficiali da porre al comando di ciascuno di quei fortilizi, comandanti esperti che conoscono la Barriera e le terre al di là di essa, che sanno sopravvivere all'inverno incombente.

In compenso per tutto quello che ho già dato a te, dammi gli uomini per rioccupare quelle fortezze. Uomini d'arme, balestrieri, reclute ancora da addestrare. Prenderò perfino i feriti e gli infermi.»

Stannis lo fissò incredulo, poi scoppiò in una risata simile a un latrato. «Hai un bel fegato, Snow, devo ammetterlo. Ma se credi davvero che i miei uomini accettino di entrare nella confraternita in nero sei fuori di senno.»

«I tuoi uomini potranno indossare mantelli del colore che vogliono, purché obbediscano ai miei ufficiali come obbedirebbero ai tuoi.»

Il re non cedette. «Al mio servizio ho lord e cavalieri, membri di nobili casate dall'onore antico. Non ci si può aspettare che prendano ordini da bracconieri, plebaglia e assassini.»

"O bastardi, sire?" «Il tuo Primo Cavaliere è un contrabbandiere.»

«Lo *era*. Per questo gli ho accorciato qualche dito. Mi dicono che tu sei il novecentonovantottesimo comandante dei Guardiani della notte. Quale pensi sarà l'opinione del novecentonovantanovesimo riguardo a quei fortilizi? La vista della tua testa mozzata su una picca potrebbe persuaderlo a essere più flessibile.» Il re posò la spada sulla mappa, parallela alla Barriera: l'acciaio scintillava come i raggi del sole sull'acqua. «Tu sei lord comandante in virtù della mia tolleranza. Faresti bene a ricordartelo.»

«Io sono lord comandante perché così hanno voluto i miei confratelli.» C'erano mattine in cui lui stesso faticava a crederlo, e si svegliava pensando che fosse stato un sogno. "È come indossare degli abiti nuovi" gli aveva detto Samwell Tarly. "All'inizio sembra che ti vadano stretti, ma dopo un po' che li avrai portati comincerai a sentirti a tuo agio."

«Ser Alliser Thorne ha tuttora da obiettare sui modi in cui sei stato scelto, e non posso negare che abbia le sue ragioni.» La mappa si estendeva tra loro come un campo di battaglia, inondata dai colori della spada scintillante. «Il conteggio dei voti è stato eseguito da un vecchio cieco, con quel grassone tuo amico a guidargli la mano. Quanto a Janos Slynt, ti definisce un voltagabbana.»

"E chi lo è più di Slynt?" «Un voltagabbana ti direbbe quello che vuoi sentirti dire per poi tradirti. Vostra grazia sa che sono stato scelto correttamente. Mio padre diceva sempre che sei un uomo giusto.» "Giusto ma duro" erano per l'esattezza le parole di lord Eddard Stark, ma Jon non considerò saggio aggiungere quel dettaglio.

«Lord Eddard non era certo un amico per me, ma non era privo di buon senso. Lui quei fortilizi me li avrebbe dati.»

"Mai." «Non posso dire che cosa avrebbe fatto mio padre. Io ho prestato giuramento, vostra grazia. La Barriera è mia.»

«Per ora. Staremo a vedere per quanto tempo lo resterà.» Stannis gli puntò contro l'indice. «Tieniti pure quelle rovine, visto che ci tieni tanto. Ma ti prometto che se entro la fine dell'anno uno solo di quei fortilizi sarà rimasto vuoto, me li andrò a prendere tutti, con o senza il tuo consenso. E se uno solo dovesse cadere in mano nemica, la prossima cosa a cadere sarà la tua testa. Ora fuori di qui.»

Lady Melisandre si alzò dal suo scranno vicino al fuoco. «Con il tuo consenso, sire, riaccompagno lord Snow nelle sue stanze.»

«Perché? La strada la conosce.» Poi Stannis fece un gesto di commiato rivolto a entrambi. «Fate come volete. Devan, portami uova bollite e acqua con limone.»

Rispetto al calore del solarium, sulla scala a chiocciola c'era un freddo che entrava fino al midollo.

«Si sta alzando il vento, mia signora» disse a Melisandre il sergente, riconsegnando a Jon le sue armi. «Meglio provvedere a indossare un mantello che ti riscaldi.»

«La mia fede mi riscalderà.» La Donna Rossa scese gli scalini ricurvi al fianco di Jon. «Sua grazia sta sviluppando dell'affetto nei tuoi confronti.»

«Non c'è dubbio. Oggi ha minacciato di uccidermi solo due volte.»

Melisandre rise. «Sono i suoi silenzi che devi temere, non le sue parole.»

Uscirono nel cortile. Il vento gonfiò il mantello di Jon, facendolo sbattere contro la sacerdotessa rossa. Melisandre lo scostò con un gesto deciso e infilò il braccio sotto quello di Jon.

«È possibile che tu abbia ragione riguardo al re dei bruti. Pregherò il Signore della luce che mi mostri la strada. Quando scruto nelle fiamme posso vedere attraverso la roccia e la terra, e trovare la verità nell'anima umana. Posso comunicare con re da lungo tempo defunti e con bambini ancora non nati, osservando lo scorrere degli anni e delle stagioni, fino alla fine dei giorni.»

«E le tue fiamme non sbagliano mai?»

«Mai... per quanto noi sacerdoti siamo comunque mortali e talvolta erriamo, confondendo ciò che *deve* accadere con ciò che *potrebbe* accadere.»

Anche attraverso la lana e il cuoio bollito, Jon percepiva il calore emanato da Melisandre. Lo spettacolo di loro che camminavano a braccetto attirò sguardi curiosi. "Questa notte ci saranno bisbiglii nei baraccamenti."

«Se nelle tue fiamme sei davvero in grado di vedere il domani» Jon liberò il proprio braccio da quello di lei, «dimmi dove e quando i bruti attaccheranno di nuovo.»

«R'hllor, Signore della luce, ci invia le visioni secondo la sua volontà, ma tra le fiamme cercherò di vedere quell'uomo che chiamate Tormund.» Le labbra rosse di Melisandre si atteggiarono a un sorriso. «Nelle mie fiamme ho visto te, Jon Snow.»

«È una minaccia, mia signora? Intendi forse bruciarmi?»

«Interpreti male le mie parole.» Melisandre lo scrutò attentamente. «Ho l'impressione, lord Snow, di metterti a disagio.»

Jon non negò. «La Barriera non è un luogo adatto a una donna.»

«Ti sbagli. Ho sognato la tua Barriera, Jon Snow. Grande è stata la magia che l'ha costruita, e grandi sono gli incantesimi racchiusi nel suo ghiaccio. In questo momento, noi camminiamo al cospetto di una delle cerniere del mondo.» Melisandre alzò lo sguardo alla muraglia congelata, il suo respiro era una nuvola calda nell'aria. «Questo posto è mio quanto è tuo, e ben presto avrai un estremo bisogno di me. Non respingere la mia amicizia, Jon. Ti ho visto nella tempesta, sotto duro attacco, con nemici da ogni lato. E tu hai tantissimi nemici. Vuoi che ti dica i loro nomi?»

«Li conosco già.»

«Non essere così sicuro.» Il rubino alla gola di Melisandre mandò un barbaglio rosso. «Non sono quelli che ti urlano in faccia che devi temere, ma quelli che quando li guardi ti sorridono e appena volti le spalle affilano le lame. Farai bene a tenerti vicino il tuo lupo. Vedo ghiaccio e daghe nelle tenebre. Sangue congelato, rosso e duro, e acciaio snudato. E faceva molto freddo.»

«Fa sempre molto freddo, sulla Barriera.»

«È questo che pensi?»

«È questo che *so*, mia signora.»

«Allora non sai niente, Jon Snow» sussurrò la Donna Rossa.

BRAN

"Non siamo ancora arrivati?"

Brandon Stark non aveva mai pronunciato quelle parole, ma tornavano nei suoi pensieri come un'ossessione. Il loro patetico gruppo continuava ad arrancare tra foreste senza fine: antiche querce e torreggianti alberi-sentinella grigioverdi, tetri pini-soldato e spogli castagni marroni. "Saremo vicini?" si domandava Bran ogni volta che Hodor saliva un pendio sassoso, o si calava nell'ennesimo crepaccio buio, dove la neve trascinata dal vento scricchiolava sotto i suoi piedi. "Quanto manca?" pensò di nuovo, mentre un grande alce attraversava un torrente semighiacciato sollevando gelidi spruzzi. "Quanta altra strada da percorrere. Fa così freddo. Dov'è il corvo con tre occhi?..."

Ondeggiando nella gerla sul dorso di Hodor, Bran s'incurvò insaccando la testa mentre il gigantesco ragazzo di stalla passava sotto il ramo di una quercia. La neve aveva ripreso a cadere, umida e pesante. Hodor avanzava con un occhio sigillato dal ghiaccio, la sua fitta barba marrone era un groviglio congelato e piccole stalattiti gli penzolavano dalle estremità dei baffi cespugliosi. Con una mano guantata impugnava la spada lunga di ferro arrugginito che aveva preso nelle cripte sotto Grande Inverno e di tanto in tanto falciava un ramo, disperdendo nembi di neve. «Hod-d-d-dor» mugugnava battendo i denti.

Quel suono era stranamente rassicurante. Durante il viaggio dalle rovine di Grande Inverno alla Barriera, Bran e i suoi compagni erano riusciti a rendere le miglia più corte parlando e raccontando storie, ma in questo luogo *tutto* era diverso. Perfino

Hodor lo percepiva. I suoi *hodor*, riecheggiavano meno di frequente rispetto a quando erano a sud della Barriera. Nel bosco regnava un'immobilità che Bran non aveva mai conosciuto. Prima che ricominciasse a cadere la neve, il vento del Nord sibilava attorno a loro, turbini di foglie morte si sollevavano dal terreno con un debole scricchiolio che a Bran ricordava lo zampettare degli scarafaggi in un armadio. Ma adesso tutte le foglie erano sepolte sotto una coltre bianca. Ogni tanto sopra di loro volava un corvo, grandi ali nere che sbattevano nell'aria gelida. Per il resto, il mondo era immerso nel silenzio.

Poco più avanti, l'alce avanzava a capo chino tra cumuli di neve, il palco di corna incrostato di ghiaccio. Il ranger, tetro e silenzioso, cavalcava l'ampio dorso dell'animale. Manifredde era il nome che Sam gli aveva dato, perché anche se la faccia del ranger era pallida, le sue mani erano nere, dure come il ferro, e anche fredde come il ferro. Il resto del corpo era ricoperto da strati di lana, cuoio bollito e maglia di ferro, e i lineamenti erano celati dal cappuccio del mantello e da una sciarpa di lana nera avvolta attorno alla parte inferiore del viso.

Dietro al ranger, Meera Reed abbracciava il fratello per proteggerlo dal vento e dal gelo con il calore del proprio corpo. Una crosta di muco congelato si era formata sotto il naso di Jojen Reed e, sempre più spesso, questi era scosso da tremiti violenti. "Sembra così piccolo" pensò Bran, guardandolo avanzare barcollando. "Pare addirittura più piccolo di me, adesso, e anche più debole di me che sono uno storpio."

Estate era di retroguardia al piccolo gruppo. Il respiro del meta-lupo si congelava nell'aria della foresta, mentre procedeva sulla scia delle loro orme trascinando la zampa posteriore che era stata colpita da una freccia durante lo scontro a Corona della Regina. Ogni volta che Bran scivolava nella pelle del grande lupo grigio, percepiva la sofferenza della vecchia ferita. Negli ultimi tempi, Bran era più spesso nel corpo di Estate che non nel proprio. Nonostante la spessa pelliccia, anche il lupo sentiva il morso del freddo, ma era comunque in grado di vedere più lontano, udire più chiaramente e annusare meglio del ragazzo nella gerla, fasciato come un infante nei pannolini.

Altre volte, quando era stanco di essere un lupo, Bran scivolava nel corpo di Hodor. Quando lo sentiva, il gigante gentile gemeva e ondeggiava la testa arruffata da una parte all'altra, ma non con la stessa violenza con cui aveva reagito la prima volta che Bran era entrato dentro di lui a Corona della Regina. "Lui sa che sono io" ripeteva a se stesso. "E ormai si è abituato a me." Eppure, Bran non si sentiva del tutto a proprio agio nella pelle di Hodor. Quel grande e grosso ragazzo di stalla non capiva mai bene quello che succedeva, e nella sua bocca Bran percepiva il gusto acre della paura. Era molto meglio stare dentro a Estate. "Io sono lui, e lui è me. Lui sente quello che sento io."

In certe circostanze, Bran sentiva il meta-lupo percepire l'odore lasciato dall'alce, e domandarsi se sarebbe riuscito ad abbattere un animale così grosso. Estate era abituato ai cavalli di Grande Inverno, dove era cresciuto, ma qui si trattava di un alce e gli alci erano prede. Il meta-lupo sentiva il sangue caldo scorrere sotto la pelle ispida dell'alce. Il semplice odore bastava a fargli colare una bava famelica tra le fauci. E quando questo accadeva, al pensiero di tutta quella carne ricca e scura, anche a Bran veniva l'acquolina in bocca.

Da una quercia vicino giunse il gracchiare di un corvo e Bran udì un battito d'ali, quando un altro di quei grossi uccelli neri venne a posarsi accanto al primo. Di giorno Bran e i suoi compagni erano sempre scortati da una mezza dozzina di corvi che si spostavano da un ramo all'altro o si appollaiavano sulle corna dell'alce. Il resto dello stormo o li precedeva o rimaneva indietro. Ma quando il sole tramontava tra gli alberi, i corvi calavano dal cielo sulle loro ali nere come la notte, e per intere yarde riempivano i rami di ogni albero. Alcuni volavano dal ranger, gracchiandogli qualcosa. E Bran aveva la netta impressione che lui capisse ogni tono di quel gracchiare. "Loro sono i suoi occhi e le sue orecchie. Vanno in avanscoperta e gli sussurrano i pericoli che trovano sia davanti a noi sia dietro di noi."

Porprio come in quel preciso istante: l'alce si arrestò di colpo e il ranger scivolò con destrezza giù dal suo dorso, affondando nella neve fino alle ginocchia. Estate gli ringhiò, con il pelo ritto. Il meta-lupo non amava l'odore di Manifredde "Carne morta, sangue secco, con una lieve traccia di putrefazione. E freddo. Soprattutto un grande freddo."

«Che succede?» volle sapere Meera.

«Dietro di noi» annunciò Manifredde, la sua voce era soffocata dalla sciarpa davanti al naso e alla bocca.

«Lupi?» chiese Bran.

Sapevano da giorni di essere seguiti. Ogni notte udivano gli ululati lamentosi del branco, e ogni notte i lupi sembravano sempre più vicini. «A caccia, e affamati. Sentono dall'odore come siamo deboli.» Spesso, nelle ore oscure che precedono l'alba, Bran si svegliava tutto tremante, ascoltando i lupi che si chiamavano in lontananza, prima del sorgere del sole. "Se ci sono dei lupi, devono esserci anche delle prede" era solito pensare, fino a quando non capì che le prede erano loro.

Il ranger scosse la testa. «Non lupi. Uomini. I lupi si tengono ancora lontani. Invece questi uomini non sono altrettanto timorosi.»

Meera Reed spinse indietro il cappuccio. La neve umida che lo ricopriva scivolò a terra con un tonfo attutito. «Quanti uomini? E chi sono?»

«Nemici. Me ne occupo io.»

«Vengo con te.»

«No, resta. Il ragazzo deve essere protetto. Più avanti c'è un lago completamente gelato. Quando ci arrivate, dirigetevi verso nord e seguite la sponda. Troverete un villaggio di pescatori. Mettetevi al riparo là finché non vi raggiungo.»

Bran sapeva che Meera si sarebbe messa a discutere.

«Facciamo come dice» la fermò Jojen. «Lui conosce questa terra.»

Gli occhi di Jojen erano verde scuro, il colore del muschio, eppure pieni di una consapevolezza che Bran non aveva mai visto prima. "Il piccolo nonno." A sud della Barriera, il ragazzo delle paludi sembrava molto più saggio della sua età. Ma quassù era sperduto e spaventato come tutti gli altri. Meera gli dava sempre ascolto.

Anche quella volta. Manifredde scomparve tra gli alberi lungo il sentiero che avevano appena percorso, e quattro corvi gli svolazzarono dietro. Meera, con le guance arrossate dal freddo e il respiro che si condensava appena uscito dalle narici, lo osservò inoltrarsi nel bosco. Sollevò di nuovo il cappuccio, incitò l'alce e si rimisero in marcia. Ma dopo neanche venti yarde si voltò indietro a guardare.

«Uomini, dice. Che genere di uomini? Bruti? Perché non ce l'ha detto?»

«Ha detto che se ne occupava lui» le rispose Bran.

«*Aye*. Ha anche detto che ci avrebbe portato dal corvo con tre occhi. Ma il fiume che abbiamo attraversato questa mattina è lo stesso che abbiamo guadato quattro giorni fa, sarei pronta a giurarlo. Stiamo camminando in tondo.»

«I fiumi fanno delle curve» disse Bran incerto «e noi dobbiamo fare dei giri quando incontriamo laghi e colline.»

«Di giri ne abbiamo fatti troppi» insisté Meera «e ci sono anche troppi segreti. Questo non mi piace. Lui non mi piace. Non mi fido. Le sue mani sono orribili. Ha sempre la faccia nascosta e si rifiuta di dirci come si chiama. Chi è? Che cosa è? Chiunque può mettersi addosso un mantello nero. Qualsiasi uomo… o *essere*. Non mangia, non beve, non sembra nemmeno sentire il freddo.»

"È vero." Bran aveva paura a dirlo, ma lo aveva notato anche lui. Ogni volta che trovavano un riparo per la notte, mentre lui, Hodor e i due Reed si stringevano gli uni agli altri per scaldarsi, il ranger se ne stava per conto suo. A volte chiudeva gli occhi, ma Bran non pensava che dormisse. C'era poi un'altra cosa…

«La sciarpa…» Bran si guardò attorno a disagio, ma non c'era più un solo corvo in vista. Tutti i grandi uccelli neri se n'erano andati insieme al ranger. Nessuno era in ascolto, ma Bran continuò comunque a parlare a voce bassa. «… la sciarpa davanti alla sua bocca non diventa mai dura per il ghiaccio, come la barba di Hodor. Nemmeno quando parla.»

Meera gli lanciò un'occhiata penetrante. «Hai ragione. E non abbiamo mai visto il suo fiato addensarsi, o sbaglio?»

«No, non sbagli.» Ogni volta che Hodor diceva uno dei suoi *hodor*, appariva uno sbuffo bianco. Quando Meera o Jojen parlavano, anche le loro parole diventavano visibili. E l'alce respirando si lasciava dietro una nebbia calda.

«Ma se non respira…»

A Bran tornarono in mente le storie che la Vecchia Nan gli raccontava da bambino. "Oltre la Barriera vivono mostri, giganti e divoratori di cadaveri, ombre in agguato e morti che camminano" diceva rincalzandogli le ruvide coperte di lana, "ma fino a quando la Barriera si erge forte e solida, e i Guardiani della notte ci proteggono, nessuno di quei mostri può passare da questa parte. Per cui adesso dormi, mio piccolo Brandon, e fai sogni d'oro. Non ci sono mostri, qui." Il ranger indossava gli abiti neri dei Guardiani della notte, ma se non fosse stato un uomo? Se fosse stato un mostro, che li stava portando da altri mostri per essere divorati?

«Il ranger ha salvato Sam e la ragazza dai non-morti» disse Bran esitante «e mi sta portando dal corvo con tre occhi.»

«Ma perché questo corvo con tre occhi non viene da noi? Perché non ci è venuto incontro alla Barriera? I corvi hanno le ali, no? Mio fratello diventa più debole ogni giorno che passa. Per quanto tempo riusciremo a resistere?»

Jojen tossì. «Fino a quando non saremo arrivati.»

Poco dopo giunsero al lago e si diressero a nord, come aveva detto Manifredde. Quella fu la parte facile.

L'acqua era gelata e la neve cadeva da così tanti giorni che Bran aveva perso la cognizione del tempo, trasformando il lago in una vasta desolazione bianca. Nelle zone dove il ghiaccio era pianeggiante e il terreno ondulato, il cammino era agevole. Ma nei punti in cui il vento aveva spinto la neve a formare delle dune, a volte era difficile dire dove finisse il ghiaccio e dove cominciasse la sponda. Neppure gli alberi costituivano una guida sicura come tutti loro speravano, perché c'erano isolotti boscosi anche in mezzo al lago, mentre sulle rive si estendevano ampi tratti senza vegetazione.

L'alce andava dove gli pareva, ignorando le indicazioni di Meera e Jojen che lo cavalcavano. Per lo più passava sotto gli alberi, ma dove la sponda s'incurvava verso ovest avanzava direttamente sulla crosta congelata, aprendosi il varco tra cumuli di neve più alti di Bran, con il ghiaccio che gli scricchiolava sotto le zampe. E là fuori il vento era più forte, un gelido vento da nord che ululava sul lago ghiacciato, come tante lame affilate che penetravano gli strati di lana e cuoio facendoli rabbrividire, e soffiava loro in faccia un pulviscolo nevoso che li rendeva come ciechi.

Le ore passavano in silenzio. Davanti a loro, le ombre tra gli alberi cominciavano ad allungarsi, le lunghe dita del crepuscolo. Così a nord, le tenebre calavano rapide. Bran aveva cominciato a temerle. Ogni giorno sembrava più corto del precedente, e se le giornate erano fredde, le notti erano dure e crudeli.

Meera li fece fermare di nuovo. «Adesso ormai dovremmo aver raggiunto il villaggio.» La sua voce era bassa e strana.

«Non potremmo averlo superato?» ipotizzò Bran.

«Spero di no. Dobbiamo trovare un riparo prima che faccia buio.»

Non aveva torto. Le labbra di Jojen erano bluastre, le guance di Meera rosso cupo. Anche la faccia di Bran stava intorpidendosi. La barba di Hodor era un'unica massa di ghiaccio. La neve gli incrostava le gambe fin quasi alle ginocchia e Bran lo aveva già sentito barcollare più di una volta. Nessuno era forte come Hodor, nessuno. Se ora perfino la sua enorme forza stava cedendo...

«Estate può trovare quel villaggio» esclamò Bran all'improvviso, le sue parole diventarono una bruma livida.

Non attese di sentire una risposta da Meera, ma chiudendo gli occhi si lasciò scivolare fuori dal suo corpo spezzato.

Quando entrò nella pelle del meta-lupo, i boschi morti presero improvvisamente vita. Dove prima c'era stato silenzio, adesso sentiva il vento tra gli alberi, il respiro di Hodor, l'alce che raspava il terreno alla ricerca di cibo. Profumi familiari riempivano le sue narici: foglie bagnate ed erba secca, la carcassa putrefatta di uno scoiattolo che si stava decomponendo nel sottobosco, il lezzo acre del sudore degli uomini, l'odore muschiato dell'alce. "Cibo. Carne." L'alce percepì il suo interesse. Voltò il muso verso il meta-lupo, guardingo, abbassando le grandi corna ramificate.

"Non è una preda" sussurrò il ragazzo alla belva con cui condivideva il corpo. "Lascialo stare. Corri."

Estate corse. Si lanciò verso il lago, le sue zampe sollevarono turbini di neve dietro di lui. Gli alberi si ergevano l'uno di fianco all'altro, tutti ammantati di bianco, come uomini allineati per la battaglia. Il meta-lupo schizzò sopra radici e pietre, superò un cumulo di neve vecchia, la cui crosta scricchiolò sotto il suo peso. La collina successiva era ricoperta di pini e l'aria era pervasa dall'odore penetrante dei loro aghi. Estate raggiunse la cima, girò in circolo, annusando, poi sollevò il muso e ululò.

Gli odori erano là. Odori-uomo.

"Cenere" identificò Bran. Era un odore di legna bruciata, caligine, braci fredde. Un fuoco ormai estinto.

Scosse la neve dall'estremità del muso. Il vento soffiava a raffiche, rendendo più difficile stabilire da dove arrivassero gli odori. Il meta-lupo si girò da una parte, dall'altra, continuando ad annusare. Tutto attorno c'erano cumuli di neve e alti alberi imbiancati. Il meta-lupo lasciò penzolare la lingua tra i denti, assaporando il gusto dell'aria glaciale, il suo respiro addensato come fiocchi di neve sciogliersi in bocca. Quando il meta-lupo trotterellò verso l'origine di quell'odore, Hodor s'incamminò subito dietro di lui. L'alce impiegò più tempo per decidere. Allora Bran tornò con riluttanza all'interno del proprio corpo. «Da quella parte» disse. «Seguite Estate. Ho sentito l'odore.»

Quando la prima falce di luna crescente comparve tra le nubi, raggiunsero finalmente il villaggio vicino al lago. Per poco non passarono oltre. A causa dell'accumularsi del ghiaccio, non appariva diverso dalle dozzine di altri luoghi congelati lungo le sponde del lago. Sepolte sotto la neve, le case di pietra rotonde potevano essere scambiate facilmente per massi, piccole dune o tronchi d'abero caduti, proprio come quella catasta che, il giorno prima, Jojen aveva preso per una costruzione, fino a quando mettendosi a scavare avevano trovato solo rami e legno imputridito.

Il villaggio era vuoto e abbandonato dai bruti che un tempo ci avevano vissuto, come tutti gli altri villaggi da cui erano passati. Alcuni erano stati bruciati, come se gli abitanti avessero voluto essere certi di non fare più ritorno, ma questo era stato risparmiato dalle torce. Sotto la neve trovarono una dozzina di capanne e una sala comune, con il tetto d'erba e le pareti di tronchi.

«Per lo meno saremo al riparo dal vento» commentò Bran.

«*Ho-dor*» disse Hodor.

Meera scivolò giù dal dorso dell'alce. Lei e il fratello aiutarono Bran a uscire dalla gerla. «Forse i bruti hanno lasciato qualcosa da mangiare» disse Meera.

Si rilevò una speranza vana. All'interno della sala comune trovarono soltanto la cenere di un fuoco, pavimenti di terra battuta e un gelo che penetrava nelle ossa. Ma almeno avevano un tetto sopra la testa e delle pareti di legno che li isolavano dal vento. Nelle vicinanze, scorreva un torrente ricoperto da un'esile crosta di ghiaccio. L'alce fu costretto a spezzarlo con lo zoccolo per bere. Una volta che Bran, Jojen e Hodor si furono sistemati, Meera portò loro alcune stalattiti di ghiaccio con cui potersi dissetare. L'acqua disciolta era talmente fredda che Bran rabbrividì.

Estate non li seguì nella sala comune. Bran poteva percepire la fame del grande meta-lupo, un'ombra della sua stessa fame. «Va' a caccia» gli disse, «ma lascia stare l'alce.» Anche una parte di lui avrebbe voluto andare a caccia. Forse più tardi lo avrebbe fatto.

La cena fu una manciata di ghiande, schiacciate e poi amalgate in una sorta di pasta dal gusto così amaro che Bran non riuscì a tenerla nello stomaco. Jojen nemmeno ci provò. Più giovane e fragile della sorella, il ragazzo delle paludi si stava indebolendo di giorno in giorno.

«Jojen, devi sforzarti a mangiare» gli disse Meera.

«Più tardi. Adesso ho solo voglia di riposare.» Jojen accennò un debole sorriso. «Non è ancora arrivata la mia ora, sorella. Te lo prometto.»

«Stavi quasi per cadere dall'alce.»

«Ma non l'ho fatto. Ho solo freddo e fame.»

«Allora mangia.»

«Delle ghiande schiacciate? Ho male di pancia, e quella roba mi farebbe stare ancora peggio. Lasciami stare così, sorella. Sto sognando un pollo arrosto.»

«Non saranno i sogni a sostenerti, nemmeno i sogni verdi.»

«I sogni sono quello che abbiamo.»

"Tutto quello che abbiamo." Le ultime scorte di cibo che si erano portati da sud della Barriera erano finite dieci giorni prima. Da quel momento in poi la fame li aveva accompagnati. Neppure Estate riusciva a cacciare in quelle foreste. Sopravvivevano a ghiande schiacciate e pesce crudo. I boschi erano pieni di torrenti gelati e freddi laghi oscuri. Con la sua lancia da rane a tre punte Meera era una pescatrice altrettanto abile quanto la maggior parte dei maschi muniti di canna e lenza. Certi giorni, però, quando tornava indietro con la preda che ancora si contorceva sull'arpione le sue labbra erano viola per il freddo. Ma erano passati tre giorni dall'ultima volta in cui Meera aveva catturato un pesce. Lo stomaco di Bran era così vuoto che gli sembravano tre anni.

Dopo quella misera cena, Meera si sedette con la schiena contro la parete di tronchi, a passare la daga sulla pietra da affilatura.

Hodor andò ad accoccolarsi vicino alla porta, dondolando il corpo avanti e indietro, e mugolando il suo incessante *hodor, hodor, hodor*.

Bran chiuse gli occhi. Faceva troppo freddo per parlare e non osavano accendere il fuoco. Manifredde li aveva avvertiti di non farlo. "Queste foreste non sono vuote come pensate" aveva detto. "E non avete idea di quello che la luce potrebbe richiamare dalle tenebre." Il ricordo di quelle parole lo faceva rabbrividire, nonostante il calore di Hodor vicino a lui.

Il sonno non arrivava, non poteva arrivare. Al suo posto, c'erano vento, freddo gelido, chiaro di luna sulla neve. E fuoco.

Bran era di nuovo nel corpo di Estate, a molte leghe di distanza. La notte era satura dell'odore del sangue. Un odore molto forte. "Vicino." La carne doveva essere ancora calda. La bava gli colò tra i denti, mentre in lui cresceva la fame. "Non è alce. Non è cervo. No."

Il meta-lupo si mosse verso la carne, una scarna ombra grigia che scivolava tra un albero e l'altro, attraversando radure di chiarore lunare e tumuli di neve. Il vento soffiava a raffiche, mutevole. Perse la traccia, la ritrovò, poi la perse di nuovo. Mentre la cercava per l'ennesima volta un suono lontano gli fece raddrizzare le orecchie.

"Lupo" realizzò Bran all'istante.

Estate, ora più guardingo, si diresse verso quel suono. Ben presto, l'odore del sangue fu nuovamente percettibile. E adesso c'erano anche altri odori: piscio e pelli morte, guano di uccelli, piume e lupo, lupo, lupo. "Un branco." Per quella carne avrebbe dovuto combattere.

Anche i lupi lo fiutarono. Quando Estate emerse dalle tenebre degli alberi nella radura irrorata di sangue, lo stavano osservando. Una femmina era intenta a mordere uno stivale di cuoio con dentro ancora mezza gamba, ma appena vide Estate lasciò cadere lo stivale. Il capobranco, un maschio anziano con un occhio solo e il muso bianco ispido, avanzò a sbarrargli la strada, ringhiando, con le zanne snudate. Anche il maschio più giovane dietro di lui mostrò le zanne.

I pallidi occhi gialli del meta-lupo registrarono la scena. Un ammasso di viscere formava un unico groviglio con le ramificazioni di un cespuglio. Da un ventre squarciato si levavano dei vapori, saturi di effluvi di sangue e carne. Una testa fissava la falce di luna senza vederla, con le guance dilaniate fino all'osso sanguinante: due pozzi al posto degli occhi, un moncone frastagliato al posto del collo. Un lago di sangue congelato, nero e rosso, scintillante.

"Uomini."

Il loro tanfo riempiva il mondo. Da vivi erano stati quanti le dita sulla zampa di un uomo, ma adesso non erano nessuno.

"Morti. Finiti. Carne."

Un tempo indossavano mantelli e cappucci, ma nella furia di arrivare alla carne i lupi avevano ridotto gli indumenti a brandelli. Quelli che avevano ancora una faccia portavano folte barbe incrostate di ghiaccio e muco congelato. La neve aveva cominciato a seppellire ciò che restava di loro, così pallida rispetto al nero delle brache e dei mantelli strappati. "Nero."

A molte leghe di distanza, Bran si agitò a disagio.

"Nero. Erano dei Guardiani della notte."

Al meta-lupo questo non importava. Erano carne. E lui aveva fame.

Gli occhi dei tre lupi mandavano lampi. Il meta-lupo oscillò il capo da una parte all'altra, con le narici dilatate, poi snudò a sua volta le zanne in un bramito. Il maschio giovane arretrò. Il meta-lupo poté annusare la sua paura. "Gregario." Ma il lupo con un occhio solo rispose con un ringhio, e si spostò per bloccare la sua avanzata. "È il capo, e non ha paura di me anche se sono il doppio di lui."

I loro occhi s'incontrarono.

"Metamorfo!"

Si avventarono, lupo e meta-lupo, l'uno contro l'altro. E non ci fu più tempo per pensare. Il mondo si condensò in zanne, artigli e turbini di neve mentre i due predatori rotolavano, vorticavano e si addentavano. Gli altri lupi attorno ringhiavano, facendo schioccare le zanne. Le fauci si chiusero su una pelliccia arruffata, incrostata di gelo, su un arto esile come un ramo disseccato, ma il lupo con un occhio solo sferrò una zampata nel ventre del meta-lupo, riuscendo a liberarsi, rotolò sul dorso, si avventò di nuovo. Zanne giallastre si serrarono alla gola, ma il meta-lupo si sbarazzò del cugino a pelo grigio come se fosse stato un ratto. Andò all'attacco e lo atterrò. Rotolarono di nuovo, mordendo, scalciando. Continuarono a combattere fino quando non furono entrambi stremati e la neve attorno si era irrorata di sangue fresco. Ma alla fine, fu il lupo con un occhio solo a giacere sul dorso, esponendo il proprio ventre. Resa totale. Il meta-lupo fece schioccare le fauci altre due volte, annusò il didietro dell'animale, poi sollevò la zampa sopra di lui.

Pochi altri serrare di zanne, un ultimo avvertimento, e la femmina e il giovane maschio si sottomisero a loro volta. Il branco era suo.

E anche le prede. Il meta-lupo passò da un uomo all'altro, annusando prima di optare per il pezzo di carne più grosso: un ammasso senza volto con una mano ancora aggrappata a un ferro nero. L'altra mano era sparita, mutilata all'altezza del polso, il moncone avvolto nel cuoio. Il sangue continuava a fluire, lento e denso dallo squarcio alla gola. Il meta-lupo lo bevve con la lingua, poi leccò quello scempio privo di occhi, naso e guance. Affondò il muso nel collo, dilaniando, ingoiando brandelli di carne calda e dolce. Niente gli era mai sembrato così gustoso.

Quando finì, passò al cadavere successivo, e divorò le parti migliori dell'altro uomo. I corvi lo osservavano dagli alberi, occhi neri e silenziosi sui rami nella neve trascinata dal vento. Gli altri lupi si accontentarono degli avanzi. Il maschio anziano si nutrì per primo, poi la femmina, infine il maschio gregario. Tre lupi che ora appartenevano al meta-lupo. Il suo branco.

"No" sussurrò il ragazzo, "noi abbiamo un altro branco. Lady è morta, e forse anche Vento Grigio, ma da qualche parte ci sono ancora Cagnaccio, Nymeria e Spettro. Ti ricordi Spettro?"

La neve e i lupi cominciarono a dissolversi. Sentì del calore sul viso, rassicurante come i baci di una madre. "Fuoco" pensò "e fumo." Il suo naso fremette all'odore di carne che arrostiva. Poi la foresta svanì, e Bran era di nuovo nella sala comune del villaggio abbandonato, di nuovo nel proprio corpo spezzato, a fissare le fiamme. Meera stava rosolando un pezzo di carne cruda, lasciandola abbrustolirsi e colare sul fuoco.

«Giusto in tempo» disse lei.

Bran si fregò gli occhi con il palmo della mano, contorcendosi contro la parete per mettersi a sedere.

«Ancora un po', e se continuavi a dormire saltavi la cena. Il ranger ha trovato una scrofa.»

Alle spalle di Meera, Hodor era alle prese con un pezzo di carne bollente, con il sangue e il grasso che gli colavano sulla barba. Fili di fumo si levavano tra le sue dita. «*Hodor*» mugugnava tra un morso e l'altro, «*hodor, hodor*.» La sua spada giaceva accanto a lui, sul pavimento di terra battuta.

Jojen Reed stava addentando il suo pezzo di carne a piccoli morsi, masticando ogni boccone almeno una dozzina di volte prima di inghiottirlo.

"Il ranger ha ucciso un maiale." Manifredde era in piedi vicino alla porta, con un corvo sul braccio; entrambi fissavano il fuoco. Fiamme riflesse in quattro occhi neri come le tenebre. "Lui però non mangia" ricordò Bran "e teme le fiamme."

«Avevi detto niente fuochi» disse, rivolgendosi al ranger.

«Le pareti attorno a noi nascondono la luce, e l'alba è vicina. Tra poco ci rimetteremo in cammino.»

«Che fine hanno fatto quegli uomini, i nemici alle nostre spalle?»

«Non vi daranno più fastidio.»

«Chi erano? Bruti?»

Meera rivoltò la carne per cuocerla dall'altra parte. Hodor masticava e ingoiava, mugugnando felice. Solo Jojen sembrava ascoltare ciò che veniva detto.

Manifredde si girò verso Bran: «Erano nemici».

"Uomini dei Guardiani della notte." «E tu li hai uccisi. Tu e i corvi. Le loro facce erano dilaniate, gli occhi divorati.»

Manifredde non negò.

«Erano tuoi confratelli. Io ho visto. I lupi hanno strappato i loro vestiti, ma ho comunque riconosciuto il colore. Avevano mantelli neri come le tue mani.»

Manifredde non disse niente.

«Chi sei? Perché le tue mani sono scure?»

Il ranger si guardò le mani come se non le avesse mai notate prima. «Quando il cuore cessa di battere, il sangue fluisce verso le estremità, dove si addensa. E congela.» La sua voce rantolava nella gola esile e macilenta come tutto il suo essere. «Le mani e i piedi si gonfiano, e diventano neri sanguinacci mentre il resto del corpo diventa bianco come latte.»

Meera Reed si alzò, con la lancia da rane in pugno e un pezzo di carne fumante ancora infilzato su una delle tre punte. «Mostraci la tua faccia.»

Il ranger non diede segno di voler ubbidire.

«È morto.» Bran sentiva in gola il sapore della bile. «Meera, lui è morto. I mostri non possono passare fintanto che ci sarà la Barriera e gli uomini dei Guardiani della notte continueranno a vigilare, così diceva la Vecchia Nan. Lui ci è venuto incontro alla Barriera, ma non è potuto passare. Al suo posto, ha mandato Sam, insieme alla ragazza dei bruti.»

La mano guantata di Meera serrò la presa attorno all'arpione. «Chi ti ha mandato? Chi è il corvo con tre occhi?»

«Un amico, un mago, un sognatore: chiamatelo come volete. L'ultimo degli esseri verdi.»

La porta della sala comune si aprì di schianto. Fuori, il vento della notte ululava, tetro e oscuro. Gli alberi erano carichi di corvi che gracchiavano. Manifredde non si mosse.

«Un mostro» disse Bran.

Il ranger osservò Bran come se gli altri non esistessero. «Il tuo mostro, Brandon Stark.»

«*Tuo*» fece eco il corvo appollaiato sulla sua spalla. Tutti gli stormi di corvi sugli alberi ripresero quel grido, finché la notte si riempì di quel canto tetro. «*Tuo, tuo, tuo.*»

«Jojen, questo lo avevi sognato?» chiese Meera al fratello. «Lui chi è? Che cosa è? E noi che cosa facciamo?»

«Noi adesso andiamo con il ranger» nessuna esitazione da parte di Jojen. «Ormai non possiamo più tornare indietro, Meera. Non riusciremmo mai a raggiungere la Barriera vivi. Andiamo con il mostro di Bran. Oppure moriamo.»

TYRION

Partirono da Pentos varcando la Porta dell'Alba, anche se Tyrion Lannister non vide nessuna alba.

«Sarà come se tu non avessi mai messo piede in città, mio piccolo amico» garantì magistro Illyrio, richiudendo le tendine di velluto viola della portantina. «Nessuno ti vedrà uscire, così come nessuno ti ha visto entrare.»

«Nessuno a parte i marinai che mi hanno cacciato in quel barile, il mozzo che ha ripulito la mia cabina, la ragazza che hai mandato a scaldarmi il letto, e non dimentichiamo quella lavandaia infame dalla faccia lentigginosa. Oh, e poi le tue guardie. A meno che tu, insieme alle palle, non abbia rimosso anche il loro acume, sanno che tu non sei solo qui dentro.»

La portantina era sospesa tra otto giganteschi cavalli da tiro per mezzo di spesse cinghie di cuoio. Quattro eunuchi scortavano i cavalli, due per lato, e altri marciavano in posizione arretrata, a sorvegliare il carro dei bagagli.

«I miei Immacolati non vanno in giro a chiacchierare» asserì Illyrio. «E in questo preciso istante, la galea che ti ha portato qui è già in rotta per Asshai delle Ombre. Passeranno due anni prima che faccia ritorno, se i mari sono misericordiosi. Quanto al personale della mia modesta dimora, anche loro mi amano. Nessuno mai oserebbe tradirmi.»

"Tieniti ben stretta questa convinzione, mio grasso amico. Verrà il giorno in cui incideremo queste parole sulla tua cripta."

«Avremmo dovuto essere a bordo di quella galea» replicò il Folletto. «Il modo più rapido per raggiungere Volantis è via mare.»

«Il mare è pieno di pericoli» rispose Illyrio. «L'autunno è la stagione delle tempeste e i pirati si rifugiano ancora alle Stepstones, da dove si avventurano per depredare la gente onesta. Non sia mai che il mio piccolo amico possa cadere in mani simili.»

«Ci sono pirati anche sulla Rhoyne.»

«Pirati di fiume.» Il mercante di formaggi sbadigliò, coprendosi la bocca con il dorso della mano. «Capitani scarafaggi che rincorrono le briciole.»

«Ho sentito delle storie anche sugli uomini di pietra.»

«Esistono davvero, poveri esseri. Ma perché disquisire di simili argomenti? È una giornata troppo bella per questi discorsi. Presto saremo in vista della Rhoyne, dove potrai finalmente affrancarti da Illyrio e dal suo grosso ventre. Ma fino a quel momento, brindiamo e sogniamo. Abbiamo vini e leccornie con cui sollazzarci, perché incupirci parlando di morte e morbi?»

"Già, perché?" Per l'ennesima volta, Tyrion udì nella propria mente lo schiocco della balestra, e si interrogò. La portantina ondeggiava lateralmente: un movimento dolce che lo faceva sentire come un bambino cullato dalle braccia della madre per fargli prendere sonno. "Non che io sappia per esperienza quale sensazione si provi." Le sue natiche appoggiavano su cuscini di seta imbottiti di piume d'oca. Le pareti rivestite di velluto viola si curvavano sopra la sua testa in una sorta di tetto, rendendo l'interno del palanchino piacevolmente caldo, nonostante il freddo autunnale all'esterno.

Dietro di loro si snodava una carovana di muli, carichi di bauli, otri e barili, oltre a gerle colme di cibo, per evitare che il signore dei formaggi soffrisse l'inedia. Quella mattina, Tyrion e Illyrio pasteggiarono con salsicce piccanti, annaffiate da un vino affumicato di bacche scure. Nel pomeriggio furono servite anguille in gelatina e vini rossi di Dorne. E la sera prosciutti affettati, uova bollite e folaghe arrosto ripiene di aglio e cipolle, con birra di malto chiara e forti vini myriani, per favorire la digestione. La portantina era tanto lenta quanto confortevole, ma il Folletto fu ben presto roso dall'impazienza.

«Quanti giorni mancano per arrivare al fiume?» chiese a Illyrio quella medesima sera. «Di questo passo, prima che io riesca a vederli, i draghi della tua regina saranno diventati più grossi dei tre mostri di Aegon il Conquistatore.»

«Ah, fosse vero! Un drago grande fa più impressione di uno piccolo.» Il magistro alzò le spalle. «Per quanto mi piacerebbe dare personalmente il benvenuto alla regina Daenerys a Volantis, devo invece delegare te e Griff. Posso servirla meglio a Pentos, preparando la strada per il suo ritorno in Occidente. Ma finché saremo insieme... be', questo vecchio grassone deve pur soddisfare i propri bisogni. Prendi, bevi un'altra coppa di vino.»

«Dimmi un po'» riprese Tyrion, sorseggiando, «perché mai a un magistro di Pentos dovrebbe importare mezzo fico marcio chi si mette in testa la corona del continente occidentale? In questa avventura, mio lord, che cosa ci guadagni?»

Illyrio si asciugò l'unto dalle labbra. «Ormai sono vecchio, stanco del mondo e dei suoi intrighi. È davvero così strano che io desideri compiere una buona azione prima della fine dei miei giorni, vale a dire aiutare una delicata fanciulla a riconquistare ciò che le spetta per diritto di nascita?»

"Sì, e tra un po' cercherai di vendermi un'armatura magica e un castello a Valyria." «Se per te Daenerys Targaryen è una delicata fanciulla, allora il Trono di Spade la farà in tante delicate fettine.»

«Non temere, mio piccolo amico. Nelle sue vene scorre il sangue di Aegon il Drago.»

"Insieme a quello di Aegon il Mediocre, Maegor il Crudele e Baelor il Confuso." «Parlami ancora di lei.»

Il grassone assunse un'espressione pensosa. «Daenerys era poco più di una bambina quando arrivò da me, eppure ancora più radiosa della mia seconda moglie, tanto che fui tentato di chiederla io stesso in sposa. E tuttavia anche timorosa, furtiva: seppi quindi che non avrei tratto alcuna gioia nell'accoppiarmi con lei. Per cui feci venire una donna di piacere e la chiavai con tutto il mio vigore finché quella follia per la principessa del drago non mi fu passata. Per la verità, non pensavo che Daenerys sarebbe sopravvissuta a lungo tra i signori del cavallo.»

«Il che però non ti ha impedito di venderla al Khal Drogo.»

«I dothraki non comprano e non vendono. Di' piuttosto che è stato suo fratello Viserys a consegnarla a Drogo, per assicurarsi l'amicizia del khal. Un giovane vanesio, quel Viserys, e anche avido: bramava il trono del padre, ma anche le grazie della sorella, e non sopportava l'idea di privarsi di lei. La notte prima che la principessa andasse in sposa al Khal Drogo, cercò d'infilarsi nel suo letto, dicendo che non potendo avere la sua mano, voleva almeno avere la sua purezza. Se non avessi preso le opportune precauzioni, mettendo delle guardie armate alla porta della fanciulla, quello stolto avrebbe mandato all'aria anni di trattative.»

«Lo descrivi come un completo idiota.»

«In fondo era figlio di Aerys il Folle. Invece Daenerys... è ben diversa.» Illyrio si cacciò in bocca una folaga arrosto che masticò rumorosamente, con le ossa e tutto. «La bimba spaventata che aveva trovato rifugio nella mia magione morì nel mare Dothraki, ma solo per risorgere dal sangue e dal fuoco. La regina dei draghi che ora si fregia di questo nome è una vera Targaryen. Quando inviai dei vascelli per riportarla a casa, lei si diresse verso la Baia degli Schiavisti. In men che non si dica conquistò Astapor, costrinse Yunkai a compiere atto di sottomissione e saccheggiò Meereen. E se la regina deciderà di marciare a ovest seguendo le antiche strade valyriane, la prossima a cadere sarà Mantarys. Se invece preferisce andare via mare, be'... la sua flotta dovrà rifornirsi di cibo e acqua a Volantis.»

«Via terra o via mare» osservò Tyrion, «sono comunque molte le leghe che separano Meereen da Volantis.»

«Cinquecentocinquanta, a volo di drago, attraverso deserti, montagne, paludi e rovine infestate da demoni. Molti periranno nella marcia, ma quelli che riusciranno a sopravvivere saranno i più vigorosi, e una volta raggiunta Volantis... troveranno te e Griff ad attenderli, con forze fresche e un numero di navi sufficiente per portarli attraverso il Mare Stretto fino al continente occidentale.»

Tyrion ripensò a quello che sapeva di Volantis, la più antica e orgogliosa delle nove città libere. C'era qualcosa che non andava in quel piano. Anche con solo mezzo naso, il Folletto sentiva odore di bruciato.

«Si dice che a Volantis ci siano cinque schiavi per ogni uomo libero. Per quale motivo i triarchi dovrebbero appoggiare una sovrana che ha abolito la tratta degli schiavi?» fece notare a Illyrio. «E, tanto per restare in tema, come mai tu la sostieni? La schiavitù sarà anche proibita dalle leggi di Pentos, ma in quel commercio anche tu hai dentro uno zampino, se non due. Eppure cospiri a favore della regina dei draghi, invece che contro di lei. Perché? Che cosa speri di ottenere?»

«Ancora con queste domande? Sei proprio un ometto ostinato.» Magistro Illyrio scoppiò in una risata, dandosi una manata sul ventre. «Visto che insisti. Il re Mendicante spergiurò di volermi nominare suo maestro del conio, e che sarei anche diventato lord. E una volta che si fosse messo in testa la sua corona d'oro, avrei potuto scegliermi il castello che volevo... perfino Castel Granito, se così avessi desiderato.»

Tyrion eruttò vino rosso dalla voragine mutilata che sostituiva il suo naso. «Quanto il lord mio padre avrebbe gradito udire queste parole.»

«Il lord tuo padre non avrebbe avuto motivo di preoccuparsi. Perché mai avrei dovuto desiderare un ammasso di roccia? La mia magione è grande abbastanza da soddisfare qualsiasi uomo, e anche più confortevole dei vostri castelli occidentali, così pieni di correnti d'aria. Maestro del conio, invece...» Il grassone si sbucciò un altro uovo. «Io adoro il conio. Esiste forse un suono più gradevole del tintinnio delle monete?»

"Le urla di mia sorella." «Come puoi essere così certo che Daenerys terrà fede alle promesse del fratello?»

«Forse lo farà, e forse no.» Illyrio staccò metà uovo con un morso. «Te l'ho già detto, mio piccolo amico, un uomo non sempre agisce in nome del profitto. Credi quello che vuoi, ma anche un vecchio grassone come me ha degli amici e dei debiti d'affetto da ripagare.»

"Bugiardo" pensò subito Tyrion. "In questa impresa c'è in gioco qualcosa che per te vale ben più del conio o dei castelli." «Di questi tempi, sono talmente pochi gli uomini che antepongono l'amicizia all'oro.»

«Hai proprio ragione» gli fece eco magistro Illyrio, sordo all'ironia del Folletto.

«E dimmi, come mai sei così affezionato al Ragno tessitore?»

«Siamo cresciuti insieme, due ragazzini ingenui a Pentos.»

«Varys è di Myr.»

«Anch'io. Lo incontrai non molto tempo dopo il suo arrivo, appena prima degli schiavisti. Di giorno dormiva nelle cloache, di notte vagava sui tetti come un gatto. Io ero povero quasi quanto lui: una lama in vendita ricoperto di luride sete. Immagino che avrai visto la statua al centro della vasca nella mia magione. L'ha scolpita Pytho Malanon, quando avevo sedici anni. Una magnifica opera d'arte, per quanto mi venga da piangere ogni volta che la guardo.»

«Di tutti noi, il tempo lascia indietro solo rovine. Io, per esempio, sono ancora in lutto per il mio naso. Ma tornando a Varys...»

«A Myr era stato il principe dei ladri, fino a quando un rivale non lo denunziò. A Pentos, era riconoscibile per via dell'accento, e una volta identificato come eunuco, fu disprezzato e picchiato. Per quale ragione mi abbia scelto come suo protettore, non lo saprò mai, riuscimmo comunque a trovare un accordo. Varys spiava i ladruncoli e s'impossessava del loro bottino. Da parte mia, offrivo aiuto alle vittime, promettendo di recuperare i beni trafugati in cambio di una ricompensa. In breve, chiunque avesse subito un furto sapeva di dover rivolgersi a me, mentre tutti i violatori di case e i tagliaborse erano alla ricerca di Varys... metà di loro per tagliargli la gola, l'altra metà per rivendergli quello che avevano rubato. Diventammo ricchi entrambi, soprattutto quando Varys cominciò ad ammaestrare i suoi ratti.»

«Ad Approdo del Re aveva i suoi uccelletti.»

«All'epoca noi li chiamavamo ratti. I ladri più anziani erano degli stolti, interessati solo a convertire il bottino della notte in vino. Varys, invece, preferiva le ragazzine e gli orfanelli. Sceglieva quelli di statura più bassa, rapidi e silenziosi, e li istruiva su come scalare i muri e infilarsi nei camini. Insegnava loro anche a leggere. L'oro e le gemme li lasciavamo ai ladri comuni. I nostri ratti, invece, s'impossessavano di lettere, diari, mappe... e dopo averli letti li rimettevano esattamente dove li avevano trovati. *I segreti valgono più dell'argento o degli zaffiri*, soleva dire Varys. Ed è vero. Da parte mia, acquisii un tale livello di rispettabilità che un cugino del principe di Pentos mi diede in sposa la figlia vergine, questo mentre voci appena sussurrate riguardo ai talenti di un certo eunuco varcavano il Mare Stretto, arrivando all'orecchio di un re. Un re quanto mai ansioso, che non si fidava completamente del proprio figlio, né della propria moglie, né del proprio Primo Cavaliere, un amico di gioventù, quest'ultimo, diventato troppo arrogante e sicuro di sé. Penso che tu conosca il resto della storia, non è così?»

«Ne conosco la maggior parte» ammise Tyrion. «Vedo quindi che tu sei qualcosa di più di un semplice mercante di formaggi.»

Illyrio inclinò il capo di lato. «Gentile da parte tua dire così, mio piccolo amico. E da parte mia, constato che sei arguto come diceva lord Varys.» Illyrio sorrise, mostrando i suoi denti storti e giallastri, e urlò di portare dell'altro vino infuocato di Myr.

Alla fine, il magistro si assopì, con un braccio attorno all'otre. Tyrion si fece strada tra i cuscini, per evadere dalla sua adiposa prigione, e si versò un'altra coppa di vino. La svuotò tutta d'un fiato, sbadigliò, e la riempì di nuovo.

"Forse, se bevo abbastanza vino infuocato... sognerò di sicuro i draghi."

Tanto tempo prima, quando era ancora un bimbo solitario, sperduto nelle viscere di Castel Granito, trascorreva spesso le sue notti cavalcando draghi, immaginando di essere un principe Targaryen diseredato, o un signore dei draghi dell'antica Valyria, librandosi al di sopra di prati e montagne. Una volta, i suoi zii gli chiesero che cosa volesse come regalo di compleanno, e Tyrion li implorò per avere un drago. «Non proprio uno di quelli grossi, a me ne basta uno piccolino come me.» Zio Gerion pensò fosse la cosa più divertente che avesse mai udito, ma zio Tygett gli spiegò: «L'ultimo drago, ragazzo, è morto più di un secolo fa». La notizia gli parve così mostruosamente ingiusta, che il giovane nano pianse tutta la notte.

Per contro, se c'era effettivamente da credere al signore dei formaggi, la figlia del re Folle aveva portato in vita ben tre draghi. "Due in più di quelli di cui perfino un Targaryen potrebbe desiderare." Tyrion era quasi dispiaciuto di aver assassinato suo padre. Avrebbe voluto vedere la faccia di lord Tywin Lannister nell'apprendere che una regina Targaryen stava per fare ritorno nel continente occidentale con tre draghi, appoggiata da un eunuco cospiratore e da un mercante di formaggi grosso come la metà di Castel Granito.

Il Folletto era così pieno di cibo e di vino da doversi slacciare la cintura e le stringhe superiori delle brache. Gli abiti da bambino che il suo ospite gli aveva fatto indossare lo facevano sentire come una salsiccia da dieci libbre in una pelle da cinque. "Se dovessi ingozzarmi ogni giorno in questo modo, raggiungerei la stazza di Illyrio prima ancora di incontrare la regina."

All'esterno del palanchino erano calate le tenebre. Dentro era buio. Tyrion ascoltava il russare di Illyrio, gli scricchiolii delle cinghie di cuoio, il ritmo lento degli zoccoli ferrati della carovana sulla dura pietra della strada valyriana, ma il suo cuore era in attesa del battito delle cuoiose ali di drago.

Al suo risveglio era tornata l'alba. I cavalli continuavano ad avanzare, il palanchino ondeggiava sospeso tra loro e scricchiolava.

Tyrion scostò la tendina, per osservare da una fessura il mondo esterno, ma c'era poco da vedere: solo campi ocra, alberi di olmo spogli e la strada, un'ampia carreggiata di pietra che correva fino all'orizzonte, diritta come una lancia. Aveva letto delle strade valyriane, ma questa era la prima che vedeva. Il dominio dell'antica fortezza di Valyria si stendeva fino alla remota Roccia del Drago, ma non era mai giunto fino in Occidente. "Che strano. Roccia del Drago era solo una roccia, appunto. La ricchezza si trovava più a ovest, i valyriani lo dovevano sapere, e loro avevano i draghi."

La notte prima aveva bevuto troppo. Si sentiva la testa pulsare e l'ondeggiare ritmico del palanchino bastava a fargli salire le viscere in gola. Anche se non disse una sola parola di lamento, il suo malessere non sfuggì a Illyrio Mopatis.

«Forza, bevi con me» lo esortò il grasso magistro. «Per bilanciare il drago che ti ha bruciato, come si suole dire.»

Illyrio versò per entrambi del vino di mirtilli talmente dolce da attrarre più mosche del miele. Tyrion le disperse con il dorso della mano e bevve tutto d'un fiato. Il gusto era quasi nauseante, e Tyrion ce la mise tutta per trattenere il liquido nello stomaco. La seconda coppa, però, scese più facilmente. Ma non aveva fame, e rispose con un gesto di diniego quando Illyrio gli offrì una coppa di mirtilli con la panna.

«Ho sognato la regina dei draghi» disse Tyrion. «Ero in ginocchio al suo cospetto, per giurarle fedeltà, ma lei mi ha scambiato per mio fratello Jaime e mi ha gettato in pasto ai draghi.»

«Speriamo che non si tratti di un sogno premonitore. Sei un folletto astuto, come diceva Varys, e Daenerys avrà bisogno di uomini astuti al suo fianco. Ser Barristan è un cavaliere leale, ma credo che nessuno lo abbia mai definito astuto.»

«I cavalieri conoscono un unico modo per risolvere i problemi: abbassano la lancia e vanno alla carica. Un nano ha un modo ben diverso di guardare il mondo. E che dire di te, magistro? Anche tu sei un uomo astuto.»

«Tu mi aduli, Folletto.» Illyrio fece un cenno vago con la mano. «Purtroppo, viaggiare non fa per me, per questo ti mando da Daenerys al posto mio. Uccidendo il lord tuo padre, hai reso a sua grazia un grande servigio, e spero che tu gliene possa rendere molti altri. Daenerys non è affatto stolta, a differenza di suo fratello Viserys. Saprà fare buon uso di te.»

"Come legna da ardere?" pensò Tyrion.

Quel giorno fecero solo tre cambi dei cavalli, ma in pratica si fermavano ogni mezz'ora per dare modo a Illyrio di calarsi giù dal palanchino per pisciare. "Quindi il nostro signore dei formaggi ha le dimensioni di un elefante ma la vescica grande come un pisello" concluse il Folletto.

Tyrion approfittò di una di quelle soste per scendere a sua volta e osservare meglio la strada. Sapeva quello che avrebbe trovato: non terra battuta, né mattoni, né ciottoli, bensì un nastro di pietra fusa rialzato di mezzo piede rispetto al terreno, per permettere alla pioggia e alla neve in scioglimento di defluire. A differenza dei tracciati fangosi che nei Sette Regni venivano considerati strade, quelle valyriane erano abbastanza larghe da consentire il passaggio di tre carri affiancati, e né il tempo né il traffico parevano poterle intaccare. Persistevano immutate, quattro secoli dopo che il Disastro si era abbattuto su Valyria. Tyrion cercò tracce di solchi, crepe, ma tutto quello che trovò fu un tumulo di merda ancora fumante appena depositato da uno dei cavalli.

Quella vista gli fece tornare alla mente il lord suo padre. "Sei laggiù, padre caro? In qualche gelido inferno da dove, alzando lo sguardo, mi puoi vedere riportare sul Trono di Spade la figlia di Aerys il Folle?"

Quando si rimisero in viaggio, Illyrio tirò fuori una sacca piena di castagne arrosto e riprese a parlare della regina dei draghi.

«Le ultime notizie che abbiamo di Daenerys sono purtroppo vecchie e stantie. A questo punto, avrà lasciato Meereen, suppongo. Si è finalmente dotata di un esercito, sia pure raccogliticcio, composto da mercenari, cavalieri dothraki e lancieri Immacolati, che senza dubbio adesso starà conducendo a ovest, per riconquistare il trono che era di suo padre.» Magistro Illyrio aprì una giara di lumache all'aglio, annusò e sorrise. «A Volantis avrai sue notizie più recenti» riprese, succhiando un guscio. «Draghi e fanciulle sono due generi di creature capricciose, e può darsi che tu sia costretto a rivedere i tuoi piani. Griff saprà cosa fare. Gradisci una lumaca? L'aglio proviene dai miei orti.»

"A dorso di una lumaca avanzerei più in fretta che su questa portantina." Tyrion fece cenno di no. «Tu confidi molto in questo Griff. È un altro tuo amico d'infanzia come Varys?»

«No, Griff è un mercenario, tu lo definiresti così, ma è nato in Occidente. A Daenerys servono uomini degni della sua causa.» Illyrio alzò preventivamente una mano. «So che cosa stai pensando! Per i mercenari l'oro viene prima della fedeltà e dell'onore. O che Griff mi venderà a mia sorella. Non è così. Mi fido di lui come di un fratello.»

"Altro errore mortale." «In tal caso farò lo stesso anch'io.»

«In questo preciso istante, la Compagnia dorata è in marcia verso Volantis, dove attenderà l'arrivo da Oriente della nostra regina.»

"Sotto l'oro, il gelido acciaio." «Avevo sentito dire che la Compagnia dorata è sotto contratto con una delle città libere.»

«Con Myr» confermò Illyrio. «Ma i contratti possono essere rescissi.»

«Il formaggio produce più conio di quanto non immaginassi» commentò Tyrion. «E come sei riuscito in tale impresa?»

Il magistro agitò le dita grassocce. «Certi contratti sono scritti con l'inchiostro e altri con il sangue. Non aggiungo altro.»

Il Folletto ci pensò sopra. La Compagnia dorata aveva fama di essere la migliore formazione mercenaria, fondata un secolo prima da Acreacciaio, figlio bastardo di Aegon il Mediocre. Quando un altro dei figli bastardi riconosciuti da Aegon cercò di strappare il Trono di Spade a uno dei suoi fratellastri di sangue puro, Acreacciaio si unì alla rivolta. Ma Daemon Blackfyre cadde combattendo sul Campo Rosso Sangue, e la ribellione finì con lui. I seguaci del Drago Nero sopravvissuti alla disfatta rifiutarono però di fare atto di sottomissione, e fuggirono al di là del Mare Stretto. Tra loro i figli più giovani di Daemon, Acreacciaio e centinaia di guerrieri, lord senza terre e cavalieri senza signori, tutti costretti a vendere le loro lame per guadagnarsi da vivere. Alcuni si arruolarono nel Vessillo Lacerato, altri nei Secondi Figli o negli Uomini della Vergine. Acreacciaio vide la forza bellica della Casa Blackfyre disperdersi ai quattro venti, così per ricompattare gli esiliati fondò la Compagnia dorata.

Da quel giorno in poi, gli uomini della Compagnia dorata avevano continuato a vivere e morire nelle Terre Contese, combattendo per Myr, Lys o Tyrosh in piccole guerre prive di senso, senza però mai smettere di sognare la terra perduta dei loro padri. Erano esiliati figli di esiliati, senza averi e senza perdono... ma pur sempre formidabili combattenti.

«Ammiro la tua capacità di persuasione» disse Tyrion a Illyrio. «Come sei riuscito a convincere la Compagnia dorata a fare propria la causa della nostra delicata regina, considerando che hanno passato gran parte della loro storia a combattere *contro* i Targaryen?"»

Illyrio si sbarazzò dell'obiezione come di una mosca fastidiosa. «Nero o rosso che sia, un drago è sempre un drago. La morte di Maelys il Mostruoso alle Stepstones ha segnato la fine della linea dinastica maschile della Casa Blackfyre.» Dietro la sua barba biforcuta, il signore dei formaggi sorrise. «E Daenerys darà a quegli esiliati ciò che né Acreacciaio né i Blackfyre sono riusciti a garantire loro: li riporterà a casa.»

"Con il fuoco e con la spada." Era il tipo di ritorno che desiderava anche lui. «Devo ammettere che diecimila spade è un regalo davvero principesco. Sua grazia sarà oltremodo compiaciuta.»

Il magistro annuì con un cenno del capo, facendo tremolare i suoi molteplici menti. «Non vorrei avere l'ardire di presumere che cosa possa compiacere a sua grazia.»

"Molto prudente da parte tua." Tyrion la sapeva lunga sulla gratitudine dei re. Perché la regina avrebbe dovuto essere diversa?

Poco dopo il magistro si mise a russare sonoramente, lasciando Tyrion solo con i suoi pensieri. Il Folletto non poté fare a meno di domandarsi come avrebbe reagito ser Barristan Selmy all'idea di andare in battaglia insieme alla Compagnia dorata. Durante la guerra dei Re da novesoldi, Selmy aveva aperto una falla sanguinosa nelle loro file, deciso ad abbattere fino all'ultimo pretendente Blackfyre. "Le rivolte creano strani compagni di letto. E i più strani di tutti siamo questo lardoso mercante di formaggi e io."

Il mercante di formaggi si svegliò al successivo cambio dei cavalli, e chiese un'altra gerla di cibo.

«Dove siamo?» domandò Tyrion mentre si rimpinzavano di cappone freddo e pâté di carote, uva passa, limoni e arance.

«Questa è Andalos, amico mio. Le terre da cui sono arrivati gli andali, tuoi antenati. Le terre che strapparono agli uomini irsuti che c'erano prima di loro, cugini degli irsuti abitanti di Ib. Il cuore dell'antico reame di Hugor si trova a nord rispetto a noi, e ne stiamo attraversando le marche meridionali. A Pentos, queste sono chiamate le Terre Piatte. Più a est sorgono le Colline di Velluto, dove siamo diretti.»

"Andalos." Il Credo insegnava che anche i Sette Dèi un tempo avevano camminato sulle colline di Andalos in forma umana. «Il Padre allungò la mano fino al più alto dei cieli, prese sette stelle» recitò Tyrion a memoria «e a una a una le collocò sulla fronte di Hugor della Collina, formando una corona scintillante.»

Magistro Illyrio gli lanciò uno sguardo incuriosito. «E chi avrebbe mai immaginato che il mio piccolo amico fosse così devoto?»

«Reminiscenze adolescenziali» rispose il Folletto alzando le spalle. «Sapendo di non poter essere nominato cavaliere, decisi di diventare alto sacerdote. La corona di cristallo aggiunge almeno un piede di statura. Studiai i libri sacri e pregai fino a farmi venire le piaghe su entrambe le ginocchia, ma la mia ricerca spirituale si concluse tragicamente. Arrivato a una certa età, m'innamorai.»

«Di una fanciulla? So che cosa significa.»

Illyrio affondò la mano destra nella manica sinistra ed estrasse un medaglione d'argento. All'interno c'era il ritratto di una donna: grandi occhi azzurri e capelli biondo chiaro striati d'argento.

«Serra. La incontrai in un bordello di Lys e la portai a casa perché mi scaldasse il letto, ma alla fine la sposai. Io, che come prima moglie avevo avuto la cugina del principe di Pentos. Da quel momento, le porte del palazzo mi furono precluse, ma a me non importava. Era un piccolo prezzo da pagare, in cambio di Serra.»

«E come morì?» Tyron sapeva che era morta: nessuno parla con tanto affetto della donna che lo ha abbandonato.

«Una galea mercantile braavosiana di ritorno dal mare di Giada attraccò a Pentos. La *Tesoro* trasportava chiodi di garofano e zafferano, oltre a giada, sciamito scarlatto, seta verde... e il morbo grigio. Sterminammo i rematori appena misero piede a terra e bruciammo la nave ancora all'ancora, ma i ratti di bordo fuggirono lungo i remi e riuscirono a raggiungere le fredde pietre del molo. L'epidemia si portò via duemila anime.» Magistro Illyrio richiuse il medaglione. «Conservo ancora le mani di Serra nella mia stanza da letto. Mani così morbide...»

Tyrion ripensò a Tysha. Il suo sguardo si spostò sui campi dove un tempo avevano camminato gli dèi. "Quale genere di dèi può creare ratti, epidemie e nani?" Citò ad alta voce un altro passaggio della *Stella a sette punte* che gli era tornato alla memoria.

«La Vergine portò al suo cospetto una fanciulla, delicata come un salice, con occhi che parevano profondi laghi azzurri, e Hugor dichiarò di volerne fare la propria sposa. Così la Madre la rese fertile, e la Vecchia predisse che avrebbe dato al re quarantaquattro possenti figli maschi. Il Guerriero diede loro forza nelle braccia, mentre il Fabbro forgiò a ognuno un'armatura a piastre di ferro.»

«Il tuo Fabbro deve essere stato un rhoynar» ritorse Illyrio. «Gli andali appresero l'arte della lavorazione del ferro da quella popolazione che viveva lungo il fiume. È risaputo.»

«Non dai nostri septon.» Tyrion indicò con la mano i campi. «Chi abita oggi le vostre Terre Piatte?»

«Timonieri e instancabili lavoratori, legati alla terra. Ci sono frutteti, fattorie, miniere... Io stesso ho dei poderi, anche se li visito di rado. Perché dovrei passare le mie giornate quaggiù, con tutte le delizie di Pentos a portata di mano?»

«Una miriade di delizie.» "E alte mura di mattoni." Tyrion fece roteare il vino nella coppa. «Non abbiamo incontrato altre città, dopo Pentos.»

«Ci sono solo rovine.» Illyrio sventolò una coscia di pollo verso le tende del palanchino. «Ogni volta che un khal si mette in testa di vedere com'è fatto il mare, i signori del cavallo si spingono in questa direzione. I dothraki non amano le città, dovreste saperlo anche voi del continente occidentale.»

«Allora attaccate di sorpresa uno dei loro khalasar e distruggetelo, dopo di che vedrete che i dothraki non saranno più tanto ansiosi di attraversare la Rhoyne.»

«È meno dispendioso corrompere i nemici con cibo e doni.»

"Perché non ci ho pensato a portare dei buoni formaggi alla Battaglia delle Acque Nere? Magari a quest'ora avrei ancora il mio naso." Lord Tywin aveva sempre disprezzato le città libere. "Invece che con le spade, combattono con il conio" soleva dire. "L'oro ha la sua utilità, ma è con il ferro che si vincono le guerre." «Da' dell'oro a un nemico, e quello continuerà a tornare per averne dell'altro, diceva sempre mio padre.»

«Stiamo forse parlando di quel medesimo padre che hai assassinato?» Illyrio gettò l'osso di pollo fuori del palanchino. «I mercenari non reggono il confronto con i guerrieri dothraki. Questo è stato dimostrato a Qohor.»

«Nemmeno il tuo coraggioso Griff?» ironizzò Tyrion.

«Griff è diverso. Ha un figlio cha adora. Il ragazzo si chiama Griff il Giovane. E mai ci fu fanciullo più nobile.»

Il vino, il cibo, il sole, l'ondeggiare del palanchino, il ronzio delle mosche, tutto cospirava a conciliare il sonno. Così Tyrion dormì, si svegliò, bevve. Illyrio rispose coppa su coppa. E mentre il cielo assumeva le tonalità violacee del crepuscolo, il grasso mercante iniziò a russare.

Quella notte, Tyrion Lannister sognò una battaglia che fece diventare rosse di sangue tutte le colline dell'Occidente. Lui era al centro della strage, seminando morte con un'ascia grande quanto lui, al fianco di Barristan il Valoroso e Acreacciaio, mentre dei draghi sorvolavano la mischia. Nel sogno, Tyrion aveva due teste, entrambe senza naso. A guidare il nemico c'era il lord suo padre, per cui dovette ucciderlo un'altra volta. Poi uccise anche il fratello Jaime, maciullandogli la faccia fino a ottenere una poltiglia rossastra, ridendo a ogni colpo portato a segno. Solo a battaglia finita, Tyrion si rese conto che la sua seconda testa stava piangendo.

Si svegliò con le gambette deformi rigide come aste di ferro. Illyrio stava mangiando delle olive.

«Dove siamo?» gli chiese Tyrion.

«Non abbiamo ancora lasciato le Terre Piatte, mio impaziente amico. Presto il nostro cammino ci porterà ad attraversare le Colline di Velluto, dopo di che ci dirigeremo verso Ghoyan Drohe, risalendo la Piccola Rhoyne.»

Ghoyan Drohe era stata una città rhoynar, fino al giorno in cui i draghi di Valyria non l'avevano ridotta a una rovina fumante. "Sto viaggiando nello spazio e nel tempo" rifletté Tyrion, "sto tornando indietro nella storia, a quando i draghi dominavano la terra."

Tyrion dormì, si svegliò, dormì ancora, i giorni e le notti sembravano perdere significato. Le Colline di Velluto si rivelarono una delusione.

«Metà delle puttane di Lannisport ha seni più grossi di queste colline» disse a Illyrio. «Dovreste chiamarle Tette di Velluto.»

Videro un cerchio di pietre disposte in verticale, che Illyrio dichiarò essere state erette dai giganti, e un lago profondo.

«Qui viveva una banda di briganti che depredavano tutti quelli che passavano di qui» spiegò il magistro. «Si dice che vivano tuttora sotto le acque. Chi si avventura a pescare nel lago viene tirato giù e divorato.»

La sera successiva raggiunsero una gigantesca sfinge valyriana che sembrava in agguato sul lato della strada, con il corpo di drago e il volto di donna.

«Una regina-drago» disse Tyrion. «Un buon presagio.»

«Ma il re è sparito.» Illyrio indicò il levigato plinto di pietra, ammantato di muschio e strangolato dai rampicanti, dove un tempo si ergeva la seconda sfinge. «I signori del cavallo gli hanno costruito sotto le ruote di legno e se lo sono riportato a Vaes Dothrak.»

"Un altro presagio" pensò Tyrion, "ma non altrettanto buono."

Quella notte, più ubriaco del solito, il Folletto intonò un canto improvvisato:

Cavalcò per le vie cittadine,
su viottoli, ciottoli e scalini,
giù dalle alte colline,
per il sospiro di una donna.

Essa era il suo segreto tesoro,
il suo sogno e la sua benedizione,
a nulla valgono una catena e un maniero,
confronto al bacio di una donna.

Erano le uniche parole che sapeva, oltre al ritornello. "Sempre fredde sono le mani dell'oro, sempre calde quelle di una donna." Le mani di Shae lo avevano colpito mentre le mani dell'oro affondavano nella sua gola. Il Folletto non ricordava se erano calde o no. Mentre le forze l'abbandonavano, i colpi di Shae si erano tramutati in falene volteggianti davanti alla sua faccia devastata. "A nulla valgono una catena e un maniero, confronto al bacio di una donna." L'aveva baciata, per l'ultima volta, dopo che era morta? Non ricordava neanche questo... Invece rammentava la prima volta che l'aveva baciata, nella sua tenda vicino alla Forca Verde del Tridente. Com'erano dolci le sue labbra.

Ricordava anche la prima volta con Tysha. "Non sapeva che cosa fare, come del resto non lo sapevo io. I nostri nasi continuavano a urtarsi, ma quando toccai la sua lingua con la mia, sentii il suo corpo tremare." Tyrion chiuse gli occhi, cercando di riportare alla memoria il viso di Tysha. Invece vide suo padre, accovacciato sulla latrina, con la camicia da notte sollevata.

"Ovunque vadano le puttane" disse lord Tywin Lannister. Poi il sibilo del dardo della balestra.

Il Folletto si voltò, affondando il naso mutilato nei cuscini di seta. Il sonno si spalancò sotto di lui come una voragine. Tyrion Lannister vi si gettò dentro, lasciandosi divorare dalle tenebre.

L'UOMO DEL MERCANTE

L'*Avventura* puzzava.

Aveva sessanta remi, un'unica vela e un lungo scafo slanciato che prometteva velocità. "Non è grande, ma potrebbe andare bene per noi" pensò Quentyn quando la vide, ma questo era stato prima di salire a bordo e di respirare l'aria mefitica sulla tolda. "Maiali" fu il suo primo pensiero, ma alla seconda boccata aveva cambiato idea. I maiali avevano un odore migliore. Quella puzza era un miscuglio di piscio, carne imputridita e letame, era il fetore di carne decomposta, piaghe purulente, ferite incancrenite. Un tanfo così infame da coprire perfino l'odore di pesce e aria salmastra del porto.

«Mi viene da vomitare» disse a Gerris Drinkwater. Grondanti di sudore nel caldo torrido e avvolti dal tanfo che saliva da sottocoperta, stavano aspettando l'arrivo del capitano.

«Se anche lui puzza come la sua nave» rispose Gerris, «prenderà il tuo vomito per un profumo.»

Quentyn stava per suggerire di tentare con un altro vascello, quando comparve il capitano, accompagnato da due laidi membri dell'equipaggio. Gerris lo accolse con un sorriso. Anche se non padroneggiava la lingua di Volantis come Quentyn, il loro rango imponeva che fosse comunque lui a parlare per entrambi. Quando erano ancora a Planky Town, Quentyn si era presentato come mercante di vini, ma non aveva funzionato, così quando i due dorniani avevano cambiato nave a Lys, avevano anche cambiato i ruoli. A bordo dell'*Allodola*, Cletus Yronwood era diventato il mercante e Quentyn il servo. A Volantis, dopo che

Cletus era stato ammazzato, Gerris aveva assunto il ruolo del padrone.

Alto e con la carnagione chiara, gli occhi verde azzurri, i capelli color sabbia scoloriti dal sole, il fisico asciutto e ben proporzionato, Gerris Drinkwater aveva un'aria spavalda, sicuro di sé al limite dell'arroganza. Non pareva mai a disagio, e anche se non parlava la lingua del posto, riusciva sempre a trovare il modo di farsi capire. Al confronto, Quentyn faceva una figura meschina: gambe corte e tozze, fisico tarchiato, capelli colore della terra appena rivoltata dall'aratro. Aveva la fronte troppo alta, la mandibola troppo squadrata, il naso troppo largo. "Una bella faccia onesta" aveva detto una volta una ragazza, "ma dovresti sorridere di più."

Ma sorridere non era mai stato facile per Quentyn Martell, come non lo era stato per il lord suo padre.

«Quanto veloce è la tua *Avventura*?» esordì Gerris, in un alto valyriano approssimativo.

Il capitano riconobbe l'accento, e gli rispose nella lingua comune del continente occidentale. «Nessun vascello naviga più veloce, onorevole signore. L'*Avventura* può volare rapida come il vento. Basta che tu mi dica dove vuoi andare, e io in un lampo ti ci porto.»

«A Meereen. Cerco un passaggio per me e due servitori.»

Il capitano cominciò a negoziare. «Sono già stato a Meereen. E posso tornarci ancora, *aye*, ma... perché? Non ci sono più schiavi da prendere, non c'è più profitto. L'argentea regina ha messo fine a tutto quel commercio. Ha chiuso anche le fosse da combattimento, così un povero marinaio non può nemmeno più divertirsi mentre vengono caricate le stive. Per cui dimmi, amico dell'Occidente, che cosa c'è a Meereen che ti attira?»

"La più bella donna del mondo" pensò Quentyn Martell, "la mia futura sposa, se gli dèi vorranno essere generosi." A volte, di notte, giaceva senza dormire, immaginando il suo viso, le sue forme e domandandosi se una donna simile, tra tutti i principi della terra, avrebbe scelto di sposare proprio lui. "Io sono Dorne" ripeteva a se stesso "e lei vuole Dorne."

Intanto Gerris rispose al capitano con la fandonia che insieme avevano concordato. «La mia famiglia commercia in vino. Mio padre possiede ampi vigneti a Dorne, e vuole che io esplori nuovi mercati. La speranza è che la brava gente di Meereen voglia apprezzare la merce che vendo.»

«Vino? Vino dorniano?» Il capitano non sembrava convinto. «Le città degli schiavisti sono in guerra. Ne sei al corrente?»

«Il conflitto è tra Yunkai e Astapor, da quanto ho udito. Meereen non è coinvolta.»

«Non ancora. Ma lo sarà presto. Un emissario della città gialla si trova già a Volantis per assoldare spade. I mercenari delle Lunghe Lance si sono già imbarcati per Yunkai, e una volta che avranno finito di rimpolpare le loro file, la Compagnia del Vento e la Compagnia del Gatto li seguiranno. Anche la Compagnia dorata sta marciando verso est. Tutto questo è risaputo.»

«Se lo dici tu. Io faccio affari con il vino, non con la guerra. Il vino ghiscariano non è granché, tutti ne convengono. I meereenesi pagheranno un buon prezzo per queste ottime vendemmie dorniane.»

«Ai morti non importa quale vino bere.» Il capitano dell'*Avventura* si grattò la barba. «Non penso di essere il primo cui ti rivolgi né il decimo.»

«Infatti» ammise Gerris.

«Quanti capitani hai interpellato? Un centinaio?»

"Più o meno" pensò Quentyn.

I volantiani amavano gloriarsi che le cento isole di Braavos avrebbero potuto essere gettate nelle acque profonde del loro porto e lì scomparire. Quentyn non era mai stato a Braavos, ma non stentava a crederlo. Ricca, opulenta e corrotta, Volantis ricopriva la foce della Rhoyne come un caldo bacio umido, estendendosi sulle colline e i terreni paludosi su entrambe le rive del fiume. C'erano navi ovunque, che scendevano il fiume o si dirigevano verso il mare, affollavano moli e approdi, caricando e scaricando merci, navi da guerra, baleniere e galee da trasporto, caracchi e velieri, scafi a ruota grandi e piccoli, navi lunghe, navi cigno, navi di Lys, Tyrosh e Pentos, vascelli carichi di spezie di Qarth, grandi come palazzi, navi di Toloso e Yunkai e delle Isole del Basilisco. Così tanti scafi che Quentyn Martell, vedendo per la prima volta il porto dalla tolda dell'*Allodola*, aveva detto ai suoi amici che sarebbero rimasti là solamente tre giorni.

Ma ormai i giorni erano diventati venti, e loro erano ancora là, sempre senza nave. I capitani della *Melantina*, della *Figlia del triarca* e della *Bacio della sirena* avevano tutti rifiutato. Il secondo ufficiale della *Viaggiatore coraggioso* aveva loro riso in faccia. Il capitano della *Delfino* li aveva cacciati, dicendo che non aveva tempo da perdere; il proprietario della *Settimo figlio* li aveva accusati di essere dei pirati. E questo solo il primo giorno.

Il capitano della *Cerbiatto* era stato l'unico ad argomentare il suo rifiuto. «È vero che faccio rotta a Oriente» aveva spiegato sorseggiando del vino allungato con acqua. «A sud, circumnavigando Valyria, e quindi verso l'alba. Faremo rifornimento d'acqua e di provviste a Nuova Ghis, per poi indirizzare i remi su Qarth e i Portali di Giada. Ogni viaggio comporta dei pericoli, e quelli lunghi più di tutti gli altri. Perché dovrei correre rischi maggiori deviando verso la Baia degli Schiavisti? La *Cerbiatto* è la mia fonte di sostentamento. Non intendo rischiare il mio vascello per portare tre folli dorniani in mezzo a una guerra.»

Quentyn aveva cominciato a pensare che avrebbero fatto meglio a comprare un vascello a Planky Town. Ma questo avrebbe attirato su di loro attenzioni indesiderate. Il Ragno tessitore aveva spie ovunque, anche nelle sale di Lancia del Sole. "Il sangue di Dorne scorrerà se il vostro piano dovesse essere scoperto" lo aveva avvertito il padre, il principe Doran, mentre guardavano i bambini giocare nelle vasche e nelle fontane di Giardini dell'Acqua. "Nessun dubbio: si tratta di tradimento. Fidatevi solo dei vostri compagni, e cercate di evitare di farvi notare."

Gerris Drinkwater elargì al capitano dell'*Avventura* il suo sorriso più disarmante. «In verità, non ho tenuto conto di tutti i codardi che ci hanno detto no, ma al Palazzo del Mercante ho sentito dire che tu sei un uomo coraggioso, di quelli che, se il prezzo in oro è giusto, è pronto a rischiare.»

"Un contrabbandiere" pensò Quentyn. Era così che gli altri comandanti, al Palazzo del Mercante, avevano definito il capitano dell'*Avventura*. "Contrabbandiere e schiavista, mezzo pirata e mezzo imbroglione, eppure la vostra carta migliore potrebbe essere proprio lui" aveva detto il locandiere.

Il capitano dell'*Avventura* strofinò il pollice sull'indice. «E quanto oro ritenete sufficiente, per un simile viaggio?»

«Tre volte il tuo normale compenso per un passaggio fino alla Baia degli Schiavisti.»

«A testa?» Il capitano mostrò i denti, in quello che secondo lui doveva essere un sorriso, ma che conferì alla sua faccia un'espressione ferina. «Si può fare. Comunque è vero: sono più coraggioso di tanti altri. Quanta fretta avete di salpare?»

«Domattina non sarebbe troppo presto.»

«Affare fatto. Venite qui un'ora prima dell'alba, con i vostri amici e il vino. Meglio salpare mentre Volantis dorme ancora, così nessuno farà troppe domande sulla nostra destinazione.»

«Sia come dici. Un'ora prima dell'alba.»

Il sorriso del capitano si allargò. «Sono contento di potervi essere d'aiuto. Faremo un bel viaggio.»

«Non ho dubbi» rispose Gerris.

A quel punto, il capitano dell'*Avventura* ordinò della birra di malto per brindare insieme all'impresa.

«Che uomo gentile» commentò poi Gerris, dirigendosi insieme a Quentyn verso la testa del pontile, dove li aspettava l'*hathay* che avevano preso a nolo. L'aria era torrida e opprimente, il sole talmente vivido da costringere entrambi a socchiudere le palpebre.

«Questa è una città gentile» aggiunse Quentyn. "Talmente dolce da farti marcire i denti." Ovunque crescevano barbabietole da zucchero, che venivano servite quasi a ogni pasto. I volantiani ne ricavavano anche una minestra violacea, densa e nutriente come miele. Anche i loro vini erano dolci.

«Temo però che il nostro bel viaggio sarà di breve durata. Quell'uomo gentile non intende affatto portarci fino a Meereen. Ha accettato fin troppo rapidamente la nostra offerta. Incasserà il triplo del suo solito compenso, ma una volta che saremo a bordo e abbastanza lontani dalla terraferma, ci taglierà la gola e si prenderà anche il resto del nostro oro.»

«Oppure ci incatenerà a un remo, insieme a quei poveracci di cui abbiamo sentito il tanfo. Penso che a noi occorra un altro genere di contrabbandiere.»

Il conduttore li aspettava accanto al suo *hathay*. Nel continente occidentale, quel tipo di veicolo veniva chiamato carretto trainato da buoi, anche se la versione volantiana era decisamente più ricercata di qualsiasi suo omologo che Quentyn avesse mai visto a Dorne. Era un *hathay* trainato da un elefante nano, color neve sporca. Le strade di Vecchia Volantis erano piene di veicoli del genere.

Quentyn avrebbe preferito andare a piedi, ma c'erano molte miglia per arrivare alla loro locanda. Inoltre, il locandiere del Palazzo del Mercante li aveva avvertiti che spostarsi a piedi avrebbe danneggiato la loro immagine agli occhi dei capitani stranieri e dei volantiani. Le persone di lignaggio viaggiavano in palanchini o a bordo di un *hathay*... e il locandiere aveva giusto un cugino che possedeva alcuni di quei veicoli e che sarebbe stato onorato di metterli a loro disposizione.

Il conduttore, un uomo di bassa statura, con la pelle color tek, gli occhi come due schegge di selce, nudo a parte i sandali e un paio di brachette corte, con il simbolo di una ruota tatuato sulla guancia, era uno degli schiavi del cugino in questione. Dopo aver aiutato Quentyn e Gerris a sedersi sull'asse ricoperta da un cuscino posta tra le due enormi ruote di legno del carretto, si arrampicò sul dorso dell'elefante.

«Al Palazzo del Mercante» ordinò Quentyn «costeggiando il molo.»

A parte il fronte del porto e le sue brezze, le strade e i vicoli di Volantis erano così torridi da annegare chiunque nel proprio sudore, almeno su quel lato del fiume.

Il conduttore gridò qualcosa all'elefante nell'idioma locale. L'animale cominciò a muoversi, facendo ondeggiare la proboscide da una parte all'altra. Il carretto gli andò dietro, mentre il conduttore gridava agli schiavi e ai marinai di togliersi di mezzo. Distinguere gli uni dagli altri era abbastanza facile. Gli schiavi erano tutti tatuati: una maschera di piume azzurre, una folgore che correva dalla mandibola alla fronte, delle monete sulla guancia, chiazze di leopardo, teschi, giare. Il maestro Kedry aveva detto che a Volantis c'erano cinque schiavi per ogni uomo libero. Purtroppo, non era vissuto abbastanza per verificarlo di persona. La fine per lui era arrivata la mattina in cui i corsari avevano attaccato l'*Allodola*.

Quel giorno Quentyn aveva perso altri due amici: William Wells, con le lentiggini e i denti storti, ma impavido con una lancia in pugno, e Cletus Yronwood, di bell'aspetto nonostante lo sguardo pigro, sempre di buon umore e con la risata pronta. Cletus era stato per metà della sua vita il migliore amico di Quentyn, fratello in tutto e per tutto, tranne che di sangue. «Da' un bacio alla tua sposa da parte mia» gli aveva sussurrato prima di morire.

I corsari erano saliti a bordo nell'oscurità che precede l'alba, mentre l'*Allodola* era alla fonda al largo delle Terre Contese. L'equipaggio li aveva costretti alla ritirata, ma al prezzo di dodici caduti. Dopo di che i marinai avevano depredato i corsari morti, togliendo loro stivali, cinture e armi, avevano svuotato le loro bisacce, strappato le gemme dai lobi delle orecchie e sfilato gli anelli dalle dita. Uno dei cadaveri era talmente grasso che il cuoco della nave dovette mozzargli le dita con la mannaia per impadronirsi dei suoi anelli. Poi ci vollero tre marinai per sollevare la carcassa e gettarla in mare. I cadaveri degli altri pirati seguirono la stessa sorte, senza una preghiera o un accenno di servizio funebre.

Ai loro caduti fu invece riservato un trattamento molto più rispettoso. I corpi furono cuciti dentro a teli di canapa e zavorrati con pietre, perché potessero affondare più rapidamente. Il capitano dell'*Allodola* recitò insieme alla ciurma una preghiera per le anime dei compagni uccisi. Quindi si rivolse ai passeggeri dorniani, i tre rimasti dei sei che aveva preso a bordo a Planky Town. Perfino il bestione, pallido, afflitto e malfermo sulle gambe per via del mal di mare, era emerso faticosamente dalle profondità della stiva per un estremo saluto. «Uno di voi dovrebbe pronunciare un discorso di commiato per i vostro defunti, prima che li consegniamo al mare» dichiarò il capitano. Gerris si assunse quel compito: ogni frase era una menzogna, non potendo dire chi erano realmente e per quale motivo si trovavano lì.

"Non avrebbero dovuto fare questa fine". «Sarà una storia da raccontare ai nostri nipoti» aveva dichiarato Cletus il giorno in cui avevano lasciato il castello di suo padre. Will aveva fatto una smorfia: «Una storia da raccontare alle donzelle di taverna, vorrai dire, nella speranza che sollevino le sottane». Cletus gli aveva dato una manata sulla schiena. «Prima dei nipoti, ci vogliono i figli. E per avere dei figli, devi far sollevare po' di sottane.» Un po' di tempo dopo, a Planky Town, i dorniani avevano brindato in onore della futura sposa di Quentyn, facendo battute sconce sulla prima notte di nozze, parlando di quello che avrebbero visto, delle imprese che avrebbero compiuto, della gloria di cui si sarebbero ricoperti. "Invece, tutto quello che hanno avuto è stata una sacca con dentro delle pietre."

Ma per quanto fosse addolorato dalla perdita di Will e Cletus, quello di cui Quentyn sentiva di più la mancanza era il maestro. Kedry sapeva esprimersi correntemente in tutte le lingue delle nove città libere, e perfino nell'imbastardita parlata ghiscariana usata nella Baia degli Schiavisti. «Maestro Kedry vi accompagnerà» aveva decretato suo padre la notte che erano partiti. «Ascoltate i suoi consigli. Ha dedicato gran parte della vita allo studio delle nove città libere.» Quentyn continuava a domandarsi come sarebbero andate le cose se maestro Kedry fosse stato ancora con loro.

«Sarei pronto a vendere mia madre per un soffio di brezza» disse Gerris mentre passavano tra la folla sul molo. «C'è un'umidità che sembra di essere nella fregna di una vergine, e non è ancora mezzogiorno. Odio questa città.»

Quentyn era pienamente d'accordo con lui. Il caldo umido di Volantis gli toglieva le forze, lasciandogli addosso un senso di sporcizia. Ancora peggiore era la consapevolezza che il calar delle tenebre non avrebbe portato alcun sollievo. Sulle radure collinari delle terre di lord Yronwood, per quanto torride fossero le giornate, le notti erano sempre fresche e asciutte. A Volantis, invece, la notte faceva caldo quasi come di giorno.

«La *Dea* salpa domattina per Nuova Ghis» gli ricordò Gerris. «Almeno ci porterà più vicini.»

«Nuova Ghis è un'isola e ha un porto molto più piccolo di questo. Saremmo più vicini, certo, ma potremmo ritrovarci tagliati fuori. Inoltre, è alleata con Yunkai.»

La notizia non aveva colto Quentyn di sorpresa. Nuova Ghis e Yunkai erano due città ghiscariane. «E se anche Volantis dovesse stipulare un'alleanza con loro...»

«Dobbiamo trovare una nave del continente occidentale» suggerì Gerris, «uno scafo mercantile di Lannisport oppure di Vecchia Città.»

«Pochi si spingono così lontano, e quelli che osano farlo, riempiono le stive di seta e spezie del mare di Giada, per poi voltare i remi verso casa.»

«E una nave di Braavos? Si sente parlare delle loro vele viola perfino in luoghi remoti come Asshai delle Ombre e le isole del mare di Giada.»

«I braavosiani discendono da schiavi fuggiti. Non fanno commerci nella Baia degli Schiavisti.»

«Abbiamo abbastanza oro per comprarci una nave?»

«E chi la farà navigare? Tu? Io?» I dorniani non erano mai stati uomini di mare, da quando Nymeria aveva dato fuoco alle sue diecimila imbarcazioni. «I mari intorno a Valyria sono pericolosi e pieni di corsari.»

«Ne ho avuto abbastanza dei corsari. Non compriamo nessuna nave.»

"Per lui è come se fosse tutto un gioco" realizzò Quentyn, "come quella volta che ci portò in sei in montagna, alla scoperta dell'antico nascondiglio del re degli avvoltoi." L'ipotesi che la loro impresa fallisse non sfiorava nemmeno l'immaginazione di Gerris Drinkwater, men che meno che potessero morire. Nemmeno la morte di tre amici sembrava aver intaccato il suo ottimismo. "Questi pensieri li lascia a me. Sa che di natura io sono cauto quanto lui è temerario."

«Forse il bestione ha ragione» esclamò ser Gerris. «Al diavolo il mare! Possiamo concludere il nostro viaggio via terra.»

«Lo sai perché dice così» ribatté Quentyn. «Preferirebbe morire, piuttosto che mettere piede su un'altra nave.»

Il bestione aveva sofferto il mal di mare fin dal primo giorno. A Lys, gli ci erano voluti quattro giorni per recuperare le forze. Avevano dovuto prendere alloggio in una locanda, in modo che maestro Kedry potesse farlo stendere su un letto di piume e nutrirlo con le sue pozioni, fino a quando un po' di colorito roseo non era riapparso sulle sue guance.

Era possibile raggiungere Meereen via terra, questo era vero. Ci si arrivava lungo le strade dell'epoca di Valyria. Strade dei Draghi, così erano chiamate le grandi arterie lastricate dell'antica fortezza. Ma quella che correva verso est, da Volantis a Meereen si era guadagnata un nome più sinistro: la Strada del Demone.

«La Strada del Demone è troppo pericolosa e lenta» obiettò Quentyn. «E appena la notizia che la regina controlla Meereen dovesse giungere ad Approdo del Re, Tywin Lannister invierà i suoi uomini.» Il padre di Quentyn ne era certo. «Uomini armati di lame. E se dovessero raggiungerla per primi...»

«Speriamo che i draghi fiutino il loro odore e se li mangino» ribatté Gerris. «Be', visto che non riusciamo a trovare una nave e che tu non vuoi montare in sella, tanto vale cominciare a cercare un passaggio per tornare a Dorne.»

"Tornare sconfitti a Lancia del Sole con la coda tra le gambe?" La delusione di suo padre sarebbe stata troppo per Quentyn. Inoltre, le Serpi delle Sabbie sarebbero state implacabili. Doran Martell, principe di Dorne, aveva messo il destino del regno nelle sue mani. Non poteva fallire, non finché gli rimaneva vita in corpo.

Il caldo saliva dall'acciottolato mentre l'*hathay* scricchiolava e sussultava sulle ruote rivestite di ferro, conferendo allo scenario che li circondava un alone quasi irreale. Lungo il fronte del porto, tra i magazzini e i moli si ammassavano negozi e botteghe di ogni tipo. Vi si potevano acquistare ostriche fresche, catene munite di ceppi, tavoli da cyvasse con intarsi di avorio e giada. C'erano anche dei templi, dove i marinai andavano a offrire sacrifici a dèi sconosciuti, e bordelli, dalle cui balconate le donne di piacere chiamavano gli uomini che camminavano per strada.

«Guarda un po' quella» fece Gerris, mentre passavano davanti a uno dei bordelli. «Credo che sia innamorata di te.»

"Quanto costa l'amore di una baldracca?" Per la verità, le ragazze mettevano Quentyn Martell a disagio, specialmente quelle graziose.

La prima volta che era arrivato a Yronwood, era rimasto come folgorato da Ynys, la figlia maggiore di lord Yronwood. Anche se non le aveva mai rivelato i suoi sentimenti, l'aveva sognata per anni... fino al giorno in cui era stata data in sposa a ser Ryon Allyrion, erede di Grazia degli Dèi. L'ultima volta che l'aveva vista, aveva un bimbo attaccato al seno e un altro alle sottane.

Dopo di lei, era stata la volta delle gemelle Drinkwater, due robuste fanciulle che amavano i falchi, la caccia e le arrampicate, e davanti alle quali arrossiva sempre. Una di loro, anche se Quentyn non aveva mai saputo quale delle due, gli aveva dato il suo primo bacio. Essendo figlie di un modesto cavaliere, erano troppo di basso lignaggio perché lui potesse sposarle, ma Cletus non riteneva che questo fosse un valido motivo per smettere di baciarle. «Una volta che avrai preso moglie, potrai prendere una di loro come amante. O anche tutte e due, perché no?» Ma Quentyn aveva parecchie argomentazioni contrarie, per cui da quel momento in poi aveva fatto del suo meglio per evitarle entrambe, e non c'erano stati altri baci.

In tempi più recenti, la figlia più giovane di lord Yronwood aveva iniziato a seguirlo nelle stanze del castello. Gwyneth aveva circa dodici anni; era una ragazzetta magrolina i cui occhi scuri e capelli castani la distinguevano nettamente in quella casa di bionde con gli occhi azzurri. Gwyneth però era molto sveglia, e svelta sia con le parole sia con le mani, e amava ripetere a Quentyn che doveva aspettare che lei avesse il suo primo ciclo prima di poterla sposare.

Ma tutto questo era stato prima che il principe Doran lo convocasse nei Giardini dell'Acqua. Ora, la più splendida donna del mondo lo stava aspettando a Meereen, e lui intendeva assolvere il proprio compito e prenderla in sposa. "Non mi può respingere. Terrà fede all'accordo." Daenerys Targaryen aveva bisogno di Dorne per riconquistare i Sette Regni, quindi aveva bisogno di lui. "Questo però non vuol dire che mi amerà. Potrei anche non piacerle."

La strada faceva una curva dove la Rhoyne andava a gettarsi nel mare, e su quel tratto erano radunati svariati venditori di animali, che offrivano lucertole ocellate, enormi serpenti striati, agili scimmiette con la coda a strisce e svelte mani rosate.

«Forse la tua argentea regina gradirebbe una di quelle scimmiette» suggerì Gerris.

Quentyn non aveva idea di che cosa Daenerys Targaryen potesse gradire. Aveva promesso al principe suo padre di riportarla con sé a Dorne, ma si domandava con sempre maggior frequenza se era davvero all'altezza di quel compito.

"Un compito che non mi sono scelto" pensava.

Oltre l'ampia distesa azzurra della Rhoyne, poteva vedere la Muraglia Nera eretta dai valyriani all'epoca in cui Volantis era solo un avamposto del loro impero. Un grande ovale di pietra vulcanica alto duecento piedi, e abbastanza largo da permettere a sei bighe trainate ognuna da quattro cavalli di percorrere affiancate la sua sommità, come accadeva ogni anno durante la celebrazione della fondazione della città. Gli stranieri, i forestieri e i liberti non potevano varcare la porta della Muraglia Nera, se non dietro specifico invito degli abitanti, eredi dell'antico sangue, i cui antenati risalivano a Valyria stessa.

Il traffico in quel punto era più denso. Si trovavano nei pressi dell'estremità occidentale del Lungo Ponte, che collegava le due metà della città. Carri, carrozze e *hathay* affollavano le strade, tutti diretti al ponte o provenienti dal ponte. C'erano schiavi ovunque, numerosi come scarafaggi, che si affrettavano a eseguire gli ordini dei loro padroni.

Da una strada laterale non lontano dalla Piazza della Pescheria e dal Palazzo del Mercante si levarono delle grida e come dal nulla apparve una dozzina di lancieri Immacolati, con le armature decorate e i mantelli di pelle di tigre, che a gesti si facevano largo tra la folla perché il triarca sul suo elefante potesse passare con la sua scorta. L'elefante del triarca era un colosso dalla pelle grigia ricoperto da un'elaborata corazza smaltata che cigolava a ogni movimento dell'animale. L'incastellatura sul dorso era talmente alta da strusciare contro la parte superiore dell'arcata ornamentale sotto cui stava transitando.

«I triarchi sono considerati di un rango così elevato, che i loro piedi non possono toccare terra durante tutto l'anno in cui sono in carica» fece presente Quentyn al compagno. «Si devono spostare sempre a dorso di elefante.»

«Bloccando le strade e seminando cumuli di sterco che quelli come noi devono stare attenti a non pestare camminando» aggiunse Gerris. «Per quale motivo a Volantis ci vogliano tre principi, mentre da noi a Dorne ne basta uno solo, non l'ho mai capito.»

«I triarchi non sono né re né principi. Volantis è una città libera, come l'antica Valyria. Tutti i proprietari terrieri nati liberi condividono il potere. Perfino le donne hanno diritto di voto, se possiedono delle terre. I tre triarchi vengono scelti tra le famiglie nobili che possono comprovare una diretta discendenza dall'antica Valyria, per servire fino al primo giorno dell'anno. Tutte cose che sapresti anche tu, se solo ti fossi preso la briga di leggere il libro che maestro Kedry ti ha dato.»

«Era senza figure.»

«C'erano le mappe.»

«Quelle non contano. Se il maestro mi avesse detto che parlava di tigri ed elefanti, forse mi sarei cimentato. Ma aveva tutta l'aria di un trattato di storia.»

Quando il loro *hathay* arrivò ai margini della Piazza della Pescheria, l'elefante sollevò la proboscide e lanciò un barrito simile al verso di una gigantesca oca bianca, esitando a immergersi nell'intrico di carretti, palanchini e pedoni che si trovava davanti. Il conduttore lo spronò con i talloni, per farlo proseguire.

I mercanti di pesce schierati in forze offrivano a gran voce il pescato del mattino. Quentyn riusciva a stento a cogliere una parola su due, ma non aveva bisogno di capire che cosa dicevano per riconoscere il pesce. C'erano merluzzi, aringhe, sardine, barili di vongole e cozze. Una bancarella esponeva in bella mostra una fila di anguille, un'altra una testuggine gigante, appesa per le zampe e pesante quanto un cavallo. I granchi zampettavano in barili di alghe e salamoia. Parecchi venditori friggevano tranci di pesce con cipolle e barbabietole, oppure proponevano stufato piccante di pesce cotto in piccole pentole di ferro.

Al centro della piazza, sotto la statua fessurata e senza testa di chissà quale triarca defunto, aveva cominciato a radunarsi una piccola folla per assistere allo spettacolo improvvisato di alcuni nani. Ricoperti con delle corazze di legno, quei cavalieri in miniatura si apprestavano a giostrare. Quentyn vide uno di loro salire sul dorso di un cane, un altro balzò in groppa a un maiale... per poi scivolare giù dalla parte opposta, tra le risate del pubblico.

«Sembra divertente» disse Gerris. «Ci fermiamo a guardarli combattere? Una risata è quello che ti ci vuole, Quent. Sembri un vecchio che da sei mesi non va alla latrina.»

"Ho solo diciotto anni, sei meno di te" pensò Quentyn Martell. "Non sono vecchio." Invece disse: «Non ho bisogno di nani buffoni... a meno che non abbiamo una nave».

«Una nave minuscola, suppongo.»

Dall'alto dei suoi quattro piani, il Palazzo del Mercante dominava la zona di carico e scarico, i moli e i magazzini tutto attorno. Qui i mercanti di Vecchia Città e Approdo del Re si mescolavano con le loro controparti di Braavos, Pentos, Myr, con gli irsuti ibbenesi, i pallidi viaggiatori di Qarth, gli uomini dalla pelle nera come il carbone delle Isole dell'Estate, con i loro mantelli di piume e perfino con gli stregoni mascherati di Asshai delle Ombre.

Appena smontato dall'*hathay* Quentyn sentì il caldo delle pietre attraverso il cuoio degli stivali. Fuori del Palazzo del Mercante, all'ombra, era stato sistemato un tavolo con cavalletti, decorato con i vessilli a strisce bianche e blu che ondeggiavano al minimo alito di vento. Attorno al tavolo sedevano quattro mercenari dallo sguardo duro, che cercavano di richiamare l'attenzione di tutti gli uomini e i ragazzi che passavano. "La Compagnia del Vento" riconobbe Quentyn. I sergenti stavano cercando di rimpolpare con carne fresca i ranghi prima di salpare verso la Baia degli Schiavisti. "E chi è disposto ad arruolarsi con loro è un'altra spada per Yunkai, un'altra lama pronta a bere il sangue della mia futura sposa."

Uno dei sergenti li apostrofò a gran voce.

«Non parlo la tua lingua» rispose Quentyn. Anche se sapeva leggere e scrivere l'alto valyriano, era poco pratico a parlarlo. E la mela chiamata Volantis era rotolata a notevole distanza dall'albero di Valyria.

«Occidentali?» rispose il mercenario nella lingua comune dei Sette Regni.

«Dorniani. Il mio padrone è un mercante di vini.»

«Padrone? Che si fotta. Sei forse uno schiavo? Vieni con noi e diventa padrone di te stesso. Oppure preferisci crepare nel tuo letto? Ti insegneremo a tirare di spada e di lancia. Cavalcherai in battaglia con il principe Straccione e tornerai a casa più ricco di un lord. Ragazzini, fanciulle, oro, tutto quello che vuoi, se sei abbastanza uomo da prendertelo. Noi siamo la Compagnia del Vento, e alla dea della strage glielo mettiamo nel culo.»

Due dei mercenari si misero a cantare, ululando i versi di una marcia militaresca. Quentyn capì quanto bastava. «Siamo la Compagnia del Vento» dicevano. «Portaci a Oriente fino alla Baia degli Schiavisti: uccideremo il re Macellaio e fotteremo la regina dei draghi.»

«Se Cletus e Will fossero ancora tra noi» commentò Gerris, «torneremmo qui con il bestione e faremmo a pezzi tutta questa marmaglia.»

"Cletus e Will però sono morti." «Non prestare loro attenzione» rispose Quentyn.

Mentre lui e Gerris oltrepassavano la porta del Palazzo del Mercante, i mercenari urlarono loro dietro battute di scherno, chiamandoli codardi senza sangue nelle vene e pavide femminucce.

Il bestione li aspettava nelle stanze al primo piano. La locanda era stata caldamente raccomandata dal capitano dell'*Allodola*, ma non per questo Quentyn si era fidato a lasciare i loro averi senza protezione. Tutti i porti brulicavano di ladri, ratti e puttane, e a Volantis più che altrove.

«Stavo quasi per venirvi a cercare» disse ser Archilbald Yronwood, togliendo il chiavistello per lasciarli entrare.

Era stato suo cugino Cletus a chiamarlo il "bestione", un soprannome quanto mai azzeccato. Archibald Yronwood era alto sei piedi e mezzo: spalle larghe, ventre enorme, gambe come tronchi d'albero, mani grosse come prosciutti e niente collo. Una malattia infantile gli aveva fatto cadere tutti i capelli. A Quentyn quel cranio sembrava una pietra rosa e liscia.

«E allora» brontolò il bestione, «quel contrabbandiere che cos'ha detto? Ce l'abbiamo, questa barca, oppure no?»

«Nave» lo corresse Quentyn. «*Aye*, è pronto a prenderci a bordo, ma solo per portarci fino all'inferno più vicino.»

Gerris si lasciò cadere sul letto malandato e si tolse gli stivali. «Dorne sta diventando per me ogni giorno più attraente.»

Il bestione replicò: «Io insisto che dovremmo prendere la Strada del Demone. Magari non è pericolosa come dicono. E se anche lo fosse, sarebbe solo una gloria maggiore per coloro che si avventurano. E chi oserebbe darci noia? Drink con la sua spada e io con la mia mazza, nessun demone ci può resistere.»

«E se Daenerys muore prima che riusciamo a raggiungerla?» ribatté Quentyn. «Dobbiamo trovare una nave. Piuttosto che niente anche l'*Avventura*.»

Gerris si fece una risata. «Devi essere proprio impaziente di vedere Daenerys se sei pronto a respirare per mesi quel lezzo. Dopo tre giorni, scommetto che sarei il primo a implorare quei bastardi di uccidermi. No, mio principe, ti prego, non l'*Avventura*.»

«Hai un'idea migliore?» chiese Quentyn.

«Me n'è giusto venuta in mente una. Ha i suoi rischi, e premetto che non è propriamente qualcosa di onorevole... Ma ti porterà dalla tua regina più in fretta della Strada del Demone.»

«Allora sentiamola» fece Quentyn Martell.

JON

Jon Snow lesse e rilesse la pergamena, finché le parole cominciarono a confondersi le une nelle altre. "Non lo posso firmare. Non lo firmerò."

Stava quasi per bruciare la pergamena lì sul posto. Invece bevve un sorso di birra di malto, ciò che era rimasto della mezza coppa della solitaria cena della sera precedente. "Lo devo firmare. Mi hanno scelto come loro lord comandante. La Barriera è mia, anche la confraternita in nero. I Guardiani della notte non prendono parte alcuna".

Fu un sollievo quando Edd Tollett aprì la porta per dirgli che fuori c'era Gilly che aspetta. Jon mise da parte la lettera di maestro Aemon.

«Sono pronto a riceverla.» In realtà temeva quell'incontro. «Trovami Samwell Tarly e digli che più tardi gli voglio parlare.»

«Sarà giù nei sotterranei in mezzo ai libri. Il mio vecchio septon diceva sempre che i libri sono morti che camminano. Invece i morti dovrebbero riposare, dico io. Nessuno ha voglia di stare a sentire un morto che biascica.» Edd l'Addolorato se ne andò borbottando di vermi e ragni.

Appena entrata, Gilly si prostrò subito in ginocchio.

Jon girò intorno al tavolo e l'aiutò ad alzarsi. «Non devi fare inchini davanti a me. Quelli riservali al re.»

Per quanto fosse moglie e madre, Gilly continuava a sembrargli una bambina, un'esile creatura avvolta in uno dei vecchi mantelli di Sam. Su di lei quell'indumento era così grande che sotto le sue pieghe avrebbero potuto nascondersi molte altre ragazzine.

«I piccoli stanno bene?» le chiese Jon.

Da sotto il cappuccio, la ragazza dei bruti rispose con un timido sorriso. «Sì, mio signore. Ero spaventata che non avevo abbastanza latte per tutti e due, ma più succhiano più ce ne ho. Sono forti.»

«Ho una brutta cosa da dirti.» Stava per dire da "chiederti", ma riuscì a trattenersi.

«È Mance? Val ha implorato il re di risparmiarlo. Ha detto che è disposta a sposare un suddito e non gli taglierà la gola, basta che lui può vivere. Quel Lord delle Ossa deve essere risparmiato. Craster giurava sempre che lo ammazzava, se solo si faceva vedere al castello. Mance non ha fatto neanche la metà delle cose che ha fatto lui.»

"Ha soltanto guidato un esercito contro il reame che aveva giurato di proteggere." «Mance ha pronunciato il nostro giuramento, Gilly. Poi però ha tradito, ha sposato Dalla, si è incoronato re oltre la Barriera. La sua vita adesso è nelle mani del re. Ma non è di lui che dobbiamo parlare. È di suo figlio, il bimbo di Dalla.»

«Il piccolo?» La voce di Gilly tremava. «Lui non ha spezzato nessun giuramento, mio signore. Dorme, piange, succhia il latte, e basta, non ha mai fatto male a nessuno. Non lasciare che lei lo bruci nelle fiamme. Salvalo, ti prego.»

«Questo puoi farlo solo tu, Gilly.»

Jon le spiegò come.

Un'altra donna avrebbe inveito, lo avrebbe maledetto, gli avrebbe augurato di finire ai Sette Inferi, si sarebbe avventata contro di lui furibonda, lo avrebbe preso a schiaffi, pugni, calci, gli avrebbe cavato gli occhi. Un'altra donna gli avrebbe sputato in faccia il proprio disprezzo.

Gilly si limitò a scuotere la testa. «No, ti prego, no.»

Il corvo raccolse quell'invocazione. «No» gracchiò.

«Se tu ti rifiuti, il bimbo brucerà. Non domani né dopodomani... ma presto, quando Melisandre deciderà che è giunto il momento di risvegliare un drago, o di far levare il vento o di fare qualche sortilegio che richieda del sangue di re. Quando quel momento verrà, Mance sarà ormai ridotto in cenere, per cui la Donna Rossa vorrà suo figlio da consegnare alle fiamme, e Stannis non si opporrà. Gilly, se tu non porti via di qui il piccolo, Melisandre lo brucerà.»

«Me ne andrò» dichiarò Gilly. «Lo prenderò con me, porterò via entrambi, il bimbo di Dalla e il mio.» Le sue guance si rigarono di lacrime. Se la luce della candela non le avesse fatte scintillare, Jon non si sarebbe reso conto che Gilly stava piangendo. "Le mogli di Craster devono avere insegnato alle loro figlie a nascondere le lacrime nel cuscino. Forse, per piangere, andavano fuori, lontano dai pugni di quel demente."

Jon strinse le dita della mano della spada. «Se porti via entrambi i piccoli, gli uomini della regina ti inseguiranno e ti riporteranno qui. Il figlio di Mance brucerà comunque... e tu con lui.» "Se cercassi di confortarla, finirebbe per credere che le lacrime possono commuovermi. Deve rendersi conto che non intendo cedere." «Prenderai con te solo un bambino: quello di Dalla.»

«Una madre non può abbandonare suo figlio, o sarà maledetta per sempre. Sam e io lo abbiamo salvato. Ti prego. Ti prego, mio lord. Lo abbiamo salvato dal gelo.»

«Gli uomini dicono che congelare è una morte quasi pacifica. Invece il fuoco... Vedi quella candela, Gilly?»

La ragazza dei bruti si voltò verso la fiamma. «Sì.»

«Toccala. Mettici sopra la mano.»

I suoi grandi occhi castani si dilatarono. Gilly non si mosse.

«Fallo.» "Uccidi il bambino." «Forza, fallo.»

La ragazza allungò una mano tremante, la fermò sopra la fiamma della candela.

«Più giù. Senti il bacio del fuoco.»

Gilly abbassò la mano di un pollice, poi di un altro. Quando la fiamma sfiorò la sua carne, Gilly ritirò la mano e cominciò a singhiozzare.

«La morte per fuoco è una morte crudele. Dalla è morta dando alla luce suo figlio, ma tu lo hai nutrito, lo hai amato. Hai salvato tuo figlio dal ghiaccio. Adesso salva il suo dal fuoco.»

«Allora è il mio bimbo che bruceranno. La Donna Rossa. Se non può avere quello di Dalla, brucerà il mio.»

«Tuo figlio non ha sangue di re. Melisandre non ha nulla da guadagnare, dandolo alle fiamme. Stannis vuole che il popolo libero combatta per lui, quindi non brucerà un innocente senza una giusta causa. Il tuo piccolo sarà al sicuro. Troverò una nutrice per lui, e crescerà qui al Castello Nero, sotto la mia protezione. Gli insegnerò a cavalcare e a cacciare, a combattere con la spada, l'ascia e l'arco. Farò anche in modo che impari a leggere e a scrivere.» Questo a Sam avrebbe fatto piacere. «E quando sarà abbastanza grande, saprà la verità sulle sue origini. Sarà libero di venirti a cercare, se lo vorrà.»

«Tu farai di lui uno dei tuoi corvi.» Gilly si asciugò le lacrime con il dorso della sua piccola mano pallida. «Non voglio, non voglio.»

"Uccidi il bambino!" Quel pensiero tornò nella mente di Jon Snow. «Invece lo farai. Altrimenti il giorno in cui il bambino di Dalla brucerà, anche tuo figlio morirà. È una promessa.»

«Morirà» ripeté il corvo del Vecchio Orso. «Morirà, morirà, morirà.»

Gilly si sedette, quasi piegata in due, fissando la fiamma della candela con occhi scintillanti di lacrime.

«Hai il mio permesso di ritirarti» disse poi Jon. «Non fare parola con nessuno di quello che ci siamo detti. Vedi di essere pronta a partire domani, un'ora prima dell'alba. I miei uomini verranno a prenderti».

Gilly si rimise in piedi. Pallida e incapace di proferire parola, se ne andò, senza alzare lo sguardo su di lui. Jon udì i suoi passi affrettati nell'armeria. Quasi di corsa.

Quando andò a chiudere la porta, vide Spettro accucciato sotto l'incudine, intento a rosicchiare un osso di bue. Sentendolo avvicinarsi, il grande meta-lupo albino sollevò lo sguardo.

«Era tempo che tornassi.»

Jon andò a sedersi sul proprio scranno, e rilesse ancora una volta la lettera di maestro Aemon.

Poco dopo comparve Samwell Tarly, con in braccio una pila di libri. Appena ebbe varcato la soglia, il corvo di Mormont gli svolazzò attorno chiedendogli da mangiare. Sam cercò di accontentarlo, prendendo una manciata di grano dal sacchetto vicino alla porta. Il corvo fece di tutto per beccare sia il mangime sia il palmo della sua mano. Sam cacciò un grido soffocato, il corvo volò via e i chicchi schizzarono dappertutto.

«Ti ha fatto male, quella bestiaccia?» chiese Jon.

Sam si tolse il guanto con cautela. «Sì, sto sanguinando.»

«Tutti noi versiamo il nostro sangue per i Guardiani della notte. Devi usare dei guanti più spessi.» Jon gli avvicinò con il piede uno sgabello. «Siediti. Guarda un po' qui.» Tese a Sam la pergamena.

«Che cos'è?»

«Uno scudo di carta.»

Sam lesse lentamente. «Una lettera per re Tommen?»

«A Grande Inverno, Tommen e mio fratello Bran si affrontarono con delle spade di legno» rievocò Jon. «Tommen aveva addosso così tanta imbottitura di protezione che sembrava un'anatra ripiena. Bran lo mandò a terra.» Jon si alzò, andò alla finestra e aprì le imposte. L'aria era gelida, impietosa, il cielo di un colore grigio opaco. «Oggi Bran è morto, e Tommen, grassoccio e rubicondo, siede sul Trono di Spade, con la corona sopra i suoi riccioli d'oro.»

Sam gli lanciò una strana occhiata, e sembrò sul punto di dire qualcosa. Invece deglutì e riprese la lettura. «Non hai firmato» rilevò.

Jon scosse la testa. «Cento e cento volte il Vecchio Orso chiese aiuto al Trono di Spade. E loro ci hanno mandato Janos Slynt. Nessuna lettera indurrà i Lannister ad appoggiarci, soprattutto quando avranno saputo che stiamo aiutando Stannis Baratheon.»

«Solo per difendere la Barriera, non nella sua rivolta. E così viene detto anche qui.»

«Una finezza che a lord Tywin potrebbe sfuggire.» Jon si riprese la pergamena. «Per quale motivo vorrebbe aiutarci? Finora non l'ha mai fatto.»

«Be', non vorrà che si dica che Stannis ha marciato in difesa del regno, mentre re Tommen si trastullava con i suoi giocattoli. Getterebbe vergogna sulla Casa Lannister.»

«Io voglio gettare sui Lannister morte e distruzione, non vergogna.» Jon lesse ad alta voce dal testo della lettera. «I Guardiani della notte non prendono parte alcuna nelle guerre dei Sette Regni. Noi prestiamo giuramento al regno, e ora il regno è in grave pericolo. Stannis Baratheon ci è venuto in aiuto contro i nostri nemici oltre la Barriera, ciononondimeno noi non siamo suoi uomini...»

Sam si agitò sullo scranno. «In effetti, non lo siamo, vero?»

«Ho dato a Stannis cibo, riparo e il Forte della Notte, più il consenso che una parte del popolo libero si insediasse nelle terre del Dono di Brandon, a sud della Barriera. Questo è tutto.»

«Lord Tywin dirà che è troppo.»

«E Stannis dice che non è abbastanza. Più si dà a un re, più lui vorrà. Stiamo camminando su un ponte di ghiaccio sospeso su un precipizio. Compiacere un re è già difficile, compiacerne due è pressoché impossibile.»

«Sì, ma... se i Lannister dovessero prevalere e lord Tywin decidesse che noi, aiutando Stannis, abbiamo tradito il re, questo potrebbe significare la fine dei Guardiani della notte. Lord Tywin ha l'appoggio dei Tyrell, con tutta la potenza di Alto Giardino. E ha sconfitto lord Stannis alle Acque Nere.»

«Quella delle Acque Nere è stata *una* battaglia. Mio fratello Robb ha vinto tutte le sue battaglie, eppure ha perso la testa. Se Stannis riuscisse a sollevare il Nord...»

Sam esitò. «Anche i Lannister hanno i loro uomini del Nord. Lord Bolton e il suo bastardo.»

«Stannis ha i Karstark. Se avrà dalla sua Porto Bianco...»

«Se» sottolineò Sam. «Altrimenti, mio signore, perfino uno scudo di carta è meglio che niente.»

«Suppongo di sì.» "Quindi anche tu concordi con maestro Aemon." In qualche modo, Jon aveva sperato che Sam Tarly potesse vedere la situazione in modo diverso. "Ma in fondo, si tratta solo d'inchiostro e pergamena."

Rassegnato, prese la penna d'oca e firmò.

«Prendi la lacca per il sigillo.» "Prima che cambi idea."

Sam si affrettò a obbedire. Jon appose il sigillo del lord comandante dei Guardiani della notte e gli consegnò la lettera.

«Portala a maestro Aemon, quando te ne vai, e digli d'inviare un uccello ad Approdo del Re.»

«Lo farò.» Sam sembrava in qualche modo sollevato. «Mio signore, se posso chiedere... Ho visto Gilly che si allontanava. Era quasi in lacrime.»

«Val l'ha di nuovo mandata a chiedere clemenza per Mance» mentì Jon, e parlarono un po' di Mance, Stannis e Melisandre di Asshai, finché il corvo non ebbe divorato l'ultimo chicco di grano e gracchiò: «Sangue!».

«Intendo allontanare Gilly» disse Jon. «Lei e il bambino. Dovremo trovare un'altra nutrice per il suo fratellino di latte.»

«Si può usare il latte di capra. Per un infante è meglio di quello di vacca.» Parlare di seni, metteva Sam visibilmente a disagio, e all'improvviso inziò a parlare di storia, e dei giovani lord comandanti vissuti e morti secoli prima.

«Dimmi qualcosa di utile, Sam» lo interruppe Jon. «Parlami dei nostri nemici.»

«Gli Estranei.» Sam si passò la lingua sulle labbra. «Negli annali sono menzionati, ma non così spesso come pensavo. Parlo degli annali che ho esaminato, anche se so che sono molti di più quelli che non ho ancora trovato. Alcuni dei libri più vecchi stanno cadendo a pezzi. Le pagine si sbriciolano quando faccio per voltarle. Quanto ai libri *veramente* antichi, o si sono già disgregati o sono sepolti in qualche luogo che non ho ancora scoperto... ma potrebbe anche essere che non esistano, che non siano mai esistiti. I trattati storici più antichi che abbiamo qui sono stati scritti quando gli andali invasero il continente occidentale. I primi uomini ci hanno lasciato solamente rune incise sulla pietra, per cui tutto quello che pensiamo di sapere sull'Età degli eroi, sul Tempo dell'alba e sulla Lunga notte si basa su resoconti scritti dai septon migliaia di anni dopo. Alla Cittadella ci sono arcimaestri che mettono in dubbio tutto questo. Quelle storie antiche sono piene di re che hanno regnato per secoli, e di cavalieri che percorrevano la terra migliaia di anni *prima* di diventare cavalieri. Le conosci anche tu: Brandon il Costruttore, Symeon Occhi di stelle, il re della Notte... Noi ti consideriamo il novecentonovantottesimo lord comandante dei Guardiani della notte, ma la lista più antica che ho trovato annovera seicentosettantaquattro comandanti, quindi dovrebbe essere stata scritta durante...»

«Molto tempo fa» lo interruppe Jon. «Che cosa mi dici degli Estranei?»

«Ho trovato menzione del vetro di drago. Nell'Età degli eroi, i Figli della foresta erano soliti dare ai Guardiani della notte cento daghe di ossidiana all'anno. Gli Estranei vengono quando c'è il gelo, quasi tutte le storie concordano su questo. Oppure è il loro arrivo a portare il freddo. A volte appaiono durante le tempeste di neve, dissolvendosi quando torna il sereno. Rifuggono la luce del sole ed escono di notte... oppure compaiono al calare delle tenebre. Certe storie narrano degli Estranei in sella a cadaveri di animali. Orsi, meta-lupi, mammut, cavalli, non ha importanza, purché la bestia sia morta. L'Estraneo che uccise Piccolo

Paul era in sella a un cavallo morto, quindi questo particolare è sicuramente vero. Certi resoconti parlano anche di giganteschi ragni di ghiaccio. Non so che cosa siano. Gli uomini che cadono in battaglia contro gli Estranei vanno bruciati, altrimenti i morti risorgeranno come loro creature.»

«Tutto questo lo sappiamo. La domanda è: come li possiamo combattere?»

«Se vogliamo dare credito alle storie, la corazza degli Estranei non può essere intaccata dalle lame convenzionali. E le loro spade sono talmente dure da disintegrare l'acciaio. Il fuoco però li spaventa, e sono vulnerabili all'ossidiana. Ho trovato un resoconto della Lunga notte, in cui si dice che l'ultimo degli eroi sterminava gli Estranei con una lama di acciaio di drago. A quanto pare, non lasciava loro scampo.»

«Acciaio di drago?» Era un termine nuovo per Jon. «Acciaio di Valyria?»

«È la prima cosa che ho pensato anch'io.»

«Così, se riuscissimo a convincere i lord dei Sette Regni a consegnarci le loro lame di Valyria, tutto sarebbe risolto? Niente di più facile.» "Facile quanto convincerli a consegnarci il loro conio e i loro castelli." Jon fece una risata acida. «Hai scoperto chi sono gli Estranei, da dove vengono e che cosa vogliono?»

«Non ancora, mio signore, ma forse ho semplicemente letto i libri sbagliati. Ce ne sono centinaia che non ho neppure aperto. Dammi più tempo e troverò quanto è possibile trovare.»

«Non c'è più tempo. Prepara le tue cose, Sam. Anche tu lascerai la Barriera con Gilly.»

«Lasciare la Barriera?» Sam lo fissò con la bocca spalancata, come se non riuscisse ad afferrare il significato di quelle parole. «Me ne vado *anch'io*? Al Forte Orientale, mio signore? O dove...»

«Vecchia Città.»

«*Vecchia Città?*» Sam ripeté il nome come una specie di belato.

«E anche Aemon.»

«Aemon? Il *maestro* Aemon? Ma, mio signore, ha centodue anni, non può... Mandi via lui *e* me? Chi si occuperà dei corvi? Se si ammalano, o se sono feriti, chi...»

«Clydas. È stato al fianco di Aemon per anni.»

«Ma è solo un attendente, e i suoi occhi sono malandati. Tu hai bisogno di un maestro. Maestro Aemon è così fragile, un viaggio per mare... potrebbe... lui è vecchio, è...»

«La sua vita sarà a rischio, lo so, Sam, ma per lui il rischio maggiore è qui. Stannis sa chi è Aemon. Se Melisandre, la Donna Rossa, vuole del sangue di re per le sue stregonerie...»

«Oh.» Le guance grasse di Sam persero tutto il loro colorito.

«Dareon verrà con te al Forte Orientale e farà il viaggio con voi. La mia speranza è che le sue canzoni convincano alcuni uomini del Sud a entrare nella confraternita in nero. La galea *Uccello nero* vi porterà fino alla città libera di Braavos. Da là, provvederai tu a trovare il modo per raggiungere Vecchia Città. Se è sempre tua intenzione riconoscere il bimbo di Gilly quale tuo bastardo, manda lei e il piccolo alla Collina del Corno. Altrimenti, Aemon le troverà un lavoro come serva alla Cittadella.»

«Il mio ba-ba-bastardo. Sì, mia madre e le mie sorelle aiuterebbero Gilly con il bimbo. Dareon potrebbe scortarla fino a Vecchia Città al posto mio. Io sono... mi sto allenando ogni pomeriggio con Ulmer al tiro con l'arco, come tu mi hai comandato. Be', tranne quando sono giù nelle cripte, ma sei stato tu a dirmi di scoprire tutto il possibile sugli Estranei. L'arco lungo mi indolenzisce le spalle e mi fa venire le vesciche alle dita.» Mostrò a Jon la mano. «Però io vado avanti comunque. Adesso riesco a colpire il bersaglio quasi tutte le volte, anche se sono sempre il peggior arciere di questa terra. Ma mi piacciono le storie di Ulmer. Qualcuno dovrebbe metterle per iscritto e raccoglierle in un libro.»

«Sarai tu a farlo. Hanno sia pergamene sia inchiostro alla Cittadella, e anche archi lunghi. Mi aspetto che tu continui a fare pratica. Sam, nei Guardiani della notte centinaia di uomini sono capaci di lanciare frecce, ma soltanto pochi di loro sanno leggere e scrivere. Ho bisogno che tu diventi il mio nuovo maestro.»

«Mio signore, io... il mio lavoro è qui, i libri...»

«... saranno ancora qui al tuo ritorno.»

«Mio signore, alla Cittadella... loro ti fanno sezionare i cadaveri. Non posso portare una catena.»

«Puoi farlo, Sam. E la porterai. Maestro Aemon è vecchio e cieco. Le forze lo stanno abbandonando. Chi prenderà il suo posto quando morirà? Maestro Mullin alla Torre delle Ombre è più guerriero che sapiente, e maestro Harmune al Forte Orientale è più ubriaco che sobrio.»

«Potresti chiedere alla Cittadella di inviarti altri maestri...»

«Intendo farlo. Avremo bisogno di tutti quanti. Tuttavia, Aemon Targaryen non potrà essere sostituito facilmente.» "Questo colloquio non sta andando come speravo." Jon sapeva che con Gilly sarebbe stato difficile, ma pensava che Sam sarebbe stato contento di barattare i pericoli della Barriera con il clima caldo di Vecchia Città. «Ero certo che la cosa ti avrebbe fatto piacere» disse Jon, perplesso. «Ci sono così tanti libri alla Cittadella che nessuno può neppure sperare di riuscire a leggerli tutti. Ti troverai bene laggiù, Sam, ne sono sicuro.»

«No, posso leggere i libri, ma un ma-maestro deve essere un guaritore, e il sa-sangue mi fa svenire.» La sua mano tremava, quasi a riprova di questo. «Io sono Sam lo Spaventato, non Sam il Distruttore.»

«Spaventato? Da che cosa? Le chiacchiere dei vecchi? Sam, tu hai visto l'orda dei morti che camminano dare l'assalto al Pugno dei Primi Uomini, esseri mostruosi con mani nere e rilucenti occhi azzurri. Tu hai ucciso un Estraneo.»

«È stato il ve-vetro di drago a ucciderlo, non io.»

«Ora taci!» scattò Jon. Dopo Gilly, non aveva più pazienza per le paure di quel ragazzo grasso. «Sei stato tu a mentire, a circuire, a complottare in modo che io diventassi lord comandante della confraternita. E adesso tu mi *obbedirai*. Andrai alla Cittadella e forgerai la tua catena di maestro, e se dovrai sezionare cadaveri, lo farai. Per lo meno, a Vecchia Città i cadaveri non avranno nulla da obiettare.»

«Mio signore, mio pa-pa-padre, lord Randyll, lui, lui... la vita di un maestro è una vita di servizio. Nessun figlio della Casa Tarly può portare una catena al collo. Gli uomini della Collina del Corno non si inchinano né si piegano a nessun signorotto. Jon, io non posso disobbedire a mio *padre*.»

"Uccidi il ragazzo" pensò Jon. "Il ragazzo che è in te è quello che è in lui. Uccidili entrambi, maledetto bastardo!"

«Tu non hai più un padre. Hai solamente fratelli. Solamente noi. La tua vita appartiene ai Guardiani della notte, per cui va' a mettere le tue mutande in una bisaccia, insieme a tutto quello che vorrai portare con te a Vecchia Città. Partirai un'ora prima dell'alba. E ho anche un altro ordine per te. Da oggi in poi, tu non ti definirai più un codardo. Nell'anno appena trascorso, hai affrontato più cose di quelle che la maggior parte degli uomini affronta in tutta la vita. Quindi puoi affrontare anche la Cittadella, ma l'affronterai come confratello ordinato dei Guardiani della notte. Non posso ordinarti di essere coraggioso, però posso ordinarti di nascondere la tua paura. Tu hai pronunciato il giuramento, Sam. Ricordi?»

«Io... ci proverò.»

«No, Sam, non ci proverai. Tu obbedirai.»

«*Obbedirai.*» Il corvo di Mormont dispiegò le grandi ali nere.

Sam parve afflosciarsi. «Come il mio signore comanda. E... maestro Aemon lo sa?»

«È un'idea tanto sua quanto mia.» Jon andò ad aprirgli la porta. «Nessun addio tra di noi. Meno gente è a conoscenza di questo, meglio sarà. Un'ora prima dell'alba, nel cimitero.»

Sam corse via esattamente come aveva fatto Gilly.

Jon era stanco. "Ho bisogno di dormire."

Per metà della notte era rimasto in piedi a studiare mappe, scrivere lettere e fare piani con il maestro Aemon. Si trascinò fino al suo angusto giaciglio, ma il sonno non arrivò facilmente. Sapeva che cosa avrebbe dovuto affrontare l'indomani. Continuò a rivoltarsi nel letto senza requie, rimuginando sulle ultime parole che maestro Aemon gli aveva detto.

«Mi sia consentito di dare al mio lord comandante un ultimo suggerimento» aveva detto l'anziano sapiente, «il medesimo che diedi a mio fratello quando le nostre strade si separarono per l'ultima volta. Aveva trentatré anni quando il Gran Concilio lo scelse per salire al Trono di Spade. Un uomo fatto, con figli, eppure, per certi versi, ancora un ragazzo. Egg aveva nel profondo un'innocenza, una delicatezza che tutti noi amavamo. "Uccidi il ragazzo che è in te", così gli dissi il giorno in cui m'imbarcai per venire alla Barriera. "Per regnare ci vuole un uomo. Un Aegon, non un Egg. Uccidi il ragazzo, e permetti all'uomo di nascere."» Il vecchio aveva sfiorato il volto di Jon. «Tu hai la metà degli anni che aveva Egg, e il tuo fardello è ancora più crudele, temo. Ben poca sarà la gioia che ricaverai dal comando, ma ritengo che dentro di te tu abbia la forza necessaria per fare ciò che va fatto. Uccidi il ragazzo che è in te, Jon Snow. L'inverno incombe su di noi. Uccidi il ragazzo e permetti all'uomo di nascere.»

Jon Snow indossò il mantello e uscì all'esterno. Pattugliava ogni giorno il Castello Nero, passava dagli uomini di guardia e ascoltava di prima mano i loro rapporti, osservando Ulmer e le sue reclute nel campo di tiro con l'arco, parlando sia con gli uomini del re sia con quelli della regina, camminando sul ghiaccio in cima alla Barriera per osservare la foresta al di là. Spettro lo seguiva sempre, pallida ombra al suo fianco.

Quando Jon saliva, era Kedge Occhiobianco ad avere il comando della Barriera. Kedge aveva più di quarant'anni, trenta dei quali passati alla grande muraglia di ghiaccio. Il suo occhio sinistro era cieco, quello destro feroce. Nella foresta, con ascia e destriero, era uno dei migliori ranger della confraternita, ma non era mai riuscito ad andare d'accordo con gli altri uomini.

«Giornata tranquilla» riferì a Jon. «Niente da segnalare, tranne un paio di ranger nella direzione sbagliata.»

«Ranger nella direzione sbagliata?» ripeté Jon in tono interrogativo.

Kedge sogghignò. «Due cavalieri. Se ne sono andati un'ora fa a cavallo, verso sud, lungo la Strada del Re. Quando Dywen li ha visti partire, ha detto che quei fessi stavano andando nella direzione sbagliata.»

«Capisco» annuì Jon.

Scoprì qualcosa di più dallo stesso Dywen, mentre il vecchio guerriero ingollava una coppa di brodo d'avena nei baraccamenti. «*Aye*, mio lord, li ho visti, sì. Horpe e Massey, erano loro. Hanno detto che è stato Stannis a mandarli fuori, ma fuori dove, a fare che cosa e quando torneranno, questo non l'hanno detto.»

Ser Richard Horpe e ser Justin Massey erano entrambi uomini della regina e di rango elevato nel concilio del re. "Se Stannis avesse in mente un semplice pattugliamento, sarebbero andati bene due mercenari qualsiasi" rifletté Jon Snow. "Mentre dei cavalieri sono più adatti ad agire come messaggeri o emissari." Cotter Pyke aveva fatto sapere dal Forte Orientale che il Lord delle Cipolle, braccio destro di Stannis, e Salladhor Saan, il pirata mercenario lyseniano, avevano alzato le vele in direzione di Porto Bianco per trattare con lord Manderly. Era quindi comprensibile che Stannis inviasse altri emissari. Sua grazia non era un uomo paziente.

Se poi i ranger nella direzione sbagliata avrebbero fatto ritorno, quella era un'altra questione. Anche se erano dei cavalieri, conoscevano poco o affatto il Nord. "Ci sono tanti occhi lungo la Strada del Re, e non tutti amichevoli." Comunque, non era un problema che lo riguardava. "Stannis si tenga pure i suoi segreti. Gli dèi sanno che anch'io ho i miei."

Quella notte, Spettro dormì ai piedi del suo letto, e per una volta Jon non sognò di essere un lupo. Tuttavia continuò a rigirarsi per ore, finché non ebbe un incubo. C'era Gilly che piangeva, lo implorava di lasciar in pace i due bambini, ma lui glieli strappava dalle braccia e li decapitava entrambi, poi scambiava i due piccoli crani mozzati, ordinandole di riattaccarli al corpo.

Quando Jon si svegliò, Edd Tollett imcombeva su di lui nelle tenebre della stanza da letto.

«Mio lord, è tempo. L'ora del lupo. Hai dato ordine di essere svegliato.»

«Portami qualcosa di caldo.» Jon gettò via le coperte.

Quando Edd rientrò, con una coppa fumante in mano, Jon era già vestito. Si aspettava del vino caldo zuccherato, invece notò con stupore che era una zuppa, un brodo leggero che sapeva di porri e carote, anche se non sembravano esserci né porri né carote. "Nei miei sogni di lupo gli odori sono più forti" rifletté "e anche il gusto dei cibi. Spettro è più vivo di me." Svuotò la coppa, che lasciò sulla forgia.

Quella mattina, di guardia alla sua porta, c'era Kegs. «Voglio parlare con Bedwyck e con Janos Slynt» gli disse Jon. «Che siano qui entrambi alle prime luci dell'alba.»

Fuori, il mondo era ancora nero e immobile. "Freddo, ma non in modo pericoloso. Non ancora. Farà più caldo una volta sorto il sole. Se gli dèi sono misericordiosi, la Barriera potrebbe lacrimare." Quando raggiunsero il campo delle sepolture, la colonna si era già formata. Jon aveva dato il comando della scorta a Black Jack Bulwer, con una dozzina di ranger a cavallo e due carri al seguito. Uno dei carri era stracarico di bauli, sacchi e casse, le provviste per il viaggio. L'altro aveva un tettuccio rigido di cuoio bollito come protezione dal vento. Maestro Aemon era già seduto all'interno, avvolto in una pelle d'orso che lo faceva apparire minuto come un bambino. Sam e Gilly erano in piedi a breve distanza. Gilly aveva gli occhi rossi e gonfi, ma tra le braccia teneva il bambino, ben avvolto in coperte e pellicce. Che fosse suo figlio o quello di Dalla, Jon non poteva dirlo con certezza. Li aveva visti insieme solo poche volte. Il bimbo di Gilly era nato prima, quello di Dalla era più robusto, ma come età e dimensioni erano talmente simili da rendere pressoché impossibile distinguerli l'uno dall'altro.

«Lord Snow» chiamò maestro Aemon, «ho lasciato un libro per te nel mio alloggio: *Il compendio di Giada*. È stato scritto da Colloquo Votar, un avventuriero della città libera di Volantis che viaggiò in Oriente, visitando tutte le isole del mare di Giada. C'è un passaggio che potrebbe interessarti. Ho detto a Clydas di evidenziarlo.»

«Sarà mia cura leggerlo, maestro» rispose Jon.

Maestro Aemon si asciugò il filo di muco che gli colava dal naso. «La conoscenza è un'arma, Jon. Munisciti bene prima di andare in battaglia.»

«Lo farò.» Jon sentì qualcosa di gelido sul volto. Alzò lo sguardo e vide che stava nevicando. "Cattivo presagio." Si voltò verso Black Jack Bulwer. «Cerca di arrivare il più in fretta possibile. Ma non correre rischi inutili. Hai con te un vecchio e un infante. Fa' in modo che stiano al caldo e siano ben nutriti.»

«E anche tu, mio signore» Gilly non sembrava avere alcuna fretta di salire sul carro. «Fa' lo stesso con l'altro. Me lo hai promesso. Il piccolo... il piccolo di Dalla... il piccolo principe, voglio dire... trovagli una brava donna, in modo che cresca sano e forte.»

«Hai la mia parola.»

«Non dargli nessun nome. Non darglielo finché non avrà almeno due anni. Porta male dare il nome ai bambini quando sono ancora al seno. Voi corvi neri questo magari non lo sapete, ma è così.»

«Come tu comandi, mia signora.»

«Non chiamarmi così. Sono una madre, non una signora. Sono moglie di Craster, figlia di Craster e madre.»

Gilly consegnò il bimbo a Edd l'Addolorato, poi salì sul carro e si riparò sotto le pellicce. Quando Edd le ridiede il bimbo,

Gilly cominciò ad allattarlo. Sam distolse lo sguardo, rosso in faccia e montò in sella.

«Forza, partiamo» ordinò Black Jack Bulwer facendo schioccare la frusta. I carri fecero un balzo in avanti.

Sam attese un momento. «Be'» disse, «addio.»

«Addio, Sam» rispose Edd l'Addolorato. «Vedrai che la tua barca non affonda. Le navi affondano solo quando ci sono sopra io.»

Jon fu sopraffatto dai ricordi. «La prima volte che ho visto Gilly, era con le spalle al muro nel castello di Craster, una ragazzina con i capelli scuri e il pancione, che cercava di stare lontana da Spettro. Lui si era andato a infilare in mezzo ai conigli, e penso che Gilly avesse paura che la squartasse e si mangiasse il bimbo... in realtà, non era del lupo che doveva avere paura, o sbaglio?»

«Ha più coraggio di quello che crede» disse Sam.

«Lo stesso vale per te, Sam. Fate buon viaggio. Abbi cura di lei, del bambino e di Aemon.» I rivoli gelidi sul viso gli ricordarono il giorno in cui aveva detto addio a Robb a Grande Inverno, senza sapere che non lo avrebbe mai più rivisto. «E tira su il cappuccio. I fiocchi di neve ti stanno bagnando i capelli.»

Quando la breve colonna era ormai svanita in lontananza, il cielo a est da nero era diventato grigio e la neve cadeva più fitta.

«Gigante sarà in attesa degli ordini del lord comandante» gli ricordò Edd l'Adolorato. «E anche Janos Slynt.»

«Sì.»

Jon Snow sollevò lo sguardo alla Barriera che li sovrastava come una muraglia di ghiaccio. "Cento leghe da un capo all'altro, per settecento piedi di altezza." La forza della Barriera era la sua altezza, mentre l'estensione era la sua debolezza. Jon ricordò una cosa che suo padre gli aveva detto in passato. "Una muraglia è forte quanto lo sono gli uomini che la difendono." Gli uomini dei Guardiani della notte avevano coraggio, ma erano pochi, troppo pochi per l'impresa titanica che erano chiamati a svolgere.

Gigante aspettava nell'armeria. Il suo vero nome era Bedwyck. Appena sopra i cinque piedi di statura, era l'uomo più piccolo di tutta la confraternita in nero.

Jon andò subito al punto. «Ci servono più occhi sulla sommità della Barriera. Parlo dei fortilizi intermedi dove le nostre pattuglie possono trovare riparo dal freddo, cibo caldo e cavalli freschi. Ho deciso di inviare una guarnigione a Segno di Ghiaccio, e di mettere te al comando.»

Gigante s'infilò il mignolo nell'orecchio, per rimuovere un grumo di cerume. «Al comando? Io? Il mio lord sa che sono un mezzo contadino, spedito alla Barriera per aver cacciato di frodo?»

«Sei ranger da una dozzina d'anni. Sei riuscito a sopravvivere alla battaglia sul Pugno dei Primi Uomini e allo scontro al castello di Craster, e sei tornato a fare rapporto. Per quelli più giovani, sei un punto di riferimento.»

Il piccolo guerriero rise. «Un punto di riferimento per nani. Non so leggere, mio lord. Nelle giornate buone, riesco a stento a scrivere il mio nome.»

«Ho chiesto a Vecchia Città di mandarci dei maestri. Avrai due corvi messaggeri per le comunicazioni urgenti. Altrimenti manderai delle staffette a cavallo. Fino a quando non avremo più maestri e più corvi, voglio erigere una linea di torri-faro lungo tutta la sommità della Barriera.»

«E quanti poveri stolti devo comandare, mio lord?»

«Venti uomini della confraternita» rispose Jon «e dieci di Stannis.» "Vecchi, inesperti o feriti." «Non ci darà certo i suoi uomini migliori, e nessuno di loro diverrà un confratello, ma ti obbediranno. Fa' di loro l'utilizzo che puoi. Quattro dei confratelli che verranno con te sono arrivati dal reame insieme a Janos Slynt. Tieni un occhio su di loro, e l'altro occhio su chi cerca di scalare la Barriera da nord.»

«Noi faremo la guardia, mio lord, ma se arriveranno in tanti alla cima della Barriera, trenta uomini non basteranno a ricacciarli di sotto.»

"Non ne basteranno nemmeno trecento." Jon tenne quel pensiero per sé. Era vero che durante l'ascensione chi scala è estremamente vulnerabile. Dall'alto si potevano riversare pietre, lance, otri di catrame bollente, e agli attaccanti non restava da fare altro che aggrapparsi al ghiaccio con la forza della disperazione. A volte, era come se la Barriera stessa se li scrollasse di dosso, come un cane fa con le pulci. Jon l'aveva visto con i propri occhi, quando una lastra di ghiaccio si era spezzata sotto Jarl, l'amante di Val, facendolo precipitare verso la morte.

Se invece gli assaltatori riuscivano a raggiungere la sommità della Barriera senza essere avvistati tutto cambiava. Avendo abbastanza tempo, potevano cercare un solido punto d'appoggio e poi gettare sul versante nord della muraglia di ghiaccio ramponi, funi e scale, aprendo la strada della scalata ad altre migliaia dei loro. Così era riuscito a fare Raymun Barbarossa, il Raymun che era stato re oltre la Barriera molte generazioni prima. All'epoca, il lord comandante dei Guardiani della notte era Jack Musgood. "Jack l'Allegro" era chiamato prima che nel Nord dei Sette Regni calasse Barbarossa; da quel momento in poi, "Jack l'Addormentato". L'esercito di Raymun fu annientato in un bagno di sangue sulle rive del Lago Lungo, preso tra l'incudine di lord William Stark di Grande Inverno e il martello di Harmond Umber, il Gigante ubriaco. Barbarossa stesso venne abbattuto da Artos l'Implacabile, fratello minore di lord William. La confraternita in nero era arrivata troppo tardi per dare battaglia ai bruti, ma in tempo per seppellirli, compito che Artos Stark assegnò loro, mentre piangevano sul corpo decapitato del fratello, caduto in combattimento.

Jon Snow non aveva alcuna intenzione di essere ricordato come Jon Snow l'Addormentato. «Trenta uomini sono sempre meglio che niente» disse a Gigante.

«Questo è vero» commentò il piccolo guerriero. «Sarà solo Segno di Ghiaccio, o il mio lord intende riaprire anche altri fortilizi?»

«Col tempo intendo piazzare delle guarnigioni in tutti» rispose Jon, «ma per il momento solo a Segno di Ghiaccio e Guardia Grigia.»

«E il mio lord ha deciso chi metterà al comando di Guardia Grigia?»

«Janos Slynt» rispose Jon. "Che gli dèi siano con noi." «Un uomo che arriva a comandare i mantelli dorati della Guardia cittadina deve avere delle qualità. Slynt è figlio di un macellaio. Era capitano della Porta di Ferro alla morte di Manly Stokeworth, e Jon Arryn lo ha promosso e gli ha affidato la difesa di Approdo del Re. Lord Janos non può essere l'idiota che sembra.» "E io lo voglio tenere il più lontano possibile da Alliser Thorne".

«Sarà anche come tu dici, mio lord» ribatté Gigante, «ma se dipendesse da me, lo manderei nelle cucine ad aiutare Hobb Tre Dita a tagliare le rape.»

"Solo che se lo facessi, non oserei più mettere in bocca neanche una rapa."

Passò metà della mattinata prima che lord Janos Slynt si presentasse a rapporto come gli era stato ordinato. Jon stava pulendo Lungo artiglio, la spada di acciaio di Valyria che aveva ricevuto in dono dal Vecchio Orso. Certi uomini avrebbero lasciato quel compito a un attendente o a uno scudiero, ma lord Eddard Stark aveva insegnato ai suoi figli a prendersi cura personalmente delle proprie armi. Quando Kegs e Edd l'Addolorato arrivarono insieme a Slynt, Jon li ringraziò e pregò lord Janos di accomodarsi.

Si sedette, sia pure con visibile malagrazia, tenendo le braccia conserte, la fronte aggrottata e ignorando il letale acciaio nelle mani del suo lord comandante. Jon fece scivolare il panno oleato lungo la spada del bastardo, osservando il gioco dei raggi del mattino sulle sue increspature, e pensò all'estrema facilità con cui la lama avrebbe trafitto pelle, grasso e muscoli, spiccando di netto il brutto cranio di Slynt dal corpo. Entrando nella confraternita in nero, tutti i crimini che un uomo aveva commesso in precedenza venivano cancellati, e lo stesso valeva per tutte le alleanze e i giuramenti. Ciononostante, Jon Snow stentava a vedere Janos Slynt come un confratello. "Tra noi c'è del sangue. Quest'uomo ha partecipato all'uccisione di mio padre, e ha cercato di ammazzare anche me."

«Lord Janos» Jon rinfoderò la spada. «Ti assegno il comando di Guardia Grigia.»

La notizia colse Slynt di sorpresa. «Guardia Grigia... Guardia Grigia è dove tu hai violato la Barriera insieme ai tuoi amici bruti...»

«Esatto. Il fortilizio è malmesso. Dovrai restaurarlo come meglio potrai. Cominciando col rimuovere la vegetazione che lo ha invaso. Usa le pietre degli edifici che sono crollati per riparare quelli ancora in piedi.» "Un lavoro duro e ingrato" avrebbe potuto aggiungere. "La pietra diventerà il tuo giaciglio, e tu sarai troppo esausto per lamentarti o complottare, ben presto dimenticherai che cosa sia il caldo, ma forse ricorderai che cosa significa essere un uomo." «Avrai trenta uomini. Dieci dei nostri, dieci di Torre delle Ombre e dieci prestati da re Stannis.»

La faccia di Janos Slynt era diventata color prugna. «Credi che non capisca che cosa stai cercando di fare?» La sua mandibola carnosa tremolava. «Janos Slynt non è uomo che si fa ingannare tanto facilmente. Io ero al comando della difesa di Approdo del Re quando tu ancora te la facevi addosso negli stracci da infante. Puoi tenertela, la tua fortezza in rovina... bastardo.»

"Ti sto dando una possibilità. Ed è molto più di quello che tu hai dato a mio padre." «Sei in errore, mio lord» disse Jon. «Il mio è un ordine, non un'offerta. Ci sono quaranta leghe fino a Guardia Grigia. Prendi la tua armatura e le tue armi, fa' i tuoi addii, e preparati a partire domani, alle prime luci dell'alba.»

«No.» Lord Janos balzò in piedi, facendo cadere il suo scranno all'indietro. «Io non me ne andrò buono buono a congelare e a morire. Nessun figlio bastardo di un traditore può dare ordini a Janos Slynt! Ti avverto: ho degli amici, sia qui sia ad Approdo del Re. Io ero il lord di Harrenhal! Da' quella rovina in mezzo al ghiaccio a qualcuno di quegli idioti che lanciano pietre per te. Io non so che farmene. Hai capito, ragazzo? Io-non-so-che-farmene!»

«Tu andrai a Guardia Grigia.»

Slynt non si degnò di rispondere. Spostò con un calcio lo scranno rovesciato e se ne andò.

"Continua a considerarmi un ragazzo" pensò Jon. "Un giovane ingenuo che si lascia intimidire da qualche parola rabbiosa."

Poté solamente augurarsi che la notte portasse consiglio a lord Janos Slynt.

La mattina successiva fu evidente che la sua era stata una speranza vana.

Jon Snow lo trovò che faceva tranquillamente colazione nella sala comune. Con lui c'erano ser Alliser Thorne e alcuni loro compari. Stavano ridendo, quando Jon scese i gradini insieme a Emmett il Ferrigno e Edd l'Addolorato, e dietro di loro Mully, Cavallo, Red Jack Crabb, Rusty Flowers e Owen il Muflone. Hobb Tre Dita stava scodellando il porridge dal calderone. Uomini della regina, uomini del re e confratelli in nero sedevano a tavoli separati, alcuni curvi sulle coppe di porridge, altri che si ingozzavano di pane fritto e pancetta affumicata. Jon notò Pyp e Grenn a un tavolo, Bowen Marsh a un altro. L'aria era satura di fumo e di unto, e sotto il soffitto a volta riecheggiava il clangore di coltelli e cucchiai.

Tutte le voci si smorzarono all'istante.

«Lord Janos Slynt» disse Jon. «Ti darò un'ultima possibilità. Metti giù quel cucchiaio e vai nelle stalle. Ho già fatto sellare il tuo cavallo, con le briglie pronte. C'è molta strada per arrivare a Guardia Grigia.»

«E allora, ragazzo, sarà bene che tu ti metta in marcia.» Slynt ridacchiò, sbrodolandosi il porridge sul petto. «Guardia Grigia è il posto giusto per quelli come te, lontano dalla gente perbene e timorata degli dèi. Tu porti il marchio della bestia, bastardo.»

«Quindi rifiuti di obbedire al mio ordine?»

«Puoi ficcartelo su per il tuo culo di bastardo» ribatté Slynt, con il mascellone tremolante.

Alliser Thorne accennò un sorriso, fissando Jon con i suoi occhi neri. A un altro tavolo, ser Godry lo Sterminatore di giganti cominciò a ridere.

«Come vuoi.» Jon fece un cenno a Emmett il Ferrigno. «Prendete lord Janos...»

"... e confinatelo in una cella di ghiaccio" avrebbe potuto dire. Un giorno, dieci giorni raggomitolato nel ghiaccio avrebbero trasformato Janos Slynt in una larva tremante e febbricitante che implorava di essere liberato, Jon non ne dubitava. "E una volta libero, lui e Thorne ricominceranno a complottare."

"... e legatelo sul suo cavallo" avrebbe potuto dire così. Se Slynt rifiutava di essere il comandante di Guardia Grigia, poteva andarci come cuoco. "Ma sarebbe solo una questione di tempo e finirebbe per disertare. E a quel punto, quanti altri con lui?"

«... e impiccatelo» concluse Jon Snow.

La faccia di Janos Slynt diventò livida come il latte cagliato. Il cucchiaio gli scivolò tra le dita. Edd e Emmett attraversarono la sala, i loro passi pesanti risuonarono sul pavimento di pietra. La bocca di Bowen Marsh si aprì e si richiuse, senza che ne uscisse neanche un suono. Ser Alliser Thorne portò la mano all'elsa della spada. "Forza, estraila" pensò Jon. Lungo artiglio era di traverso sulla sua schiena. "Snuda il tuo acciaio. Dammi la possibilità di fare lo stesso."

Adesso metà degli uomini nella sala era in piedi. Cavalieri del Sud e uomini d'arme, leali a re Stannis o alla Donna Rossa o a entrambi, e confratelli dei Guardiani della notte. Alcuni avevano scelto Jon Snow quale loro lord comandante. Altri avevano gettato le loro pietre per Bowen Marsh, ser Denys Mallister, Cotter Pyke...

e alcuni per Janos Slynt. "Un centinaio, se ricordo bene." Jon si domandò quanti di loro si trovassero in quel momento nella sala. Per un attimo, il mondo restò in equilibrio sul filo di una spada.

Alliser Thorne allontanò la mano dall'elsa e si fece da parte per lasciar passare Edd Tollett.

Edd l'Addolorato prese Slynt per un braccio, Emmett il Ferrigno per l'altro. Insieme, lo sollevarono di peso dalla panca.

«No» protestò lord Janos. «No, lasciatemi andare. È soltanto un ragazzino, un *bastardo*. Suo padre era un traditore. Su di lui c'è il marchio della bestia, quel suo lupo bianco... *Lasciatemi andare!* Maledirete il giorno in cui avete osato mettere le vostre luride mani su Janos Slynt! Vi avverto: ho molti amici ad Approdo del Re...»

Stava ancora protestando mentre un po' lo scortavano, un po' lo trascinavano su per gli scalini.

Jon li seguì all'esterno.

Dietro di lui, la sala comune si svuotò.

Raggiunta la gabbia dell'argano, Slynt riuscì per un attimo a sfuggire alla stretta e cercò di lottare, ma Emmett il Ferrigno lo prese per la gola, lo sbatté con la schiena contro le sbarre di ferro, continuando a scuoterlo fino a quando Slynt non desistette. Nel frattempo tutto il Castello Nero era uscito a godersi lo spettacolo. Anche Val, la principessa dei bruti, era alla finestra, con la sua lunga treccia bionda di traverso su una spalla. E Stannis Baratheon era apparso sulla soglia della Torre del Re, attorniato dai suoi cavalieri,.

«Se questo ragazzo crede di spaventarmi, si sbaglia di grosso» tutti udirono queste parole di lord Janos. «Non oserà impiccarmi. Janos Slynt ha degli amici, amici influenti, vedrete...» Il vento trascinò via il resto delle sue parole.

"È un errore" pensò Jon Snow. «Fermi.»

Emmett si voltò, aggrottando la fronte. «Mio lord?»

«Non lo impiccherò» dichiarò Jon. «Portatelo qui.»

«Oh» esclamò Bowen Marsh, «che i Sette Dèi ci proteggano...»

Il sorriso sulla faccia di Janos Slynt assunse la morbidezza del burro rancido. Finché Jon Snow disse: «Edd, portami un ceppo», ed estrasse Lungo artiglio.

Mentre veniva cercato il ceppo adatto, Janos Slynt si era rifugiato nella gabbia di ferro legata alle catene dell'argano di sollevamento, ma Emmett il Ferrigno andò a prenderlo e lo trascinò fuori.

«No» gridò Slynt, mentre Emmett, spingendo e strattonando, lo riportava indietro. «Lasciatemi andare... non potete... quando Tywin Lannister lo saprà, ve ne pentirete...»

Emmett gli falciò le gambe con un calcio. Edd l'Addolorato gli piantò un piede sulla schiena, per tenerlo in ginocchio, mentre Emmett piazzava il ceppo sotto la testa di Slynt.

«Sarà più rapido se resterai fermo» avvertì Jon Snow. «Muoviti per evitare il fendente e morirai comunque, ma avrai una morte peggiore. Allunga il collo, mio lord.» La pallida luce del mattino corse lungo la lama, mentre Jon Snow impugnò a due mani la spada del bastardo e la sollevò in alto. «Se hai delle ultime parole, è arrivato il momento di pronunciarle» disse Jon aspettandosi un'ennesima imprecazione.

Lord Janos Slynt torse la testa sul ceppo, alzando lo sguardo su di lui. «Mio lord, t'imploro. Pietà! Io... andrò... andrò...»

"No" pensò Jon, "ormai hai chiuso quella porta." Lungo artiglio si abbassò.

«Posso avere i suoi stivali?» si fece avanti Owen il Muflone, mentre il cranio mozzato di lord Janos Slynt stava ancora rotolando nel fango. «Sono quasi nuovi e imbottiti di pelo.»

Jon Snow si voltò a guardare Stannis Baratheon con la spada sanguinante in pugno. Per un istante, i loro occhi si incontrarono.

Il re annuì, poi si voltò e rientrò nella torre.

TYRION

Quando si svegliò era solo, e il palanchino era fermo.

Un mucchio di cuscini schiacciati stava a indicare dove si era stravaccato magistro Illyrio. Il Folletto aveva la gola secca e riarsa. Si era sognato… che cosa aveva sognato? Non se lo ricordava.

Le voci all'esterno parlavano un linguaggio a lui incomprensibile. Tyrion lanciò le gambe oltre le tendine e balzò a terra. Trovò magistro Illyrio in piedi vicino ai cavalli, con due individui che lo sovrastavano dall'alto dei loro destrieri. Indossavano entrambi delle consunte tuniche di cuoio sotto mantelli di lana marrone scuro, ma le loro spade erano nei foderi e il grasso mercante di formaggi non sembrava in pericolo.

«Devo pisciare» annunciò il Folletto. Caracollò giù dal lastricato della stada valyriana, si slacciò le brache e svuotò la vescica su un groviglio di rovi. Impiegò un bel po' di tempo.

«Almeno piscia bene» commentò una voce.

Tyrion scrollò le ultime gocce e rimise a posto l'attrezzo. «Pisciare è il minore dei miei talenti, dovresti vedermi cacare.» Si voltò verso magistro Illyrio. «Conosci questi due individui, magistro? Sembrano dei banditi. Vuoi che prenda la mia ascia?»

«La tua *ascia*?» esclamò il cavaliere più corpulento, un tizio muscoloso con la barba incolta e una gran massa di capelli arancione. «Hai sentito, Haldon? Il nanerottolo vuole battersi!»

Il suo compagno aveva più anni, era ben rasato, con un volto ascetico solcato da rughe. I suoi capelli erano legati in una coda sulla nuca. «Spesso i piccoletti ritengono di dover dare prova del loro coraggio con improbabili vanterie» dichiarò. «Ma dubito che riuscirebbe a uccidere un papero.»

Tyrion alzò le spalle. «Prova a prenderne uno.»

«Visto che insisti...» L'uomo a cavallo lanciò un'occhiata al compagno.

Il bestione snudò una spada del bastardo. «Il papero sono io, razza di tappetto dalla bocca larga.»

"Oh, dèi, siate misericordiosi." «Pensavo a un papero più piccolo.»

«Hai sentito, Haldon?» Il bestione esplose in una risata che sembrò un ruggito. «Vuole un papero *più piccolo*!»

«Mi accontenterei anche di uno più quieto.» L'uomo chiamato Haldon squadrò Tyrion con freddi occhi grigi, prima di voltarsi di nuovo verso Illyrio. «Hai i bauli per noi?»

«E anche i muli per trasportarli.»

«I muli sono troppo lenti. Abbiamo dei cavalli da soma, trasferiremo i bauli. Papero, pensaci tu.»

«Perché dev'essere sempre Papero a fare tutto?» Il bestione ripose la spada nel fodero. «E tu, Haldon, che cosa fai? Chi è il cavaliere, qui? Tu o io?» Il bestione si incamminò comunque verso i muli.

«Come sta il ragazzo?» chiese Illyrio mentre venivano spostati i bauli. Tyrion contò sei bauli di quercia rinforzati da bande di ferro. Papero li sollevò senza troppa difficoltà, caricandoseli in spalla l'uno dopo l'altro.

«Ormai è alto quanto Griff. Tre giorni fa, però, ha scaraventato Papero contro un cavallo.»

«Non mi ha scaraventato» precisò Papero. «Sono stato al gioco solo per farlo divertire.»

«In uno di quei bauli c'è un regalo per il ragazzo: canditi di zenzero. Gli sono sempre piaciuti.» C'era una strana nota di tristezza nella voce di Illyrio. «Stavo pensando di arrivare con voi fino a Ghoyan Drohe. Una festa d'addio prima che voi proseguiate lungo il fiume...»

«Non abbiamo tempo di festeggiare, mio signore» rispose Haldon. «Griff intende discendere subito il fiume appena rientriamo. Sono giunte notizie dalla Rhoyne superiore, nessuna è buona. A nord del Lago delle Daghe sono stati avvistati dei dothraki, esploratori del khalasar del vecchio Motho. E il Khal

Zekko non è molto lontano da lui, diretto verso la Foresta di Qohor.»

Il grassone emise un suono volgare. «Zekko passa da Qohor ogni tre, quattro anni. I cittadini gli consegnano una sacca piena d'oro e lui se ne torna di nuovo a est. Quanto a Motho, i suoi uomini sono tutti vecchi quasi quanto lui, e il loro numero cala di anno in anno. La vera minaccia è...»

«... il Khal Pono» completò la frase Haldon. «Se quanto si dice corrisponde al vero, Motho e Zekko stanno fuggendo da lui. Gli ultimi rapporti riferiscono che Pono è vicino alle sorgenti del Selhoru, alla testa di un khalasar di trentamila guerrieri. Griff non vuole rischiare di farsi cogliere in mezzo al guado, se Pono dovesse decidere di avventurarsi sulla Rhoyne.» Haldon lanciò uno sguardo a Tyrion. «E il tuo nano sa cavalcare come sa pisciare?»

«Sa cavalcare altrettanto bene» intervenne Tyrion, prima che il signore dei formaggi rispondesse al posto suo «possibilmente su una sella speciale e su un cavallo che conosce bene. E sa anche parlare.»

«Questo posso constatarlo. Io sono Haldon, il guaritore della nostra piccola fratellanza. Alcuni mi chiamano Mezzo-maestro. Il mio compagno è ser Papero.»

«Ser Rolly» corresse il bestione. «Rolly Duckfield, ossia campo delle papere. Ogni cavaliere può nominare altri cavalieri, e così Griff ha fatto con me. E tu, nano?»

Illyrio lo anticipò. «Si chiama Yollo.»

"Yollo? Sembra il nome di una scimmia." Peggio ancora, era un nome di Pentos, e anche l'ultimo dei fessi poteva capire che Tyrion non era certo originario di Pentos.

«A Pentos mi chiamano Yollo» disse Tyrion con sicurezza, cercando di metterci una pezza «ma mia madre mi ha sempre chiamato Hugor Hill.»

«E sei un piccolo re o un piccolo bastardo?» chiese Haldon.

Tyrion capì di dover andare estremamente cauto con Haldon il Mezzo-maestro. «Ogni nano è un bastardo agli occhi di suo padre.»

«Indubbiamente. Bene, Hugor Hill, allora rispondi a questa domanda: in che modo Serwyn dallo Scudo di Specchio uccise il drago Urrak?»

«Si avvicinò stando dietro lo scudo. Urrak poté vedere solamente la propria immagine riflessa, finché Serwyn non gli conficcò la lancia nell'occhio.»

Haldon non parve impressionato. «Perfino Papero conosce questa storiella. Sai dirmi il nome del cavaliere che cercò di servirsi del medesimo trucco contro Vaghar, durante la Danza dei draghi?»

Tyrion sogghignò. «Ser Byron Swann. Finì arrostito per questo... con la differenza che il drago era Syrax, non Vaghar.»

«Credo tu sia in errore. Nella *Danza dei draghi, la vera storia,* maestro Munkun scrive...»

«... che il drago era Vaghar. Il gran maestro Munkun sbaglia. Lo scudiero di ser Byron vide morire il suo padrone, e scrisse alla figlia come erano andate le cose. Nel suo resoconto dice che il drago era per l'appunto Syrax, il drago femmina di Rhaenyra Targaryen, il che è più sensato, rispetto alla versione di Munkun. Swann era figlio di un lord delle Terre Basse di Dorne e Capo Tempesta era schierato con Aegon. Vaghar, altro drago femmina, era cavalcata dal principe Aemond, fratello di Aegon. Per quale motivo Swann avrebbe dovuto ucciderle quel drago?»

Haldon sporse le labbra in avanti. «Cerca di non cadere da cavallo, nano saccente. Altrimenti ti toccherà tornare a Pentos zampettando. La nostra pudica fanciulla non aspetterà né uomini né nani.»

«Le fanciulle pudiche sono quelle che preferisco, oltre alle svergognate. A proposito, sai dirmi dove vanno le puttane?»

«Ti sembro uno che frequenta le puttane?»

Papero fece una risata di scherno. «Non oserebbe. Lemore lo costringerebbe a implorare perdono, il ragazzo vorrebbe seguirlo e Griff finirebbe per tagliargli il cazzo e cacciarglielo in gola.»

«Be'» ribatté Tyrion, «a un maestro non serve avere un cazzo.»

«Haldon, però, è solo un mezzo maestro.»

«Mi sembra, Papero, che ti trovi bene con questo nano» disse Haldon, «per cui può cavalcare con te.» E così fece voltare il suo cavallo.

Ci volle ancora un po' prima che Papero finisse di legare i bauli di Illyrio sul dorso dei tre cavalli da soma. Nel frattempo, Haldon se n'era andato. Cosa che non parve preoccupare Papero. Volteggiò in sella, afferrò Tyrion per la collottola e lo piazzò davanti a sé.

«Tieniti ben stretto al pomo e non ci saranno problemi. Questa cavalla ha un passo preciso e regolare, e la Strada del Drago è liscia come il culo di una vergine.»

Con le redini nella destra e le corde dei cavalli da soma nella sinistra, ser Rolly partì in un rapido trotto.

«Buona fortuna» augurò Illyrio alle loro spalle. «Dite al ragazzo che mi dispiace non poter presenziare alle sue nozze. Ci rivedremo nel continente occidentale, ve lo giuro sulla testa della mia dolce Serra.»

L'ultima immagine che Tyrion Lannister vide di Illyrio Mopatis fu la sagoma corpulenta del magistro in piedi vicino al palanchino, ricoperto di broccati, con le spalle massicce ricurve. E mentre quella figura diventava sempre più indistinta nella polvere, il signore dei formaggi sembrò quasi esile.

Papero raggiunse Haldon il Mezzo-maestro un quarto di miglio più avanti. Da lì in poi, i due cavalieri procedettero fianco a fianco. Tyrion si teneva aggrappato al pomo della sella, con le gambette goffamente spalancate, consapevole delle vesciche, dei crampi e delle piaghe che lo aspettavano.

«Mi domando che cosa se ne faranno di un nano i pirati del Lago delle Daghe» esordì Haldon mentre cavalcavano vicini.

«Uno stufato di nano?» suggerì Papero.

«Urho il Sudicio è il peggiore» aggiunse Haldon. «Il tanfo che emana è sufficiente a stendere chiunque.»

Tyrion alzò le spalle. «Per fortuna io non ho più il naso.»

Haldon accennò un sorriso. «Se dovessimo incontrare lady Korra sul Dente della Megera, potresti ritrovarti con altre parti mancanti. La chiamano Korra la Crudele. L'equipaggio della sua nave è composto da ragazze giovani e belle che... castrano tutti i maschi che catturano.»

«Orrore! Tanto vale che mi pisci nelle brache.»

«Meglio di no» minacciò cupamente Papero.

«D'accordo. Allora, se incontriamo lady Korra, m'infilerò in una sottana e le dirò che sono Cersei, la celebre bellezza barbuta di Approdo del Re.»

Questa volta Papero rise, e Haldon commentò: «Sei davvero un tipo buffo, Yollo. Dicono che il Signore del sudario conceda un favore a chiunque riesca a farlo ridere. Forse sua grigia grazia ti sceglierà per adornare la sua corte di pietra.»

Papero gettò un'occhiata tetra al compagno. «Non è bene scherzare su quell'essere, specie quando siamo così vicini alla Rhoyne: è in ascolto.»

«Saggezza di papero» ribatté Haldon. «Chiedo scusa, Yollo. Non devi impallidire, stavo solo scherzando. Il principe del Dolore non concede facilmente il suo bacio grigio.

"Il suo bacio grigio." Il solo pensiero fece accapponare la pelle al Folletto. La morte non terrorizzava più Tyrion Lannister, ma l'avanzata grigia era un altro discorso. "Il Signore del sudario è solo una leggenda" si disse, "non più reale del fantasma di Lann l'Astuto, che secondo alcuni infesta Castel Granito." In ogni caso, questa volta Tyrion tenne a freno la lingua.

Il suo improvviso silenzio passò inosservato. Papero aveva cominciato a sciorinargli la storia della sua vita. Il padre era stato armiere a Ponteamaro, raccontò, per cui lui era nato con il suono dell'acciaio nelle orecchie, cominciando a cimentarsi fin dalla più giovane età con la spada. Un ragazzo così robusto e di bell'aspetto aveva ben presto attirato l'attenzione del vecchio lord Caswell, che gli offrì di entrare nella sua guarnigione, ma il ragazzo mirava più in alto. Rimase a guardare mentre il debole figlio del lord diventava paggio, poi scudiero e infine cavaliere. «Era un piccolo fetente con una faccia da schiaffi, ma il vecchio lord aveva quattro figlie femmine e un unico maschio, per cui nessuno poteva dire niente contro di lui. E nel cortile degli addestramenti, gli altri scudieri non si azzardavano a sfiorarlo neppure con un dito.»

«Tu però non dovevi certo essere timido» disse Tyrion che aveva capito dove quella storia andava a parare.

«Mio padre forgiò per il mio sedicesimo compleanno una spada lunga» riprese Papero, «ma a Lorent piacque così tanto che se ne impadronì, e quel bastardo di mio padre non osò dirgli di no. Quando la reclamai, Lorent mi disse in faccia che la mia mano era fatta per impugnare una mazza, non una spada. Così andai a procurarmi una mazza e la usai per dargli una sonora pestata, spezzandogli entrambe le braccia e parecchie costole.

Dopo di che dovetti scappare a gambe levate dall'Altopiano. Riuscii ad attraversare il Mare Stretto e a entrare nella Compagnia dorata. Per qualche anno lavorai come apprendista fabbro, poi ser Harry Strickland mi prese con sé come scudiero. Quando Griff sparse la voce fino al basso corso del fiume che cercava qualcuno che addestrasse suo figlio all'uso delle armi, Harry mandò me.»

«E Griff ti ha nominato cavaliere?»

«Un anno più tardi.»

Haldon il Mezzo-maestro accennò un altro dei suoi sorrisi. «Perché non dici al nostro piccolo amico come ti sei guadagnato il tuo soprannome?»

«Un cavaliere ha bisogno di qualcosa più del solo nome» riprese il bestione, «per cui, be', quando Griff me lo diede eravamo in un campo, io guardai in alto e vidi delle papere... adesso, però, non metterti a ridere.»

Appena dopo il tramonto, abbandonarono la strada per riposare in uno spiazzo verde vicino a un vecchio pozzo di pietra.

Mentre Papero e Haldon abbeveravano i cavalli, Tyrion saltò giù dalla sella per liberarsi dei crampi che gli attanagliavano i polpacci. Erbacce marroni e grovigli di arbusti spuntavano dalle fessure tra i ciottoli e dalle mura ricoperte di muschio di quella che un tempo doveva essere stata un'enorme magione di pietra. Quando ebbero finito di occuparsi degli animali, condivisero una semplice cena a base di maiale salato e fagioli bianchi freddi, mandando giù il tutto con della birra di malto. Tyrion apprezzò molto il cambiamento di dieta, dopotutto il cibo che aveva ingurgitato con Illyrio.

«Quei bauli che vi abbiamo portato» chiese mentre masticavano. «All'inizio ho pensato che fosse oro per la Compagnia dorata... finché non ho visto ser Rolly caricarsene in spalla uno. Se fosse stato pieno di conio, non sarebbe mai riuscito a sollevarlo così facilmente.»

«È soltanto una corazza» disse Papero alzando le spalle.

«E un po' di vestiario» aggiunse Haldon. «Abiti di corte, per tutti noi. Lane pregiate, farsetti, mantelli di seta. Non ci si presenta al cospetto di una regina come degli straccioni... e nemmeno a mani vuote. Il magistro è stato così generoso da provvedere anche a dei regali appropriati.»

Quando sorse la luna erano nuovamente in sella, diretti verso est, sotto un manto di stelle. Per breve tempo, Tyrion Lannister si sentì quasi in pace. «Lomas Passolungo ha detto il vero. La strada è magnifica.»

«Lomas Passolungo?» ripeté Papero.

«Uno scriba morto tanto tempo fa» precisò Haldon. «Trascorse la vita viaggiando, e scrivendo delle terre che visitava, in due libri intitolati *Meraviglie* e *Meraviglie erette dall'uomo*.»

«Uno zio me li diede che ero ancora un ragazzo» aggiunse Tyrion. «E io li ho letti e riletti fino a ridurli a brandelli.»

«Gli dèi hanno fatto sette meraviglie e l'uomo mortale ne ha fatte altre nove» citò il Mezzo-maestro. «Piuttosto empio da parte dei mortali fare per due volte meglio degli dèi, ma è così. Le strade di pietra di Valyria sono una delle nove meraviglie citate da Passolungo. La quinta, se non vado errato.»

«La quarta» lo corresse Tyrion, che fin da ragazzo aveva impresse nella memoria tutte e sedici le meraviglie. Durante i banchetti, suo zio Gerion amava metterlo in piedi sul tavolo e fargliele recitare tutte. "E a me piaceva, sì, mi piaceva molto. Lì, a troneggiare sulle mezze forme di pane scavato, con tutti gli occhi fissi su di me, dimostrando quanto ero intelligente." Per molti anni aveva accarezzato il sogno che un giorno anche lui avrebbe girato il mondo e ammirato a sua volta le meraviglie descritte da Passolungo.

Lord Tywin aveva posto fine a quella speranza dieci giorni prima del sedicesimo compleanno di suo figlio, quando Tyrion gli aveva chiesto il permesso di visitare le nove città libere, come i suoi zii avevano fatto alla medesima età. "I miei fratelli si poteva stare sicuri che non avrebbero recato onta alla nobile Casa Lannister" aveva ribattuto il lord suo padre. "E non avrebbero mai sposato una puttana." E quando Tyrion gli aveva ricordato che dieci giorni dopo sarebbe diventato adulto, libero di andare dove voleva, lord Tywin aveva replicato: "Nessuno è libero. Solamente i bambini e gli stolti la pensano diversamente. Per cui, va', non esitare. Mettiti in testa un berretto a sonagli e va' pure a fare le capriole per divertire i signori delle spezie e i mercanti di formaggi. Solo assicurati di poterti pagare il viaggio di tasca tua, e non pensare di poter poi rimettere piede qui". A quel punto, l'atteggiamento di sfida del giovane Tyrion era crollato. «Se è un'occupazione utile che vuoi» aveva concluso il lord suo padre «un'occupazione utile avrai.» Così, per sottolineare il suo ingresso nell'età adulta, a Tyrion era stato affidato l'incarico di pulire tutti gli scarichi e tutte le cisterne di Castel Granito. "Chissà, forse sperava che cadessi dentro una cloaca." Speranza che andò ampiamente delusa: mai scarichi e cisterne di Castel Granito furono più puliti come dopo il passaggio di Tyrion Lannister.

"Ho bisogno di una coppa di vino per togliermi il sapore di Tywin dalla bocca. Un otre sarebbe ancora meglio."

Cavalcarono tutta la notte, con Tyrion che a tratti si assopiva, per poi svegliarsi all'improvviso, sempre aggrappato al pomo della sella. Ogni tanto scivolava di lato, ma ser Rolly lo afferrava e lo rimetteva diritto. All'alba, il folletto aveva le gambe indolenzite e il deretano irritato ed escoriato.

Il giorno seguente arrivarono a Ghoyan Drohe, in prossimità della riva del fiume.

«La leggendaria Rhoyne» esclamò Tyrion, quando dalla cima di un'altura vide il lento fluire delle sue acque verdi.

«La Piccola Rhyone» disse Papero.

«Per l'appunto.»

"Un bel fiume, pare, ma la forca più piccola del Tridente è grande il doppio, e in tutte e tre i rami la corrente è molto più rapida." La città di per sé non era granché. Ghoyan Drohe non era mai stata un grosso centro, Tyrion si ricordava la sua storia, ma era stata un posto piacevole, ricco di vegetazione e di fiori, una città di canali e fontane. "Fino alla guerra. Fino a quando arrivarono i draghi." Mille anni più tardi, i canali erano stati invasi da canne e fango, ovunque pozze stagnanti generavano sciami di mosche. Le pietre spezzate di templi e palazzi sprofondavano nel terreno, mentre contorti salici piangenti ancestrali invadevano le rive del fiume.

Solo pochi abitanti si ostinavano a restare in quello squallore, curando i piccoli giardini assediati dalle erbacce. L'echeggiare degli zoccoli ferrati sulla vecchia strada valyriana fece sparire la maggior parte di loro nei buchi dai quali erano usciti, ma i più temerari rimasero all'aria aperta per osservare il passaggio dei cavalieri con occhi opachi, privi di curiosità. Una ragazzina nuda, con il fango che le arrivava alle ginocchia, sembrava non riuscire a togliere gli occhi di dosso da Tyrion. "Non ha mai visto un nano" comprese il Folletto, "men che meno uno senza naso." Le fece una smorfia, mostrandole la lingua. La ragazzina scoppiò a piangere.

«Che cosa le hai fatto?» chiese Papero.

«Le ho mandato un bacio. Tutte le ragazze piangono quando le bacio.»

Superati i grovigli di salici, la strada terminava bruscamente. Per un breve tratto, i cavalieri puntarono verso nord, costeggiando l'argine finché la vegetazione non tornò a diradarsi e si ritrovarono vicino a un vecchio molo di pietra, parzialmente sommerso e circondato da alte erbacce marroni.

«Papero!» eruppe un grido.

«Haldon!»

Tyrion allungò il collo, guardando da una parte e dall'altra, finché vide un ragazzo in piedi sul tetto di una bassa struttura di legno, che sventolava un cappello di paglia a tesa larga. Era alto, snello e ben proporzionato, con una massa di capelli arruffati blu scuro. Il Folletto gli diede tra i quindici e i sedici anni di età.

Il tetto su cui si trovava il ragazzo si rivelò essere la cabina della *Fanciulla pudica*, un vecchio rudere di barca con un solo albero, dotata di pali di spinta. Aveva uno scafo largo e dal basso pescaggio, il più adatto per destreggiarsi tra i rami fluviali minori e spostarsi sulle secche sabbiose. "Una *fanciulla* malconcia" considerò Tyrion, "anche se a volte le più brutte sono poi le più allupate a letto." Le barche a pertica che affollavano i fiumi di Dorne erano spesso dipinte a colori vivaci e con scafi elegantemente istoriati. Non questa. Il colore dominante era un marrone grigiastro, corroso e scrostato, con il vasto, ricurvo piano timoneria scarno e disadorno. "Sembra fatta di terra" pensò Tyrion "e dev'essere così."

Papero stava già rispondendo al saluto del ragazzo. La sua giumenta sguazzò nelle acque basse, schiacciando le canne palustri. Il ragazzo saltò dal tetto della cabina sulla plancia, mentre il resto dell'equipaggio della *Fanciulla pudica* faceva la propria comparsa. Una vecchia coppia dai lineamenti tipici della zona del fiume restò in piedi vicino al timone, mentre un'avvenente septa con una morbida tunica bianca uscì dal portello della cabina, scostandosi dagli occhi una ciocca di capelli castano scuro.

Quanto a Griff, difficile sbagliare. «Finitela di gridare» intimò. Sul fiume calò un improvviso silenzio.

"Questo è uno che se non ci sono guai, se li va cercare" intuì Tyrion.

Il mantello di Griff era composto dalla pelle e dalla testa di un lupo rosso della Rhoyne. Sotto indossava del cuoio marrone rinforzato da anelli di ferro. Anche la sua faccia rasata sembrava di cuoio, con delle rughe agli angoli degli occhi. Aveva i capelli blu come quelli di suo figlio, ma con le radici rosse e le sopracciglia ancora più rosse. Al fianco portava spada e daga. Se era lieto di rivedere Haldon e Papero, lo camuffò bene. Quello che non nascose, fu invece il suo scorno alla vista di Tyrion.

«Un nano? Che roba è?»

«Lo so, avresti preferito una forma di formaggio.» Tyrion si voltò verso Griff il Giovane e gli lanciò un sorriso disarmante. «I capelli blu potranno renderti un buon servizio a Tyrosh, ma nel continente occidentale i ragazzi ti prenderanno a sassate e le ragazze ti rideranno in faccia.»

Il ragazzo non la prese bene. «Mia madre era una lady di Tyrosh, mi tingo di blu i capelli per onorare la sua memoria.»

«Chi è questo sgorbio?» insisté Griff.

«Illyrio ti manda una lettera di spiegazioni» rispose Haldon.

«Allora tirala fuori, e porta il nano nella mia cabina.»

"I suoi occhi non mi piacciono" rifletté Tyrion mentre il mercenario era seduto di fronte a lui in penombra, al coperto, al di là di un malconcio tavolaccio e di una candela di sego. Pallidi occhi azzurro ghiaccio, occhi glaciali. Al Folletto non erano mai piaciuti gli occhi di quel colore. Gli occhi di lord Tywin erano stati verde pallido, punteggiati di oro.

Osservò il mercenario mentre leggeva. Che sapesse leggere era già qualcosa. Quanti mercenari potevano vantare una simile cultura? "Non muove quasi le labbra" notò Tyrion.

Alla fine, Griff alzò lo sguardo dalla pergamena, e i suoi occhi glaciali si strinsero. «Tywin Lannister morto? Per mano tua?»

«Per dito mio, questo.» Tyrion sollevò l'indice, perché Griff potesse ammirarlo. «Lord Tywin era seduto sulla latrina, gli ho piantato un dardo di balestra nelle viscere, giusto per vedere se cacava veramente oro. Non era così. Peccato: un po' d'oro mi avrebbe fatto comodo. Ho ucciso anche mia madre, ma questo è successo parecchio tempo fa. E anche mio nipote Joffrey: l'ho avvelenato al suo banchetto di nozze e l'ho guardato morire soffocato. Il mercante di formaggi ha trascurato qualche altro dettaglio? Intendo aggiungere alla lista anche mio fratello e mia sorella, se così compiace alla tua regina.»

«Se le compiace? Illyrio è forse uscito di senno? Cosa gli fa credere che sua grazia possa volere al proprio servizio un reo confesso, regicida e traditore?»

"Buona domanda" riconobbe Tyrion tra sé e sé. Invece disse: «Il re che ho ucciso sedeva sul trono che di diritto appartiene a lei. Quanto a quelli che ho tradito, erano tutti leoni di Lannister. Per cui mi sembra di avere già reso un ottimo servizio alla regina». Tyrion si grattò i resti del naso mozzato. «Ma non temere, non ti ucciderò, non fai parte della famiglia. Potrei sapere che cos'altro ha scritto il mercante di formaggi? Adoro leggere delle mie gesta.»

Griff ignorò la richiesta. Accostò la lettera alla fiamma della candela, rimanendo a osservare la pergamena annerirsi, accartocciarsi e infine prendere fuoco. «Tra i Lannister e i Targaryen è corso del sangue. Che cosa ti spinge ad appoggiare la causa della regina Daenerys?»

«Oro e gloria» rispose il Folletto allegramente. «E odio. Se tu avessi incontrato una sola volta mia sorella, lo capiresti.»

«L'odio lo capisco benissimo.» Da come lo disse, Tyrion non ebbe dubbio che fosse vero. "Quest'uomo deve essersi nutrito d'odio. Deve avergli tenuto caldo per anni la notte."

«Allora, tu e io abbiamo qualcosa in comune, ser.»

«Non sono un cavaliere.»

"Non solo sei un bugiardo, ma non sai neanche mentire bene. Questa è stata un'uscita goffa e sciocca, mio lord." «Eppure ser Papero dice che sei stato tu a nominarlo cavaliere.»

«Papero parla troppo.»

«C'è da chiedersi come faccia un papero a parlare. Ma non ha importanza, Griff. Tu non sei un cavaliere e io sono Hugor Hill, un mostriciattolo. Il tuo mostriciattolo, se ti aggrada. Hai la mia parola: l'unica cosa che desidero è diventare un leale servitore della regina dei draghi.»

«E come ti proponi di servirla?»

«Con la lingua.» Tyrion si leccò le dita, l'una dopo l'altra. «Posso rivelare a sua grazia in che modo pensa la mia dolce sorellina Cersei, se proprio vogliamo chiamarlo pensare. Posso dire ai suoi capitani come sconfiggere in battaglia mio fratello

Jaime. So quali lord sono coraggiosi e quali codardi, quali sono leali e quali venali. Posso procurarle degli alleati. E, come il Mezzo-maestro può confermarti, so molte, molte cose riguardo ai draghi. Inoltre, sono anche divertente, e non mangio tanto. Considerami il tuo unico, vero folletto.»

Griff soppesò per un attimo quelle parole. «Allora ti sia chiara una cosa, nano. Tu sei l'ultimo del nostro gruppo, l'infimo. Tieni a freno la lingua e fa' come ti viene ordinato, altrimenti ben presto te ne pentirai.»

"Sì, padre" fu sul punto di rispondere Tyrion. «Come tu dici, mio lord.»

«Non sono un lord.»

"Bugiardo." «Era solo per cortesia, amico.»

«E non sono nemmeno un tuo amico.»

"Non sei né un cavaliere né un lord né un amico." «Peccato.»

«Risparmiami la tua ironia. Ti porterò fino a Volantis. Se ti dimostrerai obbediente e ti renderai utile, potrai restare con noi, per servire la regina come meglio potrai. Se invece darai prova di essere più un problema che altro, farai meglio ad andartene per la tua strada.»

"*Aye*, strada che mi porterà dritto sul fondo della Rhoyne, con i pesci che banchetteranno con quello che rimane del mio naso." «*Valar dohaeris*.»

«Puoi dormire sul ponte o nella stiva, come preferisci. Ysilla ti procurerà un pagliericcio.»

«Molto gentile da parte sua.» Tyrion si esibì in un inchino mezzo storto, ma arrivato sulla porta della cabina si girò di nuovo verso Griff. «E se dopo aver trovato la regina dovessimo scoprire che tutte queste storie di draghi sono solo fantasie di marinai ubriachi? Il nostro vasto mondo è pieno di storie fantastiche. Elfi e demoni, spettri e divoratori di cadaveri, sirene, spiriti delle rocce, cavalli alati, maiali alati... leoni alati.»

Griff lo fissò, corrugando la fronte. «Sei stato avvertito, Lannister. Tieni a freno la lingua, se non vuoi perderla. Ci sono di mezzo dei regni, le nostre vite, i nostri nomi e il nostro onore. E non stiamo giocando per il tuo divertimento.»

"Invece è proprio così..." pensò Tyrion Lannister. "Il gioco del trono."

«Come tu dici, capitano» mormorò, con un secondo inchino.

DAVOS

Il lampo squarciò il cielo a nord, stagliando la sagoma nera del Faro della Notte contro il cielo azzurro. Sei battiti di cuore dopo arrivò il tuono, simile a un tamburo lontano.

Le guardie condussero Davos Seaworth sul ponte di basalto nero, facendolo passare sotto una saracinesca di ferro segnata dalla ruggine. Al di là c'era un profondo fossato d'acqua salata e un ponte levatoio sorretto da due catene massicce. Le acque verdastre in basso flagellavano con alti spruzzi le fondamenta del castello. Poi incontrarono un altro corpo di guardia, più grande del primo, e altra pietra con barbe di alghe verdi.

Davos attraversò con passo malfermo il cortile fangoso. Aveva i polsi legati e la pioggia sferzante gli irritava gli occhi. Le guardie lo spinsero su per i gradini e lo fecero entrare nel cavernoso maniero in pietra di Breakwater.

Una volta giunti all'interno, il capitano si tolse il mantello che appese a un piolo, per non infradiciare il consunto tappeto di Myr. Davos fece lo stesso, armeggiando per aprire il fermaglio con le mani legate. Non aveva dimenticato le buone maniere apprese a Roccia del Drago, durante i suoi anni di servizio.

Trovarono il lord da solo nella sala debolmente illuminata, che consumava una cena a base di birra, pane e stufato delle Sorelle. Dalle spesse pareti di pietra sporgevano venti candelabri di ferro, ma solo quattro reggevano delle torce, nessuna delle quali era accesa. Due grosse candele di sego proiettavano una luce flebile e incerta. Davos sentiva la pioggia battere contro i muri esterni e un gocciolio continuo dovuto a una perdita nel tetto.

«Mio lord» disse il capitano, «abbiamo trovato quest'uomo al Ventre della Balena. Stava cercando di comprare un passaggio per lasciare l'isola. Aveva con sé dodici dragoni d'oro, e questo.» Il capitano appoggiò sul tavolo un largo nastro di velluto nero ricamato a filo d'oro, con sopra tre stemmi: un cervo incoronato impresso nella cera d'api dorata, un cuore rosso fiammeggiante, una mano bianca.

Davos aspettava, fradicio e gocciolante, i polsi scorticati dove la corda affondava nella carne. Una sola parola di quel lord e in breve si sarebbe trovato a penzolare dalla Porta delle Forche di Sisterton. Ma almeno adesso era al riparo dalla pioggia, con della solida pietra sotto i piedi invece del ponte di una nave scossa dalle onde. Era bagnato e dolorante, indebolito dal cordoglio e dal tradimento, aveva la nausea di quelle tempeste.

Il lord si pulì la bocca con il dorso della mano, e prese il nastro per esaminarlo più da vicino. Fuori balenò un altro lampo, e per un attimo le feritoie degli arcieri s'illuminarono di bianco e azzurro. "Uno, due, tre, quattro" contò Davos prima dello scoppio del tuono. Una volta tornato il silenzio, ascoltò il gocciolio e il rombo più sordo sotto i suoi piedi, dove le onde si schiantavano contro gli enormi archi in pietra di Breakwater e turbinavano nelle segrete. Sarebbe anche potuto finire là sotto, incatenato su un pavimento di pietra umida, lasciato ad annegare al crescere della marea. "No" cercò di consolarsi, "così potrebbe morire un contrabbandiere, ma non un Primo Cavaliere del re. Rendo di più se mi vendono alla regina."

Il lord tastò il nastro, studiando accigliato gli stemmi. Era un uomo brutto, grande e grosso, con robuste spalle da rematore e senza collo. Una corta barba ispida, grigia a chiazze bianche, gli ricopriva le guance e il mento. Sopra la massiccia fronte sporgente era calvo. Aveva il naso bitorzoluto, pieno di capillari rotti, le labbra carnose e una sorta di membrana fra le tre dita centrali della mano destra. Davos aveva sentito dire che alcuni lord delle Tre Sorelle avevano mani e piedi palmati, ma l'aveva sempre considerata una delle tante storie da marinai.

Il lord si appoggiò allo schienale. «Slegatelo» ordinò «e levategli i guanti. Voglio vedere le sue mani.»

Il capitano obbedì. Mentre sollevava la mano sinistra del prigioniero, un altro lampo balenò, proiettando sulla faccia ottusa e brutale di Godric Borrell, lord di Dolcesorella, l'ombra delle dita mozzate di Davos Seaworth. «Chiunque può rubare un nastro» disse il lord, «ma quelle dita non mentono. Sei il Cavaliere delle Cipolle.»

«Così sono stato chiamato, mio lord.» Davos era lui stesso lord e cavaliere ormai da lunghi anni, ma nel profondo si sentiva ancora quello che era sempre stato, un contrabbandiere d'origine plebea che si era comprato il titolo di cavaliere con una stiva di cipolle e pesce salato. «E anche con appellativi peggiori.»

«*Aye*. Traditore, ribelle, voltagabbana.»

A Davos si rizzarono i capelli. «Io non ho mai voltato gabbana, mio lord. Sono un uomo del re.»

«Solo se il re è Stannis.» Il lord soppesò Davos con i suoi occhi neri e duri. «La maggior parte dei cavalieri che approda sulle mie spiagge viene a cercarmi qui, non al Ventre della Balena. Quel posto è uno spregevole covo di contrabbandieri. Sei forse tornato al tuo vecchio mestiere, Cavaliere delle Cipolle?»

«No, mio lord. Cercavo un passaggio per Porto Bianco. Mi manda il re, con un messaggio per lord Manderly.»

«Allora sei nel posto sbagliato e al cospetto del lord sbagliato» Godric Borrell pareva divertito. «Questa è Sisterton, a Dolcesorella.»

«Lo so» disse Davos. Anche se di dolce, lì, non c'era niente. Sisterton era una città orribile, una porcilaia maleodorante di merda di maiali e di pesce marcio. Davos se la ricordava bene da quando faceva il contrabbandiere. Per centinaia d'anni, le Tre Sorelle erano state uno dei ritrovi preferiti dai contrabbandieri e, prima ancora, un covo di pirati. La vie di Sisterton erano di fango e assi, le sue case dei tuguri di canniccio e argilla con il tetto di paglia, e alla Porta delle Forche pendevano sempre degli uomini con le viscere penzolanti.

«Avrai di certo degli amici, qui» riprese il lord. «Tutti i contrabbandieri hanno degli amici alle Sorelle. Alcuni sono anche miei amici. Quelli che non lo sono, li impicco. Li faccio soffocare lentamente, con le budella che battono contro le ginocchia.» La sala s'illuminò di nuovo, mentre un ennesimo lampo rischiarava le finestre. Due secondi dopo arrivò il tuono. «Se vuoi andare a Porto Bianco, come mai sei finito a Sisterton? Che cosa ti ha portato qui?»

"Un ordine del re e il tradimento di un amico" avrebbe potuto dire Davos. Invece rispose: «Le tempeste».

Dalla Barriera erano salpate ventinove navi. Davos sarebbe stato molto sorpreso, se ne fosse rimasta a galla la metà. Cieli neri, venti pungenti e piogge sferzanti li avevano tormentati per tutta la traversata fino alla costa. Le galee *Oledo* e *Figlio di vecchia madre* erano state scagliate contro le scogliere di Skagos, l'isola degli unicorni e dei cannibali, dove perfino il Bastardo Cieco aveva avuto paura d'approdare. La grande cocca *Saathos Saan* era colata a picco al largo delle Scogliere grigie.

"Stannis pagherà per quegli scafi" si era infuriato Salladhor Saan. "Li ripagherà con oro sonante, uno per uno." Era come se un dio rabbioso stesse riscuotendo un risarcimento per il loro viaggio troppo facile verso nord, quando da Roccia del Drago avevano puntato verso la Barriera. Un'altra tempesta aveva strappato il sartiame della *Copioso raccolto*, costringendo Salla a rimorchiarla. Dieci leghe a nord di Capo della Vedova le onde si erano alzate, scaraventando la *Copioso raccolto* contro una delle due galee che la rimorchiavano ed erano entrambe colate a picco. Il resto della flotta lyseniana si era disperso nel Mare Stretto. Alcune navi si sarebbero rifugiate in un porto, altre non sarebbero mai più ricomparse.

"Il tuo re mi ha trasformato in Salladhor il Mendicante" si lamentò con Davos, mentre i resti della sua flotta procedevano con difficoltà nel Morso. "Salladhor il Fracassato. Che fine hanno fatto le mie navi? E dov'è tutto l'oro che mi è stato promesso?"

Quando Davos cercò di rassicurarlo che sarebbe stato ripagato, Salla sbottò. "Quando, *quando*? Domani, con la luna nuova, quando torna la cometa rossa? Stannis mi ha promesso oro e gemme, lui promette sempre, ma io l'oro non l'ho ancora visto. Dice che ho la sua parola, certo, la sua parola regale, lo ha anche scritto. Ma Salladhor Saan può forse mangiarsi la parola del re? Può dissetarsi con pergamene e sigilli di ceralacca? Può sbattere le promesse su un letto di piume e fotterle mentre strillano?"

Davos aveva tentato di convincerlo a rimanere fedele. Se Salla avesse abbandonato Stannis e la sua causa, spiegò, avrebbe perso qualsiasi speranza d'incassare quanto che gli era dovuto. In fin dei conti, non era credibile che re Tommen vittorioso pagasse i debiti dello zio sconfitto.

L'unica speranza per Salla era di rimanere fedele a Stannis Baratheon finché questi non avesse conquistato il Trono di Spade. Altrimenti non avrebbe visto neanche l'ombra del suo conio. Doveva pazientare.

Forse, qualche lord dalla lingua suadente sarebbe riuscito ad abbindolare il principe pirata lyseniano, ma Davos Seaworth era soltanto un Cavaliere delle Cipolle, e le sue parole ebbero come unico risultato quello di far infuriare Salla ancora di più. "A Roccia del Drago ho pazientato quando la Donna Rossa bruciava dèi di legno e uomini urlanti" aveva detto. "Per tutto il lungo viaggio fino alla Barriera ho portato pazienza. Al Forte Orientale ho avuto pazienza... e freddo, un freddo terribile. Adesso basta, dico io. Ai Sette Inferi la tua pazienza e anche il tuo re. I miei uomini hanno fame. Vogliono scoparsi di nuovo le mogli, contare i loro figli, vedere le Stepstones e i giardini di piacere di Lys. Ne hanno abbastanza di ghiaccio, tempeste e vuote promesse. Il Nord è freddo, e lo sta diventando sempre di più."

"Sapevo che questo giorno sarebbe arrivato" pensò Davos. "Avevo simpatia per questo vecchio furfante, ma sono stato sciocco a fidarmi di lui."

«Tempeste.» Lord Godric pronunciò quella parola con la stessa devozione con cui un altro avrebbe sussurrato il nome dell'amata. «Le tempeste alle Sorelle erano sacre ben prima che arrivassero gli andali. I nostri vecchi dèi erano la Signora delle onde e il Signore dei cieli. Ogni volta che si accoppiavano generavano delle tempeste.» Si sporse in avanti. «Quei re se ne fregano delle Sorelle. Perché dovrebbero? Siamo piccoli e poveri. Eppure tu sei qui, consegnato a me dalle tempeste.»

"Consegnato a te da un amico" pensò Davos.

Lord Godric si rivolse al capitano. «Lascia a me quest'uomo. Lui non è mai stato qui.»

«Certo, mio lord» rispose il capitano. Si ritirò, e i suoi stivali bagnati lasciarono delle impronte umide sul tappeto.

Sotto il mare rumoreggiava, inquieto, percuotendo la base del castello. La porta esterna si chiuse con un rumore simile a tuono lontano e, come in risposta, balenò di nuovo la folgore.

«Mio lord» riprese Davos, «se tu mi mandassi a Porto Bianco, sua grazia lo considererebbe un gesto d'amicizia.»

«Potrei mandarti a Porto Bianco, certo» concesse il lord «oppure potrei gettarti in qualche inferno gelido e bagnato.»

"Sisterton è già un inferno" pensò Davos. Temeva il peggio. Le Tre Sorelle erano puttane volubili, leali solo con se stesse.

In teoria avevano giurato fedeltà agli Arryn della Valle, ma Nido dell'Aquila non esercitava un grande controllo sulle isole.

«Sunderland mi chiederebbe di consegnarti, se sapesse della tua presenza.» Borrell doveva fedeltà a Dolcesorella, come Longthorpe la doveva a Grandesorella e Torrent a Piccolasorella; tutti avevano giurato fedeltà a Triston Sunderland, il lord delle Tre Sorelle. «Ti venderebbe alla regina, per un mucchio d'oro di quel Lannister. Un pover'uomo con sette figli tutti intenzionati a diventare cavalieri ha bisogno di ogni dragone d'oro che riesce a raccimolare.» Afferrò il cucchiaio di legno e riprese a mangiare il suo stufato. «Ero solito maledire gli dèi che mi hanno dato solo figlie femmine, finché non ho sentito Triston lamentarsi del costo dei cavalli da battaglia. Saresti sorpreso se sapessi quanto pesce ci vuole per comprare un'armatura di piastra e maglia decente.»

"Ho avuto sette figli anch'io, ma quattro sono morti bruciati" pensò Davos. «Lord Sunderland ha giurato fedeltà a Nido dell'Aquila» disse. «Per diritto, dovrebbe consegnarmi a lady Arryn.» Avrebbe avuto migliori possibilità con lei che con i Lannister, pensò. Pur non avendo preso parte alla guerra dei Cinque re, Lysa Arryn era figlia di Delta delle Acque e zia del Giovane lupo.

«Lysa Arryn è morta» dichiarò lord Godric. «Assassinata da un cantastorie. Lord Ditocorto governa ora la Valle. Dove sono i pirati?» Davos non rispose. Lord Godric batté il cucchiaio sul tavolo. «I lyseniani. Torrent ha avvistato le loro vele da Piccolasorella e, prima di lui, le avevano avvistate anche i Flint da Capo della Vedova. Vele arancioni, verdi e rosa. Dove si trova Salladhor Saan?»

«In mare.» Salla avrebbe girato intorno alle Dita, per poi proseguire verso il Mare Stretto. Stava tornando alle Stepstones, con le poche navi rimastegli. Forse ne avrebbe conquistate altre lungo il percorso, se si fosse imbattuto in qualche mercante. "Un po' di pirateria per far passare il tempo e percorrere altre leghe." «Sua grazia l'ha mandato a sud per tormentare i Lannister e i loro amici.» Era una menzogna che si era preparato mentre remava sotto la pioggia verso Sisterton.

Prima o poi il mondo avrebbe saputo che Salladhor Saan aveva abbandonato Stannis Baratheon, lasciandolo senza una flotta, ma non l'avrebbero sentito dalle labbra di Davos Seaworth.

Lord Godric rimestò lo stufato. «Quel vecchio pirata di Saan ti ha fatto approdare a nuoto?»

«Sono arrivato a riva su una barca aperta, mio lord.» Salla aveva aspettato che la luce del Faro della Notte risplendesse dal portello di prua della *Valyrian* prima di calarlo in mare. La loro amicizia era almeno valsa questo. Il lyseniano l'avrebbe portato volentieri con sé a sud, aveva ammesso, ma Davos aveva rifiutato. Stannis aveva bisogno di Wyman Manderly e confidava in lui per convincere il grasso, vecchio lord Anguilla. Davos aveva detto a Salla che non avrebbe tradito quella fiducia. «Mah» aveva replicato il principe pirata, «finirà con l'ucciderti a colpi di onore, vecchio amico. Vedrai.»

«Non ho mai avuto un Primo Cavaliere del re sotto il mio tetto» disse lord Godric. «Chissà se Stannis sarebbe disposto a pagare un riscatto per te.»

L'avrebbe fatto? Stannis aveva dato a Davos terre, titoli e onori, ma avrebbe davvero versato dell'oro per ricomprare la sua vita? "Non ha oro. Altrimenti avrebbe ancora Salla." «Troverai sua grazia al Castello Nero, mio lord, se vorrai chiedere direttamente a lui.»

Borrell borbottò. «Anche il Folletto è al Castello Nero?»

«Il Folletto?» ripeté Davos. Non capiva la domanda. «Lui è ad Approdo del Re, condannato a morte per l'assassinio di suo nipote Joffrey.»

«La Barriera è l'ultima a essere informata, diceva sempre mio padre. Il nano è evaso. È sgusciato dalle sbarre della cella e ha fatto a pezzi suo padre, il grande lord Tywin Lannister, con le proprie mani. Una guardia l'ha visto fuggire, rosso dalla testa ai piedi come se si fosse fatto il bagno nel sangue. La regina nominerà lord chiunque lo uccida.»

Davos stentava a credere alle proprie orecchie. «Mi stai dicendo che Tywin Lannister è morto?»

«Per mano del suo stesso figlio, *aye*.» Il lord bevve un sorso di birra. «Quando alle Sorelle c'erano i re, non permettevamo ai nani di vivere. Li gettavamo in mare, come offerta agli dèi. I septon ci hanno fatto smettere. Un gruppo di stupidi invasati. Perché mai gli dèi darebbero una simile forma a un uomo, se non per marchiarlo come mostro?»

"Lord Tywin è morto. Questo cambia tutto." «Mio lord, mi concedi di mandare un corvo alla Barriera? Sua grazia vorrà sapere della morte di lord Tywin.»

«Lo verrà a sapere, ma non da me. E neppure da te, almeno finché sarai sotto il mio tetto gocciolante. Farò in modo che non si dica che ho dato aiuto e consiglio a Stannis. I Sunderland hanno trascinato le Sorelle in due delle Ribellioni dei Blackfyre e tutti ne abbiamo sofferto.» Con il cucchiaio indicò una sedia. «Accomodati, ser, prima di crollare a terra. La mia casa è fredda, umida e buia, ma non manca di un minimo di cortesia. Ti troveremo degli abiti puliti, ma prima devi mangiare.» Chiamò a gran voce, e una donna entrò nella sala. «Abbiamo un ospite da sfamare. Porta birra, pane e stufato delle Sorelle.»

La birra era scura, il pane nero, lo stufato di un bianco latte. La donna lo servì in una grossa fetta di pane raffermo scavata al centro; era denso, con porri, carote, orzo, rape bianche e gialle, oltre a molluschi, pezzi di merluzzo e polpa di granchio, il tutto annegato in un brodo di panna e burro. Era il genere di stufato che scalda fin nelle ossa, perfetto in una notte fredda e umida. Davos lo mangiò con gratitudine.

«Avevi già assaggiato lo stufato delle Sorelle?»

«Sì, mio lord.» Lo stesso stufato veniva servito in tutte le locande e le taverne delle Tre Sorelle.

«Questo è di certo il migliore che tu abbia mai mangiato. Lo prepara Gella, la figlia di mia figlia. Sei sposato, Cavaliere delle Cipolle?»

«Sì, mio lord.»

«Peccato. Gella è nubile. Le donne senza tante pretese sono le mogli migliori. Qui dentro ci sono tre tipi di granchi: granchi rossi, granchi ragno e granchi conquistatori. Io non mangerei mai i granchi ragno, tranne che nello stufato: mi fanno sentire un mezzo cannibale.» Indicò lo stendardo appeso sopra il focolare, freddo e nero, che portava ricamato un granchio ragno bianco in campo grigioverde. «Abbiamo sentito dire che Stannis ha bruciato il suo Primo Cavaliere.»

"Il Primo Cavaliere che mi ha preceduto" pensò Davos. "A Roccia del Drago, Melisandre ha immolato Alester Florent al suo dio per evocare il vento che li doveva portare a nord. Lord Florent è rimasto saldo e calmo, mentre gli uomini della regina lo legavano al palo, dignitoso quanto può augurarsi di essere un uomo mezzo nudo. Ma quando le fiamme gli hanno lambito le gambe, ha cominciato a gridare e quelle grida avevano gonfiato le loro vele come vento per tutto il viaggio fino al Forte Orientale, questo volendo dare credito alla Donna Rossa." Davos non aveva apprezzato quel vento. Gli era parso che puzzasse di carne bruciata, e il suono che emetteva passando tra le sartie era angosciato. "Avrei potuto benissimo essere io al posto suo." «Io non sono stato bruciato» assicurò a lord Godric «anche se al Forte Orientale ho rischiato di morire congelato.»

«A questo ci penserà la Barriera.»

La donna portò una forma di pane fresco, ancora caldo di forno. Quando vide la sua mano, Davos rimase a fissarla. Lord Godric non mancò di notarlo. «*Aye*, ha il marchio. Come tutti i Borrell, per cinquemila anni. È la figlia di mia figlia: non quella che prepara lo stufato.» Il lord spezzò il pane e ne offrì metà a Davos. «Mangia. È buono.»

Lo era davvero, anche se in quel momento Davos avrebbe trovato altrettanto buona qualsiasi crosta secca: significava che era un ospite, almeno per quella notte. I lord delle Tre Sorelle avevano una pessima reputazione, in particolare Godric Borrell, lord di Dolcesorella, Scudo di Sisterton, signore di Breakwater e custode del Faro della Notte... Ma perfino i lord ladroni e i saccheggiatori di relitti rispettavano le antiche leggi dell'ospitalità. "Quanto meno vedrò l'alba" pensò Davos. "Ho mangiato il suo pane e il suo sale."

Ma in quello stufato delle Sorelle c'erano spezie più esotiche del sale. «Quello che sento è zafferano?» Lo zafferano valeva più dell'oro. Davos l'aveva assaggiato una sola volta, quando re Robert gli aveva mandato mezzo pesce in un banchetto a Roccia del Drago.

«*Aye*, di Qarth. C'è anche del pepe.» Ne prese un pizzico fra il pollice e l'indice, e lo cosparse su una fetta di pane secco. «Pepe nero macinato di Volantis, il migliore. Prendine quanto vuoi, se ti senti pepato. Ne ho quaranta casse. Oltre a chiodi di garofano, noci moscate e una libbra di zafferano. Ho spogliato una fanciulla dagli occhi a mandorla.» Rise. Aveva ancora tutti i denti, notò Davos, anche se molti erano gialli, e uno di quelli superiori era scuro. «Era diretta a Braavos, ma una tempesta l'ha spinta nel Morso, facendola schiantare contro i miei scogli. Come vedi, non sei l'unico dono che mi hanno fatto le tempeste. Il mare è una creatura crudele e traditrice.»

"Mai quanto gli uomini" pensò Davos. Gli antenati di lord Godric erano stati re pirati, finché gli Stark non calarono su di loro con fuoco e spade. A quell'epoca gli abitanti delle Sorelle lasciavano a Salladhor Saan e a quelli come lui il controllo della pirateria, limitandosi a razziare i relitti dei naufragi. I fari che venivano accesi lungo le rive delle Tre Sorelle dovevano in teoria mettere in guardia da secche e scogliere, e indicare la via verso la salvezza. Ma nelle notti di nebbia o di tempesta alcuni abitanti delle Sorelle usavano false luci per attirare capitani poco accorti verso la loro rovina.

«La tempesta ti ha fatto una cortesia, facendoti arrivare da me» disse lord Godric. «A Porto Bianco avresti ricevuto un'accoglienza fredda. Sei giunto troppo tardi, ser. Lord Wyman intende fare atto di sottomissione, e non a Stannis.» Tracannò un sorso di birra. «I Manderly non sono del Nord, non nel profondo. Sono passati non più di novecento anni da quando giunsero al Nord, carichi d'oro e di dèi. Sono stati grandi lord lungo il Mander, finché non hanno mirato troppo in alto e le mani verdi li hanno rimessi a posto. Il re Lupo prese il loro oro, dando in cambio della terra, e lasciò che si tenessero i propri dèi.» Lord Godric raccolse con un pezzo di pane il resto dello stufato. «Se Stannis pensa che il ciccione cavalcherà il cervo, si sbaglia. La *Stella del leone* si è fermata a Sisterton dodici giorni fa per riempire i barili d'acqua dolce. La conosci? Vele cremisi e un leone d'oro sulla prua. Ed era piena di Frey, diretti a Porto Bianco.»

"Frey?" Era l'ultima cosa che Davos si sarebbe aspettato. «I Frey hanno ucciso il figlio di lord Wyman, abbiamo saputo.»

«*Aye*» confermò lord Godric, «e il ciccione si è talmente infuriato da giurare che si sarebbe nutrito solo di pane e vino finché non si fosse vendicato. Ma prima del tramonto aveva già ricominciato a rimpinzarsi di molluschi e frittelle. Ci sono delle navi che fanno continuamente la spola tra le Sorelle e Porto

Bianco. Vendiamo loro granchi, pesce e formaggio di capra, e compriamo legname, lana e pelli. Da quel che sento, il loro lord è più grasso che mai. Alla faccia dei giuramenti. Le parole sono vento e il vento che esce dalla bocca di Manderly vale quanto quello che gli sfugge dal culo.» Godric staccò un altro pezzo di pane per ripulire la fetta incavata che usava come scodella.

«I Frey stanno portando allo stolto ciccione un sacco pieno d'ossa. Alcuni definiscono cortesia portare a un uomo le ossa del figlio assassinato. Fossi io, ricambierei la cortesia e ringrazierei i Frey prima d'impiccarli, ma il ciccione è troppo nobile per comportarsi così.» Si cacciò del pane in bocca, masticò e deglutì. «Ho avuto i Frey a cena. Uno sedeva proprio dove sei tu adesso. Disse di chiamarsi Rhaegar. A momenti gli ridevo in faccia. Aveva perso la moglie, disse, ma intendeva trovarsene una nuova a Porto Bianco. I corvi non hanno fatto altro che volare avanti e indietro. Lord Wyman e lord Walder hanno concluso un accordo, e intendono sigillarlo con un matrimonio.»

Per Davos fu come se il lord gli avesse dato un pugno nello stomaco. "Se dice il vero, il mio re è perduto." Stannis Baratheon aveva un disperato bisogno di Porto Bianco. Se Grande Inverno era il cuore del Nord, Porto Bianco era la sua bocca. Per secoli quel braccio di mare era rimasto libero dai ghiacci anche in pieno inverno. Con l'arrivo della stagione fredda, Porto Bianco diventava cruciale. Al pari dell'argento della città. I Lannister avevano tutto l'oro di Castel Granito e avevano sposato la ricchezza di Alto Giardino. I forzieri di re Stannis erano vuoti.

"Devo almeno tentare. Ci sarà pure un modo per impedire quel matrimonio." «Devo andare a Porto Bianco» disse Davos. «Mio lord, ti supplico, aiutami.»

Lord Godric cominciò a mangiare dalla scodella, un pezzo dopo l'altro: lo stufato aveva ammorbidito il pane raffermo. «Non amo la gente del Nord» annunciò. «I maestri dicono che lo Stupro delle Tre Sorelle sia avvenuto duemila anni fa, ma Sisterton non ha dimenticato. Fino ad allora eravamo un popolo libero, con i nostri re che ci governavano. In seguito abbiamo dovuto piegarci a Nido dell'Aquila per scacciare la gente del Nord. Il lupo e il falco ci hanno combattuto per migliaia d'anni, finché l'uno e l'altro non hanno rosicchiato via tutto il grasso e spolpato le ossa di queste povere isole. Quanto al tuo re Stannis, quando era comandante delle navi di Robert mandò una flotta nel mio porto senza il mio permesso, e mi costrinse a impiccare una decina di buoni amici. Uomini come te. Arrivò al punto di minacciare d'impiccare anche *me*, se una delle navi si fosse arenata perché il Faro della Notte era spento. Ho dovuto ingoiare la sua arroganza.» Mangiò un altro pezzo di pane vecchio. «E adesso torna al Nord, mortificato, con la coda fra le gambe. Perché dovrei dargli aiuto? Rispondimi, Cavaliere delle Cipolle.»

"Perché è il tuo re legittimo" pensò Davos. "Perché è un uomo forte e giusto, l'unico che può restaurare il regno e difenderlo dal pericolo che si sta ammassando a nord. Perché ha una spada magica che risplende della luce del sole." Le parole gli rimasero in gola. Nessuna di esse avrebbe avuto il minimo effetto sul lord di Dolcesorella. Nessuna di esse lo avrebbe avvicinato di un passo a Porto Bianco. "Che cosa vuole che gli risponda? Dovrei forse promettergli dell'oro che non abbiamo? Un marito di nobili natali per la figlia di sua figlia? Terre, onori, titoli? Lord Alester Florent ha tentato quel gioco e il re lo ha mandato al rogo."

«A quanto pare il nostro Primo Cavaliere ha perso la lingua. Non ha gradito lo stufato delle Sorelle o la verità?» Lord Godric si ripulì la bocca.

«Il leone è morto» scandì Davos, lentamente. «Questa è la tua verità, mio lord. Tywin Lannister è morto.»

«E allora?»

«Allora chi regna adesso ad Approdo del Re? Non Tommen, lui è solo un bambino. Ser Kevan?»

Una luce brillò in fondo agli occhi neri di lord Godric. «In tal caso saresti in catene. Regna la regina.»

Davos capì. "È in dubbio, non vuole ritrovarsi dalla parte del perdente." «Stannis ha tenuto Capo Tempesta contro l'assalto congiunto dei Tyrell e dei Redwyne. Ha strappato Roccia del Drago agli ultimi Targaryen. Ha distrutto la flotta di Ferro al largo di Isola Bella. Questo re bambino non prevarrà su di lui.»

«Questo re bambino dispone della ricchezza di Castel Granito e del potere di Alto Giardino. Ha dalla sua anche i Bolton e i Frey.» Lord Godric si strofinò il mento. «Tuttavia... a questo mondo l'unica certezza è l'inverno. Ned Stark disse così a mio padre, proprio in questa sala.»

«Ned Stark è stato qui?»

«All'inizio della Ribellione di Robert. Il re Folle l'aveva mandato a Nido dell'Aquila a prendere la testa di Eddard Stark, ma Jon Arryn rispose con la sfida. Città del Gabbiano, però, è rimasta fedele al trono. Per tornare a casa e chiamare alle armi i vessilli, Stark ha dovuto valicare le montagne fino alle Dita e trovare un pescatore che gli facesse attraversare il Morso. Furono sorpresi da una tempesta. Il pescatore annegò, ma sua figlia portò Stark alle Sorelle prima che la barca colasse a picco. Dicono che lui le abbia lasciato una sacca d'argento e un bastardo in grembo. Lo chiamò Jon Snow, in onore di Arryn. Comunque sia, mio padre era seduto dove siedo io adesso, quando lord Eddard arrivò a Sisterton. Il nostro maestro ci incitò a mandare la testa di Stark ad Aerys, per dimostrare la nostra lealtà. Ci sarebbe stata una ricca ricompensa. Il re Folle era munifico con quelli che lo compiacevano. A quel punto, però, noi sapevamo che Jon Arryn aveva preso Città del Gabbiano. Robert fu il primo a raggiungere la Barriera e uccise con le sue mani Marq Grafton. "Questo Baratheon è impavido" dissi. "Combatte come dovrebbe combattere un re." Il nostro maestro ridacchiò e ci disse che il principe Rhaegar avrebbe certamente sconfitto il ribelle. Fu allora che Stark disse: "A questo mondo l'unica certezza è l'inverno. Potremmo perdere la testa, è vero... ma se vincessimo?" Mio padre lo mandò per la sua strada, con la testa ancora sulle spalle. "Se perdi" disse a lord Eddard "non sei mai stato qui."»

«Così come non ci sono mai stato io» disse Davos Seaworth.

JON

Portarono fuori il re oltre la Barriera, con le mani legate e il cappio al collo.

L'altra estremità della corda era avvolta attorno al corno della sella del destriero di ser Godry Farring. Lo Sterminatore di giganti e la sua cavalcatura avevano una corazza d'acciaio argentato lavorata a niello. Mance Rayder indossava solo una tunica leggera, che gli lasciava scoperti gli arti.

"Potevano almeno lasciargli il suo mantello" pensò Jon Snow, "quello che la donna dei bruti gli aveva rattoppato con strisce di seta cremisi."

Non c'era da stupirsi che quel giorno la Barriera lacrimasse.

«Mance Ryder conosce la Foresta Stregata meglio di qualsiasi ranger» aveva detto Jon a re Stannis, nell'estremo tentativo di convincere sua grazia che il re oltre la Barriera sarebbe stato loro più utile vivo che morto. «Conosce Tormund Veleno dei Giganti. Ha combattuto gli Estranei, e aveva il Corno di Joramun, ma non l'ha suonato. Non ha fatto crollare la Barriera, quando avrebbe potuto.»

Le sue parole caddero nel vuoto. Stannis era rimasto impassibile. La legge era chiara: la vita di un disertore era perduta.

Sotto la Barriera che lacrimava, lady Melisandre alzò le sue mani pallide. «Tutti dobbiamo fare delle scelte» esordì. «Uomo o donna, giovane o vecchio, lord o contadino, le nostre scelte sono uguali.»

La sua voce ricordava a Jon Snow l'anice, la noce moscata e i chiodi di garofano. Melisandre era a fianco del re, su una piattaforma di legno eretta sopra la fossa. «Scegliamo la luce o le tenebre, il bene o il male, il vero dio o i falsi dèi.»

Mentre Mance Rayder avanzava, i suoi folti capelli castani brizzolati gli soffiavano sul viso. Con le mani legate, se li tolse dagli occhi, sorridendo. Ma quando vide la gabbia, il coraggio svanì. Gli uomini della regina l'avevano costruita utilizzando gli alberi della Foresta Stregata, con arboscelli e rami flessibili, rami di pino appiccicosi di resina, e le dita bianche come ossa della Foresta Stregata. Li avevano piegati, ritorti e intrecciati, a formare un graticcio di legno che poi era stata appeso sopra una profonda fossa piena di ceppi, foglie e sterpi.

A quella vista, il re dei bruti cercò di tirarsi indietro. «No» gridò. «Pietà. Non è giusto. Io non sono il re, loro...»

Ser Godry diede uno strattone alla fune. Il re oltre la Barriera dovette seguirlo incespicando, con la corda che gli strozzava le parole in gola. Quando perse l'appoggio delle gambe, Godry lo trascinò. Mance sanguinava, mentre gli uomini della regina lo spingevano e lo tiravano verso la gabbia. Una decina d'uomini d'arme insieme lo sollevarono in aria.

Lady Melisandre lo guardò salire. «*Popolo libero!* Ecco qui il vostro re di menzogne. Ed ecco il corno che a suo dire avrebbe fatto crollare la Barriera.»

Due uomini della regina portarono il Corno di Joramun, nero, decorato con fasce d'oro antico, lungo in tutto otto piedi. Sulle fasce d'oro erano incise delle rune, la scrittura dei primi uomini. Joramun era morto da più di mille anni e Mance aveva trovato la sua tomba sotto un ghiacciaio, su agli Artigli del Gelo. "E Joramun aveva suonato il Corno dell'Inverno e svegliato i giganti nella terra" pensò Jon. Ygritte gli aveva detto che Mance non aveva mai trovato il corno. "Mentiva. Oppure Mance ha mantenuto il segreto anche con i suoi."

Un migliaio di prigionieri guardarono attraverso le sbarre di legno della palizzata il corno che veniva sollevato sempre più in alto. Spettri coperti di stracci, mezzi morti di fame. Bruti, erano chiamati nei Sette Regni; loro si definivano il popolo libero. Non parevano né bruti né liberi, solo affamati, spaventati, intirizziti.

«Il Corno di Joramun?» disse Melisandre. «No. Chiamatelo il Corno delle Tenebre. Se la Barriera cade, cala anche la notte, la lunga notte senza fine. Questo non deve accadere, e non accadrà! Il Signore della luce ha visto i suoi figli nel pericolo e ha inviato loro un campione, Azor Ahai risorto.» Melisandre indicò con una mano Stannis, e il grande rubino che portava al collo mandò lampi di luce.

"Lui è pietra e lei è fiamma." Gli occhi del re erano due lividi bluastri, infossati in una faccia incavata. Il re indossava una corazza grigia e dalle sue ampie spalle ricadeva un mantello intessuto d'oro e orlato di pelliccia. La piastra pettorale aveva intarsiato un cuore fiammeggiante. Sulla fronte portava una corona d'oro rosso, con delle punte simili a fiamme guizzanti. Val, alta e bella, era in piedi accanto a lui. L'avevano incoronata con un semplice anello di bronzo scuro, eppure pareva più regale lei in bronzo che Stannis in oro. I suoi occhi grigi e intrepidi erano impassibili. Sotto il mantello d'ermellino era vestita di bianco e oro. I capelli biondo miele, acconciati in una spessa treccia, dalla spalla sinistra scendevano fino alla cintura. L'aria fredda le coloriva le guance.

Lady Melisandre non portava nessuna corona, ma tutti i presenti sapevano che la vera regina di Stannis Baratheon era lei, non la donna senza pretese che Stannis aveva lasciato a rabbrividire al Forte Orientale. Si diceva che il re non avesse intenzione di mandare a prendere la regina Selyse e la loro figlia, finché il Forte della Notte non fosse stato pronto per essere nuovamente abitato. Jon si sentì dispiaciuto per loro. La Barriera offriva ben poche delle comodità cui erano abituate le lady del Sud e le fanciulle di nobile nascita; e il Forte della Notte non ne offriva neppure una. Era un luogo sinistro perfino nei momenti migliori.

«*Popolo libero!*» gridò Melisandre. «Ecco la sorte di chi sceglie le tenebre!»

Il Corno di Joramun s'incendiò.

Un sibilo improvviso, poi delle lingue di fuoco verde e giallo guizzarono e sfrigolarono. Il destriero di Jon s'impennò, innervosito, e qua e là, tra i ranghi, altri dovettero calmare il loro cavalli. Un gemito si levò dalla palizzata, quando il popolo libero vide le proprie speranze prendere fuoco. Alcuni cominciarono a gridare, a imprecare, ma la maggior parte si chiuse nel silenzio. Per un breve attimo, le rune incise sulle fasce d'oro parvero scintillare nell'aria. Gli uomini della regina diedero una spinta, e il corno finì nel braciere.

Nella gabbia, Mance Rayder afferrò con le mani legate il cappio che aveva intorno al collo, e gridò frasi incoerenti sul tradimento e la stregoneria, rinnegò la sua regalità, rinnegò il suo popolo, rinnegò il suo nome, rinnegò tutto quello che era stato. Urlò chiedendo pietà, maledisse la Donna Rossa e poi cominciò a ridere come un folle.

Jon guardò senza battere ciglio. Davanti ai suoi confratelli, non osava apparire troppo sensibile. Aveva fatto radunare duecento uomini, più della metà della guarnigione del Castello Nero. A cavallo, in gramaglie, solenni, con le lunghe lance in mano, i cappucci alzati a celare il viso... e a nascondere il fatto che troppi di loro erano uomini con la barba grigia e ragazzi imberbi. Il popolo libero aveva paura dei Guardiani della notte. Jon voleva che si portassero quella paura anche nelle loro nuove case a sud della Barriera.

Il corno si schiantò in mezzo a ciocchi, foglie e sterpaglia.

Pochi attimi dopo, tutta la fossa aveva preso fuoco. Stringendo le sbarre della gabbia con le mani legate, Mance pianse e supplicò. Quando il fuoco arrivò fino a lui, le fiamme fecero una sorta di danza. Le sue urla diventarono un lungo grido di paura e di dolore. Mance si contorse come una foglia incendiata, una falena avvolta dalle fiamme di una candela.

Jon riandò con la memoria a un'antica canzone.

Fratelli, oh, fratelli, i miei giorni stanno per finire,
il dorniano mi ha preso la vita,
ma cosa importa, visto che tutti dobbiamo morire,
e io ho gustato la moglie del dorniano!

Val era in piedi sulla piattaforma, immobile come una statua di sale. "Non piangerà né distoglierà lo sguardo." Jon si chiese che cosa avrebbe fatto Ygritte al posto suo. "Le donne sono più forti." Si ritrovò a pensare a Sam, al maestro Aemon, a Gilly e all'infante. "Mi maledirà finché avrà fiato in corpo, ma sapevo che non c'era altra scelta. Il Forte Orientale aveva riferito di violente tempeste nel Mare Stretto. Volevo metterli al sicuro. Li ho forse gettati invece in pasto ai granchi?" La notte prima aveva sognato che Sam annegava, Ygritte moriva trafitta da una sua freccia (non l'aveva lanciata lui, ma nei suoi sogni era sempre così), Gilly piangeva lacrime di sangue.

Jon aveva visto abbastanza. «Adesso» ordinò.

Ulmer di Bosco del Re piantò la lancia a terra, impugnò l'arco e pescò una freccia nera dalla faretra. Donnel Hill il Dolce tirò indietro il cappuccio, e fece altrettanto. Garth Piumagrigia e Ben il Barbuto incoccarono a loro volta, tesero gli archi lunghi e lanciarono.

Una freccia colpì Mance Rayder al petto, un'altra al ventre, la terza alla gola. La quarta si conficcò in una sbarra di legno della gabbia e vibrò un attimo prima di prendere fuoco. Un pianto di donna echeggiò dalla Barriera, mentre il re dei bruti si accartocciava sul fondo della gabbia, lambito dalle fiamme.

«E ora la sua guardia è finita» mormorò piano Jon. Un tempo, prima di scambiare il mantello nero con uno di seta rossa, Mance Rayder aveva fatto parte dei Guardiani della notte.

Sulla piattaforma, Stannis appariva accigliato. Jon evitò d'incrociare il suo sguardo. Il fondo della gabbia di legno si era staccato e le sbarre si stavano consumando. Man mano che il fuoco saliva, altri rami cadevano, rosso ciliegia e neri. «Il Signore della luce ha creato il sole, la luna e le stelle per illuminarci la via, e ci ha dato il fuoco per tenere a bada la notte» predicò Melisandre ai bruti. «Nessuno può resistere alle sue fiamme.»

«Nessuno può resistere alle sue fiamme» ripeterono in coro gli uomini della regina.

Le vesti della Donna Rossa, di un cupo scarlatto, vorticarono. I suoi capelli ramati formarono un alone intorno al viso. Alte fiamme gialle le danzarono sulla punta delle dita come artigli. «*Popolo libero!* I vostri falsi dèi non vi possono aiutare. Il vostro falso corno non vi ha salvato. Il vostro falso re vi ha portato soltanto morte, disperazione, disfatta... Ma qui c'è il vero re. *Guardate la sua gloria!*»

Stannis Baratheon estrasse la Portatrice di luce.

La spada brillò, pulsante di una luminosità arcana. Jon aveva già assistito a quello spettacolo... ma mai così, mai prima di allora. La Portatrice di luce era il sole diventato acciaio. Quando Stannis sollevò la lama sopra la testa, gli uomini dovettero ruotare il capo o coprirsi gli occhi. I cavalli nitrirono, uno disarcionò il suo cavaliere. Il bagliore nel fossato parve contrarsi davanti a quella tempesta di luce come un cagnolino si ritrae davanti a un cane più grosso.

La Barriera stessa si tinse di rosso, rosa e arancione, mentre ondate di colore danzavano sul ghiaccio. "È questo il potere del sangue di re?"

«L'Occidente ha un solo re» dichiarò Stannis. La sua voce risuonò dura, priva della musicalità di Melisandre. «Con questa spada difendo i miei sudditi e distruggo chi li minaccia. Sottomettetevi, e io vi prometto cibo, terra e giustizia. Sottomettetevi e vivrete. Oppure andate e morite. Scegliete voi.» Rimise la Portatrice di luce nel fodero, e il mondo tornò a scurirsi, come se il sole fosse stato coperto da una nuvola. «Aprite le porte.»

«*Aprite le porte*» tuonò ser Clayton Suggs, con voce profonda come un corno di guerra. «*Aprite le porte*» fece eco ser Corliss Penny, comandante delle guardie. «*Aprite le porte*» ripeterono gli attendenti.

Gli uomini si affrettarono a ubbidire. I pali appuntiti furono estratti dal terreno, le assi furono posate sui profondi fossati e le porte della palizzata vennero spalancate. Jon Snow alzò un mano, poi la riabbassò e i suoi ranghi neri si divisero a destra e a sinistra, aprendo un passaggio verso la Barriera, dove Edd Tollett l'Addolorato aprì la porta di ferro.

«Venite» incitò Melisandre. «Venite verso la luce... o precipitate di nuovo nelle tenebre.» Nel fossato sotto di lei ardeva il fuoco. «Se scegliete la vita, venite a me.»

E ci andarono. All'inizio lentamente, alcuni zoppicando o reggendosi ai compagni, i prigionieri cominciarono a uscire dal rozzo recinto. "Se vuoi mangiare, vieni a me" pensò Jon. "Se non vuoi morire di freddo e di fame, sottomettiti." Esitanti, timorosi di qualche trappola, i primi prigionieri percorsero lentamente le assi e attraversarono il recinto, verso Melisandre e la Barriera. Quando videro che a quelli che li avevano preceduti non era successo niente di male, i vicini li imitarono. Poi altri ancora, fino a diventare un fiume. Uomini della regina, con le giubbe borchiate e i mezzi elmi, diedero a ogni uomo, donna o bambino un pezzo di albero-diga: un bastone, un pezzo di ramo livido come una scheggia d'osso, un fascio di foglie rosso sangue. "Un frammento dei vecchi dèi per nutrire il nuovo dio." Jon fletté le dita della mano della spada.

Il calore emanato dalla fossa si percepiva anche da lontano. Per i bruti doveva essere talmente forte da far venire le bolle.

Jon vide uomini curvare la schiena avvicinandosi alle fiamme, udì bambini piangere. Alcuni si diressero verso la foresta. Jon vide una giovane donna allontanarsi malferma sulle gambe, con un bambino per mano. Ogni due o tre passi si guardava indietro per assicurarsi che nessuno li seguisse. Poi, quando fu vicino agli alberi, iniziò a correre. Un vecchio dalla barba grigia prese il ramo di albero-diga che gli porsero e lo usò come arma, menando colpi a destra e a manca, finché gli uomini della regina non gli furono addosso con le lance. Gli altri dovettero scansare il suo cadavere, finché ser Corliss non lo fece gettare nel fuoco.

Dopo quell'incidente, altri del popolo libero scelsero i boschi. Forse uno su dieci.

Ma i più proseguirono. Alle loro spalle, solo freddo e morte. Davanti, la speranza. Proseguirono, stringendo le loro schegge di legno, fino al momento di nutrire le fiamme. R'hllor era una divinità gelosa, perennemente affamata. Così il nuovo dio divorò il cadavere del vecchio, proiettando sulla Barriera le ombre gigantesche di Stannis e Melisandre, nere contro i riverberi rossastri sul ghiaccio.

Sigorn fu il primo a inginocchiarsi davanti al re. Il nuovo maknar di Thenn era una versione più giovane e bassa di suo padre: magro, con pochi capelli, gli schinieri di bronzo e un camiciotto di cuoio rivestito di lamelle di bronzo. Poi arrivò Rattleshirt, con la sua rumorosa corazza di ossa e cuoio bollito, e il teschio di un gigante come elmo. Sotto le ossa si celava una creatura distrutta e infelice, con i denti marroni scheggiati e una sfumatura giallastra nel bianco degli occhi.

"Un piccolo, malvagio, traditore, tanto stupido quanto crudele" pensò Jon. Non s'illuse nemmeno per un secondo che avrebbe mantenuto la parola. Si domandò che cosa provasse Val mentre lo guardava piegare il ginocchio per il perdono.

Seguirono capi di rango inferiore. Due capoclan dei piedi di corno, con talloni neri e induriti. Una vecchia saggia, riverita dalle genti del Fiumelatte. Un ragazzino dodicenne sparuto dagli occhi scuri, figlio di Alfyn Ammazzacorvi. Halleck, il fratello di Harma Testa di Cane, con i suoi maiali. Tutti fecero atto di sottomissione al re.

"Fa troppo freddo per questa pantomima" pensò Jon. "Il popolo libero disprezza chi si mette in ginocchio" aveva detto a Stannis. "Lascia che mantengano intatto il loro orgoglio e ti saranno più devoti." Sua grazia non l'aveva ascoltato. «Da loro voglio spade, non baci» aveva risposto.

Dopo essersi inginocchiati, i bruti passarono davanti alle file dei confratelli in nero, dirigendosi verso la Barriera. Jon aveva distaccato Cavallo e Satin, più altri sei, perché facessero loro luce durante la traversata con delle torce.

Sul versante opposto li aspettavano zuppa di cipolle fumante, pane nero e salsiccia. E vestiti caldi, mantelli, brache, stivali, tuniche, buoni guanti di pelle. Avrebbero dormito su pagliericci puliti e i fuochi avrebbero mitigato il gelo della notte. Quel re era indubbiamente un uomo metodico. Prima o poi, tuttavia, Tormund Veleno dei Giganti avrebbe assaltato di nuovo la Barriera, e Jon si chiese da che parte si sarebbero allora schierati i nuovi sudditi di Stannis. "Puoi dare loro terra e misericordia, ma il popolo libero sceglie il proprio re; e loro hanno scelto Mance, non te."

Bowen Marsh accostò la sua cavalcatura a quella di Jon. «Non avrei mai pensato di vivere tutto questo» disse. Il lord attendente era molto smagrito a seguito di una ferita alla testa al Ponte dei Teschi. Gli mancava parte di un orecchio. "Ha perso il suo aspetto da melagrana" pensò Jon. «Abbiamo sputato sangue per fermare i bruti alla Gola» disse Marsh. «Uomini valorosi sono rimasti uccisi, amici e fratelli. Per che cosa?»

«Il regno ci maledirà tutti per questo» dichiarò ser Alliser Thorne, in tono velenoso. «Ogni uomo onesto del continente occidentale girerà la testa e sputerà al solo sentire nominare i Guardiani della notte.»

"Che ne sai, tu, degli uomini onesti?" pensò Jon. «Silenzio nei ranghi.»

Ser Alliser era diventato più circospetto da quando lord Janos ci aveva rimesso la testa, ma era ancora maligno. Jon aveva accarezzato l'idea di affidargli il comando rifiutato da Slynt, ma voleva tenerlo sott'occhio. Thorne era sempre stato il più pericoloso dei due. Al comando di Guardia Grigia, aveva invece mandato un attendente brizzolato di Torre delle Ombre.

Si augurava che le due nuove guarnigioni facessero la differenza. "I Guardiani possono far sanguinare il popolo libero, ma non possiamo sperare di fermarlo." Mettere al rogo Mance

Rayder non cambiava quella verità. "Siamo troppo pochi e loro sono troppo numerosi, e senza ranger siamo come ciechi. Devo mandare fuori degli uomini, ma ritorneranno?"

Il tunnel sotto la Barriera era stretto e tortuoso. Molti bruti erano vecchi, malati o feriti, perciò la processione era di una penosa lentezza. Prima che l'ultimo arrivasse a fare atto di sottomissione, si fece notte. Il fuoco nella fossa era diminuito, e l'ombra del re sulla Barriera adesso era alta un quarto rispetto a prima. Jon Snow poteva vedere nell'aria il proprio respiro. "Il freddo sta aumentando" pensò. "E questa pantomima è durata anche troppo."

Una quarantina di prigionieri indugiava lungo la palizzata. Tra loro c'erano quattro giganti, massicce creature irsute dalle spalle cascanti, con gambe grosse come tronchi e grandi piedi piatti rivolti all'infuori. Nonostante la loro mole, avrebbero potuto attraversare la Barriera, ma uno non voleva abbandonare il suo mammut e gli amici non volevano abbandonare lui. Gli altri rimasti erano tutti di statura umana. Alcuni erano morti o moribondi; i più erano parenti o compagni d'arme di questi ultimi, riluttanti ad allontanarsi da loro anche per una ciotola di zuppa di cipolle.

Scossi da brividi o troppo intirizziti per rabbrividire, ascoltarono quando la voce del re riecheggiò dalla Barriera. «Siete liberi di andarvene» disse Stannis. «Riferite al vostro popolo ciò cui avete assistito. Dite che avete visto il vero re, e che sono tutti benvenuti nel suo regno, purché vengano in pace. Altrimenti, faranno meglio a fuggire o a nascondersi. Non tollererò altri attacchi alla mia Barriera.»

«Un solo regno, un solo dio, un solo re!» gridò lady Melisandre.

Gli uomini della regina ripeterono quel grido, battendo l'asta della lancia contro lo scudo.

«*Un solo regno, un solo dio, un solo re! Stannis! Stannis! Un solo regno, un solo dio, un solo re!*»

Jon notò che Val non si unì a quell'invocazione. E nemmeno i confratelli dei Guardiani della notte. Nel tumulto, i pochi bruti rimasti si confusero fra gli alberi. I giganti furono gli ultimi ad andarsene, due a dorso di mammut, gli altri due a piedi. Restarono indietro soltanto i morti.

Jon osservò Stannis scendere dalla piattaforma, con Melisandre al fianco. "La sua ombra rossa" pensò. "Non lo lascia mai per lungo tempo da solo." La guardia d'onore del re si dispose intorno a loro: ser Godry, ser Clayton e una decina di altri cavalieri, tutti uomini della regina. Il chiarore della luna luccicava sulle corazze e il vento frustava i mantelli.

«Lord attendente» disse Jon a Marsh, «abbatti la palizzata, accendi un fuoco e getta i cadaveri nelle fiamme.»

«Come il mio lord comanda» Marsh latrò degli ordini e un gruppo di attendenti uscì dai ranghi per abbattere la palizzata. Il lord attendente li guardò, accigliato. «Quei bruti... pensi che terranno fede alle loro promesse, mio lord?»

«Alcuni, non tutti. Anche noi abbiamo i nostri codardi, i nostri infami, deboli e stolti, e così loro.»

«I voti che... Abbiamo giurato di proteggere il regno...»

«Una volta che il popolo libero si sarà stabilito nelle terre del Dono, farà parte del regno» disse Jon. «Sono giorni terribili, e con ogni probabilità peggioreranno. Abbiamo visto la faccia del nostro vero nemico, di un pallore mortale, con rilucenti occhi azzurri. Anche il popolo libero l'ha vista. In questo, Stannis non sbaglia. Dobbiamo far fronte comune con i bruti.»

«Fronte comune contro un nemico comune: potrei anche essere d'accordo» disse Bowen Marsh. «Ma ciò non significa permettere che decine di migliaia di selvaggi mezzi morti di fame attraversino la Barriera. Lasciamo che tornino ai loro villaggi e combattano lì gli Estranei, mentre noi sigilliamo le porte. Non sarà difficile, mi ha detto Othell. Dobbiamo solo riempire i tunnel di sassi e versare dell'acqua nelle feritoie. La Barriera farà il resto. Il freddo, il peso... nel giro di una luna sarà come se non ci fosse mai stato un varco. Ogni nemico sarà costretto a scavarsi la propria via.»

«O ad arrampicarsi.»

«Improbabile» disse Bowen Marsh. «Questi non sono predoni che escono a razziare una moglie e fare un po' di bottino. Tormund avrà con sé donne anziane, bambini, greggi di pecore e capre, perfino mammut. Ha bisogno di una *porta*, e ne rimangono soltanto tre. E se dovesse mandare su degli scalatori, be', difendersi da quelli sarà facile come fiocinare dei pesci in una pozza.»

"Un pesce, però, non esce mai dalla pozza per ficcarti una lancia nel ventre" pensò Jon. Lui stesso aveva scalato la Barriera.

Marsh continuò. «Gli arcieri di Mance Rayder devono averci scagliato addosso diecimila frecce, a giudicare dal numero di aste che abbiamo raccolto. Meno di un centinaio hanno raggiunto i nostri uomini in cima alla Barriera, quasi tutte sono state deviate in alto da raffiche di vento. Alyn il Rosso di Bosco delle Rose è stato l'unico a morire lassù ed è stato per la caduta, non per via della freccia che gli ha trafitto la gamba. Donal Noye è morto difendendo la porta. Un atto eroico, certo... ma se la porta fosse stata sigillata, il nostro prode armiere sarebbe ancora con noi. Che i nemici siano cento o centomila, finché noi siamo in cima alla Barriera e loro sotto, non possono nuocerci.»

"Non ha tutti i torti" pensò Jon. L'esercito di Mance Rayder si era sfracellato contro la Barriera come un'onda contro gli scogli, anche se i difensori non erano più di una manciata di vecchi, ragazzi imberbi e uomini menomati. Eppure, Jon sentiva che il suggerimento di Bowen andava contro tutti i suoi istinti. «Se sigilliamo le porte, non possiamo più mandare fuori i nostri ranger» obiettò. «Saremo come ciechi.»

«L'ultima missione esplorativa di lord Mormont è costata ai Guardiani un quarto dei suoi uomini, mio lord. Dobbiamo preservare le forze che ci rimangono. Ogni morte ci indebolisce e siamo rimasti davvero in pochi... Scegli il terreno più alto e vinci la battaglia, soleva dire mio zio. Nessun terreno è più alto della Barriera, lord comandante.»

«Stannis ha promesso terre, cibo e giustizia a ogni bruto che si metterà in ginocchio. Non ci permetterà di sigillare le porte.»

Marsh esitò. «Lord Snow, non sono tipo da prestare ascolto alle maldicenze, ma corre voce che tu stai diventando troppo... troppo gentile con lord Stannis. Alcuni insinuano addirittura che sei... un...»

"Un ribelle e un voltagabbana, *aye*, e un bastardo e anche un metamorfo." Anche se Janos Slynt era morto, le sue menzogne permanevano. «So che cosa si dice in giro.» Jon aveva udito dei bisbiglii, aveva visto la gente girare la testa quando attraversava il cortile. «Che cosa avrebbero voluto che facessi? Che impugnassi la spada sia contro Stannis sia contro i bruti? Sua grazia ha il triplo dei nostri uomini, inoltre è nostro ospite. Le leggi dell'ospitalità lo proteggono. E abbiamo un debito nei suoi confronti.»

«Lord Stannis ci ha aiutato quando avevamo bisogno» ammise Marsh, caparbio, «ma è pur sempre un ribelle e la sua causa è destinata a fallire. E così noi, se il Trono di Spade ci marchia come traditori. Dobbiamo fare in modo di non trovarci dalla parte perdente.»

«Non ho intenzione di schierarmi da una parte o dall'altra» disse Jon «ma non sono altrettanto sicuro di te circa l'esito di questa guerra, mio lord. Non dopo la morte di lord Tywin.»

A prestare credito alle storie arrivate lungo la Strada del Re, il Primo Cavaliere era stato assassinato dal figlio nano mentre era seduto sulla latrina. Molto tempo prima, Jon Snow aveva avuto un breve incontro con Tyrion Lannister. "Mi ha stretto la mano e mi ha chiamato amico." Era difficile credere che quel mezzo uomo fosse riuscito a uccidere il proprio genitore, ma la dipartita di lord Tywin era fuori discussione.

«Il leone ad Approdo del Re è un cucciolo e il Trono di Spade è noto per aver fatto a brandelli gli adulti.»

«Sarà anche un bambino, mio lord, ma... re Robert era benvoluto e molti ancora accettano che Tommen è suo figlio. Più conoscono lord Stannis meno lo amano e ancora meno sono quelli che hanno simpatia per lady Melisandre, con i suoi fuochi e il suo inquietante dio rosso. Protestano.»

«Si lamentavano anche del lord comandante Mormont. Agli uomini piace lamentarsi delle mogli e dei lord, mi disse lui una volta. E chi è senza moglie si lamenta doppiamente del suo lord.» Jon lanciò uno sguardo alla palizzata. Due lati erano stati abbattuti e il terzo stava venendo giù rapidamente. «Ti lascio qui a finire il lavoro, Bowen. Assicurati che tutti i cadaveri vengano bruciati. Grazie per il tuo parere. Prometto che rifletterò su quanto mi hai detto.»

Fumo e cenere offuscavano ancora l'aria intorno alla fossa, mentre Jon ritornava al trotto verso la porta. Lì smontò per condurre sottomano il destriero attraverso il ghiaccio fino al versante sud. Edd l'Addolorato lo precedeva, reggendo una torcia. Le fiamme sfioravano il soffitto, lacrime gelide gocciolavano su di loro a ogni passo.

«È stato un sollievo vedere quel corno bruciare, mio lord» disse Edd. «Giusto la notte scorsa avevo sognato che stavo pisciando dalla Barriera quando qualcuno decise di suonarlo. Non che mi stia lamentando del sogno: era meglio del precedente, in cui Harma Testa di Cane mi dava in pasto ai suoi maiali.»

«Harma è morta» gli ricordò Jon.

«Ma i suoi maiali no. Mi guardano come Sam il Distruttore guardava un prosciutto. Non dico che i bruti intendano farci del male. *Aye*, abbiamo fatto a pezzi i loro dèi e li abbiamo costretti a bruciarli, ma abbiamo dato loro della zuppa di cipolle. Che cos'è un dio rispetto a una bella ciotola di zuppa di cipolle calda? Anzi, me ne farei una anch'io.»

I confratelli in nero avevano ancora addosso l'odore di fumo e di carne bruciata. Jon sapeva di dover mangiare, ma aveva più voglia di compagnia che non di cibo. "Una coppa di vino con il maestro Aemon, quattro chiacchiere in santa pace con Sam, qualche risata con Pyp, Grenn e Toad." Aemon e Sam se n'erano andati, e gli altri suoi amici... «Stasera cenerò con i nostri uomini» decise.

«Manzo bollito e barbabietole.» Edd l'Addolorato pareva sapere sempre che bolliva in pentola. «Hobb però dice che ha terminato il rafano. Il bollito senza rafano non sa di niente.»

Da quando i bruti avevano incendiato la vecchia sala comune, i Guardiani della notte consumavano i loro pasti nella cantina sotto l'armeria: una specie di caverna con due file di colonne quadrate di pietra, le volte a botte e grandi fusti di vino e birra lungo le pareti.

Quando Jon entrò, quattro costruttori giocavano con le tessere sul tavolo più vicino ai gradini. Accanto al fuoco c'era un gruppo di ranger e alcuni uomini del re, che chiacchieravano a bassa voce.

I più giovani sedevano a un altro tavolo, dove Pyp aveva infilzato una rapa con il coltello. «La notte è buia e piena di rape» annunciò con voce solenne. «Preghiamo tutti per la carne di cervo, figli miei, con un po' di cipolla e un intingolo saporito.» I suoi amici scoppiarono a ridere. Grenn, Toad, Satin, tutto il gruppo.

Jon Snow non si unì alla risata. «Prendersi gioco delle preghiere degli altri, Pyp, è sciocco. E pericoloso.»

«Se il dio rosso si è offeso, che mi fulmini.»

Tutte le risate si smorzarono. «Ridevamo della sacerdotessa» disse Satin, una ragazza snella e graziosa che in passato aveva fatto la puttana a Vecchia Città. «Stavamo solo scherzando, mio lord.»

«Voi avete i vostri dèi e lei ha il suo. Lasciatela stare.»

«Lei però non lascia stare i nostri dèi» protestò Toad. «Li chiama i Sette Falsi Dèi, mio lord. Anche i vecchi dèi. Ha fatto bruciare ai bruti dei rametti di legno stregato. L'hai visto anche tu.»

«Lady Melisandre non è ai miei ordini, voi sì. Non voglio sangue cattivo fra gli uomini del re e i miei.»

Pyp posò la mano sul braccio di Toad. «Smettila di gracidare come un rospo, prode Toad, perché sua eccellenza lord Snow ha parlato.» Balzò in piedi e fece a Jon un inchino beffardo. «Chiedo scusa. D'ora in poi non muoverò orecchio senza l'onorevole permesso di vostra signoria.»

"Crede che sia tutto un gioco" pensò Jon, che voleva mettergli un po' di buon senso nella zucca. «Agita pure le orecchie quanto ti pare. Il guaio è quando agiti la lingua.»

«Farò in modo che sia più cauto» assicurò Grenn, «altrimenti gli darò una botta in testa.» Esitò. «Mio lord, mangi con noi? Owen, fatti in là e lascia spazio a Jon.»

Jon non chiedeva di meglio. "No" fu costretto a dirsi, "quei giorni sono andati." Quella constatazione gli dilaniò il ventre come un coltello. Lo avevano scelto come loro comandante. La Barriera era sua, e anche la loro vita. "Un lord può voler bene agli uomini che comanda" gli pareva di sentire le parole di suo padre "ma non può esserne amico. Un giorno potrebbe essere costretto a giudicarli, o a mandarli a morire."

«Un'altra volta» mentì Jon. «Edd, è meglio che pensi alla tua cena. Io ho del lavoro da fare.»

Fuori, l'aria sembrava ancora più gelida di prima. Dall'altra parte del castello, Jon vedeva la luce delle candele brillare dalle finestre della Torre del Re. Val se ne stava sul tetto della torre, a fissare la Barriera. Stannis la teneva rigidamente rinchiusa nelle stanze sopra di lui, ma le consentiva di camminare sugli spalti merlati per tenersi in esercizio. "Sembra malinconica" pensò Jon. "Malinconica e incantevole." Ygritte aveva una sua bellezza, con i capelli rossi baciati dal fuoco, ma era il sorriso a ravvivarle la faccia. Val non aveva bisogno di sorridere: avrebbe fatto girare la testa agli uomini in qualsiasi corte del mondo.

Tuttavia la principessa dei bruti non era amata dai suoi carcerieri. Li disprezzava chiamandoli "genuflessi", e aveva tentato tre volte di fuggire. Quando un uomo d'armi si era distratto in sua presenza, lei gli aveva strappato il pugnale dal fodero e gli aveva trafitto il collo. Un altro pollice più a sinistra, e sarebbe morto.

"Malinconica, incantevole e letale" meditò Jon Snow. "E avrebbe potuto essere mia. Lei, Grande Inverno e il nome del lord mio padre." Invece aveva scelto un mantello nero e una muraglia di ghiaccio. Aveva scelto l'onore. "Una specie di onore da bastardo."

La Barriera si stagliava alla sua destra, quando attraversò il cortile. Il ghiaccio in alto riluceva livido, ma sotto era tutta ombra. Sulla porta, un fioco bagliore arancione filtrava da dietro le sbarre, dove le guardie avevano trovato riparo dal vento. Jon sentiva lo sferragliare delle catene, mentre la gabbia dell'argano oscillava e raschiava contro il ghiaccio. Le sentinelle nella baracca in alto si stavano riscaldando intorno a un braciere, gridando per sentirsi nonostante il rumore del vento. Oppure avevano rinunciato allo sforzo, ognuno immerso nel proprio silenzio. "Dovrei camminare sul ghiaccio" pensò Jon. "La Barriera è mia."

Stava passando sotto i resti della Torre del Lord comandante, oltre il punto dove Ygritte gli era morta fra le braccia, quando al suo fianco comparve Spettro, con il fiato caldo che fumava nel freddo.

Alla luce della luna i suoi occhi scintillavano come braci ardenti. Jon sentì in bocca il sapore del sangue caldo, e capì che quella notte Spettro aveva ucciso. "No" pensò, "io sono un uomo, non un lupo." Con il dorso della mano si pulì la bocca e sputò.

Clydas occupava ancora le stanze sotto l'uccelliera. Quando sentì Jon bussare, arrivò alla porta strascicando i piedi, con una candela in mano, e socchiuse l'uscio. «Disturbo?» chiese Jon.

«Affatto» disse Clydas, e aprì di più la porta. «Mi stavo scaldando del vino speziato. Il mio lord ne prende una coppa?»

«Con piacere.» Aveva le mani irrigidite dal freddo. Si tolse i guanti e cercò di flettere le dita.

Clydas ritornò al focolare per mescolare il vino. "Avrà sessant'anni, se non di più" pensò Jon. "È vecchio. Sembrava giovane solo a confronto di Aemon." Basso e grassoccio, aveva gli occhi rosa e fiochi da creatura notturna. Sulla testa gli restavano pochi capelli bianchi. Quando gli versò il vino, Jon sollevò la coppa con entrambe le mani, annusò le spezie e bevve. Sentì il calore diffondersi nel corpo. Bevve un altro lungo sorso, per togliersi dalla bocca il sapore del sangue.

«Gli uomini della regina dicono che il re oltre la Barriera è morto da codardo, supplicando pietà e negando di essere un re.»

«È vero. La Portatrice di luce era più luminosa che mai, sfolgorante come il sole.» Alzò la coppa in un brindisi. «A Stannis Baratheon e alla sua spada magica.» Il vino gli lasciò in bocca un gusto amaro.

«Sua grazia non è un uomo accomodante. Pochi di quelli che portano una corona, lo sono. Molti uomini buoni sono stati dei cattivi re, diceva sempre maestro Aemon, e alcuni uomini cattivi sono stati dei buoni re.»

«Lui ne sapeva qualcosa.» Aemon Targaryen aveva visto avvicendarsi nove re sul Trono di Spade. Era stato figlio di un re, fratello di un re, zio di un re. «Ho cercato nel libro che maestro Aemon mi ha lasciato, *Il compendio di giada*, le pagine che parlavano di Azor Ahai. La Portatrice di luce era la sua spada, temprata nel sangue della moglie, secondo quanto dice Votar. Da allora la Portatrice di luce non era mai fredda al tatto, ma calda come era stata Nissa Nissa. In battaglia, la lama bruciava come fuoco. Una volta Azor Ahai combatté contro un mostro. Quando la lama penetrò nel ventre della belva, il sangue iniziò a bollire, fumo e vapore uscirono dalla sua bocca, gli occhi si fusero e gocciolarono sulle guance, e il corpo prese fuoco.»

Clydas batté le palpebre. «Una spada che genera calore...»

«... sarebbe l'ideale alla Barriera» concluse Jon. Mise da parte la coppa di vino e s'infilò i guanti di talpa. «Peccato che la spada impugnata da Stannis sia fredda. Sono curioso di vedere come si comporta la sua Portatrice di luce in battaglia. Grazie per il vino. Spettro, vieni.»

Sollevò il cappuccio del mantello e aprì la porta. Il lupo bianco lo seguì nella notte.

L'armeria era buia e silenziosa. Jon fece un cenno alle guardie mentre passava davanti alle silenziose rastrelliere di lance, dirigendosi verso le sue stanze. Appese il cinturone della spada a un piolo vicino alla porta, il mantello a un altro. Si tolse i guanti. Aveva le mani fredde e intirizzite. Ci mise un po' ad accendere le candele.

Spettro si rannicchiò sul suo tappeto e si addormentò, ma Jon non poteva ancora riposare. Sul tavolo d'abete, tutto rigato, c'erano le mappe della Barriera e delle terre al di là di essa, un elenco di ranger e una lettera arrivata da Torre delle Ombre, nella grafia fluida di ser Denys Mallister.

Jon rilesse la lettera proveniente da Torre delle Ombre, fece la punta a una penna d'oca e aprì un vasetto di denso inchiostro nero. Scrisse due lettere: la prima a ser Denys, la seconda a Cotter Pyke. Entrambi lo assillavano per avere altri uomini. Decise d'inviare Halder e Toad a ovest, a Torre delle Ombre, Grenn e Pyp al Forte Orientale. L'inchiostro non aveva la giusta fluidità e tutte le parole parevano corte, rozze e sgraziate, comunque proseguì.

Quando finalmente posò la penna d'oca, la stanza era buia e gelida, e Jon sentiva le pareti chiudersi su di lui. Appollaiato sopra la finestra, il corvo di Vecchio Orso lo scrutò con i suoi scaltri occhi neri. "Il mio ultimo amico" pensò mestamente Jon. "Ed è meglio che io ti sopravviva, altrimenti mangerai anche la mia faccia." Spettro non contava. Spettro era molto più di un amico, era una parte di lui.

Jon si alzò e salì i gradini dello stretto letto che un tempo era stato di Donal Noye. "Il mio destino è questo" capì mentre si svestiva, "da adesso fino alla fine dei miei giorni."

DAENERYS

«Che c'è?» esclamò mentre Irri la scuoteva gentilmente per una spalla. Fuori era notte fonda.

Capì all'istante che c'era qualcosa che non andava. «Si tratta di Daario? Che è successo?» Nel suo sogno erano marito e moglie, gente semplice che faceva una vita semplice in un'alta casa di pietra con la porta rossa. In sogno, Daario le aveva baciato tutto il corpo, la bocca, il collo, i seni.

«No, khaleesi» mormorò Irri. «Sono il tuo eunuco Verme Grigio e due testerasate. Vuoi riceverli?»

«Sì.» Aveva i capelli arruffati e le coperte erano tutte in disordine. «Aiutami a vestirmi. Prenderò anche una coppa di vino, per schiarirmi la testa.» "Per annegare il mio sogno." Sentiva un suono soffocato di singhiozzi. «Cos'è questo pianto?»

«La tua schiava Missandei.» Jhiqui reggeva una candela sottile.

«La mia serva. Io non ho schiavi.» Daenerys non capiva. «Perché piange?»

«Per suo fratello» disse Irri.

Il resto lo apprese da Skahaz, Reznak e Verme Grigio, quando furono introdotti al suo cospetto. Dany capì che le notizie erano brutte prima ancora che loro parlassero. Un'occhiata al brutto viso del Testarasata bastò a rivelarglielo. «I figli dell'arpia?»

Skahaz annuì, con una smorfia sinistra.

«Quanti morti?»

Reznak si torse le mani. «N-nove, vostra magnificenza. Un lavoro sporco, e perverso. Una notte terribile, terribile.»

"Nove." Quella parola fu per lei come una pugnalata al cuore. Ogni notte, la guerra ombra riprendeva sotto le piramidi a gradoni di Meereen. Ogni mattina il sole si alzava su nuovi cadaveri, e sui mattoni accanto a loro delle arpie tracciate con il sangue. Ogni liberto che diventava troppo ricco o troppo esplicito nel parlare era condannato a morte.

"Nove in una sola notte, però..." Rimase atterrita. «Ditemi.»

Rispose Verme Grigio. «I tuoi servi sono stati assaliti mentre erano di ronda a Meereen per mantenere la pace di vostra grazia. Erano tutti ben armati, con lance, scudi e spade corte. Camminavano a due a due, e a due a due sono morti. I tuoi servi Pugno Nero e Cetherys sono stati uccisi dai dardi di una balestra nel Labirinto di Mazdhan. I tuoi servi Mossador e Duran sono rimasti schiacciati sotto le pietre lanciate dall'alto, lungo l'argine del fiume. I tuoi servi Eladon Capelli d'oro e Lancia fedele sono stati avvelenati nella taverna dove erano soliti fermarsi durante il loro giro di ronda la notte.»

"Mossador." Dany strinse il pugno. Missandei e i suoi fratelli erano stati rapiti dalla loro casa a Naath dai predoni delle Isole del Basilisco e quindi venduti come schiavi ad Astapor. Per quanto giovane, Missandei si era dimostrata portata per le lingue, tanto che i Buoni Padroni avevano fatto di lei una scriba. Mossador e Marselen non erano stati altrettanto fortunati. Li avevano castrati e arruolati tra gli Immacolati. «Gli assassini sono stati catturati?»

«I tuoi servi hanno arrestato il proprietario della taverna e le sue figlie. Si dichiarano innocenti e implorano pietà.»

"Tutti si dichiarano innocenti e implorano pietà." «Dateli al Testarasata. Skahaz, tienili separati e sottoponili a interrogatorio.»

«Sarà fatto, vostra eminenza. Vuoi che li interroghi con le buone o con le cattive?»

«Con le buone, per cominciare. Ascolta che cosa raccontano e quali nomi fanno. Può darsi che non siano implicati in questa storia.» Esitò. «Il nobile Reznak ha detto che erano nove. Gli altri?»

«Tre liberti assassinati nelle loro case» rispose il Testarasata. «Un usuraio, un ciabattino e l'arpista chiamata Rylona Rhee. Prima di ucciderla le hanno mozzato le dita.»

La regina trasalì. Rylona Rhee suonava l'arpa con la dolcezza della Fanciulla. Quando era schiava a Yunkai, suonava per tutte le nobili famiglie della città. A Meereen era diventata un vero riferimento per i liberti yunkai, era stata la loro voce nelle riunioni di consiglio di Dany. «Non abbiamo altri prigionieri, oltre a quel taverniere?»

«Nessuno, purtroppo. Supplichiamo la tua clemenza.»

"La mia clemenza" pensò Dany. "Avranno la clemenza del drago." «Skahaz, ho cambiato idea. Interrogate quell'uomo con le cattive.»

«È una possibilità. L'altra è di interrogare con le cattive le figlie sotto gli occhi del padre. Questo potrebbe strappargli qualche nome.»

«Fa' come ritieni meglio, ma portami dei nomi.» La sua furia era diventata un fuoco nel ventre. «Non accetterò che altri Immacolati vengano trucidati. Verme Grigio, richiama i tuoi uomini nei baraccamenti. Quindi provvedi che sorveglino le mura, le porte e la mia persona. Da oggi toccherà ai meereenesi mantenere la pace. Skahaz, forma una nuova guardia, composta in parti uguali di testerasate e di liberti.»

«Come tu comandi. Quanti uomini?»

«Quanti te ne occorrono.»

Reznak mo Reznak annaspò. «Vostra magnificenza, da dove arriverà il conio per pagare i loro salari?»

«Dalle piramidi. Proclama una tassa di sangue: cento pezzi d'oro da ogni piramide per ciascun liberto ucciso dai figli dell'arpia.»

Il Testarasata sorrise. «Sarà fatto, ma vostro splendore dovrebbe sapere che i Grandi Padroni di Zhak e Merreq si stanno accingendo ad abbandonare le piramidi e lasciare la città.»

Daenerys era nauseata da Zhak e Merreq, da tutti i meerensi, grandi e piccoli. «Lasciateli andare, ma controlla che portino con sé soltanto gli abiti che indossano. Accertati che tutto il loro oro resti qui. E anche le loro scorte di cibo.»

«Vostra magnificenza» mormorò Reznak mo Reznak, «non possiamo sapere se quei grandi nobili intendano unirsi ai tuoi nemici. È probabile che si rechino semplicemente nelle loro residenze in collina.»

«Allora non saranno dispiaciuti se mettiamo in salvo il loro oro. Sulle colline non c'è niente da comprare.»

«Temono per i loro figli» rispose Reznak.

"Anch'io" pensò Daenerys. «Metteremo in salvo anche loro. Prenderò due figli da ciascuna famiglia, anche alle altre piramidi. Un maschio e una femmina.»

«Ostaggi» esclamò Skahaz, contento.

«Paggi e coppieri. Se i Grandi Padroni sollevano delle obiezioni, spiega loro che nel continente occidentale è un grande onore per un bambino essere scelto per servire a corte.» Lasciò il resto inespresso. «Va' ed esegui gli ordini. Ho i miei morti da commemorare.»

Quando tornò nelle sue stanze in cima alla piramide, vide Missandei piangere sommessamente sul suo giaciglio, cercando di soffocare i singhiozzi. «Vieni a dormire con me» disse alla piccola scriba. «L'alba è ancora lontana.»

«Vostra grazia è gentile» disse Missandei, infilandosi tra le lenzuola. «Era un bravo fratello.»

Dany la tenne fra le braccia. «Parlami di lui.»

«Quando eravamo piccoli, m'insegnò ad arrampicarmi sugli alberi. Sapeva prendere i pesci a mani nude. Una volta lo trovai addormentato nel nostro giardino, con centinaia di farfalle intorno. Lui era così bello, quel mattino... Gli volevo molto bene.»

«Tanto quanto lui ne voleva a te» Dany le accarezzò i capelli. «Se vuoi, piccola mia, ti farò andare via da questo orribile posto. Troverò una nave e ti manderò a casa. A Naath.»

«Preferisco restare con te. A Naath avrei paura. E se tornassero gli schiavisti? Qui con te mi sento al sicuro.»

"Al sicuro." Gli occhi di Dany si riempirono di lacrime. «Voglio che tu si senta sempre al sicuro.» Missandei era solo una bambina. In sua compagnia, poteva sentirsi bambina anche lei. «Quando ero piccola nessuno mi ha mai fatto sentire al sicuro. Be', ser Willem Darry, ma poi è morto, e Viserys... Voglio proteggerti, ma... è così difficile essere forti. Non sempre so quello che dovrei fare, però *devo* saperlo. Io sono tutto ciò che hanno. Sono la regina... la... la...»

«... madre» bisbigliò Missandei.

«Madre dei draghi.» Dany rabbrividì.

«No, la madre di tutti noi.» Missandei la strinse più forte. «Vostra grazia deve dormire. Tra poco sarà l'alba.»

«Dormiremo tutt'e due, e sogneremo giorni più belli. Chiudi gli occhi.» Quando lei ubbidì, Dany le baciò le palpebre facendola ridere.

I baci, però, erano più facili del sonno. Dany chiuse gli occhi, cercò di pensare a casa, a Roccia del Drago, ad Approdo del Re e a tutti gli altri luoghi di cui Viserys le aveva parlato, in una terra più gentile di quella... ma i suoi pensieri, come navi trasportate da un forte vento, continuavano a tornare alla Baia degli Schiavisti. Quando Missandei fu profondamente addormentata, Dany si sciolse dal suo abbraccio e uscì sulla terrazza, nella luce che precede l'alba, e si appoggiò al freddo parapetto di mattoni a guardare la città. Migliaia di tetti, sotto di lei, dipinti in sfumature avorio e argento dalla luna.

Da qualche parte, sotto quei tetti, i figli dell'arpia si stavano riunendo a complottare modi per uccidere lei e tutti quelli che le volevano bene e rimettere i suoi figli in catene. Da qualche parte, laggiù, un bambino affamato piangeva perché voleva il latte. Da qualche parte una vecchia giaceva in punto di morte. Da qualche parte un uomo e una donna si abbracciavano, impazienti, armeggiando a tentoni con le vesti. Ma lassù c'era solo lo splendore del chiaro di luna, su piramidi e fosse da combattimento, senza traccia di quello che si trovava in basso. Lassù c'era soltanto lei, da sola.

Lei era il sangue del drago. Avrebbe potuto uccidere i figli dell'arpia e i figli dei figli, e i figli dei figli dei figli. Ma un drago non poteva nutrire un bambino affamato, né alleviare il dolore di una donna morente. "E chi mai oserebbe amare un drago?"

Si ritrovò a pensare di nuovo a Daario Naharis, Daario con il dente d'oro e la barba a tridente, le mani forti sull'elsa dell'arakh e dello stiletto, entrambi cesellati in oro, a forma di donna nuda. Il giorno in cui lui si era congedato, nel dirgli addio Dany vi aveva passato sopra i pollici. "Sono gelosa dell'elsa di una spada" aveva pensato, "di donne fatte d'oro." Mandarlo dagli uomini agnello era stato saggio. Lei era una regina e Daario Naharis non era della materia di cui sono fatti i re.

«È trascorso così tanto tempo» aveva detto a ser Barristan, proprio il giorno prima. «E se Daario mi avesse tradito e fosse passato al nemico?» "Tre tradimenti dovrai conoscere." «E se lui avesse conosciuto un'altra donna, una principessa di Lhazar?»

Dany sapeva che l'anziano cavaliere non aveva simpatia per Daario né fiducia in lui. Tuttavia lui le aveva risposto con galanteria. «Non c'è donna più splendida di vostra grazia. Solo un cieco potrebbe pensarla diversamente e Daario Naharis non è cieco.»

"No" pensò Dany, "i suoi occhi sono blu scuro, quasi viola, e quando mi sorride il suo dente d'oro scintilla."

Ser Barristan era sicuro che Daario sarebbe ritornato. Dany poteva solo sperare che avesse ragione.

"Un bagno contribuirà a consolarmi." Scalza, attraversò il prato fino alla vasca sulla terrazza. L'acqua fredda la fece rabbrividire. I pesciolini le mordicchiarono braccia e gambe. Dany chiuse gli occhi lasciandosi galleggiare.

Un debole fruscio le fece riaprire gli occhi. Si raddrizzò sollevando degli schizzi. «Missandei?» chiamò. «Irri? Jhiqui?»

«Dormono» fu la risposta.

Sotto l'albero di cachi c'era una donna, con una lunga tunica che accarezzava l'erba. Sotto il cappuccio, la sua faccia appariva dura e lucida.

"Indossa una maschera. Una maschera di legno istoriato di lacca rossa. «Quaithe? Sto sognando?» Si pizzicò l'orecchio e trasalì per il dolore. «Ti ho sognato a Balerion, quando siamo arrivati ad Astapor.»

«Non era un sogno, né allora né ora.»

«Che cosa fai qui? Come hai fatto a oltrepassare le mie guardie?»

«Ho preso un'altra via. Le tue guardie non mi hanno visto.»

«Se le chiamo, ti uccideranno.»

«Giureranno che non c'è nessuno.»

«Sei davvero qui?»

«No. Adesso ascoltami, Daenerys Targaryen. Le candele di vetro continuano a bruciare. Presto arriverà la giumenta pallida e dopo di lei tutto il resto: il kraken e la fiamma scura, il leone e il grifo, il figlio del sole e il drago del guitto. Non fidarti di nessuno di loro. Ricorda l'Eterno, e attenta al siniscalco profumato.»

«Reznak? Perché dovrei temerlo?» Dany uscì dalla vasca. L'acqua le colò lungo le gambe e la pelle d'oca le ricoprì le braccia nell'aria fredda della notte. «Se hai un avvertimento per me, parla chiaramente. Che cosa vuoi, Quaithe?»

Il chiaro di luna brillò negli occhi della donna. «Mostrarti la via.»

«Me la ricordo. Devo andare a nord per andare a sud, a est per andare a ovest, indietro per andare avanti. E passare attraverso l'ombra per arrivare alla luce.» Si strizzò gli argentei capelli. «Sono stanca di enigmi. A Qarth ero una mendicante, ma qui sono una regina. Ti ordino di...»

«*Daenerys!* Ricorda l'Eterno, ricorda chi sei.»

«Il sangue del drago.» "La furia dei miei draghi è confinata nelle tenebre." «Ricordo l'Eterno. Figlia di Tre, mi hanno chiamato. Tre monti, mi hanno promesso, tre fuochi e tre tradimenti. Uno per il sangue, uno per l'oro e uno per...»

«Vostra grazia?» Missandei, sulla soglia della camera da letto della regina, reggeva una lanterna. «Con chi stai parlando?»

Dany lanciò un'occhiata all'albero di cachi. Non c'era nessuno. Niente tunica con cappuccio, niente maschera laccata, niente Quaithe.

"Un'ombra. Un ricordo. Nessuno." Lei era il sangue del drago, ma ser Barristan l'aveva avvertita che in quel sangue c'era una tara. "Sto forse diventando pazza?" Un tempo avevano chiamato folle suo padre. «Stavo pregando» disse Dany alla fanciulla. «Presto sarà chiaro. Sarà meglio che mangi qualcosa, prima della corte.»

«Ti porto del cibo per la tua colazione.»

Di nuovo sola, Dany girò intorno alla piramide nella speranza di ritrovare Quaithe. Passò davanti agli alberi bruciati e alla terra riarsa dove i suoi uomini avevano tentato di catturare Drogon. Ma l'unico rumore era il vento fra gli alberi da frutta e le sole creature presenti nel giardino alcune pallide falene.

Missandei tornò con un melone e una ciotola di uova sode, ma Dany si accorse di non avere appetito. Mentre il cielo si schiariva e le stelle a una a una si affievolivano, Irri e Jhiqui l'aiutarono a indossare un tokar di seta viola bordato d'oro.

Quando arrivarono Reznak e Skahaz, Dany li guardò di traverso, memore dei tre tradimenti. "Attenta al siniscalco profumato." Annusò Reznak mo Reznak sospettosa. "Potrei ordinare al Testarasata di arrestarlo e sottoporlo a interrogatorio." Una simile azione avrebbe prevenuto la profezia? O qualche altro traditore avrebbe preso il suo posto? "Le profezie sono infide" ricordò a se stessa "e Reznak potrebbe essere come appare."

Entrando nella sala viola, vide un'alta pila di cuscini di seta sulla sua panca di ebano. Sorrise. Sapeva che era merito di Barristan Selmy. L'anziano cavaliere era un brav'uomo, ma a volte prendeva le cose troppo alla lettera. "Era solo una battuta, ser" pensò, ma si sedette ugualmente sui cuscini.

Gli effetti della notte insonne non tardarono a farsi sentire. In breve si trovò a lottare con gli sbadigli, mentre Reznak parlava delle gilde degli artigiani. Pareva che gli scalpellini fossero adirati con lei, e anche i muratori. Certi schiavi liberati lavoravano la pietra e posavano i mattoni rubando il lavoro ai giornalieri della gilda e anche ai capomastri.

«I liberti lavorano a prezzi troppo bassi, vostra magnificenza» spiegava Reznak. «Alcuni si definiscono giornalieri e perfino capomastri, titoli che appartengono di diritto soltanto agli artigiani delle gilde. Scalpellini e muratori presentano rispettosa petizione affinché vostro splendore sostenga i loro antichi diritti e le consuetudini consolidate.»

«I liberti lavorano a basso costo perché hanno fame» disse Dany. «Se proibisco loro di sgrezzare la pietra o di posare i mattoni, candelieri, tessitori e orafi saranno presto alla mia porta a chiedere che siano esclusi anche da quei mestieri.» Daenerys si fermò un attimo a riflettere. «Sia scritto che d'ora in poi solo i membri della gilda avranno il permesso di definirsi giornalieri o capomastri... purché le gilde aprano i loro registri a qualsiasi liberto in grado di dimostrare l'abilità richiesta.»

«Così sarà proclamato» recitò Reznak. «Vostra eminenza gradisce ascoltare il nobile Hizdahr zo Loraq?»

"Si rassegnerà mai alla sconfitta?" «Che si faccia avanti.»

Quel giorno Hizdahr non indossava un tokar, ma una semplice veste grigia e blu. Era anche rasato. Si era tagliato la barba e i capelli, notò Dany. Non era un testarasata, non totalmente, ma almeno aveva eliminato quelle assurde ali che gli sporgevano ai lati del cranio. «Il barbiere ha fatto un buon lavoro, Hizdahr. Mi auguro che tu sia qui per mostrarmi la sua abilità e non per assillarmi ancora con le fosse da combattimento.»

Hizdahr zo Loraq fece una profonda riverenza. «Purtroppo, vostra grazia, temo proprio di sì.»

Dany non poté trattenere una smorfia. Neppure il suo popolo le dava requie. Reznak mo Reznak sottolineò l'ammontare del conio che si sarebbe ricavato dalle decime sulle fosse da combattimento. La Grazia Verde aveva detto che la loro riapertura avrebbe compiaciuto gli dèi. Il Testarasata aveva l'impressione di poter ottenere così il suo sostegno contro i figli dell'arpia. «Lasciamoli combattere» grugnì Belwas il Forte, un tempo a sua volta campione nelle fosse. Ser Barristan suggerì invece un torneo: i suoi orfani, disse, avrebbero potuto fare la giostra degli anelli e una mischia con armi smussate. Un suggerimento, capì Dany, tanto impossibile quanto ben intenzionato. Ma ciò che i meereenesi volevano vedere era il sangue, non la destrezza. Altrimenti gli schiavi avrebbero combattuto con la corazza. Solo la piccola scriba Missandei pareva condividere le apprensioni della regina.

«Ho rifiutato per ben sei volte la tua richiesta» ricordò Dany a Hizdahr.

«Vostro splendore ha Sette Dèi, forse guarderà la mia settima supplica con favore. Oggi non sono venuto da solo. Vuoi ascoltare i miei amici? Anche loro sono sette.» Li presentò uno per uno. «Khrazz. Barsena la Mora, sempre coraggiosa. Camarron del Conteggio e Goghor il Gigante. Lui è Gatto Maculato e quest'altro Ithoke l'Impavido. Infine Belaquo Spaccateste. Sono venuti per unire le loro voci alla mia e chiedere a vostra grazia la riapertura delle fosse da combattimento.»

Dany conosceva i sette, di nome se non di vista. Erano stati fra i più noti schiavi combattenti di Meereen... ed erano stati gli schiavi combattenti, liberati dalle catene dai suoi topi di fogna, a guidare la ribellione che le aveva fatto vincere la città. Aveva con loro un debito di sangue.

«Vi ascolterò» concesse.

Uno per volta le chiesero di riaprire quelle fosse.

«Perché?» domandò Dany, una volta che Ithoke ebbe terminato. «Non siete più schiavi destinati a morire per un capriccio del padrone. Vi ho resi liberi. Perché dovreste desiderare di perdere la vita sulla sabbia scarlatta?»

«Mi alleno da quando avevo tre anni» le rispose Goghor il Gigante. «Uccido da quando ne avevo sei. La Madre dei draghi dice che sono libero. Perché non sono libero anche di combattere?»

«Se volete combattere, combattete per me. Impegnate con un giuramento la vostra spada per gli Uomini della Madre o per i Fratelli Liberi o per i Solidi Scudi. Insegnate agli altri liberti come si combatte.»

Goghor scosse la testa. «Prima combattevo per il padrone. Ora tu dici combattere per te. Io dico combatto per me.» Si batté l'enorme petto con un pugno grosso come un prosciutto. «Per oro. Per gloria.»

«Goghor parla a nome di tutti noi» dichiarò Gatto Maculato, che portava una pelle di leopardo sulla spalla. «L'ultima volta che sono stato venduto, il prezzo era trecentomila onori. Quando ero schiavo, dormivo su pellicce e mangiavo carne rossa dall'osso. Ora che sono libero, dormo sulla paglia e mangio pesce salato, quando riesco a procurarmelo.»

«Hizdahr giura che i vincitori prenderanno metà del conio raccolto all'ingresso» aggiunse Khrazz. «Metà, e Hizdahr è un uomo d'onore.»

"No, è un uomo astuto" pensò Daenerys. Si sentì in trappola. «E gli sconfitti? Che cosa riceveranno?»

«I loro nomi saranno scolpiti sulle Porte del Fato insieme agli altri caduti valorosi» dichiarò Barsena la Mora. Si diceva che negli ultimi otto anni aveva ucciso ogni altra donna che aveva affrontato. «Tutti gli uomini devono morire e anche le donne... ma non tutti saranno ricordati.»

A questo Dany non aveva risposta. "Se questo è ciò che il mio popolo desidera, che diritto ho di negarglielo? La città era loro, prima che mia, ed è loro la vita che vogliono sprecare." «Rifletterò su ciò che avete detto. Grazie per il vostro parere.» Si alzò. «Riprenderemo domani.»

«Che tutti s'inginocchino al cospetto di Daenerys nata dalla tempesta, la Non-bruciata, regina di Meereen, regina degli andali e dei rhoynar e dei primi uomini, khaleesi del Grande mare d'erba, Distruttrice di catene e Madre dei draghi» declamò Missandei.

Ser Barristan scortò la regina nelle sue stanze. «Raccontami una storia, ser» disse Dany mentre salivano. «Una storia di prodezze a lieto fine.» Sentiva il bisogno di finali lieti. «Raccontami come sei sfuggito all'Usurpatore.»

«Vostra grazia. Non c'è nessuna prodezza nel fuggire per salvarsi la vita.»

«Ti prego.» Dany si sedette su un cuscino, incrociò le gambe e lo guardò. «Non fu il giovane Usurpatore a rimuoverti dalla Guardia reale...»

«Joffrey, *aye*. Presero come scusa la mia età, ma la verità era un'altra. Il ragazzo anelava al mantello bianco della Guardia reale per il suo mastino, Sandor Clegane, mentre sua madre voleva che lo Sterminatore di re fosse lord comandante. Quando me lo dissero, mi tolsi il mantello come mi ordinavano, gettai la spada ai piedi di Joffrey e parlai da stolto.»

«Che cosa dicesti?»

«La verità... ma la verità non era mai la benvenuta in quella corte. Uscii dalla sala del trono a testa alta, anche se non sapevo dove andare. Non avevo casa, se non la Torre delle Spade Bianche. I miei cugini avrebbero potuto trovarmi un posto a Sala del Raccolto, questo io lo sapevo, ma non volevo far ricadere su di loro l'astio di Joffrey. Stavo raccogliendo le mie cose, quando mi resi conto che ero stato proprio io a provocare quella situazione, accettando il perdono di Robert Baratheon. Bravo cavaliere, ma cattivo re, perché non aveva diritto al trono su cui sedeva. Allora capii che per redimermi avrei dovuto trovare il vero re e servirlo fedelmente con tutte le forze che ancora mi restavano.»

«Mio fratello Viserys.»

«Questo era il mio intento. Quando arrivai nelle stalle, i mantelli dorati cercarono di prendermi. Joffrey mi aveva offerto una torre nella quale morire, ma io avevo rifiutato, perciò adesso voleva gettarmi in una segreta. Lo stesso comandante della Guardia cittadina mi affrontò, incoraggiato dal mio fodero vuoto, ma aveva con sé soltano tre uomini e io avevo ancora il coltello. Quando uno di loro mi mise le mani addosso, gli squarciai la faccia e mi aprii la strada tra gli altri. Mentre spronavo il mio cavallo verso le porte, sentii Janos Slynt gridare che m'inseguissero. Appena fuori della Fortezza Rossa, le strade erano affollate, altrimenti sarei riuscito ad allontanarmi senza difficoltà. Invece mi bloccarono alla Porta del Fiume. I mantelli dorati che mi avevano inseguito dal castello gridarono alle guardie che sorvegliavano la porta di fermarmi e loro incrociarono le lance sbarrandomi la strada.»

«E tu eri senza spada? Come hai fatto a passare?»

«Un vero cavaliere vale dieci guardie. Gli uomini alla porta furono colti di sorpresa. Ne travolsi uno, gli strappai la lancia e trafissi la gola dell'inseguitore più vicino. L'altro si fermò appena attraversai la porta, così spinsi il cavallo al galoppo e proseguii come una furia lungo il fiume, fino a perdere di vista la città che mi ero lasciato alle spalle. Quella notte, barattai il mio cavallo con una manciata di monetine e qualche straccio; il mattino seguente mi unii al fiume di gente diretta ad Approdo del Re. Ero uscito dalla Porta di Fango, perciò rientrai dalla Porta degli Dèi, con la faccia sporca, la barba lunga e senza armi, a parte un bastone. In abiti di tessuto grezzo e stivali incrostati di fango, ero solo un vecchio che fuggiva dalla guerra. I mantelli dorati mi presero un cervo d'argento e mi lasciarono passare. Approdo del Re era affollata di gente che cercava rifugio. Mi mescolai in mezzo ai tanti. Avevo un po' di argento, ma mi occorreva per pagarmi il passaggio oltre il Mare Stretto. Dormii nei templi e nei vicoli, mangiai nelle taverne. Mi lasciai crescere la barba e mi nascosi dietro alla mia età. Il giorno in cui a lord Stark staccarono la testa, ero lì a guardare. In seguito, entrai nel Grande Tempio e ringraziai i Sette Dèi che Joffrey mi avesse privato del mantello bianco.»

«Stark era un traditore e ha fatto una fine da traditore.»

«Vostra grazia» dichiarò ser Barristan Selmy, «Eddard Stark ha avuto una parte nella caduta di tuo padre, è vero, ma non nutriva alcun astio nei tuoi confronti. Quando l'eunuco Varys ci disse che aspettavi un figlio, Robert voleva che tu venissi uccisa, ma lord Stark si oppose. Pur di non approvare l'assassinio di bambini, disse a Robert di trovarsi un altro Primo Cavaliere.»

«Dimentichi forse la principessa Rhaenys e il principe Aegon?»

«Niente affatto. Quella fu opera dei Lannister, vostra grazia.»

«Lannister o Stark, che differenza fa? Viserys li chiamava i cani dell'Usurpatore. Se un bambino viene assalito da un branco di cani, che importanza ha chi gli azzanna la gola? Tutti i cani sono colpevoli. La colpa...» La parola le si impigliò in gola. "Hazzea" pensò e a un tratto sentì se stessa dire: «Devo vedere il pozzo». Lo disse con una voce che sembrava il bisbiglio di un bambino. «Portami giù, ser, se non ti dispiace.»

Un'ombra di disapprovazione passò sul viso dell'anziano guerriero, ma non era abituato a mettere in discussione la sua regina. «Ai tuoi ordini.»

Le scale dei servi erano il modo più veloce per scendere. Non grandiose, ma ripide, dritte e strette, nascoste dietro pareti. Ser Barristan portava una lanterna, per evitare che la regina incespicasse. Mattoni di venti colori diversi si affollavano intorno a loro, svanendo poi nelle ombre oltre la luce della lanterna. Oltrepassarono tre posti di guardia degli Immacolati, in piedi come fossero scolpiti nella pietra. L'unico rumore era il fruscio dei loro piedi sui gradini.

Al livello del terreno, la Grande Piramide di Meereen era un luogo silenzioso, pieno di polvere e di ombre. I muri esterni erano spessi trenta piedi. All'interno, i suoni echeggiavano tra arcate in mattoni di svariati colori, stalle, chioschi e magazzini. Passarono sotto tre archi massicci, scesero una rampa illuminata dalle torce. Penetrarono nelle cripte sotto la piramide, superando cisterne, prigioni e stanze di tortura, dove gli schiavi erano stati frustati, scuoiati, bruciati con ferri roventi. Alla fine arrivarono davanti a un'enorme porta di bronzo a due battenti, con i cardini arrugginiti, sorvegliata dagli Immacolati.

All'ordine della regina, uno estrasse una chiave di ferro. La porta si aprì con un cigolio. Daenerys Targaryen avanzò nel caldo cuore delle tenebre e si fermò sul bordo di un pozzo profondo. Quaranta piedi più in basso, i suoi draghi alzarono la testa. Quattro occhi ardevano nell'ombra, due color oro fuso e due tinta bronzo.

Ser Barristan la trattenne per il braccio. «Non avvicinarti troppo.»

«Pensi che mi farebbero male?»

«Non lo so, vostra grazia, ma preferisco non mettere a rischio la tua persona per scoprire la risposta.»

Rhaegal ruggì: per mezzo secondo una piccola fiamma gialla trasformò le tenebre in giorno. Il fuoco lambì le pareti, e Dany sentì il calore sul viso. Dall'altra parte del pozzo, Viserion dispiegò le ali, agitando l'aria stantia. Cercò di volare verso di lei, ma quando si alzò, le catene si tesero e lo tirarono giù, facendolo cadere sul ventre. Maglie grosse come un pugno d'uomo legavano le sue zampe a terra. Il collare di ferro era fissato alla parete. Anche Rhaegal era trattenuto da catene simili. Alla luce della lanterna di Selmy, le sue scaglie luccicavano come giada. Dai denti uscì del fumo. Ai suoi piedi erano disseminate delle ossa spezzate, bruciate e scheggiate. L'aria era sgradevolmente calda, ammorbata dal tanfo di zolfo e carne abbrustolita.

«Sono diventati più grandi» disse Dany. La sua voce riecheggiò sulle pareti di pietra annerite dal respiro dei draghi. Una goccia di sudore le scivolò dalla fronte e le cadde sul seno. «È vero che i draghi non smettono mai di crescere?»

«Se hanno cibo e spazio sufficiente. Incatenati qui sotto, però...»

I Grandi Padroni avevano usato quel pozzo come prigione. Era abbastanza grande da contenere cinquecento uomini... e più che sufficiente per due draghi. "Ma per quanto tempo? E quando diventeranno troppo grandi per il pozzo? Si rivolteranno l'uno contro l'altro, con fiamme e artigli? Diventeranno smunti e deboli, con i fianchi avvizziti e le ali rattrappite? Il loro fuoco si estinguerà prima della fine?"

Quale madre lascia i propri figli a marcire nelle tenebre?

"Se mi guardo indietro, sono dannata" si disse Dany... ma come evitare di guardarsi indietro? "Avrei dovuto prevederlo. Sono stata cieca, o forse ho chiuso volontariamente gli occhi per non vedere il prezzo del potere?"

Viserys le aveva raccontato tante storie, quando lei era piccola. Gli piaceva parlare dei draghi. Dany sapeva come era caduta Harrenhal, sapeva del Campo di Fuoco e della Danza dei draghi. Un suo antenato, il terzo Aegon, aveva fatto divorare la madre dal drago dello zio. E c'erano tantissime canzoni su villaggi e regni vissuti nel terrore dei draghi, fino all'arrivo salvifico di un eroe coraggioso. Ad Astapor gli occhi dello schiavista erano stati disciolti dal fiato rovente del suo drago. Sulla strada per Yunkai, quando Daario le aveva gettato ai piedi la testa di Sallor il Calvo e di Prendahl na Ghezn, i suoi bambini avevano banchettato. I draghi non temevano gli uomini, e un drago abbastanza grosso da mangiare una pecora avrebbe potuto facilmente divorare un bambino.

Si chiamava Hazzea, aveva quattro anni. "A meno che suo padre non abbia mentito. E avrebbe potuto farlo." Nessuno aveva visto il drago, tranne lui. L'unica prova erano le ossa bruciate, ma qualche osso bruciato non prova niente. Avrebbe potuto uccidere lui stesso la bambina e poi bruciare il cadavere. Non sarebbe certo stato il primo padre a eliminare una figlia indesiderata, sosteneva il Testarasata. "Possono essere stati i figli dell'arpia, facendolo sembrare opera di un drago, per farmi odiare dalla città." Dany voleva crederlo... Ma se così fosse stato, perché il padre di Hazzea aveva aspettato che la sala delle udienze si fosse svuotata per farsi avanti? Se il suo scopo era di infiammare i meereenesi contro di lei, poteva raccontare il fatto quando c'erano più orecchie attente.

Il Testarasata l'aveva incitata a mettere a morte quell'uomo. «Ordina almeno che gli sia strappata la lingua. La sua menzogna potrebbe distruggerci, vostra magnificenza.» Invece Dany aveva scelto di pagare il prezzo del sangue. Nessuno poteva dirle il valore di una figlia, così lo stabilì in cento volte quello di un agnello. «Ti ridarei Hazzea, se potessi» aveva detto al padre, «ma certe cose sono al di là anche dei poteri di una regina. Le sue ossa riposeranno nel Tempio delle Grazie e cento candele arderanno giorno e notte in sua memoria. Torna da me ogni anno il giorno del suo compleanno, e gli altri tuoi figli non mancheranno di niente... ma questa storia non deve mai più uscire dalle tue labbra.»

«La gente farà delle domande» aveva detto il padre dolente. «Mi chiederanno dov'è Hazzea e come è morta.»

«Per il morso di un serpente» aveva affermato sicuro Reznak mo Reznak. «Un lupo affamato se l'è portata via. Si è ammalata all'improvviso. Racconta quello che vuoi, ma non parlare più di draghi.»

Gli artigli di Viserion raschiarono le pietre e le grosse catene sferragliarono, mentre il drago cercava nuovamente di arrivare fino a lei. Non riuscendoci, emise un ruggito, piegò indietro la testa fin dove poteva e sputò fiamme dorate contro la parete alle sue spalle. "Quanto ci vorrà prima che la sua fiamma sia così intensa da sgretolare la pietra e fondere il ferro?"

Una volta, non molto tempo prima, il drago stava sulla sua spalla, con la coda attorcigliata al suo braccio. Un tempo aveva preso dalla sua mano bocconi di carne arrostita. Era stato il primo a finire in catene. Daenerys stessa l'aveva portato al pozzo e l'aveva rinchiuso là dentro, con alcuni buoi. Quando mangiava, diventava sonnolento. L'avevano incatenato mentre dormiva.

Con Rhaegal era stato più difficile. Forse, malgrado le pareti di pietre e mattoni che li dividevano, riusciva a percepire il fratello infuriato nel pozzo. Alla fine avevano dovuto coprirlo con una pesante rete di ferro mentre si crogiolava al sole sulla terrazza. Rhaegal aveva combattuto con tale ferocia che c'erano voluti tre giorni per portarlo là sotto attraverso la scala dei servi, con lui che si dibatteva e azzannava. Sei uomini erano morti bruciati nella lotta.

E Drogon...

"L'ombra alata" l'aveva chiamato il padre addolorato. Era il più grosso dei tre, il più feroce, il più selvaggio, con scaglie nere come la notte e occhi come crateri in eruzione.

Drogon cacciava lontano da casa, ma quando era sazio amava prendere il sole in cima alla Grande Piramide, dove un tempo si ergeva l'arpia di Meereen. Tre volte avevano tentato di prenderlo lassù, e per tre volte avevano fallito. Quaranta dei suoi uomini più coraggiosi avevano rischiato la vita nel tentativo di catturarlo. Quasi tutti avevano riportato delle ustioni e quattro erano morti. L'ultima volta che Dany aveva visto Drogon era stato al tramonto della sera del terzo tentativo. Il drago nero stava sorvolando lo Skahazadhan verso l'erba alta del mare Dothraki. Non aveva più fatto ritorno.

"Madre dei draghi" pensò Daenerys. "Una madre di mostri. Che cosa ho scatenato sul mondo? Sono una regina, ma il mio trono è fatto di ossa bruciate e appoggia sulle sabbie mobili." Ma senza i draghi, come poteva sperare di tenere Meereen, e di riconquistare l'Occidente? "Io sono il sangue del drago" pensò. "Se loro sono dei mostri, lo sono anch'io."

REEK

Il topo squittì quando lo addentò, contorcendosi selvaggiamente fra le sue mani, nel frenetico tentativo di fuggire. Il ventre era la parte più morbida; strappò la carne dolce, il sangue caldo gli scorreva sulle labbra. Era così buono da fargli venire le lacrime agli occhi. Lo stomaco brontolava e lui deglutì. Al terzo morso il topo aveva smesso di lottare e lui si sentiva quasi contento.

Fu allora che si udirono le voci dietro la porta della segreta.

Subito s'immobilizzò, temendo anche solo di masticare. Aveva la bocca piena di sangue, carne e pelo, ma non osava sputare né inghiottire. Ascoltò, atterrito, immobile come pietra, lo scalpiccio degli stivali e il clangore delle chiavi di ferro.

"No" pensò, "per favore, sacri dèi, non adesso, non adesso." Ci aveva messo così tanto tempo a catturare quel topo. "Se lo trovano, me lo portano via e poi lo vanno a riferire, e lord Ramsay mi fa del male."

Avrebbe dovuto nascondere il topo, ma aveva troppa fame. Non mangiava da due giorni, forse tre. Là sotto, nelle tenebre, era difficile dirlo. Aveva braccia e gambe sottili come giunchi, ma il ventre gonfio e vuoto, talmente dolorante da non farlo dormire. Ogni volta che chiudeva gli occhi, gli tornava alla mente lady Hornwood. Dopo il loro matrimonio, lord Ramsay l'aveva rinchiusa in una torre e l'aveva lasciata morire di fame. Alla fine lei si era mangiata le sue stesse dita.

Reek si accoccolò in un angolo della cella, celando il suo tesoro sotto il mento. Il sangue gli colava dagli angoli della bocca, mentre continuava a rosicchiare la polpa tiepida con quello che restava dei suoi denti, cercando di mandare giù il più possibile prima che aprissero la cella. La carne era fibrosa, ma così succulenta da farlo stare male. Masticò e deglutì, togliendo gli ossicini dagli interstizi dove gli erano stati strappati i denti. Masticare gli faceva male, ma era talmente affamato che non riusciva a fermarsi.

I rumori diventarono più forti. "Dèi, vi supplico, fate che non vengano qui" pregò, strappando una zampa al topo. Da parecchio tempo nessuno veniva da lui. C'erano altre celle, altri prigionieri. A volte li sentiva urlare, anche attraverso gli spessi muri di pietra. "Le donne sono sempre quelle che urlano più forte." Succhiò la carne cruda e fece per sputare l'osso della zampa, ma gli s'impigliò nella barba arruffata. "Andate via" pregò. "Andate via, passate oltre, per favore, per favore."

Ma i passi si fermarono proprio quando riecheggiavano più forti e le chiavi sferragliarono davanti alla sua porta. Il topo gli cadde dalle dita insanguinate. Lui se le pulì sulle brache. «No» gorgogliò, «noooo.» Raschiò la paglia coi talloni, tentando di spingersi nell'angolo tra i freddi e umidi muri di pietra.

Il rumore del chiavistello era il più atroce di tutti. Quando la luce lo colpì in pieno volto, mandò un grido. Dovette coprirsi gli occhi. Se li sarebbe strappati, se avesse avuto il coraggio, tanto la testa gli pulsava. «Spegnete quella luce. Fatelo al buio, vi prego, vi prego.»

«Non è lui» disse una voce di ragazzo. «Guardalo. Abbiamo aperto la cella sbagliata.»

«L'ultima cella a sinistra» replicò un'altra voce. «Questa è l'ultima cella a sinistra, no?»

«*Aye*.» Una pausa. «Che cosa sta dicendo?»

«Credo che non gli piaccia la luce.»

«A te piacerebbe, se avessi quell'aspetto?» Il primo ragazzo si raschiò la gola e sputò. «E la sua puzza, poi. Mi sento soffocare.»

«Sta mangiando un topo» disse il secondo ragazzo. «Guarda.»

Il primo ragazzo rise. «Già, divertente.»

"Dovevo farlo." I topi lo morsicavano quando dormiva, gli rosicchiavano le dita delle mani e dei piedi, gli mordevano anche la faccia. Così, appena era riuscito a catturarne uno, non aveva esitato. Mangiare o essere mangiati, non c'era altra scelta. «L'ho fatto» borbottò. «L'ho fatto, l'ho fatto, l'ho mangiato, loro fanno lo stesso con me, vi prego...»

I ragazzi si avvicinarono, la paglia scricchiolò piano sotto i loro piedi.

«Parla, dimmi qualcosa» disse il più piccolo, un tipo magro, ma furbo. «Ti ricordi chi sei?»

Lui sentì ribollire la paura ed emise un gemito.

«Dimmi il tuo nome.»

"Il mio nome." Un urlo gli si bloccò in gola. Sapeva il suo nome, certo. Ma era passato così tanto tempo che se l'era dimenticato. "Se sbaglio a dirlo, si prende un altro dito o peggio, mi... mi..." Non voleva pensarci, non poteva pensarci. Sentiva delle fitte alla mandibola, negli occhi. Gli pulsava la testa. «Vi prego» squittì con voce sottile e debole. Sembrava un vecchio di cent'anni. Forse lo era.

"Da quanto tempo sono qui dentro?" «Andatevene» borbottò tra i denti rotti e le dita fracassate, con gli occhi chiusi per proteggersi dalla luce abbacinante. «Per favore, potete prendervi il topo, non fatemi male...»

«Reek» disse il ragazzo più grande. «Ti chiami Reek. Ricordi?» Era quello con la torcia. Il ragazzo più piccolo aveva l'anello con le chiavi di ferro.

"Reek?" Delle lacrime gli colarono sulle guance. «Ricordo, sì.» Aprì e chiuse la bocca. «Mi chiamo Reek. Fa rima con *leek*, il porro.» Nel buio non aveva bisogno di un nome, così era stato facile scordare. "Reek, Reek, mi chiamo Reek." Non era nato con quel nome. In un'altra vita era stato qualcun altro. Ma qui, ora si chiamava Reek. Ricordava. Ricordava anche i due ragazzi. Avevano i farsetti uguali di lana d'agnello, grigio argento con il bordo blu. Erano entrambi scudieri, avevano otto anni e si chiamavano tutti e due Walder Frey. "Grande Walder e Piccolo Walder, sì." Solo che il più grande era Piccolo e il più piccolo era Grande, cosa che divertiva i due ragazzi e confondeva il resto del mondo. «Vi conosco» emise in un bisbiglio dalle labbra fessurate. «So il vostro nome.»

«Devi venire con noi» disse Piccolo Walder.

«Sua signoria ha bisogno di te» aggiunse Grande Walder.

La paura lo trapassò come un coltello. "Sono solo dei bambini" pensò. "Due bambini di otto anni." Avrebbe potuto sopraffare due bambini di otto anni, certamente. Perfino debole com'era, avrebbe potuto prendere la torcia, prendere le chiavi, prendere il pugnale dal fodero alla cintola di Piccolo Walder. E poi fuggire. "No, no, è troppo facile. È una trappola. Se scappo, mi prenderà un altro dito, mi toglierà altri denti."

Era già scappato. Anni fa, gli pareva, quando ancora aveva un po' di forza, quando ancora si ribellava. Quella volta era venuta Kyra con le chiavi. Gli aveva detto di averle rubate, di conoscere una posterla mai sorvegliata. «Riportami a Grande Inverno, mio lord» l'aveva supplicato, pallida e tremante. «Non conosco la strada. Non posso scappare da sola. Vieni con me, ti prego.» E così aveva fatto. Il carceriere ubriaco fradicio era sdraiato in una pozza di vino, con le brache calate fino alle caviglie. La porta delle segrete era aperta e la posterla non era sorvegliata, proprio come Kyra aveva detto. Avevano aspettato che una nuvola nascondesse la luna, ed erano scivolati fuori del castello, guadando la corrente dell'Acqua Piangente, inciampando sulle pietre, mezzi congelati dal gelido fiumiciattolo. Sul lato opposto lui l'aveva baciata. «Ci hai salvati» aveva detto. "Stupido. Stupido."

Era una trappola, un gioco crudele, uno scherzo macabro. Lord Ramsay amava la caccia e prediligeva le prede a due gambe. Per tutta la notte avevano corso nel bosco sempre più buio, ma quando il sole si era levato fra gli alberi, avevano udito il debole suono di un corno lontano e i latrati di una muta di cani. «Dovremmo dividerci» aveva detto a Kyra, mentre i cani si avvicinavano. «Non possono seguire le tracce di tutt'e due.» La ragazza però era terrorizzata e si era rifiutata di lasciarlo, anche quando lui le giurò che avrebbe raccolto un esercito di uomini di ferro e sarebbe tornato a prenderla, se i cani avessero inseguito lei.

Nel giro di un'ora erano stati raggiunti. Un cane lo atterrò e un altro azzannò Kyra alla gamba mentre si arrampicava sulla collina. Gli altri cani li circondarono, abbaiando e ringhiando, cercando di azzannarli ogni volta che si muovevano, tenendoli lì finché Ramsay Snow non era arrivato a cavallo con i suoi cacciatori. A quell'epoca, Ramsay Snow era ancora un bastardo, non un Bolton. «Eccovi qui» disse, sorridendo dall'alto della sella. «Mi avete addolorato, allontanandovi in quel modo. Vi siete stancati così presto della mia ospitalità?»

Fu allora che Kyra prese un sasso e glielo tirò in testa. Mancò il bersaglio di un buon piede. Ramsay sorrise. «Dovete essere puniti.»

Reek ricordava l'espressione disperata, atterrita, negli occhi di Kyra. Non era mai sembrata così giovane come in quel momento, ancora una bambina, ma non c'era niente che lui potesse fare. "Li ha attirati su di noi" pensò. "Se ci fossimo separati come dicevo io, forse uno almeno sarebbe riuscito a scappare."

Il ricordo gli rese difficile respirare. Reek diede le spalle alla torcia, con le lacrime agli occhi. "Che cosa vuole da me questa volta?" pensò disperatamente. "Perché non mi lascia in pace e basta? Non ho fatto niente. Perché non mi lasciano semplicemente qui, al buio?" Aveva un topo, un bel topo grasso, caldo, che si dimenava...

«Non dovremmo lavarlo?» chiese Piccolo Walder.

«A sua signoria piace puzzolente» rispose Grande Walder. «Per questo l'ha chiamato Reek, il puzzone.»

"Reek. Mi chiamo Reek, fa rima con *bleak*, tetro." Questo se lo ricordava. "Servi, ubbidisci e ricorda chi sei, e non ti verrà fatto altro male. L'ha promesso, sua signoria l'ha promesso."

Anche se avesse voluto opporre resistenza, non ne aveva la forza. Gliel'avevano strappata via affamandolo, scuoiandolo. Quando Piccolo Walder lo tirò su e Grande Walder fece un cenno con la torcia verso l'uscita, li seguì docile come un cane. Se avesse avuto la coda, se la sarebbe messa fra le gambe.

"Se avessi avuto una coda, il Bastardo me l'avrebbe mozzata." Quel pensiero gli sorse spontaneo, un pensiero abietto, pericoloso. Sua signoria adesso non era più un bastardo. "Bolton, non Snow." Il re bambino sul Trono di Spade aveva legittimato lord Ramsay, concedendogli il diritto di usare il nome del lord suo padre. Chiamarlo Snow gli ricordava la sua nascita bastarda e lo faceva infuriare. Se lo doveva ricordare. E si doveva ricordare come si chiamava lui. Per un istante non gli venne in mente e si spaventò così tanto da scivolare sulla ripida scala della segreta, lacerandosi le brache sulla pietra e perdendo sangue. Piccolo Walder dovette illuminarlo con la torcia per consentirgli di rimettersi in piedi e riprendere a camminare.

Fuori in cortile, la notte stava calando su Forte Terrore. La luna piena saliva dalle mura orientali del castello. La sua luce pallida gettava sul terreno ghiacciato le ombre degli alti merli triangolari, una linea di aguzzi denti neri. L'aria era fredda, umida e piena di odori ormai dimenticati.

"Il mondo" si disse Reek. "È questo il suo odore." Non sapeva quanto tempo era rimasto nelle segrete, ma di sicuro almeno sei mesi. "Sei mesi o forse di più. E se fossero cinque anni, o dieci, o venti? L'avrei mai saputo? E se quaggiù fossi impazzito e metà della mia vita fosse trascorsa?" Ma no, era follia. Non poteva essere passato così tanto tempo. Quei due erano ancora bambini. Se fossero trascorsi dieci anni, sarebbero stati degli uomini. Se lo doveva ricordare. "Non devo permettergli di farmi impazzire. Può prendersi le mie dita e mutilarmi i piedi, può cavarmi gli occhi e mozzarmi le orecchie, ma non può togliermi le mie facoltà mentali se io non glielo consento."

Piccolo Walder apriva la strada, con la torcia in mano. Reek lo seguiva docilmente, con Grande Walder subito dietro di lui. Quando oltrepassarono i canili, riecheggiarono dei latrati. Il vento turbinava nel cortile, penetrando attraverso la stoffa sottile dei luridi stracci che aveva addosso e facendogli venire la pelle d'oca. L'aria della notte era fredda e umida, ma Reek non vide traccia di neve, anche se l'inverno era sicuramente vicino. Si domandò se sarebbe stato ancora vivo per rivedere la neve. "Quante dita mi saranno rimaste?" Alzò una mano e rimase sconvolto vedendo com'era bianca e scarna. "Pelle e ossa" pensò. "Sembra quella di un vecchio." E se si fosse sbagliato sui ragazzi? Forse non erano Piccolo Walder e Grande Walder, ma i figli dei bambini che aveva conosciuto.

La grande sala era buia e piena di fumo. File di torce ardevano a sinistra e a destra, sorrette da braccia scheletriche sporgenti dalle pareti. Molto in alto, le travi di legno erano annerite dal fumo e il soffitto a volta si perdeva nell'oscurità. L'aria era appesantita dall'odore di vino, birra e carne arrosto. Reek sentì lo stomaco brontolare rumorosamente: quegli odori gli avevano fatto venire l'acquolina in bocca.

Piccolo Walder gli fece superare, con passo malfermo, i lunghi tavoli dove stavano mangiando gli uomini della guarnigione. Reek si sentiva addosso i loro occhi. I posti migliori, vicino alla pedana, erano occupati dai preferiti di Ramsay. Ben Bones, il vecchio che manteneva gli amati cani da caccia di sua signoria. Damon, detto Damon-danza-per-me, con i capelli chiari e un aspetto delicato. Grugnito, che aveva perso la lingua per aver parlato avventatamente a portata d'orecchio di lord Roose. Alyn l'Acido. Skinner. Dick il Giallo. Più in basso rispetto alla pedana, c'erano altri che Reek conosceva di vista, ma non per nome. Spade giurate e uomini d'arme, soldati, carcerieri e aguzzini. Ma c'erano anche facce sconosciute. Alcuni torsero il naso al suo passaggio, mentre altri risero. "Ospiti" pensò Reek. "Amici di sua signoria. Mi hanno portato qui per farli divertire." Fu percorso da un brivido.

Al tavolo principale, il Bastardo di Bolton sedeva sullo scranno del lord suo padre, bevendo dalla sua coppa. Due uomini anziani condividevano con lui i posti d'onore, e a Reek bastò un'occhiata per capire che erano entrambi dei lord. Uno era magro, con gli occhi crudeli, la lunga barba bianca e un volto duro come la brina invernale. Indossava un farsetto di pelle d'orso. Sotto portava una cotta di maglia, anche lì a tavola. Il secondo lord era altrettanto magro ma storto, mentre il primo era dritto. Aveva una spalla più alta dell'altra e stava ingobbito sopra il suo tozzo di pane come un avvoltoio sulla carogna. Aveva occhi grigi e avidi, denti gialli, la barba forcuta che pareva un intrico di neve e argento. Sul cranio chiazzato gli era rimasto solo qualche ciuffo di capelli bianchi. Eppure indossava un mantello morbido ed elegante, di lana grigia bordata di zibellino nero, trattenuta alla spalla da una fibbia d'argento battuto, a forma di stella.

Ramsay vestiva di nero e rosa: stivali, cinturone, fodero e farsetto di pelle nera e un giubbotto di velluto rosa con tagli ornamentali di seta rosso scuro. Al suo orecchio destro luccicava un granato a goccia rosso sangue. Eppure, nonostante lo splendido abbigliamento, rimaneva un uomo brutto, dall'ossatura grossa e con le spalle cadenti, di una carnosità che, più avanti nel tempo, si sarebbe tramutata in grasso. Aveva la pelle rosacea e foruncolosa, il naso largo, la bocca piccola, i capelli lunghi, scuri e secchi. Le sue labbra erano grosse e carnose, ma la prima cosa che si notava in lui erano gli occhi. Gli stessi occhi del lord suo padre: piccoli, ravvicinati, stranamente pallidi. "Grigio spettro" definivano alcuni quella sfumatura, ma in realtà erano tutt'altro che incolore, come due schegge di ghiaccio sporco.

Alla vista di Reek fece un umido sorriso. «Eccolo qui, il mio vecchio e sgradevole amico.» Quindi spiegò agli uomini al suo fianco: «Reek è con me da quando ero bambino. Il lord mio padre me lo diede come pegno del suo amore».

I due lord si scambiarono un'occhiata. «Avevo sentito dire che il tuo servo era morto» disse quello con la schiena storta. «Ucciso dagli Stark, si diceva.»

Lord Ramsay Bolton ridacchiò. «Gli uomini di ferro ti diranno che ciò che è morto può non morire mai, ma risorge, più duro e più forte. Come Reek. Però puzza di tomba, te l'assicuro.»

«Puzza di escrementi notturni e di vomito stantio» disse il vecchio lord con una spalla più alta dell'altra. Gettò da parte l'osso che stava mangiando e si pulì le dita sulla tovaglia. «C'è un motivo per infliggerci la sua presenza mentre stiamo mangiando?»

Il secondo lord, quello con la schiena dritta e la cotta di maglia, esaminò Reek con uno sguardo gelido. «Guarda bene» disse all'altro lord. «Ha i capelli bianchi ed è magro come un chiodo, *aye*, ma non è un servo. Te lo sei dimenticato?»

Il lord dalla schiena storta guardò di nuovo e a un tratto sbuffò. «*Lui*? È possibile? Il protetto degli Stark sempre sorridente.»

«Adesso sorride un po' meno» ammise lord Ramsay. «Devo avergli rotto un paio dei suoi bei denti bianchi.»

«Avresti fatto meglio a tagliargli la gola» disse il lord con la cotta di maglia. «Un cane che si ritorce contro il padrone merita solo di essere scuoiato.»

«Oh, qua e là l'ho fatto» annuì Ramsay.

«Sì, mio lord. Sono stato malvagio, mio lord, insolente e...» si leccò le labbra, cercando di ricordare che cos'altro avesse fatto. "Servi, ubbidisci e ti lascerò vivere e conservare le parti che ancora ti restano. Servi, ubbidisci e ricorda il tuo nome. Reek fa rima con *meek*, sottomesso." «...cattivo e...»

«Hai la bocca sporca di sangue» notò Ramsay. «Ti sei mangiato di nuovo le dita, Reek?»

«No. No, mio lord, lo giuro.»

Una volta aveva tentato di staccarsi a morsi il dito dell'anello, per porre fine al dolore dopo che glielo avevano scuoiato. Lord Ramsay non si sarebbe mai limitato a mozzare un dito: preferiva strappare via la pelle e lasciare che la carne si seccasse, si screpolasse e s'infettasse. Reek era stato fustigato, torturato e tagliato, ma non c'era dolore più terribile di quello che seguiva lo scuoiamento. Era il tipo di dolore che faceva impazzire, che non poteva essere sopportato a lungo. Prima o poi la vittima urlava: "Per favore, basta, basta, fermate la sofferenza, *tagliate*!". E lord Ramsay gli avrebbe fatto la cortesia. Era il loro gioco. Reek aveva imparato le regole, mani e piedi lo testimoniavano, ma quella sola volta se l'era dimenticate e aveva cercato di far cessare il dolore da solo, con i denti. Ramsay non ne era rimasto compiaciuto e l'offesa gli era costata un altro dito del piede.

«Ho mangiato un topo» borbottò Reek.

«Un topo?» ripeté Ramsay. I suoi occhi pallidi brillarono alla luce delle torce. «Tutti i topi di Forte Terrore appartengono al lord mio padre. Come osi farne un pasto senza il mio permesso?»

Reek non seppe che cosa rispondere e rimase in silenzio. Una sola parola sbagliata gli sarebbe costata un altro dito del piede o anche della mano. Finora aveva perso due dita della sinistra e il mignolo della destra, ma solo l'ultimo dito del piede destro contro tre del sinistro. A volte Ramsay scherzava sulla necessità di riequilibrare le perdite. "Il mio lord sta solo scherzando" cercò di convincersi. "Non vuole farmi del male, me l'ha detto, lo fa solo quando gliene do motivo." Il suo lord era misericordioso e gentile. Avrebbe potuto scuoiargli la faccia per alcune cose che Reek aveva detto prima d'imparare il suo vero nome e il posto che gli spettava.

«Questa storia sta diventando noiosa» disse il lord in cotta di maglia. «Uccidilo e falla finita.»

Lord Ramsay si riempì la coppa di birra. «Rovinerebbe la nostra festa, mio lord. Reek, ho belle notizie per te. Mi sposerò. Il lord mio padre mi sta portando una giovane Stark. La figlia di lord Eddard, Arya. Tu ricordi la piccola Arya, vero?»

"Arya Sempre-tra-i-piedi" fu sul punto di dire Reek. "Arya Faccia-da-cavallo." La sorella minore di Robb Stark, capelli scuri, viso allungato, magra come uno stecco, sempre sudicia. "Sansa era quella graziosa." Ricordò quando aveva pensato che lord Eddard Stark potesse dargliela in moglie e riconoscerlo come proprio figlio, ma erano state solo delle fantasticherie infantili. Mentre Arya... «Mi ricordo di lei."

«Sarà la lady di Grande Inverno e io il suo lord.»

"È solo una bambina." «Sì, mio lord. Congratulazioni."

«Mi scorterai al mio matrimonio, Reek?»

Lui esitò. «Se così ti compiace, mio lord.»

«Oh, certo che mi compiace.»

Reek esitò di nuovo, chiedendosi se non fosse un'ennesima trappola crudele. «Sì, mio lord. Se ti compiace, ne sarò onorato.»

«Allora dobbiamo toglierti da quella orribile segreta. Strigliarti per bene, darti degli abiti puliti, del cibo. Un po' di buon porridge. Ti piacerebbe? O magari pasticcio di piselli e pancetta affumicata. Vedi, ho un piccolo incarico da affidarti, quindi devi rimetterti in forze per servirmi. E tu mi vuoi servire, lo so.»

«Sì, mio lord. Più d'ogni altra cosa.» Fu percorso da un brivido. «Sono il tuo Reek. Ti prego, lascia che ti serva. Ti prego.»

«Se lo chiedi così gentilmente, come posso negartelo?» sorrise Ramsay Bolton. «Vado in guerra, Reek. E tu verrai con me, per aiutarmi a portare a casa la mia vergine sposa.»

BRAN

Qualcosa nel gracchiare del corvo gli fece scorrere un brivido lungo la spina dorsale. "Sono quasi un uomo, ormai" si costrinse a ricordare Brandon Stark. "Devo essere coraggioso."

Ma l'aria era fredda e pungente, e carica di paura. Perfino Estate aveva rizzato la pelliccia intorno al collo. Le ombre si protendevano contro il fianco della montagna, nere e fameliche. Tutti gli alberi erano incurvati sotto il peso del ghiaccio. Alcuni non parevano nemmeno alberi. Interamente sepolti dalla neve gelata, si accalcavano sulla montagna come giganti, mostruose creature ingobbite per resistere al gelido vento.

«Loro sono qui» disse il ranger estraendo la spada lunga.

«Dove?» chiese Meera in un sussurro.

«Vicino, da qualche parte.»

Il corvo gracchiò di nuovo.

«*Hodor*» bisbigliò Hodor. Teneva le mani sotto le ascelle. Grappoli di ghiaccio gli pendevano dall'ispida barba bruna e i baffi erano diventati un grumo di muco congelato dai riflessi rossastri nella luce del tramonto.

«Anche i lupi che ci seguono sono vicini» li avvertì Bran. «Quando siamo sottovento, Estate sente il loro odore.»

«I lupi sono la minore delle nostre preoccupazioni» disse Mani Fredde. «Dobbiamo arrampicarci. Presto sarà buio. Fareste bene a cercarvi un riparo prima che cali la notte. Il vostro calore li attirerà.»

Lanciò un'occhiata verso ovest, dove la luce del sole al tramonto trapelava fioca fra gli alberi, come il bagliore di un fuoco lontano.

«È l'unica via d'accesso?» chiese Meera.

«La porta posteriore si trova tre leghe a nord, dentro a un inghiottitoio.»

Non occorreva aggiungere altro. Neppure Hodor sarebbe riuscito a calarsi in un inghiottitoio con Bran sulla schiena, e per Jojen camminare per tre leghe sarebbe stato impossibile quanto correre per mille.

Meera guardò la montagna in alto. «La via pare sgombra.»

«*Pare*» borbottò oscuramente il ranger. «Non senti il freddo? C'è qualcosa di strano. Dove sono?»

«Nella grotta?» suggerì Meera.

«La grotta è protetta, non possono entrare. Da qui si vede l'ingresso.» Il ranger usò la spada per indicare. «Là, a metà pendio; quella fenditura nella roccia tra gli alberi-diga.»

«La vedo» disse Bran. I corvi volavano dentro e fuori.

Hodor spostò il peso. «*Hodor.*»

«Vedo solo una piega nella roccia» disse Meera.

«Lì c'è un passaggio. All'inizio è ripido e tortuoso, un canale di drenaggio nella roccia. Se riuscite a raggiungerlo, siete al sicuro.»

«E tu?»

«La grotta è protetta.»

Meera esaminò la fenditura nel fianco della montagna. «Non possono essere più di cento iarde da dove ci troviamo adesso.»

"Sì" pensò Bran, "ma sono tutte in salita." Il pendio era ripido, invaso da fitta foresta. La neve aveva smesso di cadere da tre giorni, ma non si era sciolta. Il terreno sotto gli alberi era ammantato di bianco, un tappeto ancora intatto e immacolato.

«Qui non c'è nessuno» disse Bran, coraggiosamente. «Guardate la neve. Non ci sono orme.»

«I morti che camminano si spostano leggeri sulla neve» rispose il ranger. «Non troverai impronte a segnare il loro passaggio.»

Un corvo planò dall'alto e gli si posò sulla spalla. Solo una decina dei grossi uccelli neri era rimasta con loro. Gli altri erano svaniti lungo il cammino: ogni alba, al risveglio, ne trovavano di meno. «*Via*» gracchiò il corvo. «*Via, via.*»

"Il corvo con tre occhi" pensò Bran. "L'essere verde." «Non è così lontano» disse. «Una piccola arrampicata e saremo al sicuro. Forse poi potremo accendere un fuoco.» Erano tutti intirizziti, bagnati e affamati. Tranne il ranger. Quanto a Jojen Reed, era troppo debole per camminare da solo.

«Voi andate» disse Meera Reed, chinandosi sul fratello. Jojen era seduto sul tronco di una quercia, con gli occhi chiusi, tutto tremante. La parte di volto visibile tra il cappuccio e la sciarpa era esangue come la neve attorno a loro, ma il respiro che gli usciva dalle narici formava ancora una debole bruma livida. Meera l'aveva sorretto per tutto il giorno. "Cibo e fuoco lo rimetteranno in sesto" si disse Bran, anche se non ne era convinto. «Non posso battermi e sorreggere Jojen. La salita è troppo ripida» stava dicendo Meera. «Hodor, comincia a portare Bran in quella grotta.»

«*Hodor*.» Hodor batté le mani per riscaldarle.

«Jojen ha solo bisogno di mangiare» ripeté Bran, cupamente.

Erano passati dodici giorni da quando l'alce era crollato per la terza e ultima volta. Mani Fredde si era inginocchiato sulla neve accanto all'animale, aveva mormorato una benedizione in una lingua strana e gli aveva tagliato la gola. Quando era sgorgato il sangue, Bran aveva pianto come una bambina. Non si era mai sentito storpio come in quel momento, guardando disperatamente Meera Reed e Mani Fredde macellare il coraggioso animale che li aveva portati così lontano. Aveva detto a se stesso che non avrebbe mangiato, che sarebbe stato meglio patire la fame che divorare un amico, ma alla fine aveva mangiato due volte, prima nella sua pelle e poi in quella di Estate. Anche se l'alce era magro e deperito, il ranger ne aveva ricavato delle bistecche che li avevano nutriti per sette giorni, fino a quando avevano mangiato le ultime stretti intorno al fuoco tra le macerie di una vecchia fortezza abbandonata sul fianco di una collina.

«Sì, deve mangiare» convenne Meera, lisciando la fronte al fratello. «Come tutti noi, ma qui non c'è niente. Andate!»

Bran trattenne una lacrima, che sentì gelare sulla guancia. Mani Fredde prese Hodor per il braccio. «La luce sta svanendo. Se non sono già qui, arriveranno presto. Andiamo.»

Per una volta senza parlare, Hodor si diede delle manate sulle gambe per togliersi la neve di dosso. Poi salì pesantemente tra i cumuli formati dal vento, con Bran sulle spalle. Mani Fredde camminava al loro fianco, la spada in pugno. Dietro di loro Estate. In alcuni punti la neve era più alta di lui e quando il grosso meta-lupo sprofondava nella crosta sottile si doveva fermare e scrollarsi. Mentre salivano, Bran si girò a fatica nella gerla, e vide Meera che passava il braccio attorno al fratello e lo rimetteva in piedi. "È troppo pesante per lei. Sta morendo di fame e non è più forte come una volta." La ragazza stringeva nell'altra mano la lancia a tre punte, piantando i rebbi nella neve per trovare sostegno. Aveva appena iniziato a scalare faticosamente la montagna, in parte trascinando e in parte sostenendo il fratello, quando Hodor passò fra due alberi e Bran li perse di vista.

La montagna diventò più ripida. La neve scricchiolava sotto gli stivali di Hodor. Una pietra si mosse sotto il suo piede e lui scivolò all'indietro, rischiando di precipitare. Il ranger lo afferrò per un braccio e lo salvò. «*Hodor*» disse Hodor.

Ogni folata di vento riempiva l'aria di un sottile pulviscolo bianco che scintillava come vetro nell'ultima luce del giorno. I corvi volteggiavano intorno a loro. Uno volò avanti, e scomparve nella grotta. "Solo ottanta iarde" pensò Bran. "Non è lontano."

Estate si fermò all'improvviso, in fondo a un ripido tratto di neve intatta. Il meta-lupo girò la testa, fiutò l'aria, ringhiò. Rizzò il pelo e cominciò ad arretrare.

«Hodor, fermati» disse Bran. «Aspetta.» C'era qualcosa che non andava. Estate l'aveva fiutato, e lo sentì anche lui. "Qualcosa di brutto. Qualcosa di vicino." «Hodor, no, indietro.»

Mani Fredde continuava ad arrampicarsi e anche Hodor voleva proseguire.

«*Hodor, Hodor, Hodor*» borbottò forte, per coprire le proteste di Bran. Aveva il respiro affannato. Una pallida nebbia riempiva l'aria. Fece un passo, poi un altro. La neve gli arrivava quasi alla cintola, il pendio era molto ripido. Hodor avanzava chino in avanti, reggendosi con le mani alla roccia e agli alberi. Un passo. Un altro. La neve spostata da Hodor scivolava lungo il pendio, dando origine a una piccola valanga sotto di loro.

"Sessanta iarde." Bran si sporse lateralmente per vedere meglio la grotta. E vide un'altra cosa. «Un fuoco!» nella piccola fenditura fra gli alberi-diga c'era un tremulo bagliore, una luce rossastra che chiamava dal buio. «Guarda, qualcuno...»

Hodor urlò. Si contorse, inciampò, cadde.

Il mondo parve scivolare accanto a Bran mentre il grosso ragazzo di stalla roteava violentemente su se stesso. Un impatto brutale gli tolse il fiato. Adesso Bran aveva la bocca piena di sangue. Hodor si dimenava e rotolava, schiacciando sotto di sé il ragazzo storpio.

"Qualcosa gli trattiene la gamba." Per un attimo, Bran pensò che una radice gli avesse bloccato la caviglia... finché la radice non si mosse. Era una mano. Poi il resto del non-morto esplose da sotto la neve.

Hodor scalciò, piantando un tallone ricoperto di neve sulla faccia della creatura, che non parve nemmeno sentirlo. Poi i due si avventarono l'uno sull'altro, menando pugni e graffiando, e scivolarono lungo il pendio. La neve riempì il naso e la bocca di Bran mentre stavano rotolando, ma un attimo dopo era già riemerso. Qualcosa lo colpì alla testa, un sasso o un pezzo di ghiaccio o il pugno del non-morto. Non lo sapeva. Si ritrovò fuori della gerla, disteso sul pendio a sputare neve, con in mano una ciocca di capelli strappati dalla testa di Hodor.

Intorno a lui, altri non-morti affiorarono dalla neve.

"Due, tre, quattro." Bran perse il conto.

Si avventarono con violenza fra improvvisi nugoli di neve. Alcuni indossavano dei mantelli neri, altri lacere pellicce, altri ancora niente. Tutti avevano la carne livida e le mani nere. I loro occhi brillavano come pallide stelle azzurre.

Tre di loro calarono sul ranger. Bran vide Mani Fredde squarciare la faccia di uno degli attaccanti. La creatura continuò ad avanzare, spingendolo fra le braccia di un compagno. Altri due scendevano a passi pesanti lungo il pendio verso Hodor. Nel frattempo Meera continuava a salire proprio verso la mischia, notò Bran, pervaso da un senso d'impotenza e di terrore. Diede dei colpi sulla neve e lanciò un avvertimento.

Qualcosa lo afferrò dal basso.

Il suo grido allora diventò un urlo. Bran riempì il pugno di neve e colpì. Il non-morto nemmeno batté ciglio. Una mano nera si diresse alla sua faccia e un'altra al ventre. Le dita parevano di ferro. "Mi strapperà le viscere."

D'un tratto tra loro arrivò Estate. Bran vide la pelle squarciarsi come stoffa di scarsa qualità, sentì le ossa spezzarsi. Vide mano e polso staccarsi, pallide dita torcersi, la manica di stoffa rozza di un nero sbiadito. "Nero" pensò. "Indossa il nero: era un confratello dei Guardiani della notte." Estate gettò via il braccio, si girò e conficcò i denti nel collo del morto, sotto il mento. Il grosso metalupo grigio diede uno strattone e asportò la maggior parte della gola della creatura in un'esplosione di pallida carne putrescente.

La mano mozzata si stava ancora muovendo. Bran rotolò lontano. Mentre artigliava la neve, sdraiato sul ventre, scorse gli alberi in alto, ammantati di bianco, e fra di essi il bagliore arancione.

"Cinquanta iarde." Se avesse potuto trascinarsi per cinquanta iarde, era salvo. Sentiva l'umidità filtrare attraverso i guanti mentre si aggrappava a rocce e radici, continuando a strisciare verso la luce. "Ancora un po', solo un po', e potrai riposarti accanto al fuoco."

L'ultima luce ormai era scomparsa fra gli alberi. Era scesa la notte. Mani Fredde colpiva e tagliava i non-morti che lo attorniavano. Estate stava lacerando quello che l'aveva buttato a terra, stringendo la sua faccia fra i denti. Nessuno badava a Bran. Lui strisciò un po' più in alto, trascinando le sue inutili gambe. "Se riesco a raggiungere quella grotta..."

«*Hoooodor*» arrivò un gemito dal basso.

E all'improvviso non era Bran, il ragazzo menomato che strisciava nella neve, d'un tratto era Hodor, a metà del pendio, mentre un non-morto gli sfregiava gli occhi.

Con un ruggito balzò in piedi, scagliando con violenza lontano la creatura. Il non-morto cadde in ginocchio, poi fece per rialzarsi. Bran strappò la spada lunga dalla cintura di Hodor. Nel profondo sentiva ancora gemere il povero Hodor, ma fuori era sette piedi di furia, con il gelido ferro in pugno. Alzò la spada, la calò sul non-morto e grugnì, mentre la lama trapassava la lana bagnata, la maglia arrugginita e il cuoio marcio, affondando nella carne e nelle ossa.

«*Hodor!*» gridò e colpì di nuovo. Questa volta spiccò la testa del non-morto dal busto, e per un momento esultò... finché due mani di morto non cercarono di afferrargli la gola.

Bran arretrò, sanguinante, mentre Meera Reed conficcava la sua lancia a tre punte nella schiena del non-morto. «*Hodor*» ruggì di nuovo Bran, agitando il braccio per indicarle il pendio. «*Hodor, Hodor.*»

Jojen si stava torcendo debolmente dove lei l'aveva deposto. Bran si avvicinò, lasciò cadere la spada lunga, prese il ragazzo tra le braccia di Hodor e si rimise in piedi. «*Hodor!*» urlò.

Meera riprese a salire su per il pendio, vibrando colpi ai non-morti che si avvicinavano troppo. Le creature non potevano essere ferite, ma erano lente, impacciate. «*Hodor*» diceva Hodor a ogni passo. «*Hodor, Hodor.*» Bran si chiese che cosa avrebbe pensato Meera se a un tratto le avesse detto di amarla.

In alto, rispetto a loro, delle figure fiammeggianti stavano danzando nella neve.

"I non-morti" capì Bran. "Qualcuno ha dato loro fuoco."

Estate ringhiava, azzannava, danzava attorno al non-morto più vicino, una grande rovina d'uomo incoronato di fiamme turbinanti. "Non dovrebbe andargli così sotto, che cosa sta facendo?" pensò Bran.

Poi vide se stesso bocconi sulla neve. Estate stava cercando di tenere lontano da lui la creatura. "Che cosa succederà se mi uccide?" si chiese Bran. "Sarò Hodor per sempre? Tornerò nella pelle di Estate? O sarò semplicemente morto?"

Il mondo gli vorticò confusamente intorno. Alberi bianchi, cielo nero, fiamme rosse, tutto girava, si trasformava, roteava. Si accorse d'incespicare. Sentiva le grida di Hodor: «*Hodor Hodor Hodor Hodor. Hodor Hodor Hodor Hodor. Hodor Hodor Hodor Hodor Hodor*».

Un nugolo di corvi si riversò fuori dalla grotta, e lui vide una ragazzina con la torcia in mano saltare da una parte e dall'altra. Per un momento, Bran pensò che fosse sua sorella Arya... Un'idea folle: la sua sorellina era lontana mille leghe. Oppure morta. Eppure era lì, roteante, piccola creatura scheletrica, coperta di stracci, selvaggia, con i capelli arruffati. Gli occhi di Hodor si riempirono di lacrime che subito congelarono.

Ogni cosa si rovesciò e capovolse. Bran si ritrovò di nuovo nella propria pelle, mezzo sepolto nella neve. Il non-morto in fiamme si ergeva sopra di lui, alto contro gli alberi nel sudario di neve. Era uno di quelli nudi, vide Bran, un attimo prima che l'albero più vicino scuotesse la neve che lo ricopriva e gliela facesse cadere tutta sulla testa.

Quando riprese i sensi, era disteso su un giaciglio di aghi di pino, sotto un tetto di pietra scura. "La grotta. Sono nella grotta." In bocca aveva ancora il sapore del sangue di quando si era morsicato la lingua, ma alla sua destra ardeva un fuoco: il calore gli inondava il viso e lui non si era mai sentito così bene.

Estate era lì, che lo annusava tutto, e c'era anche Hodor, bagnato fradicio. Meera cullava la testa di Jojen che teneva appoggiata in grembo. E la ragazzina era in piedi accanto a loro, con in mano la torcia.

«La neve» disse Bran. «Mi è caduta addosso. Mi ha sepolto.»

«Ti ha nascosto. Io ti ho tirato fuori.» Meera indicò con un cenno la ragazzina. «Ma è stata lei a salvarci. La torcia... il fuoco li uccide.»

«Il fuoco li brucia. Il fuoco ha sempre fame.»

Quella non era la voce di Arya né di nessun'altra bambina. Era una voce di donna, acuta e dolce, con una musicalità particolare che Bran non aveva mai udito, e provò una tristezza da spezzargli il cuore. Aguzzò gli occhi per vederla meglio. Era proprio una bambina, ma più piccola di Arya, con la pelle chiazzata come quella di una cerva sotto un mantello di foglie. I suoi occhi erano strani, grandi e liquidi, color oro e verde, allungati come quelli dei gatti. "Nessuno ha degli occhi così." I suoi capelli erano un miscuglio di tinte autunnali, marrone, rosso e giallo, intrecciati con rampicanti, rami e fiori appassiti.

«Chi sei?» le stava chiedendo Meera Reed.

Bran capì. «È una figlia della foresta.» Ebbe un brivido, sia per lo stupore sia per il freddo. Erano finiti in una delle storie della Vecchia Nan.

«I primi uomini ci hanno chiamati figli» disse la piccola donna. «I giganti ci hanno chiamati *woh dak nag gran*, il popolo scoiattolo, perché eravamo piccoli e veloci, e amici degli alberi, ma non siamo né scoiattoli né figli. Il nostro nome nella vera lingua significa "quelli che cantano il canto della terra". Prima che la vostra vecchia lingua fosse parlata, noi cantavamo da diecimila anni i nostri canti.»

«Adesso parli la lingua comune» disse Meera.

«Per lui, il giovane Bran. Sono nata nel tempo del drago e per duecento anni ho percorso il mondo degli uomini, per guardare, ascoltare e imparare. Potrei percorrerlo ancora adesso, ma le gambe mi dolevano e il mio cuore era stanco, così ho rivolto i passi verso casa.»

«Duecento anni?» ripeté Meera.

Lei sorrise. «Sono gli uomini i figli.»

«Hai un nome?» chiese Bran.

«Quando me ne serve uno.» La creatura mosse la torcia verso la fenditura nella parete di fondo della grotta. «La tua via porta giù. Ora devi venire con me.»

Bran rabbrividì di nuovo. «Il ranger...»

«Lui non può venire.»

«Lo uccideranno.»

«No. L'hanno ucciso molto tempo fa. Adesso andiamo. Giù fa più caldo e nessuno vi farà del male. Lui vi sta aspettando.»

«Il corvo con tre occhi?» chiese Meera.

«L'essere verde.» Con quelle parole si avviò, e a loro non rimase che seguirla. Meera sistemò Bran sulla schiena di Hodor, anche se la gerla era mezzo distrutta e bagnata dalla neve disciolta. Poi passò il braccio intorno al fratello e lo aiutò a rimettersi in piedi. Jojen aprì gli occhi. «Che succede?» chiese. «Meera? Dove siamo?» Vide il fuoco e sorrise. «Ho fatto un sogno stranissimo.»

Il passaggio era angusto e tortuoso, e così basso che ben presto Hodor fu costretto a chinarsi. Bran si rannicchiò il più possibile, ma anche così strusciava e batteva la testa contro il soffitto. A ogni contatto il terreno si sbriciolava e gli cadeva negli occhi e tra i capelli. Una volta sbatté con la fronte contro una grossa radice bianca che spuntava dalla parete, con festoni di ragnatele penzolanti.

La figlia della foresta avanzava per prima con la torcia in pugno, accompagnata dal fruscio del mantello di foglie, ma il passaggio faceva così tante curve che in breve Bran la perse di vista. L'unica luce era quella riflessa dalle pareti. Dopo un po' il tunnel si biforcò, una diramazione era nera come la pece e perfino Hodor capì di dover seguire la torcia in movimento dall'altra parte.

Da come cambiavano le ombre sembrava che le pareti stesse fluissero e si dilatassero. Bran vide grandi serpenti bianchi scivolare dentro e fuori la terra intorno a lui. Sentì il cuore accelerare per la paura. Si chiese se non fossero finiti in un nido di serpenti bianchi o di giganteschi vermi della decomposizione, molli, pallidi e appiccicosi. "I vermi delle tombe hanno i denti."

Anche Hodor li vide. «*Hodor*» gemette, riluttante a proseguire. Ma quando la figlia della foresta si fermò ad aspettare gli altri e la luce della torcia cessò di contorcersi, Bran si accorse che i serpenti erano solo delle radici bianche come quella contro cui aveva battuto la testa prima. «Sono le radici degli alberi-diga» disse. «Hodor, ti ricordi l'albero-cuore nel bosco degli dèi? L'albero bianco con le foglie rosse? Un albero non può farti del male.»

«*Hodor*.» Hodor proseguì, seguendo la figlia della foresta e la torcia, sempre più giù.

Oltrepassarono una seconda biforcazione, poi una terza, e arrivarono in una caverna ampia come la grande sala di Grande Inverno, con rostri di pietra che calavano dalla volta e altri che affioravano dal basso. La creatura con il mantello di foglie serpeggiò in mezzo a essi. Di tanto in tanto, si fermava, agitando con impazienza la torcia nella loro direzione. "Da questa parte" pareva dire. "Da questa parte, più in fretta."

Ci furono ancora altri due passaggi laterali, altre caverne e Bran sentì dell'acqua gocciolare alla sua destra. Quando guardò in quella direzione, vide degli occhi che li fissavano, occhi con pupille verticali che brillavano e riflettevano la luce di torcia. "Altri figli" si disse, "non è da sola." Ma poi gli venne in mente anche la storia di Vecchia Nan sui discendenti di Gendel.

Le radici erano dappertutto, si contorcevano tra terra e pietra, bloccavano alcuni passaggi e altrove sorreggevano il soffitto. "Tutti i colori si sono svaniti" notò a un tratto Bran. Il mondo era fatto di terra nera e legno bianco. L'albero-cuore a Grande Inverno aveva radici grosse come le gambe di un gigante, ma queste erano più grosse ancora. E Bran non ne aveva mai viste così tante insieme. "Di sicuro sopra di noi deve esserci una foresta di alberi-diga."

La luce si affievolì di nuovo. Per quanto piccola, la bambina-che-non-era-una-bambina quando voleva si muoveva rapidamente. Seguendola a passi pesanti, Hodor sentì qualcosa scricchiolare sotto i piedi. Si arrestò così di colpo che Meera e Jojen per poco non gli andarono a sbattere contro.

«Ossa» riconobbe Bran. «Sono ossa.»

Il pavimento del cunicolo era cosparso di ossa di uccelli e altri animali. Ma c'erano anche ossa di natura diversa: alcune molto grandi che dovevano essere appartenute a dei giganti, e altre piccole, forse di bambini. A destra e a sinistra, in nicchie scavate nella roccia, dei teschi li fissavano.

Bran vide un teschio d'orso e uno di lupo, cinque o sei teschi umani e quasi altrettanti di giganti. Tutti gli altri erano piccoli, di una forma insolita. "Figli della foresta." Le radici erano cresciute dentro e intorno a quei resti. Su alcuni erano appollaiati dei corvi, che li guardavano passare con i loro occhi neri e lucidi.

L'ultima parte del percorso era scosceso. Hodor lo fece sulle natiche, urtando e scivolando in un clangore di ossa spezzate, pietre e terriccio. La ragazza-bambina li stava aspettando all'inizio di un ponte naturale sopra un abisso. Nelle tenebre, Bran udì il fruscio dell'acqua che scorre. "Un fiume sotterraneo."

«Dobbiamo attraversare?» chiese, mentre i Reed arrivavano in scivolata dietro di lui. L'idea lo spaventava. Se Hodor avesse messo male un piede su quel ponte stretto, sarebbero caduti chissà per quanto.

«No, ragazzo» rispose la figlia della foresta. «Dietro di te.» Sollevò la torcia, e la luce sembrò trasformarsi e cambiare. Da principio, le fiamme ardevano arancioni e gialle, riempiendo la caverna di bagliori rossastri. Un attimo dopo, tutti i colori sbiadirono, lasciando spazio solo al bianco e al nero. Dietro di loro Meera ansimò. Hodor si voltò dall'altra parte.

Davanti a loro un pallido lord in eleganti abiti color ebano sedeva trasognato, in un intricato nido di radici, un trono di alberi-diga intrecciati che avvolgeva quelle membra raggrinzite come una madre abbraccia suo figlio.

Il corpo era talmente scheletrico e gli abiti così marci che sulle prime Bran lo scambiò per un altro cadavere, un morto rimasto per così tanto tempo nella stessa posizione che le radici gli erano cresciute tutto attorno.

La pelle del lord cadavere appariva bianca, a parte una grossa macchia insanguinata che dal collo saliva alla guancia. I suoi capelli candidi erano sottili come i filamenti delle radici e abbastanza lunghi da sfiorare il pavimento di terra battuta. Le radici si attorcigliavano attorno alle sue gambe come serpenti di legno. Una gli era entrata nelle brache, aveva attraversato la carne prosciugata della coscia e spuntava dalla spalla. Un groviglio di foglie rosso scuro gli usciva dal cranio e funghi grigi gli chiazzavano la fronte. Brandelli di pelle erano rimasti tesi sulla faccia, spessa e dura come cuoio bianco, ma anche quelli si stavano sfilacciando, e qua e là affiorava il marrone e il giallo dell'osso.

«Sei il corvo con tre occhi?» domandò Bran perplesso. "Un corvo con tre occhi dovrebbe avere tre occhi. Lui ne ha solo uno e anche quell'uno è rosso."

Sentiva che l'unico occhio lo fissava, scintillante come una pozza di sangue nella luce di torcia. Dall'orbita vuota dell'altro occhio usciva una sottile radice bianca, che gli scendeva sulla guancia ed entrava nel collo.

«Un... corvo?» La voce del pallido lord era asciutta. Le sue labbra si muovevano lentamente, come se avessero dimenticato come formulare le parole. «Un tempo, *aye*. Abiti neri e sangue nero.» I suoi vestiti, marci e sbiaditi, macchiati di muschio e bucherellati dai vermi, un tempo erano stati neri. «Sono stato molte cose, Bran. Ora sono come mi vedi e capisci perché non sarei potuto venire da te... tranne che in sogno. Ti ho osservato a lungo, ti ho guardato con mille e un occhio. Ho assistito alla tua nascita e prima ancora a quella del lord tuo padre. Ho visto i tuoi primi passi, ho ascoltato le tue prime parole. Ho partecipato al tuo primo sogno. Ti guardavo mentre cadevi dalla torre. Adesso sei finalmente arrivato, Brandon Stark, anche se il tempo è breve.»

«Sono qui» disse Bran, «ma sono spezzato. Tu... tu mi... mi riparerai?... Voglio dire, le mie gambe?»

«No» rispose il pallido lord. «È al di là dei miei poteri.»

Gli occhi di Bran si riempirono di lacrime. "Abbiamo fatto tutta questa strada invano." Nella caverna riecheggiò il rumore del fiume nero.

«No, Brandon Stark, non potrai più camminare» promisero le livide labbra, «però potrai volare.»

TYRION

Rimase per lungo tempo immobile, come inerte sopra il mucchio di vecchi sacchi che gli serviva da giaciglio, ascoltando il vento sibilare fra le sartie e la corrente del fiume lambire lo scafo.

La luna piena fluttuava al di sopra dell'albero maestro. "Mi sta seguendo verso valle, mi guarda come un grande occhio" pensò il Folletto. Nonostante il calore delle pelli ammuffite che lo coprivano, fu percorso da un brivido. "Ho bisogno di una coppa di vino. Di dieci coppe di vino." Ma la luna gli avrebbe sorriso, prima che quel figlio di puttana di Griff gli lasciasse estinguere la sua sete. Anziché vino, doveva bere acqua, ed era condannato a notti insonni e giorni di brividi e sudore.

Si mise a sedere, con la testa fra le mani. "Ho sognato?" Tutti i ricordi erano svaniti. Le notti non erano mai state gentili con lui. Tyrion Lannister dormiva male anche in un letto di piume. Sulla *Fanciulla pudica* si era fatto un giaciglio sopra il tetto della cabina, con una matassa di canapa per guanciale. Preferiva dormire lì che nella stiva angusta. L'aria era più fresca, e preferiva i rumori del fiume al russare di Papero. Però c'era un prezzo da pagare: il ponte era duro e Tyrion si svegliava indolenzito e dolorante, con le gambe contratte.

Adesso sentiva i polpacci duri come pezzi di legno. Se li massaggiò, cercando di sciogliere la contrattura. Ma quando si alzò, la sofferenza era ancora così forte da fargli digrignare di denti. "Devo farmi un bagno." I suoi abiti da bambino erano puzzolenti, e anche lui. Gli altri si bagnavano nel fiume, ma fino a quel momento Tyrion non si era unito a loro. Alcune tartarughe che aveva avvistato sulle secche erano così grosse che parevano poterlo tagliare in due con un morso. Papero le chiamava "spezzaossa". Inoltre non voleva che Lemore lo vedesse nudo.

Tyrion s'infilò gli stivali e scese la scaletta che portava sul ponte di poppa, dove Griff se ne stava avvolto in una pelle di lupo accanto a un braciere di ferro. Il mercenario montava la guardia tutta la notte, alzandosi quando il resto della banda andava a dormire e ritirandosi quando sorgeva il sole.

Tyrion si accovacciò di fronte a lui, allungando le mani verso le braci per scaldarsi. Dall'altra parte del fiume, cinguettavano gli usignoli. «Presto sarà giorno» disse a Griff.

«Non presto abbastanza. Dobbiamo metterci in viaggio.» Fosse stato per Griff, la *Fanciulla pudica* avrebbe continuato a scendere il fiume sia di notte che di giorno, ma Yandry e Ysilla si rifiutarono di mettere a repentaglio la loro chiatta nell'oscurità. Il corso superiore della Rhoyne era pieno di ostacoli e di tronchi sommersi, ognuno dei quali avrebbe potuto sventrare lo scafo. Ma Griff non voleva sentire ragioni, lui voleva soltanto Volantis.

Gli occhi del mercenario erano sempre in movimento, frugavano la notte alla ricerca di... che cosa? Pirati? Uomini di pietra? Mercanti di schiavi? Il fiume era pieno di insidie, Tyrion ne era consapevole, ma considerava Griff più pericoloso di tutti quei pericoli messi assieme. Gli ricordava Bronn, solo che lui aveva un macabro senso dell'umorismo da mercenario mentre Griff sembrava incapace di ridere.

«Sarei pronto a uccidere per una coppa di vino» brontolò Tyrion.

Griff non commentò. I suoi occhi slavati parvero dire: "Prima di bere un solo goccio, farai in tempo a morire". La prima notte sulla *Fanciulla pudica*, Tyrion si era ubriacato fino a perdere i sensi. Il giorno dopo si era svegliato con i draghi che gli battagliavano nel cranio. Griff lo aveva guardato vomitare oltre la murata del barcone. «Nano» aveva sentenziato, «tu col vino hai chiuso.»

«Ma mi aiuta a prendere sonno» aveva protestato Tyrion. "Affoga i miei incubi" avrebbe potuto dire.

«Allora resta sveglio» aveva replicato Griff, implacabile.

Nel cielo a oriente, i primi bagliori dell'alba comparvero sopra il fiume. L'acqua della Rhoyne virò lentamente dal nero al blu, quasi intonandosi ai capelli e alla barba del mercenario.

Griff si alzò. «Gli altri tra poco si sveglieranno. Il ponte è tuo.»

Quando gli usignoli di fiume ammutolirono, intonarono i loro canti le allodole. Gli aironi bianchi sguazzavano tra i canneti e lasciavano le loro impronte sulla sabbia. Le nubi in cielo si erano accese di vari colori: rosa e viola, marrone e oro, perla e zafferano. Una sembrava avere la forma di un drago. "Dopo aver visto un drago in volo, la cosa migliore che un uomo può fare è continuare a zappare l'orto" aveva scritto qualcuno, "perché al mondo non c'è meraviglia più grande." Tyrion si grattò la cicatrice, sforzandosi di ricordare il nome dell'autore. Aveva pensato spesso ai draghi, negli ultimi tempi.

«Buongiorno, Hugor.» La septa Lemore era apparsa con le sue vesti bianche strette in vita da una cintura intessuta di sette colori, simbolo dei Sette Dèi. Aveva i capelli sciolti sulle spalle. «Come hai dormito?»

«A intermittenza, buona lady. Ti ho sognato di nuovo.» "Un sogno a occhi aperti." Non riusciva a prendere sonno, così si era infilato la mano fra le gambe, immaginando di avere sopra di lui la septa con i suoi seni ballonzolanti.

«Di certo un sogno perverso. Sei un depravato. Pregherai con me e chiederai perdono per i tuoi peccati?»

"Solo se preghiamo alla maniera delle Isole dell'Estate." «No, mia signora, ma da' alla Fanciulla un lungo, dolce bacio da parte mia.»

La septa andò ridendo verso prua. Aveva l'abitudine di fare ogni mattina un bagno nel fiume. «Chiaramente questa barca non ha preso il suo nome da te» le gridò dietro Tyrion, mentre Lemore si svestiva.

«La Madre e il Padre ci hanno fatti a loro immagine, Hugor. Dovremmo gloriarci nel nostro corpo, perché esso è opera degli dèi.»

"Gli dèi dovevano essere ubriachi, quando si sono occupati del mio" pensò il nano.

Tyrion guardò Lemore scivolare nell'acqua. Quello spettacolo glielo faceva sempre venire duro. C'era un che di meravigliosamente perverso nell'idea di spogliare la septa di quelle caste vesti bianche e poi farle aprire le gambe. "Oltraggio dell'innocenza" pensò... anche se Lemore era molto meno innocente di quanto sembrasse. Sulla pancia aveva delle smagliature che potevano solo essere dovute al parto.

Anche Yandry e Ysilla si erano alzati al sorgere del sole, e ora si occupavano dei lavori di bordo. Di tanto in tanto, mentre controllava il sartiame, Yandry lanciava di nascosto un'occhiata alla septa. La sua piccola moglie nera, Ysilla, pareva non accorgersene. Lei gettava pezzi di legno nel braciere sul ponte di poppa, rimestava con una lama annerita le braci e impastava le focacce per colazione.

Quando Lemore tornò sul ponte, Tyrion si gustò lo spettacolo dell'acqua fra i seni che scorreva sulla serica pelle dorata dalla luce del mattino. Quarant'anni e passa, più attraente che graziosa, ma ancora di bell'aspetto. "A parte l'ubriachezza, non c'è niente di meglio della lascivia" decise il Folletto. Lo faceva sentire vivo.

«Hai visto la tartaruga, Hugor?» chiese la septa, strizzandosi i capelli. «Quella con la grossa cresta?»

Il mattino era il momento migliore per vedere le tartarughe. Durante il resto del giorno nuotavano in profondità o si nascondevano nelle nicchie lungo la riva, ma all'alba venivano in superficie. Alcune si divertivano a nuotare costeggiando il barcone. Tyrion aveva notato almeno una decina di specie diverse: tartarughe grosse e piccole, con il guscio piatto e le orecchie rosse, con il guscio morbido e il becco robusto, tartarughe marroni, verdi, nere, tartarughe con gli artigli e tartarughe con le corna, tartarughe con il guscio crestato e variegato ricoperto di rilievi tinta oro, panna e giada. Alcune erano talmente grosse che avrebbero potuto trasportare un uomo. Yandry giurava che, per attraversare il fiume, i principi rhoynar erano soliti cavalcare delle tartarughe. Lui e sua moglie erano dei sangueverde, due orfani del grande fiume di Dorne tornati a casa da Madre Rhoyne.

«Quella crestata me la sono persa» rispose Tyrion. "Ero troppo intento a guardare una donna nuda."

«Peggio per te» disse Lemore infilandosi la veste dalla testa. «So che ti svegli presto solo per vedere le tartarughe.»

«Anche per ammirare il sorgere il sole.» Era come guardare una fanciulla che esce nuda dal mare. Alcune potevano essere più belle di altre, ma ognuna era piena di promessa. «Ammetto che le tartarughe hanno il loro fascino. Niente mi delizia come la vista di un bel paio di… gusci ben fatti.»

La septa Lemore rise. Come tutti a bordo della *Fanciulla pudica*, anche lei aveva i suoi segreti. Che se li tenesse pure. "Non voglio fare amicizia con lei, voglio solo scoparla." E lei lo sapeva. Quando si mise il cristallo da septa al collo, lo collocò in modo che scendesse in mezzo ai seni, stuzzicando Tyrion con un sorriso.

Yandry levò l'ancora, prese una lunga pertica da sopra il tetto della cabina e spinse il barcone verso il centro del fiume. Due aironi alzarono la testa guardando la *Fanciulla pudica* allontanarsi dalla riva, fuori nella corrente. Lentamente, il barcone cominciò a scendere verso valle. Yandry andò al timone. Ysilla cuoceva le focacce. Appoggiò sul braciere una padella di ferro, dove abbrustolì della pancetta affumicata. A volte cucinava focacce e pancetta, altre volte pancetta e focacce. Ogni due settimane c'era pesce, ma non quel giorno.

Mentre Ysilla gli girava la schiena, Tyrion arraffò una focaccia dal braciere e scappò via, appena in tempo per evitare un colpo del suo temibile mestolo di legno. Le focacce erano più buone mangiate calde e grondanti di miele e burro. Il profumo della pancetta richiamò ben presto Papero dalla stiva. Ser Rolly annusò il braciere, si beccò un colpo di mestolo da Ysilla e andò a poppa, per la pisciata mattutina.

Tyrion lo raggiunse con andatura ondeggiante. «Ecco uno spettacolo da non perdere» scherzò, mentre entrambi svuotavano la vescica, «un nano e un papero che aumentano la potenza della vigorosa Rhoyne.»

Yandry sbuffò per deriderli. «Madre Rhoyne non ha bisogno della vostra acqua, Yollo. È il più grande fiume del mondo.»

Tyrion scrollò le ultime gocce. «Grande abbastanza da annegare un nano, questo è sicuro. Il Mander, però, è altrettanto largo. Anche il Tridente, verso la foce. Il fiume dalle Acque Nere è più profondo.»

«Ancora non conosci Madre Royne. Aspetta e vedrai.»

La pancetta diventò croccante, le focacce assunsero un colore dorato. Griff il Giovane salì barcollando sul ponte e sbadigliò. «Buongiorno a tutti.» Il ragazzo era più basso di Papero, ma il suo fisico allampanato faceva supporre che non avesse ancora finito di crescere. "Questo sbarbatello potrebbe avere qualsiasi fanciulla dei Sette Regni, capelli blu o no. Le farebbe squagliare solo a guardarle." Come il padre, Griff il Giovane aveva gli occhi azzurri, solo di una sfumatura più scura. Alla luce di una torcia diventavano neri, nel crepuscolo sembravano viola. Le ciglia erano lunghe come quelle di una donna.

«Sento odore di pancetta» disse, infilandosi gli stivali.

«Pancetta buona» confermò Ysilla. «Siediti.»

Servì da mangiare sul ponte di poppa, incalzando Griff il Giovane con focacce al miele e colpendo con il mestolo la mano di Papero ogni volta che cercava di prendere dell'altra pancetta. Tyrion tagliò due focacce per il lungo, le riempì di pancetta e ne andò a portare una a Yandry al timone. Poi aiutò Papero a issare la grande vela latina della *Fanciulla pudica*. Yandry portò il barcone al centro del fiume, dove la corrente era più forte. La *Fanciulla pudica* era un buon battello. Aveva un pescaggio talmente basso da poter risalire anche il più piccolo affluente del fiume, superando banchi di sabbia che avrebbero fatto incagliare le barche più grandi. Al tempo stesso, con la vela issata e la corrente giusta, raggiungeva una buona velocità. E questo, sosteneva Yandry, nel tratto superiore della Rhoyne poteva fare la differenza tra la vita e la morte.

«Non c'è legge nelle Anse dolenti, da migliaia di anni.»

«E nemmeno abitanti, a quanto posso vedere.»

Tyrion aveva scorto lungo le rive delle rovine, tumuli di muratura invasi da rampicanti, muschio e fiori, ma nessun segno di presenza umana.

«Tu non conosci questo fiume, Yollo. In ogni affluente può esserci in agguato un battello pirata e tra i ruderi spesso si nascondono degli schiavi in fuga. Di rado gli schiavisti si spingono così a nord.»

«Gli schiavisti sarebbero un cambiamento gradito rispetto alle tartarughe.» Non essendo uno schiavo in fuga, Tyrion non temeva di essere catturato. E difficilmente i pirati avrebbero dato l'assalto a un barcone che scendeva il fiume. Le mercanzie di valore lo risalivano, provenienti da Volantis.

Terminata la pancetta, Papero diede una manata sulla spalla a Griff il Giovane. «È ora di qualche livido. Oggi propongo spade.»

«Spade?» sogghignò Griff il Giovane. «Benissimo».

Tyrion lo aiutò a prepararsi per il combattimento: brache pesanti, farsetto imbottito e un'ammaccata piastra di vecchio acciaio. Ser Rolly s'infilò la cotta di maglia e cuoio bollito. Entrambi indossarono l'elmo. Dalla cassa delle armi scelsero delle spade lunghe con la punta smussata. Si affrontarono sul ponte di poppa, attaccandosi vigorosamente, mentre il resto della compagnia mattutina guardava.

Battendosi con la mazza o l'ascia lunga smussata, la corporatura e il vigore di ser Rolly avevano facilmente la meglio sul ragazzo a lui affidato. Con la spada, invece, i confronti erano più equilibrati. Quel mattino nessuno dei due aveva preso lo scudo, ed era tutto un vortice di fendenti e parate, avanti e indietro sul ponte. Il fiume risuonava dei clangori dello scontro. Griff il Giovane mise a segno più colpi, ma quelli di Papero erano più potenti. Dopo non molto, il più anziano cominciò a stancarsi. I suoi colpi si fecero più lenti e bassi. Griff li parò tutti, e si lanciò in un attacco furioso che costrinse ser Rolly ad arretrare. Quando arrivarono a ridosso della poppa, il ragazzo bloccò le spade e diede all'altro una spallata. Papero cadde in acqua.

Tornò a galla, sputando e imprecando, urlando che lo ripescassero prima che una spezzaossa gli azzannasse i genitali. Tyrion gli lanciò una fune. «I paperi dovrebbero saper nuotare meglio di così.» Con l'aiuto di Yandry tirò il cavaliere a bordo della *Fanciulla pudica*.

Ser Rolly afferrò Tyrion per la collottola. «Vediamo allora come nuotano i nani.» E lo gettò a capofitto nella Rhoyne.

Il Folletto smise di ridere. Sapeva nuotare abbastanza da restare a galla, e così fece... finché non gli vennero i crampi alle gambe.

Griff il Giovane gli tese una pertica. «Non sei il primo che prova ad annegarmi» disse a Papero, svuotando uno stivale pieno d'acqua. «Quando venni al mondo, mio padre mi gettò in un pozzo, ma ero talmente brutto che la strega che viveva là dentro mi sputò fuori.» Tyrion si tolse l'altro stivale, poi fece una capriola sul ponte schizzando tutti quanti.

Griff il Giovane scoppiò a ridere. «E questo dove l'hai imparato?»

«Dai guitti» mentì Tyrion. «Mia madre mi amava più di tutti gli altri figli, perché ero così piccolo. Mi nutrì al seno fino a sette anni. Questo rese gelosi i miei fratelli. Allora m'infilarono in un sacco e mi vendettero a una compagnia di guitti. Quando tentai di scappare, il mastro guitto mi tagliò via mezzo naso, per cui non ebbi scelta se non andare con loro e imparare a essere divertente.»

La verità era decisamente diversa. Quando aveva sei o sette anni, suo zio gli aveva insegnato qualche acrobazia. Tyrion si era applicato con entusiasmo. Per sei mesi aveva fatto le sue allegre capriole a Castel Granito, facendo sorridere septon, scudieri e servi. Vedendolo, perfino Cersei un paio di volte aveva sorriso.

Tutto questo era finito bruscamente il giorno in cui il lord suo padre era tornato da Approdo del Re. Quella sera, a cena, il genitore aveva sorpreso Tyrion che camminava sulle mani sul tavolo. Lord Tywin non ne era rimasto compiaciuto. «Gli dèi ti hanno fatto nano. Devi essere anche stolto? Sei nato leone, non scimmia.»

"E adesso tu sei cadavere, padre caro, quindi posso fare tutte le capriole che voglio."

«Hai il dono di far ridere la gente» disse la septa Lemore, mentre Tyrion si asciugava i piedi. «Dovresti ringraziare il Padre lassù. Egli fa doni a tutti i suoi figli.»

«È vero» convenne il Folletto, in tono gentile. "E quando sarò morto, lasciate per cortesia che mi seppelliscano con una balestra, così potrò ringraziare il Padre lassù come ho ringraziato quello quaggiù."

Gli abiti ancora fradici per l'involontaria nuotata gli aderivano spiacevolmente alle braccia e alle gambe. Griff il Giovane si allontanò con la septa per essere istruito ai misteri del Credo. Tyrion si cambiò e indossò degli indumenti asciutti. Quando tornò sul ponte, Papero scoppiò in una grassa risata. Non poteva biasimarlo. Vestito com'era, faceva davvero ridere. Il farsetto era diviso a metà: a sinistra, velluto viola con borchie di bronzo, a destra, lana gialla ricamata con disegni floreali. Anche le brache erano divise: la gamba destra era verde, la sinistra a strisce rosse e bianche. Uno dei bauli di Illyrio era pieno di vestiti da bambino, ammuffiti ma comunque di buona fattura. La septa Lemore aveva tagliato in due ogni indumento, poi li aveva ricuciti, mettendo insieme metà di uno e metà dell'altro per confezionare un rozzo abito multicolore da giullare. E Griff aveva insistito perché Tyrion l'aiutasse. La sua intenzione era di schernirlo, ma a Tyrion piaceva cucire. Inoltre Lemore era sempre una compagnia piacevole, nonostante la sua tendenza a rimbrottarlo faceva qualche battuta salace sugli dèi. "Se Griff vuole assegnarmi il ruolo di buffone, starò al gioco." Da qualche parte, ne era certo, lord Tywin Lannister ne inorridiva, e questo pensiero toglieva veleno allo sberleffo.

L'altro suo compito era tutt'altro che di poco conto. "Papero ha la spada, ma io ho la penna d'oca e la pergamena." Griff gli aveva odinato di mettere per iscritto tutto quello che sapeva sul folklore dei draghi. Un'ardua impresa, cui il Folletto si dedicava ogni giorno, scrivendo alle bene meglio, seduto a gambe incrociate sul tetto della cabina.

Nel corso degli anni, Tyrion aveva letto moltissimo sui draghi. Per lo più, quei resoconti erano storielle cui non si poteva dare credito, e i libri che Illyrio gli aveva fornito non erano quelli che avrebbe desiderato. In realtà lui avrebbe voluto il testo completo dei *Fuochi della fortezza*, la storia di Valyria scritta da Galendro. Testo di cui, nel continente occidentale, non esistevano copie integre; anche in quella conservata nella Cittadella mancavano ben ventisette rotoli di pergamena. "Di sicuro, a Vecchia Volantis devono avere una biblioteca. Forse là potrei trovare una copia in buono stato, se riuscissi a trovare il modo di varcare la Muraglia Nera e penetrare nel cuore della città."

Tyrion aveva meno speranze riguardo al libro di septon Barth, *Draghi, idre e viverne: la loro storia innaturale*. Barth era figlio di un maniscalco, assurto al rango di Primo Cavaliere del re all'epoca di Jaehaerys il Conciliatore. I suoi nemici sostenevano che fosse stato più uno stregone che un septon. Quando Baelor il Benedetto salì sul Trono di Spade, ordinò che tutti gli scritti di Barth venissero distrutti. Dieci anni prima, Tyrion aveva letto un frammento della *Storia innaturale* sfuggito a Baelor l'Amato, ma riteneva improbabile che qualche opera di Barth fosse finita al di là del Mare Stretto. E, ovviamente, aveva ancora meno possibilità di mettere le mani sul tomo frammentario, anonimo, intriso di sangue, intitolato a volte *Sangue e fuoco* e altre volte *La morte dei draghi*, la cui unica copia esistente si riteneva fosse nascosta in una cripta sigillata sotto la Cittadella.

Quando il Mezzo-maestro comparve sul ponte, sbadigliando, il Folletto stava mettendo per iscritto quello che ricordava sulle abitudini di accoppiamento dei draghi, argomento sul quale Barth, Munkun e Thomax avevano punti di vista decisamente diversi. Haldon andò a poppa a pisciare sui riflessi del sole sull'acqua, che si frangevano a ogni soffio di vento.

«Dovremmo arrivare all'incrocio con la Noyne per sera, Yollo» disse il Mezzo-maestro.

Tyrion alzò gli occhi dalla pergamena. «Mi chiamo Hugor. Yollo è nascosto nelle mie brache. Devo tirarlo fuori per giocarci?»

«Meglio di no, potresti spaventare le tartarughe» replicò Haldon, con un sorriso tagliente come la lama di un pugnale. «Quale mi hai detto che era il nome della strada di Lannisport dove sei nato, Yollo?»

«Era un vicolo. Non aveva nome.» Provava un caustico piacere a inventare i particolari della pittoresca vita di Hugor Hill, conosciuto anche come Yollo, bastardo di Lannisport. "Le menzogne migliori hanno sempre un pizzico di verità." Il nano sapeva di parlare come un abitante del continente occidentale, di nobili natali, per cui Hugor doveva essere il figlio illegittimo di qualche signorotto. Nato a Lannisport, perché la conosceva meglio di Vecchia Città e di Approdo del Re. E i nani per lo più finivano nelle città, anche quelli partoriti da Madama Bifolca in un campo di rape. Le campagne non avevano fenomeni da baracconi, né spettacoli di guitti... ma di certo non mancavano i pozzi in cui gettare gattini indesiderati, vitelli a tre teste e gli infanti deformi come lui.

«Vedo che hai imbrattato dell'altra buona pergamena, Yollo» rilevò Haldon, allacciandosi le brache.

«Non tutti possono essere dei maestri a metà» ribatté Tyrion. Cominciava ad avere i crampi alla mano. Mise da parte la penna d'oca e fletté le dita tozze. «Ti va un'altra partita a cyvasse?» Il Mezzo-maestro lo vinceva sempre, ma era comunque un modo per passare il tempo.

«Stasera ti unisci a noi per la lezione a Griff il Giovane?»

«Perché no? Qualcuno deve pur correggere i tuoi errori.»

Sulla *Fanciulla pudica* c'erano quattro cabine. Yandry e Ysilla ne occupavano una, Griff e Griff il Giovane un'altra. La septa Lemore aveva una cabina tutta per sé, e così Haldon. La cabina del Mezzo-maestro era la più ampia delle quattro. Una parete era tappezzata di libri e gerle piene di vecchie pergamene. Un'altra parete aveva delle scaffalature con unguenti, erbe medicinali e pozioni. Una luce dorata entrava di sbieco dal vetro giallo ondulato del finestrino rotondo. L'arredo era composto da una cuccetta, uno scrittoio, una sedia, uno sgabello e un tavolo da cyvasse, disseminato di pezzi di legno intagliato.

La lezione cominciò con le lingue. Griff il Giovane parlava la lingua comune come un madrelingua e un ottimo alto valyriano, oltre ai dialetti di Pentos, Tyrosh, Myr e Lys e al gergo dei marinai. Il dialetto di Volantis era ignoto sia a lui sia a Tyrion, perciò ogni giorno imparavano insieme qualche vocabolo, e Haldon correggeva i loro errori. Il meereenese era più difficile: aveva una radice valyriana su cui si era innestata la dura e brutta parlata di Antica Ghis. «Per parlare correttamente il ghiscariano deve andarti un'ape su per il naso» si lamentò Tyrion. Griff il Giovane rise, ma il Mezzo-maestro si limitò a dire: «Ripeti di nuovo». Il ragazzo ubbidì, anche se questa volta roteò gli occhi insieme con gli zzz. "Ha un orecchio migliore del mio" dovette ammettere Tyrion "ma scommetto che la mia lingua è comunque più sciolta."

Dopo le lingue si passò alla geometria. Qui il ragazzo era meno abile, ma Haldon era un maestro paziente e anche Tyrion riuscì a rendersi utile. Aveva imparato i misteri dei quadrati, dei cerchi e dei triangoli dai maestri di suo padre, a Castel Granito, e se li ricordava meglio di quello che pensava.

Quando passarono alla storia, Griff il Giovane cominciò a essere irrequieto. «Stavamo discutendo della storia di Volantis» disse Haldon. «Sai spiegare a Yollo la differenza fra una tigre e un elefante?»

«Volantis è la più antica delle nove città libere, prima figlia di Valyria» replicò il ragazzo in tono annoiato. «Dopo il Disastro, i volantiani si compiacevano di ritenersi gli eredi dell'antica Fortezza e i legittimi sovrani del mondo, ma erano divisi sul modo migliore di realizzare il dominio. L'antica dinastia preferiva la spada, mentre i mercanti e i prestatori di denaro propendevano per il commercio. Mentre si contendevano il governo della città, le due fazioni divennero note rispettivamente come le tigri e gli elefanti. Le tigri detennero il potere per quasi un secolo dopo il Disastro di Valyria. Per un periodo ebbero successo. Una flotta di Volantis prese Lys e un esercito s'impossessò di Myr e per due generazioni le tre città furono governate dalla Muraglia Nera. Questa fase terminò quando le tigri cercarono di inghiottire Tyrosh. Pentos entrò in guerra al fianco di Tyrosh, insieme al re delle Tempeste dell'Occidente. Braavos fornì a un esule di Lys cento navi da guerra, Aegon Targaryen fuggì da Roccia del Drago cavalcando il Terrore Nero, e Myr e Lys si ribellarono. La guerra lasciò devastazione nelle Terre Contese e liberò Lys e Myr dal giogo. Le tigri subirono anche altre sconfitte. La flotta inviata a riconquistare Valyria svanì nel mare Fumante. Qohor e Norvos persero il controllo sulla Rhoyne quando le cinque galee combatterono sul Lago delle Daghe. Da est arrivarono i dothraki, i quali scacciarono i contadini dalle loro capanne e i nobili dalle loro tenute, finché non rimasero altro che erbacce e rovine, dalla Foresta di Qohor fino alle sorgenti del Selhoru. Dopo un secolo di guerra, Volantis si ritrovò a pezzi, in rovina e spopolata. Fu allora che gli elefanti consolidarono il loro dominio, e continuano a mantenerlo. Certi anni le tigri riescono a eleggere un triarca, mai però più di uno, per cui gli elefanti governano la città da trecento anni.»

«Proprio così» commentò Haldon. «E i triarchi attuali?»

«Malaquo è una tigre, Nyessos e Doniphos sono elefanti.»

«E quale lezione possiamo trarre dalla storia di Volantis?»

«Per conquistare il mondo, è meglio avere dei draghi.»

Tyrion non poté fare a meno di ridere.

Più tardi, quando Griff il Giovane salì sul ponte per aiutare Yandry con le vele e le pertiche, Haldon preparò il tavolo per la loro consueta partita di cyvasse.

Tyrion rimase a guardare con i suoi occhi di colore diverso, e disse: «Il ragazzo è intelligente. Gli avete insegnato bene. Metà dei lord dell'Occidente non sono altrettanto istruiti, triste a dirsi. Lingue, storia, canti, calcoli... una mistura inebriante per il figlio di un mercenario».

«Un libro può essere pericoloso quanto una spada, nelle mani giuste» rispose Haldon. «Cerca di darmi più filo da torcere questa volta, Yollo. Giochi a cyvasse altrettanto male di come ruzzoli.»

«Voglio darti un falso senso di fiducia» disse Tyrion, mentre sistemavano le tessere ai lati del divisorio di legno intagliato.

«Tu credi di dovermi insegnare a giocare, ma non sempre le cose sono come appaiono. Forse ho imparato a giocare dal signore dei formaggi, ci hai mai pensato?»

«Illyrio non gioca a cyvasse.»

"No" pensò il Folletto, "lui gioca al gioco del trono, e tu, Griff e Papero siete soltanto delle pedine che lui muove come vuole, pronte a essere sacrificate in caso di bisogno, così come ha sacrificato Viserys." «Allora sei tu da biasimare. Se gioco male, è tutta colpa tua.»

Il Mezzo-maestro ridacchiò. «Yollo, sentirò la tua mancanza, quando i pirati ti avranno tagliato la gola.»

«Dove sono questi famosi pirati? Sto cominciando a pensare che tu e Illyrio ve li siate inventati.»

«Sono più che altro nel tratto di fiume fra Ar Noy e le Anse dolenti. Prima delle rovine di Ar Noy, il fiume è dominato dai qohorik, ma oltre le Anse dolenti sono le galee di Volantis a controllare la zona, ma nessuna delle due città avanza pretese sulle acque nel mezzo, così i pirati le hanno fatte proprie. Il Lago delle Daghe è pieno di isole dove si nascondono in grotte e fortezze segrete. Sei pronto?»

«Per te? Di certo. Per i pirati? Un po' meno.»

Haldon tolse il divisorio. Ciascuno contemplò lo schieramento d'apertura dell'altro.

«Stai migliorando» ammise il Mezzo-maestro.

Tyrion fece per spostare il suo drago, ma ci ripensò. Nell'ultima partita l'aveva tirato fuori troppo presto e l'aveva perso, mangiato da un trabocco. «Se davvero dovessimo incontrare i mitici pirati, potrei unirmi a loro. Dirò che mi chiamo Hugor Mezzo-maestro.» Mosse il cavallo leggero verso le montagne di Haldon.

Questi rispose spostando un elefante. «Hugor Mezzo-cervello ti si adatterebbe meglio.»

«Mi basta mezzo cervello per essere tuo degno avversario.» Tyrion mosse il cavallo pesante per difendere quello leggero. «Ti andrebbe di scommettere qualcosa?»

Il Mezzo-maestro inarcò un sopracciglio. «Quanto?»

«Non ho conio. Come posta metteremo i segreti.»

«Griff mi taglierebbe la lingua.»

«Hai paura, vero? Anch'io, al posto tuo.»

«Il giorno in cui riuscirai a battermi a cyvasse, le tartarughe mi strisceranno fuori dal culo.» Il Mezzo-maestro mosse i suoi lancieri. «Scommessa accettata, piccolo uomo.»

Tyrion tese la mano verso il suo drago.

Tre ore dopo il piccolo uomo tornò finalmente sul ponte per svuotare la vescica. Papero aiutava Yandry ad ammainare la vela, mentre Ysilla reggeva il timone. Il sole era basso sui canneti lungo la riva occidentale e il vento stava cominciando a soffiare più forte. "Ho bisogno di quell'otre di vino" pensò il Folletto. Aveva i crampi alle gambe per essere rimasto a lungo appollaiato sullo sgabello e si sentiva così stordito che fu fortunato a non cadere nel fiume.

«Yollo» lo chiamò Papero. «Dov'è Haldon?»

«È andato a letto, un po' a disagio. Ha le tartarughe che gli strisciano fuori dal culo.»

Lasciò al cavaliere le sue conclusioni e salì la scaletta che portava sul tetto della cabina. A oriente, le tenebre si addensavano dietro un'isola rocciosa.

La septa Lemore lo trovò sul tetto. «Senti la tempesta nell'aria, Hugor Hill? Davanti a noi c'è il Lago delle Daghe, dove si aggirano i pirati. E più in là ci sono le Anse dolenti.»

"Non le mie, però. Quelle me le porto sempre appresso, ovunque vado." Pensò a Tysha, e ancora una volta si chiese dove vanno le puttane. "Perché non a Volantis? Forse la troverò là. Un uomo deve mantenere viva la speranza." Si domandò che cosa le avrebbe detto. "Mi dispiace aver lasciato che ti stuprassero, tesoro. Pensavo che tu fossi una puttana. Puoi trovare in cuor tuo la forza di perdonarmi? Voglio tornare nella nostra casetta, come quando eravamo marito e moglie."

L'isola finì alle loro spalle. Tyrion vide altre rovine lungo la riva orientale: mura sghembe e torri crollate, cupole distrutte e colonne di legno imputridito, strade soffocate dal fango e invase dal muschio violaceo. "Un'altra città morta, dieci volte più grande di Ghoyan Drohe." Adesso lì vivevano solo le tartarughe, grosse spezzaossa. Il Folletto le vedeva crogiolarsi al sole, tumuli bruni e neri con la cresta frastagliata in mezzo al guscio. Alcune videro la *Fanciulla pudica* e scivolarono nell'acqua, lasciandosi dietro una sottile increspatura. No, quello non sarebbe stato un buon posto dove farsi una nuotata.

Poi, tra i contorti alberi semisommersi e le ampie vie bagnate, scorse l'argenteo riflesso del sole sull'acqua. "Un altro fiume" capì all'improvviso "che si riversa nella Rhoyne." Le rovine diventarono più alte con il restringersi del terreno: la città in rovina terminò con una lingua di terra dove si trovavano i resti di un enorme palazzo di marmo rosa e verde. Grandi cupole crollate e guglie mozzate si profilavano su una fila di volte coperte. Tyrion vide altre spezzaossa addormentate, là dove un tempo si sarebbero potute ormeggiare centinaia di navi. Capì allora dove si trovava. "Deve essere il palazzo di Nymeria, e questo è tutto ciò che resta della sua citta, Ny Sar."

«Yollo» gridò Yandry, mentre la *Fanciulla pudica* superava il palazzo «parlami ancora di quei fiumi dell'Occidente grandi come Madre Rhoyne.»

«Non ne avevo idea» rispose il nano. «Nei Sette Regni non ci sono fiumi larghi neanche la metà di questo.»

Il nuovo fiume era molto simile a quello che stavano navigando. L'affluente da solo avrebbe quasi uguagliato il Mander o il Tridente.

«Quella è Ny Sar, dove la Madre si unisce alla Figlia selvaggia, la Noyne» disse Yandry. «Ma non raggiungerà il massimo dell'ampiezza finché non incontrerà le altre figlie. Al Lago delle Daghe si congiunge la Qhoyne, la Figlia oscura, piena d'oro e d'ambra dell'Ascia e di pigne della Foresta di Qohor. Più a sud, la Madre incontra la Lhorulu, la Figlia sorridente, che arriva dai Campi dorati. Nel punto di confluenza, un tempo c'era Chroyane, la città delle feste, con vie fatte d'acqua e case d'oro. Poi la Rhoyne prosegue di nuovo per molte leghe a sud e a est, finché non vi affluisce la lenta Selhoru, la Figlia schiva, che nasconde il proprio corso fra canneti e meandri. Lì, Madre Rhoyne diventa talmente ampia che stando su una barca al centro del fiume non si riescono a scorgere le rive. Vedrai, mio piccolo amico.»

"Non ho dubbi" stava pensando il Folletto, quando notò un'increspatura a neanche sei iarde dal barcone. Stava per indicarla a Lemore, quando venne a galla un animale, provocando uno spostamento d'acqua che fece rollare vistosamente la *Fanciulla pudica*.

Era un'altra tartaruga, un'enorme tartaruga cornuta, con il guscio verde scuro chiazzato di marrone, invaso di muschio e incrostato di neri molluschi fluviali. Alzò la testa e mugghiò: un tamburellante rombo di gola, più forte di qualsiasi corno di guerra Tyrion avesse mai udito.

«Gli dèi sono misericordiosi» gridò forte Ysilla, con il viso rigato di lacrime. «Gli dèi sono misericordiosi.»

Anche Papero stava urlando, e così Griff il Giovane. Haldon uscì sul ponte per scoprire la causa di tutto quel frastuono... ma troppo tardi. La gigantesca tartaruga era scomparsa sotto il pelo dell'acqua.

«Perché tutto questo baccano?» chiese il Mezzo-maestro.

«Per una tartaruga» rispose Tyrion. «Una tartaruga più grande di questo barcone.»

«Era *lui*» gridò Yandry. «Il Vecchio del Fiume.»

"E perché no?" sogghignò Tyrion. "Dèi e portenti compaiono sempre a presenziare la nascita dei re."

DAVOS

La *Gaia levatrice* entrò quasi di nascosto a Porto Bianco, sfruttando la marea serale, con la vela rattoppata che s'increspava a ogni alito di vento. Era una vecchia cocca che perfino nei bei giorni andati nessuno aveva mai definito bella. La polena mostrava una donna ridente con un infante accanto al piede, ma le guance della donna e il deretano del bambino erano butterati dai tunnel scavati dai tarli. Innumerevoli strati di pittura marrone ricoprivano lo scafo, le vele erano grigie e sbrindellate. Non era una nave da attrarre una seconda occhiata, se non per chiedersi come facesse a stare a galla. La *Gaia levatrice* era, comunque, nota a Porto Bianco. Per anni aveva condotto un modesto commercio tra quell'approdo e Sisterton.

Non era certo il genere di arrivo che Davos Seaworth si era auspicato, salpando con Salladhor Saan e la sua flotta. Allora tutto pareva più semplice. I corvi messaggeri non avevano portato a re Stannis la notizia della fedeltà di Porto Bianco, per cui sua grazia avrebbe mandato un delegato a trattare con lord Manderly in persona. Come dimostrazione di forza, Davos sarebbe giunto a bordo delle galeazze valyriane di Salla, seguite dal resto della flotta lyseniana. Gli scafi erano tutti a strisce: nero e giallo, rosa e blu, verde e bianco, viola e oro. I lyseniani amavano le tonalità vivaci e Salladhor Saan era il più pittoresco di tutti. "Salladhor lo Splendido" pensò Davos "ma le tempeste hanno messo fine a tutto questo."

Si sarebbe invece introdotto furtivamente in città, come vent'anni prima. Finché non fosse stato chiaro come stavano le cose a

Porto Bianco, sarebbe stato più prudente fare la parte del comune marinaio, che non il lord.

Le mura della città, di pietre imbiancate, si ergevano sulla riva orientale dove il Coltello Bianco si tuffava nello stretto braccio di mare. Alcune difese erano state rafforzate dall'ultima volta che Davos era stato là, sei anni prima. Il molo che divideva il porto interno da quello esterno era stato fortificato con una muraglia di pietra alta trenta piedi e lunga quasi un miglio, con una torre ogni cento iarde. Vide anche del fumo alzarsi da Rocca delle Foche, dove un tempo c'erano solo rovine. "Può essere un bene o un male, dipende da che parte lord Wyman sceglie di stare."

Davos aveva sempre avuto un debole per quella città, dalla prima volta che ci era arrivato come mozzo a bordo della *Gatta di pietra*. Per quanto piccola a confronto di Vecchia Città e Approdo del Re, Porto Bianco era pulita e ordinata, con ampie vie acciottolate che permettevano di orizzontarsi facilmente. Le case erano di pietre imbiancate, con i tetti spioventi di ardesia grigio scuro. Roro Uhoris, il vecchio e irritabile padrone della *Gatta di pietra*, sosteneva che per distinguere un porto da un altro gli bastava l'odore. Le città sono come le donne, diceva: ognuna ha il suo odore. Vecchia Città profumava come una vecchia dama. Lannisport era una lattaia, fresca e rustica, con il fumo della legna nei capelli. Approdo del Re puzzava come una baldracca non lavata. Invece l'odore di Porto Bianco era pungente e salato, e anche un po' di pesce. «Ha l'odore che dovrebbe avere una sirena» diceva Roro. «Sa di mare.»

"È ancora così" pensò Davos, che però sentiva anche l'odore del fumo di torba proveniente da Rocca delle Foche. Lo scoglio dominava l'accesso al porto esterno: un massiccio rigonfiamento grigioverde che si ergeva di cinquanta piedi sul livello dell'acqua. La cima era incoronata da un cerchio di pietre erose: un fortilizio ad anello eretto dai primi uomini, che per centinaia di anni era rimasto solo e abbandonato. Adesso non più. Davos vide scorpioni, baliste e balestrieri che scrutavano dalle feritoie. "Lassù deve essere freddo e umido."

Nelle sue visite precedenti, Davos aveva sempre notato le foche che si crogiolavano sugli scogli sottostanti. Ogni volta che la *Gatta di pietra* salpava da Porto Bianco, il Bastardo Cieco gliele faceva contare. Più foche c'erano, diceva Roro, più loro avrebbero avuto fortuna durante il viaggio. Questa volta non c'erano foche. Il fumo e i soldati le avevano spaventate. "Un uomo saggio vedrebbe questo come un ammonimento. Se avessi un pizzico di buonsenso, me ne sarei andato con Salla." Sarebbe tornato a sud, da Marya e dai loro figli superstiti. "Ho perso quattro figli a servizio del re e il quinto è scudiero. Dovrei potermi prendere cura dei due ragazzi che ancora mi rimangono. È troppo tempo che non li vedo."

Al Forte Orientale, i confratelli in nero gli avevano confermato che fra i Manderly di Porto Bianco e i Bolton di Forte Terrore non correva buon sangue. Il Trono di Spade aveva elevato Roose Bolton a protettore del Nord, titolo che era appartenuto a Eddard Stark. Aveva quindi senso che Wyman Manderly si schierasse con Stannis. "Porto Bianco non può stare da sola. Alla città occorre un alleato, un protettore. Lord Wyman ha bisogno di re Stannis, tanto quanto Stannis ha bisogno di lui." Almeno così sembrava al Forte Orientale.

Il passaggio da Sisterton aveva minato quelle speranze. Se lord Borrell era stato sincero, se i Manderly intendevano unire le proprie forze a quelle dei Bolton e dei Frey... No, Davos preferiva non pensarci troppo. Ben presto avrebbe saputo la verità. Pregò di non essere arrivato troppo tardi.

"Il muro del pontile nasconde il porto interno" si rese conto, mentre la *Gaia levatrice* ammainava la vela. Il porto esterno era più ampio, ma quello interno offriva un ancoraggio migliore, riparato da un lato dalle mura della città e dall'altro dalla massa incombente della Tana del Lupo e ora anche dal muro del pontile. Al Forte Orientale, Cotter Pyke aveva detto a Davos che lord Wyman stava costruendo delle galee da guerra. Dietro quelle mura potevano esserci almeno una ventina di navi nascoste, in attesa solo dell'ordine di salpare.

Dietro le spesse mura bianche della città, il Castello Nuovo si ergeva fiero e chiaro sulla collina. Davos vedeva anche il tetto a cupola del Tempio delle Nevi, circondato dalle alte statue dei Sette Dèi. Con loro, i Manderly scacciati dall'Altopiano avevano portato il Credo al Nord. Anche Porto Bianco aveva il suo parco degli dèi, un intrico di radici, rami e pietre racchiuso tra le cadenti mura nere della Tana del Lupo, l'antica fortezza adesso utilizzata come prigione. Ma là governavano soprattutto i septon.

Il tritone, emblema della Casa Manderly, era visibile ovunque: garriva dalle torri del Castello Nuovo, sopra la Porta delle Foche e lungo le mura della città. A Forte Orientale gli uomini del Nord sostenevano che Porto Bianco non avrebbe mai abbandonato la sua fedeltà a Grande Inverno, ma Davos non vedeva nessuna traccia del meta-lupo degli Stark. "Non ci sono nemmeno leoni. Lord Wyman non può essersi già dichiarato per Tommen, altrimenti avrebbe issato il suo vessillo."

Le banchine lungo i moli erano affollate. Alcuni piccoli battelli ormeggiati vicino al mercato del pesce stavano scaricando il pescato. Davos vide anche tre navi contrabbandiere fluviali, lunghi e agili battelli costruiti per sfidare le forti correnti e le rapide rocciose del Coltello Bianco. Ma Davos era più interessato alle imbarcazioni marittime: due caracche tetre e malandate quanto la *Gaia levatrice*, la galea mercantile *Danzatrice delle burrasche*, le cocche *Baldo magister* e *Corno dell'abbondanza*, una galeazza arrivata da Braavos, con le caratteristiche vele viola come lo scafo...

... e più in là: una nave da guerra.

Quella vista fu un coltello che tranciava le sue speranze. La nave aveva lo scafo nero e oro, come polena un leone con una zampa alzata. *Stella del leone* recitava la scritta a poppa, sotto il vessillo sventolante con le insegne del re bambino sul Trono di Spade. L'anno prima, Davos non avrebbe saputo leggerla, ma a Roccia del Drago il maestro Pylos gli aveva insegnato a riconoscere alcune lettere. Per una volta, traeva ben poco piacere dalla lettura. Aveva pregato che la galea fosse andata perduta nella stessa burrasca che aveva devastato la flotta di Salladhor Saan, ma gli dèi non erano stati così gentili. I Frey erano là, e lui avrebbe dovuto affrontarli.

La *Gaia levatrice* attraccò a una banchina di legno stagionato, nel porto esterno, lontano dalla *Stella del Leone*. Mentre l'equipaggio ormeggiava e calava la passerella, il capitano si avvicinò a Davos. Casso Mogat era un bastardo del Mare Stretto, nato da una puttana di Sisterton messa incinta da un baleniere ibbenese. Alto solo cinque piedi e molto irsuto, si tingeva i capelli e i baffi di verde muschio. Conciato a quel modo sembrava un ceppo d'albero con gli stivali gialli.

Nonostante l'aspetto, pareva un buon marinaio, ma un duro padrone con il suo equipaggio. «Quanto tempo starai via?»

«Almeno un giorno. Forse di più.» Davos aveva scoperto che ai lord piace far aspettare. Per renderti ansioso, sospettava, e per dimostrare il loro potere.

«La *Levatrice* si tratterrà qui tre giorni. Non oltre. A Sisterton mi stanno aspettando.»

«Se va tutto bene, potrei essere di ritorno domani.»

«E se va male?»

"Potrei non ritornare affatto." «Non aspettarmi.»

Due doganieri stavano salendo a bordo mentre Davos scendeva la passerella, nessuno dei due lo degnò di un'occhiata.

Erano lì per vedere il capitano e ispezionare la stiva. Non si interessavano ai comuni marinai, e pochi avevano l'aspetto di un comune marinaio quanto Davos Seaworth: altezza media, faccia scaltra da campagnolo stagionata dal vento e dal sole, barba brizzolata, capelli castani con parecchi fili grigi. Anche l'abbigliamento era comune: vecchi stivali, brache marrone e casacca blu, mantello di lana grezza fermato da una borchia di legno. Per nascondere le dita che Stannis gli aveva mozzato tanti anni prima, Davos portava dei guanti di pelle macchiata dal sale. Non aveva neppure l'aspetto di un lord, tanto meno di un Primo Cavaliere del re. Meglio così, finché non avesse scoperto come stavano le cose a Porto Bianco.

Percorse il molo e attraversò il mercato del pesce. La *Baldo magister* stava imbarcando dell'idromele. I fusti erano impilati quattro alla volta in alte colonne lungo la banchina. Dietro una delle file, Davos scorse tre marinai che giocavano a dadi. Più avanti, le pescivendole offrivano il pescato del giorno e un ragazzo batteva il tempo su un tamburo mentre un orso vecchio e spelacchiato ballava in tondo per una combriccola di contrabbandieri fluviali. Due lancieri erano di guardia alla Porta delle Foche, con l'emblema della Casa Manderly sul petto, ma erano troppo intenti a flirtare con una puttana per badare a Davos. La porta era aperta, la saracinesca alzata. Davos si mescolò tra la gente che passava.

All'interno delle mura c'era una piazza acciottolata con al centro una fontana. Dalle sue acque sorgeva un tritone di pietra: venti piedi dalla testa alla coda. La sua barba arricciata era verde e bianca per i licheni e un rebbio del tridente si era spezzato prima ancora che Davos nascesse, tuttavia continuava a fare una certa impressione. La gente del posto lo chiamava il Vecchio Piede di Pesce. La piazza aveva il nome di qualche lord defunto, ma tutti la chiamavano Corte del Piede di Pesce.

La piazza brulicava di gente, quel pomeriggio. Una donna stava lavando il bucato nella fontana del Tritone, appendendolo ad asciugare sul tridente. Sotto gli archi del colonnato, dei venditori ambulanti si erano sistemati in mezzo a scrivani e prestasoldi, insieme a un mago ciarlatano, una venditrice di erbe medicinali e un giocoliere da quattro soldi. Un uomo con la carriola vendeva delle mele e una donna offriva aringhe con cipolle. Polli e bambini erano ovunque. L'enorme portone di quercia e ferro della Vecchia Zecca, sempre chiuso durante le precedenti visite di Davos nella piazza col tritone, quel giorno era aperto. Davos scorse centinaia di donne, vecchi e bambini ammassati per terra sopra cumuli di pellicce. Alcuni avevano acceso dei piccoli fuochi per cucinare.

Davos si fermò sotto il colonnato e scambiò una moneta da mezzo conio per una mela.

«Quindi la gente *vive* nella Vecchia Zecca?» chiese al venditore.

«Solo la gente che non ha un altro posto dove stare. Gente comune che viene dal Coltello Bianco, per la maggior parte. Anche gente degli Hornwood. Con il bastardo di Bolton in libertà, tutti vogliono stare dentro le mura. Non so che cosa sua signoria intenda fare di questa plebaglia. Molti sono arrivati portando con sé solo gli stracci che avevano addosso.»

Davos sentì un lacerante senso di colpa. "Sono venuti in cerca di rifugio in una città non ancora toccata dai combattimenti. E adesso salto fuori io, a trascinarli di nuovo in guerra." Diede un morso alla mela e si sentì in colpa anche per quello. «Come fanno a mangiare?»

Il venditore di mele si strinse nelle spalle. «Alcuni mendicano, altri rubano. Molte giovani fanno le baldracche, come sempre fanno le donne quando non hanno altro da vendere. Ogni ragazzo alto più di cinque piedi può trovare posto nei baraccamenti di sua signoria, purché riesca a impugnare una lancia.»

"Allora Manderly sta radunando uomini." Poteva essere un bene... o un male, a seconda del punto di vista. La mela era asciutta e farinosa, ma Davos si costrinse a dare un altro morso. «Lord Wyman intende unirsi al Bastardo?»

«Be'» disse il venditore, «la prossima volta che sua signoria viene qui a mangiarsi una mela, non mancherò di domandarglielo.»

«Ho sentito che sua figlia doveva maritare un Frey.»

«Sua nipote. L'ho sentito anch'io, ma sua signoria si è dimenticato di invitarmi al matrimonio. Ehi, quella non la finisci? Mi riprendo gli avanzi. I semi sono buoni.»

Davos gli gettò il torsolo. "La mela era cattiva, ma è valsa la pena spendere mezzo conio per scoprire che Manderly sta raccogliendo uomini."

Girò attorno al Vecchio Piede di Pesce, passando davanti a una ragazzina che vendeva delle coppe di latte della sua capretta. Adesso che era lì, ricordava altre cose della città. Nella direzione indicata dal tridente c'era un vicolo dove si vendeva merluzzo fritto, croccante, dorato all'esterno e bianco all'interno. Da quella parte c'era un bordello più pulito di tanti altri, dove un marinaio poteva godersi una donna senza paura di essere rapinato o assassinato. Dall'altra parte, in una delle case attaccate alle mura della Tana del Lupo come le patelle a un vecchio scafo, c'era una birreria dove si poteva ordinare una birra scura così densa e gustosa che da un barile se ne sarebbe potuto ricavare altrettanto oro di Arbor, tanto a Braavos quanto nel porto di Ibben, ammesso che la gente del posto ne avanzasse un po' da vendere.

Davos però aveva voglia di vino: aspro, rosso e secco. Attraversò la corte, scese una rampa di scale fino a una taverna chiamata l'Anguilla pigra, sotto un magazzino pieno di pelli di pecora. Quando ancora faceva il contrabbandiere, l'Anguilla era rinomata per offrire le puttane più vecchie e il vino più schifoso di Porto Bianco, oltre a pasticci di carne pieni di grasso e cartilagini, immangiabili nei giorni migliori, tossici in quelli peggiori. Con un cibo del genere, la maggior parte della gente del posto rifuggiva dalla taverna, lasciandola ai marinai che non potevano avere idea di come stavano le cose. All'Anguilla pigra non vedevi mai una guardia della città o un doganiere.

Certe cose non cambiano. All'Anguilla il tempo sembrava essersi fermato. Il soffitto a botte era nero di fuliggine, il pavimento di terra battuta, l'aria puzzava di fumo, carne andata a male e vomito stantio. Le grosse candele di sego sui tavoli facevano più fumo che luce e, nella penombra, il vino che Davos ordinò pareva marrone invece che rosso. Quattro puttane erano sedute vicino alla porta, a bere. Quando entrò, una gli rivolse un sorriso speranzoso. Davos scosse la testa e la donna disse qualcosa che suscitò l'ilarità delle compagne. Dopo di che, nessuna di loro gli prestò la minima attenzione.

Tolte le puttane e il proprietario, Davos aveva l'Anguilla tutta per sé. Il locale era ampio, con tanti angoli e nicchie in ombra dove stare in pace. Davos si portò il vino in una nicchia, sedendo con la schiena contro la parete, ad aspettare.

In breve si ritrovò a fissare il focolare. La Donna Rossa riusciva a scrutare il futuro nelle fiamme, ma tutto quello che Davos Seaworth ci vedeva era l'ombra del passato: navi che bruciavano nelle Acque Nere, la catena infuocata, le ombre verdi dei piromanti che balenavano contro il ventre delle nubi, la Fortezza Rossa, minacciosa e incombente su tutto. Davos era un uomo semplice, allevato dal caso, dalla guerra e da Stannis. Non capiva perché gli dèi si fossero presi quattro ragazzi giovani e forti come i suoi figli, risparmiando il loro stanco padre. Alcune notti pensava di essere stato lasciato per salvare Edric Storm... ma ormai il figlio bastardo di re Robert era al sicuro alle Stepstones, mentre lui, Davos, era ancora vivo. "Gli dèi hanno forse qualche altro compito per me?" si domandava. "Se così fosse, Porto Bianco potrebbe farne parte." Assaggiò il vino, poi ne versò mezza coppa sul pavimento, vicino ai propri piedi.

Mentre fuori calava il crepuscolo, le panche dell'Anguilla cominciarono a riempirsi di marinai.

Davos ordinò al proprietario un'altra coppa di vino.

Insieme alla coppa, l'uomo portò una candela. «Vuoi mangiare?» chiese. «Abbiamo del pasticcio di carne.»

«Che carne c'è dentro?»

«La solita. È buona.»

Le puttane scoppiarono a ridere. «Vuole dire che è grigia» disse una di loro.

«Chiudi quella maledetta bocca. La mangi anche tu.»

«Mangio merda d'ogni tipo. Questo non significa che mi piace.»

Non appena il taverniere se ne andò, Davos spense la candela e rimase seduto al buio. I marinai erano i peggiori pettegoli del mondo, appena scorreva un po' di vino, sia pure a buon mercato come quello. Gli sarebbe bastato ascoltare. La maggior parte di quello che sentì l'aveva già appreso a Sisterton, da lord Godric o dagli avventori del Ventre della Balena.

Tywin Lannister era morto, macellato dal suo figlio nano, con un dardo di balestra nelle viscere mentre sedeva su una fetente latrina. Il cadavere del lord d'oro emanava un fetore tale che, dopo le esequie, per giorni nessuno era più riuscito a entrare nel Grande Tempio di Baelor. Lysa Arryn, lady di Nido dell'Aquila, era stata assassinata da un cantastorie. Adesso Ditocorto governava la Valle di Arryn, con Yohn Royce il Bronzeo che però spergiurava di rovesciarlo. Nelle Isole di Ferro, anche l'anziano Balon Greyjoy era morto, inghiottito dall'oceano in tempesta, e adesso i suoi fratelli erano in lotta per il Trono del Mare. Sandor Clegane, il Mastino, il guerriero sfregiato che un tempo era stato protettore di re Joffrey, morto anche lui per mano del nano Lannister, era diventato fuorilegge e stava facendo saccheggi e uccisioni nelle terre lungo il Tridente. Myr, Lys e Tyrosh erano coinvolte in un'altra guerra. A Oriente infuriava una rivolta di schiavi.

Altre notizie erano più interessanti. Robett Glover era in città e stava cercando di radunare uomini, però con scarso successo. Lord Manderly aveva fatto orecchie da mercante alle sue suppliche.

Porto Bianco è stanco di guerre, pareva che avesse detto. Questo non era bello.

I Ryswell e i Dustin avevano sorpreso gli uomini di ferro sul fiume delle Febbri e avevano dato alle fiamme le loro navi lunghe. Questo era anche peggio.

E adesso il Bastardo di Bolton stava cavalcando a sud con Hother Umber per unirsi a loro in un attacco al Moat Cailin. «Il grande puttaniere in persona» disse un uomo del fiume che aveva appena portato giù un carico di pelli e di legname lungo il Coltello Bianco «insieme a trecento lancieri e un centinaio di arcieri. Alcuni uomini degli Hornwood si sono uniti a loro, e anche gente dei Cerwyn.» Questo era il peggio di tutto.

«Lord Wyman farà meglio a mandare un po' di uomini a combattere, se sa qual è la cosa giusta per lui» disse un tipo anziano in fondo al tavolo.

«Adesso lord Roose è protettore del Nord. L'onore esige che Porto Bianco risponda all'appello.»

«Che cosa vuoi che ne sappia dell'onore un Bolton?» ritorse il proprietario dell'Anguilla, riempiendo loro di nuovo le coppe di vino.

«Lord Wyman non andrà da nessuna parte. È troppo maledettamente grasso.»

«Ho sentito dire di quanto soffre. Dicono che non fa altro che dormire e piangere. Il più delle volte è troppo malato anche solo per scendere dal letto.»

«Troppo grasso, vorrai dire.»

«Grasso o magro non c'entra niente» rispose il proprietario dell'Anguilla. «I leoni hanno preso suo figlio.»

Nessuno parlò di re Stannis. Nessuno pareva neanche sapere per quale motivo sua grazia fosse andata al Nord per unirsi alla difesa della Barriera. Al Forte Orientale, bruti, non-morti e giganti erano sulla bocca di tutti, ma lì a Porto Bianco pareva che nessuno nemmeno ci pensasse.

Davos si protese verso il chiarore purpureo del fuoco. «Pensavo che i Frey avessero ucciso suo figlio. Così avevo sentito dire a Sisterton.»

«Hanno ucciso ser Wendel, *aye*» rispose il proprietario. «Le sue ossa riposano nel Tempio delle Nevi, con le candele tutt'intorno, se vuoi andarci. Ser Wylis, però, è ancora prigioniero.»

"Di male in peggio." Davos sapeva che lord Wyman aveva due figli, ma credeva che fossero morti entrambi. "Se il Trono di Spade ha un ostaggio..." Lui stesso aveva generato sette figli e nel fiume dalle Acque Nere ne aveva persi quattro. Sapeva che avrebbe fatto qualsiasi cosa gli dèi e gli uomini avessero chiesto, pur di proteggere i tre figli che restavano. Steffon e Stannis erano a migliaia di leghe dai combattimenti, al sicuro dai pericoli, ma Devan era al Castello Nero, come scudiero del re. "Un re la cui causa può trionfare o fallire con Porto Bianco."

Ora gli altri avventori parlavano di draghi. «Sei pazzo» disse un rematore della *Danzatrice delle tempeste*. «Il re Mendicante è morto da anni. Gli ha mozzato la testa un signore dothraki dei cavalli.»

«Così dicono a noi» obiettò il vecchio. «Però potrebbero mentire. È morto a migliaia di miglia da qui, se poi è morto davvero. Chi lo può dire? Se un re mi volesse morto, potrei compiacerlo e fingermi cadavere. Nessuno di noi ha visto il suo corpo.»

«Non ho mai visto neanche il cadavere di Joffrey, né di Robert» brontolò il proprietario dell'Anguilla. «Forse anche loro sono vivi. Forse Baelor il Benedetto ha solo fatto un pisolino per tutti questi anni.»

Il vecchio ebbe una smorfia. «Il principe Viserys non sarebbe l'unico drago, vero? Siamo proprio sicuri che hanno ucciso il figlio del principe Rhaegar? Era un infante.»

«Non c'era anche una principessa?» chiese una delle puttane, la stessa che aveva detto che la carne era grigia.

«Due» rispose il vecchio. «Una era la figlia di Rhaegar e l'altra era sua sorella.»

«Daena si chiamava la sorella. Daena di Roccia del Drago» ripeté l'uomo del fiume «O si chiamava Daera?»

«Daena era la moglie del vecchio re Baelor» disse il rematore. «Una volta ho remato su una nave che portava il suo nome. La *Principessa Daena*.»

«Se era la moglie di un re, avrebbe dovuto essere regina.»

«Baelor non ha mai avuto una regina. Era un sant'uomo.»

«Non significa che non abbia sposato sua sorella» disse la puttana. «Non l'ha mai portata a letto, ecco tutto. Quando lo fecero re, lui la rinchiuse in una torre. Anche le altre sorelle, ce n'erano tre.»

«Daenela» disse ad alta voce il proprietario. «Così si chiamava. La figlia del re Folle, intendo, non la moglie di Baelor.»

«*Daenerys*» precisò Davos. «Fu chiamata così dal nome della Daenerys che sposò il principe di Dorne durante il regno di Daeron Secondo. Non so che ne sia stato di lei.»

«Lo so io» intervenne l'uomo che aveva iniziato la discussione sui draghi, un rematore braavosiano con una giubba di lana scura. «Quando eravamo giù a Pentos, abbiamo ormeggiato di fianco a un mercantile chiamato *Fanciulla dagli occhi scuri* e sono andato a bere con l'attendente del capitano. Mi ha raccontato una bella storiella... di una ragazzina salita a bordo a Qarth per un passaggio fino all'Occidente per lei e tre draghi. Aveva i capelli argento e gli occhi viola. "L'accompagnai di persona dal capitano" mi giurò l'attendente "ma lui non ne volle sapere. Si guadagna di più con i chiodi di garofano e lo zafferano, mi disse, e le spezie non danno fuoco alle vele."»

Nella cantina risuonarono delle risate. Davos non vi si unì. Sapeva bene che cos'era accaduto alla *Fanciulla dagli occhi scu-*

ri. Gli dèi erano crudeli a lasciare che un uomo navigasse per mezzo mondo, e poi farlo finire vittima di un miraggio quando era quasi arrivato a casa. "Il capitano era un tipo ancora più spregiudicato di me" pensò mentre si dirigeva verso la porta. Con un viaggio a Oriente un uomo poteva vivere come un lord fino alla fine dei suoi giorni. Da giovane, Davos aveva sognato di fare lui stesso un viaggio simile, ma gli anni erano trascorsi danzando come falene intorno a una fiamma e in un modo o nell'altro il momento giusto non era mai arrivato. "Un giorno" si diceva. "Quando la guerra sarà finita e re Stannis sarà sul Trono di Spade e non avrà più bisogno di un Cavaliere delle Cipolle, prenderò Devan con me, e anche Steff e Stanny, se saranno grandi abbastanza. Vedremo quei draghi e tutte le meraviglie del mondo."

Fuori le raffiche di vento facevano tremolare le fiamme nelle lampade a olio che illuminavano la corte. L'aria era diventata più fredda dopo il tramonto, ma Davos si ricordò del Forte Orientale e di come, la notte, il vento urlava contro la Barriera, penetrando anche sotto i mantelli più spessi, congelando il sangue nelle vene. Porto Bianco, al confronto, era un bagno caldo.

C'erano altri posti dove Davos avrebbe potuto raccogliere informazioni. Una locanda famosa per il pasticcio di lampreda, la taverna dove i mercanti di lana e i doganieri andavano a bere, una sala di guitti in cui per qualche monetina ci si divertiva con scherzi osceni. Ma Davos decise di avere ascoltato abbastanza. "Sono arrivato troppo tardi." Il vecchio istinto gli fece portare la mano al petto, dove un tempo teneva appeso a una cordicella un sacchetto con dentro le ossa delle sue dita. Non trovò niente. La sua fortuna era svanita nei roghi verdi sul fiume delle Acque Nere, quando aveva perso la nave e i figli.

"Che cosa devo fare, adesso?" Si strinse nel mantello. "Salgo sulla collina e mi presento alla porta del Castello Nuovo per fare un'inutile supplica? Torno a Sisterton? Vado da Marya e dai miei ragazzi? Compro un cavallo e percorro la Strada del Re per dire a Stannis che a Porto Bianco non ha amici e nessuna speranza?"

Al Forte Orientale, la notte prima che salpasse la flotta, la regina Selyse aveva invitato a un banchetto Salla e i suoi capitani. Cotter Pyke si era unito a loro, insieme ad altri quattro alti ufficiali dei Guardiani della notte. Anche la principessa Shireen aveva avuto il permesso di partecipare. Mentre veniva servito del salmone, ser Axell Florent aveva divertito la tavolata con il racconto di un certo giovane principe Targaryen che teneva come animale da compagnia una scimmia. A quel principe piaceva mettere all'animaletto gli abiti del figlio morto, fingendo che fosse un bambino, sosteneva ser Axell, e di tanto in tanto lo proponeva in matrimonio. I lord a cui veniva offerto tale onore declinavano sempre con diplomazia, ma ovviamente tutti rifiutavano. "Anche vestita di seta e di velluto, una scimmia resta pur sempre una scimmia" aveva detto ser Axell. "Un principe più saggio avrebbe saputo che non puoi mandare una scimmia a fare il lavoro di un uomo." Gli uomini della regina avevano riso e parecchi avevano sogghignato, fissando Davos. "Non sono una scimmia" aveva pensato lui. "Sono un lord come voi, e un uomo migliore." Ma il ricordo bruciava ancora.

La Porta della Foca era stata chiusa per la notte. Davos non sarebbe potuto tornare alla *Gaia levatrice* prima dell'alba. Era bloccato lì fino al sorgere del sole. Alzò gli occhi verso il Vecchio Piede di Pesce con il tridente rotto. "Sono giunto fin qui superando piogge, naufragi e tempeste. Non tornerò senza aver fatto ciò per cui sono venuto, per quanto questa impresa possa sembrare disperata." Aveva perso le sue dita e la sua fortuna, ma non era una scimmia in abiti di velluto.

Era un Primo Cavaliere del re.

La Scalinata del Castello era una salita a gradini, un'ampia carreggiata di pietra bianca che dalla Tana del Lupo vicino al mare portava su fino al Castello Nuovo in collina. Davos risalì la via illuminata da sirene di marmo che reggevano fra le braccia ciotole in cui ardeva dell'olio di balena. Arrivato in cima, Davos si voltò indietro a guardare. Da lassù scorgeva tutti e due i porti. Dietro il muro del molo, quello interno era affollato di galee da guerra. Davos ne contò ventitré. A quanto pareva Lord Wyman era grasso, ma non pigro.

Le porte del Castello Nuovo erano sbarrate. Davos gridò un richiamo. Si aprì una posterla e una guardia uscì a chiedere che cosa volesse. Davos gli mostrò il nastro nero e oro con i sigilli reali.

«Devo vedere subito lord Wyman Manderly» dichiarò. «Quello che ho da dire riguarda lui. E lui soltanto.»

DAENERYS

I danzatori risplendevano, i loro corpi snelli e glabri erano ricoperti di un velo d'olio. Torce ardenti vorticavano di mano in mano al ritmo dei tamburi e all'acuto suono di un flauto. Ogni volta che due torce s'incrociavano nell'aria, una fanciulla nuda saltava tra di esse, roteando. La luce della torcia si rifletteva sulle membra cosparse d'olio, sui seni e sulle natiche.

I tre uomini erano eccitati. Lo spettacolo della loro eccitazione era eccitante, per quanto Daenerys Targaryen lo trovasse anche in parte comico. I tre uomini erano della medesima altezza, gambe lunghe e ventre piatto, ogni muscolo perfettamente definito come se fosse stato cesellato nella pietra. Perfino le facce parevano identiche, ed era strano: uno aveva la pelle nera come l'ebano, il secondo era bianco come il latte e il terzo luccicava come il rame brunito.

"Dovrebbero infiammare me?" pensò Dany, cambiando posizione sui cuscini di seta. I suoi Immacolati stavano immobili come statue accanto alle colonne, con l'elmo a rostro e il liscio viso inespressivo. Non così gli uomini integri. Reznak mo Reznak guardava a bocca aperta, con le labbra umide e rilucenti. Hizdahr zo Loraq parlava con il suo vicino senza mai staccare gli occhi di dosso dalle danzatrici. La faccia brutta e unta di Testarasata era severa come sempre, ma anche lui non si lasciava sfuggire niente.

Più difficile era capire che cosa vagheggiasse l'ospite d'onore. L'uomo pallido, magro, dal viso di falco, che condivideva il tavolo con Daenerys, risplendeva in vesti di seta marrone e filigrana d'oro. Il suo cranio calvo brillava alla luce delle torce, mentre lui divorava un fico con piccoli morsi precisi, eleganti. Quando girava la testa per seguire le danzatrici, gli opali mandavano degli scintillii sul naso di Xaro Xhoan Daxos.

In suo onore, Daenerys aveva indossato una lunga veste di Qarth, una diafana tunica di sciamito violetto tagliata in modo da lasciarle scoperto il seno sinistro. I capelli biondo argento le ricadevano sulla spalla, fin quasi a sfiorarle il capezzolo. Metà degli uomini nella sala le avevano lanciato occhiate di nascosto, ma non Xaro. "Lo stesso era successo anche a Qarth." Non era il modo giusto per influenzare il principe mercante. "Eppure devo riuscirci." Xaro era arrivato da Qarth sulla galeazza *Serica nube,* con tredici galee di scorta: una flotta in risposta a una preghiera. Da quando Dany aveva posto fine alla schiavitù, il commercio di Meereen si era praticamente azzerato, ma Xaro aveva il potere di risollevarlo.

Mentre i tamburi segnavano un crescendo, le tre danzatrici spiccarono balzi tra le fiamme, volteggiando a mezz'aria. I danzatori le afferrarono al volo per la cintola facendole scivolare sul proprio membro.

Dany osservò le ragazze inarcare la schiena, circondare con le gambe quelle del proprio compagno, mentre il flauto piangeva e i danzatori pompavano con vigore a tempo con la musica. Dany aveva già assistito a degli amplessi: i dothraki si accoppiavano senza pudore, così come i loro stalloni montavano le giumente. Questa, però, era la prima volta che vedeva la lussuria messa in musica.

Dany aveva il viso accaldato. "Il vino" si disse. Ma poi si ri trovò a pensare a Daario Naharis. Il messaggero da lui inviato era giunto quel mattino. I Corvi della Tempesta rientravano da Lhazar. Il loro capitano stava tornando a cavallo da lei, portando l'amicizia degli uomini agnello. "Cibo e commercio" rammentò a se stessa. "Daario non mi ha deluso, non lo farà mai. Mi aiuterà a salvare la mia città." Dany non vedeva l'ora di rivedere il suo viso, di lisciargli la barba a tre punte, di raccontargli i suoi tormenti... ma i Corvi della Tempesta erano ancora a molti giorni di marcia, al di là del Passo Khyzai. Quanto a lei, aveva un reame da governare.

Il fumo aleggiava fra le colonne viola. I danzatori si inginocchiarono, chinarono la testa.

«Siete stati splendidi» disse loro Dany. «Raramente ho visto tanta grazia e bellezza.» Con un gesto chiamò Reznak mo Reznak, e il siniscalco accorse. Gocce di sudore gli imperlavano la testa calva e rugosa. «Scorta i nostri ospiti nei bagni, in modo che si possano rinfrescare, e porta loro cibo e bevande.»

«Sarà per me un onore, vostra magnificenza.»

Daenerys tese la coppa a Irri perché gliela riempisse. Il vino era dolce e forte, con un aroma di spezie orientali, di gran lunga superiore ai vini leggeri di Ghis che ultimamente avevano riempito la sua coppa.

Xaro scrutò i frutti sul vassoio che Jhiqui gli presentava, e scelse un caco. La buccia arancione era in tinta con il corallo sul suo naso. Xaro diede un morso e increspò le labbra. «Acerbo.»

«Il mio lord preferisce qualcosa di più dolce?»

«La dolcezza stanca. Frutta e donne acerbe danno più sapore alla vita.» Xaro diede un altro morso, masticò e deglutì. «Daenerys, dolce regina, non posso dirti quale piacere mi dia deliziarmi ancora una volta della tua presenza. Da Qarth partì una bimba, tanto sperduta quanto incantevole. Temevo salpasse verso la rovina. Ora la ritrovo sul trono, signora di un'antica città, circondata da un possente esercito affiorato come dai sogni.»

"No" pensò Dany, "da sangue e fiamme." «Sono lieta che tu sia venuto, Xaro. È bello rivedere il tuo viso, mio buon amico.» "Non mi fido di te, ma mi servi. Ho bisogno dei tuoi Tredici, ho bisogno delle tue navi, del tuo commercio."

Per secoli, Meereen e le sue città sorelle, Yunkai e Astapor, erano state il fulcro del mercato degli schiavi, il luogo dove i khal dothraki e i corsari delle Isole del Basilisco vendevano i loro prigionieri, e il resto del mondo veniva a comperare. Senza schiavi, Meereen aveva ben poco da offrire ai mercanti. Nelle montagne ghiscariane, abbondava il rame, ma quel metallo aveva cessato di essere prezioso come quando il bronzo dominava il mondo. I cedri che un tempo crescevano lungo la costa non esistevano più, abbattuti dalle scuri dell'antico Impero o consumati dal fuoco di drago, quando Ghis aveva combattuto contro Valyria. Non essendoci più alberi, il terreno si era cotto sotto il sole rovente ed era stato portato via dal vento, in fitte nubi rossastre. «Sono state quelle calamità a trasformare il mio popolo in schiavisti» le aveva detto Galazza Galare al Tempio delle Grazie. "E io sono la calamità che farà ritornare quegli schiavisti delle persone" si era ripromessa Dany.

«Non potevo non venire» sussurrò Xaro in tono languido. «Perfino nella remota Qarth, mi sono giunte all'orecchio terribili dicerie. Nel sentirle ho pianto. Si afferma che i tuoi nemici abbiano promesso ricchezze e gloria e cento schiave vergini a chiunque ti ucciderà.»

«I figli dell'arpia.» "Lui come fa a saperlo?" «Vergano oscenità sui muri la notte e tagliano la gola a onesti liberti nel sonno. Quando sorge il sole si nascondono come scarafaggi. Hanno paura delle mie belve d'ottone.»

Skahaz mo Kandaq le aveva fornito la nuova guardia che aveva richiesto, composta in parti uguali di liberti e di testerasate meereenesi. Pattugliavano le strade giorno e notte, con cappucci neri e maschere d'ottone. I figli dell'arpia avevano promesso una morte orribile a ogni traditore che osasse servire la regina dei draghi e anche ai loro amici e parenti, così gli uomini di Testarasata si aggiravano come sciacalli e gufi e altre animali, tenendo il proprio volto nascosto.

«Potrei aver motivo di temere i Figli se mi incontrassero per la strada da sola, ma solo a notte fonda e se io fossi nuda e disarmata. Sono creature vili.»

«Il coltello di un codardo può uccidere una regina con la medesima facilità di quello di un eroe. Dormirei meglio se sapessi che la delizia del mio cuore è circondata dai suoi fieri signori del cavallo. A Qarth avevi tre cavalieri di sangue che non si allontanavano mai dal tuo fianco. Dove sono finiti?»

«Aggo, Jhoqo e Rakharo sono ancora al mio servizio.» "Si sta prendendo gioco di me." Avrebbe fatto lo stesso anche lei. «Sono solo una giovane fanciulla e non mi intendo di queste cose, ma uomini più anziani e saggi di me dicono che per tenere Meereen devo controllare il suo entroterra, tutta la zona a ovest di Lhazar e a sud, fino ai monti di Yunkai.»

«Il tuo entroterra non è prezioso ai miei occhi. La tua persona, sì. Se ti dovesse accadere qualcosa di brutto, questo mondo perderebbe il suo astro luminoso.»

«Il mio lord è molto gentile a preoccuparsi così tanto, ma sono ben protetta.» Indicò il punto dove Barristan Selmy stava di guardia, con la mano sull'elsa della spada. «Barristan il Coraggioso, lo chiamano. Già due volte mi ha salvato da degli assassini.»

Xaro gettò uno sguardo distratto a Selmy. «Volevi forse dire Barristan il Vecchio? Il tuo cavaliere di Isola dell'Orso era più giovane e ti era devoto.»

«Non desidero parlare di Jorah Mormont.»

«No, certo. Quell'uomo era rozzo e irsuto.» Xaro Xhoan Daxos si sporse al di là del tavolo. «Parliamo invece d'amore, di sogni e desiderio, e di Daenerys, la più bella donna di questo mondo. Il tuo aspetto mi inebria.»

Dany non era estranea alla stucchevole cortesia di Qarth. «Se sei ubriaco è colpa del vino.»

«Nessun vino inebria come la tua bellezza. La mia dimora sembra vuota come un sepolcro da quando Daenerys l'ha disertata. E tutti i piaceri della regina delle Città sono diventati nella mia bocca cenere. Perché mi hai abbandonato?»

"Sono fuggita dalla tua dimora per salvarmi la vita." «Era giunta l'ora. Qarth desiderava che me ne andassi.»

«Chi? I nobili? Quelli hanno acqua nelle vene. Gli speziali? Hanno latte cagliato nelle orecchie. E gli Eterni sono tutti morti. Avresti dovuto prendermi per marito. Sono quasi certo di avere chiesto la tua mano. Di averti anche supplicato.»

«Solo cinquanta volte» lo stuzzicò Dany. «Hai ceduto troppo facilmente, mio lord. Tutti concordano che devo proprio maritarmi.»

«Una khaleesi deve avere un khal» intervenne Irri, mentre riempiva ancora la coppa della regina. «È risaputo.»

«Devo chiederla ancora?» disse Xaro. «No, conosco quel sorriso. È di una regina crudele, che gioca a dadi con il cuore degli uomini. Gli umili mercanti come me sono soltanto dei sassolini sotto i tuoi sandali ingemmati.» Una lacrima scivolò lentamente sulla sua pallida guancia.

Dany lo conosceva troppo bene per restare commossa. Gli uomini di Qarth sapevano piangere a comando. «Oh, smettila.» Prese una ciliegia dalla fruttiera sul tavolo e gliela tirò sul naso. «Sarò anche giovane, ma non sono così sciocca da maritare un uomo che trova una fruttiera più allettante del mio seno. Ho visto bene quali danzatori guardavi.»

Xaro si asciugò la lacrima. «Gli stessi che guardava vostra grazia, credo. Vedi, siamo uguali. Se non mi prenderai come marito, mi accontenterò di essere tuo schiavo.»

«Non voglio avere schiavi. Ti dichiaro libero.»

Il suo naso ingioiellato era un bersaglio allettante. Questa volta Dany gli tirò un'albicocca.

Xaro la prese al volo e l'addentò. «Da dove arriva siffatta follia? Dovrei forse ritenermi fortunato che tu non abbia liberato i miei schiavi mentre eri mia ospite a Qarth?»

"Io ero una regina mendicante e tu eri Xaro dei Tredici" pensò Dany, "e tutto quello che volevi erano i miei draghi." «I tuoi schiavi sembravano ben tenuti e contenti. È stato solo ad Astapor che ho aperto gli occhi. Sai come si fanno e si addestrano gli Immacolati?»

«Crudelmente, non ho dubbi. Quando un fabbro fa una spada, spinge la lama nel fuoco, la batte con il martello e poi la immerge nell'acqua gelata per temprare l'acciaio. Se vuoi gustare la dolcezza del frutto, devi innaffiare l'albero.»

«Questo è un albero innaffiato con il sangue.»

«Quale altro modo per far crescere un soldato? Vostro splendore ha apprezzato i miei danzatori. Saresti sorpresa nel sapere che sono schiavi, allevati e addestrati a Yunkai? Danzano da quando erano abbastanza grandi da camminare. Quale altro modo per raggiungere una simile *perfezione*?» Xaro bevve un sorso di vino. «Sono anche esperti in tutte le arti erotiche. Avevo pensato di farne dono a vostra grazia.»

«Fai pure.» Dany non era sorpresa. «Io li libererò.»

Xaro trasalì. «E poi loro che cosa faranno? Tanto vale dare una cotta di maglia a un pesce. Sono fatti per danzare.»

«Fatti da chi? Dai loro padroni? Forse i tuoi danzatori preferirebbero costruire case o cuocere il pane o coltivare la terra. Glielo hai mai domandato?»

«E forse i tuoi elefanti preferirebbero essere degli usignoli. Anziché di dolci canti, le notti di Meereen sarebbero piene di fragorosi barriti e i tuoi alberi si schianterebbero sotto il peso di grandi uccelli grigi.» Xaro sospirò. «Daenerys, mia delizia, in quel dolce e giovane petto batte un cuore troppo tenero... ma accetta il consiglio di una testa più anziana, più saggia. Non sempre le cose sono come appaiono. Molto di ciò che si presenta come un male può rivelarsi un bene. Pensa alla pioggia.»

«La pioggia?» "Mi prende per una stupida o solo per una bambina?"

«Noi malediciamo la pioggia quando ci cade sulla testa, eppure senza la pioggia moriremmo di fame. Il mondo ha *bisogno* della pioggia... e degli schiavi. Hai fatto una smorfia, ma è così. Pensa a Qarth. Nel mondo dell'arte, della musica, della magia, del commercio, in tutto ciò che ci distingue dagli animali, Qarth si trova al di sopra del resto dell'umanità come tu ti trovi al vertice di questa piramide... ma sotto, al posto dei mattoni, sua magnificenza la regina delle Città poggia sulla schiena degli schiavi. Chiedi a te stessa: se tutti gli uomini dovessero zappare la terra per mangiare, come potrebbe qualcuno alzare gli occhi per contemplare le stelle? Se ognuno di noi dovesse spezzarsi la schiena per costruire una capanna, chi edificherebbe i templi per rendere gloria agli dèi? Affinché alcuni uomini possano essere grandi, altri devono essere schiavi.»

Era troppo eloquente per lei. Dany non aveva risposte da dargli, solo quella cruda sensazione nel ventre. «La schiavitù non è paragonabile alla pioggia» insisté. «Ho preso la pioggia e sono stata venduta. Non sono la stessa cosa. Nessun essere umano vuole avere un padrone.»

Xaro scrollò languidamente le spalle. «Quando sono approdato nella tua dolce città, ho visto per caso sulla riva del fiume un uomo che un tempo era stato ospite a casa mia, un mercante che trattava spezie rare e vini pregiati. Era nudo dalla cintola in su, rosso e spellato, e pareva impegnato a scavare un buco.»

«Non un buco. Un canale per portare acqua dal fiume ai campi. Vogliamo piantare fagioli. I campi di fagioli hanno bisogno di molta acqua.»

«Davvero gentile, da parte del mio vecchio amico, contribuire allo scavo. Non è da lui. Possibile che non abbia avuto altra scelta? No, certamente no. Tu non hai schiavi a Meereen.»

Dany arrossì. «Il tuo amico è stato ripagato con cibo e alloggio. Non posso ridargli la sua ricchezza. A Meereen servono più fagioli che spezie rare, e i fagioli hanno bisogno di acqua.»

«Metteresti quindi anche i miei danzatori a scavare canali? Dolce regina, il mio vecchio amico, quando mi ha visto, è caduto in ginocchio, mi ha supplicato di comprarlo come schiavo e di riportarlo a Qarth.»

Questo fu per lei come uno schiaffo. «Allora compralo.»

«Se così ti compiace. So che lui ne sarà compiaciuto.» Xaro le posò la mano sul braccio. «Ci sono verità che solo un amico può dirti. Ti ho aiutato quando sei arrivata a Qarth come mendicante, e ho percorso molte leghe e attraversato mari tempestosi per aiutarti ancora. C'è un posto dove possiamo parlare con franchezza?»

Dany sentiva il calore delle sue dita. "Era caldo anche a Qarth" ricordò "fino al giorno in cui non gli sono stata più utile." Si alzò. «Vieni» disse, e Xaro la seguì fra le colonne, verso l'ampia scalinata di marmo che portava alle sue stanze private in cima alla piramide.

«Oh, bellissima fra le donne» riprese Xaro Xhoan Daxos, mentre salivano «sento dei passi alle nostre spalle. Siamo seguiti.»

«Il mio vecchio cavaliere di certo non ti spaventa, vero? Ser Barristan ha giurato di non rivelare mai i miei segreti.»

Guidò Xaro fuori sulla terrazza che dominava la città. La luna piena errava nel cielo nero sopra Meereen. «Facciamo due passi?» Lo prese sottobraccio. L'aria era appesantita dal profumo dei fiori notturni. «Hai parlato di aiuto. Allora commercia con me. Meereen ha da vendere sale, vino...»

«Il vino di Ghis?» disse Xaro con una smorfia. «Il mare fornisce tutto il sale di cui Qarth ha bisogno, ma prenderei volentieri tutte le olive che vorrai cedermi. E anche olio.»

«Non me ne resta da vendere. Gli schiavisti hanno bruciato gli alberi.»

Per secoli le olive erano state coltivate lungo le rive della Baia degli Schiavisti, ma i meereenesi avevano dato fuoco agli antichi oliveti per ostacolare l'avanzata dell'esercito di Dany, costringendolo a marciare tra campi spogli e anneriti.

«Li stiamo ripiantando, ma ci vogliono sette anni prima che un ulivo cominci a dare frutti e trenta prima che lo si possa dichiarare produttivo. E il rame?»

«Un bel metallo, ma mutevole come una donna. L'oro, piuttosto... L'oro è *sincero*. Qarth ti darà volentieri oro... in cambio di schiavi.»

«Meereen è una città libera di uomini liberi.»

«Una città povera che un tempo era ricca. Una città affamata che un tempo era grassa. Una città sanguinaria che un tempo era pacifica.»

Le sue accuse bruciavano. Contenevano troppa verità. «Meereen sarà di nuovo ricca, grassa e pacifica, e anche libera. Rivolgiti ai dothraki, se proprio non puoi fare a meno di schiavi.»

«I dothraki fanno schiavi, i ghiscariani li addestrano. E per arrivare a Qarth, i signori del cavallo devono far attraversare ai prigionieri il deserto rosso. Morirebbero a centinaia, se non a migliaia... e anche molti cavalli. Nessun khal vuole correre un simile rischio. E poi, Qarth non vuole khalasar brulicanti intorno alle sue mura. Il puzzo di tutti quei cavalli... Senza offesa, khaleesi.»

«Un cavallo ha un odore onesto. È più di quanto si possa dire di certi grandi lord e principi mercanti.»

Xaro non raccolse la frecciata. «Daenerys, lascia che sia sincero con te, come si addice a un amico. Tu non farai ritornare Meereen ricca, grassa e pacifica. Tu la porterai soltanto alla rovina, come hai fatto con Astapor. Sai che c'è stata battaglia ai Corni di Hazzat? Il re Macellaio si è rintanato nel proprio palazzo, con i suoi Immacolati al seguito.»

«È risaputo.» Ben Plumm il Marrone aveva mandato notizie dal campo di battaglia. «Gli yunkai hanno assoldato altri mercenari, e due legioni di Nuova Ghis combattevano al loro fianco.»

«Due legioni che presto diventeranno quattro, e poi dieci. E messi yunkai sono stati inviati a Myr e a Volantis per assoldare altre lame. La Compagnia del Gatto, le Lunghe Lance, la Compagnia del Vento. Alcuni dicono che i Saggi Padroni abbiano assoldato anche la Compagnia dorata.»

Una volta suo fratello Viserys aveva invitato a banchetto i capitani della Compagnia dorata, nella speranza che sposassero la sua causa. "Mangiarono il suo cibo, ascoltarono le sue suppliche e gli risero in faccia." A quel tempo, Dany era solo una bambina, ma se lo ricordava bene.

«Anch'io ho dei mercenari.»

«Due compagnie. Gli yunkai ne schiereranno contro di te venti, se necessario. E quando si mettono in marcia, non saranno soli. Tolos e Mantarys hanno stretto alleanza con loro.»

Una pessima notizia, se vera. Daenerys aveva mandato emissari a Tolos e Mantarys, nella speranza di trovare nuovi amici a ovest per bilanciare l'ostilità di Yunkai a sud. I suoi emissari non erano più tornati. «Meereen ha stretto alleanza con Lhazar.»

Xaro si limitò a ridacchiare. «I dothraki signori del cavallo chiamano quelli di Lhazar "uomini agnello". Quando li tosi, sanno solo belare. Non sono un popolo guerresco.»

"Anche un amico mansueto è meglio che niente." «I Saggi Padroni dovrebbero seguire il loro esempio. Ho risparmiato Yunkai una volta, non ripeterò l'errore. Se dovessero osare attaccarmi, questa volta raderò la città gialla al suolo.»

«E mentre tu radi al suolo Yunkai, mia adorata, Meereen si solleverà in tua assenza. Non chiudere gli occhi davanti al pericolo, Daenerys. I tuoi eunuchi sono abili soldati, certo, ma il loro numero è troppo esiguo rispetto agli eserciti che Yunkai invierà contro di te, una volta che Astapor sarà caduta.»

«I miei liberti...» cominciò Dany.

«Schiavi da letto, barbitonsori e mattonai non vincono battaglie.»

Dany si augurò che Xaro si sbagliasse. I liberti un tempo erano una marmaglia, ma lei aveva organizzato gli uomini in età di combattere in compagnie e aveva ordinato a Verme Grigio di farne dei soldati.

"Che pensi quello che vuole." «Te lo sei scordato? Io ho i draghi.»

«Ah, davvero? A Qarth era raro vederti senza un drago sulla spalla... eppure noto che ora quella splendida spalla è liscia come il tuo dolce seno.»

«I draghi sono cresciuti, le mie spalle no. Vagano a caccia, molto lontano.» "Piccola Hazzea, perdonami." Dany si domandò quanto Xaro sapesse, quali voci avesse udito. «Se hai dubbi, chiedi notizie dei miei draghi ai Buoni Padroni di Astapor.» "Ho visto gli occhi di uno schiavista fondersi e colargli sulle guance." «Dimmi la verità, vecchio amico, per quale motivo mi hai cercato, se non per commerciare?»

«Per portare un dono alla regina del mio cuore.»

«Sentiamo.» "Che trappola sarà mai questa?"

«Il dono che mi chiedesti a Qarth: navi. Nella baia ci sono tredici galee. Se vuoi, sono tue. Ti ho portato una flotta che può ricondurti a casa, in Occidente.»

"Una flotta." Era più di quanto lei sperasse, per cui si insospettì. A Qarth, Xaro le aveva offerto trenta navi... in cambio di un drago. «E che prezzo chiedi per quelle navi?»

«Nessuno. Non smanio più per i draghi. Venendo qui, quando la mia *Serica nube* si è fermata per rifornirsi d'acqua, ho visto quello che hanno fatto ad Astapor. Le navi sono tue, dolce regina. Tredici galee e gli uomini per azionare i remi.»

"Tredici, ma certo." Xaro era uno dei Tredici. Senza dubbio aveva convinto i suoi pari a cedere una nave per ciascuno. Conosceva troppo bene il principe mercante per credere che sacrificasse tredici delle proprie navi.

«Ci devo riflettere. Posso ispezionare le navi?»

«Sei diventata sospettosa, Daenerys.»

"Sempre." «Sono diventata saggia, Xaro.»

«Ispezionale finché vuoi. Quando sarai soddisfatta, giurami che tornerai subito in Occidente, e le navi saranno tue. Giura sui tuoi draghi, sul tuo dio dalle sette facce, sulle ceneri dei tuoi padri... e *parti*!»

«E se dovessi decidere di aspettare ancora un anno? O di più?»

Sul viso di Xaro comparve un'espressione addolorata. «La cosa mi renderebbe molto triste, mia dolce delizia... Perché anche se sembri giovane e robusta, non vivrai così a lungo. Non qui.»

"Con una mano offre il miele e con l'altra mostra la frusta." «Gli yunkai non sono così spaventosi.»

«Non tutti i tuoi nemici si trovano nella città gialla. Attenta agli uomini dal cuore freddo e dalle labbra blu. Avevi lasciato Qarth da neppure quindici giorni, quando Pyat Pree è partito con tre dei suoi accoliti stregoni per cercarti a Pentos.»

Dany fu più divertita che spaventata. «Allora è un bene che abbia fatto una deviazione. Pentos è a mezzo mondo di distanza da Meereen.»

«Infatti» ammise Xaro, «tuttavia prima o poi gli arriverà voce sulla regina dei draghi di Baia degli Schiavisti.»

«Lo dici per spaventarmi? Per quattordici anni ho vissuto nella paura, mio lord. Ogni mattina mi svegliavo nel terrore e con il terrore andavo ogni notte a dormire... ma le mie paure furono bruciate il giorno in cui risuscitai dal fuoco. Solo una cosa adesso mi spaventa.»

«E che cos'è che temi, dolce regina?»

«Sono solo una giovane sciocca» disse Dany, alzandosi sulla punta dei piedi per baciarlo sulla guancia. «Ma non così sciocca da dirtelo. I miei uomini daranno un'occhiata alle navi. Poi avrai la mia risposta.»

«Come desideri.» Le sfiorò lievemente il seno nudo e bisbigliò: «Lascia che mi fermi e che provi a persuaderti».

Per un momento, Dany fu tentata. Forse i danzatori dopotutto l'avevano davvero eccitata. "Potrei chiudere gli occhi e fingere che sia Daario." Un Daario sognato sarebbe stato più sicuro di quello reale. Ma scacciò quel pensiero. «No, mio lord. Ti ringrazio.» Scivolò via dalle sue braccia. «Un'altra notte, forse.»

«Un'altra notte.» L'espressione della bocca di Xaro era triste, ma gli occhi parevano più sollevati che delusi.

"Se fossi un drago, potrei volare fino al continente occidentale" pensò, una volta che lui se ne fu andato. "Non avrei bisogno di Xaro e delle sue navi."

Si domandò quanti uomini potessero contenere tredici galee. Ne erano occorse tre per portare lei e il suo khalasar da Qarth ad Astapor, ma ciò era successo prima che lei si procurasse ottomila Immacolati, un migliaio di mercenari e una grande orda di liberti. "E i draghi? Cosa devo fare con loro?"

«Drogon» bisbigliò piano, «dove sei?» Per un momento le parve di vederlo solcare il cielo, le sue ali nere inghiottivano le stelle.

Voltò le spalle alla notte e guardò ser Barristan, silenzioso nel buio. «Mio fratello una volta mi fece un indovinello dell'Occidente. Chi ascolta tutto, eppure non sente niente?»

«Un cavaliere della Guardia reale» rispose Selmy con voce solenne.

«Hai udito Xaro fare la sua offerta?»

«Ho udito, vostra grazia.» Il vecchio cavaliere si prese la pena di non guardarle il seno scoperto, mentre parlava con lei.

"Ser Jorah non avrebbe distolto gli occhi. Mi amava come donna, mentre ser Barristan mi ama solo come sua regina." Jorah Mormont era stato un delatore, informava i nemici nel continente occidentale, eppure le aveva dato anche dei buoni consigli.

«Che cosa ne pensi dell'offerta? E di lui?»

«Di lui, ben poco. Quelle navi, però... Vostra grazia, con quelle navi potremmo essere a casa prima della fine dell'anno.»

Dany non aveva mai avuto una casa. A Pentos c'era stata una casa con la porta rossa, tutto qui. «Attenzione ai qarthiani che portano doni, soprattutto se sono mercanti dei Tredici. C'è sotto una trappola. Forse quelle navi sono marce o...»

«Se fossero così poco idonee alla navigazione, non avrebbero potuto arrivare via mare da Qarth» puntualizzò ser Barristan. «Ma vostra grazia è stata saggia a insistere per un'ispezione. Alle prime luci, condurrò l'ammiraglio Groleo sulle galee con i suoi capitani e una quarantina di marinai. Esamineremo ogni pollice di quelle navi.»

Era un saggio consiglio. «Sì, va bene.» "Occidente. Casa." Ma se lei fosse partita, che ne sarebbe stato della sua città? "Meereen non è mai stata la tua città" parve sussurrarle la voce di suo fratello. "Le tue città sono al di là del mare. I Sette Regni, dove i tuoi nemici ti aspettano. Sei nata per portare loro sangue e fuoco."

Ser Barristan si schiarì la gola e disse: «Quello stregone cui accennava il mercante...»

«Pyat Pree.» Cercò di ricordare che faccia aveva, ma tutto ciò che le venne in mente erano le sue labbra. Il vino degli stregoni le aveva rese blu. Ombra della sera, veniva chiamato quel vino. «Se l'incantesimo di uno stregone potesse uccidermi, a quest'ora sarei morta. Ho ridotto in cenere il loro palazzo.» "Drogon mi salvò, quando loro mi avrebbero tolto della vita. Li bruciò tutti."

«Hai ragione, vostra grazia. Tuttavia... starò in guardia.»

Dany lo baciò sulla guancia. «Lo so. Vieni, riportami alla sala del banchetto.»

Il mattino seguente Dany si svegliò piena di speranze, come non le era mai accaduto da quando era arrivata nella Baia degli Schiavisti. Fra poco Daario sarebbe stato di nuovo al suo fianco e insieme avrebbero fatto vela per il continente occidentale. "Verso casa." Una delle giovani ostagge le portò il pasto del mattino, una ragazza grassoccia di nome Mezzara, il cui padre governava la piramide di Merreq. Dany l'abbracciò, allegra, e la ringraziò con un bacio.

«Xaro Xhoan Daxos mi ha offerto tredici galee» disse a Irri e Jhiqui, mentre la vestivano per la corte.

«Tredici è un brutto numero, khaleesi» mormorò Jhiqui, in lingua dothraki. «È risaputo.»

«Sì, è risaputo» confermò Irri.

«Trenta sarebbero state meglio» convenne Daenerys. «Trecento, meglio ancora. Ma tredici potrebbero bastare per portarci fino a Occidente.»

Le due ragazze dothraki si scambiarono un'occhiata. «L'acqua avvelenata dal sale è maledetta, khaleesi» disse Irri. «I cavalli non possono berla.»

«Non ho alcuna intenzione di berla» garantì Dany.

Quel mattino, c'erano solo quattro postulanti che aspettavano. Come sempre, lord Ghael fu il primo a presentarsi, con un'espressione ancora più afflitta del solito. «Vostro splendore» gemette inginocchiandosi ai suoi piedi, sul pavimento di marmo «gli eserciti yunkai marciano su Astapor. Ti supplico, vieni a sud con tutti i tuoi uomini!»

«Avevo avvertito il tuo re che questa guerra era una follia» gli ricordò Dany. «Non ha voluto ascoltarmi.»

«Il grande Cleon cercava solo di abbattere i perfidi schiavisti di Yunkai.»

«Il grande Cleon è lui stesso uno schiavista.»

«So che la Madre dei draghi non ci abbandonerà nell'ora del pericolo. Concedici i tuoi Immacolati per difendere le nostre mura.»

"Se lo facessi, chi difenderà poi le mie di mura?" «Molti dei miei liberti erano schiavi ad Astapor. Forse alcuni vorranno collaborare alla difesa del tuo re. In quanto uomini liberi hanno la possibilità di scegliere. Ho dato ad Astapor la sua libertà. Adesso tocca a voi difenderla.»

«Allora siamo tutti morti» rispose Ghael. «Ci hai dato la morte, non la libertà.» Balzò in piedi e le sputò in faccia.

Belwas il Forte lo afferrò per una spalla, lo schiaffeggiò con tale violenza da farlo cadere sul marmo. Dany sentì un rumore di denti spezzati. Il Testarasata avrebbe fatto di peggio, ma Dany lo fermò.

«Basta» disse, asciugandosi la faccia con un lembo del tokar. «Un po' di saliva non ha mai ucciso nessuno. Portatelo via.»

Lo trascinarono per i piedi, lasciandosi dietro parecchi denti rotti e una scia di sangue. Dany avrebbe allontanato volentieri anche gli altri postulanti... ma era ancora la loro regina, perciò li ascoltò e fece del suo meglio per rendere loro giustizia.

Più tardi, quel pomeriggio, l'ammiraglio Groleo e ser Barristan rientrarono dall'ispezione delle galee. Dany radunò il consiglio per ascoltarli. Verme Grigio era presente per gli Immacolati, Skahaz mo Kandaq per le Belve d'ottone. In assenza dei cavalieri di sangue, un avvizzito jaqqa rhan di nome Rommo, con gli occhi strabici e le gambe storte, fu il portavoce dei dothraki. I liberti erano rappresentati dai capitani delle tre compagnie da lei formate: Mollono Yos Dob degli Scudi Coraggiosi, Symon Schiena Striata dei Fratelli Liberi, Marselen degli Uomini della Madre. Reznak mo Reznak gironzolava intorno alla regina e Belwas il Forte era fermo dietro di lei, con le sue possenti braccia incrociate. A Dany non sarebbero mancati i pareri.

Groleo era un uomo assai infelice da quando la sua nave era stata fatta a pezzi per costruire le macchine d'assedio che avevano consegnato Meereen a Dany. La regina aveva cercato di consolarlo nominandolo lord ammiraglio, ma era un vuoto titolo onorifico. La flotta meereenese era salpata per Yunkai quando l'esercito di Dany si era avvicinato alla città, così il vecchio originario di Pentos era un ammiraglio senza navi. Eppure adesso, sotto l'ispida barba striata di sale, stava sorridendo in un modo che la regina stentava a ricordare.

«Le navi sono in buone condizioni, dunque?» chiese speranzosa.

«Abbastanza buone, vostra grazia. Sono vecchie, *aye*, ma per la maggior parte ben tenute. Lo scafo della *Nobile principessa* è stato scavato dai tarli. Non la porterei fuori vista da terra. Alla *Narraqa* andrebbero cambiati timone e gomene e la *Lucertola striata* ha alcuni remi crepati, ma ancora utilizzabili. I rematori sono schiavi, ma se offriamo loro una paga onesta, i più resteranno con noi. Oltre remare, non sanno fare altro. Quelli che se ne andranno potranno essere sostituiti dai miei. Il viaggio fino all'Occidente è lungo e difficile, ma a mio parere quelle navi sono abbastanza solide per portarci laggiù.»

Reznak mo Reznak emise un gemito pietoso. «Allora è vero. Vostra eminenza intende abbandonarci.» Si torse le mani. «Gli yunkai riporteranno i Grandi Padroni non appena tu sarai partita e noi che abbiamo servito fedelmente la tua causa saremo passati a fil di spada, le nostre care mogli e le nostre figlie verranno stuprate e fatte schiave.»

«Non le mie» brontolò Skahaz il Testarasata. «Le ucciderò prima di mio pugno.» Diede un colpo all'elsa della spada.

Per Dany fu come se quel colpo l'avesse dato in faccia a lei. «Se avete paura di quello che potrebbe accadere alla mia partenza, venite con me in Occidente.»

«Dove va la Madre dei draghi, va anche la Madre degli uomini» dichiarò Marselen, il fratello superstite di Missandei.

«E come?» chiese Symon Schiena Striata, così chiamato per l'intrico di cicatrici che gli scavavano schiena e spalle, ricordo delle frustate ricevute come schiavo ad Astapor. «Tredici navi... non sono sufficienti. Forse nemmeno cento.»

«Cavalli di legno non buoni» obiettò Rommo, il vecchio jaqqa rhan. «I dothraki cavalcheranno.»

«Loro potranno procedere via terra, galoppando lungo la costa» propose Verme Grigio. «Le navi potrebbero avanzare in parallelo e rifornire la colonna.»

«Potrebbe funzionare finché non arriverete alle rovine di Bhorash» disse il Testarasata. «Al di là, le tue navi dovrebbero deviare a sud oltre Tolos e l'Isola dei Cedri e girare intorno a Valyria, mentre la fanteria continuerà fino a Mantarys lungo la vecchia Strada del Drago.»

«Adesso chiamata la Strada del Demone» lo corresse Mollono Yos Dob.

Il comandante degli Scudi Coraggiosi, grassoccio, con le mani sporche d'inchiostro e il ventre prominente, pareva più uno scriba che un soldato, ma era astuto come pochi. «Molti di noi moriranno.»

«Quelli rimasti a Meereen invidieranno la loro facile morte» gemette Reznak. «Ci faranno schiavi o ci getteranno nelle fosse da combattimento. Tutto sarà di nuovo come prima, o peggio.»

«Dov'è finito il vostro coraggio?» li sferzò ser Barristan. «Sua grazia vi ha liberati dalle catene. Tocca a voi affilare la spada e difendere la vostra libertà, quando lei sarà partita.»

«Parole coraggiose per chi intende veleggiare nel tramonto» replicò con un ringhio Symon Schiena Striata. «Ti volterai indietro per guardarci morire?»

«Vostra grazia...»

«Vostra magnificenza...»
«Vostra eminenza...»
«*Basta!*» Dany batté la mano sul tavolo. «Nessuno verrà lasciato a morire. Siete tutti il mio popolo.» I sogni di casa e amore l'avevano accecata. «Non abbandonerò Meereen al destino di Astapor. Mi addolora dirlo, ma l'Occidente dovrà attendere.»

Groleo era stupefatto. «Dobbiamo accettare quelle navi. Se rifiutiamo questo dono...»

Ser Barristan si inchinò a Dany. «Mia regina, il tuo regno ha bisogno di te. Qui non sei benvoluta, ma nell'Occidente gli uomini si affolleranno a migliaia sotto il tuo vessillo, grandi lord e nobili cavalieri. "È arrivata" grideranno con voce gioiosa. "La sorella del principe Rhaegar è finalmente tornata."»

«Se mi amano così tanto, mi aspetteranno.» Dany si alzò in piedi. «Reznak, chiama Xaro Xhoan Daxos.»

Ricevette il principe mercante in privato, seduta sulla panca di ebano levigato, sui cuscini che ser Barristan aveva procurato per lei.

Quattro marinai di Qarth lo accompagnavano, portando sulle spalle un arazzo arrotolato. «Ho un altro dono per la regina del mio cuore» disse Xaro. «È rimasto nelle cripte della mia famiglia da prima della distruzione di Valyria.»

I marinai srotolarono l'arazzo sul pavimento. Era vecchio, polveroso, sbiadito... ed enorme. Dany dovette avvicinarsi a Xaro per vedere bene il disegno. «Una mappa? È bellissima.» Ricopriva metà del pavimento. I mari erano blu, le terre verdi, le montagne nere e marroni. Le città erano rappresentate da stelle in filo d'oro o d'argento. "Non è segnato il mare Fumante" notò Dany "e Valyria non era ancora un'isola."

«Ecco qui Astapor, Yunkai e Meereen.» Xaro indicò tre stelle d'argento accanto al blu della Baia degli Schiavisti.

«L'Occidente si trova... da qualche parte laggiù.» Mosse vagamente la mano verso il fondo della sala. «Tu hai deviato a nord, mentre avresti dovuto continuare a sud-ovest, attraverso il mare dell'Estate. Ma, con il mio dono, rimetterai presto piede nelle tue terre. Accetta con gioia le mie galee, e punta i remi verso occidente.»

"Potessi farlo." «Mio lord, accetterei con piacere le navi, ma non posso farti la promessa che chiedi.» Gli prese la mano.

«Dammi le galee e ti giuro che Qarth avrà l'amicizia di Meereen finché ci saranno stelle nel cielo. Fa' che io possa commerciare e avrai una buona parte dei profitti.»

Il sorriso sulle labbra di Xaro si spense. «Che cosa stai dicendo? Che non te ne andrai?»

«Non posso partire.»

Dagli occhi di Xaro Xhoan Daxos sgorgarono delle lacrime, gli scivolarono sul naso, sopra smeraldi, ametiste e diamanti neri. «Ho detto ai Tredici che avresti seguito il mio assennato consiglio. Mi addolora apprendere di essermi sbagliato. Prendi quelle navi e salpa, altrimenti morirai di sicuro urlando. Non puoi neppure immaginare quanti nemici ti sei fatta.»

"Ne ho uno davanti a me proprio in questo istante, che piange lacrime di guitto." Questo pensiero la rattristò.

«Quando andai nella Sala dei Mille Troni a supplicare per la tua vita, dissi che eri poco più che una bambina» continuò Xaro «ma Egon Emeros detto lo Squisito si alzò e disse: "È una bambina sciocca, pazza, incurante e troppo pericolosa per vivere". Da piccoli i tuoi draghi erano una meraviglia. Cresciuti, spargono morte e distruzione, come una spada fiammeggiante che sovrasta il mondo.» Si asciugò le lacrime. «Avrei dovuto ucciderti a Qarth.»

«Ero ospite sotto il tuo tetto e avevo mangiato il tuo pane» rispose Dany. «In ricordo di tutto ciò che hai fatto per me, Xaro, perdonerò le tue parole... solo per questa volta... ma non osare minacciarmi di nuovo.»

«Xaro Xhoan Daxos non minaccia. *Promette.*»

In Daenerys Targaryen la tristezza si mutò in furia. «E io ti prometto che se non sarai partito prima del sorgere del sole, vedremo fino a che punto le lacrime di un bugiardo possono estinguere il fuoco di drago. Fuori di qui, Xaro. Immediatamente.»

Xaro se ne andò, lasciando lì l'arazzo del mondo.

Dany si accomodò di nuovo sulla panca e scrutò l'azzurro mare di seta, verso il remoto continente occidentale. "Un giorno" promise a se stessa.

Il mattino seguente la galea di Xaro Xhoan Daxos era sparita, ma il "dono" che le aveva portato era rimasto nella Baia degli Schiavisti. Lunghi pennoni rossi garrivano dagli alberi maestri delle tredici galee di Qarth, agitati dal vento. E quando Daenerys scese per tenere corte, trovò un messaggero delle navi che l'aspettava. L'uomo non parlò, ma depose ai suoi piedi un cuscino di seta nera sul quale era appoggiato un guanto. Impregnato di sangue.

«Che cos'è?» domandò Skahaz.

«Un guanto insanguinato...» rispose la regina. «Significa guerra.»

JON

«Attento ai topi, mio lord.» Con una lanterna in mano, Edd l'Addolorato guidava Jon giù per i gradini. «Se li calpesti emettono un orribile squittio. Mia madre faceva un verso simile, quando io ero bambino. Adesso che ci penso, aveva un che del topo. Capelli castani, occhietti luccicanti, amante del formaggio. Forse aveva anche la coda, non ho mai controllato.»

Tutto il Castello Nero era collegato da un labirinto di tunnel sotterranei che i confratelli chiamavano "i cunicoli". Sottoterra era buio e tetro, così d'estate quei passaggi venivano usati poco. Ma quando cominciavano a soffiare i venti invernali e cadeva la neve, diventavano il modo più rapido per spostarsi da un punto all'altro della fortezza. Gli attendenti già li stavano utilizzando. Jon vide delle candele accese in diverse nicchie nelle pareti, mentre percorrevano il tunnel, avvolti dall'eco dei propri passi.

Bowen Marsh stava aspettando a un incrocio di quattro cunicoli. Con lui c'era Wick Whittlestick, alto e ossuto come una lancia. «Questi sono i conteggi di tre turni fa» disse Marsh a Jon passandogli una spessa risma di fogli «per un confronto con le nostre provviste attuali. Cominciamo dalle granaglie?»

Avanzarono nel tetro sotterraneo. Ogni magazzino aveva una porta di quercia, con un lucchetto di ferro grosso come un piatto.

«I piccoli furti sono un problema?» chiese Jon.

«Non ancora» rispose Bowen Marsh. «Quando arriva l'inverno, però, sua signoria farebbe bene a mettere quaggiù delle guardie.»

Wick Whittlestick portava le chiavi appese a un anello intorno al collo. A Jon quelle chiavi parevano tutte uguali, eppure chissà come Wick trovava quella giusta per ogni porta. Una volta dentro, estraeva dalla borsa un pezzo di gesso, grande come un pugno, e marcava ogni fusto, sacco e barile, mentre li contava. Marsh confrontava il conteggio nuovo con quello vecchio.

Nei magazzini di granaglie c'erano avena, frumento, orzo e barili di farina grossa. Nei locali delle radici commestibili pendevano dalle travi trecce d'aglio e di cipolle e gli scaffali erano pieni di sacchi di carote, pastinache, rafani, rape bianche e gialle. Un magazzino conteneva ruote di formaggio così grandi che ci volevano due uomini per muoverle. In quello successivo, barili di manzo, maiale, montone e merluzzo tutti conservati sotto sale formavano pile alte fino a dieci piedi. Sotto l'affumicatoio, trecento prosciutti e tremila lunghe salsicce nere pendevano dalle travi del soffitto. Nell'armadio delle spezie, trovarono pepe nero in grani, chiodi di garofano e cannella, semi di senape, coriandolo, salvia, erba moscatella e prezzemolo, blocchi di sale. Da altre parti c'erano barili di mele e di pere, piselli secchi, fichi secchi, sacchi di noci, mandorle e castagne, tagli di salmone affumicato, vasi d'argilla pieni di olive sott'olio e sigillati con la cera. Un magazzino custodiva lepre conservata nel burro, quarti di daino sotto miele, barilotti di cavoli cappucci, barbabietole, cipolle, uova e aringhe tenuti in salamoia.

Mentre passavano da una cella all'altra, i cunicoli parevano diventare più freddi. In breve, Jon cominciò a vedere alla luce della lanterna il respiro che si condensava. «Siamo sotto la Barriera.»

«E presto saremo al suo interno» disse Marsh. «Al freddo la carne non si guasta. Per una lunga conservazione è meglio della salatura.»

La porta era di ferro arrugginito. Al di là c'era una rampa di legno. Edd l'Addolorato li precedette con la lanterna. In cima trovarono un tunnel lungo come la sala di Grande Inverno, ma non più largo dei cunicoli. Le pareti erano di ghiaccio, irte di ganci di ferro. Da ognuno dei ganci pendeva una carcassa: cervi e alci scuoiati, quarti di bue, enormi scrofe penzolanti dal soffitto, pecore e capre senza testa, perfino carcasse di cavallo e d'orso. La brina ricopriva ogni cosa.

Mentre eseguivano il conteggio, Jon si tolse il guanto sinistro e toccò il quarto di cacciagione più vicino. Sentì che le dita restavano attaccate e quando le tirò via ci rimise un lembo di pelle. Le ultime falangi erano diventate insensibili. "Che cosa ti aspettavi? Hai una montagna di neve sopra la testa, più tonnellate di quante lo stesso Bowen Marsh saprebbe contare." Anche così, la stanza sembrava più fredda del dovuto.

«È peggio di quanto temessi, mio lord» annunciò infine Marsh, più cupo di Edd l'Addolorato.

Jon invece aveva appena pensato che attorno a loro c'era tutta la carne del mondo. "Tu non sai niente, Jon Snow." «Perché? A me sembra che qui ci sia tanto cibo.»

«È stata un'estate lunga. I raccolti sono stati ricchi e i lord generosi. Abbiamo messo da parte provviste sufficienti per tre inverni. Quattro, con un po' di razionamento. Se però dobbiamo continuare a nutrire tutti quegli uomini del re, gli uomini della regina e i bruti... Città della Talpa da sola ha un migliaio di bocche inutili, e continua ad arrivare gente. Altri tre si sono presentati alle porte ieri, e una decina il giorno prima. Non si può continuare così. Sistemarli nel Dono va bene, ma è troppo tardi per la semina. Prima della fine dell'anno saremo ridotti a rape e crema di piselli. Dopo di che berremo il sangue dei nostri cavalli.»

«Mhm» fece Edd l'Addolorato. «In una notte fredda, non c'è niente di meglio di una coppa di sangue caldo di cavallo. A me piace con sopra un pizzico di cannella.»

Il lord attendente non gli badò. «Ci saranno anche malattie» continuò. «Gengive sanguinanti, denti che cadono. Mastro Aemon diceva che il succo di limone e la carne fresca sarebbero un rimedio, ma i limoni sono finiti un anno fa e non abbiamo foraggio sufficiente per tenere in vita delle mandrie e avere carne fresca. Dovremo macellare tutti gli animali, tranne qualche coppia per la riproduzione. È tempo, non possiamo più aspettare. Gli inverni scorsi si poteva far arrivare del cibo da sud lungo la Strada del Re, ma con la guerra... È ancora autunno, lo so, ma consiglierei di passare ugualmente alle razioni invernali, se compiace al mio lord.»

"Gli uomini faranno i salti di gioia." «Se è necessario. Taglieremo di un quarto la porzione di ciascuno.» "Se i miei confratelli si lamentano di me adesso, che cosa diranno quando mangeranno neve e impasto di ghiande?"

«Questo aiuterà, mio lord.» Dal tono del lord attendente si capiva chiaramente che non sarebbe stato sufficiente.

Edd l'Addolorato disse: «Ora capisco perché re Stannis ha lasciato che i bruti passassero la Barriera. Vuole che ce li mangiamo».

Jon non poté fare a meno di sorridere. «Non arriveremo a questo.»

«Oh, meno male» disse Edd. «Sembra un branco un po' filamentoso e i miei denti non sono affilati come quando ero giovane.»

«Se avessimo conio sufficiente, potremmo comprare del cibo a sud e portarlo qui via nave» disse il lord attendente.

"Potremmo" pensò Jon, "se avessimo l'oro e qualcuno disposto a venderci del cibo." Entrambi scarseggiavano. "Una possibilità potrebbe essere Nido dell'Aquila." La Valle di Arryn era celebre per la fertilità delle sue terre e non era stata toccata dai combattimenti. Jon si chiese che effetto avrebbe fatto alla sorella di lady Catelyna nutrire il figlio bastardo di Ned Stark. Da piccolo, aveva spesso avuto la sensazione che lady Lysa gli lesinasse il cibo.

«Possiamo sempre cacciare, se necessario» intervenne Wick. «Nei boschi c'è ancora selvaggina.»

«Ma anche bruti e creature ancora più pericolose» ribatté Marsh. «Non farei uscire cacciatori nei boschi, mio lord. Lo sconsiglio.»

"No. Tu chiuderesti definitivamente tutte le nostre porte e le bloccheresti con pietra e ghiaccio."

Metà Castello Nero concordava con le proposte del lord attendente, Jon ne era consapevole. L'altra metà le considerava con disprezzo. "Sigillare le porte e piantare le nostre grasse natiche sulla Barriera, *aye*, e il popolo libero sciamerà sul Ponte dei Teschi o varcherà qualche porta che credevi di aver sigillato cinquecento anni fa" aveva dichiarato a gran voce due sere prima, a cena, il vecchio ranger Dywen. «Non abbiamo gli uomini per sorvegliare un centinaio di leghe di Barriera. Anche Tormund Culo di Gigante e il maledetto Piagnone lo sanno. Avete mai visto un'anatra in uno stagno gelato, con le zampe bloccate nel ghiaccio? Lo stesso succede ai corvi.» Gran parte dei ranger sosteneva Dywen, mentre gli attendenti e i costruttori erano più schierati con Bowen Marsh.

Ma quella era una questione da risolvere in un altro momento. Adesso, il problema era il cibo. «Non possiamo lasciare che re Stannis e i suoi uomini muoiano di fame, anche se lo vorremmo» disse Jon. «Se così fosse, lui potrebbe risolvere tutto con le armi. Non abbiamo abbastanza uomini per fermarli. E anche i bruti devono essere nutriti.»

«Come, mio lord?» chiese Bowen Marsh.

"Lo sapessi." «Troveremo il modo.»

Quando risalirono in superficie, le ombre del pomeriggio si stavano allungando. Le nubi striavano il cielo come vessilli ridotti a brandelli, grigie, bianche e lacere. Il cortile davanti all'armeria era vuoto, ma all'interno Jon trovò lo scudiero del re ad aspettarlo. Devan era un ragazzino pelle e ossa, sui dodici anni, con i capelli e gli occhi castani. Lo avevano trovato impietrito vicino alla forgia. Osava a malapena respirare, con Spettro che lo annusava dappertutto. «Non ti farà niente» gli disse Jon, ma il ragazzino trasalì al suono della sua voce. L'improvviso movimento portò il meta-lupo a snudare i denti. «No!» gridò Jon. «Spettro, lascialo in pace. Fila via.» Il meta-lupo tornò al suo osso di bue, il silenzio a quattro zampe.

Devan pareva pallido come Spettro, madido in viso. «M-mio lord. Sua grazia o-ordina la tua presenza.» Il ragazzo indossava l'oro e nero dei Baratheon, con il cuore fiammeggiante di un uomo della regina cucito sopra il suo.

«Volevi dire *richiede*» precisò Edd l'Addolorato. «Sua grazia richiede la presenza del lord comandante. Io avrei detto così.»

«Lascia perdere, Edd» disse Jon. Non era dell'umore adatto per disquisizioni simili.

«Ser Richard e ser Justin sono ritornati» proseguì Devan. «Intendi venire, mio lord?»

"I ranger nella direzione sbagliata." Massey e Horpe erano andati a sud, invece che a nord. Qualsiasi cosa avessero appreso, non riguardava i Guardiani della notte, ma Jon era lo stesso curioso. «Se questo compiace a sua grazia.» Seguì il giovane scudiero nel cortile. Spettro andò con loro, finché Jon non disse: «No. Resta qui!». Invece il meta-lupo corse via.

Nella Torre del Re, Jon venne disarmato e ammesso alla presenza del sovrano. Il solarium era caldo e affollato. Stannis e i suoi capitani erano riuniti davanti alla mappa del Nord. I ranger nella direzione sbagliata erano fra loro. C'era anche Sigorn, il giovane maknar di Thenn, con la corazza di cuoio rivestita di lamine di bronzo. Rattleshirt si grattava la manetta al polso sinistro con un'unghia gialla e fessurata. Una corta barba scura gli ricopriva le guance incavate e il mento sfuggente, ciuffi di capelli sporchi gli cadevano sugli occhi.

«Eccolo qui» disse, quando vide Jon. «Il ragazzo coraggioso che ha ucciso Mance Rayder quando era legato e in gabbia.» La grossa gemma di taglio rettangolare che ornava la manetta di ferro mandò un bagliore rossastro. «Ti piace il mio rubino, Snow? Un pegno d'amore della Donna Rossa.»

Jon non gli badò e piegò il ginocchio. «Vostra grazia» annunciò lo scudiero Devan, «ho portato lord Snow.»

«Lo vedo. Lord comandante, conosci i miei cavalieri e i capitani, credo.»

«Ne ho l'onore.» Jon aveva dato grande importanza al fatto di apprendere tutto il possibile degli uomini vicini al re. "Sono tutti uomini della regina." Gli pareva strano che intorno al re non ci fossero uomini del re, ma evidentemente era così. Gli uomini del re erano incorsi nell'ira di Stannis a Roccia del Drago, se le voci che aveva raccolto erano vere.

«C'è vino. O dell'acqua calda con limone.»

«Niente, grazie.»

«Come vuoi. Ho un regalo per te, lord Snow.» Stannis indicò con la mano Rattleshirt. «Lui.»

Lady Melisandre sorrise. «Avevi detto di volere degli uomini, lord Snow. Credo che il nostro Lord delle Ossa abbia ancora i requisiti necessari.»

Jon controllò il proprio furore. «Vostra grazia, non ci si può fidare di quest'uomo. Se lo tengo qui, qualcuno gli taglierà la gola. Se lo mando in esplorazione, tornerà con i bruti.»

«No» disse Rattleshirt. «Io con quegli stupidi ho chiuso.» Diede un colpetto al rubino al polso. «Chiedi alla tua strega rossa, bastardo.»

Melisandre sussurrò qualcosa in una strana lingua. Il rubino al suo collo pulsò lentamente e Jon vide che anche la pietra più piccola al polso di Rattleshirt si ravvivava e si scuriva. «Finché ha la gemma, è legato a me, sangue e anima» disse la sacerdotessa rossa. «Quest'uomo ti servirà lealmente. Le fiamme non mentono, lord Snow.»

"Può darsi" pensò Jon, "ma tu sì."

«Pattuglierò per te, bastardo» dichiarò Rattleshirt. «Ti darò saggi consigli o ti canterò belle canzoni, come preferisci. Combatterò addirittura per te. Solo non chiedermi di portare il vostro mantello nero.»

"Non ne saresti degno" pensò Jon, ma trattenne la lingua. Non gli avrebbe giovato litigare davanti al re.

Re Stannis disse: «Lord Snow, parlami di Mors Umber».

"I Guardiani della notte non c'entrano" pensò Jon, ma un'altra voce nella sua testa disse: "Le parole non sono spade". «Il più anziano degli zii di Grande Jon. Cibo di corvo, lo chiamano. Una volta un corvo lo prese per morto e gli beccò un occhio. Lui afferrò il corvo e con un morso gli staccò la testa. In gioventù Mors era un guerriero temibile. I suoi figli morirono nella Battaglia del Tridente, la moglie per le febbri del parto. La sua unica figlia è stata portata via trent'anni fa dai bruti.»

«Per questo vuole la sua testa» esclamò Harwood Fell.

«Ci si può fidare, di questo Mors?» chiese Stannis.

"Mors Umber aveva fatto quindi atto di sottomisssione?" «Vostra grazia dovrebbe fargli fare un giuramento davanti al suo albero-cuore.»

Godry lo Sterminatore di giganti sghignazzò. «Avevo dimenticato che voi del Nord adorate gli alberi.»

«Quale divinità si fa pisciare addosso dai cani?» chiese il suo compare, Clayton Suggs.

Jon finse di non sentirli. «Vostra grazia, potrei sapere se gli Umber si sono dichiarati per te?»

«La metà, e solo se accetto il prezzo che chiede Cibo di corvo» rispose Stannis in tono irritato. «Vuole il cranio di Mance Rayder come coppa per bere, e il perdono per suo fratello che è andato a sud per unirsi a Bolton. Si chiama il Flagello delle puttane.»

Anche ser Godry era divertito. «Che nomi hanno questi uomini del Nord! Quest'altro ha staccato con un morso la testa a una puttana?»

Jon lo guardò freddamente. «Puoi dirlo. Una puttana che cercò di derubarlo, cinquant'anni fa, a Vecchia Città.» Per quanto potesse sembrare strano, il vecchio Umber Brinaghiacciata un tempo credeva che il suo figlio più giovane avesse la stoffa per diventare un maestro. A Mors piaceva vantarsi del corvo che gli aveva cavato l'occhio, ma la storia di Hother veniva narrata solo sottovoce... soprattutto perché la puttana da lui sbudellata era un uomo. «Altri lord si sono dichiarati per Bolton?»

La sacerdotessa rossa andò più vicino al re. «Ho visto una cittadina con mura e strade di legno, piena di uomini. I vessilli garrivano sulle mura: un alce, un'ascia da guerra, tre pini, asce lunghe incrociate sotto una corona, una testa di cavallo dagli occhi infuocati.»

«Hornwood, Cerwyn, Tallhart, Ryswell e Dustin» spiegò ser Clayton Suggs. «Tutti traditori. Leccapiedi dei Lannister.»

«I Ryswell e i Dustin sono legati a Casa Bolton per un matrimonio» lo informò Jon. «Gli altri hanno perso il loro lord in battaglia. Non so chi li guidi, adesso. Cibo di corvo, però, non è un leccapiedi. Vostra grazia farebbe bene ad accettare le sue condizioni.»

Stannis digrignò i denti. «Mi ha detto che Umber non combatterà Umber, quale che sia la causa.»

Jon non fu sorpreso. «Se si arriva alle spade, guarda dove sventola lo stendardo di Hother e metti Mors all'altra estremità del fronte.»

Lo Sterminatore di giganti non fu d'accordo. «Tu faresti apparire sua grazia un debole. Io invece dico: mostra la tua forza. Radi al suolo Ultimo Focolare e va' in guerra con la testa di Cibo di corvo sulla punta della lancia, come lezione per il prossimo lord che presume di offrire metà omaggio.»

«Un buon piano, se vuoi che tutte le mani del Nord si alzino contro di te. Metà è meglio che niente. Gli Umber non amano i Bolton. Se il Flagello delle puttane si è unito al Bastardo, può essere solo perché i Lannister tengono prigioniero Grande Jon.»

«Quello è il pretesto, non il motivo» dichiarò ser Godry. «Se il nipote muore in catene, gli zii possono reclamare le sue terre e il titolo di lord.»

«Grande Jon ha figli e figlie. Nel Nord, ser, i figli di un uomo vengono ancora prima dei suoi zii.»

«A meno che non muoiano. I figli morti sono gli ultimi dappertutto.»

«Prova a dirlo quando Mors Umber ti ascolta, ser Godry, e sulla morte imparerai più di quello che vorresti.»

«Ho ucciso un gigante, ragazzo. Perché dovrei temere un pulcioso uomo del Nord che se ne dipinge uno sullo scudo?»

«Quel gigante che hai impalato alla schiena stava scappando. Mors non lo farà.»

Il grosso cavaliere diventò paonazzo. «Hai una lingua ardita nel solarium del re, ragazzo. Sul campo cantavi un'altra canzone.»

«Oh, basta così, Godry» intervenne ser Justin Massey, un cavaliere agile e bene in carne, dal sorriso pronto e con una zazzera di capelli biondo chiaro. Era uno dei ranger nella direzione sbagliata. «Sappiamo tutti quale grossa spada da gigante hai, ne sono certo. Non c'è bisogno che ce la agiti ancora davanti alla faccia.»

«La sola cosa che si agita qui è la tua lingua, Massey.»

«Silenzio» disse Stannis, in tono brusco. «Lord Snow, ascolta. Mi sono trattenuto qui nella speranza che i bruti fossero abbastanza sciocchi da attaccare ancora la Barriera. Visto che non mi accontentano, è ora che pensi agli altri nemici.»

«Capisco» disse Jon, in tono prudente. "Che cosa vuole da me?" «Non ho simpatia per lord Bolton né per suo figlio, ma i Guardiani della notte non possono impugnare le armi contro di loro. I nostri voti proibiscono...»

«So tutto dei vostri voti. Risparmiami la tua onestà, lord Snow. Ho forze sufficienti anche senza di te. Intendo marciare su Forte Terrore.» Vide la sorpresa sul volto di Jon, e sorrise. «La cosa ti meraviglia? Bene. Quello che sorprende uno Snow può sorprenderne anche un altro. Il Bastardo di Bolton è andato a sud, portando con sé Hother Umber. Su questo, Mors Umber e Arnolf Karstark sono d'accordo. Questo può significare solo un attacco al Moat Cailin per aprire al lord suo padre la via di ritorno al Nord. Di sicuro, il bastardo pensa che io sia troppo impegnato con i bruti per infastidirlo. Molto bene. Il ragazzo mi ha mostrato la gola. Intendo squarciargliela. Roose Bolton può anche raggiungere il Nord, ma quando arriverà, troverà che il suo castello, il suo bestiame e i suoi raccolti appartengono tutti a me. Se prendo Forte Terrore di sorpresa...»

«Non ci riuscirai» si lasciò sfuggire Jon.

Fu come colpire un nido di vespe con un bastone. Uno degli uomini della regina scoppiò a ridere, un altro sputò, un altro borbottò un'imprecazione, gli altri iniziarono a parlare tutti assieme.

«Il ragazzo ha latte annacquato nelle vene» disse ser Godry lo Sterminatore di giganti.

E lord Sweet sbuffò. «Il codardo vede un fuorilegge dietro ogni filo d'erba.»

Stannis alzò la mano per imporre il silenzio. «Spiega che cosa intendi dire, Snow.»

"Da dove comincio?" pensò Jon. Si avvicinò alla mappa. Agli angoli erano state poste delle candele per evitare che la pelle si arrotolasse. Un rivolo di cera calda stava formando una pozza nella Baia delle Foche, lenta come un ghiacciaio.

«Per raggiungere Forte Terrore, vostra grazia deve percorrere la Strada del Re oltre l'Ultimo Fiume, poi dirigersi a sud passando da est e attraversare le Colline della Solitudine.» Le indicò. «Quelle sono terre degli Umber, dove loro conoscono ogni albero e ogni roccia. La Strada del Re costeggia per un centinaio di leghe le loro marche occidentali. Se tu non accetti le sue condizioni e lo convinci a unirsi alla tua causa, Mors Umber farà a pezzi il tuo esercito.»

«Molto bene. Poniamo che io lo faccia.»

«In questo caso arriverai a Forte Terrore» disse Jon. «Ma a meno che il tuo esercito non possa avanzare più velocemente di un corvo o di una serie di fuochi di avvistamento, il castello saprà che ti stai avvicinando. Per Ramsay Bolton sarà facile tagliarti la ritirata e tenerti inchiodato lontano dalla Barriera, senza viveri né rifugio, circondato dai nemici.»

«Solo se lui abbandonerà l'assedio del Moat Cailin.»

«Il Moat Cailin cadrà ancora prima del tuo arrivo a Forte Terrore. Quando lord Roose avrà unito le sue forze a quelle di Ramsay, ti supererà cinque a uno.»

«Mio fratello ha vinto battaglie in situazioni peggiori.»

«Tu presumi che il Moat Cailin cadrà rapidamente, Snow» obiettò Justin Massey, «ma gli uomini di ferro sono valorosi combattenti. E ho sentito dire che il Moat non è mai stato preso.»

«Non da sud. Una piccola guarnigione lì asserragliata può distruggere qualsiasi esercito che giunga dalla strada alta, ma da nord-est le rovine sono vulnerabili.» Jon si rivolse di nuovo a Stannis. «Sire, è un attacco ardito, ma il rischio...» "I Guardiani della notte non prendono parte alcuna. Baratheon o Bolton dovrebbero essere lo stesso per me." «Se Roose Bolton dovesse sorprendervi sotto le sue mura, con il grosso del suo esercito, per tutti voi sarebbe la fine.»

«Il rischio fa parte della guerra» dichiarò ser Richard Horpe, uno snello cavaliere dalla faccia devastata, il cui farsetto imbottito mostrava tre falene testa di morto in campo cenere e osso. «Ogni battaglia è un azzardo, Snow. Anche chi non fa niente corre dei pericoli.»

«C'è rischio e rischio, ser Richard. E questo... è troppo grande, troppo prematuro, troppo lontano. Conosco Forte Terrore. È un castello solido, tutto di pietra, con spesse mura e torri massicce. Con l'arrivo dell'inverno, lo troverete ben approvvigionato. Secoli fa, Casa Bolton si sollevò contro il re del Nord e Harlon Stark assediò Forte Terrore. Impiegò due anni per ridurli alla fame. Per sperare di prendere il castello, vostra grazia avrebbe bisogno di macchine d'assedio, torri, arieti...»

«Volendo, possiamo innalzare delle torri d'assedio» disse Stannis.

«Abbattere alberi per farne arieti, se necessario. Arnolf Karstark scrive che a Forte Terrore rimangono meno di cinquanta uomini, metà dei quali sono semplici servi. Un castello forte difeso debolmente è un debole castello.»

«Cinquanta uomini dentro le mura ne valgono cinquecento fuori.»

«Dipende dagli uomini» ribatté Richard Horpe. «Quelli saranno vecchi con la barba grigia e ragazzi inesperti, gli uomini che il bastardo non ha ritenuto adatti alla battaglia. I nostri uomini sono sopravvissuti al fuoco e si sono temprati nel fiume delle Acque Nere. E sono guidati da cavalieri.»

«Snow, tu hai visto come abbiamo travolto i bruti» ser Justin spinse indietro un ciuffo di capelli biondo chiaro. «I Karstark hanno giurato di unirsi a noi a Forte Terrore, e anche noi avremo i bruti. Trecento uomini in età da combattere. Lord Harwood li ha contati mentre varcavano la porta. Anche le loro donne sanno battersi.»

Stannis gli lanciò un'occhiata irosa. «Non per me, ser. Non voglio vedove piangenti nella mia scia. Le donne resteranno qui, con i vecchi, i feriti e i bambini. Serviranno da ostaggio per la fedeltà dei mariti e dei padri. I bruti formeranno l'avanguardia. Il maknar li comanderà, con i loro capi come sergenti. Prima, però, dobbiamo armarli.»

"Intende saccheggiare la nostra armeria" intuì Jon. "Cibo e vestiario, terre e castelli, adesso le armi. Ogni giorno questo folle mi chiede sempre di più." Le parole potevano anche non essere spade, ma le *spade* erano spade. «Potrei trovare trecento lance» disse Jon con riluttanza. «Anche degli elmi, se vi vanno bene anche vecchi e ammaccati e rossi di ruggine.»

«Corazze?» chiese il maknar. «Piastre? Maglie?»

«Con la morte di Donal Noye abbiamo perso il nostro armiere» disse Jon, lasciando perdere il resto. "Se diamo ai bruti delle cotte di maglia, saranno un doppio pericolo per il reame."

«Sarà sufficiente il cuoio bollito» dichiarò ser Godry. «Iniziata la battaglia, i superstiti potranno depredare i morti.»

"I pochi che resteranno vivi." Se Stannis schierava il popolo libero come avanguardia, gran parte di loro sarebbe morta in fretta. «Bere dal teschio di Mance Rayder potrà anche piacere a Mors Umber, ma vedere i bruti nelle sue terre no di certo. Il popolo libero ha fatto scorrerie ai danni degli Umber fin dall'alba dei giorni, attraversando la Baia delle Foche in cerca di oro, pecore e donne. Una delle fanciulle rapite era la figlia di Cibo di corvo. Vostra grazia, lascia qui i bruti. Portarli nella tua spedizione servirà solo a far rivoltare contro di te gli alfieri del lord mio padre.»

«Gli alfieri di tuo padre pare non abbiano in ogni caso simpatia per me. Devo presumere che mi vedano in veste di... com'è che mi avevi chiamato, lord Snow? "Un altro pretendente destinato alla sconfitta"?»

Stannis fissò la mappa. Per un momento l'unico rumore fu il digrignare dei suoi denti. «Andatevene. Tutti. Lord Snow, tu resta.»

Justin Massey non prese bene il brusco congedo, ma non gli restò che sorridere e ritirarsi. Horpe lo seguì, dopo aver squadrato Jon con un'occhiata. Clayton Suggs scolò la coppa e borbottò qualcosa che fece ridere Harwood Fell. C'era dentro la parola "ragazzo". Suggs era un cavaliere errante, tanto rozzo quanto forte. L'ultimo a prendere congedo fu Rattleshirt. Giunto alla porta fece un inchino beffardo a Jon, con un ghigno che mostrava i denti guasti e scheggiati.

Il "tutti" non pareva includere lady Melisandre, "l'ombra rossa del re". Stannis chiese a Devan dell'altra acqua con limone. Quando gli ebbe riempito la coppa, il re bevve e disse: «Horpe e Massey aspirano allo scranno che apparteneva a tuo padre. Massey vuole per sé anche la principessa dei bruti. Un tempo servì mio fratello Robert come scudiero e ha preso da lui l'appetito per la carne femminile. Horpe prenderà Val in moglie, se glielo ordino, ma quello che lui brama è la battaglia. Da scudiero sognava il mantello bianco della Guardia del re, ma Cersei Lannister parlò a suo sfavore e Robert lo scavalcò. Forse giustamente. A ser Richard piace troppo uccidere. Chi avrai come lord di Grande Inverno, Snow? Il sorridente o l'assassino?»

«Grande Inverno appartiene a mia sorella Sansa» rispose Jon.

«Ho sentito tutto quello che c'era da sentire su lady Lannister e le sue pretese.» Stannis posò la coppa. «Tu potresti portarmi il Nord. Gli alfieri di tuo padre si riunirebbero sotto il figlio di Eddard Stark. Anche il lord Troppo-grasso-per-stare-in-sella-a-un-cavallo. Porto Bianco mi offrirebbe una buona fonte di rifornimenti e una base sicura dove ritirarmi in caso di necessità. Non è troppo tardi per emendarti della tua follia, Snow. Piega il ginocchio e giura per me la tua spada bastarda e rialzati come Jon Stark, lord di Grande Inverno e protettore del Nord.»

"Quante volte glielo dovrò ripetere?" «La mia spada appartiene ai Guardiani della notte.»

Stannis parve disgustato. «Anche tuo padre era un uomo testardo. Lo chiamava onore. Be', l'onore ha un prezzo, cosa che lord Eddard ha imparato con rammarico. Se ti può consolare, Horpe e Massey sono destinati a restare delusi. Sono più propenso a concedere Grande Inverno ad Arnolf Karstark. Un bravo uomo del Nord.»

«Un uomo del Nord» ripeté Jon. "Meglio un Karstark che un Bolton o un Greyjoy" pensò, ma non ne trasse grande conforto. «I Karstark abbandonarono mio fratello ai nemici.»

«Lo fecero dopo che tuo fratello mozzò la testa a lord Rickard. Arnolf era lontano mille leghe. Aveva sangue Stark. Il sangue di Grande Inverno.»

«Come metà delle case del Nord.»
«Le altre case non si sono dichiarate per me.»
«Arnolf Karstark è un vecchio storpio, e anche in gioventù non è mai stato un combattente come lord Rickard. I rigori della campagna militare potrebbero ucciderlo.»
«Ha degli eredi» replicò brusco Stannis. «Due figli, sei nipoti, un paio di figlie. Se Robert avesse generato figli di razza pura, molti di quelli che sono morti potrebbero essere ancora vivi.»
«Vostra grazia farebbe meglio a scegliere Mors Cibo di corvo.»
«Forte Terrore ne sarà la prova.»
«Allora intendi procedere con l'attacco?»
«Malgrado il parere contrario del grande lord Snow? *Aye*. Horpe e Massey saranno anche ambiziosi, ma non si sbagliano. Non me ne voglio stare con le mani in mano mentre la stella di Roose Bolton cresce e la mia declina. Devo colpire, e mostrare al Nord che sono sempre un uomo da temere.»
«Il tritone di Manderly non era fra i vessilli che lady Melisandre ha visto nelle fiamme» disse Jon. «Se tu avessi Porto Bianco e i cavalieri di lord Wyman...»
«"Se" lo dicono gli sciocchi. Non abbiamo ricevuto notizie da Davos. Può darsi che non sia mai arrivato a Porto Bianco. Arnolf Karstark scrive che nel Mare Stretto ci sono state forti tempeste. Sia come sia. Non ho tempo per affliggermi né per aspettare i capricci del lord Troppo-grasso. Devo considerare perduto Porto Bianco. Senza un figlio di Grande Inverno al fianco, posso solo augurarmi di conquistare il Nord sul campo di battaglia. Questo signifca rubare un foglio dal libro di mio fratello. Non che Robert ne abbia mai letto uno. Devo assestare ai miei nemici un colpo mortale, prima che si accorgano che li sto attaccando.»
Jon capì che era inutile parlare. Stannis avrebbe preso Forte Terrore, o sarebbe morto nel tentativo di farlo. "I Guardiani della notte non prendono parte alcuna" disse una voce. Ma "Stannis combatte per il reame, gli uomini di ferro per asservire e saccheggiare" replicò un'altra. «Vostra grazia, so dove potresti trovare altri uomini. Dammi i bruti, e ti dirò volentieri dove e come.»
«Ti ho dato Rattleshirt. Accontentati di lui.»
«Li voglio tutti.»
«Alcuni tuoi confratelli vorrebbero farmi credere che tu stesso sei per metà un bruto. È vero?»

«I bruti per te sono solo carne da frecce. Posso utilizzarli meglio sulla Barriera. Dalli a me per farne ciò che voglio e ti mostrerò dove trovare vittoria... e anche uomini.»

Stannis si strofinò la nuca. «Tu mercanteggi come una vecchia tira sul prezzo del merluzzo, lord Snow. Ned Stark ti ha forse generato con una pescivendola? Quanti uomini?»

«Duemila. Forse tremila.»

«*Tremila*? Che genere di uomini sono?»

«Fieri. Poveri. Sensibili riguardo al proprio onore, ma feroci combattenti.»

«Meglio che non sia il trucco di un bastardo. Scambiare trecento combattenti contro tremila? *Aye*. Non sono del tutto stupido. Se ti lascio anche la ragazza, ho la tua parola che sorveglierai da vicino la nostra principessa?»

"Non è una principessa." «Come più ti compiace, vostra grazia.»

«Devo farti fare un giuramento davanti a un albero?»

«No.» "Era uno scherzo?" Con Stannis, difficile dirlo.

«Affare fatto. Allora, dove sono questi uomini?»

«Li troverai qui» disse Jon, passando la mano bruciata sulla mappa, a ovest della Strada del Re e a sud del Dono.

«Su quelle montagne?» chiese Stannis in tono sospettoso. «Non vedo castelli segnati qui. Niente strade, paesi, villaggi.»

«La mappa non è il terreno, diceva spesso mio padre. Gli uomini sono vissuti per migliaia di anni nelle alte vallate e nei prati montani, governati dai capoclan. Lord di secondo rango, li definiresti, anche se loro non usano simili titoli. I campioni dei vari clan combattono con grandi spade a due mani, mentre la gente comune scaglia pietre con la fionda e si colpisce con bastoni di frassino. Gente litigiosa, bisogna dire. Quando non combattono fra loro, curano il bestiame, pescano nella Baia del Ghiaccio e allevano i cavalli più resistenti che abbia mai visto.»

«E credi che combatteranno per me?»

«Se glielo chiedi.»

«Dovrei supplicare per ciò che mi è dovuto?»

«Ho detto chiedere, non supplicare.» Ritirò la mano. «Inutile mandare dei messaggi. Dovrai andare da loro di persona. Mangiare il loro pane e il loro sale, bere la loro birra, ascoltare le loro cornamuse, elogiare la bellezza delle loro figlie e il coraggio dei loro figli. Così avrai le loro spade. I clan non vedono un re da quando Torrhen Stark piegò il ginocchio. La tua venuta renderà loro onore. *Ordina* loro di combattere per te, e quelli si guarderanno e diranno: "Chi è quest'uomo? Non è il mio re".»

«Di quanti clan stai parlando?»

«Una quarantina, grandi e piccoli. Flint, Wull, Norrey, Liddle... convinci Vecchia Selce e Grosso Secchio, gli altri seguiranno.»

«Grosso Secchio?»

«Il capo dei Wull. Lui ha la pancia più grande di tutti nelle montagne, e il maggior numero di uomini. I Wull pescano nella Baia del Ghiaccio e ammoniscono i bambini dicendo che se non si comportano bene gli uomini di ferro li porteranno via. Per andare da loro tuttavia devi attraversare le terre dei Norrey. Loro si trovano più vicino al Dono e sono sempre stati buoni amici dei Guardiani. Potrei fornirti delle guide.»

«Potresti?» A Stannis non sfuggiva niente. «O me le darai?»

«Te le darò. Ne avrai bisogno. E anche di cavalli ben saldi sulle zampe. Le strade lassù sono poco più che sentieri da capre.»

«Sentieri da capre?» fece il re, strizzando gli occhi. «Parlo di muovermi velocemente e tu mi fai sprecare il tempo con dei *sentieri da capre*?»

«Quando il Giovane Drago conquistò Dorne, usò un sentiero da capre per oltrepassare le torri d'osservazione dorniane sulla Strada delle Ossa.»

«Conosco anch'io quella storia, ma Daeron Targaryen esagerò l'impresa in quel suo libro vanaglorioso. La guerra la vinsero le navi, non i sentieri da capre. Pugno di Quercia stroncò Planky Town e spazzò via metà Sangue Verde, mentre le principali forze dorniane erano impegnate al Passo del Principe.» Stannis tamburellò sulla mappa. «I lord di queste montagne non intralceranno il mio passaggio?»

«Solo con banchetti. Ognuno cercherà di superare gli altri nell'ospitalità. Il lord mio padre diceva di non avere mai mangiato così bene come quando aveva fatto visita ai clan.»

«Per tremila uomini posso sopportare, immagino, qualche cornamusa e un po' di porridge» disse il re, anche se pareva riluttante.

Jon si rivolse a Melisandre. «Milady, un avvertimento. I vecchi dèi sono forti tra quelle montagne. Gli uomini dei clan non sopporteranno insulti ai loro alberi-cuore.»

La Donna Rossa sembrò divertita. «Non temere, Jon Snow, non disturberò i tuoi selvaggi montanari e i loro dèi oscuri. Il mio posto è qui con te e con i tuoi coraggiosi confratelli.»

Era l'ultima cosa che Jon Snow avrebbe voluto, ma non trovò da obiettare. Il re intervenne di nuovo. «Dove mi avresti fatto condurre questi valorosi, se non contro Forte Terrore?»

Jon diede un'occhiata alla mappa. «A Deepwood Motte.» Vi batté sopra il dito. «Se Bolton intende combattere gli uomini di ferro, devi farlo anche tu. Deepwood è un castello su un'altura artificiale, con un fossato e una corte chiusa, nel cuore di un fitto bosco, facile da raggiungere di nascosto. Un castello di legno, difeso da un argine di terra e da una palizzata di tronchi. Il trasferimento sarà più lento fra le montagne, lo ammetto, ma il tuo esercito potrà muoversi senza essere visto e sbucare quasi alle porte del castello.»

Stannis si passò la mano sulla mascella. «Quando Balon Greyjoy si sollevò la prima volta, sconfissi gli uomini di ferro sul mare, dove sono più violenti. A terra, colti di sorpresa... *aye*. Ho ottenuto una vittoria sui bruti e sul loro re oltre la Barriera. Se riesco a schiacciare anche gli uomini di ferro, il Nord saprà di avere di nuovo un re.»

"E io avrò un altro migliaio di bruti" pensò Jon Snow "e nessun modo per sfamarne anche soltanto la metà."

TYRION

La *Fanciulla pudica* si muoveva nella fitta nebbia come un cieco a tentoni in una sala sconosciuta.

La septa Lemore stava pregando. La nebbia smorzava il suono della sua voce, facendola sembrare esile e pacata. Griff andava avanti e indietro sul ponte, con la cotta di maglia che tintinnava debolmente sotto il mantello di pelle di lupo. Di tanto in tanto toccava la spada, come per accertarsi di averla ancora al fianco. Rolly Duckfield spingeva la pertica di tribordo, Yandry quella di babordo. Ysilla era al timone.

«Questo posto non mi piace» brontolò Haldon il Mezzo-maestro.

«Spaventato da un po' di nebbia?» lo sfotté Tyrion, anche se in realtà era una specie di muraglia. Griff il Giovane stava a prua della *Fanciulla pudica* con una terza pertica, a scansare i pericoli quando emergevano dal grigio indistinto. Le lanterne erano state accese da prua a poppa, ma la nebbia era così fitta che dal centro del barcone il Folletto riusciva a distinguere solo una luce che gli galleggiava davanti e una dietro. Aveva il compito di badare al braciere e fare in modo che il fuoco non si spegnesse.

«Questa non è una nebbia normale, Hugor Hill» insisté Ysilla. «Puzza di stregoneria, come sapresti se tu avessi ancora un naso per sentirne l'odore. Qui molti viaggiatori sono scomparsi: barconi, pirati e anche grandi galee fluviali. Vagano sperduti nella nebbia, cercando un sole che non riescono a trovare, finché la follia o la fame non tolgono loro la vita. Qui ci sono spiriti irrequieti nell'aria e anime tormentate nell'acqua.»

«Eccone una» disse Tyrion.

A tribordo stava salendo dalle tenebrose profondità una mano abbastanza grande da fracassare il barcone. Solo due dita rompevano la superficie del fiume, ma mentre la *Fanciulla pudica* passava oltre, lui vide il resto della mano increspare l'acqua e una faccia livida che guardava verso l'alto. Aveva usato un tono leggero, ma si sentiva a disagio. Quello era un posto maligno, puzzava di morte e di disperazione. "Ysilla ha ragione. Questa nebbia non è naturale." Qualcosa di immondo cresceva nell'acqua, ammorbando l'aria. "Non c'è da stupirsi se gli uomini di pietra impazziscono."

«Non dovresti fartene beffe» ammonì Ysilla. «I morti bisbiglianti odiano le creature calde e veloci, e cercano sempre altre anime dannate che si uniscano a loro.»

«Non credo che abbiano un sudario delle mie dimensioni.» Il nano rivoltò con un attizzatoio le braci.

«L'odio non smuove gli uomini di pietra neanche la metà della fame.» Haldon il Mezzo-maestro si era messo una sciarpa gialla davanti alla bocca e al naso, che attutiva la sua voce. «Niente di ciò che un uomo sano di mente vorrebbe mangiare cresce in questa nebbia. Tre volte all'anno i triarchi di Volantis mandano su per il fiume una galea di provviste, ma le navi di aiuto arrivano spesso tardi e talvolta portano più bocche da sfamare che cibo.»

«Nel fiume ci saranno dei pesci» disse Griff il Giovane.

«Non mangerei mai del pesce pescato da queste acque» dichiarò Ysilla. «Neanche morta.»

«Faremmo bene anche a non respirare questa nebbia» disse Haldon. «La Maledizione di Garin è intorno a noi.»

"L'unico modo per non respirare la nebbia è non respirare affatto." «La Maledizione di Garin è solo il morbo grigio» disse Tyrion.

Spesso si era vista quella maledizione nei bambini, soprattutto in climi umidi, freddi. La carne si induriva, si calcificava e screpolava, anche se il nano aveva letto che il progredire del morbo grigio poteva essere contrastato con calce, cataplasmi di senape e bagni bollenti, dicevano i maestri, oppure con preghiere, sacrifici e digiuni, sostenevano i septon. Poi la malattia passava, lasciando le giovani vittime sfigurate, ma vive. Maestri e septon concordavano sul fatto che i bambini segnati dal morbo grigio erano immuni dalla più rara forma mortale della malattia e dalla sua temibile parente, la peste grigia. «Si dice che la colpa sia dell'umidità» spiegò. «Degli umori nocivi nell'aria, non delle maledizioni.»

«Anche i conquistatori non ci credevano, Hugor Hill» replicò Ysilla. «Gli uomini di Volantis e di Valyria appesero Garin in una gabbia dorata, e lo derisero mentre lui invocava la propria madre chiedendole di distruggerli. Ma nella notte le acque si alzarono e li annegarono, e da quel giorno non hanno più trovato riposo. Sono ancora qui, sott'acqua, loro che un tempo erano i signori del fuoco. Il loro alito freddo si alza dall'oscurità formando queste nebbie, e la loro carne è diventata pietra come il loro cuore.»

Il mozzicone di naso gli prudeva terribilmente. Tyrion si grattò. "La vecchia potrebbe avere ragione. Questo posto non è buono. Mi sento come se fossi di nuovo nella latrina a guardare mio padre morire." Anche lui sarebbe impazzito, se avesse dovuto trascorrere i suoi giorni in quella brodaglia grigia mentre la carne e le ossa si trasformavano in pietra.

Griff il Giovane non pareva condividere le sue apprensioni. «Che provino a infastidirci e mostreremo loro di che cosa siamo fatti.»

«Siamo fatti di sangue e ossa, a immagine del Padre e della Madre» sentenziò la septa Lemore. «Non fare vanterie vanagloriose, ti prego. L'orgoglio è un grave peccato. Anche gli uomini di pietra erano orgogliosi e il Signore del sudario era più orgoglioso di tutti.»

Il calore delle braci arrossò il viso di Tyrion. «Esiste un Signore del sudario? O è solo una leggenda?»

«Il Signore del sudario regna su queste nebbie fin dall'epoca di Garin» disse Yandry. «Secondo alcuni, è Garin stesso, risorto dalla sua tomba d'acqua.»

«I morti non risorgono» insisté Haldon il Mezzo-maestro «e nessun uomo vive mille anni. Sì, esiste un Signore del sudario. Ne sono esistiti una ventina. Quando uno muore, un altro prende il suo posto. Quello attuale è un corsaro delle Isole del Basilisco convinto che la Rhoyne avrebbe offerto un bottino più ricco del mare dell'Estate.»

«*Aye*, l'ho sentito dire anch'io» disse Papero. «Ma c'è un'altra storia che mi piace di più. Quella secondo cui lui non è come gli altri uomini di pietra. In origine era una statua, finché una donna grigia non uscì dalla nebbia e lo baciò, con labbra gelide come ghiaccio.»

«Basta così» disse Griff. «State zitti. Tutti.»

La septa Lemore ansimò. «Che cos'era?»

«Dove?» chiese Tyrion. Non vedeva niente, a parte la nebbia.

«Qualcosa si è mosso. Ho visto l'acqua incresparsi.»

«Una tartaruga» annunciò allegramente Griff il Giovane. «Una grossa spezzaossa, nient'altro.» Infilò in acqua la pertica più in avanti e spinse il barcone lontano da un torreggiante obelisco verde.

La nebbia si appiccicò loro addosso, umida e fredda. Un tempio semisommerso affiorò dal grigiume, e Yandry e Papero fecero forza sulle pertiche, andando lentamente da prua a poppa per spingere il barcone. Oltrepassarono una scalinata di marmo che saliva a spirale dal fango e terminava, frastagliata, a mezz'aria. Più in là, c'erano altre sagome indistinte: guglie mozzate, statue decapitate, alberi con radici più grandi della loro imbarcazione.

«Questa era la più bella città lungo il fiume e anche la più ricca» disse Yandry. «Chroyane, la città delle feste.»

"Troppo ricca" pensò Tyrion "e troppo bella. Non è mai saggio indurre i draghi in tentazione." La città annegata era intorno a loro. Una sagoma svolazzò in alto, pallide ali coriacee che battevano la nebbia. Il nano voltò la testa per vedere meglio, ma la creatura era sparita con la stessa rapidità con cui era comparsa.

Non molto dopo, un'altra luce fluttuò in vista. «Ehi, della barca» gridò una voce lontana sull'acqua, debolmente. «Chi siete?»

«*Fanciulla pudica*» gridò in risposta Yandry.

«*Martin pescatore*. Verso monte o verso valle?»

«Verso valle. Pelli e miele, birra e sego.»

«Verso monte. Coltelli e aghi, merletti e lini, vino speziato.»

«Notizie da Vecchia Volantis?» chiese Yandry.

«Guerra» fu la risposta.

«Dove?» gridò Griff. «Quando?»

«Al volgere dell'anno» fu la risposta. «Nyessos e Malaquo vanno a braccetto e gli elefanti hanno le strisce.» La voce svanì mentre l'altro battello si allontanava. Guardarono la sua luce affievolirsi e scomparire.

«È saggio gridare nella nebbia a barche che non possiamo vedere?» chiese Tyrion. «E se fossero stati dei pirati?» Avevano avuto fortuna, per quanto riguardava i pirati, di passare sul Lago delle Daghe di notte non visti né molestati. Una volta Papero aveva scorto di sfuggita uno scafo che, insisteva, apparteneva a Urho il Sudicio. La *Fanciulla pudica* tuttavia si era trovata sopravvento e Urho, se di Urho si trattava, non aveva mostrato interesse per loro.

«I pirati non fanno vela nelle Anse dolenti» disse Yandry.

«Elefanti con le strisce?» brontolò Griff. «Che significa? Nyessos e Malaquo? Illyrio ha pagato il triarca Nyessos così tanto da comprarlo otto volte.»

«In oro o in formaggio?» scherzò Tyrion.

Griff inveì contro di lui. «Se le tue facezie non possono fendere la nebbia, tientele per te.»

"Sì, padre" fu sul punto di replicare il nano. "Starò zitto. Grazie." Non conosceva quella gente di Volantis, ma gli pareva che elefanti e tigri potessero avere validi motivi per fare causa comune contro dei draghi. "È possibile che il signore dei formaggi abbia giudicato male la situazione. Con l'oro puoi comprare un uomo, ma solo il sangue e l'acciaio lo renderanno fedele."

Attizzò di nuovo le braci e soffiò per farle ardere di più. "Odio questo lavoro. Odio questa nebbia. Odio questo posto e non ho alcuna simpatia per Griff." Aveva ancora i funghi velenosi raccolti nel terreno intorno alla villa di Illyrio e certi giorni gli era venuta voglia di metterli di nascosto nella cena di Griff. Il guaio era che Griff non mangiava quasi mai.

Papero e Yandry spinsero sulle pertiche. Ysilla girò il timone. Griff il Giovane allontanò la *Fanciulla pudica* da una torre in rovina le cui finestre vuote guardavano in giù come tanti occhi ciechi e neri. In alto, la vela pendeva floscia e pesante. L'acqua si fece più profonda e le pertiche non riuscivano più a toccare il fondale, ma il barcone proseguì verso valle spinto dalla corrente, finché...

Tyrion riuscì solo a scorgere qualcosa di massiccio alzarsi dal fiume, qualcosa di distorto e minaccioso. Pensò che si trattasse di una protuberanza su un'isola boscosa, o di un grande scoglio ricoperto di muschio e felci, nascosto dalla nebbia. Man mano che la *Fanciulla pudica* s'avvicinò, la sagoma diventò più chiara. Dall'acqua sorgeva un mastio di legno, marcio e invaso dalla vegetazione. Snelle guglie presero forma sopra di esso, alcune come lance spezzate. Torri prive di tetto comparvero e scomparvero, brancolando verso l'alto. Sale e gallerie passarono lentamente: aggraziati contrafforti, delicati archi, colonne scanalate, terrazze e padiglioni.

Tutto in rovina, tutto desolato, tutto crollato.

Lì il muschio grigio cresceva fitto, ricopriva i grandi cumuli di pietre cadute e faceva da barba a tutte le torri. Neri rampicanti strisciavano nelle finestre, nelle porte e sopra le arcate, risalivano il fianco dei muri di pietra. La nebbia nascondeva tre quarti del palazzo, ma quello che si vedeva fu più che sufficiente a Tyrion per capire che quel forte sull'isola era stato dieci volte più grande della Fortezza Rossa di un tempo, e cento volte più splendido. Capì dove si trovava. «Il Palazzo dell'Amore» mormorò.

«Quello era il nome rhoynar» disse Haldon il Mezzo-maestro «ma per mille anni è stato il Palazzo del Dolore.»

La rovina era già abbastanza tetra, ma conoscere il suo passato la rendeva ancora più tetra. "Lì una volta risuonavano le risa" pensò Tyrion. "C'erano giardini straripanti di fiori e fontane che riflettevano i raggi d'oro del sole. Quegli scalini una volta riecheggiavano i passi degli innamorati e sotto quella cupola infranta innumerevoli matrimoni venivano suggellati con un bacio." Il pensiero lo rimandò a Tysha, che per così breve tempo era stata sua moglie. "È stato Jaime" pensò, disperato. "Il mio stesso sangue, il mio fratello maggiore. Quando ero piccolo, mi portava giocattoli, cerchi di barile e materiale per costruzioni, un leone intagliato nel legno. Mi regalò il primo pony e m'insegnò a cavalcare. Quando disse che ti aveva comperato per me, non ho mai dubitato di lui. Perché avrei dovuto? Lui era Jaime e tu eri solo una ragazza che stava recitando una parte. L'avevo temuto fin dal principio, dal tuo primo sorriso, quando mi lasciasti toccare la tua mano. Il mio stesso padre non poteva amarmi. Perché avresti dovuto farlo tu, se non per oro?"

Tra le lunghe dita grigie della nebbia, udì di nuovo lo schiocco della balestra, il grugnito emesso da lord Tywin quando il dardo l'aveva colpito al basso ventre, il colpo delle natiche sulla pietra mentre tornava a sedersi per morire. «Ovunque vadano le puttane» disse. "E dove?" avrebbe voluto chiedergli Tyrion.

"Dov'è andata Tysha, padre?" «Quanta nebbia ancora dobbiamo sopportare?»

«Un'altra ora e dovremmo essere fuori dalle Anse dolenti» annunciò Haldon il Mezzo-maestro. «Da lì in poi, dovrebbe essere un viaggio di piacere. Nella Rhoyne inferiore c'è un villaggio dopo ogni curva. Frutteti, vigneti e campi di grano che maturano al sole, pescatori in acqua, bagni caldi e vini dolci. Selhorys, Valysar e Volon Therys sono cittadine cinte da mura, ma talmente grandi che nei Sette Regni sarebbero considerate vere e proprie città. Credo che...»

«Luce a prua» avvertì Griff il Giovane.

Anche Tyrion la vide. "La *Martin pescatore* o un'altra barca" pensò, ma chissà come capì che non era così. Sentiva prurito al naso. Se lo grattò furiosamente. La luce diventò più brillante mentre la *Fanciulla pudica* si avvicinava. Una fioca stella in lontananza brillava debolmente nella nebbia, chiamandoli. In breve diventarono due luci, poi tre: una fila frastagliata di fari che salivano dall'acqua.

«Il Ponte del Sogno» disse Griff. «Ci saranno degli uomini di pietra nelle campate. Alcuni cominceranno a gemere al nostro arrivo, ma è poco probabile che ci infastidiscano. Molti uomini di pietra sono creature deboli, goffe, sgraziate, stupide. Verso la fine impazziscono tutti, ed è allora che sono più pericolosi. Se necessario, usate le torce per tenerli lontano. Non lasciate per nessun motivo che vi tocchino.»

«Potrebbero anche non vederci» aggiunse Haldon il Mezzomaestro. «La nebbia ci nasconderà fino a pochi passi dal ponte e quindi saremo quasi passati prima che si accorgano della nostra presenza.»

"Gli occhi di pietra sono occhi ciechi" pensò Tyrion.

La forma mortale del morbo grigio iniziava dalle estremità, lo sapeva: un formicolio a una falange, un dito del piede che diventava nero, perdita di sensibilità. Mentre l'intorpidimento si diffondeva nella mano o risaliva dal piede alla gamba, la carne s'irrigidiva e diventava fredda, la pelle acquisiva una sfumatura grigiastra, simile alla pietra. Aveva sentito dire che c'erano tre cure efficaci per il morbo grigio: l'ascia, la spada e la mannaia. Mozzare l'arto colpito impediva che la malattia si propagasse, ma non sempre. Molti avevano sacrificato un braccio o un piede, solo per poi scoprire che anche l'altro stava diventando grigio. A quel punto non c'erano più speranze. Quando la pietra arrivava al volto, la cecità era inevitabile. Negli stadi finali, la maledizione passava a muscoli, ossa, organi interni.

Il ponte davanti a loro diventò più grande. Griff l'aveva chiamato Ponte del Sogno, un sogno infranto e distrutto. Pallide arcate di pietra marcivano nella nebbia, andando dal Palazzo del Dolore alla riva occidentale del fiume. Metà erano crollate, tirate giù dal peso del muschio grigio che le drappeggiava e dagli spessi rampicanti neri che salivano serpeggiando fuori dall'acqua. L'ampia campata di legno del ponte era completamente marcia, ma alcune lampade che la costeggiavano erano ancora accese. Mentre la *Fanciulla pudica* si avvicinava, Tyrion vide le sagome degli uomini di pietra muoversi nel chiarore, strascicando i piedi senza meta intorno alle lampade come lente falene grigie. Alcuni erano nudi, altri avvolti da un sudario.

Griff sguainò la spada lunga. «Yollo, accendi le torce. Ragazzo, riporta Lemore nella sua cabina e resta con lei.»

Griff il Giovane lanciò al padre un'occhiata ribelle. «Lemore sa dov'è la sua cabina. Io voglio restare.»

«Abbiamo giurato di proteggerti» disse piano Lemore.

«Non ho bisogno di protezione. So maneggiare la spada bene quanto Papero. Sono quasi un cavaliere.»

«Ma ancora un ragazzo» disse Griff. «Ubbidisci. Subito!»

Il ragazzo imprecò sottovoce e gettò la pertica sul ponte. Il rumore echeggiò in modo insolito nella nebbia e per un momento fu come se intorno a loro cadessero tanti bastoni. «Perché dovrei andare a nascondermi? Haldon resta, e anche Ysilla. Perfino Hugor.»

«*Aye*» intervenne Tyrion, «ma io sono abbastanza piccolo da nascondermi dietro un papero.» Avvicinò alle braci ardenti una mezza decina di torce e guardò gli stracci intrisi d'olio prendere fuoco. "Non fissare il fuoco" disse a se stesso. La luce intensa delle fiamme l'avrebbe accecato.

«Tu sei un nano» disse Griff il Giovane, sprezzante.

«Ecco rivelato il mio segreto» ammise Tyrion. «*Aye*, sono meno della metà di Haldon, e a nessuno frega un peto di mimo se resto vivo o muoio.» "A me meno di tutti." «Tu, però... tu sei tutto.»

«Nano» intimò Griff, «ti avevo avvertito...»

Un gemito, debole e acuto, vibrò nella nebbia.

Lemore si girò di scatto, tremante. «Sette, salvateci.»

Il ponte in rovina era solo a cinque iarde di distanza. Intorno ai piloni l'acqua era orlata di bianco, come la schiuma sulle labbra di un folle. Quaranta piedi più in alto, gli uomini di pietra gemevano e gorgogliavano sotto un tremulo lampione. Per la maggior parte non badavano alla *Fanciulla pudica* come di un tronco alla deriva.

Tyrion strinse più forte la torcia e si accorse di trattenere il respiro. Poi furono sotto il ponte, bianche pareti appesantite da tendaggi di funghi grigi si ergevano su ambo i lati, l'acqua rabbiosa gorgogliava loro intorno. Per un momento sembrò che si potessero schiantare contro il pilone a destra, ma Papero sollevò la pertica e con una spinta riportò il barcone al centro del canale; pochi secondi dopo erano in salvo.

Tyrion aveva appena ripreso a respirare, quando Griff il Giovane lo afferrò per il braccio. «Che cosa significa che io sono tutto? Che cosa volevi dire? Perché sarei *tutto*?»

«Perché» disse Tyrion «se gli uomini di pietra si fossero presi Yandry o Griff o la nostra bella Lemore, avremmo pianto per loro e avremmo proseguito. Perdendo *te*, l'intera impresa se ne andrebbe in fumo e tutti questi anni di febbrili complotti del signore dei formaggi e dell'eunuco verrebbero vanificati... Non è forse così?»

Il ragazzo guardò Griff. «Sa chi sono.»

"Se prima non lo sapevo, adesso lo so." La *Fanciulla pudica* era scesa parecchio oltre il Ponte del Sogno. Tutto ciò che rimaneva era una luce che svaniva a poppa e ben presto anche quella sarebbe scomparsa.

«Tu sei Griff il Giovane, figlio di Griff il mercenario» disse Tyrion. «O forse sei il Guerriero in sembianze mortali. Lasciami dare un'occhiata più da vicino.» Alzò la torcia in modo che la luce inondasse la faccia del ragazzo.

«Fermati» ordinò Griff «o lo rimpiangerai.»

Il nano non gli badò. «I capelli blu fanno sembrare i tuoi occhi azzurri, questo è buono. E la storia che ti tingevi i capelli in onore della tua defunta madre tyroshi è stata così toccante che quasi mi mettevo a piangere. Tuttavia un uomo curioso potrebbe chiedersi perché mai il marmocchio di un mercenario avrebbe bisogno di una septa dalla pessima reputazione che lo istruisca nel Credo o di un maestro senza catena che gli insegni la storia e le lingue. E un uomo intelligente potrebbe domandarsi perché tuo padre ingaggerebbe un cavaliere errante per addestrarti nell'uso delle armi anziché mandarti semplicemente come apprendista in una compagnia mercenaria. È come se qualcuno volesse tenerti nascosto mentre ti prepara per... Che cosa? Questo mi rende perplesso, ma sono sicuro che con il tempo troverò la soluzione. Devo ammettere che hai dei nobili lineamenti, per essere un morto.»

Il ragazzo arrossì. «Non sono morto!»

«Ah, no? Il lord mio padre avvolse il tuo cadavere in un mantello cremisi e lo depose accanto a quello di tua sorella ai piedi del Trono di Spade, il suo dono a un nuovo re. Quelli che ebbero il fegato di sollevare il mantello dissero che metà della tua testa era sparita.»

Il ragazzo arretrò di un passo, confuso. «Tuo...?»

«... padre, *aye*. Lord Tywin della Casa Lannister. Ne hai sentito parlare, immagino.»

Griff il Giovane esitò. «Lannister? Tuo padre...»

«... è morto. Per mia mano. Se compiace a vostra grazia chiamarmi Yollo o Hugor, così sia, ma sappi che sono nato Tyrion della Casa Lannister, legittimo figlio di Tywin e Joanna, entrambi da me uccisi. La gente ti dirà che sono un assassino di re, un assassino di genitori e un mentitore, e tutto questo è vero... Ma allora siamo un gruppo di bugiardi, vero? Prendi per esempio il tuo finto padre. Griff, giusto?» Tyrion fece una risatina. «Dovresti ringraziare gli dèi che Varys il Ragno tessitore fa parte di questo complotto. Griff non avrebbe ingannato nemmeno per un attimo il prodigio senza cazzo, così come non ha ingannato me. "Né lord" dice mia signoria "né cavaliere." E io non sono un nano. Dire una cosa non la rende per questo vera. Chi può allevare il figlio infante del principe Rhaegar meglio del suo caro amico Jon Connington, un tempo lord del Posatoio del Grifone e Primo Cavaliere del re?»

«Taci.» Dal tono di voce si capiva che Griff era a disagio.

A babordo un'enorme mano di pietra affiorò a pelo d'acqua. Due dita corrugavano la superficie. "Quante ce ne sono?" si chiese Tyrion. Un rivolo di condensa umida gli colò lungo la spina dorsale, provocandogli un brivido. Le Anse dolenti fluttuarono lentamente di fianco a loro.

Scrutando nella nebbia, Tyrion scorse una guglia spezzata, un eroe decapitato, un vecchio albero estirpato dal terreno e capovolto, con le enormi radici ritorte sul tetto e nelle finestre di una cupola distrutta. "Perché tutto questo mi sembra così familiare?"

Dritto davanti, una scala di marmo rosa chiaro saliva dall'acqua scura in un'aggraziata spirale, terminando di colpo una decina di piedi più in alto. "No" pensò Tyrion, "è impossibile."

«Laggiù» esclamò Lemore, con voce tremante. «Una luce.»

Tutti guardarono. Tutti videro.

«La *Martin pescatore*» disse Griff. «O uno scafo che le assomiglia.» Ma sguainò di nuovo la spada.

Nessuno aprì bocca. La *Fanciulla pudica* si muoveva con la corrente. Da quando era entrata nelle Anse dolenti, non era stata ancora alzata la vela. Aveva solo assecondato l'andamento del fiume. Papero strizzò gli occhi, reggendo la pertica a due mani. Dopo un po', anche Yandry smise di spingere. Tutti gli occhi erano puntati sulla luce lontana. Man mano che si avvicinavano, diventarono due luci. Poi tre.

«Il Ponte del Sogno» disse Tyrion.

«È assurdo» esclamò Haldon il Mezzo-maestro. «Il ponte ce lo siamo già lasciato alle spalle. I fiumi scorrono in un'unica direzione.»

«Madre Rhoyne scorre come vuole» mormorò Yandry.

«I Sette ci salvino» disse Lemore.

In alto, gli uomini di pietra sulle campate iniziarono a gemere. Alcuni indicavano in basso. «Haldon, porta il principe di sotto» ordinò Griff.

Troppo tardi. La corrente li aveva in pugno, spingendoli inesorabilmente verso il ponte.

Yandry armeggiò con la pertica per evitare che si sfracellassero contro un pilone. La spinta li spostò lateralmente, dentro una cortina di pallido muschio grigio. Tyrion sentì dei filamenti sfiorargli la faccia, morbidi come le dita di una puttana. Poi alle sue spalle udì uno schianto e il ponte si inclinò così all'improvviso che il nano rischiò di perdere l'appoggio e di finire a capofitto giù dalla murata.

Un uomo di pietra era piombato sul barcone.

Si era abbattuto sul tetto della cabina, così pesantemente che la *Fanciulla pudica* ondeggiò vistosamente, e ruggì contro di loro una parola in una lingua a Tyrion sconosciuta. Un altro uomo di pietra seguì il primo, finendo a ridosso del timone. Per l'impatto, le assi corrose dal tempo andarono in pezzi. Ysilla lanciò un grido.

Papero era il più vicino a lei. Non sprecò tempo a sguainare la spada. Ma vibrò la pertica, colpendo al petto l'uomo di pietra e scaraventandolo nel fiume, dove affondò all'istante, senza emettere alcun suono.

Griff assalì l'altro mentre scendeva dal tetto della cabina. Con una spada nella destra e la torcia nella sinistra, fece indietreggiare la creatura. Mentre la corrente attirava la *Fanciulla pudica* sotto il ponte, le loro due ombre danzavano sulle pareti ricoperte di muschio. Quando l'uomo di pietra fece per andare a poppa, Papero gli bloccò la strada con la pertica. Quando si diresse a prua, Haldon agitò contro di lui la torcia costringendolo alla ritirata. L'uomo di pietra non ebbe altra scelta che puntare dritto verso Griff. Il capitano schivò di lato, la sua spada lampeggiò. Una scintilla scaturì nel punto in cui l'acciaio intaccò la carne grigia e calcificata dell'uomo di pietra, e il braccio della creatura cadde sul ponte della barca. Griff lo allontanò con un calcio. Yandry e Papero intanto si erano avvicinati armati di pertiche. Insieme spinsero la creatura giù dalla fiancata, nelle nere acque della Rhoyne.

La *Fanciulla pudica* aveva intanto oltrepassato il ponte in rovina. «Li abbiamo eliminati tutti?» chiese Papero. «Quanti erano?»

«Due» rispose Tyrion, con un brivido.

«Tre» lo corresse Haldon. «Ce n'è uno dietro di te.»

Il nano si girò, e se lo trovò addosso.

Il salto gli aveva fracassato una gamba e una scheggia d'osso pallida e appuntita sporgeva dalla stoffa smangiata delle brache e dalla carne grigiastra. L'osso rotto era chiazzato di sangue scuro, ma l'uomo di pietra continuava ad avanzare, cercò di afferrare Griff il Giovane. La sua mano era grigia, rigida, ma quando la creatura provò a flettere le dita del sangue gli colò fra le nocche.

Il ragazzo rimase a fissarlo, immobile, come fosse diventato anche lui di pietra. Aveva la mano sull'elsa della spada, ma pareva essersi dimenticato il perché.

Tyrion falciò con un calcio la gamba di Griff il Giovane togliendogli il sostegno, e quando il ragazzo cadde lo scavalcò con un balzo, poi puntò la torcia in faccia all'uomo di pietra, fino a farlo barcollare all'indietro sulla gamba fracassata, agitando le mani per proteggersi dalle fiamme.

Il nano continuò l'assalto, menando fendenti con la torcia, cercando di colpirlo agli occhi. "Ancora un po' più indietro, ancora un passo, un altro." Erano sul bordo dell'imbarcazione quando la creatura si avventò, afferrò la torcia e gliela strappò di mano. "Sono fottuto" pensò Tyrion.

L'uomo di pietra gettò via la torcia. Si udì un lieve sibilo, quando le acque nere estinsero le fiamme. L'uomo di pietra mugghiò. Era stato un abitante delle Isole dell'Estate. La mascella e mezza guancia erano diventate pietra, ma aveva la pelle nera come la notte nei punti in cui non era grigia. Dove aveva afferrato la torcia, la pelle si era screpolata e aperta. Il sangue gli colava dalle dita, ma lui pareva non accorgersene. Quella era una magra fortuna, pensò Tyrion. Per quanto mortale, il morbo grigio rendeva insensibili al dolore.

«*Fatti da parte!*» gridò qualcuno, molto lontano; poi un'altra voce esclamò: «Il principe! Proteggi il ragazzo!». L'uomo di pietra avanzava barcollando, con le mani protese.

Tyrion gli diede una spallata.

Fu come picchiare contro le mura di un castello, ma quel castello poggiava su una gamba fracassata. L'uomo di pietra cadde all'indietro, e nel precipitare afferrò Tyrion. Colpirono l'acqua facendo un tonfo rumoroso, e Madre Rhoyne inghiottì entrambi.

Il freddo improvviso stordì Tyrion come una martellata. Mentre affondava, sentì una mano di pietra tastargli la faccia. Un'altra lo afferrò per il braccio, trascinandolo sempre più in profondità. Cieco, con il naso mozzato pieno d'acqua, Tyrion scalciò, si dimenò, lottò per sottrarsi alla presa che gli bloccava il braccio. Inutile, le dita di pietra non cedevano. Delle bolle d'aria gli uscirono dalle labbra. Il mondo era buio, sempre più buio. Tyrion non poteva più respirare.

"Ci sono modi peggiori di morire." Ma in verità, lui era già morto tanto tempo prima, ad Approdo del Re. Di lui era rimasto solo il suo fantasma, il piccolo spettro vendicativo che aveva strozzato Shae e piantato un dardo di balestra nelle budella del grande lord Tywin. Nessuno avrebbe pianto la morte della creatura che era diventato. "Infesterò come fantasma i Sette Regni" pensò, andando ancora più a fondo. "Non mi hanno voluto bene da vivo, che allora mi temino da morto."

Quando aprì la bocca per maledirli tutti, l'acqua nera gli riempì i polmoni.

Le tenebre si chiusero sopra di lui.

DAVOS

«Sua signoria adesso ti ascolterà, contrabbandiere.»

Il cavaliere indossava un'armatura argento, schinieri e guanti lavorati a niello con fluenti fronde d'alghe marine. L'elmo sotto il braccio era la riproduzione della testa del re Merling, con una corona di madreperla e una barba sporgente di giaietto e giada. La barba del cavaliere era grigia come il mare d'inverno.

Davos si alzò. «Posso conoscere il tuo nome, ser?»

«Ser Marlon Manderly.» Era di una testa più alto di Davos e cinquanta libbre più pesante, con occhi grigio ardesia e un modo di parlare altezzoso. «Ho l'onore di essere cugino di lord Wyman e comandante della sua guarnigione. Seguimi.»

Davos era giunto a Porto Bianco in veste di emissario, ma lo avevano fatto prigioniero. La sua stanza era ampia, ariosa e ben ammobiliata, ma con le guardie alla porta. Dalla finestra vedeva le strade di Porto Bianco al di là delle mura del castello, ma non aveva il permesso di percorrerle. Scorgeva anche il porto e aveva visto la *Gaia levatrice* allontanarsi nello stretto braccio di mare. Casso Mogat lo aveva aspettato per quattro giorni, anziché tre, e poi era ripartito. Da allora erano trascorse altre due settimane.

Le guardie della casa di lord Manderly indossavano mantelli di lana verde blu ed erano armate di tridenti d'argento invece delle comuni lance. Una guardia lo precedeva, un'altra lo seguiva e altre due lo affiancavano. Passarono davanti a stendardi sbiaditi, scudi rovinati e spade arrugginite di un centinaio d'antiche vittorie e a una ventina di figure di legno, crepate e tarlate, che di certo avevano ornato le prue delle navi.

Due tritoni di marmo, copie in scala ridotta del Piede di Pesce, fiancheggiavano la corte di sua signoria. Quando le guardie spalancarono la porta, un araldo batté l'asta del tridente contro il consunto pavimento di legno. «Ser Davos della Casa Seaworth» annunciò con voce squillante.

Pur essendo stato spesso a Porto Bianco, Davos non aveva mai visitato il Castello Nuovo, tanto meno la Corte del Tritone. Pareti, pavimento e soffitto erano di tavole abilmente intarsiate e decorate con tutte le creature marine. Mentre si avvicinavano alla pedana, Davos calpestò immagini di granchi, molluschi bivalvi e stelle di mare seminascosti fra nere e ritorte fronde d'alghe e ossa di marinai annegati. Sulle pareti laterali, pallidi squali vagavano in cerca di prede nelle profondità dipinte di verde e blu, mentre anguille e polipi scivolavano fra gli scogli e le navi affondate. Banchi di aringhe e grandi merluzzi nuotavano fra le alte finestre ad arco. Ancora più in alto, vicino alle vecchie reti da pesca appese alle travi, era stata disegnata la superficie del mare. A destra, una galea da guerra avanzava serena verso il sole nascente; a sinistra, una vecchia cocca malridotta sfuggiva a una burrasca, con le vele ridotte a stracci. Dietro la pedana, sotto le onde dipinte, un kraken e un leviatano grigio erano avvinghiati nella lotta.

Davos si era augurato di poter parlare con Wyman Manderly da solo, ma trovò una corte affollata. Lungo le pareti le donne superavano gli uomini cinque a uno: i pochi maschi presenti avevano una lunga barba grigia, oppure sembravano troppo giovani per radersi. C'erano anche septon e sante sorelle in tonache bianche e grigie. In fondo alla sala, una decina di uomini con il blu e grigio argento della Casa Frey. Le facce erano talmente simili l'una all'altra che perfino un cieco si sarebbe accorto che appartenevano alla medesima genia. Parecchi portavano l'emblema delle Torri Gemelle, due torri collegate da un ponte.

Davos aveva imparato a leggere i volti molto prima che maestro Pylos gli insegnasse a leggere le parole. "Quei Frey sarebbero felici di vedermi morto" intuì con una sola occhiata.

Non trovò traccia di benvenuto neanche negli occhi azzurri di Wyman Manderly. Il trono di sua signoria, coperto di cuscini, era abbastanza largo da poter ospitare tre uomini di stazza normale, eppure Manderly minacciava di debordare. Sua signoria era *afflosciato* sul sedile, con le spalle cascanti, le gambe larghe, le mani sui braccioli del trono come se il loro peso fosse eccessivo. "Gli dèi siano benigni" pensò Davos, quando vide la faccia di lord Wyman. "Sembra un cadavere." La sua pelle era livida, con una sfumatura grigiastra.

Re e cadaveri attirano sempre un corteo al seguito, diceva il proverbio. E questo valeva di certo per Manderly. A sinistra dell'alto scranno c'era un maestro grasso quasi quanto il lord che officiava, un uomo con le guance rosee, le labbra spesse e una testa di riccioli dorati. Ser Marlon vantava il posto d'onore alla destra di sua signoria. Su uno scranno imbottito ai suoi piedi era appollaiata una lady grassoccia, dalla pelle rosata. Dietro lord Wyman c'erano due fanciulle, le sue sorelle a giudicare dall'aspetto. La più grande portava i capelli castani raccolti in una lunga treccia. La più giovane, che non doveva avere più di quindici anni, aveva una treccia ancora più lunga, di un verde sgargiante.

Nessuno rese onore a Davos dicendogli il proprio nome. Il maestro fu il primo a parlare. «Sei al cospetto di Wyman Manderly, lord di Porto Bianco e protettore del Coltello Bianco, scudo del Credo, difensore dei diseredati, lord cerimoniere del Mander, cavaliere dell'ordine della Mano Verde» declamò. «Nella Corte del Tritone è consuetudine che vassalli e postulanti si inginocchino.»

Il Cavaliere delle Cipolle si sarebbe genuflesso, ma un Primo Cavaliere del re non poteva farlo. Inginocchiandosi avrebbe indotto a pensare che il re da lui servito fosse inferiore a quel grasso lord. «Non sono venuto come postulante» replicò Davos. «Ho anch'io una serie di titoli: lord del Bosco delle Piogge, ammiraglio del Mare Stretto, Primo Cavaliere del re.»

La donna paffuta sullo scranno roteò gli occhi. «Un ammiraglio senza navi, un cavaliere senza cavalli, al servizio di un re senza trono. È un cavaliere che viene davanti a noi o la risposta di un indovinello per bambini?»

«È un messaggero, figliola» replicò lord Wyman. «Una cipolla di cattivo auspicio. Stannis non ha gradito la risposta ricevuta dai suoi corvi, perciò ha inviato questo... *contrabbandiere*.» Socchiuse gli occhi semisepolti in rotoli di grasso e fissò Davos.

«Penso che tu abbia già visitato in precedenza la nostra città, prendendo conio dalle nostre tasche e cibo dalla nostra tavola. Mi domando quanto mi hai rubato.»

"Non tanto da farti saltare nemmeno un pasto." «Ho già pagato per il contrabbando a Capo Tempesta, mio lord.» Si tolse il guanto e alzò la mano sinistra, mostrando le quattro dita parzialmente mozzate.

«Quattro falangi per i furti di una vita?» interloquì la donna sullo scranno. Aveva i capelli biondi, la faccia rotonda, rosea e ben in carne. «Te la sei cavata a buon mercato, Cavaliere delle Cipolle.»

Davos non negò. «Se compiace al mio lord, chiederei un'udienza in privato.»

Non compiaceva al lord. «Non ho segreti per la mia famiglia né per i miei fedeli lord e cavalieri, tutti buoni amici.»

«Mio lord, preferirei che le mie parole non venissero ascoltate dai nemici di sua grazia... o di vostra signoria.»

«In questa sala, Stannis potrà anche avere dei nemici. Io no.»

«Neppure gli uomini che uccisero tuo figlio?» notò Davos. «Quei Frey erano fra i suoi ospiti alle Nozze rosse.»

Uno dei Frey mosse un passo avanti: un cavaliere alto e snello, senza barba, ma con baffi grigi e sottili come uno stiletto di Myr. «Le Nozze rosse furono opera del Giovane lupo. Si mutò in animale sotto i nostri occhi e squarciò la gola a mio cugino Campanello, un'inoffensiva creatura dalla mente semplice. Avrebbe ucciso anche il lord mio padre, se ser Wendel non fosse intervenuto.»

Lord Wyman ricacciò indietro le lacrime. «Wendel è sempre stato un ragazzo coraggioso. Non mi sorprese sapere che era morto da eroe.»

Davos restò senza fiato per l'enormità della menzogna. «Tu quindi sostieni che Robb Stark ha ucciso Wendel Manderly?» chiese al Frey.

«Assieme a molti altri. Tra loro c'era anche mio figlio Tytos, e il marito di mia figlia. Quando Stark si mutò in lupo, i suoi uomini del Nord lo imitarono. Il segno della bestia era su tutti loro. Ai lupi delle tenebre è sufficiente un morso per generare loro simili, lo sappiamo. A me e ai miei fratelli non restò altro che abbatterli, prima che ci uccidessero tutti.»

Mentre raccontava, il Frey esibì un sorrisetto compiaciuto. Davos aveva voglia di strappargli le labbra a coltellate. «Ser, posso conoscere il tuo nome?»

«Ser Jared, della Casa Frey.»

«Jared della Casa Frey, io ti dichiaro un mentitore.»

Ser Jared sembrò divertito. «Alcuni piangono quando affettano le cipolle, ma io non ho mai avuto tale debolezza.» Con un fruscio di acciaio e cuoio sguainò la spada. «Se sei davvero un cavaliere, ser, difendi con il tuo corpo questa calunnia.»

Lord Wyman strabuzzò gli occhi. «Non voglio avere spargimenti di sangue nella Corte del Tritone. Metti via il tuo acciaio, ser Jared, altrimenti dovrò chiederti di allontanarti.»

Ser Jared rinfoderò la spada. «Sotto il tetto di vostra signoria la volontà di vostra signoria è legge... ma voglio una resa dei conti con questo Cavaliere delle Cipolle prima che lasci la città.»

«*Sangue!*» gridò la donna sullo scranno. «Ecco che cosa vuole quella cipolla malvagia da noi, mio lord. Vedi come cerca la rissa? Mandalo via, ti supplico. Vuole il sangue del tuo popolo, il sangue dei tuoi figli coraggiosi. Mandalo via. Se la regina Cersei sapesse che hai dato udienza a questo traditore, potrebbe mettere in dubbio la nostra fedeltà. Potrebbe...»

«Non si arriverà a tanto, figliola» replicò lord Wyman. «Il Trono di Spade non ha motivo di dubitare di noi.»

Davos non gradì quella dichiarazione, ma non aveva fatto tanta strada per tenere a freno la lingua. «Il bambino sul Trono di Spade è un usurpatore» disse, «e io non sono un traditore, ma il Primo Cavaliere di Stannis Baratheon, primo nel suo nome, il vero re dell'Occidente.»

Il grasso maestro si schiarì la gola. «Stannis Baratheon è fratello del defunto re Robert, possa il Padre giudicarlo secondo giustizia. Tommen è il frutto del corpo di Robert. Le leggi di successione sono chiare in tale senso. Un figlio deve venire prima di un fratello.»

«Il maestro Theomore dice il vero» dichiarò lord Wyman. «È esperto in simili faccende e mi ha sempre consigliato bene.»

«Un figlio *vero* viene prima di un fratello» convenne Davos, «ma Tommen-rinominato-Baratheon è nato bastardo, come suo fratello Joffrey prima di lui, entrambi generati dallo Sterminatore di re, a dispetto di tutte le leggi degli dèi e degli uomini.»

Un altro Frey prese la parola. «Parla lui stesso di tradimento, mio lord. Stannis gli ha preso le dita da ladro. Tu dovresti prendergli la lingua da mentitore.»

«Prendi invece la sua testa» suggerì ser Jared. «O lascia che mi affronti sul campo dell'onore.»

«Che ne sa, un Frey, dell'onore?» ribatté Davos.

Quattro Frey si fecero avanti, ma il lord li fermò levando una mano. «Fermi, amici miei. Lo ascolterò prima... prima di fare i conti con lui.»

«Puoi fornire prove dell'incesto, ser?» chiese il maestro Theomore, appoggiando le mani flaccide sul proprio ventre.

"Edric Storm" pensò Davos. "Ma io l'ho mandato lontano, al di là del Mare Stretto, per tenerlo al sicuro dai fuochi di Melisandre." «Hai la parola di Stannis Baratheon a riprova che quanto ho detto è vero.»

«Le parole sono vento» rispose la giovane dietro l'alto scranno di lord Wyman, quella graziosa, con la lunga treccia castana. «E gli uomini mentono per ottenere ciò che vogliono, come ti potrebbe ripetere ogni fanciulla.»

«Una prova richiede più della parola non confermata di qualche lord» dichiarò il maestro Theomore. «Stannis Baratheon non sarebbe il primo a mentire per ottenere un trono.»

La donna dalla pelle rosata puntò il suo grasso dito contro Davos. «Noi non vogliamo avere niente a che fare con i tradimenti, chiaro? Siamo brava gente di Porto Bianco, rispettosa delle leggi, leale. Non versare altro veleno nelle nostre orecchie, altrimenti il mio buon padre ti manderà alla Tana del Lupo.»

"E questa perché si sente offesa?" «Potrei avere l'onore di conoscere il tuo nome, milady?»

La donna sbuffò rabbiosa e lasciò che fosse il maestro a rispondere. «Lady Leona è la moglie del figlio di lord Wyman, ser Wylis, al momento prigioniero dei Lannister.»

"Parla per paura." Se Porto Bianco si fosse dichiarato a favore di Stannis, suo marito ne avrebbe risposto con la vita. "Come posso chiedere a lord Wyman di condannare a morte suo figlio? Che cosa farei al posto suo, se Devan fosse stato preso in ostaggio?" «Mio lord, prego che niente di male accada a tuo figlio, o a qualsiasi uomo di Porto Bianco.»

«Un'altra menzogna» esclamò lady Leona dal suo scranno.

Davos ritenne meglio ignorarla. «Quando Robb Stark prese le armi contro il bastardo Joffrey rinominato Baratheon, Porto Bianco marciò con lui. Lord Stark è caduto, ma la sua guerra continua.»

«Robb Stark era il mio signore» disse lord Wyman. «Chi è questo Stannis? Perché ci tormenta? Non ha mai sentito prima la necessità di venire al Nord, a quanto ricordo. Ma adesso si fa vivo, come un cagnaccio bastonato a mendicare con l'elmo in mano.»

«È venuto a salvare il regno, mio lord» insisté Davos. «A difendere le tue terre dagli uomini di ferro e dai bruti.»

A fianco dell'alto scranno, ser Marlon Manderly sbuffò sdegnato. «Sono trascorsi secoli dall'ultima volta che Porto Bianco ha visto i bruti. Quanto agli uomini di ferro, non hanno mai fatto incursioni su questa costa. Lord Stannis si propone di difenderci anche dagli elfi e dai draghi?»

Nella Corte del Tritone risuonarono le risate, ma ai piedi di lord Wyman, lady Leona cominciò a singhiozzare. «Gli uomini di ferro dalle isole, i bruti dalle terre oltre la Barriera... e adesso questo lord traditore con i suoi fuorilegge, ribelli e stregoni.» Puntò il dito contro Davos. «Abbiamo saputo della tua strega rossa, oh sì. Ci vuole mettere contro i Sette Dèi e farci inchinare davanti a un demone del fuoco!»

Davos non aveva simpatia per la sacerdotessa rossa, ma non volle lasciare lady Leona senza risposta. «Lady Melisandre è una sacerdotessa del dio rosso. La regina Selyse ha abbracciato la sua fede, insieme con tanti altri, ma molti seguaci di sua grazia adorano ancora i Sette. Me compreso.» Pregò che nessuno gli chiedesse spiegazioni sul tempio a Roccia del Drago o sul parco degli dèi a Capo Tempesta. "Se mi fanno delle domande, dovrò rispondere. Stannis non accetterebbe che mentissi."

«I Sette difendono Porto Bianco» dichiarò lady Leona. «Non temiamo la tua regina rossa né il suo dio. Lanci pure i sortilegi che vuole. Le preghiere dei bravi uomini ci proteggeranno dal male.»

«Nessun dubbio.» Lord Wyman diede un piccolo colpo sulla spalla a lady Leona. «Lord Davos, se sei davvero un lord, so che cosa il tuo cosiddetto re vorrebbe da me: acciaio, argento e l'atto di sottomissione.» Spostò il peso del corpo per appoggiarsi al gomito. «Prima di essere ucciso, lord Tywin offrì a Porto Bianco il completo perdono per il nostro sostegno al Giovane lupo. Promise che mio figlio mi sarebbe stato restituito, una volta che avessi pagato il riscatto di tremila dragoni e comprovato oltre ogni dubbio la mia fedeltà. Roose Bolton, elevato a nostro protettore del Nord, chiede che io rinunci a ogni pretesa sulle terre e i castelli di lord Hornwood, ma giura che gli altri miei possedimenti non saranno toccati. Walder Frey, suo padre, mi offre in moglie una delle sue figlie e mariti per le figlie di mio figlio, qui alle mie spalle. Sono termini generosi, a mio parere, una buona base per una pace equa e duratura. Termini che tu mi faresti respingere. Perciò io ti chiedo, Cavaliere delle Cipolle... che cosa mi offre, lord Stannis, in cambio della mia fedeltà?»

Guerra, dolore e urla di uomini in fiamme, avrebbe potuto rispondere Davos. «La possibilità di fare il tuo dovere» disse invece. Era la risposta che Stannis avrebbe dato a Wyman Manderly. "Il Primo Cavaliere deve parlare con la voce del re."

«Dovere.» Lord Wyman si afflosciò di nuovo contro lo schienale. «Capisco.»

«Porto Bianco non è abbastanza forte per resistere da sola. Tu hai bisogno di sua grazia quanto lui ha bisogno di te. Insieme potrete sconfiggere i vostri comuni nemici.»

«Mio lord» intervenne ser Marlon, nella sua argentea corazza riccamente ornata, «mi consenti di porre a lord Davos alcune domande?»

«Come desideri, cugino.» Wyman Manderly chiuse gli occhi.

Ser Marlon si rivolse a Davos. «Quanti lord del Nord si sono dichiarati a favore di Stannis? Siamo interessati a saperlo.»

«Arnolf Karstark ha giurato di unirsi a sua grazia.»

«Arnolf non è un vero lord, solo un castellano. Di quali castelli lord Stannis dispone al momento, prego?»

«Sua grazia ha preso il Forte della Notte come propria residenza. Nel Sud ha Capo Tempesta e Roccia del Drago.»

Il maestro Theomore si schiarì la voce. «Non per molto. Capo Tempesta e Roccia del Drago possono opporre scarsa resistenza e cadranno presto. E il Forte della Notte è una rovina infestata di fantasmi, un luogo desolato e spaventoso.»

Ser Marlon proseguì. «Quanti uomini può mettere in campo Stannis, puoi dircelo? Quanti cavalieri sono con lui? Quanti arcieri, quanti foraggiatori, quanti uomini d'arme?»

"Troppo pochi." Davos sapeva che Stannis era venuto al Nord con non più di millecinquecento uomini... Ma se l'avesse detto, avrebbe compromesso la sua missione. Cercò invano le parole.

«Il tuo silenzio è eloquente, ser. Il tuo re ci porta solo nemici.» Si rivolse al lord suo cugino. «Vostra signoria ha chiesto al Cavaliere delle Cipolle che cosa Stannis ci offre. Lascia che sia io a rispondere. Ci offre sconfitta e morte. Ti farebbe montare un cavallo d'aria e combattere con una spada di vento.»

Il grasso lord riaprì gli occhi lentamente, come fosse uno sforzo eccessivo. «Mio cugino riduce tutto all'osso, come sempre. Hai altro da dirmi, Cavaliere delle Cipolle, o possiamo porre fine a questa farsa? Sono stanco di vedere la tua faccia.»

Davos provò un senso di disperazione. "Sua grazia avrebbe dovuto mandare qualcun altro al posto mio, un lord, un cavaliere o un maestro, qualcuno che potesse parlare per lui senza bofonchiare."

«Morte» si sentì dire, «ci sarà morte, *aye*. Vostra signoria ha perso un figlio alle Nozze rosse. Io ne ho persi quattro al fiume dalle Acque Nere. E perché? Perché i Lannister hanno rubato il trono. Se non mi credi, va' ad Approdo del Re e guarda Tommen con i tuoi stessi occhi. Perfino un cieco lo vedrebbe. Che cosa ti offre Stannis? Vendetta. Vendetta per i miei figli e per i vostri, per i vostri mariti, i vostri padri, i vostri fratelli. Vendetta per il vostro lord assassinato, i vostri principi macellati. *Vendetta*!»

«Sì» cinguettò una voce femminile, acuta e alta.

Apparteneva alla ragazzina non ancora sviluppata, quella con le ciglia bionde e la lunga treccia verde. «Hanno ucciso lord Eddard e lady Catelyn e re Robb. Lui era il nostro re! Era buono e coraggioso, e i Frey l'hanno assassinato. Se lord Stannis lo vendicherà, noi dovremmo unirci a lui.»

Manderly la tirò vicino a sé. «Wylla, ogni volta che apri bocca mi fai venir voglia di mandarti dalle sorelle del silenzio.»

«Ho soltanto detto...»

«Abbiamo sentito quello che hai detto» intervenne la ragazza più grande, sua sorella. «Sciocchezze di una bambina. Non parlare male dei nostri amici Frey. Uno di loro presto sarà tuo lord e marito.»

«No» dichiarò la ragazzina, scuotendo la testa. «Non voglio. Non voglio. Non accetterò mai. Loro hanno ucciso il re.»

Lord Wyman diventò paonazzo. «Invece lo farai. Quando arriverà il giorno stabilito, pronuncerai i voti nuziali, altrimenti raggiungerai le sorelle del silenzio e non parlerai mai più.»

La povera bambina sembrava sconvolta. «Nonno, *ti prego...*»

«Silenzio, bambina» disse lady Leona. «Hai sentito il tuo lord nonno. *Silenzio*! Tu non sai niente.»

«So della promessa» insisté la ragazzina. «Maestro Theomore, diglielo! Mille anni prima della Conquista venne fatta una promessa, furono pronunciati dei giuramenti nella Tana del Lupo davanti ai vecchi dèi e ai nuovi. Quando eravamo assediati e senza amici, cacciati dalla nostra dimora e in pericolo di vita, i lupi del Nord ci accolsero e ci nutrirono, e ci protessero dai nemici. La città sorge sulla terra che *loro* ci diedero. In cambio giurammo che saremmo sempre stati dalla loro parte. Uomini degli *Stark*!»

Il maestro toccò la catena che portava al collo. «Solenni giuramenti furono fatti agli Stark di Grande Inverno, *aye*. Ma Grande Inverno è caduta e la Casa Stark è estinta.»

«Perché loro li hanno uccisi tutti!»

Un altro Frey prese la parola. «Lord Wyman, posso?»

Wyman Manderly annuì. «Rhaegar. Siamo sempre compiaciuti di ascoltare il tuo nobile parere.»

Rhaegar Frey rispose con un inchino al complimento. Aveva trent'anni o poco meno, spalle arrotondate e ventre prominente, ma era riccamente vestito con un farsetto grigio di morbida lana d'agnello, bordato di filo d'argento. Portava anche una cappa di filo d'argento, foderata di vaio e stretta al collo da una spilla con la forma delle Torri Gemelle.

«Lady Wylla» disse alla ragazzina con la treccia verde, «la fedeltà è una virtù. Mi auguro che sarai altrettanto fedele al Piccolo Walder, quando sarete stretti dal vincolo coniugale. In quanto agli Stark, la casa è estinta solo in linea maschile. I figli di lord Eddard sono morti, ma le sue figlie sono tuttora in vita e, Arya, la più giovane, sta venendo al Nord per maritare il coraggioso Ramsay Bolton.»

«Ramsay *Snow*» lo corresse Wylla Manderly.

«Chiamalo come preferisci. Con un nome o con l'altro, presto sposerà Arya Stark. Se vorrai tener fede alla promessa, offri fedeltà a lui, perché sarà *lui* il tuo lord di Grande Inverno.»

«Non sarà mai il *mio* lord! Ha costretto lady Hornwood a maritarlo, poi l'ha chiusa nelle segrete e l'ha costretta a mangiarsi *le dita.*»

Un mormorio d'assenso circolò per la Corte del Tritone. «La ragazza dice il vero» dichiarò un uomo tarchiato, vestito di bianco e viola, il cui mantello era chiuso da una fibbia di bronzo a forma di due chiavi incrociate. «Roose Bolton è freddo e astuto, *aye*, ma con lui si può trattare. Tutti noi abbiamo conosciuto di peggio. Ma quel bastardo di suo figlio... Dicono che sia pazzo e crudele, un mostro.»

«*Chi è che lo dice?*» sbuffò Rhaegar Frey, sfoggiando la sua barba serica e un sorriso sardonico. «I suoi nemici, *aye*... ma il vero mostro era il Giovane lupo. Più belva che essere umano, quel ragazzo, gonfio di superbia e di sete di sangue. Ed era anche sleale, come ha scoperto con dolore il lord mio nonno.» Allargò le braccia. «Di certo non getto colpe su Porto Bianco per averlo sostenuto. Mio nonno ha fatto lo stesso grave errore. In tutte le battaglie del Giovane lupo, Porto Bianco e le Torri Gemelle hanno combattuto fianco a fianco sotto la sua bandiera. Robb Stark ci ha traditi tutti. Ha abbandonato il Nord alla mercé degli uomini di ferro per crearsi un regno più bello lungo il Tridente. Poi ha abbandonato anche i lord del fiume che avevano rischiato tutto per lui, infrangendo il patto nuziale con mio nonno per sposare la prima sgualdrina delle terre dell'Ovest che ha attirato la sua attenzione. Il Giovane lupo? Era un ignobile cane, e come tale è morto.»

La Corte del Tritone era ammutolita. Davos poteva sentire il gelo nell'aria. Lord Wyman fissò Rhaegar come fosse uno scarafaggio in attesa del tallone... Poi, all'improvviso, annuì pesantemente con un tremolio di doppi menti.

«Un cane, *aye*. Ci ha portato solo dolore e morte. Un ignobile cane davvero. Continua, Rhaegar.»

Rhaegar Frey continuò. «Dolore e morte, *aye*... e questo Cavaliere delle Cipolle ce ne porterà ancora, con i suoi discorsi di vendetta. Apri gli occhi, come ha fatto il lord mio nonno. La guerra dei Cinque re è tutt'altro che finita. Tommen è il nostro re, il nostro *unico* re. Dobbiamo aiutarlo a ricucire le ferite di questa triste guerra. Come vero figlio di Robert, erede del cervo e del leone, il Trono di Spade gli spetta di diritto.»

«Parole sagge, e vere» commentò lord Wyman Manderly.

«*Non è così!*» protestò Wylla Manderly, battendo il piede per terra.

«Fa' silenzio, bambina disgraziata» la rimproverò lady Leona. «Le giovani fanciulle dovrebbero essere un piacere per l'occhio, non una sofferenza per l'orecchio.» Afferrò la ragazzina per la treccia e incurante dei suoi strilli la trascinò fuori.

"Se ne va l'unica amica che avevo in questa sala" pensò Davos.

«Wylla è sempre stata una bambina testarda» disse la sorella in tono di scusa. «Purtroppo sarà una moglie testarda.»

Rhaegar scrollò le spalle. «Il matrimonio l'ammorbidirà, non ho dubbi. Mano ferma e parola pacata.»

«Altrimenti ci sono sempre le sorelle del silenzio» concluse lord Wyman, cambiando posizione sullo scranno. «In quanto a te, Cavaliere delle Cipolle, per oggi ho sentito parlare abbastanza di tradimento. Tu vorresti farmi rischiare la mia città per un falso re e per un falso dio. Vorresti indurmi a sacrificare il mio unico figlio, perché Stannis Baratheon possa piazzare il suo culo pustoloso su un trono al quale non ha diritto. Non lo farò. Non per te. Non per il tuo lord. Per nessuno.» Il lord di Porto Bianco si mise in piedi. Lo sforzo gli arrossò il collo. «Sei ancora un contrabbandiere, ser, venuto a rubarmi oro e sangue. Vorresti prendere la testa di mio figlio. Penso che invece sarò io a prendere la tua. Guardie! Arrestate quest'uomo!»

Prima che potesse anche solo pensare di muoversi, Davos fu circondato da tridenti argentei. «Mio lord» disse, «sono solo un emissario.»

«Davvero? Ti sei introdotto di nascosto nella mia città come un contrabbandiere. Io dico che non sei né lord né cavaliere né emissario, sei solo un ladro e una spia, spacciatore di menzogne e tradimenti. Dovrei strapparti la lingua con le pinze e consegnarti a Forte Terrore per essere scuoiato vivo. Ma la Madre è misericordiosa e io altrettanto.» Rivolse un gesto a ser Marlon. «Cugino, porta quest'essere alla Tana del Lupo e mozzagli la testa e le mani. Voglio che mi siano portate prima di cena. Non riuscirò a mangiare un boccone finché non vedrò su una picca la testa di questo contrabbandiere, con una cipolla fra i suoi denti di mentitore.»

REEK

Gli diedero un cavallo e una bandiera, un morbido farsetto di lana, un mantello di pelliccia, e lo lasciarono andare. Per una volta non puzzava.

«Torna con quel castello» disse Damon-danza-per-me, mentre aiutava Reek a issarsi, in qualche modo, in sella «altrimenti continua ad andare avanti e vediamo dove riesci ad arrivare prima che ti prendiamo. A lui questo piacerebbe molto.» Sogghignando, diede un colpo di frusta al cavallo. Il vecchio ronzino nitrì e cominciò ad avanzare.

Reek non osò guardarsi indietro, per paura che Damon, Dick il Giallo e Grugnito e gli altri lo inseguissero, che si trattasse solo di un altro perfido scherzo di lord Ramsay, una prova crudele per vedere che cosa avrebbe fatto se gli avessero dato un cavallo e lo avessero lasciato libero. "Pensano che voglia fuggire?" Il ronzino che cavalcava era una giumenta malandata, con le ginocchia valghe, mezzo morta di fame: non sarebbe mai riuscita a distanziare i magnifici cavalli montati da lord Ramsay e dai suoi cacciatori. E a Ramsay niente piaceva di più che dare alle sue ragazze latranti l'usma di una nuova preda.

E poi, dove avrebbe potuto andare? Alle sue spalle c'erano gli accampamenti militari, affollati dagli uomini di Forte Terrore e da quelli che i Ryswell avevano portato dai Rills, e nel mezzo l'esercito di Barrowton. A sud del Moat Cailin, un altro esercito risaliva la strada rialzata, un esercito di Bolton e dei Frey in marcia sotto le bandiere di Forte Terrore. A est, si estendeva una spiaggia brulla e desolata, e un freddo mare salato. A ovest le paludi e gli acquitrini dell'Incollatura, infestati di serpenti, lucertole-leone e diavoli di palude con i loro aculei velenosi.

No, non sarebbe fuggito. Non aveva scampo.

"Gli consegnerò il castello. Lo farò. Devo farlo."

Era una giornata grigia, umida, nebbiosa. Il vento soffiava da sud, come un bacio fetido. Le rovine del Moat Cailin erano visibili in lontananza, avvolte dalla nebbia del mattino. La vecchia giumenta avanzava verso le rovine. Gli zoccoli producevano un leggero suono di risucchio liberandosi del fango grigio verdastro.

"Sono già stato da questa parte." Era un pensiero pericoloso, che Reek rimpianse all'istante. «No» disse, «no, quello era un altro uomo, è successo prima che tu sapessi il tuo nome.» Il suo nome era Reek. Questo doveva ricordarlo. "Reek, Reek, fa rima con *leek*, il porro."

Quando quell'altro uomo era passato di là, dietro di lui c'era un esercito: il grande esercito del Nord che andava alla guerra con i vessilli grigi e bianchi della Casa Stark. Lui cavalcava da solo, reggendo un vessillo di pace in cima a un'asta di pino. Quando quell'altro uomo era passato di là, montava un corsiero, veloce e focoso. Reek cavalcava un ronzino malridotto, tutto pelle e ossa e costole, e procedeva lentamente per paura di cadere giù dalla sella. L'altro uomo era un bravo cavaliere, invece Reek si trovava a disagio in sella. Era passato così tanto tempo! Non era più un cavaliere. Non era neppure un uomo. Era la creatura di lord Ramsay, inferiore a un cane, un verme in pelle umana. «Fingerai di essere un principe» gli aveva detto lord Ramsay la notte prima, mentre Reek era a mollo in una vasca d'acqua bollente «ma noi sappiamo la verità. Tu sei Reek. Sarai sempre Reek il Fetido, non importa quanto soave sarà il tuo odore. Il naso potrebbe ingannarti. Ricorda il tuo nome. Ricorda chi sei.»

«Reek» aveva detto lui. «Il tuo Reek.»

«Fa' questa piccola cosa per me e potrai essere il mio cane, e mangiare carne tutti i giorni» gli aveva promesso lord Ramsay. «Sarai tentato di tradirmi. Di fuggire o di combattere, o di unirti ai nostri nemici. No, non voglio sentirti negarlo. Mentimi e io ti mozzerò la lingua. Al tuo posto, qualsiasi uomo si rivolterebbe contro di me, ma noi sappiamo chi sei, non è vero? Tradiscimi pure, se vuoi, non ha importanza... ma prima contati le dita, così saprai il prezzo del tradimento.»

Reek conosceva quel prezzo. "Sette" pensò. "Sette dita. Un uomo può farcela con sette dita. Sette è un numero sacro." Ricordava il dolore che aveva provato quando lord Ramsay aveva ordinato a Skinner di scuoiargli l'anulare.

L'aria era umida e pesante, pozze d'acqua poco profonda punteggiavano il terreno. Reek scelse con attenzione il percorso per evitarle, seguendo i resti della strada rialzata di tronchi e assi che l'avanguardia di Robb Stark aveva costruito su quel terreno cedevole per rendere più rapida l'avanzata dell'esercito. Dove un tempo c'era un robusto muro di cinta, rimanevano solo delle pietre sparpagliate, blocchi di basalto nero così grandi che dovevano esserci voluti cento uomini per sollevarli. Alcuni erano affondati nella palude e di loro spuntava soltanto un angolo. Altri erano sparsi come giocattoli abbandonati da un dio capriccioso, crepati e sbriciolati, maculati dai licheni. La pioggia della notte aveva lasciato le enormi pietre bagnate e luccicanti, il sole del mattino le faceva sembrare rivestite di un sottile strato d'olio nero.

Al di là si ergevano le torri.

La Torre dell'Ubriaco pendeva di lato come se fosse stata sul punto di crollare, come faceva da mezzo migliaio d'anni. La Torre dei Bambini puntava verso il cielo dritta come una lancia, ma la cima sventrata lasciava entrare vento e pioggia. La Torre del Corpo di guardia, tozza e larga, era la più grande delle tre, viscida di muschio, con un albero nodoso che cresceva di sbieco dalle pietre del lato nord, parti delle mura ancora in piedi a est e a ovest. "I Karstark hanno la Torre dell'Ubriaco e gli Umber la Torre dei Bambini" ricordò. "Robb scelse la Torre del Corpo di guardia."

Se chiudeva gli occhi, rivedeva le bandiere schioccare nel duro vento da nord. "Tutte svanite, ora, tutte cadute." Il vento che sentiva sulle guance soffiava da sud e le uniche bandiere sopra le rovine del Moat Cailin mostravano un kraken dorato in campo nero.

Si accorse di essere osservato. Sentiva degli occhi puntati addosso. Quando guardò in alto, scorse di sfuggita delle facce pallide che lo scrutavano da dietro le merlature della Torre del Corpo di guardia e dai frammenti di muraglie che coronavano la Torre dei Bambini. Secondo la leggenda, i figli della foresta un tempo erano stati chiamati dal martello delle acque a spezzare in due le terre dell'Occidente.

L'unica pista asciutta che attraversava l'Incollatura era la strada rialzata, e le torri del Moat Cailin bloccavano il tratto nord come un turacciolo una bottiglia. La pista era stretta, le macerie posizionate in modo che ogni nemico che risalisse da sud fosse costretto a passare sotto le torri e poi in mezzo. Per dare l'assalto a una delle tre, l'attaccante doveva esporre la schiena alle frecce scagliate dalle altre due torri scalando mura di pietra umide, ornate di festoni di pelle di fantasma bianca e scivolose.

Al di là della strada rialzata, il terreno paludoso era impraticabile: un acquitrino pieno di gorghi, sabbie mobili, verdi zolle luccicanti che a un occhio poco attento apparivano solide ma che appena calpestate si tramutavano in acqua. Tutto questo infestato di serpenti micidiali, fiori velenosi e mostruose lucertole-leone con denti come pugnali. Altrettanto pericolosi erano gli abitanti, che si facevano vedere di rado, ma erano sempre in agguato. Crannogmen, creature della palude, mangiatori di rane, uomini di fango. Si attribuivano nomi come Fenn e Reed, Peat e Boggs, Cray e Quagg, Greengood e Blackmyre. Gli uomini di ferro li chiamavano genericamente diavoli di palude.

Reek oltrepassò la carcassa putrefatta di un cavallo dal cui collo spuntava una freccia. Al suo avvicinarsi, un lungo serpente bianco si nascose nell'orbita vuota della carogna. Dietro il cavallo morto, Reek scorse il cavaliere. O ciò che ne restava. I corvi avevano strappato la carne dalla faccia, e un cane selvatico gli si era infilato sotto la cotta di maglia per arrivare alle viscere. Più avanti, un altro cadavere giaceva sprofondato nel fango, al punto che si distinguevano solo la faccia e le dita.

Più vicino alle torri, i cadaveri coprivano tutto il terreno. Fiori di sangue erano sbocciati dalle loro ferite aperte, pallidi fiori dai petali carnosi, umidi come labbra di una donna.

"La guarnigione non mi riconoscerà di certo." Forse alcuni ricordavano ancora il ragazzo che era stato prima di conoscere il proprio nome, ma per loro Reek sarebbe stato uno straniero. Era passato troppo tempo dall'ultima volta che si era guardato in uno specchio, ma sapeva di certo di avere l'aspetto di un vecchio. I capelli gli erano diventati bianchi, molti erano caduti, i pochi che restavano erano duri e secchi come paglia. Le segrete l'avevano lasciato debole come una donna anziana e talmente magro che una folata di vento l'avrebbe buttato a terra.

E le sue mani... Ramsay gli aveva dato un paio di guanti, bei guanti di pelle nera, morbidi e aderenti, imbottiti di lana per nascondere le dita mozzate. Ma se qualcuno avesse guardato con attenzione avrebbe notato che tre di quelle dita non si piegavano.

«*Altolà!*» gridò una voce. «Che cosa vuoi?»

«Parlare.» Reek spronò il ronzino, sventolando il vessillo di pace in modo che non potessero fare a meno di vederlo. «Vengo disarmato.»

Non ci fu risposta. Dentro le mura, capì, gli uomini di ferro stavano discutendo se lasciarlo entrare o riempirlo di frecce. "Non importa." Una morte rapida sarebbe stata mille volte meglio che tornare da lord Ramsay per riferirgli del fallimento.

Poi la porta del corpo di guardia si spalancò.

«*Svelto.*» Reek si stava girando verso la voce, quando la freccia colpì. Proveniva da qualche parte alla sua destra, dove mucchi di macerie del muro di cinta erano circondati da un acquitrino. L'asticella s'infilò tra le pieghe della bandiera e non fece danno, ma la punta arrivò a un piede dalla sua faccia. Reek rimase così sorpreso che lasciò la bandiera e cadde dalla sella.

«Entra» gridò la voce. «Presto, idiota, *presto*!»

Reek si arrampicò carponi sugli scalini, mentre un'altra freccia sibilava sopra la sua testa. Qualcuno lo afferrò e lo trascinò all'interno. Reek sentì la porta chiudersi dietro di lui con uno schianto. Venne messo in piedi, e sbattuto contro la parete. Si trovò un coltello puntato alla gola e una faccia barbuta così vicino alla sua che avrebbe potuto contare i peli del suo naso.

«Chi sei? Che cosa vieni a fare qui? Parla in fretta, altrimenti ti faccio fare la stessa fine di quello là.» Con la testa indicò un cadavere che marciva accanto alla porta, la sua carne verdastra brulicava di vermi.

«Sono un uomo di ferro per nascita» rispose Reek, mentendo. Il ragazzo che era stato un tempo *era* un uomo di ferro per nascita, era anche vero, ma Reek era venuto al mondo nelle segrete di Forte Terrore. «Guarda la mia faccia. Sono figlio di lord Balon. Tuo principe.» Avrebbe voluto dire il nome, ma per qualche motivo le parole gli si impigliavano in gola. "Reek, sono Reek, fa rima con *squeak*, squittio." Questo però doveva dimenticarlo, per un po'. Nessuno si sarebbe mai piegato a una creatura come Reek, per quanto disperata fosse la sua situazione. *Doveva* fingersi di nuovo un principe.

L'uomo lo fissò dritto in faccia, socchiuse gli occhi, torse la bocca in una smorfia di sospetto. Aveva i denti marroni, il suo alito puzzava di birra e cipolle. «I figli di lord Balon sono stati uccisi.»

«I miei fratelli. Non io. Lord Ramsay mi ha preso prigioniero dopo la caduta di Grande Inverno. Mi ha mandato qui a trattare con voi. Comandi tu, qui?»

«Io?» L'uomo abbassò il coltello e fece un passo indietro, rischiando d'inciampare nel cadavere. «Non io, mio lord.» Aveva la cotta di maglia arrugginita, i gambali di cuoio mezzo marcio. Sanguinava da una ferita aperta sul dorso della mano. «Ralf Kenning ha il comando. L'ha detto il capitano. Io sto alla porta, tutto qui.»

«E questo chi è?» Reek diede un calcio al cadavere.

La guardia fissò il morto come se lo vedesse per la prima volta. «Lui... ha bevuto l'acqua. Ho dovuto tagliargli la gola perché smettesse di urlare. Male al ventre. Non si può bere l'acqua, qui. Per questo ci hanno dato la birra.» Si strofinò la faccia, gli occhi rossi e infiammati. «Prima trascinavamo i morti nelle cantine. I locali là sotto sono tutti allagati. Adesso nessuno vuole prendersi il fastidio, perciò li lasciamo dove cadono.»

«La cantina è un buon posto per loro. Dateli all'acqua, al dio annegato.»

L'uomo di ferro rise. «Niente dèi laggiù, mio lord. Solo ratti e serpenti d'acqua. Creature bianche, grosse come la tua gamba. A volte salgono i gradini e ti mordono nel sonno.»

Reek ricordò le segrete di Forte Terrore, il topo che si torceva sotto i suoi denti, il sapore del sangue caldo sulle labbra. "Se fallisco, Ramsay mi manderà di nuovo nelle segrete, ma prima mi scuoierà un altro dito."

«Quanti uomini sono rimasti della guarnigione?»

«Un po'» rispose l'uomo di ferro. «Non so. Meno di quelli che eravamo prima. Alcuni sono anche nella Torre dell'Ubriaco, credo. Nella Torre dei Bambini no. Dagon Codd è stato lì qualche giorno fa. Ha detto che c'erano solo due uomini ancora vivi, e stavano mangiando i cadaveri. Li ha uccisi entrambi.»

"Il Moat Cailin è caduto" capì allora Reek, "solo che nessuno ha ritenuto opportuno dirglielo." Si passò la mano sulla bocca per non far vedere i denti rotti. «Devo parlare con il tuo comandante» disse.

«Kenning?» chiese l'uomo di ferro. Pareva confuso. «Non ha molto da dire, in questi giorni. Sta morendo. Potrebbe essere già morto. Non lo vedo da... non ricordo quando...»

«Dove si trova? Portami da lui.»

«E chi difenderà la porta?»

«Lui» Reek diede un calcio al cadavere.

L'uomo di ferro sghignazzò. «*Aye*. Perché no? Vieni con me, allora.» Prese una torcia da un anello nel muro e l'agitò per farla ardere più vivida. «Da questa parte.»

Lo guidò oltre una porta e su per una scala a chiocciola. Mentre salivano, la luce della torcia brillava sulle pareti di pietra nera.

La stanza in cima alle scale era buia, piena di fumo, di un caldo opprimente. Una pelle lacera era tesa sulla stretta finestra per tenere fuori l'umidità, e una formella di torba bruciava senza fiamma in un braciere. Nella stanza c'era un odore orribile, un misto di muffa, piscio e fogna, fumo e malattia. Giunchi luridi ricoprivano il pavimento, un mucchio di paglia nell'angolo fungeva da letto.

Ralf Kenning, scosso dai brividi, giaceva sotto un cumulo di pellicce. Accanto a lui erano ammassate le sue armi: spada e ascia, usbergo di maglia, elmo da guerra in ferro. Il suo scudo mostrava la mano variegata del dio delle tempeste, la folgore che saettava dalle sue dita in un mare infuriato. Ma la pittura era scolorita, e cadeva a scaglie, e il legno cominciava a marcire.

Anche Ralf Kenning stava marcendo. Sotto le pellicce era nudo e febbricitante, la carne pallida e tumefatta era ricoperta di piaghe purulente e croste. Il volto era sfigurato: una guancia gonfia in maniera grottesca, il collo congestionato di sangue minacciava di inghiottirgli tutta la faccia. Il braccio da quel lato era grosso come un tronco e pullulava di larve bianche. A giudicare dall'aspetto, nessuno lo aveva lavato né rasato da parecchi giorni. Da un occhio colava del pus e la barba era incrostata di vomito secco.

«Che cosa gli è successo?» chiese Reek.

«Era sul parapetto. Un diavolo di palude gli ha scagliato una freccia. Era soltanto un graffio, ma... le loro frecce sono avvelenate: sulla punta spalmano merda e cose peggiori. Abbiamo versato del vino bollente sulla ferita, ma non è bastato.»

"Non posso trattare con questo rottame" pensò Reek. «Uccidilo» ordinò alla guardia. «Non ragiona più. È pieno di sangue e di vermi.»

L'uomo lo fissò a bocca aperta. «Il capitano gli ha affidato il comando.»

«Un cavallo moribondo lo uccideresti.»

«Quale cavallo? Non ho mai avuto cavalli.»

"Io sì." I ricordi gli tornarono a precipizio. I nitriti di Sorriso sembravano grida umane. Con la criniera in fiamme, il destriero si era impennato sulle zampe posteriori, cieco di dolore, pestando con gli zoccoli. "No, no. Non era mio, non era mio, Reek non ha mai avuto cavalli."

«Lo ucciderò io al posto tuo» disse.

Prese la spada di Ralf Kenning, appoggiata allo scudo. Aveva ancora dita sufficienti per stringere l'elsa. Appena il filo della spada toccò la gola rigonfia di quella creatura sulla paglia, la pelle si aprì lanciando schizzi di sangue nero e pus giallastro. Kenning ebbe uno spasmo brutale, poi giacque immobile. Un orrendo lezzo riempì la stanza.

Reek corse verso le scale. Lì l'aria era umida e fredda, ma al confronto più pulita. L'uomo di ferro lo seguì barcollando, terreo in volto, e cercò di non vomitare.

Reek lo afferrò per un braccio. «Chi era secondo in comando? Dove sono gli altri uomini?»

«Sugli spalti o nel salone. A dormire, a bere. Se vuoi ti accompagno.»

«Andiamo subito.»

Ramsay Bolton gli aveva concesso un giorno, un giorno soltanto.

Il salone era di pietra scura, con il soffitto alto e pieno di spifferi, invaso dal fumo, le mura macchiate da enormi chiazze di pallidi licheni. Un fuoco di torba bruciava a fiamma bassa in un focolare annerito dalle più calde fiammate del passato. Un massiccio tavolo di pietra scolpita riempiva la sala, come aveva fatto per secoli. "Là è dove sedevo, l'ultima volta che sono stato qui" ricordò Reek. "Robb era a capotavola, il Grande Jon alla sua destra, Roose Bolton alla sua sinistra. I Glover sedevano accanto a Helman Tallhart. Karstark e i suoi figli erano di fronte a loro."

Ora, a quello stesso tavolo, sedevano a bere una ventina di uomini di ferro. Reek entrò, alcuni lo guardarono con occhi velati, cupi. Gli altri nemmeno fecero caso al suo ingresso. Tutti gli erano sconosciuti. Parecchi avevano il mantello stretto da fibbie d'argento.

I Codd non avevano una buona reputazione neppure in un luogo dannato come le Isole di Ferro. Si diceva che gli uomini fossero ladri e codardi, che le donne fossero puttane pronte a farsi chiavare dai padri e dai fratelli. Reek non fu sorpreso che suo zio avesse deciso di lasciare indietro quella feccia quando la flotta di Ferro era tornata a casa. "Questo renderà il mio compito più facile."

«Ralf Kenning è morto» esordì. «Chi è in comando qui?»

Quelli che stavano bevendo lo fissarono con aria vacua. Uno rise. Un altro sputò. Alla fine, uno dei Codd si fece uscire il fiato: «Chi lo vuole sapere?».

«Il figlio di lord Balon.» "Reek, il mio nome è Reek, fa rima con *cheek*, guancia." «Sono qui per ordine di Ramsay Bolton, lord di Hornwood ed erede di Forte Terrore, che mi ha catturato a Grande Inverno. Il suo esercito è a nord rispetto a voi, quello di suo padre a sud. Ma lord Ramsay è pronto a essere misericordioso se voi gli cederete il Moat Cailin prima che il sole tramonti.»

Reek estrasse la lettera che gli avevano dato e la gettò sul tavolo, davanti ai bevitori.

Uno la raccolse, la rigirò fra le mani, raschiò la ceralacca rosa che la sigillava. Dopo un momento disse: «Che cosa vuoi che ce ne facciamo di una pergamena? Qua abbiamo bisogno di carne e formaggio».

«Di acciaio, intendi» disse l'uomo seduto al suo fianco, un uomo con la barba grigia il cui braccio sinistro terminava con un moncherino. «Spade. Asce. *Aye*, e archi, un altro centinaio di archi. E uomini per scagliare le frecce.»

«Gli uomini delle Isole di Ferro non si arrendono» disse una terza voce.

«Va' a dirlo a mio padre. Lord Balon fece atto di sottomissione quando re Robert sventrò le sue mura. Altrimenti sarebbe morto. Come anche morirete voi, se non vi arrendete.» Reek indicò la pergamena. «Spezza il sigillo. Leggi quello che c'è scritto. È un salvacondotto steso di suo pugno da lord Ramsay. Consegnate le spade e venite con me, e il mio lord vi sfamerà e vi darà il permesso di andare indisturbati fino alla Costa Pietrosa, per cercare una nave che vi riporti a casa. Altrimenti morirete.»

«È una minaccia?» Uno dei Codd si alzò. Era un uomo grande e grosso, gli occhi sporgenti, la bocca larga, il colorito smorto. Dava l'impressione che suo padre l'avesse generato da un pesce, ma portava comunque una spada lunga. «Dagon Codd non si arrende a nessuno.»

"No, ti prego, devi ascoltare." Al pensiero di quello che Ramsay gli avrebbe fatto se fosse tornato senza la resa della guarnigione, Reek rischiò di farsela nelle brache. "Reek, Reek, fa rima con *leak*, quando ti pisci sotto."

«È quindi questa la vostra risposta?» Le parole risuonarono flebili nelle sue orecchie. «Questo merluzzo parla a nome di tutti voi?»

L'uomo di ferro che l'aveva fatto entrare parve meno sicuro. «Victarion ci ha ordinato di resistere, così ha detto. L'ho sentito con le mie orecchie. Restate qui fino al mio ritorno, ha detto a Kenning.»

«*Aye*» confermò l'uomo con un braccio solo. «È quello che ha detto. Il Concilio lo chiamava, ma lui ha giurato che avrebbe fatto ritorno con una corona di legno levigato in testa e mille uomini al seguito.»

«Mio zio non tornerà più» disse Reek. «Il Concilio ha incoronato suo fratello Euron, e Occhio di Corvo ha altre guerre da combattere. Pensate davvero che a mio zio importi qualcosa di voi? Meno di niente. Voi siete quelli che ha lasciato indietro a morire. Vi ha grattato via come il fango dagli stivali.»

Quelle parole fecero centro. Reek lo vide dal loro sguardo, dal modo in cui si scambiavano le occhiate o corrugavano la fronte fissando la coppa. "Temevano tutti di essere stati abbandonati, ma ci sono voluto io per trasformare quel timore in certezza." Quelli non erano parenti di capitani famosi, non erano sangue delle grandi case delle Isole di Ferro. Quelli erano solamente figli di serve e di mogli di sale.

«Se ci arrendiamo, ce ne possiamo andare?» chiese l'uomo con un braccio solo. «È questo che c'è scritto qui?» Diede un colpetto al rotolo di pergamena con il sigillo di ceralacca ancora intatto.

«Leggetelo da soli» rispose Reek, ma era quasi certo che nessuno di loro sapesse leggere. «Lord Ramsay tratta onorevolmente i suoi prigionieri, purché mantengano la parola data.» "Si è preso solo le dita dei piedi e delle mani e il resto, quando avrebbe potuto tagliarmi la lingua o scuoiarmi le gambe dal tallone alla coscia." «Deponete le spade e vivrete.»

«Bugiardo» Dagon Codd sguainò la spada lunga. «Tu sei quello che chiamano Voltagabbana. Perché dovremmo credere alle tue promesse?»

"È ubriaco" capì Reek. "A parlare è la birra." «Credi pure quello che vuoi. Io ho portato il messaggio di lord Ramsay. Adesso devo tornare da lui a riferire. Ceneremo con carne di cinghiale e rape, e un vino rosso robusto. Quelli che verranno con me saranno invitati al banchetto. Gli altri moriranno entro un giorno. Il lord di Forte Terrore porterà i suoi cavalieri sulla strada rialzata mentre suo figlio vi assalirà con i propri uomini da nord. Non sarà concesso alcun quartiere. Quelli che moriranno combattendo saranno i fortunati. Chi resterà vivo sarà dato ai diavoli di palude.»

«Basta» ringhiò Dagon Codd. «Pensi di poter spaventare gli uomini di ferro con delle *parole*? Sparisci. Torna di corsa dal tuo padrone, prima che ti apra il ventre, estragga le viscere e te le faccia mangiare.»

Avrebbe forse aggiunto dell'altro, ma d'un tratto i suoi occhi si sbarrarono. Un'ascia da lancio era spuntata al centro della sua fronte accompagnata da un colpo sordo. Dagon Codd lasciò cadere la spada. Sussultò come un pesce preso all'amo, poi cadde faccia avanti sul tavolo. Era stato l'uomo con un braccio solo a tirare l'ascia. Mentre si alzava, ne aveva già in pugno una seconda.

«Chi altri vuole morire?» chiese a quelli che ancora stavano bevendo. «Parlate, o vi farò parlare io.»

Sottili rivoli rossi si allargavano sulla pietra dalla pozza di sangue dove riposava la testa di Dagon Codd.

«Io voglio vivere e non stare qui a marcire.»

Un uomo bevve un sorso di birra. Un altro rovesciò il contenuto della sua coppa per lavare via un rivolo di sangue prima che arrivasse dove era seduto lui. Nessuno aprì bocca. L'uomo con un braccio solo ripose l'ascia nella cintura.

A quel punto Reek capì di avere vinto. Si sentì quasi di nuovo un uomo. "Lord Ramsay sarà contento di me."

Ammainò lui stesso dal Moat Cailin la bandiera con la piovra abissale.

Con un certo impaccio per via delle dita mozzate, ma contento per quelle che lord Ramsay gli aveva permesso di conservare. Ci volle buona parte del pomeriggio perché gli uomini di ferro si preparassero a partire. Erano più di quanto lui non avesse immaginato: quarantasette nella Torre del Corpo di guardia, altri diciotto nella Torre dell'Ubriaco. Due di loro erano talmente prossimi alla morte da non avere speranze, altri cinque troppo deboli per camminare. Ne rimanevano comunque cinquantotto ancora in grado di combattere. Per quanto indeboliti, avrebbero portato con sé agli inferi tre volte tanti nemici, se lord Ramsay avesse attaccato le rovine.

"Ha fatto bene a mandarmi" pensò Reek, mentre saliva di nuovo sul ronzino per guidare quella sbrindellata colonna al di là delle paludi, dove erano accampati gli uomini del Nord.

«Lasciate qui le armi» disse ai prigionieri. «Spade, archi, pugnali. Chi è armato sarà ucciso a vista.»

Impiegarono il triplo del tempo che ci aveva messo Reek all'andata. Rozze barelle erano state improvvisate per quattro degli uomini che non potevano camminare, mentre il quinto veniva portato sulla schiena dal figlio. L'andatura era forzatamente lenta, e tutti gli uomini di ferro erano consapevoli di quanto fossero esposti, a portata d'arco dei diavoli di palude e a tiro delle loro frecce avvelenate. "Se muoio, muoio." Reek pregava solo che l'arciere ci sapesse fare, così la morte sarebbe stata rapida e pulita. "Una morte da uomo, non la fine patita da Ralf Kenning."

L'uomo con un braccio solo avanzava in testa al corteo, zoppicava vistosamente. Il suo nome, disse, era Adrack Humble e a Grande Wyk aveva una moglie di roccia e tre mogli di sale. «Tre delle quattro avevano la pancia grossa quando siamo salpati» si vantò «e gli Humble vanno a gemelli. La prima cosa che faccio quando torno a casa sarà contare i miei nuovi figli. Forse a uno di loro darò il tuo nome, mio lord.»

"*Aye*, chiamalo Reek. E quando farà il cattivo, gli potrai mozzare le dita dei piedi e dargli topi da mangiare." Girò la testa e sputò. Si domandò se Ralf Kenning non fosse stato fortunato.

Dal cielo grigio ardesia cadeva una pioggia leggera quando davanti a loro comparve l'accampamento di lord Ramsay. Una sentinella li guardò passare in silenzio. L'aria era piena del fumo dei fuochi per cucinare annegati dalla pioggia. Una colonna di cavalieri arrivò alle loro spalle, guidata da un signorotto che sullo scudo aveva l'emblema di una testa di cavallo. "Uno dei figli di lord Ryswell" capì Reek. "Roger, o forse Rickard." Non riusciva a distinguerli. «Sono tutti?» chiese il cavaliere in sella a un destriero sauro.

«Tutti quelli ancora vivi, mio lord.»

«Pensavo che fossero di più. Siamo andati all'assalto tre volte e per tre volte ci hanno respinto.»

"Siamo uomini delle Isole di Ferro" pensò Reek con un improvviso guizzo di orgoglio. E per mezzo battito di cuore fu di nuovo un principe, figlio di lord Balon Greyjoy, sangue di Pyke. Anche pensarlo, però, era pericoloso. Doveva ricordare il suo nome. "Reek, il mio nome è Reek, fa rima con *weak*, debole."

Erano appena fuori dell'accampamento quando l'abbaiare di una muta di cani rivelò che lord Ramsay si stava avvicinando. Il Flagello delle Puttane era con lui, accompagnato da sei dei suoi uomini più fidati, Skinner e Alyn l'Acido e Damon-danza-perme e anche i due Walder, il Grande e il Piccolo. I cani corsero intorno a loro, ringhiando e mostrando i denti agli sconosciuti. "Le ragazze del Bastardo" pensò Reek, prima di ricordare che nessuno doveva mai, mai, mai usare la parola *bastardo*, in presenza di Ramsay.

Reek smontò da cavallo e piegò il ginocchio. «Mio lord, il Moat Cailin è tuo. Ecco gli ultimi difensori.»

«Così pochi. Speravo fossero di più. Erano nemici talmente ostinati.» Gli occhi pallidi di Ramsay lampeggiavano. «Sarete affamati. Damon, Alyn, provvedete a loro. Vino, birra e tutto quello che riescono a mangiare. Skinner, porta i loro feriti ai nostri maestri.»

«*Aye*, mio lord.»

Alcuni uomini di ferro borbottarono ringraziamenti mentre si dirigevano verso i fuochi al centro dell'accampamento. Uno dei Codd tentò perfino di baciare l'anello di lord Ramsay, ma i cani lo spinsero indietro prima che potesse avvicinarsi e Alison gli strappò un pezzo d'orecchio. Anche con il sangue che gli colava sul collo, l'uomo s'inchinò e glorificò la misericordia di sua signoria.

Quando anche l'ultimo uomo di ferro si fu allontanato, Ramsay Bolton rivolse un sorriso a Reek. Lo afferrò per la nuca, se lo tirò vicino, e lo baciò sulla guancia.

«Mio vecchio amico Reek» bisbigliò. «Davvero ti hanno preso per il loro principe? Che sciocchi, questi uomini di ferro. Gli dèi ridono di loro.»

«Desiderano solo tornare a casa, mio lord.»

«E tu che cosa desideri, mio dolce Reek?» mormorò Ramsay, soave come un innamorato. L'alito gli odorava di vino aromatizzato e chiodi di garofano, dolce e soave. «Un simile valoroso servigio merita una ricompensa. Non posso darti indietro le tue dita, ma di certo c'è un'altra cosa che vorresti da me. Devo forse liberarti? Congedarti dal mio servizio? Vuoi andare con loro, tornare alle tue brulle isole nel freddo mare grigio, essere di nuovo un principe? O preferisci restare mio fedele servitore?»

Reek sentì una lama gelida passargli lungo la spina dorsale. "Attento, sta' molto, molto attento." Il sorriso di sua signoria non gli piaceva affatto, il modo in cui gli occhi gli brillavano, la saliva che gli luccicava all'angolo della bocca. Aveva già visto quei segni. "Tu non sei un principe. Tu sei Reek, solo Reek, fa rima con *freak*, mostriciattolo. Dagli la risposta che vuole."

«Mio lord» disse, «il mio posto è qui, con te. Sono il tuo Reek. Voglio solo servirti. Tutto quello che chiedo... un otre di vino sarebbe per me un'ottima ricompensa... vino rosso, il più forte che hai, tutto il vino che un uomo è in grado di bere...»

Lord Ramsay scoppiò a ridere. «Tu non sei un uomo, Reek. Sei solo la mia creatura. Avrai comunque il vino. Walder, provvedi. E non avere paura, non ti riporterò nelle segrete, hai la mia parola di Bolton. Faremo invece di te un cane. Carne tutti i giorni, e ti lascerò anche i denti necessari per mangiarla. Potrai dormire vicino alle mie ragazze. Ben, hai un collare per lui?»

«Ne farò fare uno, mio lord» rispose il vecchio Ben Bones.

Il vecchio fece anche di meglio. Quella sera, oltre al collare, gli rimediò anche una sbrindellata coperta e mezzo pollo. Reek dovette lottare con i cani per la carne, ma quello fu il pasto migliore che avesse mai avuto dopo la fine di Grande Inverno.

E il vino... il vino era scuro e aspro, ma forte. Accoccolato fra i cani, Reek bevve fino a sentirsi girare la testa, ebbe conati di vomito, si ripulì la bocca e bevve ancora. Alla fine si sdraiò e chiuse gli occhi.

Quando si svegliò, un cane gli stava leccando il vomito dalla barba e nubi scure correvano sopra una falce di luna. Da qualche parte nella notte degli uomini urlavano. Reek spinse via il cane, si girò sul fianco e riprese a dormire.

Il mattino seguente lord Ramsay mandò tre cavalieri giù per la strada rialzata a informare il lord suo padre che la via era sgombra. Il vessillo con l'uomo scuoiato della Casa Bolton fu issato sulla Torre del Corpo di guardia, nello stesso punto in cui Reek aveva ammainato il kraken dorato dei Greyjoy. Lungo la strada di assi marce, erano stati conficcati dei pali di legno in profondità nel terreno paludoso. Era là che i cadaveri marcivano, rossi e grondanti.

"Sessantatré" contò Reek. "Sono sessantatré." A uno mancava mezzo braccio. Un altro aveva una pergamena infilata fra i denti, con il sigillo di ceralacca ancora intatto.

Tre giorni più tardi, l'avanguardia dell'esercito di Roose Bolton attraversò le rovine, passando tra le file di sinistre sentinelle. Quattrocento Frey a cavallo, vestiti di blu e grigio, le punte delle loro lance scintillavano ogni volta che il sole filtrava tra le nubi. Due figli del vecchio lord Walder guidavano l'avanguardia. Uno era muscoloso, con la mascella sporgente, braccia grosse e robuste. L'altro aveva occhi famelici e ravvicinati, il naso appuntito, una sottile barba castana che non nascondeva del tutto il mento sfuggente, la testa calva.

"Hosteen e Aenys." Reek se li ricordava da quando ancora non conosceva il suo nome. Hosteen era un toro, lento a infiammarsi, ma implacabile una volta stuzzicato. Aveva la reputazione del più fiero combattente della vasta progenie di lord Walder. Aenys era più anziano, più crudele e molto più furbo. Un comandante, non uno spadaccino. Entrambi erano soldati esperti.

Gli uomini del Nord seguivano l'avanguardia, le loro bandiere ridotte a brandelli garrivano al vento. Reek li guardò passare.

I più erano a piedi, ed erano davvero pochi. Reek ricordava il grande esercito che marciava a sud con il Giovane lupo, sotto l'insegna del meta-lupo di Grande Inverno. Ventimila spade e lance erano andate alla guerra con Robb, non importava più sapere quanti con esattezza, ma solo due su dieci stavano tornando e per la maggior parte erano uomini di Forte Terrore.

Al centro della colonna, dove la calca era maggiore, cavalcava un uomo con una corazza di piastre grigio scuro sopra una veste trapunta di cuoio rosso sangue. Le lamelle erano a forma di testa umana, la bocca spalancata in un urlo di agonia. Dalle spalle gli scendeva un mantello di lana rosa con sopra ricamate delle gocce di sangue. Lunghi striscioni di seta cremisi svolazzavano dalla cima dell'elmo chiuso. "Nessun abitante delle paludi riuscirà mai a uccidere Roose Bolton con una freccia avvelenata" pensò Reek appena lo vide.

Un carro chiuso, trainato da sei pesanti cavalli da tiro e difeso davanti e dietro dai balestrieri, cigolava sulla sua scia. Tende di velluto blu scuro proteggevano gli occupanti da sguardi curiosi.

Quindi venivano le salmerie: ingombranti carri pieni di provviste e di bottino, altri stracarichi di feriti. E in retrovia altri Frey. Almeno un migliaio, forse di più: arcieri, lancieri, contadini armati di falci e pali appuntiti, cavalieri erranti e arcieri a cavallo e un altro centinaio di cavalieri come rinforzo.

Stretto dal collare e dalla catena, e di nuovo coperto di stracci, Reek seguì con gli altri cani lord Ramsay che andava ad accogliere suo padre. Ma quando il cavaliere con l'armatura scura si tolse l'elmo, Reek non lo riconobbe. Il sorriso di Ramsay si deformò e il viso fu stravolto dalla collera. «Cos'è questa storia, una presa in giro?»

«Semplice precauzione» bisbigliò Roose Bolton, uscendo dalle tende del carro chiuso.

Il lord di Forte Terrore non assomigliava molto al figlio bastardo. Viso rasato, pelle liscia, aspetto comune, non bello ma neppure decisamente brutto. Pur avendo partecipato a molte battaglie, non aveva cicatrici. Anche se aveva superato da un pezzo i quarant'anni, non aveva rughe, solo qualche lieve segno rivelava il passaggio del tempo. Le labbra erano sottili e, se contratte, parevano scomparire del tutto. Intorno a lui c'era una sensazione d'immobilità, come di sospensione del tempo.

Sulla faccia di Roose Bolton, ira e gioia parevano assomigliarsi. L'unica parte che lui e Ramsay avevano in comune erano gli occhi. "I suoi occhi sono di ghiaccio" pensò Reek. Si domandò se Roose Bolton avesse mai pianto. "Chissà se le sue lacrime sono fredde sulle guance."

Una volta un ragazzo di nome Theon Greyjoy si era divertito a dare pizzicotti a Bolton mentre sedevano in consiglio con Robb Stark, deridendo la sua voce bassa, facendo battute sulle sanguisughe. Roose Bolton era un amante dei salassi. "Doveva essere un pazzo. Questo non è uomo con cui scherzare." Bastava guardare Bolton per capire che c'è più crudeltà nel mignolo del suo piede che in tutti i Frey messi insieme.

«Padre.» Lord Ramsay si prostrò al cospetto del genitore.

Lord Roose lo squadrò per un momento. «Puoi alzarti.» Si girò ad aiutare due giovani donne che scendevano dal carro chiuso.

La prima era bassa e grassa come una balena, con la faccia rossa e rotonda, tre menti ballonzolanti sotto un cappuccio di zibellino. «La mia nuova moglie» disse Roose Bolton. «Lady Walda, lui è il mio figlio naturale. Bacia la mano alla tua matrigna, Ramsay.» Lui lo fece. «E sono sicuro che ricorderai lady Arya Stark. La tua promessa sposa.»

La ragazza era snella e più alta di quanto lui non ricordasse, ma non c'era da sorprendersi. "Le ragazzine crescono in fretta a quell'età." Portava una veste di lana grigia bordata di satin bianco e, sopra, un mantello di ermellino fermato da una fibbia d'argento a forma di testa di lupo. I capelli castano scuro le scendevano a metà schiena. E i suoi occhi...

"*Non è* la figlia di lord Eddard."

Arya aveva gli occhi di suo padre, gli occhi grigi degli Stark. Una ragazza della sua età avrebbe potuto farsi crescere i capelli, aumentare la propria altezza, vedere il seno riempirsi, ma non avrebbe mai potuto cambiare il colore degli occhi. "Questa è l'amichetta di Sansa, la figlia dell'attendente. Jeyne, si chiamava. Jeyne Poole."

«Lord Ramsay» disse la ragazza, con un profondo inchino. Anche quello era sbagliato. "La vera Arya Stark gli avrebbe sputato in faccia." «Prego di essere per te una buona moglie e di darti robusti figli che ti seguano.»

«Lo farai» le assicurò Ramsay. «E presto.»

JON

La candela si era spenta, in una pozza di cera. La luce del mattino filtrava dalle imposte.

Jon Snow si era di nuovo addormentato sul lavoro. Alte pile di libri coprivano il tavolo. Li aveva portati nel suo alloggio dietro l'armeria, dopo essere rimasto per metà della notte a frugare a lume di lanterna nelle cripte polverose.

Samwell Tarly aveva ragione: i libri del Castello Nero avevano un gran bisogno di essere suddivisi, elencati, riordinati, ma non era un lavoro per degli attendenti che non sapevano né leggere né scrivere. Bisognava aspettare che Sam tornasse dalla Cittadella.

"Se mai tornerà." Jon continuava a essere in pensiero sia per lui sia per maestro Aemon.

Cotter Pyke aveva inviato un messaggio dal Forte Orientale: la *Corvo tempestoso* aveva avvistato il relitto di una galea lungo le coste di Skagos. L'equipaggio della *Corvo tempestoso* non era riuscito a capire se si trattasse del relitto della *Uccello nero* o di una delle navi mercenarie di Stannis Baratheon o di un mercantile di passaggio. "Volevo mettere Gilly e il bambino al sicuro. E se invece li avessi mandati alla tomba?"

La cena della sera precedente si era raffreddata sul tavolo, Jon non l'aveva quasi toccata. Edd l'Addolorato aveva riempito fino all'orlo l'incavatura della mezza pagnotta perché l'infame stufato di Hobb Tre Dita ammorbidisse il pane raffermo. La battuta fra i confratelli era che le tre carni utilizzate nella ricetta fossero montone, montone e montone, per quanto carote, cipolle e rape sarebbero state ben più vicine al vero. Una patina di grasso luccicava sui resti dell'intruglio.

Bowen Marsh aveva sollecitato Jon a trasferirsi nelle stanze di Vecchio Orso, nella Torre del Re, dopo che Stannis le aveva lasciate libere. Jon però aveva declinato l'invito. Insediandosi negli alloggi del re avrebbe dato l'impressione di non aspettarsi un suo ritorno.

Da quando Stannis aveva marciato a sud con il suo esiguo esercito, sul Castello Nero era calata una strana indolenza, come se il popolo libero e i confratelli in nero trattenessero il fiato, in attesa di vedere che cosa sarebbe successo. I cortili e la sala mensa erano per lo più deserti, la Torre del Lord comandante era un guscio vuoto, la vecchia sala comune una pila di travi annerite e la Torre di Hardin dava l'impressione che non avrebbe retto la prossima raffica di vento. L'unico rumore che Jon poteva sentire era un debole clangore di spade proveniente dalla zona degli addestramenti davanti all'armeria. Emmett il Ferrigno stava gridando a Hop-Robin di tenere alto lo scudo. "Meglio che lo teniamo alto tutti."

Jon si lavò, si vestì e lasciò l'armeria. Si fermò nel cortile solo il tempo per dire qualche parola d'incoraggiamento a Hop-Robin e agli altri allievi di Emmett. Come sempre, declinò l'offerta di Ty di avere una scorta. Quel giorno avrebbe avuto intorno anche troppi uomini. Se doveva scorrere sangue, due guardie in più non avrebbero fatto la differenza. Jon prese però Lungo artiglio e Spettro lo seguiva da vicino.

Quando arrivò alla stalla, Edd l'Addolorato, che lo aspettava, aveva già messo la sella e le briglie al palafreno del lord comandante. I carri si stavano allineando sotto l'occhio attento di Bowen Marsh. Il lord attendente trottava lungo la colonna, affannandosi a dare indicazioni, con le guance rosse per il freddo.

Quando scorse Jon, le sue guance diventarono ancora più rosse. «Lord comandante. Sei ancora deciso a fare questa...»

«Follia?» Jon terminò la frase per lui. «Per favore, lord Bowen, dimmi che non è questo che stavi per dire. Sì, sono deciso. Ne abbiamo già discusso. Il Forte Orientale ha bisogno di uomini. La Torre delle Ombre ha bisogno di uomini. Guardia Grigia e Segno di Ghiaccio anche, non ho dubbi, e abbiamo altri quattordici fortilizi ancora vuoti, leghe su leghe di Barriera ancora non sorvegliate e indifese.»

Marsh sporse le labbra. «Il lord comandante Mormont...»

«... è morto. E non per mano dei bruti, ma di confratelli dei quali si fidava. Né tu né io possiamo sapere che cosa avrebbe o non avrebbe fatto al posto mio.» Jon fece voltare il cavallo. «Basta discorsi. Andiamo.»

Edd l'Addolorato aveva ascoltato tutto il dialogo. Mentre Bowen Marsh si allontanava, indicò con un cenno la sua schiena e disse: «Le melagrane. Con tutti quei semi si rischia di soffocare. Meglio una rapa. Non ho mai saputo che una rapa abbia mai fatto del male a qualcuno.»

Era in momenti come quello che Jon sentiva più intensamente la mancanza del maestro Aemon. Clydas riusciva a prendersi cura dei corvi, ma non aveva un decimo della conoscenza, dell'esperienza di Aemon Targaryen, e ancora meno della sua saggezza. A modo suo, Bowen Marsh era un brav'uomo, ma la ferita riportata al Ponte dei Teschi lo aveva indurito e l'unica canzone che adesso cantava era il solito ritornello sulla necessità di sigillare le porte di ghiaccio. Othell Yarwyck era tanto flemmatico e prosaico quanto taciturno, e i primi ranger parevano morire con la rapidità con cui venivano nominati. "I Guardiani della notte hanno perso troppi dei loro uomini migliori" rifletté Jon, mentre i carri si mettevano in movimento. "Vecchio Orso, Qhorin il Monco, Donal Noye, Jarmen Buckwell, mio zio..."

Una neve leggera cominciò a cadere mentre la colonna si dirigeva a sud sulla Strada del Re, una lunga fila di carri serpeggiante fra campi, torrenti e colline boscose, scortata da una decina di lancieri e arcieri a cavallo. Negli ultimi viaggi c'erano stati degli incidenti a Città della Talpa, un po' di spintoni, qualche imprecazione a mezzavoce, occhiate piene di astio. Bowen Marsh riteneva meglio non correre rischi, e per una volta tanto Jon era d'accordo con lui.

Il lord attendente era in avanguardia. Jon cavalcava qualche iarda più indietro, accompagnato da Edd Tollett l'Addolorato. Mezzo miglio a sud del Castello Nero, Edd si affiancò a Jon. «Mio lord? Guarda lassù. Il grosso ubriaco sulla collina».

L'ubriaco era un frassino, piegato dai secoli di assalti del vento. Adesso aveva una faccia: una bocca seria, un ramo spezzato per naso e due occhi incisi a fondo nel tronco, occhi che scrutavano la Strada del Re, verso il castello e la Barriera a nord.

"I bruti, dopotutto, si portano dietro i loro dèi" pensò Jon. Non ne fu sorpreso. Gli uomini non rinunciano facilmente alle proprie divinità. D'un tratto, tutta la messinscena fiammeggiante che lady Melisandre aveva orchestrato al di là della Barriera gli sembrò vuota come una farsa di guitti. «Un po' ti assomiglia» disse Jon, cercando di sdrammatizzare.

«*Aye*, mio lord. Non mi spuntano foglie dal naso, ma per il resto... Lady Melisandre non ne sarà contenta.»

«È improbabile che lo veda. Fa' in modo che nessuno gliene parli.»

«Lei però vede cose nei suoi fuochi.»

«Fumo e tizzoni.»

«E gente che brucia. Probabilmente me, con le foglie nel naso. Ho sempre temuto di finire arrosto, ma mi auguravo di morire prima.»

Jon lanciò un'altra occhiata alla faccia, domandandosi chi l'avesse intagliata. Aveva messo guardie tutto attorno a Città della Talpa, sia per tenere i suoi corvi lontano dalle donne dei bruti, sia per impedire che il popolo libero andasse di nascosto a sud a fare razzie. Chiunque avesse scolpito quel frassino aveva eluso le sue sentinelle, era evidente. E se un solo uomo poteva attraversare gli sbarramenti, anche altri avrebbero potuto farlo. "Dovrò raddoppiare di nuovo la guardia" pensò irritato. "Sprecare il doppio di uomini che altrimenti sarebbero di pattuglia sulla Barriera."

I carri continuarono il loro lento percorso verso sud, tra il fango gelato e la neve sollevata dal vento. Un miglio più avanti, incontrarono un'altra faccia, intagliata in un castagno: i suoi occhi guardavano un vecchio ponte d'assi sopra un torrente gelato.

«Guaio doppio» annunciò Edd l'Addolorato.

Il castagno era spoglio e scheletrico, ma i suoi rami nudi non erano vuoti. Su uno in basso che si protendeva sul torrente era appollaiato un corvo, con le piume arruffate per proteggersi dal freddo. Quando vide Jon, allargò le ali e gracchiò. Jon alzò il pugno e fischiò. Il grande uccello nero scese battendo le ali, gridando: «*Grano, grano, grano*».

«Il grano è per il popolo libero» gli disse Jon. «Per te non ne ho.» Si domandò se prima della fine del prossimo inverno si sarebbero ridotti a mangiare corvi.

Anche i confratelli nei carri avevano visto la faccia incisa nell'albero, Jon non aveva dubbi. Nessuno ne parlò con nessuno, ma il messaggio era evidente. Una volta Jon aveva sentito Mance Rayder dire che quelli che si sottomettevano erano delle pecore. "Un cane può radunare un gregge di pecore" aveva detto il re oltre la Barriera "ma nel popolo libero, alcuni sono pantere-ombra e altri sono pietre. Una specie va a caccia dove vuole e farà a pezzi i tuoi cani. L'altra non si muoverà, a meno che tu non la prenda a calci." Né pantere-ombra né pietre avrebbero rinunciato ai loro dèi per inchinarsi a un dio che non conoscevano.

Poco più a nord di Città della Talpa incontrarono il terzo guardiano, intagliato in un'enorme quercia al limitare del villaggio, gli occhi fissi sulla Strada del Re.

"Non ha un'aria amichevole" rifletté Jon Snow. Le facce che i primi uomini e i figli della foresta avevano intagliato negli alberi-diga negli eoni passati avevano spesso espressioni severe o selvagge, ma la grande quercia pareva particolarmente rabbiosa, come se fosse sul punto di strappare le radici dal terreno e inseguirli ruggendo. "Le sue ferite sono fresche come quelle degli uomini che l'hanno intagliata."

Città della Talpa era sempre stata più grande di quello che sembrava; la maggior parte restava nascosta sotto terra, al riparo dal freddo e dalla neve. Questo, ora, era più vero che mai. Il maknar di Thenn aveva dato fuoco al villaggio vuoto mentre lo attraversava per andare all'attacco del Castello Nero: in superficie rimanevano solo ammassi di travi annerite e tumuli di vecchie pietre bruciate... ma giù nel terreno gelato, i sotterranei, i tunnel e gli scantinati esistevano ancora, ed era là che il popolo libero si era rifugiato, al buio come le talpe da cui il villaggio prendeva il nome.

I carri si disposero a semicerchio davanti a quella che un tempo era stata la fucina del villaggio. Lì vicino, gruppi di bambini dalla faccia rossa stavano costruendo un fortino di neve, ma appena videro i confratelli col mantello nero, si sparpagliarono e scomparvero in varie buche. Qualche attimo più tardi, cominciarono a uscire da sottoterra gli adulti. Con loro arrivò la puzza, un odore di corpi non lavati e vesti luride, un tanfo di cloache e di urina. Jon vide uno dei suoi uomini storcere il naso e dire qualche parola al vicino. Una battuta sul profumo della libertà, immaginò. Troppi confratelli facevano battute sull'olezzo dei selvaggi di Città della Talpa.

"Ignoranti come capre" pensò Jon. Quelli del popolo libero non erano affatto diversi dai Guardiani della notte. Alcuni erano puliti, altri sporchi, ma i più erano ogni tanto puliti e ogni tanto sporchi. Quello era soltanto l'odore di mille persone ammassate in sotterranei e cunicoli scavati al massimo per un centinaio.

I bruti avevano già fatto quella danza. Senza aprire bocca, andarono a disporsi in fila dietro i carri. C'erano tre donne per ogni uomo, molte con bambini, pallide creature pelle e ossa aggrappate alle sottane. Jon vide pochissimi bimbi piccoli tenuti ancora in braccio. "I neonati sono morti durante la marcia" capì "e quelli sopravvissuti alla battaglia sono morti nel recinto del re."

I guerrieri se l'erano passata meglio. Trecento uomini in età da combattere, aveva chiesto Justin Massey in consiglio. Lord Harwood Fell li aveva contati. "Ci saranno anche mogli di lancia. Cinquanta, sessanta, forse addirittura cento." Il conteggio di Fell comprendeva anche i feriti, Jon lo sapeva. Ne vide una ventina, uomini con rozze stampelle, maniche vuote e mani mancanti, uomini con un occhio solo o mezza faccia, un uomo senza gambe sorretto da due amici. E tutti grigi in volto e scarni nel corpo. "Uomini avviliti" pensò. "Gli spettri non sono l'unica varietà di non-morti."

Non tutti i guerrieri erano avviliti, però. Cinque o sei thenn con la corazza rivestita di lamine di bronzo erano raggruppati intorno alla scala di un cunicolo. Guardavano imbronciati, senza fare alcun cenno di unirsi agli altri. Tra i ruderi della fucina del vecchio villaggio Jon individuò la grossa testa pelata di un uomo che riconobbe: era Halleck, il fratello di Harma Testa di Cane. Nessuna traccia dei suoi maiali, però. "Saranno stati senza dubbio mangiati." I due uomini con la pelliccia erano dei piedi di corno, tanto selvaggi quanto emaciati, scalzi anche nella neve. "Fra queste pecore ci sono ancora dei lupi."

Val glielo aveva ricordato, l'ultima volta che era andato a trovarla. "Il popolo libero e quelli che si sottomettono sono più simili di quello che pensi, Jon Snow. Gli uomini sono uomini e le donne sono donne, da qualsiasi lato della Barriera siano nati. Uomini buoni e cattivi, eroi e infami, uomini d'onore, bugiardi, codardi, bestie... ne abbiamo tanti, così come li avete voi."

"Val ha ragione." Il trucco stava nel distinguere gli uni dagli altri, nel separare le pecore dai caproni.

I confratelli in nero cominciarono a distribuire il cibo. Avevano portato pezzi di carne salata, stoccafisso, fagioli secchi, rape, carote, sacchi di farina d'orzo e di frumento, uova in salamoia, barili di mele e di cipolle.

«Puoi avere o una mela o una cipolla» Jon sentì Hal il Peloso spiegare a una donna, «ma non tutt'e due. Devi scegliere.»

La donna parve non capire. «Me ne servono due e due. Una per tipo per me, le altre per mio figlio. Sta male, e una mela lo aiuta a guarire.»

Hal scosse la testa. «Deve venire lui a prendersi la mela. Oppure la cipolla. Una delle due. Stesso discorso per te. Allora, mela o cipolla? Decidi in fretta, che ci sono gli altri che aspettano dietro di te.»

«Una mela» disse la donna. Hal gliela diede, una piccola mela vecchia e raggrinzita.

«Muoviti, donna» gridò un uomo tre posti più indietro. «Fa freddo qua fuori.»

La donna non gli badò. «Dammi un'altra mela» disse a Hal il Peloso. «Per mio figlio. Ti prego. Questa è così piccola!»

Hal guardò Jon. Jon scosse la testa. Sarebbero rimasti senza mele anche troppo presto. Se cominciavano a darne a tutti quelli che ne volevano due, agli ultimi non sarebbe rimasto niente.

«Fuori dai piedi» inveì una ragazza dietro la donna, e le diede una spinta. La donna barcollò, la mela le sfuggì di mano e cadde. Le altre cibarie che teneva fra le braccia volarono via. I fagioli si sparpagliarono, una rapa rotolò in una pozza, un sacco di farina si ruppe e il contenuto finì sulla neve.

Voci rabbiose si alzarono nella vecchia lingua e nella lingua comune. Ci furono altre spinte davanti a un altro carro.

«Non è *abbastanza*» ringhiò un vecchio. «Corvi maledetti, ci fate crepare di fame.»

La donna finita per terra era in ginocchio, e cercava di recuperare il cibo. Jon vide un lampo d'acciaio snudato a qualche iarda di distanza. I suoi arcieri incoccarono le frecce.

Jon si girò sulla sella. «Rory. Calmali.»

Rory si portò alle labbra il grande corno e soffiò.

"Aaahooooooooooooooooooooooooooooooooooooooooooo."

Tumulto e spintoni cessarono. Le teste si girarono. Un bambino si mise a piangere. Il corvo di Mormont passò dalla spalla sinistra di Jon alla destra, ciondolando la testa, borbottando: «*Snow, snow, snow*».

Jon aspettò che l'eco del corno svanisse. Spinse il palafreno in avanti, dove tutti potevano vederlo. «Vi stiamo sfamando meglio che possiamo, con il massimo che possiamo darvi. Mele, cipolle, rape, carote... Abbiamo davanti un lungo inverno e le nostre provviste non sono infinite.»

«Voi corvi però mangiate bene» si fece avanti Halleck.

"Per adesso." «Noi difendiamo la Barriera. La Barriera protegge il reame... e adesso protegge anche voi. Conoscete il nemico che affrontiamo. Sapete che cosa sta calando su di noi. Alcuni di voi li hanno già affrontati. Spettri e ombre bianche, creature morte dagli occhi azzurri e dalle mani nere. Anch'io li ho visti, anch'io li ho combattuti, alcuni li ho anche mandati negli inferi. Loro uccidono e mandano i tuoi stessi morti contro di te. I giganti non sono riusciti a bloccarli, e neanche voi thenn, i clan del fiume di ghiaccio, i piedi di corno, il popolo libero... e mentre i giorni diventano sempre più corti e le notti più fredde, loro diventano più forti. Avete lasciato le vostre case e siete venuti a sud a centinaia, a migliaia... Per quale motivo, se non per fuggire da loro? Per essere al sicuro. Be', è la Barriera che vi tiene al sicuro. Siamo noi che vi teniamo al sicuro, i corvi neri che tanto disprezzate.»

«Al sicuro e morti di fame» disse una donna tozza, con la faccia bruciata dal vento: una moglie di lancia, a giudicare dall'aspetto.

«Volete più cibo?» chiese Jon. «Il cibo è per chi combatte. Aiutateci a difendere la Barriera e mangerete bene come i corvi.» "O male come loro, quando il cibo scarseggerà."

Calò il silenzio. I bruti si scambiarono occhiate diffidenti.

«*Mangiare*» gracchiò il corvo. «*Grano, grano.*»

«Combattere per te?» La voce aveva un forte accento. Sigorn, il giovane maknar di Thenn, parlava in modo abbastanza incerto la lingua comune. «No combattere per te. Uccidere te meglio. Uccidere voi tutti.»

Il corvo batté le ali. «*Uccidere, uccidere.*»

Il padre di Sigorn, il vecchio maknar, era rimasto schiacciato sotto una scala caduta durante l'attacco al Castello Nero. "Se mi venisse chiesto di fare causa comune con i Lannister, mi sentirei come lui" pensò Jon. «Tuo padre ha tentato di ucciderci tutti» ricordò a Sigorn. «Il maknar era un uomo coraggioso, eppure fallì. E se avesse vinto... chi difenderebbe la Barriera?» Girò le spalle ai thenn. «Anche le mura di Grande Inverno erano solide, ma oggi Grande Inverno è una rovina, bruciata e distrutta. Delle mura valgono solo quanto gli uomini che le difendono.»

Parlò un vecchio che stringeva una rapa al petto: «Voi ci uccidete, ci fate morire di fame, e adesso volete renderci schiavi».

Un uomo ben piantato, con la faccia rossa, rincarò la dose gridando: «Vado in giro nudo piuttosto che avere addosso uno di quegli stracci neri».

Una delle mogli di lancia scoppiò a ridere. «Neanche tua moglie ti vuole vedere nudo, Butts.»

Almeno dieci voci cominciarono a parlare insieme. I thenn stavano gridando nella vecchia lingua. Un bimbetto cominciò a piangere. Jon Snow aspettò che il frastuono si quietasse, poi si rivolse a Hal il Peloso: «Che cosa hai detto a quella donna?».

Hal parve confuso. «A proposito del cibo? O una mela o una cipolla? Ho detto solo che doveva scegliere.»

«Dovete scegliere» ripeté Jon Snow. «Voi tutti. Nessuno vi chiede di prendere i nostri voti, e non mi importa quali dèi adorate. I miei dèi sono i vecchi dèi, gli dèi del Nord, ma voi potete tenervi il dio rosso o i Sette o qualsiasi altro dio ascolti le vostre preghiere. Noi abbiamo bisogno di lance, archi, occhi lungo la Barriera.

«Prenderò tutti i ragazzi sopra i dodici anni che sappiano reggere una lancia o tendere un arco. Prenderò i vostri anziani, i vostri feriti e i vostri menomati, anche quelli che non sono più in grado di combattere. Potranno svolgere altre mansioni: impennare frecce, mungere le capre, raccogliere la legna, ripulire le nostre stalle... Di lavoro ce n'è tanto. E prenderò anche le vostre donne. Non mi servono fanciulle pronte ad arrossire in cerca di protezione, ma tutte le mogli di lancia che vorranno venire saranno le ben accette.»

«E le ragazze?» chiese una fanciulla che sembrava avere l'età di Arya, l'ultima volta che l'aveva vista.

«Dai sedici anni in su.»

«Ma hai parlato di ragazzi sopra i dodici anni.»

Giù nei Sette Regni i ragazzi di dodici anni facevano spesso i paggi o gli scudieri, molti si erano già addestrati per anni nell'uso delle armi. Le ragazze di dodici anni erano ancora delle bambine. "Questi però sono bruti" pensò Jon.

«D'accordo. Ragazzi e ragazze sopra i dodici anni. Ma solo quelli capaci di ubbidire a un ordine. E questo vale per tutti. Non vi chiederò mai di inginocchiarvi davanti a me, ma avrete sopra di voi capitani e sergenti che vi diranno quando alzarvi e quando andare a dormire, dove mangiare, quando bere, che cosa mettervi addosso, quando estrarre la spada e dove scagliare le frecce. Gli uomini dei Guardiani della notte servono per tutta la vita. A voi non chiederò questo impegno. Ma finché sarete sulla Barriera, sarete sotto il mio comando. Disubbidite a un ordine, e vi verrà mozzata la testa. Chiedete ai miei confratelli se non ne sono capace. Mi hanno visto farlo, con l'acciaio in pugno.»

«Pugno» gracchiò il corvo del Vecchio Orso. *«Pugno, pugno, pugno.»*

«A voi la scelta» concluse Jon Snow. «Quelli che vogliono aiutarci a difendere la Barriera, verranno con me al Castello Nero e darò loro armi e cibo. Gli altri prendano rape e cipolle, e tornino a strisciare nelle loro tane sottoterra.»

La ragazza fu la prima a farsi avanti. «Io posso combattere! Mia madre era una moglie di lancia.»

Jon annuì. "Forse non ha nemmeno dodici anni" pensò, mentre la ragazza si faceva strada fra due vecchi, ma non avrebbe rifiutato la sua prima recluta.

Due ragazzotti la seguirono, il più grande avrà avuto al massimo quattordici anni. Poi si fece avanti un uomo sfregiato, con un occhio solo. «Li ho visti anch'io, i morti che camminano. Perfino i corvi sono meglio di quelli.» Un'alta moglie di lancia, un vecchio con le grucce, un ragazzo con la faccia da luna piena e un braccio rattrappito, un giovanotto con i capelli rossi che a Jon ricordarono quelli di Ygritte.

E poi Halleck. «Tu non mi piaci, corvo» ringhiò. «Ma non mi è mai piaciuto nemmeno Mance, e neanche a mia sorella. Abbiamo combattuto per lui. Perché non combattere per te?»

A quel punto si ruppe la diga. Halleck era un uomo di prestigio. "Mance aveva ragione" pensò. "Il popolo libero non segue i nomi o piccoli animaletti di stoffa cuciti sulla tunica" gli aveva detto il re oltre la Barriera. "Non danzeranno per conio, se ne fregheranno di come ti fai chiamare o del tuo collare onorifico o di chi era tuo nonno. Seguono la forza. Seguono l'uomo."

I cugini di Halleck seguirono il suo esempio, e così uno degli alfieri di Harma, poi gli uomini che avevano combattuto con lei, poi altri che avevano sentito racconti sul loro valore. Anziani dalla barba grigia e giovani ancora acerbi, guerrieri nel fiore degli anni, uomini feriti e menomati, una buona ventina di mogli di lancia, perfino tre piedi di corno.

"Ma nessun thenn." Il maknar girò la schiena e scomparve nei tunnel. I suoi tirapiedi con la corazza rivestita di bronzo gli andarono subito dietro.

Quando anche l'ultima mela avvizzita fu distribuita, i carri erano affollati di bruti e la colonna contava sessantatré persone in più rispetto al mattino partendo dal Castello Nero. «Che cosa te ne farai di loro?» chiese Bowen Marsh a Jon durante il ritorno sulla Strada del Re.

«Li addestrerò, li armerò e li dividerò. Li manderò dove c'è bisogno. Al Forte Orientale, a Torre delle Ombre, a Segno di Ghiaccio, a Guardia Grigia. Voglio aprire altre tre fortezze.»

Il lord attendente lanciò un'occhiata indietro. «Anche le donne? I nostri confratelli non sono abituati ad avere delle donne fra loro, mio lord. I loro voti... Ci saranno risse, stupri...»

«Quelle donne hanno dei coltelli e sanno usarli.»

«E la prima volta che una moglie di lancia taglierà la gola a un nostro confratello, che cosa succederà?»

«Avremo perso un uomo» disse Jon. «Ma ne abbiamo appena guadagnati sessantatré. Tu sei bravo a contare, mio lord. Correggimi se sbaglio, ma ce ne resteranno sessantadue.»

Marsh non era convinto. «Adesso abbiamo altre sessantatré bocche da sfamare, mio lord... Ma quanti combatteranno? E da che parte staranno? Se alle porte ci fossero gli Estranei, molto probabilmente starebbero con noi, ne convengo... ma se a bussare fosse Tormund Veleno dei Giganti o il Piagnone, con diecimila assassini ululanti al seguito, che cosa succederebbe?»

«Solo allora lo sapremo, lord Bowen. Perciò auguriamoci che quel momento non arrivi mai.»

TYRION

Sognò il lord suo padre e il Signore del sudario. Sognò che erano la stessa persona, e quando suo padre lo circondò con braccia di pietra e si chinò a dargli il bacio grigio si svegliò con la bocca secca, rugginosa per il sapore di sangue, il cuore che gli martellava nel petto.

«Il nostro nano morto è tornato fra noi» commentò Haldon.

Tyrion Lannister scosse la testa per liberarsi dei residui di quel sogno. "Ero perduto nelle Anse dolenti." «Non sono morto.»

«È da vedersi» disse il Mezzo-maestro, in piedi accanto a lui. «Papero, fa' il bravo e prepara un po' di brodo per il nostro piccolo amico. Sarà di certo affamato.»

Tyrion capì di trovarsi sulla *Fanciulla pudica*, sotto una ruvida coperta che puzzava d'aceto. "Le Anse dolenti sono dietro di noi. È stato solo un sogno che ho sognato mentre annegavo." «Perché puzzo di aceto?»

«Lemore l'ha usato per lavarti. Dicono che prevenga il morbo grigio. Io dubito, ma tanto valeva fare il tentativo. È stata Lemore a spremerti l'acqua dai polmoni, dopo che Griff ti ha ripescato. Eri freddo come un pezzo di ghiaccio e avevi le labbra blu. Yandry ha detto che dovevamo ributtarti nel fiume, ma il ragazzo non ha voluto.»

"Il principe." I ricordi riaffiorarono tutti insieme: l'uomo di pietra che lo afferrava con le mani grigie piene di crepe, il sangue che gli colava dalle nocche. "Pesava come un macigno e mi tirava giù." «È stato Griff a ripescarmi?» "Deve proprio odiarmi, altrimenti mi avrebbe lasciato morire." «Quanto tempo ho dormito? Dove siamo?»

«A Selhorys.» Haldon tirò fuori un piccolo coltello dalla manica e glielo lanciò. «Ecco, tieni.»

Il nano trasalì. La lama si conficcò in mezzo ai suoi piedi, vibrante nel legno della tolda. Tyrion la estrasse. «Perché?»

«Togliti gli stivali, e pungiti tutte le dita delle mani e dei piedi.»

«Pare... doloroso.»

«Me lo auguro. Forza!»

Tyrion si tolse uno stivale, poi l'altro, quindi le calze. Si scrutò le dita dei piedi. Non gli parevano né meglio né peggio del solito. Si punse con cautela un alluce.

«Più forte» lo incitò Haldon il Mezzo-maestro.

«Vuoi vedere uscire il sangue?»

«Se necessario.»

«Avrò una crosta su ogni dito.»

«Lo scopo non è quello di contarti le dita. Voglio vederti trasalire. Se ti fa male, puoi stare tranquillo. È solo quando non riuscirai più a sentire la lama che avrai motivo di avere paura.»

"Il morbo grigio" capì Tyrion con una smorfia. Si punzecchiò un altro dito, imprecò nel vedere un perla di sangue formarsi intorno alla punta del coltello. «Mi fa male. Sei contento?»

«Saltello di gioia.»

«I tuoi piedi puzzano più dei miei, Yollo» disse Papero con in mano una ciotola di brodo. «Griff ti aveva detto di non toccare gli uomini di pietra.»

«*Aye*, ma si è dimenticato di dire agli uomini di pietra di non toccare me.»

«Mentre ti pungi, guarda se ci sono delle chiazze di pelle morta o se le unghie cominciano a diventare scure» disse Haldon. «Se vedi segni del genere, non esitare: meglio perdere un dito che un intero piede. Meglio perdere un braccio che passare i giorni gemendo sul Ponte del Sogno. Ora l'altro piede, forza. Poi le dita delle mani.»

Il nano incrociò le tozze gambe e cominciò a pungersi l'altra serie di dita. «Devo pungermi anche il pungolo?»

«Non ti farebbe male.»

«Non farebbe male a te, vuoi dire. Anche se potrei tagliarmelo via, per l'uso che ne faccio.»

«Accomodati. Lo faremo conciare e impagliare e lo venderemo per una fortuna. I cazzi di nano sono taumaturgici.»

«Lo dico da anni a tutte le donne» ammise Tyrion. S'infilò la punta del coltello nel pollice, guardò la goccia di sangue formarsi, se la succhiò. «Quanto devo andare avanti a torturarmi da solo? Quand'è che saremo sicuri che non sono infetto?»

«La verità?» disse il Mezzo-maestro. «Mai. Hai ingurgitato mezzo fiume. Potresti diventare grigio in questo stesso istante, tramutarti in pietra dall'interno, cominciando da cuore e polmoni. In tal caso, le punture alle dita e il lavaggio con l'aceto non ti salveranno. Quando hai finito, vieni a prendere un po' di brodo.»

Il brodo era buono, ma Tyrion notò che il Mezzo-maestro preferì sedersi dall'altra parte del tavolo per mangiare.

La *Fanciulla pudica* era ormeggiata a una banchina segnata dalle intemperie sulla riva orientale della Rhoyne. Due banchine più in giù, una galea fluviale di Volantis scaricava soldati. Spacci, chioschi e magazzini si susseguivano lungo un muro di arenaria, oltre al quale erano visibili le torri e le cupole della città, arrossate dalla luce del sole al tramonto.

No, non una città. Selhorys era ancora considerata una semplice cittadina ed era governata da Vecchia Volantis. Quel luogo non era l'Occidente.

Lemore venne sul ponte, insieme al principe. Quando vide Tyrion, corse ad abbracciarlo. «La Madre è misericordiosa. Abbiamo pregato per te, Hugor.»

"Tu, quanto meno." «Non te ne farò una colpa.»

Il saluto di Griff il Giovane fu meno esuberante. Il principe era di pessimo umore, perché doveva rimanere a bordo della *Fanciulla pudica* invece di scendere a terra con Yandry e Ysilla.

«Vogliamo soltanto proteggerti» gli disse Lemore. «Sono tempi inquieti.»

Haldon il Mezzo-maestro spiegò. «Durante il viaggio dalle Anse dolenti a Selhorys, per tre volte abbiamo scorto cavalieri dothraki che si spostavano verso sud lungo la riva orientale del fiume. In un caso erano talmente vicini da udire il tintinnio delle campanelle che portano nelle trecce. E a volte, di notte, i bagliori dei loro fuochi erano visibili al di là delle colline occidentali. Abbiamo anche oltrepassato navi da guerra, galee fluviali di

Volantis cariche di schiavi soldato. I triarchi temono un attacco a Selhorys, è evidente.»

Questo Tyrion l'aveva capito subito. Unica fra le principali cittadine sul fiume, Selhorys sorgeva sulla riva orientale della Rhoyne, il che la rendeva più vulnerabile ai signori del cavallo rispetto a quelli sulla sponda opposta. "Anche così, è comunque un magro bottino. Se fossi khal, fingerei un attacco a Selhorys, lascerei che i volantiani si precipitino a difenderla, punterei a sud e mi dirigerei al galoppo contro Volantis stessa."

«So maneggiare la spada» insisteva intanto Griff il Giovane.

«Anche il più coraggioso dei tuoi antenati teneva attorno a sé la sua Guardia reale in tempi di pericolo» ribatté Lemore. Aveva cambiato le sue vesti da septa con un abito più adatto a una moglie o figlia di un prospero mercante. Tyrion l'osservò con attenzione. Aveva fiutato abbastanza facilmente la verità sotto i capelli tinti di blu di Griff e di Griff il Giovane, e Yandry e Ysilla sembravano né più né meno ciò che dicevano di essere, mentre Papero era qualcosa di meno. Lemore, tuttavia... "Chi è in realtà? Perché si trova qui? Non per oro, direi. Che cosa rappresenta il principe per lei? È una vera septa o lo sarà mai stata?"

Anche Haldon notò il cambio d'abito di Lemore. «A che cosa dobbiamo questa improvvisa perdita di fede? Ti preferivo nelle vesti di septa, Lemore.»

«Io la preferivo nuda» disse Tyrion.

Lemore gli lanciò un'occhiata di rimprovero. «Perché hai un'anima depravata. Le vesti da septa gridano di Occidente e potrebbero attirare su di noi sguardi inopportuni.» Si rivolse al principe Aegon. «Tu non sei il solo che deve nascondersi.»

Il ragazzo non parve placato. "Il principe perfetto, ma pur sempre ancora un ragazzino, con poca esperienza del mondo e dei suoi dolori" pensò Tyrion. «Principe Aegon» disse, «poiché siamo tutti e due confinati su questo barcone, non mi concederesti l'onore di una partita a cyvasse per far passare il tempo?»

Il principe gli lanciò un'occhiata diffidente. «Sono stufo di giocare a cyvasse.»

«Stufo di farti battere da un nano, intendi?»

Le parole punsero sull'orgoglio il ragazzo, come il Folletto aveva previsto. «Va' a prendere il tavolo e le pedine. Stavolta ti distruggo.»

Giocarono sul ponte, seduti a gambe incrociate dietro la cabina. Griff il Giovane dispose il suo esercito per l'attacco, con il drago, gli elefanti e il cavallo pesante in posizioni avanzate. "Una formazione da giovane, tanto ardita quanto sciocca" pensò Tyrion. "Rischia tutto per vincere prima." Lasciò al principe la mossa d'apertura. Haldon si fermò dietro di loro a guardare.

Quando il principe allungò la mano verso il drago, Tyrion si schiarì la voce. «Se fossi in te non lo farei. È un errore tirar fuori il drago troppo presto.» Sorrise con aria innocente. «Tuo padre conosceva i rischi nell'essere troppo temerario.»

«Conoscevi il mio vero padre?»

«Be', l'ho visto due o tre volte, ma avevo solo undici anni quando Robert lo uccise e il mio genitore mi aveva nascosto sotto una roccia sporgente. No, non posso sostenere di aver veramente conosciuto il principe Rhaegar. Non come lo conosceva il tuo falso padre. Lord Connington era il più caro amico del principe, no?»

Griff il Giovane si tolse un ciuffo di capelli blu dagli occhi. «Erano scudieri insieme, ad Approdo del Re.»

«Un vero amico, il nostro lord Connington. Deve esserlo di certo, per restare così fedele al nipote del re che gli tolse terre e titoli, e lo mandò in esilio. Che peccato. Altrimenti l'amico del principe Rhaegar sarebbe stato disponibile, quando mio padre saccheggiò Approdo del Re, e avrebbe impedito che al prezioso figlioletto del principe Rhaegar fracassassero il reale cranio contro un muro.»

Il ragazzo diventò rosso. «Quello non ero io. Te l'ho detto. Quello era il figlio di un tintore di pellami del Vicolo delle Latrine, la cui madre morì mettendolo al mondo. Suo padre lo vendette a lord Varys per una brocca di vino dorato di Arbor. Aveva altri figli, ma non aveva mai assaggiato il vino di Arbor. Varys consegnò il bambino delle latrine alla lady mia madre, e mi portò via con sé.»

«*Aye.*» Tyrion mosse gli elefanti. «E quando il principe delle latrine fu sicuramente morto, l'eunuco ti portò in segreto al di là del Mare Stretto e ti diede al suo grasso amico signore dei formaggi. Il quale a sua volta ti nascose su un barcone, trovando anche un lord esule disposto a dichiararsi tuo padre. È davvero una bellissima storia: i menestrelli metteranno in risalto la tua fuga avventurosa, una volta che avrai ripreso il Trono di Spade… ammesso che la nostra bella Daenerys ti accetti come consorte.»

«Lo farà. Deve farlo.»

«Deve? Be', questa non è precisamente una parola che le regine amano sentire. Tu per lei sei il principe perfetto, d'accordo: intelligente, ardito e di bell'aspetto, il meglio che qualsiasi donzella possa desiderare. Daenerys Targaryen, tuttavia, non è una donzella. È la vedova di un khal dothraki, Madre dei draghi e saccheggiatrice di città: un Aegon il Conquistatore con le tette. Potrebbe dimostrarsi assai meno compiacente di quanto non ti aspetti.»

«Sarà compiacente» replicò il principe Aegon, ma pareva sconvolto. Era chiaro che non aveva mai neppure considerato l'ipotesi che la sua futura sposa potesse respingerlo. «Tu non la conosci.» Prese il cavallo pesante e lo posò con un colpo sordo.

Il Folletto si strinse nelle spalle. «So che ha trascorso l'infanzia in esilio e in miseria, vivendo di sogni e progetti, correndo da una città all'altra, sempre con la paura, mai al sicuro, senza amici a parte un fratello che, stando al giudizio di tutti, era un mezzo demente… un fratello che vendette ai dothraki la verginità della sorella in cambio della promessa di un esercito. So che da qualche parte sull'erba della grande pianura le sue uova di drago si sono dischiuse, e anche lei. So che è orgogliosa. Perché no? Che altro le rimaneva, se non l'orgoglio? So che è forte. Come poteva essere altrimenti? I dothraki disprezzano la debolezza. Se Daenerys Targaryen fosse stata debole, sarebbe morta insieme a Viserys. So che è feroce. Astapor, Yunkai e Meereen ne sono prova sufficiente. Ha attraversato il mare Dothraki e il deserto rosso, è sopravvissuta ad assassini, congiure e stregonerie, ha pianto un fratello, un marito e un figlio, ha calpestato le città degli schiavisti e le ha ridotte in polvere sotto i suoi sandali delicati. Ora, dimmi: come pensi che reagirà, una tale regina, quando ti presenterai al suo cospetto reggendo in mano la ciotola delle elemosine e dicendo: "Buongiorno a te, zietta cara. Sono niente meno che il tuo nipote Aegon, tornato dal regno dei morti. Sono rimasto tutta la vita nascosto su un barcone, ma adesso mi sono tolto la tintura blu dai capelli e vorrei un drago, per favore… Ah, a proposito, ti ho forse già detto che la mia pretesa al Trono di Spade è più solida della tua?".»

Aegon fece una smorfia. «Non andrò da mia zia come un mendicante. Andrò da lei come un consanguineo. E con un esercito.»

«Un piccolo esercito.» "Ecco, è questo che lo fa andare su tutte le furie." Tyrion non poté fare a meno di pensare a Joffrey. "Ho davvero il dono di fare imbufalire i principi." «La regina Daenerys ne ha uno grande, e non grazie a te.» Il nano mosse i balestrieri.

«Racconta quello che ti pare. Daenerys sarà mia sposa, a questo provvederà lord Connington. Mi fido di lui come del mio stesso sangue.»

«Forse dovresti fare il guitto al posto mio. Non fidarti di nessuno, mio principe. Non del tuo maestro senza catena, non del tuo falso padre, non del valoroso Papero, non della bella Lemore, men che meno di quegli altri buoni amici che ti hanno fatto crescere sotto un cavolo. Soprattutto non fidarti del signore dei formaggi né del Ragno tessitore né di quella piccola regina dei draghi che intendi sposare. Tutta questa diffidenza ti inacidirà lo stomaco e ti terrà sveglio la notte, è vero, ma è molto meglio l'insonnia che un sonno senza fine.» Tyrion spinse il suo drago nero oltre una catena di montagne. «Ma in fondo, io che ne so? Il tuo falso padre è un grande lord e io sono soltanto una piccola scimmia storta. Eppure io agirei diversamente.»

Il ragazzo fu colpito dall'ultima frase. «E come?.»

«Se fossi al tuo posto? Andrei a ovest invece che a est. Sbarcherei a Dorne e innalzerei i miei vessilli. I Sette Regni non saranno mai più maturi per una nuova conquista di quanto lo sono ora. Un re bambino siede sul Trono di Spade. Il Nord è nel caos, Delta delle Acque è una rovina, un ribelle occupa Capo Tempesta e Roccia del Drago. L'inverno sta arrivando, e quando sarà qui, il regno morirà di fame. E chi resta ad affrontare tutto questo, a tenere in pugno il piccolo re che crede di tenere in pugno i Sette Regni? Guarda un po': la mia dolce sorella Cersei. Non c'è nessun altro. Mio fratello Jaime ha sete di battaglia, non di potere. Ha rifuggito qualsiasi possibilità di regnare che gli si è presentata. Mio zio Kevan sarebbe un reggente passabile, se solo qualcuno gli conferisse l'incarico, ma da parte sua non cercherà mai di ottenerlo. Gli dèi l'hanno creato gregario, non dominatore.» "Be', gli dèi e il lord mio padre." «Mace Tyrell sarebbe ben lieto di agguantare lo scettro, ma i miei parenti non sono propensi a farsi da parte e lasciarglielo prendere. E tutti odiano Stannis. Così chi resta? Come ho già detto, solo Cersei Lannister.

«L'Occidente è lacerato e sanguinante. Non dubito che proprio ora la mia dolce sorella ne stia medicando le ferite... con il sale. Cersei è gentile quanto re Maegor, altruista quanto Aegon il Mediocre, saggia quanto Aerys il Folle. Non dimentica mai un affronto, reale o presunto. Prende la cautela per codardia e il dissenso per sfida. Ed è avida: di potere, di onori, di amore. Il regno di Tommen è sostenuto da tutte le alleanze che il lord mio padre ha stretto con sagacia, ma ben presto Cersei le distruggerà tutte. Quindi, ragazzo, sbarca nell'Occidente e innalza i tuoi vessilli, e vedrai che gli uomini affluiranno numerosi per la tua causa. Non solo lord grandi e piccoli, ma anche gente comune. Però non aspettare troppo, mio principe. Questo momento propizio non durerà. La marea che adesso ti porta in alto, presto si ritirerà. Assicurati di raggiungere l'Occidente prima che mia sorella cada e qualcuno di più competente prenda il suo posto.»

«Ma senza Daenerys e i suoi draghi» ribatté il principe Aegon «come potremmo sperare di vincere?»

«Non hai bisogno di vincere» rispose Tyrion. «Devi solo innalzare i vessilli, radunare i tuoi sostenitori e resistere finché Daenerys non arriverà per unire le proprie forze alle tue.»

«Ma se hai detto che potrebbe non volermi.»

«Forse ho esagerato. Potrebbe anche impietosirsi, quando andrai a mendicare la sua mano.» Tyrion si strinse nelle spalle. «Vuoi forse giocarti il trono per il capriccio di una donna? Va' dunque nel continente occidentale... e sarai un ribelle, non un mendicante. Ardito, temerario, vera progenie della nobile Casa Targaryen, sulle orme di Aegon il Conquistatore. Sarai *un drago*.

«Te lo ripeto: conosco la nostra piccola regina. Lascia che venga a sapere che il figlio assassinato di suo fratello Rhaegar è ancora vivo. Lascia che scopra che il coraggioso ragazzo ha innalzato ancora una volta sull'Occidente il vessillo del drago dei suoi antenati, che sta combattendo una guerra disperata per vendicare il padre e reclamare il Trono di Spade per la Casa Targaryen, duramente aggredito da tutti i lati... e lei volerà al tuo fianco, con la rapidità con cui il vento e l'acqua la porteranno. Sei l'ultimo della sua linea di sangue e questa Madre dei draghi, questa

Distruttrice di catene, è soprattutto una soccorritrice. La ragazza che ha deciso di annegare nel sangue le città schiaviste piuttosto che lasciare degli estranei nei loro ceppi non abbandonerà mai il figlio del suo stesso fratello nell'ora del pericolo. E quando arriverà in Occidente e ti vedrà per la prima volta, vi incontrerete da pari a pari, uomo e donna, Targaryen e Targaryen, non regina e postulante. Come potrà fare a meno di amarti, allora, ti chiedo?» Con un sorriso, Tyrion prese il proprio drago e lo fece volare da una parte all'altra del tavolo. «Mi auguro che vostra grazia mi perdoni. Il tuo re è in trappola. Morte in quattro mosse.»

Il principe fissò il tavolo. «Il mio drago...»

«... è troppo distante per salvarti. Avresti dovuto spostarlo al centro della battaglia.»

«Ma tu avevi detto...»

«Ho mentito. Non fidarti di nessuno. E tieni sempre il tuo drago vicino.»

Griff il Giovane balzò in piedi e con un calcio rovesciò il tavolo. I pezzi della cyvasse volarono da tutte le parti, rimbalzarono e rotolarono sul ponte della *Fanciulla pudica*. «Raccoglili» ordinò il ragazzo.

"Alla fine resta pur sempre un Targaryen" pensò Tyrion. «Se così a vostra grazia compiace.» Si mise carponi e cominciò a strisciare sul ponte, raccogliendo un pezzo dopo l'altro.

Mancava poco al crepuscolo quando Yandry e Ysilla risalirono a bordo della *Fanciulla pudica*. Un servo trottava dietro di loro, spingendo un carretto con un'alta pila di provviste: sale e farina di grano, burro appena fatto con la zangola, fette di pancetta affumicata avvolte in tela di lino, sacchi di arance, mele e pere. Yandry portava in spalla un barile di vino, Ysilla aveva un luccio sulla schiena. Il pesce era grosso quanto Tyrion.

Al vedere il nano in cima alla passerella, Ysilla si fermò bruscamente, tanto che Yandry andò a sbatterle addosso e il luccio rischiò di cadere nel fiume. Papero l'aiutò a recuperarlo. Ysilla lanciò un'occhiataccia a Tyrion, serrando tre dita e mimando il gesto di pugnalare. "Un segno contro il malocchio." «Lascia che ti aiuti a portare il pesce» disse il Folletto a Papero.

«No» scattò Ysilla, brusca. «Sta' lontano. Non toccare il cibo, a parte quello che mangi.»

Il Folletto alzò le braccia. «Come tu comandi.»

Yandry depositò con un tonfo il barile di vino sul ponte. «Dov'è Griff?» chiese a Haldon.

«Sta dormendo.»

«Allora sveglialo. Abbiamo delle notizie che è meglio che ascolti. Qui a Selhorys, il nome della regina è sulla bocca di tutti. Dicono che sia ancora a Meereen, sotto duro assedio. Se vogliamo dare credito alle chiacchiere nei mercati, presto anche Vecchia Volantis entrerà in guerra contro di lei.»

Haldon strinse le labbra. «Le chiacchiere di pescivendoli non meritano attenzione. Tuttavia penso che Griff le voglia ascoltare. Sai com'è fatto.» Il Mezzo-maestro scese di sotto.

"La fanciulla quindi non è mai partita per l'Occidente" pensò Tyrion. Senza dubbio, Daenerys Targaryen doveva avere le sue buone ragioni. Fra Meereen e Volantis c'erano cinquecento leghe di deserti e montagne, paludi e rovine, oltre a Mantarys con la sua sinistra reputazione. "Una città di mostri, dicono. Ma se lei avanza via terra, dove altro può rifornirsi di cibo e acqua? Il mare sarebbe più veloce, ma se non ha le navi..."

Quando Griff comparve sul ponte, il luccio sfrigolava e schizzava sul braciere mentre Ysilla ci versava sopra il succo di un limone. Il mercenario indossava la cotta di maglia e il mantello di pelle di lupo, morbidi guanti di cuoio, brache di lana scura. Se fu sorpreso di vedere Tyrion sveglio, non lo diede a vedere, a parte il solito sguardo torvo. Tirò Yandry accanto al timone, dove tutt'e due parlottarono a voce troppo bassa perché il nano riuscisse a sentire.

Alla fine Griff chiamò Haldon. «Dobbiamo sapere se quelle voci sono vere. Va' a terra e scopri quel che puoi. Qavo sarà al corrente, se riesci a trovarlo. Prova all'Uomo del Fiume e alla Tartaruga dipinta. Conosci gli altri posti che frequenta.»

«*Aye*. Porterò anche il nano. Quattro orecchie sentono più di due. E tu sai quanto Qavo ami la cyvasse.»

«Come preferisci. Torna prima che sorga il sole. Se per qualsiasi motivo vieni trattenuto, presentati alla Compagnia dorata.»

"Parla come un lord" notò Tyrion, ma se lo tenne per sé.

Haldon si mise un mantello con il cappuccio e Tyrion cambiò l'abito multicolore con qualcosa di grigio. Griff permise a tutti e due di prendere una borsa d'argento dagli scrigni di Illyrio. «Per sciogliere le lingue.»

Il crepuscolo stava lasciando posto al buio quando s'incamminarono sul lungofiume. Oltrepassarono alcune navi con la passerella alzata che parevano abbandonate. Altre brulicavano di uomini armati che li guardarono con sospetto. Sotto le mura della città, lanterne di pergamena sopra i chioschi lanciavano pozze di luce colorata sull'acciottolato. Tyrion guardò la faccia di Haldon diventare verde, poi rossa, poi viola. Sotto la cacofonia di lingue straniere, udì una musica strana arrivare da qualche parte più avanti, l'acuto suono di un flauto accompagnato dai tamburi. Dietro di loro, l'abbaiare di un cane.

E le puttane giravano per la strada. Di fiume o di mare, un porto era comunque un porto: e dove ci sono marinai, ci sono puttane. "È questo che mio padre intendeva? È qui che vanno le puttane? Verso il mare?"

Le puttane di Lannisport e di Approdo del Re erano donne libere. Le loro consorelle di Selhorys erano schiave e il loro stato era indicato dalle lacrime tatuate sotto l'occhio destro. "Vecchie come il peccato e brutte ancora di più, tutte quante." Il che era sufficiente a far passare la voglia di andare a puttane. Tyrion sentì i loro occhi puntati addosso mentre passava e le sentì mormorare tra loro e ridacchiare coprendosi la bocca con la mano. "Viene quasi da pensare che non abbiano mai visto un nano."

Una squadra di lancieri volantiani era di guardia alla Porta del Fiume. La luce delle torce brillava sugli artigli d'acciaio che sporgevano dalle impugnature. Gli elmi erano maschere di tigre, e le facce di sotto avevano delle strisce verdi tatuate sulle guance. Tyrion sapeva che gli schiavi soldato di Volantis erano fieri delle loro strisce da tigre. "Bramano la libertà?" si domandò. "Che cosa farebbero, se questa regina bambina gliela concedesse? Che cosa sono, se non delle tigri? Che cosa sono io, se non un leone?"

Una delle tigri notò il nano e disse qualcosa che suscitò l'ilarità degli altri. Mentre arrivavano alla porta, si tolse l'impugnatura munita di artigli e il guanto che c'era sotto, mise il braccio intorno al collo del nano e gli accarezzò rudemente la testa. Tyrion rimase troppo sconcertato per opporre resistenza. Un attimo dopo era tutto finito.

«Perché l'ha fatto?» chiese Tyrion al Mezzo-maestro.

«Dice che porta buono lisciare la testa di un nano» spiegò Haldon, dopo uno scambio di battute nella lingua della guardia.

Tyrion si costrinse a sorridere all'uomo. «Digli che succhiare il cazzo di un nano porta ancora più buono.»

«Meglio di no. Le tigri sono note per i loro denti affilati.»

Un'altra guardia li incitò a varcare la porta, agitando con impazienza una torcia nella loro direzione. Haldon il Mezzo-maestro cominciò a fare strada nel cuore della cittadina, con Tyrion che lo seguiva cautamente.

Davanti a loro si aprì una grande piazza. Anche a quell'ora era affollata, rumorosa, inondata di luce. Dalle catene di ferro sopra gli ingressi di locande e case di piacere dondolavano le lanterne, che però all'interno delle porte della città erano di vetro colorato e non di pergamena. Sulla destra, davanti a un tempio di pietra rossa ardeva un falò. Dal balcone, simile a un pulpito, un sacerdote in vesti scarlatte arringava la piccola folla raccolta intorno al fuoco. Altrove, alcuni viaggiatori erano seduti a giocare a cyvasse davanti a una locanda, soldati ubriachi entravano e uscivano da un locale che era chiaramente un bordello, una donna picchiava un mulo davanti a una stalla. Un carretto a due ruote passò rumorosamente, tirato da un elefante bianco nano. "Questo è davvero un altro mondo" pensò Tyrion "eppure non tanto diverso da quello che conosco io."

La piazza era dominata da una statua di marmo bianco raffigurante un uomo decapitato, con una corazza riccamente ornata, in sella a un destriero con un ornamento simile. «E quello chi sarebbe?» chiese Tyrion meravigliato.

«Il triarca Horonno, un eroe volantiano del Secolo di Sangue. Fu nominato triarca ogni anno per quarant'anni, finché non si stancò delle elezioni e si autonominò triarca a vita. Ai volantiani non piacque affatto. Poco dopo lo misero a morte. Fu legato fra due elefanti e squartato a metà.»

«Alla sua statua pare manchi la testa.»

«Lui era una tigre. Quando gli elefanti salirono al potere, i loro seguaci si scatenarono mozzando la testa alle statue di quelli che ritenevano responsabili di tutte le guerre e le uccisioni.»

Haldon alzò le spalle. «Era un'altra epoca. Vieni, è meglio se ascoltiamo che cosa dice quel prete rosso. Sarei pronto a giurare di aver sentito nominare Daenerys.»

Si unirono alla folla sempre più numerosa davanti al tempio dall'altra parte della piazza. Con la gente del posto che li circondava, il nano trovò difficile vedere qualcosa di diverso dai loro culi. Riusciva a udire quasi tutte le parole del sacerdote, ma non per questo le comprendeva.

«Tu capisci che cosa dice?» chiese a Haldon nella lingua comune.

«Capirei, se non avessi un nano che mi zufola all'orecchio.»

«Io non zufolo» protestò Tyrion.

Incrociò le braccia e guardò dietro di sé, studiando la faccia degli uomini e delle donne che si erano fermati ad ascoltare. Da qualsiasi parte si voltasse, vedeva tatuaggi. "Schiavi. Quattro su cinque sono schiavi."

«Il prete rosso chiama i volantiani alla guerra» gli riferì il Mezzomaestro, «però dalla parte giusta, come soldati del Signore della luce, R'hllor che creò il sole e le stelle e che combatte in eterno contro le tenebre. Nyessos e Malaquo si sono allontanati dalla luce, dice, con il cuore annerito dalle gialle arpie dell'Est. Dice...»

«*Draghi*. Questa parola la capisco. Ha detto *draghi*.»

«*Aye*. I draghi sono venuti per portarla alla gloria.»

«Portare chi? Daenerys?»

Haldon annuì. «Benerro ha mandato il messaggio da Volantis. La venuta di Daenerys è il compimento di un'antica profezia. È nata dal fumo e dal sale per creare il mondo da capo. Daenerys è Azor Ahai che ritorna... Il suo trionfo sulle tenebre porterà un'estate che non avrà mai fine e... la morte stessa si piegherà e tutti coloro che morranno combattendo per la sua causa rinasceranno...»

«Dovrò rinascere in questo stesso corpo?» chiese Tyrion. La folla stava diventando ancora più fitta. Sentiva la pressione crescere intorno. «Chi è Benerro?»

Haldon inarcò il sopracciglio. «Il gran sacerdote del Tempio Rosso di Volantis. Fiamma di verità, luce di saggezza, primo servitore del Signore della luce, schiavo di R'hllor.»

L'unico prete rosso che Tyrion avesse mai conosciuto era Thoros di Myr, il corpulento, affabile spaccone sbrodolato di vino che si aggirava per la corte di Robert Baratheon tracannando le migliori vendemmie del re e dando fuoco alla lama della sua spada per le grandi mischie.

«Averne di sacerdoti grassi, cinici e corrotti» disse a Haldon, «quelli che amano sedere su morbidi cuscini di seta, a mangiucchiare dolci e circuire i ragazzini. Sono sempre quelli che credono in dio a creare guai.»

«Forse potremo usare quei guai a nostro vantaggio. So dove possiamo trovare delle risposte.» Passando davanti all'eroe decapitato, il Mezzo-maestro lo condusse a una grande locanda di pietra affacciata sulla piazza. Sopra la porta c'era appeso il guscio di un'enorme tartaruga con la cresta, dipinto a colori vistosi.

All'interno, un centinaio di fioche candele rosse ardevano come stelle lontane. Nell'aria aleggiavano profumi di carne arrosto e di spezie, e una giovane schiava con una tartaruga tatuata sulla guancia stava mescendo vino verde chiaro.

Haldon si fermò nel vano della porta. «Quei due laggiù.»

In un angolo, sedevano due uomini a un tavolo da cyvasse di pietra istoriata, studiando con occhi socchiusi i pezzi alla luce di una candela rossa. Uno era magro e giallastro, con i capelli neri radi e il naso affilato. L'altro era largo di spalle e rotondo di ventre, con i riccioli a cavatappi che gli scendevano fino alle spalle. Nessuno dei due si degnò di alzare lo sguardo dal gioco finché Haldon non spostò una sedia in mezzo a loro. «Il mio nano gioca a cyvasse meglio di voi due messi assieme» li provocò.

L'uomo più grosso alzò la testa per fissare con disgusto gli intrusi. Disse qualcosa nella lingua di Vecchia Volantis, troppo velocemente perché Tyrion potesse sperare di capire. Il più magro si appoggiò indietro alla spalliera. «È in vendita?» chiese nella lingua comune del continente occidentale. «La raccolta di grotteschi del triarca ha bisogno di un nano che giochi a cyvasse.»

«Yollo non è uno schiavo.»

«Peccato» disse il magro e spostò un elefante d'onice.

Dall'altra parte del tavolo da cyvasse, l'uomo dietro l'esercito di alabastro torse le labbra in segno di disapprovazione e mosse il cavallo pesante.

«Errore madornale» sentenziò Tyrion, che doveva fare anche lui la sua parte.

«Proprio così» rispose il magro muovendo il cavallo pesante. Seguirono alcune rapide mosse, finché il magro sorridendo disse: «Morte, amico mio».

Quello grosso lanciò un'ultima occhiataccia al tavolo, si alzò e borbottò qualcosa nella sua lingua. L'avversario si mise a ridere. «Andiamo, su. Il nano non puzza poi così tanto.» Indicò a Tyrion la sedia vuota. «A te, piccoletto. Metti sul tavolo l'argento e vediamo quanto sei bravo nel gioco.»

"Quale gioco?" avrebbe potuto chiedere Tyrion. Si arrampicò sulla sedia. «Gioco meglio con la pancia piena e con una coppa di vino a portata di mano.» Il magro si girò e ordinò alla giovane schiava di portare loro cibo e vino.

Haldon disse: «Il nobile Qavo Nogarys è l'ufficiale del dazio qui a Selhorys. Non sono mai riuscito a batterlo a cyvasse».

Tyrion capì. «Forse io sarò più fortunato.» Aprì la sacca del conio e mise sul tavolo alcune monete d'argento, una sopra l'altra. Continuò finché Qavo non sorrise.

Qavo e Tyrion sistemarono i pezzi dietro il divisorio. «Che notizie giungono dalle città più a valle? Ci sarà la guerra?» chiese Haldon.

Qavo si strinse nelle spalle. «Gli yunkai sarebbero propensi. Si atteggiano a Saggi Padroni. Della loro saggezza non posso parlare, ma non mancano di furbizia. Il loro emissario è venuto da noi con scrigni d'oro e di gemme e duecento schiavi, ragazze nubili e ragazzi dalla pelle liscia addestrati nell'arte dei sette sospiri. Dicono che i suoi banchetti siano memorabili e i suoi regali munifici.»

«Gli yunkai hanno quindi corrotto i vostri triarchi?»

«Solo Nyessos» rispose Qavo. Rimosse il divisorio e studiò la disposizione dell'esercito di Tyrion. «Malaquo sarà anche vecchio e sdentato, ma è pur sempre una tigre, e Doniphos non sarà rieletto a triarca. La città ha sete di guerra.»

«Perché?» si stupì Tyrion. «Meereen è a molte leghe al di là del mare. Come ha fatto quella dolce regina bambina a offendere Vecchia Volantis?»

«Dolce?» rise Qavo. «Se anche solo la metà delle storie che arrivano dalla Baia degli Schiavisti è vera, quella bambina è un mostro. Dicono che è assetata di sangue, e che chi parla contro di lei finisce impalato su una lancia. Dicono che è una strega che nutre i suoi draghi con la carne di bambini neonati. Dicono che non mantiene i giuramenti e si prende gioco degli dèi, infrange la tregua, minaccia gli emissari e attacca quelli che l'hanno servita fedelmente. Dicono che non può saziare la sua libidine, e si accoppia con uomini, donne, eunuchi, perfino cani e bambini. E guai all'amante che non riesce a soddisfarla. La regina dei draghi offre il proprio corpo agli uomini per rendere schiave le loro anime.»

"Oh, bene" pensò Tyrion. "Se a me dà il suo corpo, che si prenda pure la mia anima, piccola e rachitica."

«Dicono» commentò Haldon. «Ti riferisci agli schiavisti, a quelli che ha esiliato da Astapor e da Meereen. Sono tutte calunnie.»

«Le calunnie migliori hanno sempre un fondo di verità» replicò Qavo, «ma il vero peccato della ragazza non può essere negato. Quella bambina arrogante si è messa in testa di distruggere il mercato degli schiavi, ma il traffico non è mai stato confinato alla Baia degli Schiavisti. Faceva parte del mare del commercio che abbraccia tutto il mondo e la regina dei draghi ne ha intorbidato le acque. Dietro la Muraglia Nera, i lord dell'antico sangue dormono male, ascoltando gli schiavi delle loro cucine affilare i lunghi coltelli. Gli schiavi coltivano il nostro cibo, puliscono le nostre strade, insegnano ai nostri figli. Gli schiavi sorvegliano le nostre mura, remano sulle nostre galee, combattono le nostre battaglie. E ora, quando guardano a Oriente, vedono quella giovane regina risplendere da lontano, quella spezzatrice di catene. L'antico sangue non lo può sopportare. Anche i poveri la odiano. Perfino il più misero mendicante è un gradino sopra lo schiavo. La regina dei draghi lo deruberebbe di quella consolazione.»

Tyrion avanzò i suoi lancieri. Qavo replicò con un cavallo leggero. Tyrion mosse di un quadrato i balestrieri. «Il prete rosso là fuori pareva pensare che Volantis dovrebbe combattere per l'argentea regina, non contro di lei» disse.

«I preti rossi farebbero meglio a trattenere le loro lingue» rispose Qavo Nogarys. «Qui ci sono già stati scontri fra i loro seguaci e gli adoratori di altri dèi. Le farneticazioni di Benerro serviranno solo ad attirare sulle nostre teste una grande collera.»

«Quali farneticazioni?» chiese il nano, giocherellando con la fanteria.

Qavo gesticolò. «A Volantis migliaia di schiavi e di liberti affollano ogni sera la piazza del tempio per ascoltare il berciare di Benerro su stelle che sanguinano e una spada di fuoco che purificherà il mondo. Continua a predicare che, se i triarchi prenderanno le armi contro l'argentea regina, Volantis certamente brucerà.»

«È una profezia che potrei fare anch'io. Ah, ecco che arriva la cena.»

La cena era un vassoio di capra arrosto servita su un letto di cipolle affettate. La carne era speziata e fragrante, bruciacchiata fuori e al sangue dentro. Tyrion ne staccò un pezzetto. Era talmente caldo che si scottò le dita, ma così gustoso che non poté fare a meno di prenderne un altro. Lo mandò giù con la bevanda verde chiaro di Volantis, la cosa più prossima al vino che avesse bevuto da secoli.

«Ottimo» disse, muovendo il suo drago. «Il pezzo più potente del gioco» commentò, mentre eliminava uno degli elefanti di Qavo. «E Daenerys Targaryen di draghi ne ha tre, si dice.»

«Tre» concesse Qavo «contro tre volte tremila nemici. Grazdan mo Eraz non era il solo inviato della città gialla. Quando i Saggi Padroni muoveranno contro Meereen, le legioni di Nuova Ghis combatteranno al loro fianco: i toloshi, gli ellyriani e anche i dothraki.

«Avete i dothraki fuori delle vostre porte» notò Haldon.

«Khal Pono» confermò Qavo con un gesto, quasi per scacciare l'obiezione. «I signori del cavallo vengono, si prendono i nostri doni e se ne vanno.» Mosse di nuovo la catapulta, chiuse le dita intorno al drago d'alabastro di Tyrion e lo tolse dal tavolo.

Il resto della partita fu un massacro, anche se il nano resistette per un'altra decina di mosse. «È arrivato il tempo delle lacrime amare» disse infine Qavo, raccogliendo la pila di monete d'argento. «La rivincita?»

«Non occorre» rispose Haldon. «Il mio nano ha avuto la sua lezione di umiltà. Penso che sia meglio tornare alla nostra barca.»

Fuori nella piazza il falò stava ancora bruciando, ma il prete rosso se n'era andato e la folla si era dispersa da un pezzo. Il bagliore delle candele illuminava le finestre del bordello. Dall'interno arrivavano risa femminili.

«La notte è ancora giovane» disse Tyrion. «Qavo potrebbe non averci detto tutto e le puttane sentono un mucchio di cose dai loro clienti.»

«Hai così bisogno di una donna, Yollo?»

«Ci si stufa ad avere solo le proprie dita come amanti.» "Selhorys potrebbe essere dove vanno le puttane. Tysha potrebbe essere proprio qui, ora, con delle lacrime tatuate sulla guancia." «Ho rischiato di annegare. Un uomo ha bisogno di una donna, dopo un'esperienza del genere. E poi devo verificare che l'uccello non mi sia diventato di pietra.»

Il Mezzo-maestro scoppiò a ridere. «Ti aspetto nella taverna accanto alle porte. Non metterci troppo tempo.»

«Oh, di questo non c'è pericolo. La maggior parte delle donne preferisce farla finita al più presto possibile con me.»

Il bordello era modesto, rispetto a quelli che il Folletto era avvezzo frequentare a Lannisport e ad Approdo del Re. Il tenutario pareva conoscere solo la lingua di Volantis, ma comprendeva perfettamente il tintinnio dell'argento. Guidò Tyrion in una lunga stanza profumata d'incenso, dove quattro schiave, più o meno vestite, oziavano annoiate. Due di loro avevano visto arrivare e passare almeno quaranta compleanni, sospettò il nano. La più giovane avrà avuto quindici o sedici anni. Nessuna era così brutta come le puttane che aveva visto sui moli, anche se distavano parecchio dalla bellezza. Una era chiaramente incinta. Un'altra era solo grassa e sfoggiava anelli di ferro su entrambi i capezzoli. Tutt'e quattro avevano delle lacrime tatuate sotto l'occhio.

«Hai una ragazza che parli la lingua dell'Occidente?» chiese Tyrion. Il proprietario lo guardò storto, senza capire. Tyrion ripeté la domanda in alto valyriano. Stavolta l'uomo parve afferrare un paio di parole e rispose in volantiano. Tyrion riuscì a capire solo "ragazza tramonto". Ritenne che si riferisse a una ragazza dei Regni del Tramonto.

Ce n'era solo una nella casa di piacere, e non era Tysha. Aveva le lentiggini sulle guance e una testa di folti riccioli rossi, promessa di tette lentigginose e peli rossi fra le gambe. «Andrà bene lei» dichiarò Tyrion. «E prendo anche una caraffa di vino rosso con della carne rossa.» La puttana stava fissando con ripugnanza la sua faccia senza naso. «Ti disgusto, dolcezza?

Sono un essere ributtante, come mio padre sarebbe ben felice di dirti… se non fosse morto e putrefatto.»

Anche se pareva occidentale, la ragazza non parlava la lingua comune. "Forse è stata presa schiava da bambina." La sua camera da letto era piccola, ma sul pavimento c'erano un tappeto di Myr e un materasso imbottito di piume anziché di paglia. "Ho visto di peggio."

«Mi dici come ti chiami?» le chiese, accettando la coppa di vino che gli porgeva. «No?» Il vino era forte e aspro e non aveva bisogno di traduzione. «Immagino che dovrò accontentarmi della tua fica.» Si pulì la bocca con il dorso della mano. «Non sei mai stata a letto con un mostro? Questo è il momento buono. Togliti i vestiti e sdraiati sulla schiena, se ti compiace. O anche se non ti compiace.»

La ragazza lo guardò senza capire finché lui non le tolse di mano la caraffa e le alzò le sottane sopra la testa. A quel punto capì che cosa le veniva richiesto, anche se non si dimostrò la più vivace delle compagne. Tyrion era stato così a lungo senza una donna che si esaurì dentro di lei alla terza spinta.

Rotolò di lato, sentendosi più vergognoso che sazio. "È stato un errore. Sono proprio diventato una creatura disgraziata." «Conosci una donna di nome Tysha?» chiese, mentre guardava il suo seme gocciolare sul letto. La puttana non rispose. «Sai dove vanno le puttane?» La ragazza non rispose neanche a questa domanda. Aveva sulla schiena un intrico di cicatrici sporgenti. "Questa ragazza è come morta. Ho appena scopato un cadavere." Anche gli occhi di lei parevano senza vita. "Non ha nemmeno la forza di provare disgusto per me."

Aveva bisogno di vino. Tanto vino. Prese la caraffa a due mani e se la portò alle labbra. Il vino scorse rosso, nella gola, sul mento, sgocciolò dalla barba e inzuppò il letto di piume. Alla luce di candela pareva scuro come il vino che aveva avvelenato Joffrey. Alla fine, Tyrion gettò via la caraffa vuota, e in parte rotolò e in parte barcollò sul pavimento, cercando a tentoni un vaso da notte. Non lo trovò. Sentì lo stomaco sollevarsi e si ritrovò a vomitare sul tappeto, il magnifico e folto tappeto di Myr, confortante quanto le menzogne.

La puttana gridò angosciata. "Daranno la colpa a lei" capì Tyrion, ancora più vergognoso.

«Mozzami la testa e portala ad Approdo del Re» la incitò. «Mia sorella ti farà lady e mai più nessuno ti frusterà.» La ragazza non capì neanche quello. Così Tyrion le allargò le gambe, vi strisciò in mezzo e la prese un'altra volta. Questo, almeno, lei poteva capirlo.

Dopo di che, il vino era finito e anche lui. Appallottolò i vestiti della ragazza e li lanciò contro la porta. Lei capì l'allusione e filò via, lasciandolo da solo al buio, sprofondato nel letto di piume. "Sono ubriaco fradicio." Non osava chiudere gli occhi per paura di addormentarsi. Oltre la cortina del sogno lo aspettavano le Anse dolenti. Gradini di pietra che salivano senza fine, ripidi, viscidi e infidi. E lassù, da qualche parte, il Signore del sudario. "Non voglio incontrare il Signore del Sudario." Armeggiò per rivestirsi e, a tastoni, raggiunse la scala. "Griff mi scuoierà. Be', perché no? Se mai un nano ha meritato che lo scuoiassero, quello sono io."

A metà scala mise il piede in fallo. In qualche modo riuscì a interrompere la caduta con le mani e a trasformarla in una goffa capriola. Le puttane nella stanza sottostante lo guardarono, stupite, atterrare ai piedi della scala.

Tyrion si rialzò e fece un inchino. «Sono più agile, quando sono ubriaco.» Si rivolse al tenutario. «Temo di averti rovinato il tappeto. La ragazza non ne ha colpa. Ti pago i danni.» Tirò fuori una manciata di monete e gliele tirò.

«Folletto» disse una voce profonda, dietro di lui.

Nell'angolo della stanza c'era un uomo seduto in una zona d'ombra, con una puttana che gli si dimenava in grembo. "Quella non l'avevo vista. Altrimenti mi sarei portato di sopra lei, invece di lentiggini."

Era più giovane delle altre, snella e graziosa, con lunghi capelli argentei. Lyseniana, a occhio e croce... ma l'uomo al quale stava in grembo era dei Sette Regni. Tarchiato, con le spalle larghe, quarant'anni suonati, se non di più. Metà testa era calva, ma aveva corti peli ispidi sulle guance e sul mento, ancora più fitti sulle braccia, e perfino sulle nocche.

Il suo aspetto non piacque a Tyrion. Ancora meno il grande orso nero che vide sulla sopratunica. "Lana. Porta abiti di lana, con questo caldo. Chi, se non un cavaliere, sarebbe così pazzo?"

«Che piacere sentire la lingua comune lontano da casa» si costrinse a dire. «Ma temo che tu abbia sbagliato persona. Mi chiamo Hugor Hill. Posso offriti una coppa di vino, amico mio?»

«Ho bevuto abbastanza» disse il cavaliere. Spinse da parte la puttana e si alzò. Il cinturone con la spada era appeso a un piolo lì accanto. Lui lo prese, sguainò la spada. Fruscio d'acciaio contro il cuoio. Le puttane guardavano avidamente, nei loro occhi si rifletteva la luce delle candele. Il proprietario si era volatilizzato. «Tu sei mio, Hugor.»

Tyrion non avrebbe potuto correre più veloce di lui né batterlo. Ubriaco com'era, non avrebbe neppure potuto sperare di metterlo nel sacco. Allargò le braccia. «E cosa intendi fare di me?»

«Consegnarti alla regina» rispose il cavaliere.

DAENERYS

Galazza Galare arrivò alla Grande Piramide con al seguito una decina di grazie bianche, ragazze di nobile nascita ancora troppo giovani per compiere il loro anno di servizio nei giardini di piacere del tempio. Costituivano un bel quadro: l'altezzosa megera tutta in verde, circondata da ragazzine vestite e velate di bianco, corazzate nella loro innocenza.

La regina le accolse con calore, poi chiamò Missandei affinché provvedesse a nutrire e intrattenere le ragazzine mentre lei condivideva la cena in privato con la Grazia Verde.

Le sue cuoche avevano preparato un magnifico agnello al miele, odoroso di menta pestata e servito con i piccoli fichi verdi che lei tanto amava. Due degli ostaggi preferiti di Dany servivano le vivande e controllavano che le coppe fossero sempre piene: Qezza, una ragazzina dagli occhi di cerbiatto, e Grazhar, un giovane pelle e ossa. Erano fratello e sorella, cugini della Grazia Verde, che entrando li salutò con un bacio e chiese se avevano fatto i bravi.

«Sono davvero adorabili, entrambi» le garantì Dany. «A volte Qezza canta per me. Ha una voce incantevole. E ser Barristan sta istruendo Grazhar e gli altri ragazzi nelle pratiche della cavalleria occidentale.»

«Sono sangue del mio sangue» disse la Grazia Verde, mentre Qezza le versava una coppa di vino rosso scuro. «Sono contenta di sapere che hanno compiaciuto vostro splendore. Mi auguro di poter fare altrettanto.» Aveva i capelli bianchi e la pelle simile a una pergamena sottile, ma gli occhi erano ancora vivaci malgrado l'età. Occhi verdi come le sue vesti. Occhi tristi, pieni di saggezza. «Se mi è consentito dirlo, vostro splendore, hai l'aria... stanca. Stai dormendo?»

Dany evitò di ridere. «Non bene. Ieri notte tre galee di Qarth hanno risalito lo Skahazadhan approfittando del buio. Gli Uomini della Madre hanno lanciato frecce incendiarie contro le vele e rovesciato pentole di pece ardente sulle tolde, ma le galee sono passate veloci e non hanno subito danni significativi. Gli uomini di Qarth intendono bloccare il fiume, così come hanno bloccato la baia. E non sono più da soli. Tre galee di Nuova Ghis si sono unite a loro, insieme con una caracca di Tolos.»

I toloshi avevano risposto alla sua richiesta d'alleanza dicendo che era una puttana e pretendendo la restituzione di Meereen ai Grandi Padroni. E comunque sempre meglio della risposta di Mantarys, arrivata in una cassa di cedro dentro una carrozza: le teste dei suoi tre emissari in salamoia. «Magari i tuoi dèi possono aiutarci. Chiedi loro di mandare una tempesta a spazzare via le galee nemiche dalla baia.»

«Pregherò e farò sacrifici. Forse gli dèi di Ghis mi ascolteranno.» Galazza Galare sorseggiò il vino, senza mai staccare gli occhi di dosso da Dany. «Le tempeste infuriano dentro e fuori le mura. Altri liberti sono morti ieri notte, almeno stando a quanto mi è stato riferito.»

«Tre.» Il solo dirlo lasciò a Dany un gusto amaro in bocca. «I codardi hanno assalito alcune tessitrici, liberte che non avevano fatto male a nessuno. Sapevano solo dei capolavori. Ho un loro arazzo appeso sopra il mio letto. I figli dell'arpia hanno fracassato il loro telaio e le hanno stuprate e poi sgozzate.»

«Così abbiamo sentito. Eppure vostro splendore ha trovato il coraggio di rispondere alla carneficina usando misericordia. Non hai fatto male a nessuno dei nobili bambini che tieni come ostaggio.»

«Per ora no» disse Dany. Aveva preso in simpatia i bambini in affidamento. Alcuni erano timidi e altri erano sfrontati, alcuni gentili e altri astiosi, ma tutti innocenti. «Se uccido i miei coppieri, chi mi verserà il vino e mi servirà la cena?» aggiunse, cercando di avere un tono leggero.

La sacerdotessa non sorrise. «Il Testarasata li darebbe in pasto ai tuoi draghi, si dice. Una vita per una vita. Per ogni belva d'ottone uccisa, farebbe morire un bambino.»

Dany giocherellò con il cibo. Non osava guardare dalla parte di Grazhar e Qezza, per timore di mettersi a piangere. "Il Testarasata ha un cuore più duro del mio." Avevano discusso cinque o sei volte degli ostaggi. "I figli dell'arpia stanno ridendo, nelle loro piramidi" aveva detto Skahaz proprio quel mattino. «A che servono degli ostaggi, se poi non vuoi mozzare loro la testa?» Ai suoi occhi Dany era solo una femmina debole. "Hazzea mi è bastata. A che serve la pace, se bisogna pagarla con il sangue dei bambini?" «Queste uccisioni non sono opera loro» disse Dany lentamente alla Grazia Verde. «Non sono una regina Macellaia.»

«E di questo Meereen ti è grata» affermò Galazza Galare. «Abbiamo sentito che il re Macellaio di Astapor è morto.»

«Ucciso dai suoi stessi soldati, quando ha ordinato loro di marciare all'attacco degli yunkai.» Quelle parole avevano un sapore amaro. «Il suo corpo non si era ancora raffreddato, e un altro aveva già preso il suo posto, facendosi chiamare Cleon II. È durato otto giorni, prima che gli tagliassero la gola. Poi il suo assassino ha reclamato la corona. Così ha fatto anche la prima concubina di Cleon. Re Tagliagola e regina Puttana, li chiamano ad Astapor. I loro seguaci combattono per le strade, mentre gli yunkai e i loro mercenari aspettano fuori delle mura.»

«Sono tempi dolorosi. Vostro splendore, posso darti il mio consiglio?»

«Sai quanto valore do alla tua saggezza.»

«Allora da' a essa tutto il suo valore: prendi marito.»

«Ah.» Dany se l'aspettava.

«Spesso ti ho sentito dire che sei solo una giovane fanciulla. A guardarti, sembri ancora una bambina, troppo giovane e fragile per affrontare da sola prove simili. Hai bisogno di un re al tuo fianco, un uomo che ti aiuti a portare quei pesi.»

Dany infilzò un pezzo di agnello, ne staccò un morso, masticò con calma. «Dimmi, può questo re gonfiare le guance e soffiare di nuovo a Qarth le galee di Xaro Xohan Daxos? Può battere le mani e spezzare l'assedio di Astapor? Può mettere del cibo nel ventre dei miei figli e riportare la pace tra le vie della mia città?»

«E tu? Puoi fare tutto questo?» ribatté la Grazia Verde. «Un re non è un dio, certo. Ma ci sono tante cose che un uomo forte può fare. Quando il mio popolo ti guarda, vede una conquistatrice venuta da oltre il mare a ucciderci e a rendere schiavi i nostri figli.

Un re potrebbe cambiare la situazione. Un re di nobile nascita e di puro sangue ghiscariano potrebbe riconciliare la città con il tuo dominio. Temo altrimenti che il tuo regno sia destinato a finire com'è iniziato, nel sangue e nel fuoco.»

Dany giocherellò con il cibo che aveva nel piatto. «E gli dèi di Ghis chi mi farebbero prendere come re e consorte?»

«Hizdahr zo Loraq» dichiarò con fermezza Galazza Galare.

Dany non perse nemmeno tempo a fingersi sorpresa. «Perché Hizdahr? Anche Skahaz è di nobile nascita.»

«Skahaz è dei Kandaq, Hizdahr è dei Loraq. Vostro splendore mi perdonerà, ma solo chi non è ghiscariano per nascita non capirebbe la differenza. Spesso ho sentito che tu hai il sangue di Aegon il Conquistatore, di Jaehaerys il Saggio e di Daeron il Drago. Il nobile Hizdahr è del sangue di Mazdhan il Magnifico, di Hazrak il Bello e di Zharaq il Liberatore.»

«I suoi antenati sono morti tanto quanto i miei. Hizdahr risusciterà le loro ombre per difendere Meereen dai nemici? Ho bisogno di un uomo con navi e spade. Tu mi proponi degli antenati.»

«Siamo un popolo antico, gli antenati per noi sono importanti. Sposa Hizdahr zo Loraq e fa' un figlio con lui, un figlio il cui padre è l'arpia e la cui madre è il drago. In lui si compiranno le profezie e i tuoi nemici si scioglieranno come neve al sole.»

"Lui sarà lo stallone che monta il mondo" pensò Dany. Sapeva qual era il valore delle profezie. Erano fatte di parole, e le parole sono vento. Non ci sarebbe stato nessun figlio per Loraq, nessun erede per unire drago e arpia. "Quando il sole sorgerà a ovest e tramonterà a est, quando i mari si prosciugheranno e le montagne voleranno nel vento come foglie morte." Solo allora il suo ventre si sarebbe acceso di nuovo...

... perché adesso Daenerys Targaryen aveva altri figli, decine di migliaia che l'avevano salutata come loro madre quando aveva spezzato le loro catene. Pensò a Scudo Coraggioso, al fratello di Missandei, a Rylona Rhee, la donna che suonava l'arpa tanto meravigliosamente.

Nessun matrimonio li avrebbe riportati in vita. Ma se un marito avesse potuto contribuire a porre fine alla carneficina, allora lei avrebbe dovuto maritarsi, per i suoi morti.

"Se sposo Hizdahr, le nozze metteranno Skahaz contro di me?" Si fidava di Skahaz più di quanto non si fidasse di Hizdahr, ma come re il Testarasata sarebbe stato un disastro. Era troppo pronto a infuriarsi, troppo lento a perdonare. Dany non vedeva alcun vantaggio nel maritare un uomo odiato quanto lei. Hizdahr era rispettato, stando a quanto poteva vedere.

«E che cosa pensa il mio futuro marito?» chiese alla Grazia Verde. "Che cosa pensa di me?"

«Vostra grazia, devi solo chiederglielo. Il nobile Hizdahr attende all'ingresso della piramide. Mandalo a chiamare, se ti compiace.»

"Tu osi troppo, sacerdotessa" pensò la regina dei draghi, ma ingoiò la collera e si costrinse a sorridere. «Perché no?» Convocò ser Barristan e disse al vecchio cavaliere di condurre Hizdahr da lei. «È una lunga ascesa. Che venga aiutato dagli Immacolati.»

Quando il nobile completò la salita, la Grazia Verde aveva terminato di mangiare. «Se compiace a vostra magnificenza, ora prenderò congedo. Tu e il nobile Hizdahr avrete molte cosa da discutere, ne sono certa.» Si asciugò dalle labbra una goccia di miele, salutò con un bacio sulla fronte Qezza e Grazhar e si sistemò il velo di seta sul viso. «Tornerò al Tempio delle Grazie e pregherò gli dèi affinché mostrino alla mia regina il percorso della saggezza.»

Dopo che la Grazia Verde se ne fu andata, Dany lasciò che Qezza le riempisse di nuovo la coppa, quindi congedò i due bambini e ordinò che Hizdahr zo Loraq fosse ammesso alla sua presenza. "E se osa dire una sola parola sulle sue preziose fosse da combattimento, lo farò buttare giù dalla terrazza."

Hizdahr indossava una comune veste verde sotto un farsetto imbottito. Quando entrò, le fece un profondo inchino, con aria solenne. «Non hai neanche un sorriso per me?» gli disse Dany. «Faccio così tanta paura?»

«Divento sempre solenne in presenza di tanta bellezza.»

Un buon inizio. «Bevi con me.» Gli riempì lei stessa la coppa. «Tu sai perché sei qui. La Grazia Verde pare ritenere che, se io ti prendessi come marito, tutti i miei affanni svanirebbero.»

«Non sosterrei mai niente di così ardito. Gli uomini sono nati per lottare e per soffrire. I nostri affanni svaniscono solo con la nostra morte. Potrei, tuttavia, esserti d'aiuto. Ho oro, amici, influenza e nelle mie vene scorre il sangue dell'Antica Ghis. Non mi sono mai sposato, ma ho due figli naturali, un maschio e una femmina, pertanto potrei darti degli eredi. Posso riconciliare la città al tuo governo e porre fine alle stragi notturne per le strade.»

«Puoi davvero fare tutto questo?» disse Dany. Lo scrutò negli occhi. «Per quale motivo i figli dell'arpia dovrebbero deporre le loro lame per te? Sei forse uno di loro?»

«No.»

«Me lo diresti, se lo fossi?»

Hizdahr rise. «No.»

«Il Testarasata conosce dei metodi per scoprire la verità.»

«Non dubito che Skahaz in breve tempo mi farebbe confessare. Un giorno con lui e io sarei uno dei figli dell'arpia. Due giorni e sarei l'Arpia stessa. Tre e salterà fuori che ho ucciso anche tuo padre, nei Regni del Tramonto, quando ancora ero bambino. Poi mi impalerà con una lancia e tu mi guarderai morire... ma poi le stragi continueranno comunque.» Hizdahr si sporse verso di lei. «Oppure puoi sposarmi e lasciare che io tenti di fermarle.»

«Perché dovresti avere voglia di aiutarmi? Per la corona?»

«Una corona mi farebbe comodo, non lo nego. Tuttavia non è solo per questo. Ti pare davvero così strano che io voglia proteggere il mio popolo come tu proteggi i tuoi liberti? Meereen non può sopportare un'altra guerra, vostro splendore.»

Era una buona risposta, e anche onesta. «Non ho mai voluto la guerra. Ho sconfitto gli yunkai una volta e ho risparmiato la loro città quando avrei potuto saccheggiarla. Ho rifiutato di unirmi a re Cleon quando marciò contro di loro. Anche ora, con Astapor sotto assedio, mi trattengo. E Qarth... non ho mai fatto male agli abitanti di Qarth...»

«Non di proposito, certo che no, ma Qarth è una città di mercanti: gente che ama il tintinnio delle monete d'argento, il giallo splendente dell'oro. Quando hai distrutto il mercato degli schiavi, il contraccolpo si è sentito dal continente occidentale fino ad Asshai delle Ombre. Qarth dipende dai suoi schiavi. E lo stesso vale per Tolos, Nuova Ghis, Lys, Tyrosh, Volantis... la lista è lunga, mia regina.»

«Che vengano. Troveranno in me un nemico ben più inflessibile di Cleon. Preferisco morire combattendo piuttosto che restituire i miei figli alla schiavitù.»

«Può esserci un'altra via. Convincere gli yunkai a consentire a tutti i tuoi liberti di restare liberi, se vostra signoria concorderà che da oggi in avanti la città gialla potrà addestrare e commerciare schiavi senza intralci. Non è necessario che scorra altro sangue.»

«Tranne quello degli schiavi che gli yunkai addestreranno e venderanno» disse Dany, ma riconobbe comunque la verità nelle parole di Hizdahr. "Può darsi che sia la fine migliore che ci possiamo augurare." «Non hai detto di amarmi.»

«Lo dirò, se compiacesse al vostro splendore.»

«Non è la risposta di un uomo innamorato.»

«Che cos'è l'amore? Desiderio? Nessun uomo con tutti gli attributi potrebbe guardarti e non desiderarti, Daenerys. Tuttavia non è per questo che ti sposerei. Prima del tuo arrivo, Meereen stava morendo. I nostri governanti erano vecchi con il cazzo avvizzito e vecchie le cui fiche raggrinzite erano asciutte come la polvere. Sedevano in cima alle piramidi a sorseggiare vino d'albicocche e a parlare delle glorie dell'antico impero, mentre i secoli scorrevano l'uno dopo l'altro e i mattoni della loro stessa città si sbriciolavano. Tradizione e prudenza avevano una stretta di ferro su di noi, finché non sei arrivata tu a risvegliarci con il fuoco e con il sangue. Una nuova epoca è iniziata e nuove cose sono possibili. Sposami, Daenerys.»

"Non è brutto d'aspetto" pensò Dany "e ha una parlantina da re." «Baciami» gli ordinò.

Hizdahr le prese di nuovo la mano e le baciò le dita.

«Non così. Baciami come se fossi tua moglie.»

Hizdahr la prese per le spalle, delicatamente, come fosse un uccellino. Si sporse e premette le labbra su quelle di lei. Il bacio fu lieve, asciutto e rapido. Dany non provò alcuna eccitazione.

«Devo... baciarti di nuovo?» chiese Hizdahr alla fine.

«No.» Nella vasca sulla terrazza i pesciolini le avrebbero mordicchiato le gambe mentre stava a mollo. Perfino loro la baciavano con più fervore di Hizdahr zo Loraq. «Non ti amo.»

Hizdahr si strinse nelle spalle. «Magari poi verrà, con il tempo. Si sa che succede così.»

"Non tra noi" pensò Dany. "Non con Daario così vicino. È lui che voglio, non te." «Un giorno deciderò di tornare in Occidente per reclamare i Sette Regni che erano di mio padre.»

«Tutti un giorno devono morire, ma rimuginare sulla morte non serve. Preferisco prendere ogni giorno così come viene.»

Dany congiunse le mani. «Le parole sono vento, anche quelle come amore e pace. Ho più fiducia nelle azioni. Nei miei Sette Regni, i cavalieri vanno alla ventura per dimostrarsi meritevoli della fanciulla che amano. Cercano spade magiche, scrigni d'oro, corone sottratte a un'orda di draghi.»

Hizdahr inarcò il sopracciglio. «Gli unici draghi che conosco sono i tuoi, quanto alle spade magiche sono ancora più rare. Ti porterò volentieri anelli, corone e scrigni d'oro, se questo è quello che desideri.»

«Quello che desidero è la pace. Dici di potermi aiutare a porre fine ai massacri notturni nelle strade della mia città. Porta a termine questa impresa. Poni fine a questa guerra ombra, mio lord. Ecco la tua ricerca. Dammi novanta giorni e novanta notti senza un omicidio e saprò che sei meritevole di salire su un trono. Puoi farlo?»

Hizdahr parve pensieroso. «Novanta giorni e novanta notti senza un cadavere, e il novantunesimo giorno... ci sposiamo?»

«Forse» rispose Dany in tono malizioso. «Le giovani fanciulle sono note per la loro volubilità. Potrei comunque volere una spada magica.»

Hizdahr scoppiò a ridere. «Allora avrai anche quella. Ogni tuo desiderio è un ordine. Meglio dire al tuo siniscalco d'iniziare i preparativi per il nostro matrimonio.»

«Niente compiacerebbe maggiormente al nobile Reznak.» Se a Meereen si fosse saputo che c'era un matrimonio in vista, forse sarebbe bastato a procurare qualche notte di tregua, anche se gli sforzi di Hizdahr si fossero risolti in nulla. "Il Testarasata non sarà contento di me, ma Reznak mo Reznak farà i salti di gioia" pensò Dany. Non sapeva quale delle due cose la preoccupava di più. Aveva bisogno di Skahaz e delle sue Belve d'ottone ed era arrivata a diffidare di tutti i consigli di Reznak. "Attenta al siniscalco profumato. Reznak ha forse fatto causa comune con Hizdahr e la Grazia Verde per tendermi una trappola?

Hizdahr zo Loraq si era appena congedato, quando dietro di lei comparve ser Barristan, nel suo lungo mantello bianco. Anni di servizio nella Guardia reale avevano insegnato al cavaliere bianco a non dare nell'occhio quando lei aveva ospiti, restando comunque nelle vicinanze. "Già sa" capì subito Dany "e disapprova." Vide che le rughe intorno alla bocca di ser Barristan erano più marcate. «Quindi» gli disse, «pare che io mi debba maritare di nuovo. Sei felice per me, ser?»

«Se è questo il tuo ordine, vostra grazia.»

«Ma Hizdahr non è il marito che avresti scelto per me.»

«Non tocca a me sceglierti il marito.»

«No, infatti» concordò lei. «Ma per me è importante che tu comprenda. Il mio popolo sta sanguinando. Sta morendo. Una regina non appartiene a se stessa, ma al regno. O matrimonio o massacro, ecco le mie scelte. O sposalizio o guerra.»

«Vostra grazia, posso parlare apertamente?»

«Sempre.»

«C'è una terza possibilità.»

«L'Occidente?»

Ser Barristan annuì. «Ho giurato di servire vostra grazia e di tenerti al sicuro dai pericoli ovunque tu vada. Il mio posto è al tuo fianco, qui o ad Approdo del Re... ma il tuo posto è in Occidente, sul Trono di Spade che apparteneva a tuo padre. I Sette Regni non accetteranno mai Hizdahr zo Loraq come re.»

«Non più di quanto Meereen accetti Daenerys Targaryen come regina. Riguardo a questo, la Grazia Verde ha ragione. Devo avere un re al fianco, un re dell'antico sangue ghiscariano. Diversamente continueranno a vedermi come la barbara incivile che ha fatto irruzione dalle loro porte, ha impalato sulle lance i loro consanguinei e ha rubato le loro ricchezze.»

«In Occidente sarai la bambina perduta che torna a rallegrare il cuore di suo padre. Il tuo popolo ti acclamerà quando passerai a cavallo e tutta la gente ti amerà.»

«L'Occidente è molto lontano.»

«Restare qui non lo renderà più vicino. Prima te ne andrai da questo posto...»

«Lo so, sì.» Dany non sapeva come farglielo capire. Voleva l'Occidente tanto quanto lui, ma prima doveva risanare Meereen. «Novanta giorni sono lunghi. Hizdahr potrebbe fallire. E se fallisce, il suo tentativo mi farebbe guadagnare tempo. Tempo per stringere alleanze, per rafforzare le difese, per...»

«E se invece non fallisce? Che cosa farà allora vostra grazia?»

«Il suo dovere.» La parola le parve fredda sulla lingua. «Hai visto mio fratello Rhaegar sposarsi. Dimmi, si sposò per amore o per dovere?»

Il vecchio cavaliere esitò. «La principessa Elia di Dorne era una brava donna, vostra grazia. Cortese e intelligente, con un cuore gentile e di notevole arguzia. So che il principe provava una grande simpatia per lei.»

"Simpatia" pensò Dany. Una parola che la diceva lunga. "Anch'io con il tempo potrei provare simpatia per Hizdahr zo Loraq. Forse."

Ser Barristan soggiunse: «Ho visto anche tuo padre sposare tua madre. Perdonami, ma in quel caso non c'era alcuna simpatia e il regno ne pagò un duro prezzo, mia regina».

«Perché si sposarono, se non c'era amore fra loro?»

«Ordine di tuo nonno. Una strega dei boschi gli aveva detto che il principe promesso sarebbe nato dalla loro linea di sangue.»

«Una strega dei boschi?» ripeté Dany, stupita.

«Venne a corte con Jenny di Vecchie Pietre. Una creatura rachitica, grottesca a vedersi. Una nana, disse molta gente, ma cara a lady Jenny, che ha sempre sostenuto che si trattava di una figlia della foresta.»

«Che ne è stato di lei?»

«Sala dell'Estate.» Un nome gravido di distruzione.

Dany sospirò. «Ora lasciami, cavaliere. Sono molto stanca.»

«Come tu comandi» rispose ser Barristan. Le fece un inchino e si voltò per andarsene. Sulla porta si fermò. «Chiedo scusa. Vostra grazia ha un visitatore. Devo dirgli di tornare domani?»

«Chi è?»

«Naharis. I Corvi della Tempesta sono tornati in città.»

"Daario." Dany sentì il cuore sfarfallarle nel petto. «Da quanto tempo... Quand'è che...?» Non riusciva a trovare le parole.

Ser Barristan parve capire. «Vostra grazia era con la sacerdotessa, quando è arrivato. Sapevo che non volevi essere disturbata. Le notizie del capitano possono aspettare fino a domani.»

«No.» "Come potrei dormire, sapendo che il mio capitano è così vicino?" «Fallo salire subito. E... stasera non avrò più bisogno di te. Con Daario sarò al sicuro. Oh, manda qui Irri e Jhiqui, se non ti spiace. E anche Missandei.» "Devo cambiarmi, devo farmi bella."

Lo disse alle sue ancelle, non appena giunsero. «Che cosa vuoi indossare, vostra grazia?» chiese Missandei.

"Luce di stelle e spuma di mare" pensò Dany. "Un drappo di seta che mi lasci scoperto il seno sinistro per la delizia di Daario. Oh, e dei fiori nei capelli." Dal loro primo incontro il capitano le aveva portato ogni giorno dei fiori, dalla lontana Yunkai fino a Meereen. «Prendimi la lunga veste di lino grigio con le perle sul corpetto. Oh, e la pelliccia di leone bianco.» Si sentiva sempre più sicura, avvolta nella pelle di leone di Drogo.

Ricevette il capitano sulla terrazza, seduta su una panca di pietra scolpita, sotto un albero di pere. Una mezzaluna galleggiava nel cielo sopra la città, scortata da migliaia di stelle. Daario Naharis entrò camminando con aria impettita. "È impettito anche quando sta fermo." Portava delle brache a righe infilate negli alti stivali di cuoio viola, una camicia di seta bianca e un panciotto di anelli d'oro. Aveva la barba a tre punte viola, vistosi baffi dorati, lunghi ricci un po' di un colore e un po' dell'altro. Portava al fianco uno stiletto, dall'altro lato un arakh dothraki. «Mia splendida regina» disse, «sei diventata ancora più bella durante la mia assenza. Com'è possibile?»

La regina dei draghi era abituata a elogi simili, tuttavia i complimenti avevano in qualche modo maggior valore quando giungevano da Daario, rispetto agli analoghi complimenti da parte di Reznak, Xaro o Hizdahr. «Capitano, dicono che tu ci abbia reso buoni servigi a Lhazar.» "Quanto mi sei mancato!"

«Il tuo capitano vive per servire la sua crudele regina.»

«Crudele?»

Il riverbero della luna scintillò nei suoi occhi. «Il tuo Daario è corso davanti a tutti i suoi uomini per vedere prima il suo viso, ma è stato lasciato a languire, mentre lei mangiava agnello e fichi in compagnia di una donna vecchia e incartapecorita.»

"Non mi hanno detto che eri qui" pensò Dany, "altrimenti avrei ceduto e ti avrei mandato a chiamare all'istante." «Stavo cenando con la Grazia Verde.» Ritenne meglio non parlare di Hizdahr. «Avevo urgente bisogno del suo saggio consiglio.»

«Io ho un solo urgente bisogno: Daenerys.»

«Faccio portare del cibo? Sarai di sicuro affamato.»

«Non mangio da due giorni, ma ora che sono qui, mi basta pascermi della tua bellezza.»

«La mia bellezza non ti riempirà lo stomaco.» Dany raccolse una pera e gliela lanciò. «Mangia questa.»

«Se la mia regina me lo comanda.» Daario diede un morso alla pera, facendo brillare il suo dente d'oro. Un po' di succo gli colò sulla barba viola.

La ragazza in lei aveva tanta voglia di baciarlo da stare male. "I suoi baci sarebbero duri e crudeli" pensò "e anche se piangessi o gli ordinassi di smettere, non gli importerebbe." Ma la regina in lei capiva che sarebbe stata follia. «Raccontami del tuo viaggio.»

Daario Naharis scrollò le spalle con noncuranza. «Gli yunkai hanno mandato alcune spade mercenarie a sbarrare il Passo Khyzai. Le Lunghe Lance, si fanno chiamare. Siamo piombati su di loro nella notte e ne abbiamo mandati un bel po' giù negli inferi. A Lhazar ho ucciso con le mie mani due dei miei stessi sergenti che complottavano per rubare le gemme e il vassoio d'oro che la mia regina mi aveva affidato come dono per gli uomini agnello. Per il resto, tutto è andato come avevo promesso.»

«Quanti uomini hai perduto in battaglia?»

«Nove» rispose Daario. «Ma dodici Lunghe Lance hanno deciso che preferivano essere Corvi della Tempesta che cadaveri e alla fine siamo tre in più. Ho detto loro che sarebbero vissuti più a lungo combattendo con i tuoi draghi che contro di essi. Hanno visto la saggezza nelle mie parole.»

Dany s'insospettì. «Potrebbero essere spie al soldo di Yunkai.»

«Sono troppo stupidi per essere delle spie. Tu non li conosci.»

«Neppure tu. Ti fidi di loro?»

«Mi fido di tutti i miei uomini. Ma solo fino alla distanza di uno sputo.» Sputò un seme di pera e sorrise ai sospetti di lei. «Devo portarti la loro testa? Sono pronto a farlo, se me lo comandi. Uno è calvo e due hanno le trecce; uno si tinge la barba di quattro colori. Quale spia avrebbe una barba del genere, ti chiedo? Il fromboliere può centrare l'occhio di un moscerino a quaranta passi e quello brutto sa occuparsi dei cavalli, ma se la mia regina dice che devono morire...»

«Non ho detto questo. Ho solo... Tienili d'occhio, ecco tutto.» Dany si sentì sciocca a dirlo. Si sentiva sempre un po' sciocca, quando era con Daario. "Goffa, infantile e tarda di comprendonio. Che cosa penserà di me?" Cambiò argomento. «Gli uomini agnello ci manderanno cibo?»

«Le granaglie arriveranno su delle chiatte lungo lo Skahazadhan, mia regina, e altri prodotti con delle carovane attraverso il Passo Khyzai.»

«Non dallo Skahazadhan. Il fiume ci è stato precluso. Anche il mare. Immagino che avrai visto le navi nella baia. Gli uomini di Qarth hanno scacciato un terzo della nostra flotta da pesca e catturato un altro terzo. I pescatori rimasti hanno troppa paura per lasciare il porto. Quel poco di commercio che ci restava è stato bloccato.»

Daario gettò via il torsolo della pera. «Gli uomini di Qarth hanno latte nelle vene. Appena vedranno i tuoi draghi, scapperanno via.»

Dany non voleva parlare dei draghi. Anche se Drogon non era più tornato in città, i contadini continuavano a portare a corte ossa bruciate e a lamentarsi di pecore sparite. Alcuni riferivano di aver visto il drago nero a nord del fiume, sulle distese d'erba del mare Dothraki. Giù, nel pozzo profondo, Viserion aveva spezzato una delle catene. Lui e Rhaegal diventavano ogni giorno più feroci. Una volta, le porte di ferro erano diventate rosse e roventi, glielo avevano riferito gli Immacolati, e per un giorno nessuno aveva osato toccarle. «Anche Astapor è sotto assedio» riprese Dany.

«Lo so. Uno delle Lunghe Lance è vissuto abbastanza per dirci che nella città rossa gli uomini si mangiano a vicenda. Ha anche detto che presto sarà il turno di Meereen, allora gli ho tagliato la lingua e l'ho gettata in pasto a un cane giallo. Nessun cane mangerebbe la lingua di un bugiardo. Quando però il cane giallo l'ha mangiata, ho capito che quell'uomo aveva detto il vero.»

«La guerra è anche all'interno della città.» Dany gli parlò dei figli dell'arpia e delle belve d'ottone, del sangue sui mattoni. «I miei nemici sono tutt'intorno a me, dentro la città e fuori.»

«Attacca» disse subito Daario. «Un uomo circondato dai nemici non può difendersi. Se ci provi, l'ascia ti colpisce alla schiena mentre cerchi di parare la spada. No. Se sei affrontata da molti nemici, scegli il più debole, uccidilo, passagli sopra e fuggi.»

«Dove dovrei fuggire?»

«Nel mio letto. Tra le mie braccia. Nel mio cuore.» L'arakh e lo stiletto avevano l'elsa d'oro, modellata a forma di donna nuda e lasciva. Daario ci passò sopra i pollici in modo osceno, e le rivolse un sorriso laido.

Dany si sentì arrossire. Era come se Daario stesse accarezzando lei. "Riterrebbe lasciva anche me, se lo trascinassi a letto?" Le faceva desiderare di essere la sua sgualdrina. "Non dovrei mai vederlo in privato. Averlo vicino è troppo pericoloso." «La Grazia Verde sostiene che devo prendermi un re ghiscariano» disse Dany, rossa in viso. «Mi spinge a maritare il nobile Hizdahr zo Loraq.»

«Quello?» ridacchiò Daario. «Perché non Verme Grigio, se vuoi un eunuco nel letto? Tu vuoi un re?»

"Voglio te." «Voglio la pace. Ho dato a Hizdahr novanta giorni per porre fine alle uccisioni nelle strade di Meereen. Se ci riesce, lo prenderò per marito.»

«Prendi per marito me. Porrò fine alle uccisioni in nove giorni.»

"Sai che non posso farlo" fu a un sospiro dal dire.

«Mia regina, tu combatti le ombre mentre dovresti combattere gli uomini che le proiettano» continuò Daario. «Uccidili tutti e prendi i loro tesori, questo io ti dico. Sussurra l'ordine, e il tuo Daario ti erigerà una pila delle loro teste più alta di questa piramide.»

«Se solo sapessi chi sono...»

«Zhak, Pahl e Merreq. Loro, insieme agli altri. I Grandi Padroni. Chi altrimenti?»

"È tanto audace quanto sanguinario." «Non abbiamo prove che sia opera loro. Vorresti che massacrassi i miei stessi sudditi?»

«I tuoi stessi sudditi massacreranno con piacere te.»

Daario era stato lontano da lei così a lungo che Dany aveva quasi dimenticato chi era. I mercenari sono traditori per natura, rammentò a se stessa. "Volubili, infedeli, brutali. Daario Naharis non sarà mai nulla di diverso da quello che è. Non avrà mai la stoffa del re."

«Le piramidi sono forti» gli spiegò. «Potremmo prenderle solo a caro prezzo. Nel momento in cui ne attaccheremo una, le altre si solleveranno contro di noi.»

«Allora trova un pretesto per attirarli fuori delle piramidi. Una festa di nozze. Perché no? Prometti la tua mano a Hizdahr e tutti i Grandi Padroni usciranno per assistere al tuo matrimonio. Quando saranno riuniti nel Tempio delle Grazie, scatena me e i miei Corvi della Tempesta contro di loro.»

Dany era sgomenta. "È un mostro. Uno mostro valoroso, ma pur sempre un mostro." «Mi prendi forse per il re Macellaio?»

«Meglio macellaio che carne macellata. Tutti i re sono macellai. Le regine sono forse tanto diverse?»

«Questa regina lo è.»

Daario si strinse nelle spalle. «La maggior parte delle regine non ha altra funzione che scaldare il letto al re e sfornargli degli eredi. Se è questo il genere di regina che intendi essere, allora farai meglio a maritare Hizdahr.»

Un lampo di collera scintillò negli occhi della regina dei draghi. «Hai forse dimenticato chi sono?»

«No, e tu?»

"Viserys gli avrebbe fatto mozzare la testa per una simile insolenza." «Io sono il sangue del drago, capitano Naharis. Non azzardarti più a darmi lezioni. Non a me.» Quando Daenerys Targaryen si alzò, la pelle di leone le scivolò dalle spalle e cadde a terra. «Vattene.»

Daario le rivolse un profondo inchino. «Vivo per ubbidire.»

Quando fu andato via, Daenerys richiamò ser Barristan. «Voglio i Corvi della Tempesta di nuovo in campo.»

«Vostra grazia? Sono appena tornati...»

«Voglio che spariscano. Che vadano a pattugliare le campagne yunkai e diano protezione alle carovane in arrivo dal Passo Khyzai. Da questo preciso momento in avanti, Daario farà rapporto solamente a te. Concedigli ogni onore che gli è dovuto e provvedi che i suoi uomini siano ben pagati, ma non ammetterlo più per nessun motivo alla mia presenza.»

«Come tu comandi, vostra grazia.»

Quella notte, Daenerys non riuscì a dormire, continuava a girarsi e rigirarsi. Arrivò al punto di chiamare Irri, con la speranza che le sue carezze le facilitassero il riposo, ma dopo un po' mandò via la ragazza dothraki. Irri era dolce, tenera e disponibile, ma non era Daario.

"Che ho fatto?" pensò, rannicchiata nel letto vuoto. "Ho aspettato per tutto questo tempo che tornasse e adesso lo allontano da me." «Farebbe di me un mostro» mormorò. «Una regina Macellaia.» Ma poi pensò a Drogon lontano e ai draghi nel pozzo. "C'è sangue anche sulle mie mani e c'è sangue nel mio cuore. Non siamo poi tanto diversi, Daario Naharis e io. Siamo due mostri."

IL LORD PERDUTO

"Non dovrebbe metterci tutto questo tempo" si diceva Griff, andando su e giù per il ponte della *Fanciulla pudica*. Prima era sparito Tyrion Lannister, e adesso anche il Mezzo-maestro? Possibile che i volantiani lo avessero catturato? "Dovevo mandare Duckfield con lui." Di Haldon da solo non ci si poteva fidare. L'aveva dimostrato a Selhorys, quando si era lasciato scappare il nano.

La *Fanciulla pudica* era ormeggiata in uno dei tratti più miserabili del caotico lungofiume, fra un barcone inclinato che da anni non lasciava la banchina e una chiatta di guitti dipinta a colori sgargianti. Era una compagnia di guitti vivaci e rumorosi, sempre pronti a declamarsi discorsi a vicenda, il più delle volte ubriachi.

La giornata era calda e appiccicosa, come tutte le precedenti da quando avevano lasciato le Anse dolenti. Un feroce sole del Sud batteva sull'affollato lungofiume di Volon Therys, ma il caldo era l'ultima e la meno importante delle preoccupazioni di Griff. La Compagnia dorata si era accampata a tre miglia a sud della città, ben più a nord di dove lui si aspettava, e il triarca Malaquo stava marciando verso settentrione con cinquemila fanti e mille cavalli per impedire l'accesso alle strade del delta. Daenerys Targaryen restava a un mondo di distanza, quanto a Tyrion Lannister… be', lui poteva essere ovunque. Se gli dèi fossero stati misericordiosi, la testa mozzata del Lannister era ormai a metà strada per Approdo del Re, ma più probabilmente il nano era vispo e vegeto da qualche parte nelle vicinanze, ubriaco fradicio o intento a progettare qualche nuova nefandezza.

«Dove, per i Sette Inferi, si sarà cacciato Haldon?» si lamentò Griff con lady Lemore. «Quanto tempo ci vuole per comprare tre cavalli?»

La septa si strinse nelle spalle. «Mio lord, non sarebbe più sicuro lasciare il ragazzo qui sul barcone?»

«Più sicuro, sì. Più saggio, no. Ormai è adulto, e lui è nato per percorrere questa strada.» Griff non aveva pazienza per quelle sofisticherie. Era stanco di nascondersi, stanco di aspettare, stanco di essere cauto. "Non ho tempo abbastanza per la cautela."

«Abbiamo compiuto grandi sforzi per tenere il principe Aegon nascosto tutti questi anni» gli ricordò Lemore. «Arriverà per lui il momento di lavarsi i capelli e rivelare la propria identità, lo so, ma non è ancora arrivato. Non in un accampamento di mercenari.»

«Se Harry Strickland gli vuole male, nasconderlo sulla *Fanciulla pudica* non lo proteggerà comunque. Strickland ha diecimila spade ai suoi ordini. Noi abbiamo Papero. Aegon ha tutto ciò che si vorrebbe in un principe. Devono capirlo, Strickland e gli altri. Sono i suoi uomini.»

«Suoi perché comprati e pagati. Diecimila stranieri armati, più i tirapiedi e l'inevitabile seguito di ogni esercito. Basta un uomo solo per rovinarci tutti. Se la testa di Hugor vale gli onori di lord, quanto pagherà Cersei Lannister per il legittimo erede del Trono di Spade? Tu non conosci quella gente, mio lord. Sono trascorsi dodici anni dall'ultima volta che hai cavalcato con la Compagnia dorata, e il tuo amico è morto.»

"Cuore Nero." Myles Toyne era così pieno di vita, quando Griff lo aveva lasciato. Era duro accettare che fosse morto. "Un teschio dorato in cima a una pertica, e Harry Strickland il Senzacasa al posto suo. Lemore aveva ragione. Qualsiasi cosa i loro padri o i loro nonni fossero stati nel continente occidentale prima dell'esilio, gli uomini della Compagnia dorata adesso erano dei mercenari. Ed era meglio non fidarsi di nessun mercenario. Eppure...

La notte prima, Griff aveva sognato di nuovo il Tempio di Pietra. Era da solo, con la spada in pugno, correva da una casa all'altra, buttava giù le porte, saliva di corsa le scale, saltava da un tetto all'altro, mentre nelle sue orecchie risuonava il rintocco di campane lontane. Cupi, bronzei rintocchi e argentee campanelle rimbalzavano all'interno del suo cranio, una cacofonia pazzesca, sempre più forte, finché gli sembrò che gli stesse per esplodere la testa.

Erano trascorsi diciassette anni dalla Battaglia delle Campane, eppure il suono di quei rintocchi gli annodava ancora le viscere. Altri avrebbero potuto sostenere che il reame era già perduto quando il principe Rhaegar era caduto sotto la mazza da guerra di Robert Baratheon sulle rive del Tridente, ma la Battaglia del Tridente non sarebbe mai stata combattuta se il grifone si fosse limitato a uccidere il cervo nel Tempio di Pietra. "Le campane quel giorno suonarono per tutti noi. Per Aerys e la sua regina, per Elia di Dorne e la sua figlioletta, per ogni uomo leale e per ogni donna onesta dei Sette Regni. E per il mio argenteo principe."

«Il piano era di rivelare l'identità del principe Aegon solo quando avesse raggiunto la regina Daenerys» stava dicendo Lemore.

«Andava bene quando credevamo che la fanciulla venisse a ovest. Invece la nostra regina dei draghi ha incenerito i nostri piani e, grazie allo stupido grassone di Pentos, abbiamo afferrato la femmina drago solo per la coda, ritrovandoci con le dita carbonizzate.»

«Non potevamo aspettarci che Illyrio sapesse che la ragazza avrebbe deciso di restare nella Baia degli Schiavisti.»

«Così come non sapeva che il re Mendicante sarebbe morto giovane o che il Khal Drogo l'avrebbe seguito nella tomba. Ben poco di ciò che quel grassone aveva previsto è diventato realtà.» Griff diede un colpo all'elsa della spada lunga con la mano guantata. «Ho danzato per anni alla musica del grassone, Lemore. A che cosa c'è servito? Il principe è un adulto. Il suo tempo è...»

«Griff» chiamò forte Yandry, superando lo strepitio di campane dei guitti. «C'è Haldon.»

Era vero. Il Mezzo-maestro accaldato e inzaccherato stava percorrendo la banchina. Scuri aloni di sudore chiazzavano la leggera veste di lino. E la sua faccia aveva la stessa espressione tetra di quando a Selhorys era risalito a bordo della *Fanciulla pudica* per confessare che il nano era sparito. Ma si tirava dietro sottomano tre cavalli, quello era l'importante.

«Porta qui il ragazzo» disse Griff a Lemore. «Assicurati che sia pronto.»

«Come tu vuoi» rispose la septa, con aria infelice.

"E va bene." Aveva preso Lemore in simpatia, ma questo non significava che avesse bisogno della sua approvazione. Il compito della septa era di istruire il principe nelle dottrine del Credo, e l'aveva fatto. Tuttavia non sarebbero state le preghiere a mettere il giovane Aegon sul Trono di Spade. Quello era compito di Griff. Già una volta aveva voltato le spalle al principe Rhaegar. Ora non sarebbe venuto meno a suo figlio, non finché gli fosse rimasta vita in corpo.

I cavalli di Haldon non gli piacquero. «Non sei riuscito a trovare di meglio?» si lamentò con il Mezzo-maestro.

«No» replicò Haldon in tono irritato. «E non chiedermi quanto sono costati. Con i dothraki dall'altra parte del fiume, metà della popolazione di Volon Therys preferirebbe essere altrove, perciò i cavalli diventano ogni giorno più cari.»

"Sarei dovuto andarci io." Dopo Selhorys, non aveva più la stessa fiducia di prima in Haldon. "Si è lasciato incantare dalla lingua sciolta del nano. Lasciarlo da solo in un bordello mentre lui aspettava come un imbecille in piazza." Il tenutario del bordello aveva insistito che il nano era stato portato via sotto la minaccia di una spada, ma Griff non ne era del tutto convinto. Il Folletto era abbastanza furbo da aver architettato la propria fuga. L'ubriaco che, stando alle puttane l'aveva catturato, poteva essere uno scagnozzo assoldato dal nano stesso. "È anche colpa mia. Dopo che il nano si è interposto tra Aegon e l'uomo di pietra, ho abbassato la guardia. Avrei dovuto tagliargli la gola la prima volta che l'ho visto."

«Penso che andranno bene anche questi» disse a Haldon. «L'accampamento è solo a tre miglia a sud.» A bordo della *Fanciulla pudica* ci sarebbero arrivati prima, ma preferiva non far sapere a Harry Strickland da dove lui e il principe venivano. E non gli andava nemmeno l'idea di doversi destreggiare tra le secche per approdare su una costa fangosa. Entrare in scena in quel modo poteva andare bene per un mercenario e suo figlio, non per un grande lord e il suo principe.

Quando il ragazzo emerse dalla cabina, con Lemore al suo fianco, Griff lo esaminò con attenzione dalla testa ai piedi. Il principe portava spada e pugnale, stivali neri lucidi a specchio, mantello nero foderato di seta rosso sangue. Con i capelli lavati, tagliati e tinti di recente di un blu molto scuro, anche i suoi occhi parevano blu. Aveva al collo tre enormi rubini quadrati appesi a una catenella di ferro nero, dono del magistro Illyrio. "Rosso e nero. I colori del drago." Andava bene. «Sembri un vero principe» disse al ragazzo. «Tuo padre, se potesse vederti, sarebbe orgoglioso di te.»

Griff il Giovane si passò le mani fra i capelli. «Sono stufo di questa tintura blu. Avremmo dovuto toglierla.»

«Fra poco» rispose Griff. Anche lui sarebbe stato contento di tornare ai suoi colori naturali, sebbene i capelli un tempo rossi gli si fossero ingrigiti. Gli batté la mano sulla spalla. «Andiamo? Il tuo esercito ti aspetta.»

«Mi piace il suono di queste parole. Il mio esercito.» Sul volto di Aegon Targaryen apparve un rapido sorriso, che presto svanì. «Ma lo è davvero? Quelli sono mercenari. Yollo mi ha ammonito di non fidarmi di nessuno.»

«C'è saggezza, in ciò che dici» ammise Griff. Sarebbe stato diverso, se Cuore Nero fosse stato ancora al comando. Ma Myles Toyne era morto quattro anni prima e Harry Strickland il Senzacasa era di un'altra pasta. Ma questo al ragazzo, non lo avrebbe detto. Il nano aveva già seminato fin troppi dubbi nella sua giovane testa. «Non ogni uomo è come appare, e soprattutto un principe ha buoni motivi per stare in guardia. Ma se ti spingi troppo in quella direzione, la diffidenza ti può avvelenare, inacidire, renderti timoroso.» "Re Aerys era uno così. Alla fine, perfino Rhaegar l'aveva capito." «Farai meglio a seguire una via di mezzo. Lascia che gli uomini si guadagnino la tua fiducia servendoti lealmente... e quando questo accade, sii generoso e sincero.»

Il ragazzo annuì. «Me ne ricorderò.»

Diedero al principe il cavallo migliore, un grosso castrone di un grigio così chiaro da sembrare quasi bianco. Griff e Haldon ai suoi fianchi montavano cavalcature più scadenti. La strada correva a sud per mezzo miglio abbondante sotto le alte mura bianche di Volon Therys. Poi si lasciarono la cittadina alle spalle e seguirono il corso sinuoso della Rhoyne tra boschi di salici e campi di papaveri. Passarono davanti a un mulino a vento le cui alte pale di legno ruotando cigolavano come vecchie ossa.

Quando finalmente trovarono la Compagnia dorata vicino al fiume, il sole stava ormai tramontando. Era un accampamento che perfino Arthur Dayne, il leggendario guerriero chiamato la Spada dell'alba, avrebbe apprezzato: compatto, ordinato, difendibile. Tutto intorno era stato scavato un profondo fossato, dal quale sporgevano pali acuminati. Le tende erano disposte su file distanziate da ampi passaggi. Le latrine erano state sistemate lungo il fiume, in modo che la corrente portasse via i rifiuti. I cavalli erano stati allineati a nord, e due dozzine di elefanti pascolavano lungo la riva, strappando le canne con la proboscide. Griff lanciò un'occhiata d'approvazione ai grandi animali grigi. "Nessun cavallo da guerra, in tutto l'Occidente, si opporrà mai a loro."

Grandi stendardi da battaglia in filo d'oro garrivano in cima ad alti pali lungo tutto il perimetro dell'accampamento. Sotto di essi, facevano la ronda sentinelle armate e corazzate, controllando chiunque si avvicinasse. Griff aveva temuto che la Compagnia si fosse rammollita sotto Harry Strickland, che in passato era sembrato prestare più attenzione a farsi degli amici che non a imporre la disciplina, ma quelle preoccupazioni parevano essere infondate.

All'ingresso, Haldon disse qualcosa al sergente di guardia, e una staffetta fu mandata a cercare un capitano. Quando questi arrivò, era brutto come l'ultima volta che Griff l'aveva visto. Il mercenario era un gran pezzo d'uomo dal ventre prominente con l'andatura ondeggiante e la faccia rugosa segnata da vecchie cicatrici. L'orecchio sinistro pareva masticato da un cane e il destro mancava del tutto. «E hanno fatto capitano proprio te, Flowers?» lo stuzzicò Griff. «Credevo che la Compagnia dorata avesse un minimo di criterio.»

«Peggio ancora, brutto sacco di merda» rispose Franklyn Flowers. «Mi hanno fatto anche cavaliere.» Prese Griff per l'avambraccio e dopo averlo tirato verso di sé lo strinse così forte da spaccargli le ossa. «Hai un aspetto orribile anche per un uomo morto da dodici anni. Capelli blu, eh? Quando Harry ha detto che saresti ricomparso, per poco non me la sono fatta addosso. Ed ecco Haldon, gelido figlio di baldracca, è bello rivedere anche te. Hai sempre quel bastone cacciato su per il culo?» Si voltò verso Griff il Giovane. «E lui sarebbe...»

«Il mio scudiero. Ragazzo, questo è Franklyn Flowers.»

Il principe lo salutò con un cenno. «Flowers è un nome bastardo. Sei dell'Altopiano.»

«*Aye*. Mia madre era lavandaia a Sala dei Cedri finché uno dei figli del lord non la stuprò. Il che mi rende una sorta di mela marcia della Casa Fossoway, per come la vedo io.» Con un cenno li invitò a seguirlo. «Venite con me. Strickland ha convocato tutti gli ufficiali nella sua tenda. Consiglio di guerra. I maledetti volantiani agitano le lance e chiedono di conoscere le nostre intenzioni.»

Gli uomini della Compagnia dorata erano fuori delle tende, a giocare a dadi, bere, dare la caccia alle mosche. Griff si domandò quanti di loro sapessero chi era lui realmente. "Abbastanza pochi. Dodici anni sono tanti." Anche uomini che avevano cavalcato insieme a lui avrebbero potuto non riconoscere il lord in esilio Jon Connington, all'epoca con la barba rosso fuoco, vedendo quella faccia ora rasata e piena di rughe, e i capelli tinti di blu del mercenario Griff. Per la gran parte di loro, Jon Connington si era ubriacato a morte a Lys, dopo essere stato cacciato con infamia dalla Compagnia per aver rubato il bottino di guerra. Quella vergognosa menzogna gli stava ancora sul gozzo, ma Varys aveva insistito che era necessaria. «Non vogliamo ballate sull'esule valoroso» aveva cinguettato l'eunuco, con la sua voce affettata. «Chi muore di morte eroica è ricordato a lungo. Ladri, codardi e ubriaconi vengono dimenticati in fretta.»

"E che ne sa, un eunuco, dell'onore di un uomo?" Griff aveva accettato l'intrigo del Ragno tessitore solo per amore del ragazzo, ma ciò non significava che ne fosse contento. "Fatemi vivere abbastanza a lungo da vedere il ragazzo sul Trono di Spade, e Varys pagherà per quell'affronto, e per molto altro. Allora vedremo chi verrà dimenticato in fretta."

La tenda del capitano generale era in filo d'oro, cinta da un cerchio di picche con in cima dei teschi dorati. Un teschio, grottesco e deforme, spiccava tra gli altri. Sotto ce n'era un secondo, non più grande del pugno di un bambino. "Maelys il Mostruoso e il suo fratello senza nome." Gli altri teschi avevano una certa uniformità, parecchi erano spezzati e scheggiati dai colpi fatali, uno aveva i denti limati e appuntiti. «Qual è Myles?» venne da chiedere a Griff.

«Quello là in fondo» indicò Flowers. «Aspetta, che vado ad annunciarti.»

Scivolò dentro la tenda, lasciando Griff a contemplare il teschio dorato del suo vecchio amico. In vita, ser Myles Toyne era stato brutto come il peccato. Il suo famoso antenato, lo scuro e focoso Terrence Toyne del quale cantavano i menestrelli, era talmente bello d'aspetto che perfino l'amante del re non aveva potuto resistergli. Myles per contro aveva le orecchie a sventola, la mascella storta e il naso più grosso che Jon Connington avesse mai visto. Quando sorrideva, però, tutto questo svaniva. "Cuore Nero" l'avevano chiamato i suoi uomini, per via dell'emblema sullo scudo. A Myles era piaciuto sia il nome sia ciò cui alludeva. «Un capitano generale deve essere temuto, tanto dagli amici quanto dai nemici» aveva confessato una volta. «Se gli uomini pensano che io sia crudele, meglio.» La verità era un'altra. Soldato fino al midollo, Myles Toyne era feroce ma giusto: un padre per i suoi uomini. E sempre generoso con l'esule lord Jon Connington.

La morte lo aveva derubato delle orecchie, del naso e di tutto il calore. Era rimasto il sorriso, trasformato in un lampeggiante sogghigno dorato. Tutti i teschi sogghignavano, anche quello di Acreacciaio sull'alta picca centrale. "Cos'ha da sogghignare? È morto, sconfitto e solo, un uomo rovinato in una terra straniera." Sul letto di morte, ser Aegor Rivers aveva ordinato ai suoi uomini di bollire il proprio cranio, scarnificarlo, immergerlo in oro liquido e innalzarlo davanti a loro quando fosse arrivato il giorno di attraversare il mare per riprendersi il continente occidentale. I suoi successori avevano seguito quell'esempio.

Jon Connington avrebbe potuto essere uno di quei successori, se il suo esilio fosse andato diversamente. Aveva trascorso cinque anni nella Compagnia, scalandone i ranghi fino a un posto d'onore alla destra di Toyne. Se fosse rimasto, probabilmente dopo la morte di Myles gli uomini si sarebbero rivolti a lui invece che a Harry Strickland. Ma Griff non rimpiangeva la direzione scelta. "Quando tornerò nel continente occidentale non sarà come teschio in cima a un palo."

Flowers uscì dalla tenda. «Entrate.»

Al loro ingresso, gli alti ufficiali della Compagnia dorata si alzarono da scranni e sedie da campo. I vecchi amici salutarono Griff con sorrisi e abbracci. I nuovi amici, più formalmente. "Non tutti sono contenti di vederci come vorrebbero farmi credere" pensò Griff. Dietro ad alcuni di quei sorrisi intuiva delle lame affilate. Fino a pochi attimi prima, molti di loro credevano che lord Jon Connington fosse al sicuro nella tomba. E senza dubbio molti pensavano che fosse proprio quello il posto adatto a lui, un uomo che aveva derubato i suoi stessi fratelli d'arme. Forse, al posto loro, Griff avrebbe avuto la stessa reazione.

Ser Franklyn fece le presentazioni. Alcuni capitani dei mercenari avevano nomi bastardi: Flowers, Rivers, Hill, Stone. Altri rivendicavano nomi che un tempo erano stati importanti nella storia dei Sette Regni. Griff contò due Strong, tre Peake, un Mudd, un Mandrake, un Lothston, un paio di Cole. Non tutti erano nomi autentici, e lui lo sapeva. Nelle compagnie libere, un mercenario poteva usare il nome che preferiva, per esibire un rozzo splendore. Come molti del loro mestiere portavano su di sé tutta la loro ricchezza materiale: c'era un grande sfoggio di spade ingemmate, corazze intarsiate, pesanti collane di metalli preziosi, sete raffinate, e ogni uomo lì presente portava addosso un riscatto da re in bracciali d'oro. Ogni bracciale significava un anno di servizio nella Compagnia dorata. Marq Mandrake, la cui faccia butterata aveva un buco nella guancia dove era stato cancellato a fuoco un tatuaggio di schiavo, portava anche una catena di teschi d'oro.

Non tutti i capitani erano di sangue occidentale. Black Balaq, originario delle Isole dell'Estate, con i capelli bianchi come la neve e la pelle nera come la fuliggine, comandava gli arcieri della Compagnia, come ai tempi di Cuore Nero. Indossava un magnifico mantello di piume verdi e arancione. Gorys Edoryen, cadaverico volantiano, aveva sostituito Strickland come ufficiale pagatore. Portava drappeggiata una pelle di leopardo. I capelli rossi come il sangue gli ricadevano in riccioli unti sulle spalle, mentre la barba a punta era nera. Il maestro delle spie era sconosciuto a Griff: un lyseniano di nome Lysono Maar, con occhi violetti, capelli biondo chiaro e labbra carnose che avrebbero fatto invidia a una baldracca. A una prima occhiata, Griff l'aveva preso per una donna. Lysono Maar aveva le unghie dipinte di viola e dai lobi delle sue orecchie grondavano perle e ametiste.

"Falsi e mentitori" pensò Griff, continuando a scrutare quelle facce. "Residui di guerre dimenticate, cause perdute, ribellioni soffocate, una confraternita di reietti e falliti, disgraziati e diseredati. Ecco il mio esercito. La nostra migliore speranza."

Si rivolse a Harry Strickland.

L'aspetto del Senzacasa era ben poco guerresco. Corpulento, con una testa grossa e tonda, miti occhi grigi, capelli sempre più radi riportati da una parte per nascondere un principio di calvizie, era accomodato su una sedia da campo e teneva i piedi a mollo in una tinozza d'acqua salata. «Scusami se non mi alzo» esordì come saluto. «La marcia è stata faticosa e i miei piedi sono facili alle vesciche. È una maledizione.»

"È un segno di debolezza. Sembri una vecchia malandata." Gli Strickland erano nella Compagnia dorata fin dalla sua fondazione: il bisnonno di Harry aveva perso le sue terre quando aveva seguito il Drago Nero nella prima ribellione dei Blackfyre. «Oro per quattro generazioni» si vantava Harry, come se quattro generazioni d'esilio e disfatte fossero un'impresa di cui andare orgogliosi.

«Posso prepararti un unguento specifico» propose Haldon «ed esistono dei sali minerali che induriscono la pelle.»

«Molto gentile da parte tua.» Strickland chiamò il suo scudiero. «Watkyn, del vino per i nostri amici.»

«Grazie, ma lascia stare» ribatté Griff. «Berremo acqua.»

«Come preferisci.» Strickland sorrise al principe. «E lui dev'essere tuo figlio.»

"Lo sa?" si domandò Griff. "Che cosa gli avrà detto Myles?" Varys era stato inflessibile sulla necessità della segretezza. Gli accordi che lui e Illyrio avevano preso con Cuore Nero erano noti a loro soltanto. Il resto della Compagnia era stato tenuto all'oscuro: non si può lasciare trapelare qualcosa che non si sa.

Quel tempo, però, era passato. «Nessuno potrebbe chiedere un figlio più meritevole» confermò Griff. «Ma il ragazzo non è del mio sangue e non si chiama Griff. Miei lord, vi presento Aegon Targaryen, figlio primogenito di Rhaegar, principe di Roccia del Drago, e della principessa Elia di Dorne... prossimo, con il vostro aiuto, a diventare Aegon, il sesto del suo nome, re degli andali, dei rhoynar e dei primi uomini, lord dei Sette Regni.»

Un silenzio glaciale accolse l'annuncio. Qualcuno si schiarì la gola. Uno dei Cole prese la caraffa e si riempì di nuovo la coppa. Gorys Edoryen giocherellò con uno dei suoi lunghi riccioli, mormorando qualcosa in una lingua a Griff sconosciuta. Laswell Peake tossì, Mandrake e Lothston si scambiarono un'occhiata. "Sanno tutto" capì allora Griff. "Lo sapevano fin dall'inizio."

Si girò a fissare Harry Strickland. «Quando li hai informati?»

«Quando siamo arrivati al fiume.» Il capitano generale mosse le dita afflitte da vesciche nell'acqua del pediluvio. «La Compagnia era inquieta, e per buoni motivi. Lasciavamo una facile campagna nelle Terre Contese. In cambio di che cosa? Per soffocare in questo caldo maledetto, a guardare il nostro conio dilapidarsi e le lame arrugginirsi, e io intanto devo respingere ingaggi remunerativi?»

A quelle parole Griff si sentì accapponare la pelle. «Chi?»

«Gli yunkai. Il messo che hanno mandato a corteggiare Volantis ha già spedito tre compagnie libere alla Baia degli Schiavisti. Avrebbe voluto che noi fossimo la quarta, era pronto a offrire il doppio di quello che ci stava pagando Myr, più uno schiavo per ogni uomo della Compagnia, dieci per ogni ufficiale e cento fanciulle scelte tutte per me.»

"Maledizione." «Ci vorrebbero migliaia di schiavi. Quelli di Yunkai dove pensano di trovarli?»

«A Meereen.» Chiamò il suo scudiero. «Watkyn, un asciugamano. L'acqua sta diventando fredda e le dita dei piedi mi si sono raggrinzite come uva passa. No, no, l'altro, quello morbido.»

«Hai rifiutato» insisté Griff.

«Ho detto che avrei riflettuto sulla proposta.» Harry Strickland trasalì mentre lo scudiero gli asciugava i piedi. «Piano, piano, ragazzo. Considera le mie dita come acini dalla buccia sottile. Devi asciugarle senza schiacciarle. Tampona, non strofinare. Ecco, così.» Si rivolse di nuovo a Griff. «Un secco rifiuto sarebbe stato poco saggio. Gli uomini potrebbero giustamente chiedersi se mi sono bevuto il cervello.»

«Avrai presto abbastanza lavoro per le tue lame.»

«Davvero?» chiese Lysono Maar. «Presumo che tu sappia già che la giovane Targaryen non è partita per l'Occidente.»

«Questa storia l'ho sentita a Selhorys.»

«Non è una storia, ma la pura verità. Il motivo è difficile da capire. Saccheggiare Meereen, *aye*, perché no? Anch'io avrei fatto lo stesso, al posto suo. Le città schiaviste puzzano d'oro e la conquista richiede conio. Ma ora perché indugiare? Paura? Follia? Pigrizia?»

«Il perché non ha importanza» Harry Strickland srotolò un paio di calze di lana a righe. «Daenerys si trova a Meereen e noi siamo qui, dove i volantiani sono ogni giorno sempre più a disagio per la nostra presenza. Siamo venuti per innalzare un re e una regina che ci guideranno a casa in Occidente, ma la ragazza Targaryen sembra più impegnata a piantare ulivi che a reclamare il trono di suo padre. Intanto, i suoi nemici si radunano. Yunkai, Nuova Ghis, Tolos. Barba Insanguinata e il principe Straccione saranno in campo contro di lei... e presto avrà addosso anche le flotte di Vecchia Volantis. Mentre lei che cos'ha per contrastarli? Schiavi da letto armati di bastone?»

«Gli Immacolati» disse Griff. «E i draghi.»

«Draghi, *aye*» annuì il capitano generale. «Ma draghi giovani, poco più che pulcini.» S'infilò la calza sopra le vesciche e la lisciò sulla caviglia. «A quanto le serviranno quei pulcini sputafiamme, quando tutti gli eserciti si chiuderanno attorno alla sua città come un pugno di metallo?»

Tristan Rivers tamburellava con le dita sul ginocchio. «Ragione in più per raggiungerla in fretta, dico io. Se Daenerys non verrà a noi, dovremo essere noi ad andare da lei.»

«A piedi sulle onde, ser?» chiese Lysono Maar. «Ve lo ripeto, non possiamo raggiungere l'argentea regina via mare. Mi sono intrufolato di persona a Volantis, nei panni di un mercante, proprio per scoprire quante navi sarebbero disponibili. Il porto brulica di galee, cocche e caracche d'ogni forma e grandezza, eppure presto mi sono ritrovato a prendere accordi con pirati e contrabbandieri. Nella Compagnia abbiamo diecimila uomini, sono sicuro che lord Connington se lo ricorderà dai suoi anni di servizio. Cinquecento cavalieri, ciascuno con tre cavalli. Cinquecento scudieri con una monta a testa. E gli elefanti, non dobbiamo scordare gli elefanti. Una sola nave pirata non basterà. Abbiamo bisogno di una flotta pirata... e se anche ne trovassimo una, dalla Baia degli Schiavisti è giunta voce che Meereen è stata presa d'assedio.»

«Potremmo fingere di accettare l'offerta di Yunkai» propose Gorys Edoryen. «Lasciare che siano gli yunkai a portarci a est, poi restituire loro l'oro sotto le mura di Meereen.»

«Un contratto infranto è già una macchia sufficiente sull'onore della Compagnia» disse Harry Strickland il Senzacasa. Esitò, reggendosi il piede pieno di vesciche. «Lasciate che ve lo rammenti: è stato Myles Toyne a sigillare questo patto segreto, non io. Da parte mia, ci terrei a onorare l'accordo, ma come? Mi sembra chiaro che la ragazza Targaryen non salperà mai per l'Ovest. L'Occidente era il reame di suo padre. Meereen è il suo reame. Se riuscirà a sconfiggere gli yunkai, sarà regina di tutta la Baia degli Schiavisti. Se non ci riuscirà, morirà prima che possiamo sperare di raggiungerla.»

La sue parole non sorpresero Griff. Harry Strickland era sempre stato un uomo mite, più bravo a falciare contratti che non a falciare nemici. Aveva fiuto per l'oro, ma quanto a fegato per la battaglia lasciava a desiderare.

«C'è la via di terra» suggerì Franklyn Flowers.

«La Strada del Demone è morte sicura. Perderemmo metà della Compagnia per diserzione e seppelliremmo l'altra metà lungo il cammino. Mi rattrista dirlo, ma il magistro Illyrio e i suoi amici potrebbero essere stati poco saggi a riporre troppe speranze in quella regina bambina.»

"No" pensò Griff, "ma non sono stati saggi affatto a riporre delle speranze in te."

A quel punto prese la parola il principe Aegon. «Allora riponete le vostre speranze in me» disse. «Daenerys è la sorella del principe Rhaegar, ma io sono il figlio di Rhaegar. Sono l'unico drago che vi occorre.»

Griff mise la mano sulla spalla del principe Aegon. «Parole coraggiose» disse. «Ma pensa a quello che stai dicendo.»

«Ho riflettuto» insisté il ragazzo. «Perché dovrei correre da mia zia come se fossi un mendicante? La mia pretesa al trono è più valida della sua. Che venga lei da me... in Occidente.»

Franklyn Flowers scoppiò a ridere. «Mi piace. Salpiamo a ovest, invece che a est. Lasciamo la piccola regina ai suoi ulivi e mettiamo sul Trono di Spade il principe Aegon. Il ragazzo ha le palle, bisogna ammetterlo.»

«Il sole della Rhoyne ti ha forse mandato in aceto il cervello, Flowers?» Il capitano generale pareva qualcuno che ha appena ricevuto uno schiaffo. «Abbiamo bisogno della ragazza Targaryen. Abbiamo bisogno del matrimonio. Se Daenerys accetta il nostro principino e lo prende per consorte, anche i Sette Regni lo accetteranno. Senza di lei, i lord si limiteranno a prendersi gioco delle pretese del ragazzo e lo bolleranno come un falso pretendente. E poi, come proponi di raggiungere l'Occidente? Hai sentito Lysono. Non ci sono navi disponibili.»

"Ha paura di combattere" capì Griff. "Come hanno potuto scegliere lui perché prendesse il posto di Cuore Nero?" «Non ci sono navi per la Baia degli Schiavisti. L'Occidente è un'altra faccenda. A noi è precluso l'Est, non il mare. I triarchi sarebbero felici di vederci andare via, non ho dubbi. Potrebbero perfino aiutarci a trovare un passaggio per tornare ai Sette Regni. Nessuna città vuole un esercito sulla soglia di casa.»

«Non ha tutti i torti» ammise Lysono Maar.

«Ormai il leone avrà sentito l'odore del drago» intervenne uno dei Cole. «Ma l'attenzione di Cersei sarà concentrata su Meereen e sull'altra regina. Cersei non sa niente del nostro principe. Non appena toccheremo terra e innalzeremo i vessilli, molti accorreranno per unirsi a noi.»

«Alcuni» concesse Harry il Senzacasa, «non molti. La sorella di Rhaegar ha tre draghi. Il figlio di Rhaegar nessuno. Non abbiamo la forza per prendere il reame occidentale senza Daenerys e il suo esercito, i suoi Immacolati.»

«Il primo Aegon conquistò l'Occidente intero senza neanche un soldato privo di palle» disse Lysono Maar. «Perché il sesto Aegon non potrebbe fare lo stesso?»

«Il piano...»

«Quale piano?» disse Tristan Rivers. «Il piano del grassone? Il piano che cambia a ogni fase della luna? Prima Viserys Targaryen doveva unirsi a noi, con cinquantamila guerrieri dothraki al seguito. Morto il re Mendicante, a prendere il suo posto doveva essere la sorella, l'arrendevole regina bambina di ritorno a Pentos con tre cuccioli di drago appena usciti dall'uovo. Invece la regina bambina rispunta nella Baia degli Schiavisti e si lascia dietro una scia di città saccheggiate e bruciate. Per cui il grassone dei formaggi decide che la dovremo incontrare a Volantis. Adesso anche quel piano è andato in fumo. Io ne ho abbastanza dei piani di Illyrio. Robert Baratheon conquistò il Trono di Spade senza il vantaggio di nessun drago. Noi possiamo fare lo stesso. E se invece sbaglio, se il reame non si solleverà per noi, possiamo sempre ritirarci di nuovo oltre il Mare Stretto, come fece Acreacciaio e anche altri dopo di lui.»

«Il rischio...» Harry Strickland disse ostinandosi a scuotere la testa.

«... non è lo stesso di prima, ora che Tywin Lannister è morto. I Sette Regni non saranno mai maturi quanto ora per una nuova e grande conquista. Un altro re bambino, addirittura più giovane del precedente, siede sul Trono di Spade, e i ribelli sono numerosi come le foglie d'autunno sul terreno.»

«Fosse anche così» replicò Strickland, «da soli non possiamo sperare di...»

Griff ne ebbe abbastanza della codardia del capitano generale. «Non saremo soli. Dorne si unirà a noi, deve unirsi a noi. Il principe Aegon è figlio tanto di Elia quanto di Rhaegar.»

«Esatto» concordò il giovane Targaryen. «E chi resta in Occidente per opporsi a noi? Solo una donna.»

«Una Lannister» sottolineò il capitano generale. «La puttana avrà al suo fianco lo Sterminatore di re, su questo ci potete scommettere, e insieme avranno tutta la ricchezza di Castel Granito alle spalle. E Illyrio dice che il re bambino è promesso sposo alla ragazza Tyrell. Quindi dovremo affrontare anche il potere di Alto Giardino.»

Laswell Peake picchiò le nocche sul tavolo. «Perfino dopo un secolo, alcuni di noi hanno ancora amici sull'Altopiano. Il potere di Alto Giardino può non essere quello che Mace Tyrell immagina.»

«Principe Aegon» disse Tristan Rivers, «noi siamo tuoi uomini. Decidi: vuoi che salpiamo a ovest, invece che a est?»

«Lo voglio» rispose Aegon con impazienza. «Se mia zia Daenerys ci tiene così tanto a Meereen, che se la tenga pure. Reclamerò il Trono di Spade da solo: con le vostre lame e la vostra fedeltà. Muoviamoci in fretta e colpiamo duro, in modo da riportare delle facili vittorie ancora prima che i Lannister si rendano conto che siamo sbarcati. Le vittorie spingeranno altri a sostenere la nostra causa.»

Rivers sorrideva di approvazione. Altri si scambiavano occhiate pensierose. Poi Peake disse: «Preferirei morire in Occidente piuttosto che sulla Strada dei Demoni», e Marq Mandrake ridacchiando replicò: «Io preferirei vivere, conquistare tante terre e un grande castello». Franklyn Flowers diede un colpo secco all'elsa della spada: «Se posso uccidere qualche Fossoway, ci sto anch'io!».

Cominciarono a parlare tutti insieme.

E Griff capì che il vento era cambiato. "Ecco un aspetto di Aegon che non avevo mai visto prima d'ora." Non era la via più cauta, ma ormai ne aveva abbastanza di cautele, segreti, attese. Vittoriosi o sconfitti, prima di morire avrebbe rivisto il Posatoio del Grifone e sarebbe stato sepolto accanto alla tomba di suo padre.

A uno a uno gli uomini della Compagnia dorata si alzarono, piegarono il ginocchio e deposero la spada ai piedi del giovane principe del drago. L'ultimo fu Harry Strickland il Senzacasa, con vesciche ai piedi e tutto.

Quando uscirono dalla tenda del capitano generale, il sole stava arrossando il cielo a ovest, dipingendo ombre scarlatte sui teschi in cima alle lance. Franklyn Flowers propose di accompagnare il principe in giro per l'accampamento e presentarlo ad alcuni di quelli che definì "i ragazzi".

Griff diede il suo consenso. «Ma ricorda, per quanto riguarda la Compagnia, finché non avremo attraversato il Mare Stretto dovrà restare Griff il Giovane. Una volta in Occidente, gli laveremo i capelli e gli lasceremo indossare la corazza.»

«*Aye*, capito» disse Flowers. Batté una mano sulla spalla di Griff il Giovane. «Vieni con me. Inizieremo con i cuochi. È sempre buona cosa conoscerli.»

Quando si furono allontanati, Griff disse al Mezzo-maestro: «Torna alla *Fanciulla pudica*, e porta qui lady Lemore e ser Rolly. Avremo bisogno anche degli scrigni di Illyrio. Tutto il conio, e la corazza. Ringrazia per noi Yandry e Ysilla. La loro parte in questa faccenda è terminata. Non saranno dimenticati, una volta che sua grazia sarà tornata in possesso del suo reame».

«Ai tuoi ordini, mio lord.»

Griff lo lasciò, e s'infilò nella tenda che Harry il Senzacasa gli aveva assegnato.

La strada che aveva davanti era piena di pericoli, lo sapeva, ma che cosa poteva farci? Tutti gli uomini devono morire. Lui chiedeva solo un po' di tempo. Aveva aspettato così tanto che di certo gli dèi gli avrebbero concesso ancora qualche anno, sufficiente per vedere sul Trono di Spade quel ragazzo che aveva chiamato figlio. Per reclamare le sue terre, il suo nome, il suo onore. Per fermare le forti campane che non smettevano di rintoccare ogni volta che chiudeva gli occhi per dormire.

Da solo nella tenda, mentre i raggi d'oro e scarlatti del sole al tramonto brillavano dalla falda aperta, Jon Connington si scrollò di dosso il mantello di pelle di lupo, si sfilò dalla testa la cotta di maglia, la sistemò su uno scranno da campo, e si tolse il guanto dalla mano destra. L'unghia del medio, vide, era diventata nera come il giaietto. E il grigio, quel terribile grigio, era risalito fin quasi alla prima nocca. Anche la punta dell'anulare aveva cominciato ad annerirsi, e quando vi premette il pugnale non sentì niente.

"Morte, ma lenta" si disse. "Ho ancora tempo. Un anno, due anni, cinque. Alcuni uomini di pietra vivono anche dieci anni. Il tempo sufficiente per attraversare il Mare Stretto, e rivedere il Posatoio del Grifone. Per eliminare una volta per tutte la stirpe dell'Usurpatore, e mettere il figlio di Rhaegar Targaryen sul Trono di Spade."

Allora, lord Jon Connington sarebbe potuto morire soddisfatto.

APPENDICE

I RE E LE LORO CORTI

IL RE BAMBINO

TOMMEN BARATHEON, il primo del suo nome, re degli andali, dei rhoynar e dei primi uomini, lord dei Sette Regni, bambino di otto anni

Regina Margaery della Casa Tyrell, sua moglie, tre volte sposata, tre volte vedova, accusata di alto tradimento, tenuta prigioniera nel Grande Tempio di Baelor

Megga, Alla ed **Elinor Tyrell**, le sue cugine e dame di compagnia, accusate di fornicazione

Alyn Ambrose, scudiero, promesso sposo di Elinor

Cersei della Casa Lannister, madre di Tommen, regina reggente, lady di Castel Granito, accusata di alto tradimento, prigioniera nel Grande Tempio di Baelor

I fratelli e le sorelle di Tommen:

(Re Joffrey), il suo fratello maggiore, avvelenato alla propria festa di nozze

Principessa Myrcella, la sua sorella maggiore, nove anni, sotto la tutela del principe Doran Martell a Lancia del Sole, promessa sposa a suo figlio Trystane

I suoi gattini, **Ser Balzo, Lady Vybrisse, Quattro Calzini**

Gli zii di Tommen:

Ser Jaime Lannister, detto lo "Sterminatore di re", gemello della regina Cersei, lord comandante della Guardia reale

Tyrion Lannister, detto "il Folletto", un nano, accusato e condannato per regicidio e parricidio

Altri parenti di Tommen:

Tywin Lannister, suo nonno, lord di Castel Granito, protettore dell'Ovest e Primo Cavaliere del re, assassinato sulla sua latrina dal figlio Tyrion

Ser Kevan Lannister, suo prozio, lord reggente e protettore del reame, sposo di Dorna Swyft

I loro figli:

Ser Lancel Lannister, un cavaliere del Sacro ordine dei Figli del Guerriero

(Willem), gemello di Martyn, assassinato a Delta delle Acque

Martyn, gemello di Willem, scudiero

Janei, bambina di tre anni

Lady Genna Lannister, prozia di Tommen, sposa di ser Emmon Frey

I loro figli:

(Ser Cleos Frey), ucciso da dei fuorilegge

Ser Tywin Frey, figlio di Cleos, detto "Ty"

Willem Frey, figlio di Cleos, scudiero

Ser Lyonel Frey, secondogenito di lady Genna

(Tion Frey), scudiero, assassinato a Delta delle Acque

Walder Frey, detto "Walder il Rosso", paggio a Castel Granito

(Ser Tygett Lannister), prozio di Tommen, sposo di Darlessa Marbrand

I loro figli:

Tyrek Lannister, scudiero, scomparso durante le sommosse della carestia ad Approdo del Re

Lady Ermesande Hayford, moglie bambina di Tyrek

Gerion Lannister, prozio di Tommen, disperso in mare

Joy Hill, sua figlia bastarda

Il consiglio ristretto di re Tommen:

Ser Kevan Lannister, lord reggente

Lord Mace Tyrell, Primo Cavaliere del re

Ser Jaime Lannister, lord comandante della Guardia reale

Gran maestro Pycelle, consigliere e guaritore
Lord Paxter Redwyne, grand'ammiraglio e ministro della flotta
Qyburn, maestro in disgrazia, noto come negromante, maestro delle spie

Il precedente consiglio ristretto della regina Cersei:
(Lord Gyles Rosby), lord tesoriere, maestro del conio, morto di tisi
Lord Orton Merryweather, mestro di giustizia e delle leggi, fuggito a Lunga Tavola dopo la cattura della regina Cersei
Aurane Waters, il "Bastardo di Driftmark", grand'ammiraglio e maestro della flotta, fuggito in mare con la flotta reale dopo l'arresto della regina Cersei

Guardia reale di Tommen
Ser Jaime Lannister, lord comandante
Ser Meryn Trant,
Ser Boros Blount, esautorato e in seguito riammesso
Ser Balon Swann, a Dorne con la principessa Myrcella
Ser Osmund Kettleblack
Ser Loras Tyrell, il Cavaliere di Fiori
(Ser Arys Oakheart), morto a Dorne

La corte di Tommen ad Approdo del re:
Ragazzo di Luna, giullare e buffone di corte
Pate, bambino di otto anni, allevato con re Tommen e punito in sua vece
Ormond di Vecchia Città, arpista reale e bardo
Ser Osfryd Kettleblack, fratello di ser Osmund e ser Osney, capitano della Gurdia cittadina
Noho Dimittis, emissario dalla Banca di Ferro di Braavos
(Ser Gregor Clegane), detto "la Montagna che cavalca", morto per una lama avvelenata
Rennifer Longwaters, capocarceriere delle segrete della Fortezza Rossa

I presunti amanti della regina Margaery:
Wat, cantastorie che si fa chiamare il "Bardo Blu", prigioniero diventato folle sotto tortura

(Hamish l'Arpista), anziano cantastorie, morto in prigione
Ser Mark Mullendore, che perse una scimmia e mezzo braccio nella Battaglia delle Acque Nere
Ser Tallad, chiamato l'Alto, **ser Lambert Turnberry, ser Bayard Norcross, ser Hugh Clifton**
Jalabhar Xho, principe in esilio della Valle del Fiore Rosso, sull'Isola dell'Estate
Ser Horas Redwyne, riconosciuto innocente e liberato
Ser Hobber Redwyne, riconosciuto innocente e liberato

Il principale accusatore della regina Cersei
Ser Osney Kettleblack, fratello di ser Osmund e ser Osfryd, tenuto in prigionia dal Credo

La gente del Credo:
L'Alto Sacerdote, padre dei credenti, voce dei Sette Dèi sulla terra, vecchio e fragile
Septa Unella, septa Moelle, septa Scolera, carceriere della regina
Septon Torbert, septon Raynard, septon Luceon, septon Ollidor, dei Più Devoti
Ser Theodan Wells, detto "Theodan il Sincero", pio comandante dei Figli del Guerriero
I "passeri", i più umili tra gli uomini, implacabili nella loro compassione

La gente di Approdo del Re:
Chataya, tenutaria di un costoso bordello
Alayaya, sua figlia
Dancy, Marei, due delle ragazze di Chataya
Tobho Mott, maestro armaiolo

Vari lord delle terre della Corona, che hanno giurato fedeltà al Trono di Spade:
Renfred Rykker, lord di Duskendale
Ser Rufus Leek, cavaliere con una gamba sola al suo servizio, castellano di Forte Dun a Duskendale
(Tanda Stokeworth), lady di Stokeworth, morta per una frattura all'anca

(Falyse), la sua figlia maggiore, morta urlando di follia nelle celle buie

(Ser Balman Byrch), marito di lady Falyse, morto durante una giostra

Lollys, la sua figlia minore, debole di mente, stuprata in branco nelle sommosse della carestia, lady di Stokeworth

Tyrion Tanner, dei cento padri, l'infante di Lollys

Ser Bronn delle Acque Nere, marito di Lollys, mercenario nominato cavaliere

Maestro Frenken, in servizio a Stokeworth

Lo stemma di re Tommen mostra il cervo incoronato dei Baratheon, nero in campo oro, e il leone dei Lannister, oro in campo porpora, rampanti uno di fronte all'altro.

IL RE ALLA BARRIERA

STANNIS BARATHEON, il primo del suo nome, secondo figlio di lord Steffon Baratheon e di lady Cassana della Casa Estermont, lord di Roccia del Drago, si fa chiamare re dell'Occidente.

Con re Stannis al Castello Nero:

Lady Melisandre di Asshai, chiamata la "Donna Rossa", sacerdotessa di R'hllor, Signore della luce
Ser Richard Horpe, secondo in comando di Stannis
Ser Godry Farring, detto "Sterminatore di giganti"
Ser Justin Massey
Lord Robin Peasebury
Lord Harwood Fell
Ser Clayton Suggs, ser Corliss Penny, uomini della regina e ferventi adoratori del Signore della luce
Ser Willam Foxglove, ser Humfrey Clifton, ser Ormund Wylde, ser Harys Cobb, cavalieri

Devan Seaworth e **Bryen Farring**, scudieri di Stannis
Mance Rayder, il re oltre la Barriera, prigioniero e condannato a morte
"il principe dei bruti", neonato senza nome, figlio di Rayder,
Gilly, balia del piccolo, ragazza dei bruti
"l'abominio", neonato senza nome, figlio di Gilly e del padre di lei, (Craster)

Al Forte Orientale della Barriera:

Regina Selyse della Casa Florent, moglie di Stannis

Principessa Shireen, loro figlia, undicenne

Macchia, giullare tatuato di Shireen, dalla mente incerta

Ser Axell Florent, zio della regina Selyse, capo degli uomini della regina, si fa chiamare Primo Cavaliere della regina

Ser Narbert Grandison, ser Benethon Scales, ser Patrek della Montagna del Re, ser Dorden, ser Malegorn di Lago Rosso, ser Lambert Whitewater, ser Perkin Follard, ser Brus Buckler, cavalieri della regina e sue guardie del corpo

Ser Davos Seaworth, lord di Bosco delle Piogge, ammiraglio del Mare Stretto e Primo Cavaliere del re, detto il "Cavaliere delle Cipolle"

Salladhor Saan della città libera di Lys, comandante della *Valyrian* e di una flotta di galee,

Tycho Nestoris, emissario della Banca di Ferro di Braavos.

Stannis ha scelto come proprio stemma il cuore fiammeggiante del Signore della luce: un cuore rosso circondato da lingue di fuoco arancioni in campo giallo. All'interno del cuore è ritratto il cervo incoronato della Casa Baratheon, in nero.

IL RE DELLE ISOLE E DEL NORD

I Greyjoy di Pyke sostengono di discendere dal grande re dell'Età degli eroi. La leggenda narra che il re Grigio governasse il mare e che avesse preso in sposa una sirena. Aegon il Drago pose fine alla discendenza dell'ultimo re delle Isole di Ferro, ma permise agli uomini di ferro di far rivivere la loro antica usanza e quindi scegliere in autonomia chi tra loro dovesse detenere il potere supremo. Scelsero lord Vickon Greyjoy di Pyke. Il sigillo dei Greyjoy è una piovra dorata in campo nero. Il loro motto è: "Noi non sappiamo tessere".

EURON GREYJOY, il terzo del suo nome dopo il re Grigio, re delle Isole di Ferro e del Nord, re del sale e della roccia, figlio del vento di mare, lord protettore di Pyke, capitano della *Silenzio*, soprannominato Occhio di Corvo,

- (**Balon**), suo fratello maggiore, re delle Isole di Ferro e del Nord, il nono del suo nome dopo il re Grigio, re del sale e della roccia, figlio del vento di mare, lord protettore di Pyke, morto in mare cadendo da una passerella sospesa
- **Lady Alannys**, della Casa Harlaw, vedova di re Balon
- I loro figli:
  - (**Rodrik**), ucciso nel corso della prima rivolta di Balon
  - (**Maron**), ucciso nel corso della prima rivolta di Balon
  - **Asha**, loro figlia, capitano della *Vento nero* e conquistatrice di Deepwood Motte, sposa di Erik il Temibile fabbro
  - **Theon**, detto "Theon il Voltagabbana" dagli uomini del Nord, prigioniero a Forte Terrore

Victarion, fratello minore di Euron, lord comandante della flotta di ferro, commodoro della *Vittoria di ferro*
Aeron, fratello minore di Euron, detto "Capelli bagnati", sacerdote del culto del dio abissale

Capitani e guerrieri che hanno giurato fedeltà a Euron:
Torwold il Dentescuro, Jon Myre Facciastorta, Rodrik Freeborn, il Rematore Rosso, Lucas Codd il Mancino, Quellon Humble, Harren Mezzo Remo, Kemmett Pyke il Bastardo, Qarl lo Schiavo, Manodipietra, Ralf il Pastore, Ralf di Lordsport

I membri dell'equipaggio di Euron:
(**Cragorn**), morto dopo avere soffiato nel "corno degli inferi"

Lord alfieri di Euron:
Erik il Fabbro, chiamato anche **Erik il Distruttore di incudini** e **Erik il Giusto**, lord attendente della Isole di Ferro, castellano di Pyke, un uomo anziano un tempo vigoroso, sposo di Asha Greyjoy

Lord di Pyke:
Germund Botley, lord di Lordsport
Waldon Wynch, lord di Iron Holt

Lord di Vecchia Wyk:
Dunstan Drumm, il Drumm, lord di Vecchia Wyk
Norne Buonfratello, di Shatterstone
Gli Stonehouse

Lord di Grande Wyk:
Gorold Buonfratello, lord di Hammerhorn
Triston Farwynd, lord di Punta di Pelle di Foca
Gli Sparr
Meldred Merlyn, lord di Pebbleton

Lord di Orkmont:
Alyn Orkwood, detto **Orkwood di Orkmont**
Lord Balon Tawney

Lord di Saltcliffe:
Lord Donnor Saltcliffe
Lord Sunderly

Lord di Harlaw:
Rodrik Harlaw, detto "il Lettore", lord di Harlaw, signore di Dieci Torri, Harlaw di Harlaw
Sigfryd Harlaw, detto Sigfryd "Capelli d'argento", suo prozio, signore di Harlaw Hall
Hotho Harlaw, detto "Hotho il Gobbo", di Torre di Glimmering, un cugino
Boremund Harlaw, detto "Boremund il Blu", signore di Harridan Hill, un cugino

Lord di isole minori e scogli:
Gylbert Farwynd, lord di Luce Solitaria

I conquistatori di ferro:
sulle Isole Scudo:
Andrik il Triste, lord di Scudo del Sud
Nute il Barbiere, lord di Scudo di Quercia
Maron Volmark, lord di Scudo Verde
Ser Harras Harlaw, lord di Scudo Grigio, cavaliere di Giardino Grigio

al Moat Cailin:
Ralf Kenning, castellano e comandante
Adrack Humble, uomo senza metà braccio
Dagon Codd, che non si arrende a nessuno

a Piazza di Thorren:
Dagmar, detto "Mascella Spaccata", capitano della *Bevitrice di schiuma*

a Deepwood Motte:
Asha Greyjoy, figlia della piovra, capitano della *Vento nero*
Qarl la Fanciulla, amante di Asha, uomo d'arme
Tristifer Botley, precedente amante di Asha, erede di Lordsport, privato delle sue terre

membri dell'equipaggio di Asha: **Roggon Barba Rugginosa, Linguatetra, Rolfe il Nano, Lorren Lunga Ascia, Rook, Dita, Harl Sei Dita, Dale Occhi Chiusi, Earl Harlaw, Cromm, Hagen del Corno** e la sua splendida figlia dai capelli rossi
Quenton Greyjoy, cugino di Asha
Dagon Greyjoy, detto "Dagon l'Ubriacone", cugino di Asha

ALTRE CASE GRANDI E PICCOLE

NOBILE CASA ARRYN

Gli Arryn sono discendenti dei re delle Montagne e della Valle. Il loro stemma è composto da una luna e un falcone bianchi in campo azzurro cielo. La Casa Arryn non ha preso parte alla guerra dei Cinque re.

ROBERT ARRYN, lord di Nido dell'Aquila, protettore della Valle, un ragazzino di otto anni di salute cagionevole, a volte chiamato "Pettirosso"

- **(Lady Lysa)** della Casa Tully, sua madre, vedova di lord Jon Arryn, spinta giù dalla Porta della Luna e perita nella caduta
- **Petyr Baelish**, detto "Ditocorto", suo patrigno, lord di Harrenhal, lord supremo del Tridente e lord protettore della Valle
  - **Alayne Stone**, figlia bastarda di lord Petyr, ragazza di tredici anni, in realtà Sansa Stark
  - **Ser Lothor Brune**, mercenario al servizio di lord Petyr, comandante delle guardie a Nido dell'Aquila
  - **Oswell**, uomo d'arme brizzolato al servizio di lord Petyr, a volte chiamato Kettleblack
  - **Ser Shadrick di Valle Ombrosa**, detto "il Topo pazzo", cavaliere errante al servizio di lord Petyr
  - **Ser Byron il Bello, ser Morgarth l'Allegro**, cavalieri erranti al servizio di lord Petyr

La corte di lord Robert:

- **Maestro Colemon**, consigliere, guaritore e tutore
- **Mord**, carceriere brutale con i denti d'oro
- **Gretchel, Maddy** e **Mela**, donne di servizio

Gli alfieri di lord Robert, signori delle Montagne e della Valle:

Yohn Royce, detto "Yohn il Bronzeo", lord di Runestone

Ser Andar, suo figlio, erede di Runestone

Lord Nestor Royce, alto attendente della Valle e castellano delle Porte della Luna

Ser Albar, figlio ed erede di lord Nestor

Myranda, detta "Randa", figlia di lord Nestor, vedova ma pressoché illibata

Mya Stone, guida e conduttrice di muli al servizio di lord Nestor, figlia bastarda di re Robert Baratheon

Lyonel Corbray, lord di Focolare

Ser Lyn Corbray, suo fratello ed erede, brandisce la famosa spada La Signora sconsolata

Ser Lucas Corbray, suo fratello minore

Triston Sunderland, lord delle Tre Sorelle

Godric Borrell, lord di Dolcesorella

Rolland Longthorpe, lord di Grandesorella

Alesandor Torrent, lord di Piccolasorella

Anya Waynwood, lady del Castello delle Querce di Ferro

Ser Morton, suo figlio maggiore ed erede

Ser Donnel, suo figlio secondogenito, cavaliere della Porta Insanguinata

Wallace, suo figlio minore

Harrold Hardyng, posto sotto la sua tutela, uno scudiero spesso chiamato "Harry l'Erede"

Ser Symond Templeton, cavaliere di Nove Stelle

Jon Lynderly, lord di Bosco della Serpe

Edmund Waxley, il cavaliere di Wickenden

Gerold Grafton, lord di Città del Gabbiano

Eon Hunter, lord di Longbow Hall, morto di recente

Ser Gilwood, figlio maggiore di lord Eon e suo erede, ora chiamato "Giovane lord Hunter"

Maestro Willamen, consigliere, guaritore, tutore, al suo servizio

Ser Eustace, secondogenito di lord Eon
Ser Harlan, figlio minore di lord Eon

Horton Redfort, lord di Redfort, sposatosi tre volte
Ser Jasper, ser Creighton, ser Jon, i suoi figli
Ser Mychel, suo figlio minore, appena nominato cavaliere, sposo di Ysilla Royce di Runestone

Benedar Belmore, lord di Strongsong

I capoclan delle Montagne della Luna:
Shagga figlio di Dolf, dei Corvi di pietra, alla testa di una banda di predoni nel Bosco del Re
Timett figlio di Timett, degli Uomini bruciati
Chella figlia di Cheyk, delle Orecchie nere
Crawn figlio di Calor, dei Fratelli della luna

Il motto degli Arryn: "In alto quanto l'onore".

NOBILE CASA BARATHEON

È la più recente delle grandi case dei Sette Regni, nata durante le guerre di conquista, quando Orys Baratheon, del quale si dice fosse un figlio bastardo di Aegon Targaryen il Conquistatore, sconfisse e uccise Argilac l'Arrogante, ultimo dei re della Tempesta. Aegon lo ricompensò concedendogli il castello, le terre e la figlia di Argilac. Orys prese la ragazza in moglie e adottò il vessillo, gli onori e i motti della sua linea dinastica.

Nel 283° anno dopo la conquista di Aegon, Robert della Casa Baratheon, lord di Capo Tempesta, rovesciò il re Folle, Aerys II Targaryen, impossessandosi del Trono di Spade. Tale pretesa al trono derivava dalla nonna di Robert, una delle figlie di re Aegon V Targaryen, per quanto Robert abbia sempre preferito sostenere che la sua pretesa fosse la mazza da guerra.

(**ROBERT BARATHEON**), il primo del suo nome, re degli andali, dei rhoynar e dei primi uomini, lord dei Sette Regni e protettore del reame, ucciso da un cinghiale
- **Regina Cersei**, sua moglie, della Casa Lannister
- I loro figli:
  - (**Re Joffrey**), il primo del suo nome, assassinato al suo banchetto di nozze
  - **Principessa Myrcella**, protetta a Lancia del Sole, promessa sposa del principe Trystane Martell
  - **Re Tommen**, il primo del suo nome

I fratelli di Robert:

Stannis, lord ribelle della Roccia del Drago e pretendente al Trono di Spade

Shireen, sua figlia, ragazzina di undici anni

(**Renly**), lord ribelle di Capo Tempesta e pretendente al Trono di Spade, assassinato a Capo Tempesta nel mezzo del suo esercito

I figli bastardi di Robert:

Mya Stone, ragazza di tredici anni, al servizio di lord Nestor Royce, alle Porte della Luna

Gendry, fuorilegge nelle terre dei fiumi, ignaro delle proprie origini

Edric Storm, figlio bastardo riconosciuto, generato da lady Delena della Casa Florent, nascosto nella città libera di Lys

Ser Andrew Estermont, cugino e tutore di Edric

Ser Gerald Gower, Lewys detto "Moglie di Pesce", **ser Triston di Tally Hill, Omer Blackberry**, guardie e protettori di Edric

(**Barra**), figlia bastarda, generata da una puttana ad Approdo del Re, assassinata per ordine della vedova di Robert

Altri parenti di Robert:

Ser Eldon Estermont, prozio di Robert, lord di Greenstone

Ser Aemon Estermont, cugino di Robert, figlio di Eldon

Ser Alyn Estermont, cugino di Robert, figlio di Aemon

Ser Lomas Estermont, cugino di Robert, figlio di Eldon

Ser Andrew Estermont, cugino di Robert, figlio di Lomas

Gli alfieri che hanno giurato fedeltà a Capo Tempesta, i lord della Tempesta:

Davos Seaworth, lord di Bosco delle Piogge, ammiraglio del Mare Stretto e Primo Cavaliere del re

Marya, sua moglie, figlia di un carpentiere

I loro figli:

(**Dale, Allard, Matthos, Maric**), i loro quattro figli maggiori, caduti nella Battaglia delle Acque Nere

Devan, scudiero di re Stannis

Stannis e **Steffon**, scudieri a Roccia del Drago

Ser Gilbert Farring, castellano di Capo Tempesta
Ser Godry Farring, cugino di ser Gilbert, detto lo "Sterminatore di giganti"

Elwood Meadows, lord del Mastio Erboso, siniscalco di Capo Tempesta,
Brienne, la Vergine di Tarth, sua figlia, chiamata anche "Brienne la Bella"
Podrick Payne, scudiero di Brienne, ragazzino di dieci anni

Ser Ronnet Connington, detto "Ronnet il Rosso", cavaliere del Posatoio del Grifone
Raymund e **Alynne**, fratelli minori di Ronnet
Ronald Storm, figlio bastardo di Ronnet
Jon Connington, cugino di Ronnet, un tempo lord di Capo Tempesta e Primo Cavaliere del re, esiliato da Aerys II Targaryen, ritenuto morto per il troppo bere

Lester Morrigen, lord di Nido dei Corvi
Ser Richard Morrigen, suo fratello ed erede
(**Ser Guyard Morrigen**, chiamato il Cavaliere Verde), fratello di Lester, caduto nella Battaglia delle Acque Nere

Arstan Selmy, lord di Sala del Raccolto
Ser Barristan Selmy, suo prozio, un tempo comandante della Guardia reale, esiliato dalla regina Cersei

Casper Wylde, lord di Casa della Pioggia
Ser Ormund Wylde, suo zio, cavaliere in età avanzata

Harwood Fell, lord di Felwood
Hugh Grandison, chiamato "Barbagrigia", lord di Grandview
Sebastian Errol, lord di Casa del Pagliaio
Clifford Swann, lord di Stonehelm
Beric Dondarrion, lord di Acque Nere, chiamato il Lord della Folgore, fuorilegge nelle terre dei fiumi, ucciso più volte e ritenuto morto
(**Bryce Caron**), lord di Canto Notturno, ucciso da ser Philip Foote nella Battaglia delle Acque Nere

Ser Philip Foote, il suo uccisore, cavaliere con un solo occhio
Ser Rolland Storm, fratellastro bastardo di Bryce, chiamato il Bastardo di Canto Notturno, pretendente al titolo di lord di Canto Notturno
Robin Peasebury, lord di Poddingfield
Mary Mertyns, lady di Bosco delle Brume
Ralph Buckler, lord di Porta di Bronzo
Ser Brus Buckler, suo cugino

Lo stemma dei Baratheon è un cervo incoronato, nero in campo oro. Il loro motto: "Nostra è la furia".

NOBILE CASA FREY

I Frey sono alfieri della Casa Tully, ma non sono sempre stati diligenti nel compiere il loro dovere. Allo scoppio della guerra dei Cinque re, Robb Stark si conquistò la fedeltà di lord Walder con la promessa di sposare una delle sue figlie o nipoti. Quando invece sposò lady Jeyne Westerling, i Frey cospirarono con Roose Bolton e uccisero il Giovane lupo e i suoi seguaci in quelle che divennero note con il nome di Nozze rosse.

WALDER FREY, lord del Guado

Dalla prima moglie, **lady Perra**, della Casa Royce:
- **(Ser Stevron)**, morto dopo la battaglia di Oxcross
- **Ser Emmon**, secondogenito di lord Walder
- **Ser Aenys**, terzogenito di lord Walder, al comando delle forze militari dei Frey nel Nord
  - **Aegon il Sanguinario**, figlio di Aenys, fuorilegge
  - **Rhaegar**, figlio di Aenys, emissario a Porto Bianco
- **Perriane**, figlia maggiore di lord Walder, sposa di ser Leslyn Haigh

Dalla seconda moglie (**lady Cyrenna**, della Casa Swann):
- **Ser Jared**, emissario a Porto Bianco
- **Septon Luceon**, quinto figlio di lord Walder

Dalla terza moglie (**lady Amarei**, della Casa Crakehall):
- **Ser Hosteen**, cavaliere di ottima reputazione
- **Lythene**, seconda figlia di lord Walder, sposa del lord Lucias Vypren

Symond, settimo figlio di lord Walder, maestro del conio, emissario a Porto Bianco
Ser Danwell, ottavo figlio di lord Walder
(**Merrett**), nono figlio di lord Walder, impiccato a Vecchie Pietre
Walda, detta "Walda la Grassa", figlia di Merrett, sposa di Roose Bolton, lord di Forte Terrore
Walder, detto "Piccolo Walder", figlio di Merrett, otto anni, scudiero al servizio di Ramsay Bolton
(**Ser Geremy**), decimo figlio di lord Walder, morto affogato
Ser Raymund, undicesimo figlio di lord Walder

Dalla quarta moglie (**lady Alyssa**, della Casa Blackwood):
Lothar, dodicesimo figlio di lord Walder, detto "lo Storpio"
Ser Jammos, tredicesimo figlio di lord Walder
Walder, detto "Grande Walder", figlio di Jammos, otto anni, scudiero al servizio di Ramsay Bolton
Ser Whalen, quattordicesimo figlio di lord Walder
Morya, terza figlia di lord Walder, sposa di ser Flement Brax
Tyta, quarta figlia di lord Walder, detta "Tyta la Vergine"

Dalla quinta moglie (**lady Sarya**, della Casa Whent):
nessuna progenie

Dalla sesta moglie (**lady Bethany**, della Casa Rosby):
Ser Perwyn, quindicesimo figlio di lord Walder
(**Ser Benfrey**), sedicesimo figlio di lord Walder, morto in seguito a una ferita infertagli alle Nozze rosse
Maestro Willamen, diciassettesimo figlio di lord Walder, a servizio a Longbow Hall
Olyvar, diciottesimo figlio di lord Walder, un tempo scudiero di Robb Stark
Roslyn, quinta figlia di lord Walder, sposa di lord Edmure Tully alle Nozze rosse, gravida del di lui figlio

Dalla settima moglie (**lady Annara**, della Casa Farring):
Arwyn, sesta figlia di lord Walder, fanciulla di quattordici anni
Wendel, diciannovesimo figlio di lord Walder, paggio a Seagard
Colmar, ventesimo figlio di lord Walder, undici anni e promesso al Credo

Waltyr, detto "Tyr", ventunesimo figlio di lord Walder, dieci anni
Elmar, ventiduesimo e ultimo figlio di lord Walder, nove anni, per breve tempo promesso sposo di Arya Stark
Shirei, figlia minore di lord Walder, bimba di sette anni

Dalla ottava moglie, **lady Joyeuse**, della Casa Erenford: gravidanza in corso

Figli bastardi di lord Walder, da madri diverse:
Walder Rivers, detto "Walder il Bastardo"
Maestro Melwys, a servizio a Rosby
Jeyne Rivers, Martyn Rivers, Ryger Rivers, Ronel Rivers, Mellara Rivers, altri.

NOBILE CASA LANNISTER

I Lannister di Castel Granito rimangono i principali sostenitori della pretesa di re Tommen al Trono di Spade. Si vantano di risalire a Lann l'Astuto, leggendario maestro d'inganni dell'Età degli eroi. L'oro di Castel Granito li ha resi la più ricca tra le grandi casate dei Sette Regni.

Lo stemma dei Lannister è un leone dorato in campo porpora. Il loro motto è: "Udite il mio ruggito!".

(**TYWIN LANNISTER**), lord di Castel Granito, difensore di Lannister, protettore dell'Ovest e Primo Cavaliere del re, assassinato dal figlio nano con un dardo di balestra nelle viscere

Figli di lord Tywin:

- **Cersei**, gemella di Jaime, vedova di re Robert I Baratheon, prigioniera nel Grande Tempio di Baelor
- **Ser Jaime**, gemello di Cersei, detto lo "Sterminatore di re", lord comandante della Guardia reale
  - **Josmyn Peckledon, Garrett Paege, Lew Piper**, scudieri di Jaime
  - **Ser Ilyn Payne**, cavaliere senza lingua, nominato Giustizia del re e boia di corte
  - **Ser Ronnet Connington**, detto "Ronnet il Rosso", cavaliere del Posatoio del Grifone, inviato a Maidenpool con un prigioniero
  - **Ser Addam Marbrand, ser Flement Brax, ser Alyn Stackspear, ser Steffon Swyft, ser Humfrey Swyft, ser Lyle Crakehall,**

detto "Cinghiale Selvaggio", **ser Jon Bettley**, chiamato "Jon il Glabro", cavalieri dell'esercito di ser Jaime a Delta delle Acque

Tyrion, detto "il Folletto", nano, assassino di re e parricida, fuggiasco in esilio oltre il Mare Stretto

La corte di Castel Granito:

Maestro Creylen, guaritore, tutore e consigliere

Vylarr, comandante delle guardie

Ser Benedict Broom, maestro d'armi

Wat Biancosorriso, cantastorie

Altri parenti stretti di lord Tywin:

Ser Kevan, sposo di Dorna della Casa Swyft

Lady Genna, sposa di ser Emmon Frey, ora lord di Delta delle Acque,

(**Ser Cleos Frey**), primogenito di Genna, sposo di Jeyne della Casa Darry, ucciso da dei fuorilegge

Ser Tywin Frey, detto "Ty", primogenito di Cleos, ora erede di Delta delle Acque

Willem Frey, secondogenito di Cleos, scudiero

Ser Lyonel Frey, (**Tion Frey**), **Walder Frey**, chiamato "Walder il Rosso", altri figli di Genna

(**Ser Tygett Lannister**), morto di vaiolo

Tyrek, figlio di Tygett, scomparso e ritenuto morto

Lady Ermesande Hayford, moglie bambina di Tyrek

Gerion Lannister, disperso in mare

Joy Hill, figlia bastarda di Gerion, undici anni

Altri fratelli e sorelle di lord Tywin e i loro figli:

(**Ser Stafford Lannister**), cugino e fratello della defunta moglie di lord Tywin, caduto nella battaglia di Oxcross

Cerenna e **Myrielle**, figlie di Stafford

Ser Daven Lannister, figlio di Stafford

Ser Damion Lannister, cugino, sposo di lady Shiera Crakehall

Ser Lucion, loro figlio

Lanna, loro figlia, sposa di lord Antario Jast

Lady Margot, cugina, sposa di lord Titus Peake

Alfieri e spade che hanno giurato fedeltà, i lord dell'Ovest:

Damon Marbrand, lord di Ashemark

Roland Crakehall, lord di Crakehall
Sebaston Farman, lord di Isola Bella
Tytos Brax, lord di Hornvale
Quenten Banefort, lord di Banefort
Ser Harys Swyft, padrino di ser Kevan Lannister
Gawen Westerling, lord del Crag
Lord Selmond Stackspear
Terrence Kenning, lord di Kayce
Lord Antario Jast
Lord Robin Moreland
Lady Alysanne Lefford
Lewys Lydden, lord di Deep Den
Lord Philip Plumm
Ser Garrison Prester
Ser Lorent Lorch, nominato cavaliere
Ser Garth Greenfield, nominato cavaliere
Ser Lymond Vikary, nominato cavaliere
Ser Raynard Ruttiger, nominato cavaliere
Ser Manfryd Yew, nominato cavaliere
Ser Tybolt Hetherspoon, nominato cavaliere.

NOBILE CASA MARTELL

Dorne fu l'ultimo dei Sette Regni a giurare fedeltà al Trono di Spade. Il sangue, le usanze, la geografia e la storia sono tutti elementi che hanno contribuito a differenziare Dorne dagli altri regni. Allo scoppio della guerra dei Cinque re, Dorne non si schierò, ma quando Myrcella Baratheon venne promessa in sposa al principe Trystane, Lancia del Sole dichiarò il proprio sostegno a re Joffrey.

Lo stemma dei Martell è un sole rosso attraversato da una lancia dorata. Il loro motto: "Mai inchinati, mai piegati, mai spezzati".

DORAN NYMEROS MARTELL, lord di Lancia del Sole, principe di Dorne
Mellario, sua moglie, della città libera di Norvos
I loro figli:
- **Principessa Arianne**, erede di Lancia del Sole
- **Principe Quentyn**, appena nominato cavaliere, allevato a Yronwood
- **Principe Trystane**, promesso sposo di Myrcella Baratheon
  - **Ser Gascoyne di Sangue Verde**, suo difensore che ha giurato fedeltà

I fratelli e le sorelle del principe Doran:
- **(Principessa Elia)**, stuprata e assassinata durante il saccheggio di Approdo del Re

(**Rhaenys Targaryen**), sua figlia, una bimba, assassinata durante il saccheggio di Approdo del Re
(**Aegon Targaryen**), suo figlio infante, assassinato durante il saccheggio di Approdo del Re
(**Principe Oberyn**), detto la "Vipera Rossa", ucciso da ser Gregor Clegane durante un processo per duello
Ellaria Sand, amante del principe Oberyn, figlia naturale di lord Harmen Uller
Le **Serpi delle Sabbie**, figlie bastarde di Oberyn:
Obara, ventotto anni, figlia di Oberyn e di una puttana di Vecchia Città
Nymeria, detta "lady Nym", venticinque anni, figlia avuta da una nobildonna di Vecchia Volantis
Tyene, ventitré anni, figlia avuta da una septa
Sarella, diciannove anni, figlia avuta da una donna mercante, capitana della nave *Bacio di piuma*
Elia, quattordici anni, figlia avuta da Ellaria Sand
Obella, dodici anni, figlia avuta da Ellaria Sand
Dorea, otto anni, figlia avuta da Ellaria Sand
Loreza, sei anni, figlia avuta da Ellaria Sand

La corte del principe Doran:
Ai Giardini dell'Acqua:
Areo Hotah, della città libera di Norvos, comandante delle guardie
Maestro Caleotte, consigliere, guaritore e tutore
A Lancia del Sole:
Maestro Myles, consigliere, guaritore e tutore
Ricasso, siniscalco, vecchio e cieco
Ser Manfrey Martell, castellano di Lancia del Sole
Lady Alyse Ladybright, maestra del conio

La protetta del principe Doran:
Principessa Myrcella Baratheon, promessa sposa del principe Trystane Martell
(**Ser Arys Oakheart**), cavaliere della Guardia reale che ha giurato fedeltà a Myrcella, ucciso da Areo Hotah
Rosamund Lannister, cameriera personale di Myrcella e sua compagna, lontana cugina

Gli alfieri del principe Doran, i lord di Dorne:

- **Anders Yronwood**, lord di Yronwood, protettore della Strada di Pietra, il Sangue Reale
  - **Ynys**, sua figlia maggiore, sposa di Ryon Allyrion
  - **Ser Cletus**, suo figlio ed erede
- **Harmen Uller**, lord di Hellholt
- **Delonne Allyrion**, lady di Grazia degli Dèi
- **Ser Ryon Allyrion**, suo figlio ed erede
- **Dagos Manwoody**, lord di Tomba Reale
- **Larra Blackmont**, lady di Blackmont
- **Nymella Toland**, lady di Collina Fantasma
- **Quentin Qorgyle**, lord di Sandstone
- **Ser Deziel Dalt**, cavaliere di Bosco dei Limoni
- **Franklyn Fowler**, lord di Altocielo, detto il "Vecchio Falco", protettore del Passo del Principe
- **Ser Symon Santagar**, cavaliere di Spottswood
- **Edric Dayne**, lord di Starfall, scudiero
- **Trebor Jordayne**, lord del Tor
- **Tremond Gargalen**, lord di Costa Salata
- **Daeron Vaith**, lord di Dune Rosse

NOBILE CASA STARK

Gli Stark fanno risalire le loro origini a Brandon il Costruttore e ai re dell'Inverno. Per migliaia di anni governarono da Grande Inverno quali re del Nord, finché Torrhen Stark, il re in Ginocchio, giurò fedeltà ad Aegon il Drago piuttosto che dare battaglia. Quando lord Eddard Stark di Grande Inverno venne mandato a morte da re Joffrey, gli uomini del Nord spezzarono il giuramento di lealtà al Trono di Spade e proclamarono Robb, figlio di lord Eddard, re del Nord. Durante la guerra dei Cinque Re, Robb vinse tutte le battaglie, ma venne tradito e assassinato dai Frey e dai Bolton alle Torri Gemelle, nel corso del matrimonio dello zio Edmure Tully, evento noto come le Nozze rosse.

(**ROBB STARK**), re del Nord, re del Tridente, ragazzo di sedici anni detto il "Giovane lupo", assassinato alle Nozze rosse

- (**Vento Grigio**), il suo meta-lupo, ucciso alle Nozze rosse
- I genitori di Robb:
  - (**Eddard**), suo padre, lord di Grande Inverno, Primo Cavaliere del re di Robert I Baratheon, decapitato ad Approdo del Re per ordine di re Joffrey
  - (**Lady Catelyn**), della Casa Tully sua madre, vedova di lord Eddard Stark, uccisa alle Nozze rosse
- I fratelli e le sorelle di Robb:
  - **Sansa**, sua sorella, sposa di Tyrion della Casa Lannister
    - (**Lady**), la sua meta-lupa, uccisa al Castello di Darry
  - **Arya**, ragazzina di undici anni, scomparsa e ritenuta morta
    - **Nymeria**, la sua meta-lupa, vaga nelle terre dei fiumi

Brandon, detto "Bran", nove anni, storpio, erede di Grande Inverno e ritenuto morto

Estate, il suo meta-lupo

Rickon, bimbo di quattro anni, ritenuto morto

Cagnaccio, il suo meta-lupo, nero e selvaggio

Osha, donna dei bruti, in passato prigioniera a Grande Inverno

Jon Snow, fratellastro bastardo di Robb, dei Guardiani della notte

Spettro, il suo meta-lupo albino

Gli zii e i cugini di Robb:

Benjen Stark, zio di Robb, fratello minore di lord Eddard, primo ranger dei Guardiani della notte, disperso a nord della Barriera, ritenuto morto

(**Lysa Arryn**), zia di Robb, sorella di lady Catelyn, lady del Nido dell'Aquila

Robert Arryn, figlio di Lysa, lord del Nido dell'Aquila e protettore della Valle, bambino di otto anni cagionevole di salute

Edmure Tully, zio di Robb, fratello di lady Catelyn, lord di Delta delle Acque, preso prigioniero dopo le Nozze rosse

Lady Roslyn della Casa Frey, sposa di Edmure, gravida di suo figlio

Ser Brynden Tully, detto il Pesce nero, prozio di Robb, zio di lady Catelyn, castellano di Delta delle Acque, adesso in fuga e braccato

Gli alfieri di Grande Inverno, i lord del Nord:

Jon Umber, detto il "Grande Jon", lord di Ultima Terra, prigioniero alle Torri Gemelle

(**Jon**, detto il "Piccolo Jon"), primogenito ed erede del Grande Jon, ucciso alle Nozze rosse

Mors, detto "Cibo di corvo", zio del Grande Jon, castellano a Ultima Terra

Hother, detto il "Flagello delle puttane", zio del Grande Jon, anch'egli castellano di Ultima Terra

(**Cley Cerwyn**), lord di Cerwyn, ucciso a Grande Inverno

Jonelle, sua sorella, fanciulla di ventiré anni

Roose Bolton, detto anche il "Lord Sanguisuga", lord di Forte Terrore

(Domeric), suo erede, morto di febbri addominali
Walton, detto "Gambe d'Acciaio", comandante militare di Roose

Ramsay Bolton, figlio naturale di Roose, detto il "Bastardo di Bolton", lord di Hornwood
Walder Frey e **Walder Frey**, detti "Grande Walder" e "Piccolo Walder", scudieri di Ramsay

Ben Bones, mastro dei canili a Forte Terrore

Reek, detto il "Fetido" o il "Puzzone"

I "Ragazzi del Bastardo", uomini d'arme di Ramsay:
Dick il Giallo, Damon-danza-per-me, Luton, Alyn l'Acido, Skinner, Grugnito

(Rickard Karstark), lord di Karhold, decapitato dal Giovane lupo per avere assassinato prigionieri Frey
(Eddard), suo figlio, ucciso al Bosco dei Sussurri
(Torrhen), suo figlio, ucciso al Bosco dei Sussurri
Harrion, suo figlio, prigioniero a Maidenpool
Alys, sua figlia, fanciulla di quindici anni
Arnolf, zio di lord Rickard, castellano di Karhold

Wyman Manderly, lord di Porto Bianco, spropositatamente grasso
Ser Wylis Manderly, suo primogenito ed erede, molto grasso, prigioniero a Harrenhal
Leona della Casa Woolfield, sposa di Wylis
Wynafryd, loro figlia, fanciulla di diciannove anni,
Wylla, loro figlia, fanciulla di quindici anni
(Ser Wendel Manderly), secondogenito di lord Wyman, ucciso alle Nozze rosse

Ser Marlon Manderly, cugino di lord Wyman, comandante della guarnigione a Porto Bianco

Maestro Theomore, consigliere, tutore, guaritore

Wex, ragazzo di dodici anni, muto, un tempo scudiero di Theon Greyjoy

Ser Bartimus, vecchio cavaliere, una sola gamba, un solo occhio, spesso ubriaco, castellano di Tana del Lupo
Garth, suo capo-carceriere e carnefice
Lady Lu, l'ascia di Garth

Therry, giovane carceriere
Maege Mormont, lady di Isola dell'Orso, detta l'"Orsa"
(Dacey), sua primogenita ed erede, uccisa alle Nozze rosse
Alysane, secondogenita, detta la "Giovane Orsa"
Lyra, Jorelle, Lyanna, figlie più giovani di lady Maege
(Jeor Mormont), fratello di lady Maege, lord comandante dei Guardiani della notte, ucciso dai suoi stessi uomini
Ser Jorah Mormont, figlio di lord Jeor, ora cavaliere in esilio oltre il Mare Stretto
Howland Reed, lord di Torre delle Acque Grigie, uomo delle paludi
Jyana, sua moglie
I loro figli:
Meera, giovane cacciatrice
Jojen, suo fratello, ragazzo dannato dalla "visione verde"

Galbart Glover, signore di Deepwood Motte, celibe
Robett Glover, suo fratello ed erede
Sybelle, sposa di Robett, della Casa Locke
Benjicot Branch, Ned Woods Senzanaso, uomini della Foresta del Lupo che hanno giurato fedeltà a Deepwood Motte
(Ser Helman Tallhart), signore di Piazza di Torrhen, ucciso a Duskendale
(Benfred), suo figlio ed erede, ucciso dagli uomini di ferro sulla Costa Pietrosa
Eddara, sua figlia, prigioniera a Piazza di Torrhen
(Leobald), suo fratello, ucciso a Grande Inverno
Berena della Casa Hornwood, sposa di Leobald, prigioniera a Piazza di Torrhen
Brandon e **Beren**, i loro figli, anch'essi prigionieri a Piazza di Torrhen
Rodrik Ryswell, lord dei Rills
Barbrey Dustin, sua figlia, lady di Barrowton, vedova di lord Willam Dustin
Harwood Stout, suo vassallo, lord di secondo rango a Barrowton
Bethany Bolton, sua figlia, seconda moglie di lord Roose Bolton, morta di febbri

Roger Ryswell, Rickard Ryswell, Roose Ryswell, i suoi litigiosi cugini e alfieri
Lyessa Flint, lady di Capo della Vedova
Ondrew Locke, lord di Antico Castello, uomo anziano

I capoclan delle montagne del Nord:
Hugo Wull, detto "Grosso Secchio" o "Wull"
Brandon Norrey, detto "Norrey"
  Brandon Norrey, il Giovane, suo figlio
Torren Liddle, detto "Liddle",
  Duncan Liddle, suo primogenito, detto il "Grande Liddle", uomo dei Guardiani della notte
  Morgan Liddle, suo secondogenito, detto il "Medio Liddle"
  Rickard Liddle, suo terzogenito, detto il "Piccolo Liddle"
Torghen Flint, dei primi Flint, detto "Flint" o anche "il vecchio Flint"
  Donnel il Nero, suo primogenito ed erede
  Artos Flint, suo secondo figlio, fratellastro di Donnel il Nero.

Lo stemma degli Stark mostra un meta-lupo grigio in corsa su un campo bianco ghiaccio.
Il motto di Casa Stark è: "L'inverno sta arrivando".

NOBILE CASA TULLY

Lord Edmyn Tully di Delta delle Acque fu uno dei primi lord dei fiumi a giurare fedeltà ad Aegon il Conquistatore. Il re Aegon lo ricompensò estendendo il dominio della Casa Tully su tutte le terre del Tridente.

Lo stemma dei Tully è una trota argentea guizzante, su sfondo a strisce blu e rosse. Il motto dei Tully: "Famiglia, dovere, onore".

EDMURE TULLY, lord di Delta delle Acque, catturato in occasione del suo matrimonio e tenuto prigioniero dai Frey

- **Lady Roslin** della Casa Frey, sposa di Edmure, gravida di suo figlio
- (**Lady Catelyn Stark**), sorella di Edmure, vedova di lord Eddard Stark di Grande Inverno, uccisa alle Nozze rosse
- (**Lady Lysa Arryn**), sorella di Edmure, vedova di lord Jon Arryn della Valle, morta in seguito a una spinta che l'ha gettata nel vuoto da Nido dell'Aquila
- **Ser Brynden**, detto il "Pesce Nero", zio di Edmure, un tempo castellano a Delta delle Acque, diventato un fuorilegge

La corte di Edmure a Delta delle Acque:

- **Maestro Vyman**, consigliere, guaritore e tutore
- **Ser Desmond Grell**, maestro d'armi
- **Ser Robin Ryger**, comandante della guardia
  - **Lew il Lungo, Elwood, Delp**, guardie
- **Utherydes Wayn**, attendente di Delta delle Acque

Gli alfieri di Edmure, i lord del Tridente:

Tytos Blackwood, lord di Raventree

Brynden, suo primogenito ed erede

(Lucas), suo secondogenito, ucciso alle Nozze rosse

Hoster, suo terzogenito, un ragazzo amante dei libri

Edmund e **Alyn**, i suoi figli minori

Bethany, sua figlia, una bambina di otto anni,

(Robert), suo ultimogenito, morto di febbri viscerali

Jonos Bracken, lord di Stone Hedge

Barbara, Jayne, Catelyn, Bess, Alysanne, le sue cinque figlie

Hildy, donna aggregata ai soldati di lord Jonos

Jason Mallister, lord di Seagard, prigioniero nel proprio castello

Patrek, suo figlio, imprigionato con il padre

Ser Denys Mallister, zio di lord Jason, uomo dei Guardiani della notte

Clement Piper, lord del Castello di Pinkmaiden

Ser Marq Piper, suo figlio ed erede, catturato durante le Nozze rosse

Karyl Vance, lord di Riposo del Viandante

Norbert Vance, lord cieco di Atranta

Theomar Smallwood, lord di Sala delle Ghiande

William Mooton, lord di Maidenpool

Eleanor, sua figlia ed erede, tredici anni, sposa di Dickon Tarly di Collina del Corno

Shella Whent, privata del titolo di lady di Harrenhal

Ser Halmon Paege

Lord Lymond Goodbrook

NOBILE CASA TYRELL

I Tyrell sono ascesi al potere quali attendenti dei re dell'Altopiano, sebbene facciano risalire le loro origini a Garth Manoverde, re giardiniere dei primi uomini. Quando l'ultimo re della Casa Gardener venne ucciso nella battaglia chiamata Campo di Fuoco, il suo attendente Harlen Tyrell consegnò Alto Giardino ad Aegon il Conquistatore. Aegon gli assegnò il castello e il dominio sull'Altopiano. Allo scoppio della guerra dei Cinque re, Mace Tyrell dichiarò il proprio sostegno a Renly Baratheon e gli concesse la mano della figlia Margaery. Alla morte di Renly, Alto Giardino si alleò con Casa Lannister e Margaery venne promessa a re Joffrey.

MACE TYRELL, lord di Alto Giardino, protettore del Sud, difensore delle Terre Basse, gran maresciallo dell'Altopiano
- **Lady Alerie**, della Casa Hightower di Vecchia Città, sposa di lord Tyrell
- I loro figli:
  - **Willas**, primogenito, storpio, erede di Alto Giardino
  - **Ser Garlan**, detto "il Galante", secondogenito, appena nominato lord di Acquachiara
    - **Lady Leonette**, della Casa Fossoway, sposa di ser Garlan
  - **Ser Loras**, detto "il Cavaliere di Fiori", il loro figlio più giovane, confratello della guardia reale, ferito alla Roccia del Drago
  - **Margaery**, loro figlia, due volte andata in sposa e due volte rimasta vedova

Parenti e cortigiane di Margaery.
Megga, Alla ed **Elinor Tyrell**, le sue cugine
Alyn Ambrose, scudiero, promesso sposo di Elinor
Lady Alysanne Bulwer, lady Alyce Graceford, lady Taena Merryweather, Meredyth Crane detta "Merry", **septa Nysterica**, cortigiane di Margaery
Lady Olenna della Casa Redwyne, madre vedova di Mace, detta la "regina di Spine"
Le sorelle di lord Mace:
Lady Mina, sposa di Paxter Redwyne, lord di Arbor
Ser Horas Redwyne, suo figlio, gemello di Hobber, detto "Orrore"
Ser Hobber Redwyne, suo figlio, gemello di Horas, detto "Fetore"
Desmera Redwyne, sua figlia, fanciulla di sedici anni
Lady Janna, sposa di ser Jon Fossoway

Gli zii e i cugini di lord Mace:
Garth, detto "il Grosso", zio di Mace, lord siniscalco di Alto Giardino
Garse e **Garrett Flowers**, figli bastardi di Garth
Ser Moryn, zio di Mace, lord comandante della Guardia cittadina di Vecchia Città
Maestro Gormon, zio di Mace, erudito della Cittadella

La corte di lord Mace ad Alto Giardino:
Maestro Lomys, consigliere, guaritore e tutore
Igon Vyrwel, comandante della guardia
Ser Vortimer Crane, maestro d'armi
Palla di Burro, giullare e giocoliere, enormemente grasso

Gli alfieri di Mace, i lord dell'Altopiano:
Randyll Tarly, lord di Collina del Corno, comandante dell'esercito di re Tommen sul Tridente
Paxter Redwyne, lord di Arbor
Ser Horas e **ser Hobber**, i suoi figli gemelli
Maestro Ballabar, guaritore di lord Paxter
Arwyn Oakheart, lady di Vecchia Quercia
Mathis Rowan, lord di Goldengrove

Leyton Hightower, voce di Vecchia Città, lord del Porto
Humfrey Hewett, lord di Scudo di Quercia
Falia Flowers, sua figlia bastarda
Osbert Serry, lord di Scudo del Sud
Guthor Grimm, lord di Scudo Grigio
Moribald Chester, lord di Scudo Verde
Orton Merryweather, lord di Lunga Tavola
Lady Taena, sposa di lord Merryweather, donna della città libera di Myr
Russell, suo figlio, bambino di sei anni
Lord Arthur Ambrose
Lorent Caswell, lord di Ponte Amaro

I cavalieri e le spade giurate di lord Mace:
Ser Jon Fossoway, dei Fossoway della Mela Verde
Ser Tanton Fossoway, dei Fossoway della Mela Rossa

Lo stemma dei Tyrell è una rosa dorata su campo verde erba.
Il loro motto: "Crescere forti".

I CONFRATELLI DELL'ORDINE DEI GUARDIANI DELLA NOTTE

JON SNOW, il Bastardo di Grande Inverno, novecentonovantottesimo lord comandante dei Guardiani della notte

Spettro, il suo meta-lupo albino

Eddison Tollett, attendente di Jon, detto "Edd l'Addolorato"

Al Castello Nero:

Maestro Aemon (Targaryen), guaritore e consigliere, cieco, centodue anni

Clydas, attendente di Aemon

Samwell Tarly, detto "il Distruttore", attendente di Aemon, grasso e studioso

Bowen Marsh, lord attendente della confraternita in nero

Hobb Tre Dita, attendente e capo cuoco

(Donal Noye), armiere e fabbro, caduto in combattimento contro Mag il Possente

Owen detto "il Muflone", **Tim Linguarotta**, **Mully**, **Cugen**, **Donnel Hill** detto "Donnel il Dolce", **Lew il Mancino**, **Jeren**, **Ty**, **Dannel**, **Wick Whittlestick**, attendenti

Othell Yarwyck, primo costruttore

Stivale, **Halder**, **Albett**, **Kegs**, **Alf di Runnymudd**, costruttori

Septon Cellador, devoto ubriacone

Black Jack Bulwer, primo ranger

Dywen, **Kedge Occhiobianco**, **Bedwyck** detto "Gigante", **Matthar**, **Garth Piumagrigia**, **Ulmer di Bosco del Re**, **Elron**, **Garrett**, **Lanciaverde**, **Fulk la Pulce**, **Pypar** detto "Pyp", **Grenn**

detto "Uri", **Bernarr** detto "Bernarr il Nero", **Tim Stone, Rory, Ben il Barbuto, Tom Barleycorn, Goady Big Liddle, Luke di Lunga Città, Hal il Peloso**, ranger
Cinghia, un bruto diventato Guardiano della notte
Ser Alliser Thorne, un tempo maestro d'armi
Lord Janos Slynt, in passato comandante della Guardia cittadina di Approdo del Re, per breve tempo lord di Harrenhal
Iron Emmett, detto "Emmett il Ferrigno", in passato al Forte Orientale, maestro d'armi
Hareth detto "Cavallo", i gemelli **Arron** ed **Emrick, Satin, Hop-Robin**, reclute in addestramento

Alla Torre delle Ombre:
Ser Denys Mallister, comandante
Wallace Massey, suo attendente e scudiero
Maestro Mullin, guaritore e consigliere
(**Qhorin il Monco, Scudiero Dalbridge, Eggen**), caduti in combattimento a nord della Barriera
Stonesnake, disperso in marcia forzata sul Passo Skirling

Al Forte Orientale:
Cotter Pyke, bastardo delle Isole di Ferro, comandante del Forte Orientale
Maestro Harmune, guaritore e consigliere
Il vecchio Tattersalt, capitano della *Uccello nero*
Ser Glendon Hewett, maestro d'armi
Ser Maynard Holt, capitano della *Artiglio*
Russ Barleycorn, capitano della *Corvo tempestoso*

I BRUTI, NOTI ANCHE COME IL POPOLO LIBERO

MANCE RAYDER, il re oltre la Barriera, prigioniero al Castello Nero
(Dalla), sua moglie, morta di parto
Il loro figlio appena nato in battaglia, ancora senza nome
Val, sorella minore di Dalla, "la principessa dei bruti", prigioniera al Castello Nero
(Jarl), amante di Val, morto per una caduta alla Barriera

Capi, comandanti e predoni dei bruti:
Il Lord delle Ossa, deriso con il nome di "Rattleshirt", predone e capo di una banda di guerrieri, prigioniero al Castello Nero
(Ygritte), giovane moglie di lancia, amante di Jon Snow, uccisa durante l'attacco al Castello Nero
Ryk, detto "Lungapicca", membro della banda di Rattleshirt
Ragwyle, Lenyl, uomini della banda di Rattleshirt
Tormund, re della Birra di Ruddy Hall, detto "Veleno dei Giganti", **Grande Affabulatore, Soffiatore di Corno** e **Distruttore del Ghiaccio**, inoltre **Pugno di Tuono, Marito di Orse, Voce degli Dèi** e **Padre di Eserciti**
Toregg l'Alto, Torwyrd il Mansueto, Dormund e **Dryn**, figli di Tormund, e sua figlia Munda
Il Piagnone, predone e capo di una banda di guerrieri
(Harma, detta "Testa di Cane"), caduta in battaglia sotto la Barriera
Halleck, suo fratello
(Styr), maknar di Thenn, caduto durante l'attacco al Castello Nero

Sigorn, figlio di Styr, nuovo maknar di Thenn

Varamyr, detto "Seipelli", metamorfo, padrone di tre lupi, una pantera-ombra e un'orsa bianca, da bambino chiamato "Lump"

Un-occhio, Sly, Stalker, i suoi lupi

(**Bump**), fratello di Varamyr, sbranato da un cane

Thisle, moglie-di-lancia, dura ma compassionevole

(**Briar, Grisella**), metamorfi, morti da lungo tempo

Borroq, detto "il Cinghiale", metamorfo, molto temuto

Gerrick Sanguereale, del sangue di Raymun Barbarossa

le sue tre figlie

Soren Spezzascudi, celebre guerriero

Morna Maschera Bianca, strega guerriera, predona

Ygon Vecchiopadre, capoclan con diciotto mogli

Il Grande Tricheco, capo della Costa Congelata

Madre Talpa, strega delle foreste, profetessa

Brogg, Gavin in Mercante, Harle il Cacciatore, Harle il Bello, Howd il Viandante, Doss il Cieco, Kyleg Orecchio-di-legno, Dewyn Scuoiatore di Foche, capi e comandanti del popolo libero

(**Orell**), detto "Orell l'Aquila", metamorfo, ucciso da Jon Snow al Passo Skirling

(**Mag Mar Tun Doh Weg**), detto "Mag il Possente", gigante, ucciso da Donal Noye nell'attacco al Castello Nero

Wun Weg Wun Dar Wun, detto Wun Wun, un gigante

Rowan, Holly, Scoiattolo, Willow Occhio-di-strega, Frenya, Myrtle, mogli di lancia, prigioniere alla Barriera

OLTRE LA BARRIERA

Nella Foresta Stregata:

BRANDON STARK, chiamato Bran, principe di Grande Inverno ed erede del Nord, un bambino storpio di nove anni

Compagni e protettori di Bran:

Meera Reed, fanciulla di sedici anni, figlia di lord Howland Reed della Torre delle Acque Grigie, nell'Incollatura

Jojen Reed, suo fratello, tredici anni, con la maledizione della "visione verde"

Hodor, ragazzone dalla mente semplice, alto più di due metri

La guida di Bran:

Manifredde, un tempo, forse, uomo dei Guardiani della notte, ora un enigma

Al Castello di Craster:

Traditori, un tempo uomini dei Guardiani della notte:

Dirk, che ha assassinato Craster

Ollo Lophand, che ha assassinato Jeor Mormont, il Vecchio Orso

Garth di Greenaway, Mawney, Grubbs, Alan di Rosby, un tempo ranger

Karl Piededuro, Oss l'Orfano, Bill Balbuziente, un tempo attendenti

Nelle caverne sotto un'altura:

Il corvo con tre occhi, chiamato anche "L'ultimo degli uomini verdi", negromante e viandante del sogno, un tempo Guardiano della notte chiamato **Brynden**, ora, più albero che uomo

Foglia, Cenere, Coltello Nero, Capelli di Neve, Braci, i figli della foresta

ESSOS
OLTRE IL MARE STRETTO

NELLA CITTÀ LIBERA DI BRAAVOS

FERREGO ANTARYON, signore del mare di Braavos, malato e in declino

Qarro Volentin, primo spadaccino di Braavos, suo protettore

Bellegere Otherys detta "la Perla nera", cortigiana discendente della omonima regina pirata

La Lady Velata, la Regina degli Scogli, Ombra di Luna, la Figlia delle Tenebre, l'Usignolo, la Poetessa, famose cortigiane

L'uomo gentile e **l'orfana**, servitori del Dio dai Mille Volti presso la Casa del Bianco e del Nero

Umma, cuoca del tempio

Il Bello, Compare Grasso, il Signorotto, Faccia Dura, lo Strabico e **l'Affamato**, servitori segreti del Dio dai Mille Volti

Arya, della Casa Stark, ragazza con la moneta di ferro, conosciuta anche come "Arry", "Nan", "la Donnola", "Squab", "Salty" e "Cat, la Gatta dei Canali"

Brusco, mercante di pesce

Talea e **Brea**, le sue figlie

Meralyn, detta "Merry", tenutaria del Porto Felice, un bordello vicino al Porto degli Stracci

La Moglie del Marinaio, prostituta del Porto Felice

Lanna, sua figlia, giovane prostituta

Roggo il Rosso, Gyloro Dothare, Gyleno Dothare, uno scrittore di farse chiamato **Quill, Cossomo il Prestigiatore**, clienti del Porto Felice

Tagganaro, ladruncolo del porto

Casso, "re delle foche", la sua foca ammaestrata

S'vrone, prostituta del porto con tendenze omicide

La Figlia Ubriaca, prostituta dal temperamento incerto

NELLA CITTÀ LIBERA DI VECCHIA VOLANTIS

I triarchi regnanti:

Malaquo Maegyr, triarca di Volantis, tigre
Doniphos Paenymion, triarca di Volantis, elefante
Nyessos Vhassar, triarca di Volantis, elefante

Gente di Volantis:

Benerro, Alto Sacerdote di R'hllor, Signore della luce
  Moqorro, il suo braccio destro, prete rosso di R'hllor
La Vedova del fronte del porto, ricca donna liberta, chiamata anche "la puttana di Vogarro"
  i figli della Vedova, i suoi feroci difensori
Penny, ragazza nana e guitta
  Porcellino, il suo maiale
  Scrocchio, il suo cane
(Groat), fratello di Penny, nano e guitto, assassinato e decapitato
Alios Qhaedar, candidato a futuro triarca
Parquello Vaelaros, candidato a futuro triarca
Belicho Staegone, candidato a futuro triarca
Grazdan Mo Eraz, emissario della città schiavista di Yunkai

NELLA BAIA DEGLI SCHIAVISTI

A Yunkai, la città gialla:

Yurkhaz zo Yunzak, comandante supremo delle armate e degli alleati di Yunkai, schiavista e anziano nobiluomo di impeccabili ascendenze

Yezzan zo Qaggaz, chiamato in modo derisorio "la Balena Gialla", mostruosamente obeso, malaticcio, ricchissimo

- **Nutrice**, la sua badante schiava
- **Dolcezza**, schiavo ermafrodito, il suo tesoro
- **Cicatrice**, sergente e soldato schiavo
- **Morgo**, soldato schiavo

Morghaz zo Zherzyn, nobiluomo amante del vino, chiamato in modo derisorio "il Conquistatore Beone"

Gorzhak zo Eraz, nobiluomo e schiavista, chiamato in modo derisorio "Faccia di Budino"

Faezhar zo Faez, nobiluomo e schiavista, conosciuto come "il Coniglio"

Ghazdor zo Ahlaq, nobiluomo e schiavista, chiamato in modo derisorio, "Lord Guanciapendula"

Paezhar zo Myraq, nobiluomo di bassa statura, chiamato in modo derisorio "il Piccolo Piccione"

Chezdhar zo Rhaezn, Maezon zo Rhaezn, Grazdhan zo Rhaezn, nobiluomi e fratelli, chiamati in modo derisorio "i Lord sferraglianti"

L'Uomo dei Carri, il Signore delle Bestie, l'Eroe Profumato, nobiluomini e schiavisti

Ad Astapor, la città rossa:
Cleon il Grande, chiamato "re Macellaio"
Cleon II, il suo successore, re per otto giorni
Re Tagliagola, barbiere per professione, che ha sgozzato Cleon II per rubargli la corona
Regina Puttana, concubina di Cleon II, salita sul trono dopo la sua morte

LA REGINA AL DI LÀ DEL MARE

DAENERYS TARGARYEN, la prima del suo nome, regina di Meereen, regina degli andali, dei rhoynar e dei primi uomini, signora dei Sette Regni, protettrice del regno, khaleesi del Grande mare d'erba, detta "nata dalla tempesta", "la Non-bruciata, "Madre dei draghi"

Drogon, **Viserion**, **Rhaegal**, i suoi draghi

(**Rhaegar**), suo fratello, principe di Roccia del Drago, ucciso da Robert Baratheon nella Battaglia del Tridente

(**Rhaenys**), figlia di Rhaegar, uccisa durante il saccheggio di Approdo del Re

(**Aegon**), figlio di Rhaegar, infante, ucciso durante il saccheggio di Approdo del Re

(**Viserys**), fratello di Daenerys, terzo del suo nome, detto "il re Mendicante", incoronato con oro fuso a Vaes Dothrak

(**Drogo**), sposo di Daenerys, un khal dothraki, morto per una ferita infetta

(**Rhaego**), figlio nato morto di Daenerys, generato con Drogo, ucciso nel grembo dalla *maegi* Mirri Maz Duur

Le guardie della regina:

Ser Barristan Selmy, detto "Barristan il Valoroso", un tempo lord comandante della Guardia reale di re Robert I Baratheon, ora lord comandante della Guardia della regina

I suoi giovani discepoli, addestrati per diventare cavalieri:

Tumco Lho, dalle Isole del Basilisco

Larraq, chiamato "la Frusta", della città di Meereen

l'Agnello Rosso, un liberto lhazareno
i Ragazzi, tre fratelli ghiscariani

Belwas il Forte, eunuco, in passato schiavo gladiatore

I suoi cavalieri di sangue:
Jhogo, la frusta, sangue del suo samgue
Aggo, l'arco, sangue del suo sangue
Rakharo, l'arakh, sangue del suo sangue

I suoi capitani e comandanti:
Daario Naharis, rutilante mercenario tyroshi, al comando della compagnia dei Corvi della Tempesta
Ben Plumm, detto "Ben il Marrone", mercenario senza onore, al comando della compagnia dei Secondi Figli
Verme Grigio, eunuco, al comando degli Immacolati, compagnia di giovani eunuchi
Eroe, capitano degli Immacolati, secondo in comando
Scudo Coraggioso, lanciere degli Immacolati
Mollono Yos Dob, comandante della compagnia degli Scudi Coraggiosi
Symon Schiena Striata, comandante della compagnia dei Fratelli Liberi
Marselen, comandante della compagnia degli Uomini della Madre, eunuco, fratello di Missandei
Groleo, di Pentos, un tempo capitano della grande caracca *Saduleon*, ora ammiraglio senza flotta
Rommo, un *jaqqah rhan* (guerriero che pone fine ai morenti) dei dothraki

La sua corte a Meereen:
Reznak mo Reznak, suo siniscalco, calvo e untuoso
Skahaz mo Kandaq, detto "il Testarasata", con il cranio rasato, comandante delle Belve d'ottone, la Guardia cittadina di Meereen

Le sue ancelle e i suoi servitori:
Irri e Jhiqui, due ragazze dothraki
Missandei, del popolo naathi, scriba e traduttrice

Grazdar, Qezza, Mezzara, Kezmya, Azzak, Bhakaz, Miklaz, Dhazzar, Draqaz, Jhezane, figlie e figli delle piramidi di Meereen, coppiere e paggi di Daenerys

Gente di Meereen, di alto lignaggio e del popolo:

Galazza Galare, la Grazia Verde, alta sacerdotessa del Tempio delle Grazie

Grazdan mo Galare, suo cugino, nobiluomo

Hizdahr zo Loraq, ricco nobiluomo meereenese, di antico lignaggio

Marghaz zo Loraq, suo cugino

Rylona Rhee, liberta e arpista

(Hazzea), figlia di un contadino, quattro anni

Goghor il Gigante, Khrazz, Belaquo Spaccateste, Camarron del Conteggio, Ithoke l'Impavido, il Gatto Maculato, Barsena la Mora, gladiatori delle fosse da combattimenti e liberti

I suoi ambigui alleati, falsi amici e nemici manifesti:

Ser Jorah Mormont, in passato lord di Isola dell'Orso

(Mirri Maz Duur), sacerdotessa e *maegi*, al servizio del Grande Pastore di Lhazar

Xaro Xhoan Daxos, principe mercante di Qarth

Quaithe, sacerdotessa mascherata di Asshai delle Ombre

Illyrio Mopatis, magistro della città libera di Pentos che combinò il matrimonio di Daenerys con Khal Drogo

Cleon il Grande, re Macellaio di Astapor

Pretendenti alla mano della regina:

Nella Baia degli Schiavisti:

Daario Naharis, mercenario tyroshi, al comando della compagnia dei Corvi della Tempesta

Hizdahr zo Loraq, ricco nobiluomo meereenese

Skahaz mo Kandaq, detto "il Testarasata", nobiluomo di inferiore lignaggio, comandante delle Belve d'ottone

Cleon il Grande, re macellaio di Astapor

Nella città libera di Volantis:

Principe Quentyn Martell, primogenito di Doran Martell, lord di Lancia del Sole e principe di Dorne

Compagni e difensori di Quentyn:
(**Ser Cletus Yronwood**), erede di Yronwood, ucciso dai corsari
Ser Archibald Yronwood, cugino di Cletus, chiamato "il Bestione"
Ser Gerris Drinkwater
(**Ser William Wells**), ucciso dai corsari
(**Maestro Kedry**), ucciso dai corsari

Sul fiume Rhoyne:
Griff il Giovane, ragazzo di diciotto anni con i capelli tinti di blu
Griff, suo padre adottivo, mercenario un tempo appartenente alla Compagnia dorata
Compagni, insegnanti e difensori di Griff il Giovane:
Ser Rolly Duckfield, chiamato "Papero", cavaliere
Septa Lemore, donna appartenente al Credo
Haldon, chiamato "il Mezzo-maestro", tutore
Yandry, proprietario e capitano della chiatta *Fanciulla pudica*
Ysilla, sua moglie

Per mare:
Victarion Greyjoy, lord comandante della flotta di ferro, chiamato "Il Capitano di Ferro"
la sua concubina, una donna dalla carnagione scura e priva di lingua, dono di Euron Occhio di Corvo
Maestro Kerwin, guaritore, un tempo a Scudo Verde, dono di Euron Occhio di Corvo
L'equipaggio di Victarion a bordo della *Vittoria di ferro*:
Wulfe Un-Orecchio, Ragnor Pyke, Acqualunga Pyke, Tom Tidewood, Burton Humble, Quellon Humble, Steffan Stammerer
I capitani di Victarion:
Rodrik Sparr, chiamato "il Ratto di Campagna", capitano della *Lutto*
Ralf Stonehouse il Rosso, capitano della *Giullare Rosso*
Manfryd Merlyn, capitano della *Aquilone*
Ralf lo Zoppo, capitano della *Lord Quellon*
Tom Codd, chiamato "Tom Senzasangue", capitano della *Lamentazione*
Daegon Shepherd, chiamato "il Pastore Nero", capitano della *Daga*

I Targaryen sono il sangue del drago, discendono dagli alti lord dell'antica fortezza di Valyria, i loro tratti ereditari sono infatti gli occhi viola, lilla e indaco e i capelli argenteo dorati. Per preservare la purezza del loro sangue, spesso la Casa Targaryen ha fatto maritare fratello e sorella, cugino e cugina, zio e nipote. Il fondatore della dinastia, Aegon il Conquistatore, sposò entrambe le sue sorelle e da entrambe ebbe dei figli.
Lo stemma dei Targaryen è un drago con tre teste, rosso in campo nero: le tre teste rappresentano Aegon e le sue sorelle. Il motto: "Fuoco e sangue".

I MERCENARI
GLI UOMINI E LE DONNE DELLE CITTÀ LIBERE

LA COMPAGNIA DORATA, forte di diecimila uomini, di incerta lealtà:

Harry Strickland il Senzacasa, capitano-generale

Watkyn, suo scudiero e coppiere

(**Ser Myles Toyne**, chiamato "Cuore Nero"), morto da quattro anni, precedente capitano-generale

Balaq il Nero, uomo delle Isole dell'Estate con i capelli bianchi, comandante degli arcieri

Lysono Maar, mercenario della città libera di Lys, capo delle spie

Gorys Edoryen, mercenario dalla città libera di Volantis, ufficiale pagatore

Ser Marq Mandrake, esiliato fuggito alla schiavitù, sfregiato dal vaiolo

Ser Laswell Peake, lord in esilio

Torman e **Pykewood**, i suoi fratelli

Ser Tristan Rivers, bastardo, esiliato, fuorilegge

Caspor Hill, Humfrey Stone, Malo Jayn, Dick Cole, Will Cole, Lorimas Mudd, John Lothson, Lymond Pease, Ser Brendel Byrne, Duncan Strong, Denys Strong, Catene, John Mudd il Giovane, sergenti,

(**Ser Aegor Rivers**, chiamato Acreacciaio), figlio bastardo del re Aegon IV Targaryen, fondatore della Compagnia dorata

(**Maelys I Blackfyre**, chiamato Maelys il Mostruoso), capitano-generale della Compagnia, pretendente al Trono di Spade del continente occidentale, membro della Banda dei Nove, ucciso durante la guerra dei Re da novesoldi

LA COMPAGNIA DEL VENTO, duemila uomini a cavallo e di fanteria, ha giurato fedeltà a Yunkai

Il principe Straccione, un tempo nobiluomo della città libera di Pentos, capitano e fondatore
Caggo, chiamato "l'Ammazzacadavere", il suo braccio destro
Denzo D'Han, il bardo guerriero, il suo braccio sinistro
Hugh Hungerford, sergente, un tempo capo delle spie, punito con l'amputazione di tre dita per avere rubato
Ser Orson Stone, Ser Lucifer Long, Will dei Boschi, Dick Paglia, Ginjer Jack, mercenari dell'Occidente
Meris la Bella, torturatrice
Libri, spadaccino di Volantis e amante delle pagine scritte
Fagioli, balestriere della città libera di Myr
Bill Osso, anziano guerriero delle Isole dell'Estate
Myrio Myrakis, mercenario dalla città libera di Pentos

LA COMPAGNIA DEL GATTO, forte di tremila uomini, ha giurato fedeltà a Yunkai,

Barbarossa, capitano e comandante

LE LUNGHE LANCE, ottocento uomini a cavallo, ha giurato fedeltà a Yunkai

Gylo Rhegan, capitano e comandante

I SECONDI FIGLI, cinquecento uomini a cavallo, ha giurato fedeltà alla regina Daenerys

Ben Plumm il Marrone, capitano e comandante
Kasporio, chiamato "Kasporio l'Astuto", bravaccio, secondo in comando
Tybero Istarion, chiamato "Macchia d'Inchiostro", ufficiale pagatore
Martello, fabbro e armiere, ubriacone
  Chiodo, il suo apprendista
Lesto, sergente, una sola mano
Kem, giovane mercenario, proveniente dal Fondo delle Pulci ad Approdo del Re

Bokkoko, uomo d'ascia di formidabile reputazione
Uhlan, sergente

I CORVI DELLA TEMPESTA, cinquecento uomini a cavallo, hanno giurato fedeltà alla regina Daenerys
Daario Naharis, capitano e comandante
Il Vedovo, suo secondo in comando
Jokin, comandante degli arcieri

RINGRAZIAMENTI

L'ultimo è stato una cagna. Questo è stato tre cagne più un bastardo. Ancora una volta, i miei ringraziamenti vanno ai miei editor e editori, che troppo a lungo hanno sofferto: Jane Johnson e Joy Chamberlain di Voyager, Scott Shannon, Nina Taublib e Anne Groell di Bantam. La loro comprensione, il loro buonumore e il loro saggio consiglio mi sono stati d'aiuto nei tratti narrativi più duri, e non cesserò mai di essere grato per la loro pazienza.

I ringraziamenti vanno anche a miei agenti, altrettanto pazienti, per il loro infinito sostegno: Chris Lotts, Vince Gerardis, la favolosa Kay McCauley e lo scomparso Ralph Vicinanza. Ralph, davvero desidererei che tu fossi qui a condividere con tutti noi questo giorno.

E grazie a Stephen Boucher, l'australiano errante che mi aiuta a tenere il computer ben lubrificato e canticchia ogni volta che passa per Santa Fe per una prima colazione a base di burrito (a Natale), con contorno di pancetta affumicata ai peperoncini piccanti.

Qui sul fronte di casa, ringraziamenti sono dovuti anche ai miei cari amici Melinda Snodgrass e Daniel Abraham per il loro incoraggiamento e il loro supporto; a Pati Nagle, il webmaster, che mantiene attivo il mio angolo in Internet, e alla straordinaria Raya Golden per i pasti, l'arte e l'inestinguibile sostegno che mi ha aiutato a rendere più luminosi perfino i giorni più oscuri intorno alla Terrapin Station. E tutto ciò a dispetto del fatto che abbia cercato di impossessarsi del mio gatto.

Quanto lungo il tempo che mi è stato necessario a danzare questa danza... di sicuro avrei impiegato il doppio senza l'aiuto del mio fedele (e giovane) assistente, e a volte compagno di viaggio, Ty Franck, che si occupa del mio computer quando Stephen non è con me, tenendo a distanza le aggressive folle virtuali dalla mia residenza virtuale, mi aiuta nelle faccende domestiche, si prende cura del mio archivio, prepara il caffè, corre dappertutto, e mi spara fatture da diecimila dollari anche solo per cambiare una lampadina. E questo mentre prosegue nella stesura dei suoi fenomenali romanzi, ogni mercoledì.

Infine, ma assolutamente prima di ogni altra cosa, tutto l'amore e la gratitudine a mia moglie, Parris, che ha danzato ogni singolo passo al mio fianco.

Ti amo, Phipps.

George R.R. Martin
13 maggio 2011

Arnoldo Mondadori Editore S.p.A.

Questo volume è stato stampato
presso Mondadori Printing S.p.A.
Stabilimento Nuova Stampa Mondadori - Cles (TN)

Stampato in Italia - Printed in Italy

Il Nord

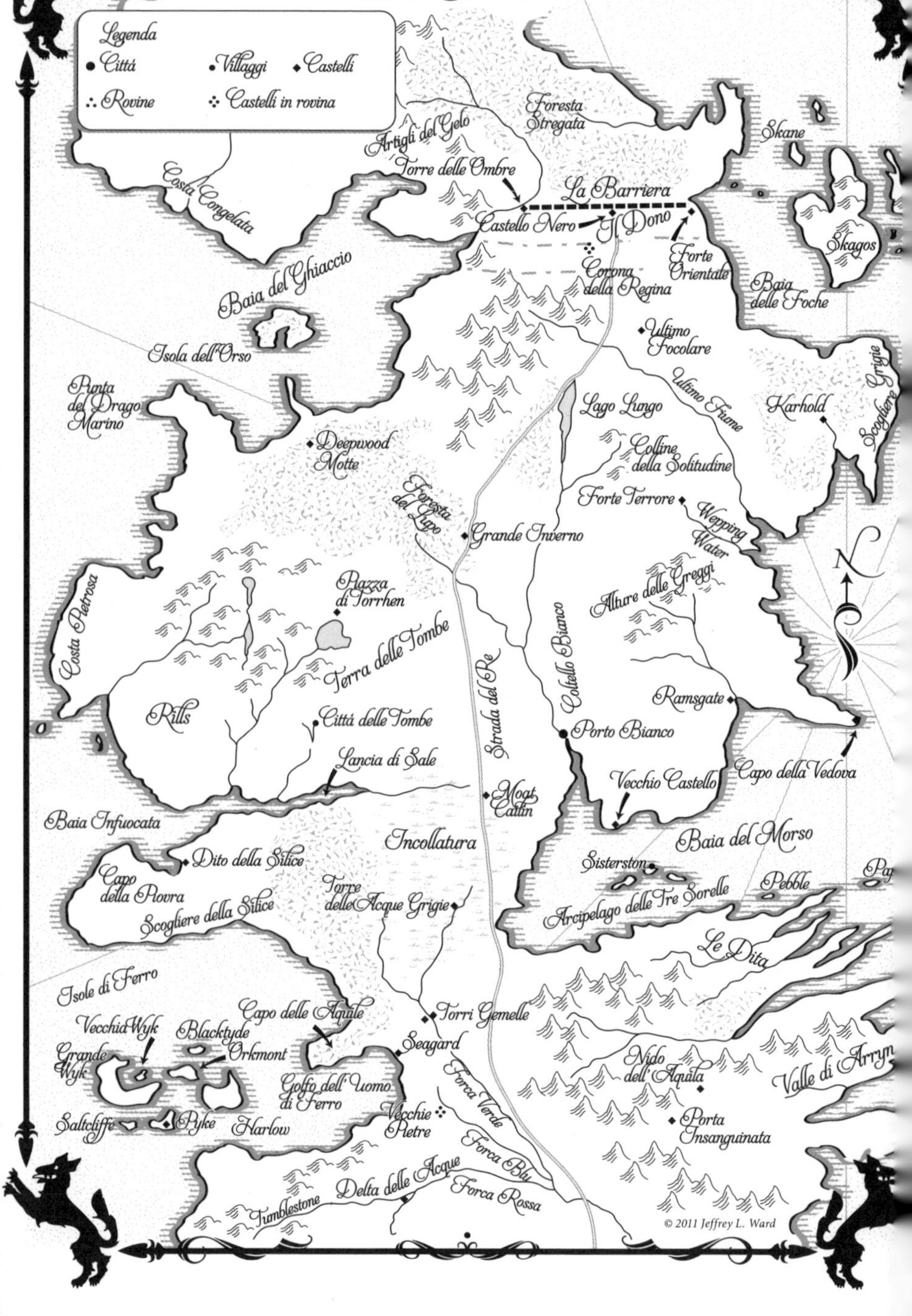
Legenda
Città
Villaggi
Castelli
Rovine
Castelli in rovina
Foresta Stregata
Artigli del Gelo
Torre delle Ombre
Costa Congelata
La Barriera
Castello Nero
Il Dono
Forte Orientale
Skane
Skagos
Corona della Regina
Baia del Ghiaccio
Baia delle Foche
Ultimo Focolare
Isola dell'Orso
Punta del Drago Marino
Lago Lungo
Ultimo Fiume
Karhold
Scogliere Grigie
Deepwood Motte
Colline della Solitudine
Foresta del Lupo
Forte Terrore
Wepping Water
Grande Inverno
Piazza di Torrhen
Alture delle Greggi
Costa Pietrosa
Terra delle Tombe
Coltello Bianco
Strada del Re
Rills
Città delle Tombe
Ramsgate
Porto Bianco
Lancia di Sale
Vecchio Castello
Capo della Vedova
Moat Cailin
Baia Infuocata
Incollatura
Baia del Morso
Dito della Selce
Sisterston
Capo della Piovra
Torre delle Acque Grigie
Pebble
Scogliere della Selce
Arcipelago delle Tre Sorelle
Le Dita
Isole di Ferro
Capo delle Aquile
Torri Gemelle
Vecchia Wyk
Blacktyde
Grande Wyk
Orkmont
Seagard
Nido dell'Aquila
Valle di Arryn
Golfo dell'Uomo di Ferro
Forca Verde
Vecchie Pietre
Porta Insanguinata
Saltcliffe
Pyke
Harlow
Forca Blu
Delta delle Acque
Forca Rossa
Tumblestone
© 2011 Jeffrey L. Ward